LE SOUPIRANT

Charlotte Link

LE SOUPIRANT

Roman

Traduit de l'allemand
par Danièle Darneau

www.quebecloisirs.com

UNE ÉDITION DU CLUB QUÉBEC LOISIRS INC.

Titre original : Der Verehrer
© Charlotte Link et AVA - Autoren - und Verlags-Agentur GmbH,
München-Herrsching (Germany), 1998
© Presses de la Cité, un département de place des éditeurs, 2009 pour
la traduction française
ISBN Q.L. 978-2-89430-976-6
Publié précédemment sous ISBN 978-2-258-07454-5

Imprimé au Canada

PREMIÈRE PARTIE

Cours après moi, que je t'attrape !

Il était très excitant, ce jeu qu'elle avait inventé l'été précédent. Elle se souvenait qu'il faisait chaud ce jour-là. Le soleil tapait fort, et ils s'étaient réfugiés sous le couvert de la forêt pour échapper à la chaleur écrasante de la campagne.

Saisie d'une envie subite de faire la folle, elle avait lâché sa main en s'écriant :

« Allez, attrape-moi ! »

Puis avait pris ses jambes à son cou.

Il avait attendu qu'elle ait suffisamment d'avance, pour que ce soit plus amusant. Jusqu'à ce qu'elle ne soit plus à portée de vue.

S'en donnant à cœur joie, elle avait sauté par-dessus les fossés, s'était faufilée à quatre pattes à travers les buissons, zigzaguant comme un lièvre pour le mettre sur une fausse piste. En même temps, elle se disait : « C'est ridicule, j'ai bientôt cinquante ans, lui, il les a dépassés, et on est là à jouer à cache-cache comme des mômes... », tout en rougissant légèrement de honte à l'idée de ce qu'auraient pensé leurs deux grands fils en les voyant. Mais ensuite, elle s'était dit que, justement, l'intérêt du jeu, c'était que personne ne les voyait ! Ni leurs fils ni leurs voisins. Personne ! Ils étaient seuls dans le silence de la forêt.

Jusqu'au moment où elle s'était carrément jetée dans la gueule du loup. Il l'avait bien eue ! Abandonnant sa cachette, il s'était dressé devant elle sans crier gare alors qu'elle était en train de ramper parmi les petits sapins, des aiguilles de pin plein les cheveux, les vêtements couverts de feuilles et maculés de terre. Il avait prétendu par la suite qu'elle avait poussé un cri de terreur, mais ça, elle ne s'en souvenait plus. Parce que l'important, c'était ce qui s'était passé après.

Ils avaient fait l'amour par terre, là, au milieu des sapins, à leur âge, parents de deux enfants déjà adultes... Eux qui étaient l'incarnation même du couple petit-bourgeois, propriétaires de leur petite maison, d'un teckel, d'une cuisine aménagée et d'un salon en cuir flambant neuf. Lui, il avait pas mal de ventre et des habitudes régulières, comme tondre la pelouse tous les quinze jours, et elle, des cuisses trop grosses et un rêve : être bientôt grand-mère. Jamais leur entourage ne les aurait crus capables de la moindre folie. Ils menaient une petite vie bien rangée et s'en accommodaient parfaitement. Ils n'en demandaient pas plus. Seulement, parfois...

Et aujourd'hui, c'était une journée à faire les fous. Une chaude journée de début d'été.

« Allez, attrape-moi ! » s'était-elle écriée comme l'autre fois.

Il avait répondu :

« Il fait beaucoup trop chaud... »

Mais, déjà, elle était partie comme une flèche, aussi capricieuse qu'une gamine qui exige de jouer à son jeu préféré.

Rien à l'horizon. Aucun bruit, aucun signe de lui. Elle s'arrêta, essuya son front humide, tendit l'oreille. Rien. Pas même un bruissement. Comme si elle était seule au monde. Est-ce qu'elle l'avait bel et bien semé ? Mais peut-être la guettait-il tout proche, caché derrière un buisson, en attendant le bon moment pour la surprendre et lui fiche une frousse monumentale, le traître !

Inexplicablement, elle ressentit soudain une sensation bizarre au creux de l'estomac. Qu'est-ce que ça voulait dire ? Evidemment, si elle le voyait brutalement devant elle, surgi de nulle part, elle aurait la trouille, mais ce serait une trouille plutôt agréable. Jamais, au cours de sa vie, elle n'avait éprouvé de véritable peur. Mais, cette fois, ce qu'elle ressentait était bel et bien de la peur. Malgré les rayons du soleil qui traversaient le dais du feuillage, malgré le chant des oiseaux et le clapotis d'un petit ruisseau qui coulait tout près, elle sentait planer dans cette forêt une sourde menace. Elle était sans doute idiote, mais elle avait l'impression d'avoir flairé un danger, comme le font les bêtes, avant même de le voir. Elle était seule, et cependant sentait une présence.

Elle l'appela à mi-voix. Pas de réponse. Les oiseaux s'arrêtèrent de pépier l'espace d'un instant, avant de reprendre leur vacarme avec d'autant plus de vigueur. D'un seul coup, la terreur fut là, intense. Elle se retourna et se mit à courir, cherchant à revenir sur ses pas, mais sans rien reconnaître. Cet arbre, là, était-elle passée devant ? Et cette fourmilière, l'avait-elle déjà vue ?

A nouveau, elle l'appela, mais en criant, cette fois, d'une voix paniquée. Ah, ça l'amusait peut-être, de ne pas lui répondre ! Il était tout près, elle le sentait, quelqu'un était là... De la colère se mêla à sa peur. Franchement, il exagérait. Il devait bien deviner qu'elle était mal à l'aise ! Le jeu était terminé, adieu l'adolescente qui faisait la folle dans les bois, amoureuse et heureuse. Elle n'était plus qu'une femme aux jambes trop grosses qui frisait la cinquantaine. Une femme qui avait peur.

Lorsqu'elle aperçut la forme plaquée contre l'arbre, elle ne comprit pas immédiatement ce qu'elle voyait. Elle s'arrêta, clouée au sol, les yeux écarquillés. C'était comme si son cerveau refusait d'interpréter l'image. Sa seule pensée fut : je savais bien qu'il y avait quelqu'un.

Puis sa raison cessa de faire barrage à ce que voyaient ses yeux. La forme était celle d'une femme. Et si sa position était aussi étrange, c'était parce qu'elle était attachée au tronc. Elle était maintenue à la verticale, la tête pendant sur sa poitrine. Ses vêtements étaient en lambeaux, et il y avait du sang partout. Sur elle, à côté d'elle, devant elle. On l'avait attachée à l'arbre et on l'avait véritablement massacrée. Puis on l'avait laissée là, pareille à un épouvantail grotesque, privant à jamais la forêt de son innocence, de sa paix et de ses jeux secrets. Le sang de la jeune femme détruisait définitivement l'illusion que le monde pouvait être bon et la vie facile.

La vue du sang s'imprima pour toujours dans sa mémoire. Il lui sembla le sentir sur sa peau comme si elle en avait été aspergée.

Elle resta plantée sur place, incapable de bouger et d'émettre le moindre son.

I

1

Quand elle se réveilla, il faisait encore sombre dehors. Un léger vent nocturne s'introduisait dans la pièce, sans réussir cependant à chasser la chaleur lourde qui s'attardait. Francfort subissait une vague de canicule. Plus de trente degrés à l'ombre, jour après jour, depuis près de trois semaines. Les rues asphaltées, les maisons absorbaient la chaleur et la renvoyaient impitoyablement. Après s'être plaints du froid, l'hiver précédent, puis de la pluie, au printemps, les gens s'en prenaient maintenant à la canicule. Etait-ce parce qu'ils n'étaient jamais contents, ou le climat était-il réellement en train de changer et les saisons ne se présenteraient-elles plus que sous une forme paroxystique ?

Pourtant, force était de reconnaître qu'il faisait trop chaud pour dormir. En même temps qu'elle se faisait cette réflexion, Leona savait que ce n'était pas la chaleur qui l'avait tirée du sommeil.

Elle essaya en vain de lire l'heure à la montre dont elle ne se séparait jamais, même la nuit. Elle finit par allumer la lampe de chevet. Trois heures. Elle éteignit aussitôt, mais l'éclair intempestif avait réussi à réveiller Wolfgang.

— Ça y est, tu as encore une insomnie ? lui demanda-t-il avec cette pointe d'irritation qui s'était glissée récemment dans sa voix et la prenait invariablement pour cible.

— Il fait tellement chaud...

— Avant, ça ne t'empêchait pas de dormir, dit-il avec un soupir.

Comme elle, il savait bien que ce n'était pas la chaleur.

13

— Je crois que j'ai encore rêvé, avoua Leona, penaude, consciente qu'elle commençait à lui taper sur les nerfs, avec ses histoires.

Wolfgang hésita. Devait-il suivre son envie, c'est-à-dire se rendormir en ignorant purement et simplement la psychose de sa femme – car, selon lui, c'était le mot qui convenait – ou jouer les bons époux en lui prêtant une oreille attentive ?

Ce fut le devoir qui l'emporta, même s'il s'en maudit intérieurement. Car sa journée avait été dure, et celle qui l'attendait ne le serait pas moins. Cette chaleur lourde et étouffante l'oppressait, et, de plus, il avait quantité de soucis dont personne n'avait idée. Ah ça, oui, il aurait eu bien besoin de dormir !

Il soupira.

— Leona, tu ne crois pas que tu te montes la tête ? J'ai l'impression que tu n'arrêtes pas de ressasser cette… chose. Et naturellement, la nuit, ça se traduit par des rêves. Il faut que tu réagisses !

— Mais qu'est-ce que tu crois, j'essaie ! Oui, j'essaie de trouver des dérivatifs… dans mon travail, en faisant du sport, en discutant, en refaisant le monde… Ne t'imagine pas que je me laisse aller toute la journée à mes pensées sinistres !

— Dans ce cas, ce n'est pas normal que ces rêves reviennent comme ça.

Elle sentit monter les premiers signes de la violente colère qui la saisissait régulièrement quand Wolfgang lui assénait ses recettes standard pour la solution des problèmes de la vie. Wolfgang avait des principes intangibles concernant les soucis, les angoisses, la confusion psychique : « Si tu fais ceci ou cela, normalement, il ne devrait pas se passer ceci ou cela. » – « Si tu ne fais pas ceci ou cela, normalement, il devrait se passer ceci ou cela. »

Wolfgang n'acceptait pas l'idée que la vie pût se dérouler selon des règles différentes de celles qu'il avait fixées une fois pour toutes. Si les choses ne fonctionnaient pas conformément à son postulat, c'était parce que la personne n'avait pas agi comme il fallait.

— Wolfgang, ne sois pas aussi simpliste, bon sang ! Je fais tout ce que je peux pour m'en détourner, mais je n'y arrive pas. J'ai peut-être besoin de temps.

— Tout ça, c'est une question de volonté, insista Wolfgang en réprimant un bâillement.

Pour lui, tout était toujours une question de volonté. Il refusait de croire que, dans la vie, la simple volonté échouait parfois à influencer le cours des choses. Pour lui, les notions de fatalité, de sort, de hasard ou de providence n'existaient pas. Peut-être avait-il raison.

Même si, comparée à son époux, elle avait l'impression de n'être qu'une douce rêveuse, Leona était rationnelle, peu encline à s'embarrasser d'idées ésotériques. Mais elle imaginait très bien qu'il pût exister une puissance qui échappait à la compréhension et au contrôle des humains. Wolfgang le lui reprochait en affirmant que c'était la preuve qu'elle se défaussait de ses responsabilités.

— Le destin, cela ne préoccupe que les gens qui veulent rendre responsable de leurs actes une instance qui se niche dans un au-delà hors de leur portée. Ce n'est ni plus ni moins qu'une tentative de redistribution des charges, mais, au final, c'est une manière de se mentir gravement à soi-même.

Leona ne trouvait rien à rétorquer, d'autant qu'elle était tout à fait prête à admettre qu'il voyait juste quant aux motivations de ceux qui croyaient au destin. Cependant, elle estimait que cela n'excluait pas l'existence d'une puissance exerçant son pouvoir de loin.

Les yeux grands ouverts dans l'obscurité, elle se demanda si le fait que ce fût elle, et personne d'autre, qui soit passée au moment même où la jeune femme avait sauté par la fenêtre pour mettre fin à ses jours avait une signification profonde. Normalement, à onze heures et demie du matin, ce n'était pas dans cette rue qu'elle se trouvait, mais dans son bureau de la maison d'édition où elle travaillait. Or, ce matin-là, elle avait rendez-vous chez le dentiste, et sa présence au cabinet avait été plus longue que prévu, car une urgence avait chamboulé le planning. C'était cet enchaînement de faits qui l'avait amenée à emprunter cette rue précise, où, lorsque le drame s'était produit, elle marchait d'un bon pas, énervée par la longue attente, la moitié gauche du visage encore insensibilisée par la piqûre qu'on lui avait administrée. Il faisait très chaud, elle était moite de sueur et n'avait qu'une envie : se précipiter chez elle pour aller prendre une douche, se servir un jus d'orange glacé et s'installer au jardin avec un bon livre. Elle n'allait pas bien du tout, et avait même un peu envie de pleurer.

Elle n'avait pas compris tout de suite ce qui se passait. Plus tard, la police avait essayé de lui faire décrire les événements. Avait-elle remarqué la présence de quelqu'un d'autre derrière la personne quand elle avait sauté... ou d'une ombre ? La victime avait-elle eu l'air de sauter de son propre chef, ou l'avait-on poussée ?

Mais Leona avait été incapable de répondre. Elle n'avait rien vu, plongée dans ses pensées, préoccupée par sa dent, par la sensation cotonneuse qu'elle avait dans la bouche. Et par des soucis qui la tourmentaient depuis un certain temps, et qu'elle ne voulait confier à personne.

Elle n'avait vu cette femme qu'au moment de sa chute. Plus exactement, elle ne l'avait pas immédiatement identifiée comme un être humain. Elle avait vu un gros objet tomber du beau ciel ensoleillé et s'écraser sur le trottoir avec un bruit affreux à quelques mètres d'elle.

Elle était restée clouée au sol, pétrifiée, incrédule, car au bout de deux ou trois secondes elle avait compris qu'il s'agissait d'un être humain. D'une femme.

Celle-ci portait une robe de coton, verte à fleurs, et des sandales blanches. Ses cheveux blond cendré lui arrivaient aux épaules. Elle gisait en plein soleil sur l'asphalte brûlant, tel un objet jeté là, un déchet informe que quelqu'un aurait lancé par la portière de sa voiture en marche. Ses bras et ses jambes formaient des angles bizarres.

Leona ne sut jamais combien de temps elle était restée sur place, les yeux rivés sur la scène. Elle avait eu l'impression que, pendant une éternité, son environnement – les feuilles qui se balançaient silencieusement dans le vent léger, un chat qui traversait la rue, un oiseau qui sautillait d'un poteau de clôture à l'autre – se mouvait au ralenti, et que les bruits de la circulation, de l'autre côté du quartier résidentiel, étaient avalés, disparaissant derrière un mur de verre.

Elle n'était sortie de sa sidération qu'au moment où elle avait entendu la femme pousser un léger gémissement. Elle s'était alors précipitée pour s'agenouiller à ses côtés.

— Mon Dieu, qu'est-ce qui s'est passé ? Est-ce que je peux vous aider ? s'était-elle écriée.

Pour se reprocher aussitôt après son idiotie.

La femme avait ouvert les yeux. Elle avait un beau visage, c'était frappant, même alors. Nulle trace de sang, mais à en juger par la position de ses membres, tous ses os devaient être brisés. Elle était livide, d'une pâleur comme Leona n'en avait jamais vu.

— Cette fois, ça y est, il a fini par y arriver, prononça-t-elle, d'une voix très faible, mais distincte.

Elle répéta :

— Il a fini par y arriver.

Puis elle regarda Leona.

— Qui donc ? De qui parlez-vous ?

La femme ne répondit pas. Soudain, ses yeux se révulsèrent. Aussitôt après, elle perdit conscience.

C'est alors seulement que Leona songea à regarder en l'air pour voir d'où était tombée l'inconnue. Elles se trouvaient au pied d'un bâtiment neuf, un immeuble d'habitation de six étages, construit dans un vieux jardin ombragé au milieu duquel s'élevait autrefois une villa en grès, démolie afin de permettre aux promoteurs d'enfourner le plus de monde possible dans la surface la plus petite possible pour en tirer le maximum de profit. C'était comme cela dans tout le quartier, où l'on détruisait tout ce qui en avait fait le charme.

L'immeuble s'élevait au plus près de la rue, séparé d'elle par un trottoir large de deux pas à peine. Au dernier étage, une fenêtre était grande ouverte. C'était de là, sans nul doute, que la femme avait sauté.

— Ne bougez pas, recommanda-t-elle à la blessée, ce qui était tout à fait inutile, car celle-ci était encore évanouie. Je vais chercher de l'aide.

17

Un peu plus loin, elle aperçut un retraité qui promenait son chien. Le brave homme, qui s'était arrêté, avait la tête tournée dans leur direction, mais son expression révélait qu'il ne saisissait pas bien ce qu'il voyait.

Leona lui adressa des signes frénétiques, mais en vain. Se levant alors d'un bond, elle traversa la rue en courant.

— Cette femme s'est jetée par la fenêtre ! lui cria-t-elle. Vous habitez par ici ? Vous pouvez appeler les secours ?

Il la dévisagea, ébahi.

— Elle s'est jetée par la fenêtre ?

— Oui, il faut appeler les secours !

— Vous pouvez venir téléphoner chez moi, j'habite juste à côté.

Du geste, il indiqua une villa massive distante de quelques mètres et se retourna dans un mouvement qui sembla interminable. Leona crut exploser d'impatience devant la lenteur avec laquelle il se remit en marche. Et pas l'ombre d'une cabine téléphonique dans les parages ! se dit-elle tout en jetant un coup d'œil angoissé à la blessée étendue, inerte, de l'autre côté.

Le vieil homme se mit à fouiller dans sa poche à la recherche de sa clé, accompagné par les gémissements de son chien. Leona bouillait.

C'est alors qu'une femme en tenue de jogging fit irruption près d'elle.

— J'ai tout vu ! J'ai appelé les secours !

— Ouf, merci ! souffla Leona.

Les deux heures suivantes se passèrent dans un chaos de médecins et de policiers, de badauds et de barrages, de questions, de supputations, de regards curieux et de chuchotements. Leona se trouvait au centre de l'intérêt général, car, mystérieusement, l'information selon laquelle elle avait été le spectateur des événements, la première personne sur les lieux du drame, s'était répandue de tous côtés. Les gens affluaient en masse, y compris les écoliers, qui faisaient une petite halte sur leur chemin. Pourtant, il n'y avait plus rien de sensationnel à voir, car la blessée avait été évacuée depuis longtemps. Il ne restait que Leona, assise sur les marches du perron, cramponnée au gobelet de café que quelqu'un lui avait apporté.

Après qu'elle leur eut relaté les faits dont elle avait été témoin, les policiers lui avaient demandé de bien vouloir se tenir à leur disposition. Le médecin, pour sa part, lui avait proposé ses soins, mais elle avait refusé en affirmant qu'elle allait bien.

Pourtant, elle se dit qu'elle avait peut-être eu tort. Car quelque chose en elle refusait encore de croire à la réalité de ce qu'elle avait vu, et quand l'image de la femme étendue dans la rue resurgissait, quand le souvenir des membres grotesquement tordus se réveillait, son cerveau lui envoyait l'ordre de penser à autre chose. Ce processus de refoulement était parfaitement inconscient. Et à un moment donné, alors qu'elle se concentrait sur sa joue endormie qui se réveillait peu à peu, elle se demanda si elle ne se trouvait pas en état de choc.

Peut-être aurait-elle dû accepter de se rendre à l'hôpital. Trop tard.

Elle demeura donc simplement assise sur les marches, clignant des yeux sous la lumière aveuglante du soleil.

— Vous voulez encore un peu de café? demanda une voix aimable derrière elle.

Leona se retourna et aperçut une femme d'un certain âge munie d'une thermos. Ce devait être elle qui lui avait tendu son gobelet, tout à l'heure.

— Ce serait gentil à vous, merci, répondit Leona.

La dame s'exécuta en disant:

— Vous êtes affreusement pâle! Ç'a dû être horrible pour vous...

Puis elle ajouta, la voix pleine de larmes:

— Cette pauvre, pauvre Eva! Je n'arrive pas à y croire!

— Eva? répéta Leona. Elle s'appelait Eva? Je veux dire, elle s'appelle Eva?

— Oui, Eva Fabiani. Nous sommes très amies. C'est ma voisine du dessus. Mais je n'ai rien vu, j'étais sur mon balcon, et il donne de l'autre côté.

Le café était brûlant et fort. Ce n'était pas recommandé quand on sortait de chez le dentiste, mais pour l'heure, sa dent était bien le cadet de ses soucis.

19

— Je m'en veux, vous ne pouvez pas savoir, poursuivit la femme. J'aurais dû me douter que quelque chose de ce genre finirait par arriver. Mais imaginer qu'elle le ferait pour de bon, ça, je ne pouvais pas. Moi, je n'aurais jamais le courage.

— Elle devait être vraiment désespérée...

Une fois de plus, l'image vint s'imposer. La femme sur le trottoir. Les bras et les jambes comme désolidarisés du corps. Ce qui devait correspondre à la vérité. Quand ils avaient chargé Eva sur le brancard, l'un des secouristes avait dit :

« Elle s'est littéralement cassée en petits morceaux ! »

— Oui, elle était désespérée, confirma la femme au café, mais ces derniers temps, j'avais l'impression qu'elle allait mieux. Elle a divorcé il y a quatre ans, c'est là qu'elle est venue habiter dans l'immeuble. Elle et son ex-mari avaient vendu leur maison de Kronberg, et elle a acheté l'appartement du dernier étage avec la part qui lui revenait. Un très bel appartement, avec une superbe terrasse qui donne sur l'arrière. Le divorce l'avait complètement démolie. Elle avait absolument besoin d'avoir quelqu'un à qui parler, et c'est moi qui me suis occupée d'elle. Parce que moi aussi, je suis très seule. Elle avait l'air de remonter la pente, tout doucement, mais il y a quelques mois, son ex-mari...

Un policier s'approcha.

— Madame Dorn ?

— Oui, répondit Leona.

— Vous pouvez rentrer chez vous. Il me faut simplement vos coordonnées. Il se peut que nous ayons besoin de détails supplémentaires.

— Je n'ai vraiment rien vu, c'est seulement quand elle s'est écrasée...

— Peut-être qu'un détail quelconque vous reviendra. Nous prendrons contact avec vous.

Il nota son adresse et ses numéros de téléphone, privé et au bureau, sur un gros bloc. Elle donna également son numéro de téléphone à l'amie d'Eva Fabiani en la priant de la prévenir si elle avait des nouvelles de la blessée.

Grâce au café qui lui avait rendu quelques forces, elle put se rendre à son bureau et parvint à fournir une somme impressionnante de travail.

La voisine l'appela à dix-sept heures. Malgré les soins intensifs, Eva Fabiani avait succombé à ses blessures.

Combien de fois ce même rêve était-il venu la visiter depuis, pendant son sommeil ? Quasiment une nuit sur deux. La femme qui tombait du ciel. L'horrible bruit avec lequel le corps s'écrasait sur l'asphalte. L'expression du visage, les yeux qui semblaient soudain s'effacer. Dans chaque rêve ou presque, un policier faisait également irruption, un être surdimensionné qui se penchait sur elle, très près, près à la toucher, si près qu'elle cherchait à s'enfuir à reculons, sans y parvenir.

« Vous avez remarqué quelque chose ? Vous avez remarqué quelque chose ? Vous avez remarqué quelque chose ? »

Cette question répétée en rafale à une cadence de plus en plus accélérée n'exigeait semblait-il pas de réponse, car le policier ne tenait aucun compte de ses efforts désespérés pour lui faire comprendre qu'elle n'avait rien vu.

— Tu devrais peut-être quand même aller voir un psy, lui conseilla Wolfgang. Tu sais que je n'ai pas confiance dans ces gens-là, mais peut-être que quelques séances suffiraient. Comme ça, tu pourrais te confier à une personne neutre, puisque je ne peux visiblement rien faire pour toi.

Cette dernière phrase trahissait un léger dépit. Elle était bien bonne ! Quand et comment avait-il essayé de l'aider ? Certes, il l'avait écoutée d'une oreille compatissante quand elle lui avait relaté les événements, le soir même. Il avait accusé le coup, l'avait plainte de subir une telle épreuve, lui avait servi un cognac pour la remonter, et il s'était occupé du repas pendant qu'elle pleurait toutes les larmes de son corps, effondrée dans un fauteuil. Il avait fait brûler le riz et trop salé les champignons à la crème, mais il avait fait preuve de bonne volonté et elle s'était effectivement sentie mieux. Mais, estimant sans doute que ce devait être suffisant, il réagit par la suite avec une irritation croissante lorsqu'elle revenait sur l'histoire. Un matin, au petit déjeuner, il avait jeté sa serviette sur la table d'un geste sec et lui avait lancé un regard furibond.

« Bon Dieu, Leona, je ne supporte plus d'entendre le nom d'Eva Fabiani ! Je sais que tu as vécu une chose terrible, mais

21

cette femme, tu ne la connaissais même pas ! A part son nom, tu ne sais rien d'elle, tu ne sais même pas pourquoi elle s'est jetée par la fenêtre ! Alors arrête, maintenant, et oublie tout ça ! »

Il avait raison. Elle devait cesser de penser à cette femme, une femme à peu près de son âge, qui n'avait trouvé d'autre issue que le suicide. Car il y avait peu de chances pour qu'il s'agisse d'un crime, même si elle s'était dit plus d'une fois qu'un assassinat l'aurait sûrement moins secouée que cette mort librement choisie.

Elle s'efforçait à présent de ne plus parler de l'épisode devant Wolfgang... sauf quand elle le réveillait inévitablement avec ses cauchemars, comme maintenant.

— Moi non plus, les psys ne m'inspirent pas confiance, dit-elle.

Elle pensa à l'une de ses collègues, sortie plus déprimée que jamais d'une psychothérapie qui avait duré des années.

— D'ailleurs, je n'en ai pas besoin, ajouta-t-elle d'un ton de défi, ce qu'il me faut, c'est un peu de temps.

Wolfgang étouffa un nouveau bâillement.

— Et un peu de bonne volonté, compléta-t-il, revenant au début de la conversation. Et évite d'entreprendre des choses qui font tout remonter à la surface, comme aller à l'enterrement, par exemple. Tu as eu tort sur ce coup-là.

Oui, bien sûr, c'était une erreur, il fallait l'avouer. Et Wolfgang ne s'était pas privé de revenir plusieurs fois dessus. Mais une force obscure l'avait poussée à se rendre au cimetière, lui soufflant que c'était elle qui avait recueilli les dernières paroles d'Eva, qu'elle se devait de l'accompagner jusqu'à sa dernière demeure.

C'était la voisine qui l'avait prévenue :

« Allô, c'est Mme Behrenburg, la voisine d'Eva Fabiani. Je voulais simplement vous dire qu'elle sera enterrée demain à onze heures. Vous avez peut-être envie de venir ? »

Wolfgang avait affirmé par la suite qu'elle s'était laissé « forcer la main » par cette « Mme Behrenburg dont tout le monde se fiche ». Cela l'avait mis en colère, mais il n'avait pas compris que c'était elle-même qui ressentait le besoin de se rendre au cimetière.

Leona, qui s'attendait à trouver une assistance importante aux funérailles d'une femme si jeune, avait été surprise de constater qu'il n'y avait que très peu de monde. Quand les gens âgés mouraient, leurs amis étaient souvent déjà partis avant, et quand ils n'avaient ni enfants ni petits-enfants, il n'y avait généralement pas foule autour de leur tombe. Mais Eva Fabiani n'avait que trente-huit ans ! A cet âge, on avait des amis, des collègues, de la famille. Mais hormis Mme Behrenburg et Leona, la seule personne présente était un homme qui s'avéra être le frère de la défunte. Il semblait n'avoir que quelques années de plus que sa sœur. Il ne pleurait pas, mais paraissait pétrifié de chagrin, voire dans un état de stupeur.

Quand les fossoyeurs avaient commencé à déverser des pelletées de terre sur le cercueil et que le prêtre était parti, l'homme s'était dirigé vers les deux femmes et avait serré la main de Mme Behrenburg.

« Merci d'être venue, Lydia, avait-il dit, et merci pour tout ce que vous avez fait pour ma sœur. Je sais que vous avez été pour elle un grand soutien. »

Lydia Behrenburg en avait rougi de plaisir.

« Je m'entendais très bien avec votre sœur, et ça me faisait vraiment plaisir de passer du temps avec elle. Parce que, vous savez, je n'ai personne au monde. Elle va tellement me manquer... »

Sa tristesse semblait sincère et profonde.

C'est fou le nombre de gens solitaires, s'était dit Leona, touchée.

Le frère d'Eva s'était alors tourné vers elle et l'avait dévisagée d'un œil gris-vert et sec :

« Robert Jablonski. Je suis le frère d'Eva.

— Leona Dorn. »

Avec un rien d'hésitation, elle avait commencé à expliquer :

« Je suis celle qui...

— Leona a été la première sur les lieux du drame, s'était empressée de préciser Lydia, elle s'est tout de suite occupée d'Eva.

— En fait, je n'ai rien pu faire », avait rectifié Leona, comme pour s'excuser.

Robert l'avait gratifiée d'un regard scrutateur.

« Ça vous a pas mal perturbée, non ? »

Elle avait confirmé d'un signe de tête.

« J'ai du mal à surmonter le choc. »

Robert avait remis les lunettes de soleil qu'il avait enlevées pour saluer ses interlocutrices. Ainsi, il était encore plus séduisant.

« Venez, avait-il proposé, je vous invite à aller prendre un café ou autre chose… Lydia et Leona… Je peux vous appeler comme ça ? Vous connaissez un endroit sympa dans le coin ? »

Ils s'étaient installés autour d'une petite table en terrasse, parmi une bruyante population en short et en tee-shirt, lui en costume sombre et elles en robe noire, bas noirs et chaussures noires. Leona, toujours attentive à sa ligne, avait commandé un café et de l'eau minérale, tandis que Robert avait choisi une salade et Lydia une énorme coupe de glace.

Cette dernière avait accaparé la majeure partie de la conversation, débitant un flot ininterrompu de paroles, évoquant des souvenirs communs avec la disparue. Des épisodes amusants, d'autres tristes, des anecdotes en tout genre. Cette femme semblait avoir passé pratiquement tous ses loisirs avec la malheureuse Eva, ce qui était assez surprenant. Car, même si elle ne l'avait pas connue, Leona avait compris à son visage qu'Eva était une femme cultivée, intelligente. Or, Lydia était certes une brave femme, mais rien de plus. Le genre ménagère toujours soucieuse de bien faire, à l'air un peu bête, à l'horizon limité. Leona, que son incessant bavardage avait assommée au bout de dix minutes, s'était demandé comment Eva avait pu résister. Robert Jablonski, de son côté, ne semblait pas apprécier particulièrement la compagnie de la voisine, même s'il la traitait avec politesse et prévenance.

A la faveur d'une interruption au cours de laquelle Lydia avait cherché des yeux le serveur et commandé une autre glace, Leona avait demandé à Robert :

« Vous habitez à Francfort ? »

Celui-ci avait eu un geste de dénégation.

« Non, à Ascona. Au bord du lac Majeur.

— Ah bon ! Vous êtes originaire d'Ascona ? Eva aussi ?

— Nous sommes allemands, mais nous avons grandi à Ascona. Nos parents avaient une très belle maison là-bas. Quand Eva s'est mariée, elle est venue s'installer ici, à Francfort. Son ex-mari est professeur d'histoire du droit à l'université.

— Il n'est pas venu à son enterrement ? C'est étonnant. »

Lydia avait alors émis un son méprisant.

« Moi, ça ne m'étonne pas du tout. Ce coureur de jupons ! Il ne s'est jamais occupé d'Eva quand elle était vivante, alors on se demande pourquoi il le ferait maintenant qu'elle est morte.

— Je suppose qu'il ne sait pas encore qu'elle est décédée, était intervenu Robert, les journaux n'ont pas donné son nom, et moi, je ne lui ai rien dit.

— Il l'apprendra bien assez tôt, avait jeté Lydia, et de toute façon, ça ne l'intéressera pas. »

La cote d'amour de l'ex-mari d'Eva ne semblait pas très haute, mais Leona s'était retenue de poser d'autres questions, de peur de paraître indiscrète.

« J'ai été étonnée de voir que nous n'étions que trois à son enterrement, avait-elle simplement remarqué. Je suppose qu'Eva connaissait d'autres gens, non ?

— Non, justement, avait répondu Lydia, tout en suivant des yeux les gestes du garçon qui apportait sa deuxième coupe, une glace géante, à la vanille, agrémentée de framboises chaudes et de crème chantilly. Elle n'avait vraiment personne.

— Nos parents sont morts, avait précisé Robert, et nous n'avons pas de famille. J'étais le dernier parent vivant d'Eva.

— Mais elle avait sûrement des amis, avait insisté Leona, des collègues...

— C'est qu'elle n'avait pas d'emploi fixe, avait expliqué la voisine. Après son divorce, elle a été arrêtée pendant deux ans à cause de sa dépression. Après, elle a fait des petits boulots, c'est tout. Un coup ici, un coup là. Des boulots précaires en tout genre. Elle n'est jamais restée assez longtemps nulle part pour se faire des amis.

— Elle arrivait à en vivre ?

— Très bien. L'appartement était à elle, et elle avait même de quoi mettre de l'argent de côté. Les meubles, elle les avait tous apportés. Son mari lui a pratiquement tout laissé, depuis le fer à repasser jusqu'à la cuisinière en passant par la machine à laver. C'était sans doute pour se donner bonne conscience. »

Leona n'avait plus rien ajouté. Elle s'était demandé comment pareille chose était possible. Comment une femme séduisante, encore jeune comme Eva Fabiani, pouvait-elle être seule au point de n'avoir pour compagnie que celle d'une voisine âgée au bavardage insipide ? Pas de poste fixe. Pas d'amis. Pas de mari. Sans doute était-ce la solitude qui l'avait poussée à ce saut mortel. A trente-huit ans.

Robert s'était légèrement penché en avant, enlevant ses lunettes de soleil. Il a un regard drôlement perçant, avait pensé Leona.

« J'ai appris que ma sœur avait dit quelque chose avant de mourir. Quelque chose comme "cette fois, il a réussi".

— "Cette fois, ça y est, il a fini par y arriver", avait rectifié Leona. Ce sont ses paroles précises. »

Robert avait fait la grimace.

« Oui, avait-il confirmé avec amertume, il a fini par y arriver.

— Qui ?

— Son ex-mari ! s'était exclamée Lydia. C'est de lui qu'elle parlait, évidemment ! »

Lydia en revenait invariablement à cet homme qu'elle rendait responsable de tous les maux dont avait souffert Eva.

« Mais, Lydia, vous m'avez dit qu'ils étaient divorcés depuis quatre ans ! Ils ne pouvaient plus avoir beaucoup de contacts ! »

Robert avait alors repris la parole et expliqué d'une voix bizarrement dénuée d'émotion :

« Elle a souffert, souffert comme une bête de cette séparation. Elle a fait une grave dépression. Ça la rendait à moitié folle de douleur par moments. Elle était incapable de s'en sortir, et son suicide est la conséquence logique de ce qu'elle a vécu ces dernières années.

— C'est donc lui qui a demandé le divorce, pas elle », en avait conclu Leona.

Robert avait allumé une cigarette, d'une main légèrement tremblante. Tristesse ? Excitation ? Haine ? s'était demandé Leona. Mais il avait poursuivi de la même voix uniforme :

« Il la trompait. Il l'a trompée si souvent, avec une telle absence de scrupules, si ouvertement, au su et au vu de tous, qu'elle n'a plus eu d'autre choix que de demander le divorce. Et c'est à partir de là qu'elle a commencé à mourir à petit feu. »

— C'était vraiment curieux, dit-elle, couchée dans le noir, cet enterrement où il n'y avait que trois personnes pour accompagner une jeune femme de cet âge : le frère, la voisine, dont on ne sait pas si la morte se cramponnait à elle ou si c'était l'inverse, et une pure inconnue qui passait par hasard au moment fatal où la vie lui était devenue insupportable. Drôle d'assemblage !

Wolfgang laissa libre cours à son bâillement.

— Si tu n'étais pas allée chez le dentiste ce jour-là, ça nous aurait évité un tas d'empoisonnements.

— Son mari n'arrêtait pas de la tromper. Robert est convaincu que c'est ça qui l'a poussée au suicide.

— C'est n'importe quoi ! répliqua Wolfgang d'un ton coupant. Tu m'as bien dit que c'était une belle femme !

— Quel est le rapport ?

— Si c'est vrai, si son mari la trompait, ce n'était sans doute pas une catastrophe pour une femme comme elle. Belle, trente-huit ans… Elle aurait facilement pu s'en dégoter un autre ! Elle n'était pas obligée de sombrer dans un océan de douleur !

— Et l'amour, qu'est-ce que tu en fais ? Peut-être qu'elle l'aimait tellement qu'elle n'en voulait pas d'autre ! C'est très possible.

— Arrête tes conneries de courrier du cœur ! Quand on a passé trente ans avec quelqu'un, je veux bien, on a peut-être du mal à s'imaginer avec un autre. Mais ils n'ont pas été mariés pendant trente ans. Et, encore une fois, elle était trop jeune pour jouer les veuves éplorées !

Voilà qu'il se fâche maintenant ! Leona se demanda quelle mouche le piquait, tout à coup. Lui que ce sujet avait toujours fait bâiller d'ennui ! Cette fois, il semble vraiment en colère, ma parole !

Elle s'assit sur le bord du lit et attrapa ses chaussons du bout des pieds.

— Je descends au salon, annonça-t-elle, regarder la télé. Je crois que je ne vais pas réussir à me rendormir tout de suite.

Il n'essaya pas de la retenir.

2

C'est fantastique, cette façon qu'ils ont de présenter un cadavre, pensa Lisa en contemplant le visage doux et paisible de sa sœur.

Elle avait souvent entendu dire que les morts avaient un visage apaisé, mais elle n'y croyait pas vraiment, c'était pour elle un cliché, une idée reçue que tout le monde véhiculait à l'envi. Cette paix inscrite sur les traits des morts, traduisant l'idée qu'ils étaient délivrés de leurs souffrances terrestres, était finalement une précieuse consolation, souvent la seule dont on disposait. Il fallait bien se cramponner à quelque chose.

Mais c'est vrai, Anna a l'air apaisée, se dit Lisa. Elle a l'air de dormir, de rêver à quelque chose de beau.

On avait lavé la saleté et le sang qui recouvraient son visage, débarrassé ses cheveux de l'herbe et des branchages qui s'étaient pris dedans. En la voyant ainsi, on avait du mal à imaginer qu'elle avait succombé à une mort violente.

Sans doute que pour son corps ce n'était pas pareil… L'assassin s'était acharné sur elle. Les innombrables plaies provoquées par les coups de couteau étaient impossibles à dissimuler.

Et elle, elle les avait vues. Elle avait été contrainte d'identifier sa sœur.

Entendant son père pleurer silencieusement derrière elle, elle se retourna. Il semblait avoir vieilli de dix ans en quinze jours. Sur son visage ravagé se lisaient le désarroi et l'horreur.

Elle toucha doucement son bras.

— Je t'avais dit de ne pas venir, papa. L'enterrement sera déjà assez dur pour toi. Pourquoi a-t-il fallu que tu viennes la voir ?

— Je veux lui dire au revoir, lâcha Johann d'une voix faible.

Il était visible qu'il n'était pas à l'aise dans son costume sombre, si vieux qu'il était lustré par endroits. C'était son costume de mariage, qui datait de trente ans et pendait sur lui comme un sac. Deux ans auparavant, son père était encore bel homme. Puis il avait été frappé par le cancer. D'abord le poumon, et il avait fallu lui enlever un lobe. Ensuite, des métastases étaient apparues dans les intestins et dans l'estomac. Depuis quelque temps, il se plaignait de douleurs dans les os, et certains jours, il avait le plus grand mal à se déplacer. Lisa était prise à temps complet par les soins qu'elle lui administrait. Incapable de le soulever pour l'emmener dans la salle de bains ou lui faire faire quelques pas dans le jardin, elle avait demandé les services d'un organisme d'aide à domicile. Depuis, Benno passait tous les deux jours. C'était un garçon très gentil, d'une quarantaine d'années, qui n'avait pas de formation de soignant et n'était pas autorisé à administrer les médicaments ni les piqûres, mais qui possédait la force nécessaire pour soutenir ou porter le malade. Son aide était un véritable soulagement.

Benno était là, justement, le jour où la police était venue les prévenir, quinze jours auparavant. On était en fin d'après-midi, et Lisa s'apprêtait à aller faire des courses après l'avoir prié de tenir compagnie à son père qui n'allait pas bien et ne pouvait être laissé seul.

Benno avait ouvert la porte, puis était monté jusqu'à la salle de bains, où elle était en train de se mettre du rouge à lèvres.

« La police, avait-il chuchoté, il y a deux agents qui veulent voir votre père !

— Je n'ai pas le temps maintenant. Qu'est-ce qu'ils veulent ?

— Je ne sais pas, mais ils ont la mine très sérieuse. »

Elle avait descendu les marches à leur rencontre, et la tragédie avait alors commencé. Par une chaude journée d'été. Sans s'annoncer.

Des gens du village avaient trouvé Anna dans la forêt, attachée à un arbre, le corps lardé de coups de couteau. La femme, en état de choc, était sous traitement médical. Le mari avait reconnu le corps comme étant celui d'Anna Heldauer, « la fille de Johann Heldauer ». Mais il fallait que quelqu'un de la famille

29

vienne voir – quelqu'un qui puisse l'identifier officiellement... ce n'était pas un beau spectacle, mais...

« Prenez tout votre temps, avait dit Benno, je reste auprès de votre père. »

Elle était partie avec le policier et avait confirmé qu'il s'agissait de sa sœur.

L'enterrement avait été autorisé quinze jours seulement après la découverte du corps. Ils l'avaient examiné pendant un temps fou.

Lisa se pencha une dernière fois sur Anna, fit un signe de croix sur son front haut et pâle. Il y avait si longtemps qu'elle n'avait plus revu sa sœur, elles avaient vécu tellement éloignées l'une de l'autre, même pendant leur enfance, qu'elle avait l'impression de dire adieu à une étrangère. Et pourtant, quelque chose en elle se serra, la transperçant d'une vive douleur : c'était sa sœur ! Hormis son père, le seul être au monde qui lui restait. Et son père allait bientôt la quitter... Après, elle se retrouverait tout à fait seule.

— Ça ne pouvait que mal finir, murmura Johann alors qu'ils se détournaient pour partir. C'est ce que j'ai toujours dit... Avec la vie qu'elle menait, il ne pouvait que lui arriver malheur !

En tout cas, elle a plus profité de la vie que moi, pensa Lisa avec amertume, elle s'est tirée assez tôt pour le faire. Et moi, elle m'a laissé notre père, avec son cancer et sa fin de vie pitoyable.

Elle en avait tellement voulu à Anna, l'avait tellement haïe pendant ces dernières années qu'elle avait du mal à transformer cette haine en douceur et en compassion – des sentiments qu'elle était censée éprouver pour une sœur qui avait trouvé la mort dans des conditions aussi effroyables. Anna avait si atrocement souffert qu'elle la méritait vraiment, cette compassion.

Je suis mauvaise, se reprocha Lisa intérieurement, si mauvaise que je n'arrive pas à la ressentir. Même pas maintenant, en un moment pareil.

— Viens, papa, dit-elle, les autres nous attendent pour la levée du corps.

« Les autres », c'était tout le village. L'assassinat avait suscité un grand émoi dans la population. Tout le monde tenait à assister à la cérémonie. Et ils étaient tous là, habillés de noir, des fleurs à la main, à les dévisager. Depuis le jour fatal, le flot des manifestations de sympathie ne tarissait pas.

Leur sympathie était-elle sincère, ou était-ce l'attrait du sensationnel ? Enfin, il se passe quelque chose dans ce bled paumé ! Un événement à commenter, quelque chose qui a attiré les journalistes et qui a mis ce petit coin de terre parfaitement insignifiant en première page des journaux. Et ils vont s'agglutiner autour de la tombe avec des mines de circonstance tout en bouillant intérieurement d'impatience, pressés de rentrer à la maison et d'échanger leurs impressions avec les voisins. Vous ne trouvez pas que le Johann avait mauvaise mine, et la Lisa, avec sa minijupe, franchement, quel manque de pudeur !

Alors qu'en fait, personne parmi eux n'était l'ami d'Anna. Pas un seul.

Mais Anna s'était-elle fait des amis, pendant toutes ces années d'absence ? Si oui, ils n'avaient pas pu être prévenus, car depuis six ans sa famille vivait dans l'ignorance totale de son sort. Quand elle avait quitté la maison, à dix-huit ans tout juste, peu après la mort de leur mère, parce qu'elle ne supportait plus « cette petite vie étriquée de province », elle pensait partir pour l'Amérique du Sud.

« Partir à l'aventure, un jour ici, un jour ailleurs, sans s'occuper de la veille ou du lendemain, vivre ici et maintenant », c'était ainsi qu'elle avait décrit son projet. Lisa, plus jeune, l'avait écoutée avec envie, les yeux écarquillés, mais leur père, qui était encore fort et en bonne santé à l'époque, avait émis des réserves.

« C'est beaucoup trop dangereux pour une femme seule. Tu te rends compte de ce que tu risques ? Dans ces villes sud-américaines, c'est la révolution tous les quatre matins, et le reste du temps, il y a des putschs. Personne ne se préoccupera d'une étrangère. Tu risques de te faire tuer, et nul n'en saura jamais rien. »

Anna s'était contentée de rire et de jeter les prédictions de son père aux orties. Lisa la voyait encore, le jour de son départ :

resplendissante, gaie, dorée par les bains de soleil dont elle usait et abusait, ses longs cheveux couleur de miel ondulant dans son dos, avec, autour du cou et des poignets, des bijoux de pacotille ornés de turquoises qui tintinnabulaient.

Les sombres prophéties de son père s'étaient donc réalisées, même si ce n'était pas exactement comme il l'avait prévu. Ce n'était pas en Amérique du Sud qu'Anna avait trouvé la mort, mais dans la région d'Augsbourg, juste à côté de chez elle, tout près du petit village où elle avait grandi, dans l'un des bois où elle jouait enfant. Apparemment, elle rentrait chez elle, mais, hélas, son assassin lui avait barré la route à quelques pas du but.

Pourquoi rentrait-elle au bout de six ans ? Après avoir passé toutes ces années sans donner signe de vie, voilà qu'elle revenait sans crier gare. Pourquoi ?

Lisa gagna le premier rang en s'efforçant d'ignorer les regards et les chuchotements de l'assistance répartie sur des rangées de chaises. Son père s'appuyait lourdement sur elle.

3

Qu'est-ce que c'est que ce temps pourri ? se demanda Wolfgang, les yeux fixés sur les carreaux où s'abattait une pluie qui tombait à verse. Les arbres pliaient sous la tempête. Au loin, le tonnerre grondait. C'était un violent orage d'été. Depuis une semaine, tous les soirs, les orages se déchaînaient, accompagnés d'une pluie diluvienne et de rafales de vent si puissantes qu'elles déracinaient les arbres plus souvent qu'à leur tour et faisaient dégringoler les balconnières. Finies, les longues soirées tièdes passées au jardin. En ces derniers jours du mois d'août, l'été tirait sa révérence à grand fracas. Le mois de septembre s'annonçait froid et pluvieux, prédisaient les météorologues.

Wolfgang était las, d'une lassitude qui engourdissait jusqu'au moindre de ses os. Se lever, aller prendre une douche, s'habiller, tout lui semblait au-dessus de ses forces. Emmitouflé dans un peignoir vert sombre, il s'était affalé sur une chaise de cuisine et s'était servi une tasse de café qui datait de l'après-midi. Du café froid, mais il n'avait pas l'énergie nécessaire pour s'en refaire. Il devait rentrer maintenant, il avait encore des tas de choses à faire. Qu'est-ce qu'il avait à être si fatigué, si abattu ?

Nicole entra dans la cuisine. Contrairement à Wolfgang, elle semblait en pleine forme.

— C'est à cause de moi que tu fais cette tête ? Tu en as marre de moi, c'est ça ?

Elle vint se placer derrière lui et l'entoura de ses bras, en appuyant son visage contre sa joue, ses longs cheveux retombant sur la table.

— Attends, ne me dis pas que tu bois ce café froid ? Pas étonnant que tu sois de mauvais poil !

— Je ne suis pas de mauvais poil.

— Bien sûr !... Il suffit de te regarder ! Allez, je te refais du café.

Fidèle à son habitude, elle voulut joindre le geste à la parole, mais Wolfgang la retint par le bras.

— Non. De toute façon, il faut que je m'en aille. Je ne sais pas ce que j'ai à être léthargique comme ça.

Aussitôt, l'expression de Nicole se transforma. Devenue grave, elle alla s'asseoir en face de lui et le regarda pensivement.

— Moi, je sais pourquoi tu ne vas pas bien en ce moment, dit-elle.

Elle joua avec la tasse vide qui traînait là depuis le midi, depuis qu'ils avaient pris le café, à l'arrivée de Wolfgang.

— Aujourd'hui, nous sommes le 31 août, lui rappela-t-elle.

— Oui... le 31 août, soupira-t-il.

Cette date semblait peser sur lui comme une chape de plomb. Ses épaules s'affaissèrent un peu plus.

— Qu'est-ce que tu as dit à Leona ?

— J'ai dit que j'allais à la radio... Je lui ai raconté que j'avais des problèmes à régler...

— Elle ne se doute vraiment de rien ?

— Je ne sais pas, mais elle me trouve changé depuis quelque temps. Elle dit que j'ai des sautes d'humeur, que je suis sur les nerfs. Je réponds que c'est le surmenage.

Nicole regardait fixement sa tasse.

— Ecoute, tu ferais bien de régler cette situation au plus tôt, lui conseilla-t-elle. Tu es au bout du rouleau.

— Je t'ai dit que ce serait fait à la fin août. Et ce sera fait.

— Alors il ne te reste plus que ce soir.

— Je sais.

Elle tendit le bras au-dessus de la table et effleura sa main.

— Si tu ne te décides que demain ou après-demain, je ne t'en voudrai pas. Tu n'es pas obligé de gâcher ta soirée dominicale, ni la sienne.

— Repousser ne servira à rien ! répliqua-t-il avec irritation.

Un coup de tonnerre éclata. Aussitôt après, un éclair plongea la cuisine dans une lumière aveuglante.

— Je voulais le lui dire en juillet, j'y étais bien décidé. Mais alors est arrivée cette foutue histoire avec la femme qui s'est jetée par la fenêtre. Leona en a été complètement chamboulée. Ce n'était pas le moment de lui annoncer que j'aimais une autre femme et que je voulais divorcer.

— Et maintenant, elle va mieux ?

— Pas vraiment. C'est curieux, elle est très affectée par ce qui s'est passé. Mais je ne peux pas attendre jusqu'à la saint-glinglin à cause de ça.

Nicole reposa sa tasse avec un tintement sonore.

— Elle est peut-être plus maligne que tu ne crois, tu sais... Comme elle flaire quelque chose, elle joue les pauvres petites traumatisées qu'il faut traiter avec ménagement.

Cette remarque énerva Wolfgang. Il aimait Nicole, c'était entendu, mais cela ne l'empêchait pas d'avoir encore des sentiments pour Leona.

— Je n'ai pas l'impression qu'elle joue la comédie, rétorqua-t-il d'un ton acerbe. Je ne pense pas que ce soit très drôle de voir une femme s'écraser à ses pieds. Pas de chance, il a fallu qu'elle passe par là au mauvais moment.

Il se leva. Inutile de faire traîner les choses en espérant qu'elles se règlent d'elles-mêmes. Leona avait droit à la vérité. Nicole avait droit à une situation claire et nette. Lui, il avait le droit de vivre sa vie sans trimballer sa mauvaise conscience.

Il s'était rarement senti aussi mal dans sa peau.

Il avait pensé qu'il irait mieux une fois qu'il aurait avoué. Quelque part dans un coin de sa petite cervelle de crétin infantile, il avait nourri le vague espoir que tout se passerait sans problème dès qu'il aurait fait éclater la vérité. Leona se montrerait coopérative et raisonnable et dirait des choses du genre : « Tu as tout à fait raison, entre nous, ce n'est plus comme avant. Je pense qu'il vaut mieux tirer un trait, que c'est une bonne chose. Restons amis ! »

Ou bien, elle sortirait les griffes, elle l'insulterait, le flanquerait à la porte. Tant mieux, cela lui faciliterait la tâche, si elle le mettait dehors. Si elle se transformait en furie hystérique.

Mais non, elle ne se transforma pas en furie, et ne prononça pas un mot. Simplement, elle pâlit et resta assise, muette, prostrée. Il se dit qu'il avait été vraiment idiot d'imaginer qu'il s'en tirerait à bon compte.

Il lui avait jeté à la tête leurs treize années de mariage, plus les treize années qu'ils avaient passées à filer naïvement le parfait amour avec le romantisme propre à la jeunesse. Oui, naïvement, c'était le mot juste pour caractériser la manière dont ils s'étaient aimés à l'époque. Quand on décidait à l'âge de quinze ans de se marier, qu'on finissait par le faire à vingt-huit ans en étant convaincus qu'on n'éprouverait jamais aucune lassitude, qu'on ne regretterait jamais secrètement les occasions perdues, eh bien, on n'était que deux sots. Cela voulait dire qu'on ignorait tout des réalités de la vie et qu'un jour ou l'autre, obligatoirement, on retomberait sur terre.

Il regarda Leona avec une tendresse qu'il n'avait plus éprouvée pour elle depuis longtemps. C'était la tendresse que l'on ressentait pour un être avec lequel on avait vécu tellement d'années que l'amour qu'on lui vouait se confondait avec l'amour que l'on portait à sa propre vie.

Wolfgang prit conscience à ce moment-là que Leona serait pour toujours liée aux bons souvenirs de sa jeunesse – c'était avec elle qu'il allait danser quand il était adolescent, c'était elle qui incarnait la fin de ses années de lycée, sa vie d'étudiant, ses débuts de pigiste dans une chaîne de télévision, son ascension dans la hiérarchie jusqu'à la fonction de rédacteur en chef. C'était avec elle qu'il avait partagé le bonheur de toucher son premier salaire, avec elle qu'il avait débouché le champagne à chaque promotion. Il eut la vision furtive du jour de leur mariage, mais il la repoussa bien vite. S'il y avait une chose qu'il détestait, c'était bien le sentimentalisme.

Le silence perdurait, de plus en plus lourd. Les plats refroidissaient sur la table. Dans leurs verres, le vin avait pris une teinte grenat. Dehors, la pluie tombait toujours à seaux. L'orage s'était éloigné.

Quand Leona rompit enfin le silence, Wolfgang lui en fut si reconnaissant qu'il dut résister à l'envie de la prendre dans ses bras. Tout, même les reproches les plus durs, plutôt que ce silence de mauvais augure !

La première chose qu'elle demanda, avec un réalisme qui le surprit, fut :

— Ça dure depuis combien de temps ?

Il s'était promis d'être sincère envers elle, aussi répondit-il franchement :

— Six mois tout juste.

— Donc, depuis le mois de février.

— Depuis la fin février.

— Qui est-ce ?

— Une collègue.

— Je la connais ?

Il hésita.

— Je ne sais pas. Elle ne fait pas partie des collègues que j'invite de temps en temps. Mais il se peut que tu l'aies déjà vue, quand tu m'accompagnais au bureau.

— On la voit à l'écran ?

— Elle fait des documentaires. Surtout sur les problèmes des femmes. L'année prochaine, elle devrait présenter son propre talk-show.

Leona l'écoutait, tendue.

Wolfgang admira sa volonté. Elle doit sacrément prendre sur elle pour arriver à me poser ces questions avec tant de calme, se dit-il.

Plus tard, Leona lui confia que sa tension, à ce moment-là, provenait des efforts qu'elle déployait pour se sortir de l'hébétude qui l'empêchait d'ordonner ses pensées et de les traduire en mots.

— Cet après-midi, tu n'étais pas à ton bureau, dit-elle.

— Non.

Elle pâlit affreusement.

— Tu as couché avec elle ?

Il ne faut pas pousser la franchise trop loin, se dit Wolfgang.

— Non, répondit-il.

Mais il vit qu'elle ne le croyait pas.

— Pour six mois... murmura-t-elle, pour ces six mois que tu as passés avec elle, tu veux foutre en l'air toutes les années que nous avons partagées ?

— Non, c'est pour l'avenir que je veux passer avec elle.

— Tu en es tout à fait sûr ?

— Bon sang, Leona, sûr... sûr... qu'est-ce que ça veut dire ?

Il avait arrêté de fumer, mais il eut tout à coup envie d'une cigarette. Par bonheur, il n'y en avait pas chez eux. Il se trouvait encore au stade où une unique cigarette pouvait le faire replonger.

— Est-ce qu'on peut jamais être sûr de quoi que ce soit ? poursuivit-il. Mais il me semble qu'on a une bonne chance tous les deux, elle et moi, et j'ai envie de profiter des possibilités qui s'offrent à nous.

Il avait bien conscience du caractère emprunté de ses paroles. Mais pouvait-il dire simplement : « Voilà, je suis tombé amoureux de cette femme. Ça s'est passé de façon très soudaine, et je n'ai pas pu luttter. Je n'avais jamais connu ce sentiment avant. Enfin, peut-être que si, mais il y a longtemps et ça fait partie d'une autre vie » ?

Inutile de lui faire encore plus de mal ! Voilà pourquoi il se réfugiait dans des formules toutes faites destinées à masquer au mieux ce qu'il ressentait.

Elle eut un rire bref.

— Que c'est bien dit ! Et tu vois en elle des possibilités que tu ne trouves pas chez moi ?

Ah, la question classique : qu'est-ce qu'elle a de plus que moi ? Cet interrogatoire était extrêmement désagréable, mais c'était lui, le méchant, dans l'histoire, et supporter cette épreuve constituait pour lui une sorte de châtiment expiatoire.

— Tout ça n'a pas grand-chose à voir avec toi, Leona, lui dit-il en ayant parfaitement conscience de l'aspect convenu de ses paroles.

D'ailleurs, toute cette scène était un véritable cliché. C'était comme s'ils obéissaient à un rituel obligatoire qui se déroulait de la même façon dans le monde entier, où les victimes posaient invariablement les mêmes questions, où les coupables donnaient invariablement les mêmes réponses.

— Il y a déjà tellement longtemps que nous sommes ensemble, Leona, c'est peut-être pour ça. Quand nous nous sommes connus, nous étions presque des enfants. Depuis, nous vivons collés l'un à l'autre comme des siamois. Nous n'avons jamais eu ni l'un ni l'autre l'occasion de faire d'autres expériences, de vivre avec quelqu'un d'autre, de nous disputer, de rire avec quelqu'un d'autre, de nous frotter à quelqu'un d'autre, de...

— ... de coucher avec quelqu'un d'autre, compléta Leona d'une voix amère.

— Oui, confirma Wolfgang, de coucher avec quelqu'un d'autre. Ça aussi, bien sûr.

Leona sortit peu à peu de sa stupéfaction. Les voiles protecteurs qui s'étaient drapés autour d'elle commencèrent à se déchirer l'un après l'autre. La douleur eut la bonté d'attendre encore un peu avant de lui sauter dessus et d'enfoncer ses griffes dans sa chair.

— A t'entendre, on a l'impression que, pour toi, il n'y a rien de pire que de partager sa vie avec la même personne jusqu'à sa mort. Mais je te rappelle que c'était notre rêve à tous les deux. Nous avons toujours...

— Non, l'interrompit-il, soudainement coupant et dur. Ce n'était pas notre rêve à tous les deux. C'était le tien. Un rêve romantique à la noix, le rêve du couple idéal, du bonheur qui dure toute la vie. Nous étions censés vieillir ensemble, indéfectiblement soudés l'un à l'autre pendant de longues, longues années. Ton projet de vie n'intégrait pas la notion de l'échec.

— Tu peux me dire qui intègre la notion de l'échec dans ce cas-là ? l'interrogea Leona, la bouche sèche.

— Peut-être pas la notion, mais l'éventualité. Quand on l'envisage, on n'a pas le sentiment d'être enfermé dans un corset qu'on a d'autant moins le droit de retirer qu'on enlèverait à l'autre les illusions sans lesquelles il ne peut vivre.

— Tu me considères donc comme une personne pleine d'illusions ?

— Oui, peut-être, parce qu'il ne peut en être autrement, avec la famille que tu as, où on s'accroche les uns aux autres, où on s'aime, où on se tient les coudes... Tes sœurs, au moins, elles se sont révoltées, chacune à sa façon, mais pas toi. Toi, tu as repris pour ton compte les rêves de tes parents et tu les combles. A quarante et un ans, tu es restée exactement la même qu'à quinze, Leona.

A peine eut-il prononcé ces mots qu'il les regretta. Il avait été trop dur, même s'il avait raison. Mais le désir brutal de faire voler en éclats le monde idéal dans lequel il s'était senti pris au piège pendant tant d'années avait été le plus fort.

Elle avait sursauté, et sa pâleur avait encore augmenté.

— Ce que je veux dire, s'empressa-t-il d'ajouter pour tempérer ses paroles, c'est que ta vision de la vie n'a pas du tout changé. Et en cela, tu sembles... être restée une petite fille, quelque part.

Ils se regardèrent, désemparés, désorientés. Lui, presque submergé par le besoin de lui jeter à la tête tout ce qui ne lui plaisait pas et ne lui avait jamais plu chez elle et dans leur vie commune ; elle, de son côté, continuant encore à lutter pour combler l'avance qu'il avait sur elle, car elle avait été prise par surprise et donc reléguée à l'arrière, et se débattant...

Le téléphone sonna à point nommé.

Wolfgang décrocha, soulagé de cette diversion. C'était Lydia Behrenburg qui souhaitait parler à Leona.

— Allô, Leona, comment allez-vous ?

Lydia semblait en pleine forme et en effervescence. La mort d'Eva lui laissait un grand vide et, à terme, la solitude prendrait pour elle une importance catastrophique mais, pour l'heure, le changement qui interrompait la monotonie de son existence avait un effet bénéfique. Elle avait été interrogée par la police et les journalistes, elle avait pu se mettre en avant. Finalement, contre toute attente, elle vivait un été intéressant.

— Leona, Robert Jablonski est à Francfort pour quelques jours. Il est venu s'occuper du déménagement de l'appartement d'Eva. C'est un travail de titan, vraiment !

Cette Lydia semblait être très concernée par l'affaire… Je suppose que la perspective de récupérer un petit quelque chose n'y est pas étrangère, pensa Leona, un peu méchamment.

— Robert se demandait si vous ne vouliez pas passer voir si par hasard il n'y aurait pas des choses qui pourraient vous être utiles, poursuivit Lydia. Il ne peut pas tout garder, c'est impossible, mais ça lui ferait mal au cœur de devoir jeter des choses ou les vendre à des étrangers.

— Je ne sais pas…

— Allez, venez ! C'est à deux pas de chez vous !

Dans son état… c'était exclu.

— Lydia, ce soir, ce n'est pas possible, je… mon…

Elle s'interrompit.

« Mon mari », s'apprêtait-elle à dire, mais ce mot refusa tout à coup de franchir ses lèvres. Son mari, qui serait bientôt son ex-mari. Eva s'était suicidée parce qu'elle ne pouvait pas supporter cette perte.

— Oh, allez, venez, ne vous faites pas prier ! insista la voisine, comme si elle l'invitait à participer à quelque réjouissance.

Puis ce fut la voix profonde et calme du frère d'Eva qui intervint :

— Leona ? C'est Robert. Vous n'avez évidemment pas besoin de venir si vous ne voulez pas. J'ai simplement pensé qu'il y aurait des choses qui pourraient vous intéresser. Des livres, peut-être…

Ce n'était vraiment pas le moment. Avec le ciel qui venait de lui tomber sur la tête, l'héritage laissé par Eva Fabiani était le cadet de ses soucis.

— Mais… je n'ai droit à rien, finit-elle par dire.

Une première légère douleur commença à monter dans sa nuque. Dans une heure, ses maux de tête seraient terribles.

— Vous êtes la dernière personne à laquelle ma sœur a parlé, répondit Robert d'un ton grave, la dernière personne qui se soit occupée d'elle avant qu'elle perde connaissance. Vous y avez absolument droit.

— C'est gentil à vous, Robert, merci. Mais ce soir...

Contrairement à Lydia, le frère d'Eva avait des antennes fines.

— Vous allez bien ? Vous avez l'air un peu bizarre.

— Je... j'ai peur d'avoir attrapé un rhume. Ecoutez, Robert, si je ne tombe pas malade, je passerai demain après mon travail.

Cela lui laissait toute latitude pour ne pas y aller.

— Vers les six heures, précisa-t-elle.

— Cela me ferait plaisir, répondit Robert. Mais il se peut que l'ex-mari d'Eva soit là demain. Il vient chercher certaines choses qu'il lui avait données. Je n'en veux pas.

Leona affirma que la présence de l'ex-mari d'Eva ne la dérangeait pas et mit fin à l'entretien. Le mal de tête l'attaqua plus vite que d'habitude.

Elle se tourna vers Wolfgang qui venait de se servir un whisky.

Et elle se mit à crier.

4

Finalement, elle se rendit chez Eva le lendemain, mais uniquement parce qu'elle n'avait pas envie de rentrer. Pendant la journée, elle s'était traînée avec la détermination farouche d'un animal blessé qui ne veut pas s'écrouler, sachant qu'il ne se relèvera plus. Au déjeuner, à la cantine, elle avait été incapable d'avaler la plus petite bouchée, et ses collègues l'avaient mise en boîte parce qu'elles la soupçonnaient d'avoir entamé une nouvelle cure d'amaigrissement.

Qu'est-ce qui va se passer maintenant ? se demanda-t-elle en sortant de son travail, un peu après dix-huit heures. Elle en avait pour une demi-heure environ de marche à pied jusqu'à son domicile. Le plus souvent, elle profitait de cette – unique – occasion pour faire un peu d'exercice, quand le temps le permettait ou qu'elle n'était pas trop pressée. Aujourd'hui, 1er septembre, il tombait un petit crachin, mais cela lui était égal, et elle était tout sauf pressée de rentrer.

41

Elle traversa les rues calmes du quartier résidentiel sans accorder le moindre regard aux vieilles maisons qui les bordaient de part et d'autre, précédées de jardins fleuris, dans la profusion des couleurs de l'été finissant. Les gouttes d'eau rebondissaient sur le dais formé par les feuilles des gigantesques arbres qui ornaient les trottoirs.

Est-ce qu'il sera à la maison à mon retour ? Et combien de temps encore cette maison sera-t-elle la mienne ?

C'était la première fois que cette dernière pensée lui venait à l'esprit, et elle en fut profondément effrayée. La maison leur appartenait à tous les deux. Ils étaient loin d'avoir fini de la payer, mais le crédit leur revenait moins cher que n'eût coûté un loyer.

C'était une bâtisse de grès clair, composée de deux pièces au rez-de-chaussée et de trois chambres au premier étage. La cuisine au sol de pierre était dotée d'une porte laquée de blanc donnant sur l'arrière, et disparaissant presque entièrement sous le jasmin qui l'encadrait, l'été. Le séjour à encorbellement avait vue sur la rue, et la salle à manger disposait d'une ravissante cheminée ancienne et de fenêtres à croisillons entourées de lierre. Le jardin était protégé des regards indiscrets par des haies de haute taille, et, sous le pommier, un banc peint en blanc invitait à la rêverie, quand il faisait chaud.

Ils avaient repéré cette maison sept ans auparavant et en étaient tombés aussitôt amoureux. Avant la négociation, Wolfgang lui avait bien fait la leçon en lui recommandant de cacher son enthousiasme à la propriétaire, une vieille dame qui partait s'installer en Californie auprès de sa fille. Mais aucun des deux n'avait réussi à observer la consigne.

— Vous savez, leur avait dit la vieille dame, si je n'étais pas aussi seule, jamais je ne me séparerais de cette maison. Ce sont les arrière-grands-parents de mon père qui l'ont fait construire. Je voudrais qu'elle revienne à quelqu'un qui l'aime. Pas à une quelconque société immobilière qui la raserait pour la remplacer par un bloc de béton avec quinze logements dedans.

— Nous, nous l'aimerions, avaient dit Wolfgang et Leona d'une même voix.

Seule, j'aurai du mal à la garder, se dit Leona, et encore moins si je dois verser sa part à Wolfgang.

Elle pensa à son jardin qu'elle entretenait avec tant d'amour, et les larmes lui montèrent aux yeux. Jusqu'alors, elle avait été trop assommée pour laisser libre cours à son chagrin. Elle avala péniblement sa salive. Il ne manquait plus qu'elle se mette à pleurer en pleine rue !

Elle n'avait pas le courage de rentrer tout de suite. La veille au soir, ou, plus exactement, le matin même à l'aube, après d'interminables, d'épuisantes heures de conversation avec Wolfgang, elle lui avait demandé de partir le plus vite possible, et il avait promis d'accéder à sa demande. Peut-être était-il au même moment dans la chambre, en train d'emballer ses affaires. Dans ce cas, oui, c'était sûr et certain, elle pleurerait !

D'un pas décidé, elle se dirigea donc vers l'immeuble d'Eva.

Elle n'y était plus retournée depuis le jour tragique, six semaines auparavant. Et pourtant, en apercevant le bâtiment et la rue, elle frissonna involontairement et repoussa l'image de la femme agonisante qui gisait à ses pieds, toute tordue et désarticulée.

Elle se hâta vers l'entrée et passa en revue les sonnettes. Le nom de Fabiani s'y trouvait encore, comme si rien ne s'était passé, comme si la propriétaire était encore en vie.

La porte s'ouvrit avec un grésillement. La cage d'escalier l'accueillit, fraîche et plongée dans l'obscurité. Alors seulement, elle s'aperçut qu'elle était trempée de pluie. Elle avait froid, et les maux de tête qui l'avaient torturée pendant la moitié de la nuit annonçaient leur retour.

Je dois être affreuse à voir, se dit-elle en gravissant les marches, j'espère qu'ils ne vont pas me demander si je suis malade ou si j'ai des soucis.

Lydia, qui l'attendait à la porte de l'appartement d'Eva, s'écria en l'apercevant :

— Oh là là ! Ça ne va pas ? Vous avez drôlement mauvaise mine ! Vous avez des ennuis à votre travail, ou alors, c'est votre rhume ?

— Non, j'ai pris la pluie, c'est tout, répliqua Leona d'un ton un peu brusque.

— Mon Dieu, alors dépêchez-vous d'entrer !

La voisine l'attira dans l'entrée, lui prit son manteau.

— Vous voulez que je vous prête des vêtements secs ? proposa-t-elle.

— Non, merci. Est-ce que l'ex-mari d'Eva est déjà là ?

Dans le miroir de l'entrée, Leona aperçut fugitivement son reflet, le visage d'une femme pâle et défaite, aussi défaite à l'extérieur qu'à l'intérieur. Ses longs cheveux blonds étaient collés par mèches.

— Non, il n'est pas encore arrivé, répondit Lydia. Mais il a l'intention de passer ce soir. Il va sans doute rafler tout ce qu'il pourra.

— En réalité, je ne veux rien avoir de ce qui appartenait à Eva. Cela m'embarrasse beaucoup.

— Il ne faut pas. Robert ne sait pas quoi faire de toutes ces choses. Son appartement d'Ascona est tout petit, et il a tout ce qu'il lui faut. Comme je vous l'ai dit, c'est lui qui a eu l'idée de vous appeler et de vous demander de venir.

Leona se dit que Lydia avait sans doute raison. Mais il avait fallu que le drame éclate dans sa vie comme un coup de tonnerre pour que ses pas la conduisent jusque dans cet appartement.

— Entrez donc au salon, proposa la voisine en indiquant une porte à double battant entrouverte au bout du couloir. Je suis à la cuisine, je trie la porcelaine que j'aimerais garder.

La pièce où pénétra Leona était déjà prête pour le déménagement, meubles en travers, tapis roulés. Aux murs, des taches grisâtres rectangulaires marquaient les endroits où, peu de temps avant, étaient encore accrochés des tableaux. Des piles de livres s'amoncelaient sur le sol. Un vent humide et froid s'engouffrait par la porte-fenêtre de la terrasse.

Robert était agenouillé au milieu de tout ce désordre. Il lui tournait le dos, l'empêchant de voir distinctement ce qu'il faisait. Il semblait feuilleter un livre. Il était tellement concentré qu'il n'avait pas dû entendre la sonnette.

Elle se racla la gorge et dit :

— Bonsoir !

Il sursauta et se retourna.

Il la regarda, ses yeux gris-vert comme voilés de tristesse, plus douloureux que le jour de l'enterrement.

Puis il se leva et vint vers elle, sans lâcher le vieux livre poussiéreux qu'il tenait.

— Bonsoir, Leona, dit-il en lui tendant la main. Je suis content que vous soyez venue.

Il est vraiment beau, pensa-t-elle, tout en se faisant la réflexion qu'en temps normal elle aurait été contrariée de se présenter à lui les cheveux mouillés et toute pâlichonne. Mais elle avait d'autres soucis et elle se moquait bien de l'effet qu'elle produisait.

Ils se faisaient face, un peu gênés. Puis Robert eut un geste de la main pour englober la pièce plongée dans le chaos.

— Je n'aurais jamais pensé que ce serait aussi dur. Plus je trie, plus je tombe sur des choses personnelles qui font remonter des tas de souvenirs. Je n'arrête pas de ressasser, et j'imagine que dans six mois, ce ne sera pas encore tout à fait fini.

— Oui, ce doit être très difficile pour vous.

— Vous savez, c'est maintenant seulement que je commence à comprendre petit à petit. Je vais beaucoup plus mal que le jour où j'ai appris sa mort. Je n'arrive pas à y croire ! Comment a-t-elle pu se suicider ? C'était une belle femme, elle aurait pu avoir tous les hommes qu'elle voulait ! Pourquoi a-t-il fallu qu'elle se tue pour cet homme-là ?

— Sans doute qu'elle n'en voulait pas d'autre, répondit Leona d'une voix sourde.

Il lui jeta un rapide regard.

— Oui. Sans doute.

Il lui montra le livre. C'était un vieux recueil de poésie relié de toile.

— Rilke. Je le lui ai offert pour son seizième anniversaire. Au fond, c'est la seule chose que je souhaite garder pour moi.

— Vous étiez très proche de votre sœur ?

— Nous étions unis comme les doigts de la main, avant, quand nous étions enfants. Nous avons grandi dans une magnifique maison à Ronco, au-dessus du lac Majeur. Nous étions inséparables, nous faisions tout ensemble. Ça a duré jusqu'au moment où… au moment où elle est tombée amoureuse de ce

45

Fabiani. Elle était folle de lui. Je l'ai prévenue pourtant... mais ça n'a servi à rien.

L'air pensif, il contempla le mince ouvrage qu'il tenait à la main.

— Mais n'empêche, nous sommes restés très liés. Nous sommes les derniers survivants de la famille, Eva et moi. Ou plutôt, je suis le dernier.

La souffrance que l'on percevait dans sa voix, dans ses mots, semblait sincère, bouleversante.

Une famille qui s'éteint, pensa Leona. Les parents sont morts. Et il se retrouve ici, à Francfort, par une journée de septembre pluvieuse, en train de faire le tri dans l'appartement de sa sœur qui s'est jetée par la fenêtre à trente-huit ans. Et ça lui déchire le cœur.

— En réalité, dit-elle, je n'avais pas l'intention de venir.

Plus encore que devant Lydia, elle éprouvait le besoin de s'excuser.

— Je... je n'ai droit à rien, poursuivit-elle en hésitant.

— Je ne suis pas de cet avis, répondit Robert. Il est très important pour moi de savoir que quelqu'un s'est trouvé auprès d'Eva au moment où ça s'est passé. Que quelqu'un lui a parlé. Qu'elle n'était pas seule...

— Mais je n'y suis pour rien. C'est le pur hasard qui a voulu que je passe au même moment.

— Il n'y a pas de hasard, répliqua Robert en souriant.

Son sourire était aussi chaleureux que ses yeux.

Lydia passa la tête par la porte.

— Le service à thé chinois... vous me le donnez ?

Robert s'alluma une cigarette.

— Bien sûr. Je vous l'ai déjà dit, vous pouvez prendre ce que vous voulez.

— Et le service anglais...

— Tout ! répliqua Robert avec agacement.

Lydia disparut. Il aspira une longue bouffée.

— Je ne sais pas pourquoi, mais cette bonne femme m'énerve prodigieusement. J'ai beaucoup de mal à être aimable avec elle. Je me demande ce qu'Eva lui trouvait.

— Peut-être avait-elle simplement besoin de parler à quelqu'un, suggéra Leona, et Lydia était là, c'est tout.

Et elle, avec qui allait-elle parler, une fois Wolfgang parti ? La peur de l'avenir, un avenir sombre, vide, vint étreindre son cœur, lui laissant entrevoir un peu du désespoir qui avait poussé Eva à agir.

Robert la regarda pensivement.

— Vous êtes sûre que tout va bien, Leona ? Déjà hier, au téléphone, vous aviez l'air un peu bizarre.

— Oui, je vous assure, tout va bien. J'ai simplement trop de travail en ce moment, c'est tout.

Robert ne parut pas convaincu mais eut assez de tact pour ne pas insister.

— Lydia se jette sur tout ce qu'elle peut, dit-il, mais elle sait reconnaître ce qui a de la valeur. Elle s'est déjà approprié la chambre d'Eva, laquée blanc, le grand luxe.

— Pourquoi ne la gardez-vous pas ?

— Je ne peux pas l'emporter à Ascona. Je n'ai pas assez de place là-bas. Enfin, qu'est-ce que vous voulez, elle n'a qu'à la prendre, cette pauvre vieille ! Apparemment, c'était quelqu'un qui comptait pour Eva.

Il eut un geste en direction de l'amoncellement de livres.

— Prenez donc quelques livres, Leona. Il faut bien que je vide l'appartement avant de le mettre en vente.

Il se laissa tomber sur une chaise, passa la main dans ses cheveux bruns pour dégager son front.

— Excusez-moi, je suis complètement épuisé. Nerveusement, c'est trop pour moi. Quelle sale histoire, bon Dieu !

— Depuis quand n'avez-vous pas mangé ?

Robert eut un geste hésitant, puis éclata de rire.

— Bonne question. Depuis hier soir, je crois.

— Dans ce cas, vous devriez manger un peu, ça ne pourrait pas vous faire de mal.

— J'en serais incapable.

Leona se pencha sur une pile de livres. Principalement des recueils de poésie. Hesse, Hölderlin, Lasker-Schüler, Benn, Trakl. Eva aimait la poésie.

— Vous ne connaissez personne qui serait intéressé par l'achat de cet appartement ?

Leona répondit par la négative. Elle réprima le sourire amer qui lui vint aux lèvres à la pensée qu'elle pourrait fort bien être une cliente potentielle. Après la vente de la maison, il lui resterait sans doute juste assez d'argent.

Comme Eva, elle avait perdu son mari. Si elle achetait son appartement, qui sait si elle ne suivrait pas le même chemin, terminant ses jours en bas, dans la rue, sous les yeux ébahis du vieil homme au cocker. Robert Jablonski avait bien dit qu'il n'y avait pas de hasard.

— Je prendrais bien quelques recueils de poésie, déclara-t-elle.

Lydia passa la tête une fois de plus.

— Je ne sais pas pour vous, mais moi, je meurs de faim ! Je pourrais nous faire quelque chose de bon à manger, ou alors, on va chez l'Italien du coin, qu'est-ce que vous en pensez ?

C'était cette dernière idée qui semblait remporter ses suffrages. Mais Robert refusa d'un signe de tête.

— Non, inutile de vous donner tout ce mal, Lydia. Et nous ne pouvons pas aller chez l'Italien, puisque nous devons attendre Bernhard Fabiani. Ce n'est pas que ça ne me ferait pas plaisir de lui claquer la porte au nez, mais ça ne réglerait pas notre problème. Il faut bien que je trie les affaires avec lui.

— On se demande pourquoi il met tout ce temps à venir, fit Lydia d'un ton contrarié.

— Il va sans doute arriver d'un moment à l'autre.

Ils patientèrent en silence. Dehors, la pluie redoubla d'intensité, et la pièce fut plongée dans la pénombre.

Bernhard Fabiani, objet de la détestation générale, fit son apparition peu après vingt heures, à bout de souffle et les vêtements chiffonnés. Les quelques mètres qui séparaient sa voiture de la porte d'entrée avaient suffi pour le tremper de la tête aux pieds.

Lydia l'introduisit dans l'appartement où ses deux compagnons étaient occupés à trier des livres et à emballer dans des cartons ceux que Robert avait l'intention de vendre à des antiquaires.

Bernhard Fabiani était un homme grand, très mince, aux cheveux grisonnants et au visage intelligent. A première vue, il ne correspondait pas à l'image que se faisait Leona d'un séducteur, infidèle notoire. Mais Wolfgang non plus ! se dit-elle. Son infidélité n'était pas inscrite sur son front ! Wolfgang avait l'air extrêmement sérieux, et pourtant, pendant six mois, il l'avait trompée en lui mentant odieusement.

— Bonsoir, dit Fabiani, en se dirigeant vers Robert.

Ce dernier recula d'un pas, puis finit par lui tendre la main après un moment d'hésitation. Les deux hommes se saluèrent avec une extrême froideur. Visiblement, Fabiani découvrait seulement l'ampleur de l'animosité dont il faisait l'objet.

Il enleva son manteau, patienta un peu, puis, personne ne faisant mine de vouloir le débarrasser de son vêtement, il le posa sur une chaise avec résignation. Puis il tendit la main à Leona, un peu mal à l'aise, et se présenta :

— Bernhard Fabiani.

Leona prit sa main tendue et perçut une lueur de soulagement dans ses yeux.

— Leona Dorn, répondit-elle.

— Je suis désolé d'arriver aussi tard, dit-il en s'adressant à Robert, mais j'étais en pleine conférence, les gens m'ont bombardé de questions, et pour couronner le tout, je me suis perdu dans le quartier.

— C'est vrai, tu ne connais pas le quartier, puisque tu n'y es pas venu trop souvent, répliqua Robert d'un ton bref.

Ce dernier semblait tiraillé entre la haine qu'il ressentait envers l'homme qui avait poussé sa sœur au suicide et la bonne éducation qui lui dictait de rester poli en toute occasion, même avec un ennemi.

— Tu veux prendre un café, Bernhard ? finit-il par proposer.

— Ce serait gentil, merci.

L'ex-mari d'Eva était pâle et semblait fatigué. Non, vraiment, ce n'était pas le noceur aux cheveux argentés, le professeur vaniteux, le m'as-tu-vu auquel s'était attendue Leona.

C'est fou les clichés qu'on peut avoir en tête, se dit-elle.

— Pour en venir tout de suite au fait, Bernhard, dit Robert après avoir fait signe à Lydia d'aller chercher le café à la cuisine, il reste toute une série de choses qui vous avaient appartenu à tous les deux et que tu lui as laissées après le divorce. Ce qui veut dire qu'elles te reviennent. Par exemple, pratiquement tous les meubles.

Bernhard approuva de la tête et embrassa la pièce du regard.

— Si quelqu'un en a l'utilité...

— Personne, répliqua aussitôt Robert, d'un ton qui signifiait clairement : « Personne ne veut de tes meubles ! »

— Je n'ai pas la place qu'il faut pour mettre tout ça, répondit son ex-beau-frère. Vous connaissez une institution à laquelle faire don de meubles ?

En ce moment précis, le cliché qui lui correspondait était celui du professeur Nimbus : dénué de tout sens pratique et assez dépassé.

— Je ne sais pas, répondit Robert, visiblement peu désireux de lui venir en aide.

Lydia entra avec sa tasse de café. Le professeur la remercia et but sans s'asseoir.

La voisine retourna d'où elle venait afin de continuer son inspection de la vaisselle, suivie de Robert qui allait se chercher une tasse de café à son tour.

Leona resta seule dans la pièce avec Bernhard, lequel avait l'air malheureux, bouleversé par les événements. Pourquoi donc, comme une idiote, ne pouvait-elle s'empêcher d'avoir pitié de cet homme ?

Ce type, il a mené la vie dure à Eva, se morigéna-t-elle. Il l'a peut-être aimée, mais d'après ce qu'ils disent, il était incapable de voir passer une étudiante sans lui sauter dessus. C'est comme ça qu'il l'a poussée à bout, qu'il le veuille ou non. Et il est suffisamment vieux pour qu'on le mette en face de ses responsabilités.

— Vous étiez une amie d'Eva ? s'enquit-il, rompant le silence pesant.

— Non. En réalité, je ne la connaissais pas.

Elle lui relata les faits.

Sans doute la prenait-il maintenant pour une femme particulièrement cupide. Une bonne femme qui se trouve sur les lieux par hasard et qui saisit cette occasion pour se mettre sur les

50

rangs et accaparer une partie des possessions de la pauvre défunte. Mais il était hors de question pour elle de se lancer dans des explications plus ou moins crédibles.

Le professeur, loin d'avoir mauvaise opinion, lui adressa un regard rempli de compassion à la fin de son récit.

— Cela a dû être affreux pour vous ! Vous devez avoir du mal à vous en remettre.

— Oui, il m'arrive d'en faire des cauchemars. C'est... c'est vraiment une tragédie.

Ses mots lui parurent banals, mais il approuva de la tête comme si elle avait dit exactement ce qu'il fallait.

— Oui, dit-il, c'est vrai. Une véritable tragédie.

Robert les rejoignit avec son café.

— Le mieux serait que tu emportes ce que tu veux et ce que tu peux, suggéra-t-il. Des livres ou des tableaux peut-être. Il y a sans doute de la vaisselle en porcelaine qui t'appartient à la cuisine, mais il faut te dépêcher, parce que Lydia est en train de monter son ménage avec tout ce qui lui tombe sous la main.

— Je ne vais certainement pas faire la course avec elle, rétorqua son ex-beau-frère d'un ton sec. Je ne cherche pas à m'enrichir grâce à la mort d'Eva.

— Nous non plus, riposta Robert, mais on ne va pas fermer tout bonnement l'appartement en laissant tout en plan à l'intérieur !

L'animosité avait monté d'un cran. D'un côté, un homme qui avait aimé sa petite sœur, et de l'autre celui auquel on reprochait de l'avoir poussée à la mort.

C'en était trop pour Leona.

— Il faut vraiment que je parte, dit-elle hâtivement. Il est presque neuf heures.

Si ces deux-là en venaient aux mains, ce serait sans elle. Elle n'avait pas l'intention de compter les points.

— Restez encore un peu, proposa Robert, je me suis dit qu'on pourrait commander une pizza pour tout le monde. Vous avez sans doute faim vous aussi, Leona.

La simple idée de manger lui soulevait le cœur. Soudain, un sentiment proche de la panique la submergea : je reste ici à perdre mon temps, du temps que je pourrais utiliser pour parler avec Wolfgang. Peut-être...

Un espoir fou se levait en elle : peut-être n'était-il pas trop tard. Peut-être suffirait-il qu'ils aient une conversation sérieuse. Pas de cris comme la nuit précédente, il fallait réfléchir calmement à la façon dont ils pourraient sauver leur avenir commun.

— Merci, mais il faut vraiment que j'y aille, dit-elle d'une voix qui lui sembla haut perchée, précipitée.

— Vous êtes venue en voiture ?

— Non, j'habite tout près.

Robert posa sa tasse.

— Je vous raccompagne. Il fait déjà nuit dehors, et Francfort n'est pas un paisible village.

Elle sourit.

— C'est dans les paisibles villages qu'il se passe les choses les plus terribles, objecta-t-elle.

— Je sais. Mais on ne peut pas dire que les grandes villes soient complètement sûres !

— D'accord, mais il pleut, vous allez vous mouiller.

Il insista néanmoins pour la raccompagner, et elle finit par céder. Elle prit congé de Bernhard et de Lydia. Cette dernière était en train de traîner une grosse caisse remplie de porcelaine en direction de son domicile.

— Je vous appelle dans les jours qui viennent, Leona, promit-elle.

Leona subodora qu'elle aurait du mal à se débarrasser de cette nouvelle connaissance.

Dehors, la pluie avait cessé, mais l'air s'était beaucoup rafraîchi, et elle frissonna involontairement.

— Ça sent déjà l'automne, fit-elle remarquer, le cœur serré à cette idée.

Et pourtant, elle avait toujours aimé l'automne. Mais qui la réchaufferait désormais la nuit, quand elle aurait froid ? Avec qui passerait-elle des soirées au coin du feu, lisant, bavardant, buvant un verre de vin ? Avec qui partirait-elle dans le Taunus, le week-end, faire de longues promenades dans les forêts plongées dans la brume ?

Tout ça, c'est fini, se dit-elle, fini !

La bouffée d'optimisme qui l'avait poussée à se lever et à sortir s'envolait déjà, chassée par l'obscurité lourde de pluie.

Ils marchèrent quelque temps côte à côte, chacun perdu dans ses pensées, puis Robert rompit le silence :

— Vous savez, je ne voudrais pas être indiscret, mais je me demande depuis toute la soirée pourquoi une si femme si belle a l'air si triste. Si... terriblement blessée.

— Vous trouvez que c'est l'air que j'ai ?

Il opina du chef.

— Oui. Vous semblez très triste. Même quand vous souriez. Vous n'étiez pas comme ça à l'enterrement d'Eva. Mais ce soir, ça m'a sauté aux yeux.

Elle était trop lasse pour nier, invoquer la fatigue, le stress, des soucis à son travail. D'ailleurs, il ne l'aurait pas crue. Elle avait l'air triste, pas surmenée.

— C'est une affaire tout à fait personnelle, éluda-t-elle.

Il resta un moment sans répondre, puis finit par dire :

— Je crois que moi aussi, il y a dix-huit mois, j'avais la même expression dans les yeux. C'était à la mort de ma fiancée. L'idée de l'avoir perdue m'était insupportable.

Il se tut quelques instant, puis reprit :

— C'est ce qui nous fait le plus de mal, non ? La perte d'un être aimé. Ça nous rend malades. Finalement, c'est exactement ce problème qu'Eva n'a pas réussi à surmonter.

Elle se tourna vers lui, touchée par ses paroles.

— Votre fiancée est morte ?

— Oui. Elle s'est noyée dans le lac Majeur.

Elle trouva la maison vide et dans le noir, mais la chaleur des semaines écoulées était encore emprisonnée dans les murs, et il régnait une agréable température. Elle déposa son sac dans l'entrée et alla inspecter le séjour, la salle à manger, la cuisine. Partout, c'était le silence.

— Wolfgang ? appela-t-elle à mi-voix, bien que sachant qu'il n'était pas là.

Sa voiture n'était ni dans la rue ni dans le garage. Il était vingt et une heures trente. Le lundi, il ne rentrait généralement pas après dix-neuf heures trente. Quand il avait un empêchement, il laissait un message sur le répondeur. L'appareil clignotait. Il y avait eu six appels, mais aucun de Wolfgang. Le dernier provenait de sa mère.

« Allô, ma chérie, il est bientôt vingt heures trente. Tu es où ? J'avais envie de bavarder avec toi, mais je n'ai pas de chance. Tu ne m'as pas donné de nouvelles de tout le week-end. Appelle-moi, s'il te plaît ! »

Cette voix familière lui fit du bien, mais ne chassa pas pour autant son inquiétude. Elle monta à l'étage. Là encore, le silence complet. Elle pénétra dans la chambre, alluma la lumière. Au premier coup d'œil, tout semblait normal. Elle ouvrit les portes de l'armoire. Immédiatement, le vide lui sauta aux yeux. Il manquait ses costumes, la plupart du linge, des chemises, des pulls, des chaussettes. Elle se précipita dans le bureau de Wolfgang : on était loin de l'indescriptible pagaille qui y régnait habituellement. Il avait certes laissé ce qu'il n'avait pu emporter, mais une quantité de livres, de piles de papiers, de dossiers, avait disparu.

Il fallait se rendre à l'évidence. Wolfgang avait déménagé, au moins en partie.

Elle dégringola les escaliers, gagna la salle à manger au pas de charge. Elle se servit un whisky double, l'avala d'un trait, se resservit aussitôt. Elle n'avait rien mangé de la journée, aussi l'effet fut-il immédiat : elle fut prise d'un vertige et la jolie cheminée en pierre qui lui faisait face se mit à tanguer.

Elle se laissa tomber sur une chaise et enfouit sa tête dans ses mains. Elle s'efforça de rassembler ses idées, mais l'alcool et les événements inimaginables des dernières vingt-quatre heures se confondirent en un chaos inextricable où elle ne trouvait pas l'amorce d'un fil rouge. L'unique pensée que son cerveau ne cessait de marteler était celle-ci : tu as perdu Wolfgang pour toujours, comment as-tu fait pour ne rien remarquer pendant tout ce temps ?

Elle avait vu son monde s'écrouler brutalement. S'il y avait eu des secousses préliminaires, elle ne les avait pas remarquées, trop satisfaite, trop endormie ! Trop engourdie, trop naïve. Une véritable idiote !

Pour l'heure, elle devait se ressaisir d'urgence si elle ne voulait pas s'effondrer, saoule et en larmes, sous le poids de la kyrielle de reproches qu'elle s'adressait. Sa grand-mère Eléonore (dont elle portait le nom, mais gare à celui qui l'appellerait ainsi !) avait recours au même remède en toute occasion, du lait chaud au miel, censé guérir tant les genoux écorchés que les mauvaises notes rapportées de l'école.

Prise d'une soudaine nostalgie à l'idée de sa grand-mère et cette époque où elle se sentait aimée et protégée, elle se rendit à la cuisine, où elle mit du lait à chauffer dans une casserole et prit son gros bol de céramique. « Leona », était-il écrit dessus en lettres tarabiscotées. Wolfgang avait le même à son nom. Elle ne savait plus qui leur avait fait ce cadeau.

D'ailleurs, leurs amis leur offraient souvent des objets symbolisant d'une certaine manière l'unité de leur couple. Des chaînettes en argent avec en pendentif l'initiale de l'autre, des ronds de serviettes gravés d'un « L&W ». Eh oui, ils étaient aux yeux de tous le couple idéal ! Impossible d'imaginer qu'ils se sépareraient un jour.

J'en connais qui vont tomber de haut, se dit Leona.

Puis elle pensa à Robert. Elle avait été bouleversée en apprenant qu'il avait perdu d'une manière aussi horrible la femme qu'il s'apprêtait à épouser.

« Quoi ? s'était-elle écriée, en s'arrêtant net. Elle s'est noyée ?

— Oui. Sa grande passion, c'était la voile. Et elle adorait nager. Elle était folle de tout ce qui avait trait à l'eau. Elle est sortie seule ce jour-là à bord de son bateau. Je ne pouvais pas l'accompagner, j'avais trop de travail. Alors elle est sortie seule. »

Il parlait d'une voix égale. Mais, comme Leona l'avait déjà remarqué, il employait le même ton lorsqu'il parlait d'Eva. Seuls ses yeux trahissaient ce qui se passait en lui.

Ils s'étaient remis à marcher à travers les rues plongées dans l'obscurité humide.

« Une tempête s'est levée, avait-il poursuivi. Les tempêtes de printemps peuvent être violentes là-bas. J'étais tellement absorbé par mon travail que je ne m'en étais pas aperçu. C'est seulement au bout d'un certain temps que j'ai pris conscience de la force de la tempête. Je me suis précipité vers le lac... et j'ai alerté la police et les services de surveillance. »

Il avait détourné les yeux, avant de préciser :

« Ils ne l'ont retrouvée que le lendemain. Son bateau avait chaviré. Elle s'était noyée.

— Robert, c'est affreux ! Je suis vraiment désolée pour vous. Ce genre de choses... je pense qu'on ne s'en remet jamais. »

Ils avaient poursuivi leur chemin en silence, puis s'étaient arrêtés devant le bloc sombre de sa maison. Aucune lumière ne brillait derrière la fenêtre du séjour. Aucune voiture n'était garée devant. Elle avait senti son estomac se contracter douloureusement. Seule et abandonnée. Le mot « abandonnée » la transperça comme une lame de couteau.

« C'est ici que j'habite », avait-elle annoncé.

Puis, avec un peu d'embarras, elle avait ajouté :

« Je ne sais pas ce que je pourrais dire de plus. C'est abominable, ce que vous m'avez raconté. »

Il lui avait pris la main, l'avait gardée dans la sienne.

« Excusez-moi. Je n'avais pas l'intention de vous bouleverser à ce point. Je voulais simplement... »

Lâchant sa main, il avait murmuré :

« En fait, je ne sais pas ce que je voulais. C'est à cause de votre regard. Il m'a rappelé celui que j'avais à l'époque... ah, oubliez tout ça. Ça n'a rien à voir avec vous. »

Il avait attendu qu'elle ait retrouvé sa clé au bout de longues recherches au fond de son sac. Il avait brièvement levé la main en signe d'au revoir quand elle avait refermé la porte. Elle avait jeté un dernier coup d'œil par la fenêtre, mais il avait déjà disparu.

Son lait déborda, avec un bruit caractéristique qui l'arracha à ses pensées. Une odeur de brûlé envahit la cuisine. Avec un juron étouffé, Leona attrapa la casserole et alla la renverser dans l'évier. Adieu le lait chaud au miel. Il allait falloir s'en tenir au whisky. D'ailleurs, c'était peut-être un remède plus efficace, après tout !

5

Trois mois et demi après l'enterrement, Lisa en était toujours au même point. Impossible de chasser sa sœur de ses pensées. C'était surprenant, quand on songeait que la mort d'Anna n'avait strictement rien changé à son existence, n'avait laissé aucun vide. Une sœur évaporée dans la nature ou une sœur morte... où était la différence ?

Au cours des six années pendant lesquelles ils n'avaient jamais reçu le moindre signe de vie d'Anna, elle s'était souvent imaginé que sa sœur était morte quelque part en Amérique du Sud. Elle envisageait la possibilité de ne plus jamais la revoir. Dans une certaine mesure, c'était bien ce qui s'était passé. Et malgré tout...

Sa sœur n'avait pas été enterrée à la va-vite quelque part de l'autre côté de l'océan. Lisa avait été obligée d'identifier son cadavre à Augsbourg, où elle s'était rendue accompagnée des deux policiers.

Anna lui avait été présentée dans les caves de la préfecture de police. Son visage figé était barré par une vilaine entaille, mais plus tard, au moment de la levée du corps, cette blessure était devenue à peine visible. Son corps était recouvert d'un drap qui s'arrêtait au cou. Lisa avait avancé la main pour rabattre le linge, mais le médecin légiste l'avait arrêtée dans son geste en lui prenant le bras :

« Non ! Elle n'est pas belle à voir. Ce n'est pas la peine de vous infliger ça. »

Le fonctionnaire chargé de l'enquête qui l'interrogea par la suite, le commissaire Hülsch, lui avait appris qu'Anna ne portait aucun papier sur elle, ni quoi que ce soit susceptible de révéler son identité.

Il avait précisé avec un léger sourire :

« C'est l'avantage quand on vit à la campagne : tout le monde se connaît. Le couple qui a trouvé votre sœur l'a reconnue tout de suite. C'est-à-dire que c'est lui qui l'a identifiée. Elle, elle n'était pas en état d'être entendue. Elle aurait été incapable de donner son propre nom. »

Il avait été surpris d'apprendre que la famille – ou le peu qu'il en restait – était demeurée sans nouvelles d'Anna pendant six ans et n'avait aucune idée de l'endroit où elle se trouvait.

« Depuis six ans ! Vous n'avez donc pas entrepris de recherches ? Vous ne vous êtes pas inquiétés ? »

Lisa avait soupiré. Lui parler de la situation particulière de la famille Heldauer ne serait pas chose facile. Elle avait vu sur son bureau une photo encadrée qui représentait une très jolie jeune femme et trois petits enfants. Le commissaire avait une famille intacte à laquelle il semblait tenir. Il aurait probablement remué ciel et terre si l'un de ses enfants avait disparu pendant plusieurs années.

« Ma mère est morte, avait-elle expliqué, et mon père est gravement malade. Un cancer. Nous... »

Elle s'était interrompue, ne sachant plus que dire, et avait haussé les épaules, convaincue qu'une réponse aussi vague dépasserait les capacités d'entendement du policier. Mais il avait eu l'air de comprendre, car il avait opiné pensivement du chef.

« Je vois », avait-il dit.

Il avait réfléchi quelque temps, puis repris :

« Est-ce que vous avez une idée de l'endroit où votre sœur a pu passer toutes ces années ?

— En Amérique du Sud.

— En Amérique du Sud ? Qu'est-ce qui vous fait penser à ça ?

— C'est là qu'elle voulait aller quand elle est partie, avait répondu Lisa.

— Et vous croyez qu'elle a mis son plan à exécution ?

— En tout cas, elle y était fermement décidée. Elle a toujours rêvé de partir en Amérique du Sud.

— Mais elle ne vous a jamais envoyé de carte, de lettre, ou autre chose ?

— Non.

— Elle n'a pas pu revenir d'Amérique du Sud sans papiers.

— Elle avait sûrement encore ses papiers avant de... avant de rencontrer l'assassin, avait suggéré Lisa. A mon avis, il les lui a pris après.

— Pourquoi ?

— Comment ?

— Eh bien… pourquoi lui aurait-il pris ses papiers ?

— Il a sans doute volé son portefeuille… parce qu'il en voulait à son argent. Et il y avait sa carte d'identité dedans.

— Ça ne colle pas tout à fait, mademoiselle Heldauer, avait rétorqué Hülsch, on ne l'a pas tuée pour la voler. La façon dont le type s'est acharné sur votre sœur, en l'attachant à un arbre… c'est plutôt l'œuvre d'un psychopathe. D'un fou, qui déteste les femmes, ou qui éprouve une sorte de satisfaction pulsionnelle perverse en torturant une personne sans défense. »

Lisa avait senti un frisson lui parcourir l'échine.

« D'habitude, ces types ne volent pas l'argent de leurs victimes. Ça ne les intéresse pas, avait poursuivi le commissaire. »

Lisa, pour sa part, pensait que tout le monde, fou ou non, était toujours et avant tout intéressé par l'argent, mais elle avait préféré ne pas contredire le policier.

Celui-ci avait semblé préoccupé.

En effet, Hülsch avait obtenu encore moins de renseignements qu'il ne l'avait craint de la part de la sœur de la victime. Toute cette affaire était confuse et opaque. Comment s'y prendre pour y mettre un peu de lumière ?

« Si seulement nous savions d'où elle venait ! C'est trop bête… C'est comme si on avait affaire à une femme sans passé. Il n'y a rien à quoi se raccrocher.

— Mais le meurtre n'a sans doute rien à voir avec son passé, avait affirmé Lisa, c'est bien ici qu'elle a été assassinée ! Dans la forêt, juste à côté du village ! C'est quelqu'un de la région qui l'a fait, pas quelqu'un de l'endroit d'où elle venait.

— Elle n'avait aucun bagage… avait réfléchi le commissaire. On ne rentre pas chez soi au bout de six ans sans bagages ! Et d'un autre côté, on ne traverse pas non plus la forêt en traînant ses valises derrière soi. »

Il avait noté quelques mots sur une feuille : « Vérifier les consignes des gares d'Augsbourg et de Munich ».

« Elle a sans doute fait du stop, avait suggéré Lisa, et c'est l'assassin qui s'est arrêté. Ses bagages sont encore dans sa voiture. Elle ne se déplaçait jamais autrement qu'en stop autrefois.

— C'est possible, évidemment. Mais il est tout aussi possible que l'assassin ait un lien avec son passé. Qu'il l'ait suivie – ou qu'il l'ait amenée ici lui-même.

— Ça sera difficile à savoir.

— C'est vrai. »

Il tapotait nerveusement son bureau avec la pointe de son stylo.

« L'Amérique du Sud... avait-il murmuré. Oui... elle était très bronzée, sur tout le corps... Elle a probablement séjourné dans un endroit particulièrement ensoleillé. C'était un bronzage très prononcé, le genre de bronzage qu'on a quand on passe ses jours au soleil pendant des années. Elle n'était pas en Allemagne. »

Quel fin limier... Evidemment qu'elle n'était pas en Allemagne, Anna ! Si elle est partie, c'est bien pour se tirer ailleurs, elle en avait marre de ce pays et de son climat pourri !

Cette conversation lui revenait sans cesse en mémoire. Elle y pensait beaucoup trop, pensait beaucoup trop à Anna. On n'était qu'au mois de septembre, mais elle appréhendait l'automne, l'hiver qui s'annonçait, Noël. Plus encore que pendant les beaux jours, elle regrettait le tour que les choses avaient pris. Elle essayait d'imaginer ce qu'aurait pu être leur vie, une vie paisible, au sein d'une famille unie. Pour la première fois, Lisa se dit que si Anna était rentrée un beau jour à la maison après avoir réalisé son rêve d'ailleurs, sa vie à elle aurait été tellement plus belle ! Elles auraient passé les longues soirées d'automne à bavarder, elles auraient pu se répartir les soins à donner à leur père, elles auraient pu se réconforter mutuellement quand il allait plus mal et que ses souffrances étaient difficiles à supporter. Elle aurait eu quelqu'un avec qui partager la monotonie et la tristesse du quotidien.

Elle avait donné congé à Benno peu après la mort d'Anna. Il y avait déjà un certain temps qu'elle l'envisageait, car ses services coûtaient cher, naturellement, et il lui fallait économiser pour le moment où son père mourrait et où le revenu de sa retraite viendrait à manquer. Elle avait repoussé sa décision, mais la mort d'Anna avait été le point de rupture qui l'avait incitée à régler les problèmes.

« Je suis désolée, Benno. J'ai toujours été très satisfaite de vos services. Ce n'est vraiment qu'une question d'argent, je vous assure.

— Evidemment, je le sais. Je resterais bien quand même, mais...

— ... Il faut bien que vous viviez de quelque chose, bien sûr. »

Benno lui manquait, avec sa disponibilité, sa bonne humeur jamais en défaut. Elle était désormais seule pour affronter les plaintes et les récriminations de son père, pour s'occuper du malade et accomplir des tâches trop lourdes pour elle. La présence d'Anna aurait ragaillardi le malade, sans aucun doute. Elle avait toujours été sa fille préférée, si joyeuse et vivante, parfois un peu égoïste, mais tellement agréable par ailleurs que bien des gens ne s'apercevaient pas de ce trait de caractère.

Peut-être que j'aurais même pu lui pardonner de nous avoir plaqués, se dit Lisa. Elle m'aurait peut-être expliqué les raisons de son départ, et elle, elle aurait peut-être compris dans quel pétrin elle m'avait fourrée. Mais maintenant qu'elle est morte, c'est comme si elle m'avait laissée tomber une deuxième fois... en me laissant me dépatouiller seule ici, avec ce mourant.

Lisa s'avança vers la fenêtre et regarda dehors. De là, elle pouvait voir la forêt, la forêt où était morte Anna. Les feuilles des arbres étaient secouées par un vent de tempête, tandis que la campagne baignait dans une lumière dorée d'automne.

Elle se mit à pleurer.

6

15 septembre, premier jour de vacances. Ce congé de quinze jours était prévu depuis la fin du mois de mai. A l'origine, elle devait passer une semaine chez ses parents avec Wolfgang, puis ils devaient repeindre la cuisine pendant la deuxième semaine et bricoler un peu dans la maison. A cette époque, pensa Leona avec amertume, il était déjà avec l'autre et il savait sans doute qu'il ne passerait pas ces vacances avec moi.

Elle oscillait sans arrêt entre le chagrin et la colère. Elle n'avait encore dit à personne ce qui s'était passé. Elle ne s'expliquait pas pourquoi elle n'arrivait pas à en parler. Sans doute était-elle mue inconsciemment par la pensée que leur histoire avait encore une chance de connaître une issue heureuse tant qu'elle se refusait à l'accepter. Si elle mettait des mots dessus, ce qui s'était produit deviendrait réalité.

Wolfgang était revenu chercher un certain nombre de choses. Par délicatesse – ou par lâcheté –, il ne venait qu'en son absence. Ainsi, ils ne se rencontraient pas et elle ne subissait pas le supplice de le voir prendre ses affaires l'une après l'autre, pour les emporter loin de la maison et de sa vie. Le soir, quand elle rentrait, les traces de son passage lui sautaient aux yeux. Elle connaissait trop bien ses affaires, et chaque objet manquant brillait par son absence.

Un matin, juste avant les vacances, elle se fit violence et l'appela à son bureau. A sa grande surprise, sa secrétaire le lui passa immédiatement. D'ordinaire, il était très difficile de l'avoir dans la journée.

Il sembla soulagé qu'elle ait fait le premier pas.

— Leona ! Comment ça va ?

Leona se demanda si cette question était ironique ou s'il était sérieux, ou si ce n'était qu'une formule toute faite pour masquer son embarras. C'était sans doute la dernière variante la bonne.

— Je vais très bien, merci, répondit-elle froidement.

Par bonheur, il ne pouvait remarquer à quel point son cœur battait la chamade.

— Wolfgang, je voudrais te demander comment tu envisages la suite.

— On est obligés de parler de ça au téléphone ?

— Oui. Je n'ai pas envie de te voir, jusqu'à nouvel ordre.

Il soupira. Lui qui aurait tellement aimé régler tout ça à l'amiable ! Hélas, il avait affaire à une femme blessée, amère, qui refusait de lui faciliter les choses par une attitude compréhensive ou amicale. Et qui lui parlait d'une voix glaciale !

— Leona, j'ai une réunion dans dix minutes.

— Pas de problème. Dix minutes, ça me suffit. Alors ?

— Qu'est-ce que tu veux savoir ?

— La suite.

— Ecoute, Leona, moi non plus, je n'en sais rien ! J'ai pris tout ce qu'il me fallait comme vêtements, bouquins et dossiers. Je ne vais donc plus t'embêter dans l'immédiat.

— De toute façon, je ne suis pas là la semaine prochaine.

— Tu vas où ?

— Chez mes parents. C'était prévu depuis longtemps. Ils nous attendent. Je ne peux pas tout annuler brutalement.

— Est-ce qu'ils savent que nous... commença-t-il d'une voix mal assurée.

— Non. Je n'ai pas voulu leur dire par téléphone. Ça va leur fiche un coup.

— Ils finiront bien par comprendre.

Comprendre, se dit Leona, et comment ? Alors que je n'y comprends rien moi-même !

— Wolfgang, il faut que je sache ce qui va se passer pour la maison, dit-elle sans transition. Elle nous appartient à tous les deux. Je ne peux pas t'acheter ta part. Si tu veux la récupérer, il va falloir vendre.

Il resta silencieux un moment.

— Il ne faut rien précipiter, dit-il enfin. Tu n'as qu'à y rester pour le moment.

— Et les traites ?

— Tant que nous ne saurons pas ce qui va advenir, je continue à payer ma part, bien sûr.

— Mais moi, j'ai besoin de savoir, insista Leona, je n'ai pas l'intention d'attendre que tu me flanques à la porte.

— Tu sais très bien que je ne te ficherai jamais à la porte, répliqua Wolfgang avec humeur. Et d'ailleurs, je ne le pourrais pas, puisque la maison t'appartient pour moitié. Ecoute, je t'appelle ce week-end. Il faut absolument que j'y aille, maintenant !

Leona passa la moitié de la journée à se poser des questions. Pourquoi Wolfgang n'avait-il pas accepté de vendre la maison tout de suite ? A quoi pourrait lui servir de la garder, qu'elle y reste et qu'il continue à payer sa part des traites ? Peut-être n'était-il pas tout à fait sûr de son histoire avec l'autre ? Peut-être voulait-il conserver une solution de repli ?

A sa grande contrariété, elle constata que cette pensée ravivait un peu d'espoir en elle. Mais elle n'avait aucune envie de rester les bras ballants, à espérer qu'il lui fasse la grâce de revenir vers elle. Elle n'avait plus envie de le vouloir, lui. Elle voulait qu'il lui devienne indifférent.

— Trop tôt, Leona, se reprit-elle. Tu y arriveras, mais ça prendra du temps.

Puis une nouvelle idée lui traversa l'esprit. Elle tenait l'explication la plus plausible du comportement de son mari : c'était lui qui voulait garder la maison. Il a envie de l'avoir pour lui, avec sa pouffe qui a sa propre émission de télé et, qui sait, avec une ribambelle de gosses à venir. Tu vas voir, avant Noël, tu vas y avoir droit, ma fille !

Il essaya pendant toute la journée du samedi de la joindre, mais elle avait mis le répondeur et ne décrocha pas. Car elle n'avait plus du tout envie de parler avec Wolfgang de la maison, de l'avenir. Elle avait sa valise à faire et elle devait réfléchir à la manière dont elle annoncerait la nouvelle catastrophique de l'échec de son couple à ses parents.

Au fur et à mesure de ses appels, la contrariété dans la voix de Wolfgang se fit de plus en plus perceptible. « Je sais que tu es là, Leona ! Je me demande pourquoi tu ne décroches pas ! C'est bien toi qui voulais qu'on ait une conversation ! »

— Hier, tu n'avais pas le temps, et aujourd'hui, c'est moi qui n'en ai pas, marmonna Leona entre ses dents.

Moins de cinq minutes plus tard, le téléphone sonna de nouveau, mais cette fois, ce fut la voix de sa sœur, Olivia, qu'elle entendit. Elle décrocha aussitôt.

— Olivia ! Que je suis contente de t'entendre !

— Je sais que tu arrives demain, dit sa sœur, mais il y aura toute la smala. C'est pour ça que j'avais envie de parler un peu avec toi avant.

— Il y a longtemps que je ne t'ai pas appelée, je sais. Mais je suis un peu chamboulée en ce moment.

Olivia remarqua immédiatement à sa voix que quelque chose clochait. Depuis toujours, les deux sœurs étaient très proches, et ce ton empreint de tristesse n'était pas habituel à Leona.

— Qu'est-ce qui se passe ? Tu n'as pas l'air bien !

De façon surprenante, le fait de pouvoir enfin laisser tomber le masque la libéra d'un grand poids.

— Olivia, c'est la catastrophe. Wolfgang m'a quittée. Il a rencontré quelqu'un et il veut divorcer.

A l'autre bout du fil, le silence se prolongea pendant près d'une minute.

— C'est pas possible, finit par murmurer Olivia.

Comme tous ceux qui connaissaient sa sœur et son mari, elle avait toujours été prête à parier que jamais, au grand jamais, ce couple modèle ne se séparerait.

— Je te demande de ne pas le dire aux parents, reprit Leona. Je sais que c'est idiot, mais je me sens comme une écolière qui rentre à la maison avec une mauvaise note. Je ne sais pas du tout comment leur annoncer ce fiasco.

— Mais ce n'est pas ta faute !

— J'ai l'impression d'avoir échoué sur toute la ligne, avoua Leona d'un ton morne.

Elles restèrent quelque temps au téléphone, et Leona se sentit mieux après cette conversation. Car elle n'était pas aussi seule qu'elle l'avait cru au départ. Il lui restait sa famille. Non, finalement, le monde n'était pas en train de s'écrouler.

Le téléphone sonna encore. Elle résolut de décrocher, cette fois, si c'était Wolfgang. Mais non, ce fut la voix de Lydia qu'elle entendit résonner dans la pièce.

— Leona ? Vous n'êtes vraiment pas là ? Il y a deux minutes, c'était encore occupé, et ça, depuis un bon bout de temps ! Je voulais vous inviter à dîner chez moi ce soir. Bon, si vous êtes rentrée d'ici sept heures, rappelez-moi, s'il vous plaît. Vous savez quoi ? Robert Jablonski m'a demandé si vous étiez mariée ! Le monsieur que j'ai eu au téléphone, l'autre fois, c'était bien votre mari, non ? En tout cas, je crois que vous avez un soupirant. Vous me rappelez, s'il vous plaît ?

Leona se félicita d'avoir mis le répondeur. Un dîner avec Lydia, une bonne femme que la discrétion ne risquait pas d'étouffer et qui vous ensevelissait sous les lieux communs, c'était exactement ce qui manquait ! Alerte ! Surtout, rester sur ses gardes, et ne pas mollir, car Lydia avait jeté son dévolu sur elle pour en faire un ersatz d'Eva.

Après avoir bouclé sa valise, elle se rendit à la salle de bains et se plongea avec délices dans la mousse parfumée. Les yeux fixés au plafond, elle tendit l'oreille pour écouter le bruit de la pluie. Cela durait depuis le début du mois. Cette pluie s'arrêterait-elle un jour ?

En bas, le téléphone sonna à nouveau. Elle n'entendit pas bien la voix diffusée par le répondeur, mais elle eut l'impression que c'était celle d'un homme. Sans doute encore Wolfgang. Son silence le rendait nerveux, hé hé ! Leona sentit le niveau de son amour-propre rabaissé remonter quelque peu.

Après s'être prélassée dans son bain, elle descendit au salon, enveloppée dans une serviette. Elle s'offrait souvent ces instants de détente le samedi, en fin d'après-midi. C'était le seul moment de la semaine où elle avait le temps. Autrefois, Wolfgang l'attendait en bas avec un verre, calme, souriant, prêt à parler avec elle pendant des heures des événements de la semaine écoulée.

Ce sont ces choses-là qui me manquent terriblement, se dit-elle. Ces choses dont n'a pas réellement conscience quand on les vit, mais dont on sait que ce sont elles qui donnent sa chaleur à l'existence.

En passant devant le miroir du couloir, elle s'arrêta pour s'examiner longuement. Il lui sembla qu'en l'espace de quinze jours son visage était devenu plus anguleux. Il n'y avait rien d'étonnant à cela, compte tenu du fait qu'elle avait cessé de faire la cuisine, trop déprimée pour avoir la force de se mettre aux fourneaux. Elle se nourrissait essentiellement de yaourts avalés debout et de pilules de vitamines.

Ses cheveux étaient encore humides. Ses longs cheveux blonds qui lui arrivaient à la taille et que Wolfgang – et sa mère – lui interdisait de couper.

Parfois, elle leur répondait en riant :

« Mais quand je serai une vieille grand-mère, vous me le permettrez ! »

Et Wolfgang répliquait d'un ton très sérieux en enroulant quelques mèches autour de ses doigts :

« Non. Jamais. Même pas quand tu seras une vieille grand-mère ! »

Je devrais les faire couper. Moi qui ai toujours cherché à lui faire plaisir... pour ce que ça m'a rapporté !

C'était la première fois que pareille pensée lui venait.

Tout en se servant un verre dans la salle à manger, elle réfléchit. N'avait-elle pas tendance à trop se conformer aux attentes de son entourage ? A dépenser toute son énergie à vouloir faire plaisir à tout le monde ? A être la fille parfaite, la sœur parfaite, l'épouse parfaite ? Et, si elle avait eu un enfant, la mère parfaite ?

Et au bout du compte, qu'était-ce donc que la perfection ? La perfection, c'était l'ennui. La perfection, ce n'était plus un stimulant.

Sans doute l'autre, la nouvelle, était-elle tout sauf parfaite. Elle avait sans doute les cheveux courts, elle rouspétait sans arrêt, elle fumait comme un pompier, elle n'était jamais là quand Wolfgang avait besoin d'elle.

Toujours plongée dans ses réflexions, Leona alla rembobiner le répondeur pour écouter le dernier message. Surprise : ce n'était pas la voix de Wolfgang.

« Bonjour, c'est Bernhard Fabiani. Vous vous en souvenez sans doute, je suis l'ex-mari d'Eva Fabiani. Madame Dorn, j'aimerais bien vous rencontrer. Pensez-vous que ce serait possible ? Soyez gentille de me rappeler. »

Il indiquait son numéro de téléphone et terminait sur quelques paroles extrêmement courtoises.

Leona nota le numéro, mais décida de ne le rappeler qu'après ses vacances. Elle se demanda ce qu'il attendait d'elle. Pas un rapport circonstancié sur les derniers instants d'Eva, espérons-le. Mais... il n'avait tout de même pas l'intention de lui faire du plat ? Avec sa réputation de don Juan bien établie, on pouvait s'attendre à tout ! Peut-être ne laissait-il passer aucune occasion, quitte à tenter sa chance avec celle qui avait été témoin du suicide auquel il avait acculé sa femme avec ses innombrables escapades !

7

C'était un combat inégal, un combat acharné, âpre, au cours duquel ni l'une ni l'autre ne pouvait céder, ne voulait céder. L'enfant luttait en poussant des cris perçants, la mère luttait sans mot dire. L'enfant se débattait, donnait des coups de pied, griffait et crachait. La mère essayait de maintenir les bras de l'enfant contre son corps. Elle était plus grande, mais de constitution beaucoup plus frêle que l'enfant, laquelle semblait disposer d'une grande force et, surtout, ne reculait devant aucun coup bas. La mère avait le dessous, car elle évitait de lui faire mal. Lorsque sa fille lui envoya son genou dans le bas-ventre, elle poussa un cri étouffé et recula. Les larmes jaillirent, et elle resta quelques instants pliée en deux.

Leona, qui suivait le spectacle, stupéfaite, horrifiée, se leva d'un bond.

— Attends, laisse-moi t'aider, Olivia ! Tu n'y arriveras pas toute seule !

Aussitôt, sa sœur se redressa de toute sa hauteur, indifférente à la douleur et malgré sa difficulté à se tenir droite.

— Non ! Je ne veux pas ! Il ne faut pas que Dany ait l'impression qu'on est à deux contre elle. C'est mon enfant. C'est à moi de m'en sortir avec elle.

Dany s'était réfugiée dans un coin de la pièce. Assise par terre, les poings fermés, elle poussait des sons inarticulés. Dans un mouvement incontrôlé, elle balançait sa tête trop grosse en tous sens en versant des larmes de colère.

— Mais tu ne t'en sors pas, fit remarquer la mère d'Olivia d'un ton doux.

Installée sur le canapé, cette dernière était en train de tricoter un pull pour le fils de sa plus jeune fille. Elle avait assisté au duel entre Olivia et Dany avec la résignation lasse d'une personne qui n'avait que trop souvent eu droit à la même scène. Elle avait renoncé à proposer à sa fille de venir à sa rescousse, ne sachant que trop bien qu'Olivia refusait toute ingérence.

— Ça allait beaucoup mieux ces derniers temps, dit Olivia dans une sorte de défi empreint de colère. Je ne sais pas ce qui se passe aujourd'hui. Elle est peut-être perturbée par la présence de Leona.

— Mon Dieu, Olivia, intervint Leona, arrête de chercher toujours de nouvelles excuses ! Il y a longtemps que tu aurais dû...

— Que j'aurais dû quoi ? l'interrompit sa sœur, sortant les griffes.

Les deux sœurs se mesurèrent du regard. Malgré toute la tendresse qui les unissait, elles s'affrontaient invariablement dès lors qu'elles abordaient le sujet de Dany. D'ailleurs, tout le monde s'affrontait avec Olivia à ce sujet.

Par ses paroles, Leona avait évoqué le centre pour handicapés auquel tout le monde pressait Olivia de confier l'enfant, mais gare à elle si elle se risquait à formuler clairement sa pensée.

Sa sœur savait pertinemment que, dans sa détermination à vouloir élever Dany au sein de la famille, elle n'avait aucun soutien. Le dos au mur, elle se battait seule contre un ennemi qui lui était supérieur. Son agressivité chronique était celle d'une bête prise au piège. Elle s'était épuisée en discussions sur le sujet. Désormais, elle n'acceptait plus d'en parler.

Leona capitula. Comme tous les autres. Ce n'était pas la voix furibonde d'Olivia qui les faisait renoncer, mais la compassion que leur inspiraient son visage las, aux traits tirés, et son corps beaucoup trop frêle. Olivia donnait si incontestablement l'impression d'être à bout de forces que personne ne voulait prendre le risque de lui créer de nouveaux problèmes.

— OK, dit Leona, n'en parlons plus. Tu dois savoir ce que tu fais.

Olivia respira à fond, puis s'avança vers sa fille, qui se remit aussitôt à hurler.

— Dany, je voudrais que tu ailles te coucher, maintenant, dit-elle.

L'enfant lui cracha à la figure. Leona se demanda comment sa sœur faisait pour l'aimer encore.

Pendant quelques secondes, il se produisit un duel identique au précédent, mais cette fois, il fut interrompu brutalement par un tiers : un homme de haute stature entra dans la pièce, poussa Olivia de côté, attrapa Dany et, d'un geste expérimenté, lui retourna les deux bras dans le dos. La fillette se mit à donner des coups de pied en arrière, bombardant les tibias de l'homme. Il serra ses bras un peu plus fort. Dany gronda, mais cessa ses attaques.

— Je l'emmène où ? demanda-t-il, le souffle court, tout en poussant l'enfant en direction de la porte.

— Dans sa chambre, répondit Olivia, et ne lui fais pas mal !

— Non, pas si elle ne me fait pas mal, répondit son mari en dirigeant leur fille, tout à fait consentante à présent, dans le couloir.

Olivia les suivit.

Le père de Dany revint au bout de cinq minutes. Il remit sa cravate en place et se passa la main dans les cheveux. Un étranger l'eût trouvé d'un calme étonnant, mais Leona décela sur son visage la colère contenue, la rage qu'il réprimait à grand-peine. Il respirait difficilement.

— Au fait, bonsoir, dit-il.

— Bonsoir, Paul, répondit sa belle-mère sans tenir compte le moins du monde de ce qui venait de se passer. Maintenant que tout le monde est là, je vais m'occuper du repas.

Elle sourit. Elle aimait avoir sa famille réunie sous un même toit. Elle ignorait si parfaitement les tensions que Leona la soup-çonnait parfois d'être réellement persuadée que tout allait bien autour d'elle.

Leona resta seule dans la pièce avec Paul. Ce dernier, renon-çant à rectifier sa cravate, l'arracha et la jeta sur un fauteuil.

— Bon Dieu, dit-il d'un ton excédé, j'ai complètement oublié l'effet que ça faisait de rentrer le soir après une journée de travail et de trouver le calme et la sérénité, au lieu des hurlements et des matches de boxe. Ça doit être le paradis.

— Olivia dit que Dany allait mieux depuis un certain temps.

Paul éclata de rire, un rire las et sans joie.

— Il suffit d'une journée calme avec Dany pour qu'Olivia soit euphorique. En réalité, huit jours sur dix, il se passe des scènes comme celle que tu viens de voir. Ça ne fait qu'empirer, parce que Dany devient de plus en plus costaude. Elle a une force incroyable. Tu vois bien qu'Olivia n'a plus le dessus. Et moi, je ne vais pas tarder à suivre le même chemin.

— Olivia s'en rend bien compte !

— Je crois qu'elle a hérité des gènes de votre mère, répondit Paul avec amertume. Elle refuse d'admettre que nous sommes dans une situation catastrophique, et il est donc interdit d'en parler. Si j'ai le malheur de prononcer le mot de « centre », c'est tout juste si elle ne me saute pas à la gorge.

Lorsqu'il parlait de « situation catastrophique », il ne parlait pas seulement des joutes quotidiennes avec Dany. Ce qu'il détestait le plus était le fait de devoir vivre sous le même toit que ses beaux-parents à cause de l'enfant. Ils avaient essayé quelque temps d'habiter seuls, mais c'était impossible. Olivia en avait été réduite à rester cloîtrée chez elle, dans l'incapacité de faire le moindre pas dehors, ne fût-ce que pour les achats de première nécessité.

Bien entendu, Dany était soumise à l'obligation de scolarité, mais sa mère et elle s'accordaient pour boycotter la fréquentation régulière de l'unique école pour handicapés de la région. La fillette développait les maladies les plus étranges et ses accès de fièvre atteignaient des pics effrayants au bout de trois jours passés d'affilée dans cet établissement qu'elle haïssait. Olivia craquait immanquablement, plus malade encore que sa fille. Le résultat était que Dany manquait si souvent l'école que cette fréquentation sporadique n'avait plus aucun sens.

On ne pouvait la laisser seule une seconde. N'ayant pas les moyens de s'offrir les services d'une infirmière spécialisée, ses parents avaient tenté de recourir à des employées de maison ou des femmes de ménage qui, pour un supplément de gages, étaient chargées de garder la petite afin de permettre à sa mère de sortir en cas de besoin. Mais les femmes de ménage avaient rapidement rendu leur tablier, dépassées et choquées, ou avaient été renvoyées par Olivia qui les accusait de rudoyer Dany. Puis Olivia était allée s'installer chez ses parents, les seules personnes qui la comprenaient, auxquelles elle faisait confiance. Paul avait fini par quitter l'appartement et suivre la femme qu'il avait trop aimée autrefois pour s'opposer durement à elle. Pour lui, qui travaillait dans une banque de Francfort, cela impliquait de passer plus de quatre heures en voiture et, le matin, lorsqu'il voulait occuper la salle de bains, de faire la queue au milieu d'une succession compliquée de personnes comprenant les parents d'Olivia, sa plus jeune sœur, son ami et leur petit garçon. Le plus souvent, l'organisation capotait, et Paul quittait la maison sur les chapeaux de roues. Chaque fois qu'il se retrouvait à foncer sur l'autoroute à une vitesse excessive et que des élancements dans la région du cœur lui signalaient qu'il atteignait l'âge où son corps ne tarderait pas à exiger son tribut pour l'excès de stress et de frustration qu'il lui infligeait, il prenait la résolution de mettre le marché en mains à Olivia : c'était leur couple, ou Dany.

Mais le soir, quand il rentrait et voyait son visage surmené, il réagissait comme tout le monde et ne pouvait se résoudre à la mettre sous pression.

— J'ai proposé à Olivia, cet été, de louer une petite maison juste à côté, poursuivit-il, pour qu'elle puisse venir ici avec la petite. Cela ne réduirait pas mon trajet, mais nous aurions plus de temps pour nous le soir.

— Et elle n'a pas accepté ? s'enquit Leona.

— Non. Impossible de lui parler. Plus ça s'aggrave avec Dany, plus elle se cramponne à Elisabeth. Votre mère est la seule personne auprès de laquelle Olivia trouve un soutien indéfectible. Je crois qu'elle a peur de se retrouver seule avec moi, maintenant. Elle pense que je vais la harceler jusqu'à ce qu'elle cède et mette Dany dans une maison. Elle est sans doute tellement épuisée qu'elle a peur de baisser les bras.

Il sortit un paquet de cigarettes de sa poche et le lui tendit.

— Je ne m'en souviens plus, tu fumes ?

Elle avait arrêté des années auparavant, mais avait recommencé depuis que Wolfgang l'avait quittée. A chaque première bouffée, elle sentait disparaître un peu de la tension qu'elle subissait depuis quelque temps. Fumer lui faisait du bien, psychiquement. Elle s'occuperait des conséquences sur sa santé physique plus tard, quand elle irait mieux mentalement.

Son beau-frère lui donna du feu, d'une main légèrement tremblante. Elle chercha quelques mots de réconfort à lui prodiguer, mais ne trouva rien de convaincant.

Elle regarda ce bel homme au visage intelligent. Il plaisait très certainement et ne devait pas manquer d'occasions. Combien de temps supporterait-il la situation et resterait-il auprès d'Olivia et de leur fille ?

— Le pire, poursuivit-il, c'est que je commence à prendre Dany en grippe. Ma propre enfant, dont je sais qu'elle n'est absolument pas responsable de son handicap et de tous les problèmes ! Mais parfois j'ai énormément de mal à réprimer ce sentiment de... colère. Je déteste le genre de vie auquel elle nous contraint, la bagarre perpétuelle qu'elle nous livre comme si nous étions ses pires ennemis. Et surtout ce qu'elle fait d'Olivia. Ce qu'elle a déjà fait d'Olivia.

Leona repensa à Olivia, avant. C'était la plus mignonne des trois sœurs. Pas blonde comme les deux autres, mais rousse. Les yeux verts, gracile comme un chat. Assurée, intelligente, orgueilleuse et énergique. Une femme devant laquelle toutes les portes semblaient s'ouvrir d'elles-mêmes, qui se mettait tout le monde dans la poche.

Paul, lui aussi, semblait songer au passé, et il était clair que ses souvenirs lui faisaient mal, car il changea brutalement de sujet :

— Comment va Wolfgang ? s'enquit-il. Ça fait bizarre de te voir ici sans lui !

Apparemment, Olivia avait tenu sa langue, sans exception... Mais Leona n'avait plus envie de mentir. Elle avait raconté partout que Wolfgang était submergé de travail, mais cette excuse ne tiendrait pas éternellement. Il allait bien falloir qu'elle dise la vérité au reste de la famille. Autant commencer par Paul.

— Wolfgang et moi, nous nous sommes séparés, prononça-t-elle d'une voix sèche. Plus exactement, il m'a quittée pour une autre. Il est parti avec elle début septembre.

Paul sembla accuser le choc.

73

— Ça me fait vraiment beaucoup de peine, Leona. Je me demandais bien pourquoi tu avais tant maigri et pourquoi tu parais si triste, même quand tu ris.

C'était donc tellement visible ?

— Paul, je te demande de ne rien dire aux parents, pour l'instant, et surtout pas à ma mère. Il faudra bien qu'elle l'apprenne, mais… enfin, tu sais comment elle est.

— Oui, je sais comment elle est, confirma Paul.

Ils échangèrent un sourire un peu embarrassé.

Olivia ne descendit pas dîner. Paul, qui était allé la chercher, revint seul.

— Elle ne veut pas manger, annonça-t-il, et elle ne veut pas descendre. Elle est à bout de nerfs.

— Elle maigrit de plus en plus, déclara Elisabeth d'un ton de reproche dont on ne savait pas à qui il s'adressait.

Elle s'apprêta à aller mettre l'assiette intacte d'Olivia au chaud, mais Paul la retint par le bras.

— Non, ce n'est pas la peine. Laisse-la tranquille.

— Oh là là !… Encore un psychodrame ! Acte II, scène 3, les états d'âme de Madame Olivia ! lança Caroline, qui, elle, dévorait le contenu de son assiette à belles dents. Et vous, vous marchez tous dans la combine.

— Mêle-toi de tes oignons, Caroline ! répliqua Paul d'un ton coupant.

Il détestait ouvertement sa belle-sœur, qui le lui rendait cordialement.

C'était la plus jeune des trois sœurs, âgée de vingt-cinq ans. N'ayant aucun métier ni aucune formation, elle enchaînait petits boulots, tantôt comme serveuse à l'auberge du village, tantôt comme distributrice de journaux. Pour Paul, elle était le prototype même de la fainéante, de l'éternelle parasite, tandis qu'aux yeux de Caroline, son beau-frère représentait le carriériste pur et dur. Elle avait un fils de cinq ans, dont le père, un comédien au chômage, vivait avec elle aux crochets de ses parents. Paul et Leona vouaient à ce Ben la même antipathie, tout en tablant sur le fait que son rôle dans la vie de Caroline serait provisoire. Car avant la naissance de l'enfant, elle avait l'habitude de changer d'amant toutes les semaines.

— Si Olivia ne se dépêche pas de mettre Dany dans un centre, on ne va plus pouvoir tenir ici, insista Caroline. On en a marre de se farcir ces hurlements permanents.

— Qu'est-ce qui t'empêche de partir, si tu ne veux plus te les farcir, comme tu dis ? répliqua Leona.

En effet, même si Caroline avait raison dans le fond, c'était tout de même la moins habilitée à se plaindre...

— Pourquoi moi ? riposta sa jeune sœur, indignée. Pourquoi pas Olivia, Paul et Dany ?

Paul pinça les lèvres, signe que la querelle était sur le point de monter d'un cran.

— Pas de dispute, s'il vous plaît !

Cette fois, c'était à Julius de faire entendre sa voix. Assis en bout de table, le visage tendu, il n'aspirait vraisemblablement qu'à une chose : la paix.

Julius, ancien professeur d'histoire et de latin, travaillait depuis sa retraite à la rédaction d'un livre sur les Césars. Après avoir planché toute la journée sur des textes anciens extrêmement compliqués dont la traduction lui avait posé des problèmes, il avait besoin de se reposer. Il avait mal à la tête, et le fait de ne pas avoir beaucoup avancé avait fait naître en lui un sentiment de frustration doublé d'agacement. Cette maison dans laquelle il avait élevé avec Elisabeth trois filles entêtées était fréquentée par un nombre croissant de personnes et devenait le théâtre de tensions toujours plus vives. Les cris incessants de Dany étaient une véritable épreuve pour ses nerfs, même s'il s'en cachait. D'autre part, combien de temps lui faudrait-il encore supporter le traîne-savate aux cheveux hirsutes que Caroline leur imposait depuis des années ?

Par bonheur, Leona, elle, ne leur causait pas de soucis. Pourtant, elle est un peu pâle et bien maigre, constata-t-il en la couvant d'un regard plein d'amour. Leurs yeux se croisèrent, et elle lui rendit son sourire, un sourire imperceptible, démenti par ses yeux. Il se dit alors avec tristesse qu'il s'était trompé. Si, il fallait bel et bien s'inquiéter pour Leona.

Au même moment, Leona comprit de son côté pourquoi elle n'osait pas avouer l'échec de son couple à ses parents. C'était à cause de la lassitude dans les yeux de son père. A cause de l'optimisme courageux avec lequel sa mère faisait le tampon entre Olivia et Caroline, s'occupait de Dany, traitait avec gentillesse le copain parasite de Caroline. C'était la détermination sans faille avec laquelle ses parents se cramponnaient à leur vision idyllique de la famille – en réussissant effectivement à maintenir les morceaux de sa structure fragile.

Elisabeth et Julius puisaient une partie non négligeable de leur force dans le fait que le couple formé par leur fille Leona et son époux Wolfgang était stable. Elle au moins était heureuse et n'avait à affronter que des problèmes insignifiants par comparaison. Cette certitude leur était indispensable pour parvenir à croire qu'ils étaient ce qu'ils voulaient être à tout prix : une grande famille heureuse au sein de laquelle il y avait, certes, quelques difficultés de temps en temps, mais sans que jamais n'intervienne le désordre.

Voilà pourquoi elle ne pouvait se résoudre à les décevoir, aussi absurde que fût la comédie qu'elle jouait. Car ils finiraient par l'apprendre un jour ou l'autre et ne comprendraient pas pourquoi elle s'était tue si longtemps.

La fille bien sage, se dit-elle avec ironie, celle qui fait toujours bien gentiment ce qu'elle doit faire. Mais il faut bien qu'un beau jour je surprenne mon monde en faisant une chose à laquelle on ne s'attend pas de ma part !

Le lendemain, elle se rendit chez le coiffeur du village et fit couper très court sa chevelure de Lorelei. Elle ne se trouva pas plus belle qu'avant, mais, bizarrement, elle se sentit mieux.

8

Elle le revit en novembre, le jour des Morts, par une journée humide, ventée, grise. La tempête avait arraché dans la nuit les dernières feuilles des arbres, et ne cessait depuis de pousser vers eux des nuages noirs arrivant de l'ouest. Il pleuvait sans interruption. La météo avait prédit qu'avant la tombée de la nuit la pluie se transformerait en neige.

Leona n'était plus allée sur la tombe d'Eva depuis l'enterrement, mais ce jour-là, de façon inexplicable, elle en avait ressenti le besoin. Le vendredi précédent, on lui avait livré au bureau un bouquet de roses de la part d'un auteur pour lequel elle s'était particulièrement investie. Le lendemain matin, au cours de son petit déjeuner solitaire, il lui était venu l'idée d'aller déposer la gerbe de roses sur la tombe d'Eva.

Elle se rendit au cimetière à midi, heure à laquelle les gens devaient être en train de déjeuner, car l'endroit était pratiquement désert. Seule une vieille femme traînait péniblement à travers les allées un arrosoir rempli à ras bord, semblant obéir à quelque rituel immuable. Malgré la pluie qui tombait à verse, elle se faisait un devoir d'arroser une tombe qui devait être celle de son mari.

Celle d'Eva n'était pas bien entretenue. Son frère avait probablement omis de donner les instructions nécessaires... A moins que la voisine, Lydia, ne se fût emparée de l'affaire mais sans trop d'assiduité.

Leona se baissa pour enlever les feuilles et les mauvaises herbes. La vue du nom d'Eva sur la modeste pierre tombale l'attrista profondément. Puis elle remarqua que son chagrin était causé par un ensemble de choses : l'automne, la pluie, les arbres nus, le cimetière, sa solitude. L'espoir perdu de voir un jour Wolfgang lui revenir. La certitude que même s'il le faisait, plus rien ne serait comme avant.

Elle sursauta en entendant une voix s'élever près d'elle :

— Leona ? C'est vous ?

Elle se leva d'un bond et se retourna. C'était Robert Jablonski, encore plus trempé qu'elle, si c'était possible. Elle le dévisagea.

— Mon Dieu, je ne vous ai pas entendu arriver ! Je ne pensais pas vous trouver ici. Je vous croyais à Ascona !

— Pardon de vous avoir fait peur, dit-il d'un ton d'excuse. Je pensais que le bruit de mes pas vous avait prévenue.

— C'est la pluie ! Elle fait un de ces boucans !

— J'ai fait un petit tour dans le cimetière, mouillé pour mouillé, je n'étais plus à ça près. Et je suis revenu une dernière fois sur la tombe d'Eva avant de repartir.

Il désigna les roses que Leona avait déposées.

— C'est vous qui les avez apportées ? Elles sont magnifiques !

— Oui, c'est un bouquet qu'on m'a offert, mais j'ai pensé les donner à Eva.

Il la remercia d'un signe de tête. Puis il dit, d'une voix nouée par le chagrin :

— Je pense beaucoup à Eva. Elle... elle est encore vivante pour moi.

Leona n'avait aucune peine à le concevoir. Elle répéta alors sa question :

— Pourquoi n'êtes-vous pas à Ascona ? C'est bien là que vous habitez ?

Il acquiesça :

— Oui, mais il me reste quelques détails à régler ici pour la vente de l'appartement. Je vais rester à Francfort un bout de temps. J'ai apporté du travail. Ascona est un endroit magnifique, mais je ressens le besoin de revenir régulièrement en Allemagne.

— Oui, c'est normal.

— J'ai failli ne pas vous reconnaître, poursuivit-il, vous avez changé. Vous n'aviez pas les cheveux longs, cet été ?

Elle passa la main dans ses cheveux courts.

— J'ai voulu changer un peu.

— Ah bon.

Il s'abstint de tout autre commentaire.

Ils restèrent face à face sous la pluie, indécis, livrés au vent qui soulevait leurs manteaux.

— Je peux vous inviter à prendre un café quelque part ? proposa Robert.

Leona pensa à sa maison vide et silencieuse, au dimanche vide et silencieux qui l'attendaient.

— D'accord, répondit-elle.

Ce fut dans un italien parfait qu'il s'adressa au propriétaire du restaurant dans lequel ils allèrent manger un morceau, et elle apprit qu'il travaillait pour plusieurs maisons d'édition italiennes et allemandes en tant que traducteur.

— Vous parlez encore d'autres langues ? lui demanda-t-elle.

Il énuméra :

— L'anglais, bien sûr, le français, l'espagnol. Et un peu le russe, mais c'est loin d'être suffisant pour faire des traductions.

— Vous devez être très doué pour les langues.

Il hocha la tête, non sans un soupçon de fierté :

— J'ai toujours eu des facilités. Cela ne m'a jamais demandé beaucoup d'efforts.

— C'est une chose que j'admire, parce qu'on en apprend tellement plus sur le monde quand on est capable de comprendre ce qui se passe autour de soi, à l'étranger.

Il sourit.

— Oui, c'est vrai, ça simplifie beaucoup les choses.

Le garçon apporta leurs cappuccinos. Tout en remuant la cuiller dans sa tasse, Robert poursuivit :

— Vous travaillez dans une maison d'édition, n'est-ce pas ?

— Oui, je suis lectrice. Comment le savez-vous ?

— C'est Lydia qui me l'a raconté. Vous savez, la voisine d'Eva.

Leona ne put retenir un sourire.

— Non, elle ne vous l'a pas raconté, c'est vous qui l'avez questionnée à mon sujet. Vous lui avez demandé si j'étais mariée.

— Je me doutais bien qu'on ne pouvait pas lui faire confiance ! soupira Robert. Une vraie pipelette !

— Et elle a dû donner mon numéro de téléphone à Bernhard Fabiani, ajouta Leona avant de lui parler du message que ce dernier lui avait laissé sur son répondeur en septembre, en précisant qu'elle ne l'avait pas rappelé.

— Je suis sûr qu'il a voulu essayer de se placer auprès de vous ! s'emporta Robert, en remuant si violemment sa cuiller qu'un peu de café déborda dans la soucoupe. Ce n'est pas pour vous dévaloriser, mais sachez qu'il essaie avec toutes les femmes !

— Pourtant, ce n'est pas l'impression qu'il m'a faite.

— C'est bien pour ça qu'Eva est tombée dans le panneau. Il a l'air tellement posé, tellement sérieux. « C'est un homme sur lequel on peut s'appuyer », disait-elle, mais ça, c'était avant de l'épouser. Après, ce n'était plus la même chanson.

— Vous le connaissez bien ?

— Pas particulièrement. Nous ne nous voyions pas très souvent quand ils étaient mariés. Je me souviens que la première fois qu'ils sont venus me voir à Ascona, il s'est mis à faire le joli cœur auprès d'une employée de l'hôtel, et Eva a craqué. Je l'ai retrouvée devant ma porte au milieu de la nuit, effondrée, en larmes. A l'époque, j'étais loin de me douter que c'était habituel chez lui.

— Vous m'avez dit que vous aviez prévenu Eva contre lui ?

— C'est vrai. Je ne le sentais pas, ce type. Mais comme je n'arrivais pas à définir clairement ce qui me déplaisait, je n'ai pas été très convaincant.

— Pourtant, dit Leona, vous m'avez bien dit qu'ils étaient séparés depuis quatre ans. Elle a donc continué à souffrir de ses infidélités même après leur divorce ?

Robert haussa les épaules.

— D'après Lydia, Eva n'a jamais cessé d'espérer qu'ils se rabibocheraient. Elle souffrait d'une grave dépression.

— Mais Lydia m'a dit qu'elle allait mieux, ces derniers temps.

Leona se rappela le jour du drame. Lydia avait été sur le point d'ajouter quelque chose, mais elles avaient été interrompues.

— Elle a fait une allusion en disant que, depuis quelques mois, elle avait un peu changé, poursuivit-elle.

— Je n'ai pas vraiment suivi ça de près. Lydia prétend que, depuis à peu près neuf mois, Bernhard avait recommencé à s'occuper d'Eva, qu'il venait la voir, qu'il l'appelait. Ce qui a ravivé les espoirs de ma sœur. Malheureusement, il a certainement recommencé à lui mentir, à lui cacher des choses, enfin, à faire tout ce qu'il lui faisait subir depuis le premier jour. Je suppose que c'en était trop pour elle, qu'elle n'a pas pu supporter.

Leona frissonna involontairement, mais ce n'était pas à cause du froid et de ses vêtements humides. Non : ils étaient séparés depuis quatre ans, et Eva continuait à aimer Bernhard !

J'espère que ça ira beaucoup, beaucoup plus vite pour moi...

Robert insista pour payer l'addition. Leona lui demanda où il logeait à Francfort, et il lui nomma un hôtel qu'elle ne connaissait pas.

— Je vous raccompagne chez vous, dit-il. Parce qu'il pleut, et quand il pleut, je vous raccompagne, c'est une habitude.

Elle rit. Quand ils furent arrivés devant sa porte, il lui demanda brusquement :

— Lydia n'a pas su me répondre avec précision. Finalement, vous êtes mariée ou non ?

Wolfgang gardait les yeux rivés sur le pare-brise de sa voiture où l'eau dégoulinait à flots, lui bouchant entièrement la vue. De temps en temps, quand il actionnait les essuie-glaces, la rue apparaissait, avec les maisons, les clôtures, les arbres dépouillés, comme se détachant sur un univers aquatique et brouillé. La pluie ruisselait dans les caniveaux en gargouillant. Le crépuscule s'annonçait déjà, et dans les maisons alentour, les lumières s'allumaient. Mais pas dans celle de Leona. Celle-ci était une masse sombre, vide et abandonnée au milieu de son jardin mort de novembre.

Il se demanda où elle pouvait bien être par un temps pareil. Peut-être était-elle allée rendre visite à quelqu'un. Mais à qui ? Il n'avait certes pas le droit de lui en vouloir de ne pas être chez elle, et pourtant, il lui en voulait... de manière puérile, déraisonnable. Mais peut-être était-ce tout simplement contre lui-même qu'il en avait. Quelle mouche l'avait donc piqué de sauter dans sa voiture sans même prendre la précaution de la prévenir de son arrivée ? Pour couronner le tout, l'imbécile, il avait oublié son jeu de clés chez lui. Toutes ses clés ! Ce qui signifiait qu'il ne pouvait pas non plus rentrer chez Nicole. Comme par un fait exprès, madame était partie avec une équipe de tournage et ne rentrerait que dans la soirée. Quel idiot ! Trouver le moyen d'être à la rue, littéralement, abandonné sous la pluie par ses deux femmes ! Et tout ça parce qu'il lui fallait d'urgence quelques dossiers qu'il espérait pouvoir retrouver dans son ancien bureau.

Sans compter qu'il faisait un froid de canard ! Il s'enveloppa encore plus étroitement dans son manteau. Bon, j'attends encore dix minutes, et je laisse tomber. Je m'achète un journal et je vais m'installer dans un café.

Une vraie journée de merde !

Il remit les essuie-glaces en route et vit alors Leona qui remontait la rue. Mais elle n'était pas seule. Elle était accompagnée par un homme, grand, qui, de loin, n'avait pas l'air mal. Ils n'avaient pas de parapluie, et devaient être trempés comme des soupes, mais cela ne semblait pas troubler leur bonne humeur. L'homme était en train de raconter quelque chose, et Leona riait. Elle avait l'air bien, détendue.

Elle s'était fait couper les cheveux !

Carrément en brosse ! Ses beaux cheveux longs, ses cheveux qu'il aimait tant !

Tout à coup, Wolfgang eut l'impression qu'elle lui avait dit adieu, qu'elle avait accepté la séparation et commencé une nouvelle vie. La porte close devant laquelle il l'attendait depuis une heure revêtit une importance symbolique : elle signifiait qu'il n'y avait plus de retour possible. La rupture était consommée et Leona devenait désormais une étrangère.

Pourquoi cette idée lui faisait-elle si mal ?

Mais ce n'était pas le moment de réfléchir à la question. Le mieux serait de décamper, d'éviter de se retrouver en face de l'autre, ce guignol qui faisait rire Leona. Mais il devrait alors passer devant eux et Leona reconnaîtrait la voiture. Comment lui expliquer que c'était pour l'éviter qu'il s'en allait à fond de train ? Rien à faire : il était bien obligé de descendre et de boire la coupe jusqu'à la lie.

Il ouvrit la portière avec une certaine brusquerie, évitant de justesse le ventre de l'individu qui accompagnait Leona au moment où il passait.

— Vous ne pouvez pas faire attention ? s'énerva ledit individu.

Au même moment, Leona s'écriait :

— Wolfgang, qu'est-ce que tu fais ici ?

Ignorant superbement l'importun, il répondit :

— Je viens chercher quelques dossiers.

Après lui avoir déposé un rapide baiser sur la joue, il précisa :

— Et j'ai oublié mes clés.

— Bon, alors, commencez par entrer tous les deux, dit Leona en cherchant son trousseau dans son sac. Ah, au fait, voici Robert Jablonski, et voici Wolfgang Dorn, mon ex-mari.

Le mot ex-mari résonna douloureusement dans la tête de Wolfgang tandis qu'il lui emboîtait le pas.

— C'est un de tes auteurs ? lui demanda-t-il quand ils furent enfin seuls.

Il avait mis la main sur les dossiers qu'il cherchait, et qui ne valaient pas pour autant la peine qu'il gâche son dimanche.

Leona s'était débarrassée de ses vêtements mouillés, et, après une douche rapide, était redescendue en peignoir de bain au salon. Robert, lui aussi trempé jusqu'aux os, était monté à son tour prendre une douche, accédant à la prière de Leona qui lui recommandait avec sollicitude de ne « surtout pas prendre froid ». Wolfgang s'attendit à le voir réapparaître sous peu, une serviette autour des reins, histoire d'offrir son torse musclé aux regards concupiscents de Leona. Ah, elle n'avait pas perdu de temps !

— Non, ce n'est pas un auteur, répondit Leona, sans se sentir obligée de donner d'autres précisions.

Elle avait proposé un whisky à Wolfgang, qui l'avait accepté avec joie, et, à présent, ils se retrouvaient face à face avec leurs verres. Comme des étrangers. Distants.

— Qui est-ce, alors ? insista Wolfgang au bout de quelques instants de silence, durant lesquels il s'était demandé s'il pouvait se risquer à poser la question.

Car Leona avait parfaitement le droit de l'envoyer bouler, et sans doute le ferait-elle.

— Une relation, répondit-elle.

— Ah bon ? Ça ne me regarde pas... mais est-ce que tu le connais assez pour l'inviter chez toi et... bon, te balader en peignoir devant lui ?

Elle le considéra d'un air narquois.

— Eh bien ! Te voilà bien vertueux, bien conventionnel, tout à coup !

— Ça n'a rien à voir avec la vertu ou les conventions. Je ne sais pas qui c'est... mais tu n'es pas un peu imprudente ?

— Je suis tout à fait capable de veiller sur moi-même, Wolfgang.

— Bien sûr.

Le ton de Leona était si peu engageant qu'il sentit que mieux valait changer de sujet, sous peine de la fâcher.

— Tu t'es fait couper les cheveux, dit-il, passant du coq à l'âne. Ça te va bien.

Là, à tout le moins, il la surprenait !

— Et pourtant, tu as toujours été contre, rétorqua-t-elle.

Il sourit.

— C'est vrai, mais je reconnais que ça te va bien. Tu as l'air très adulte comme ça.

— En tout cas, je n'ai plus l'air d'une petite fille. Heureusement !

— Tu n'avais pas l'air d'une petite fille avant non plus. Mais tu n'avais pas non plus l'air d'une grande fille. C'est fini maintenant.

— Merci.

— Bon, dit Wolfgang après avoir avalé sa dernière gorgée, j'y vais.

Car il n'avait pas l'intention de procurer à Leona le plaisir de le savoir à la porte de son nouveau domicile. Si elle avait été seule, il le lui aurait dit, mais pas dans ces conditions. Sans compter qu'il était douteux qu'elle se fût laissé fléchir en l'invitant à rester.

Elle se préparait certainement à passer la soirée avec son soupirant, autour d'un bon feu de cheminée, d'un savoureux dîner...

Leona le tira de ses réflexions en annonçant :

— Il faut absolument qu'on parle de la maison, et du divorce.

Wolfgang haussa les sourcils.

— Tu veux en parler maintenant ?

Ce fut le moment que choisit le soupirant pour entrer dans le salon. Wolfgang eut la mauvaise surprise de constater qu'il portait un peignoir lui appartenant, même si le vêtement en question était tellement vieux qu'il avait oublié son existence depuis belle lurette. Mais quel culot ! Il crut étouffer d'indignation.

— Voilà, je me sens revivre, déclara l'intrus.

— Non, je ne veux pas en parler maintenant, répondit hâtivement Leona à Wolfgang. On verra ça dans les prochains jours, OK ?

— OK. Je t'appelle.

— Oui, d'accord. Robert, servez-vous donc de whisky pendant que je raccompagne Wolfgang.

Dehors, la pluie tombait encore à verse. Les réverbères s'allumèrent. La nuit était presque là.

— Dire qu'il n'est que dix-sept heures et qu'il fait déjà noir, déplora Wolfgang.

— Oui, c'est le début de l'hiver, il va être long et froid.

Puis, incapable de résister, il posa la question qui lui brûlait les lèvres.

— Comment tu l'as rencontré ?

— Par Lydia, répondit Leona.

— Lydia ?

Inconnue au bataillon.

— Qui... ? commença-t-il.

Mais Leona lui signifia clairement qu'il avait franchi les limites de sa patience en l'interrompant d'une voix coupante :

— Wolfgang, cesse de me poser des questions. Ça ne te regarde plus. Tu as décidé pour des raisons que je ne comprends pas, mais que je dois accepter, que je ne faisais plus partie de ta vie. Alors n'essaie pas de garder une emprise sur moi. Chacun de son côté, d'accord ?

Sur ce, elle referma la porte d'un geste explicite.

Wolfgang, songeur, resta debout sous la pluie dans l'obscurité qui s'installait, pensant à l'homme qui portait son peignoir. A Leona, qui avait l'air si adulte avec ses cheveux courts et mouillés, adulte, et pourtant si vulnérable.

— Tout va bien ? s'enquit Robert quand elle vint le rejoindre.

Il s'était servi un whisky et s'était placé près de la fenêtre. Le vieux peignoir était un peu tendu aux épaules. Wolfgang l'avait porté pendant des années, jusqu'à ce que le tissu soit si élimé qu'il avait fallu en acheter un autre. Leona fut étrangement remuée de revoir ce vieux vêtement... porté par un autre homme.

Soudain un peu embarrassée, elle dit :

— Je monte m'habiller.

Il la regarda, puis s'approcha d'elle et lui effleura le bras :

— Vous préférez peut-être que je m'en aille ?

— Mais non !

Elle rit sans raison, d'un rire artificiel.

— On avait bien dit qu'on se commanderait quelque chose à manger. Sans compter que vos vêtements sont encore humides. Est-ce que vous savez allumer un feu dans une cheminée ? Vous pourriez vous en charger pendant que je m'habille, et on mettra vos vêtements devant pour qu'ils sèchent.

Elle avait conscience de son débit trop précipité, mais elle était incapable de contrôler sa nervosité. L'apparition inopinée de Wolfgang avait tout changé. Sa spontanéité s'était envolée. Elle ne pouvait s'empêcher de se mettre à la place de son ex-mari : un triste après-midi de novembre, elle était dans sa maison avec un inconnu, et ils étaient tous deux en peignoir. Il avait trouvé ça hallucinant, elle l'avait bien senti. Et même s'il était plutôt mal placé pour lui faire la morale, elle ne pouvait se défendre d'un sentiment de malaise.

Robert se rapprocha encore un peu.

— Qu'est-ce qui se passe ? demanda-t-il.

Elle soupira.

— Rien. Tout va bien.

Il se pencha et lui donna un rapide baiser sur la joue.

— Je m'habille et je rentre à mon hôtel. Vous avez besoin d'un peu de temps pour vous. Je vous appelle.

Elle en fut plus soulagée qu'elle ne voulait se l'avouer.

— Vous restez longtemps à Francfort ?

— Au moins jusqu'à la fin du mois. On se reverra.

— Je suis désolée, murmura-t-elle.

Il caressa ses cheveux du bout des doigts.

— Non, tu n'as pas à être désolée, dit-il, passant du vous au tu sans transition. Je te comprends. Simplement, tu sais, tu me plais trop pour que je sois capable de passer une soirée avec toi pendant que tu penses à un autre. Ça m'atteint trop. Tu le comprends ?

Elle fit un signe de tête affirmatif. Il sourit à nouveau – jamais je n'ai vu homme avec un sourire aussi chaleureux, pensa-t-elle – et disparut dans l'escalier, afin d'aller remettre ses vêtements mouillés.

Dix minutes plus tard, il était parti.

— Pas la peine de passer ta mauvaise humeur sur moi ! s'écria Nicole, furieuse. Je ne pouvais pas deviner que tu avais oublié tes clés !

— Tu m'as dit que tu rentrerais à huit heures. Il est dix heures ! répondit Wolfgang, non moins hors de lui.

Il était injuste, et il le savait. Il se conduisait comme un pacha reprochant à sa femme quelques minutes de retard. Mais il lui fallait une soupape pour tous les sentiments contradictoires, pour la colère, pour l'énervement, que cette journée frustrante avait déclenchés en lui.

Après avoir quitté Leona, il s'était installé dans un café avec un journal, mais sans arriver réellement à se concentrer. Les minutes s'étaient écoulées avec une lenteur désespérante. A huit heures moins le quart, il avait pris le chemin du retour – et il avait dû attendre encore deux bonnes heures, assis dans sa voiture devant l'immeuble. Nicole n'était pas arrivée avant dix heures, fatiguée, mais d'excellente humeur.

— Tu n'avais même pas branché ton portable, grogna-t-il. J'ai passé mon temps à essayer de te joindre.

— De toute façon, même si tu m'avais jointe, je n'aurais rien pu faire pour toi. Tu ne crois quand même pas que j'aurais tout planté là pour rentrer à la maison simplement parce que mon compagnon avait oublié les clés !

— Bien sûr que non ! Ton métier avant tout, c'est évident ! Et surtout le dimanche ! Ton compagnon n'a qu'à se débrouiller tout seul !

Elle le regarda avec commisération et mit le cap sur la cuisine, où elle ouvrit le réfrigérateur :

— Il y a quelque chose à manger ? Je meurs de faim !

Il la rejoignit, tout à coup épuisé et honteux.

— Excuse-moi, dit-il, je n'avais pas l'intention de te faire une scène. Je me demande ce qui me prend !

Elle se retourna et l'observa attentivement.

— C'est la première fois que tu revois ta femme depuis deux mois, voilà ce qui te prend ! déclara-t-elle.

— Mais non, qu'est-ce que tu vas chercher là !

— Ma voisine a une clé. Justement pour ce genre de cas. Tu aurais pu aller la prendre.

— Je l'ignorais.

Elle referma la porte du réfrigérateur et se redressa.

— Qu'est-ce qui t'a mis dans un état pareil ? Ne me dis pas que c'est parce que tu as été obligé de tourner en rond dehors pendant quelques heures – même si je reconnais que le temps ne s'y prêtait pas vraiment.

Il réfléchit. Son irritation était-elle vraiment à imputer à cela, à sa longue attente et au mauvais temps ? En réalité, il savait bien qu'il s'inquiétait pour Leona, mais Nicole n'était pas la plus indiquée pour se confier. D'un autre côté, comme il n'avait personne d'autre sous la main...

— Leona avait un homme chez elle, annonça-t-il.

Cette façon de s'exprimer était dramatique et ridicule. Un sourire ironique se dessina sur les lèvres de Nicole, et cela l'énerva.

— Je ne suis pas jaloux, si c'est ce que tu penses, dit-il d'un ton vif. Mais je m'inquiète. Ce mec ne me plaît pas.

— Tu le connais ?

— Non. Et j'ai l'impression que Leona ne le connaît pas depuis très longtemps. Ils se vouvoyaient.

— Peut-être que c'est quelqu'un qu'elle connaît par son travail.

— Non ! répliqua-t-il avec un geste de dénégation. Il a quelque chose... Je ne peux pas te dire ce que c'est, mais je le sens. Il veut se la taper. Il joue les garçons polis, délicats, mais ça fait partie de sa stratégie. Il veut l'avoir, par n'importe quel moyen, et quel que soit le temps que ça prendra.

Nicole le dévisagea.

— Wolfgang, tu sais que tu as une façon de t'exprimer particulièrement étrange ? A t'entendre, on croirait que Leona est poursuivie par un monstre et que ton rôle est de la sauver. Tu te montes la tête. Peut-être que ce type veut l'avoir, et alors ? Leona a une petite quarantaine, elle est jolie et elle est redevenue célibataire. Qu'est-ce que tu veux ? Tu veux que les mecs fassent un grand détour pour éviter de marcher sur les plates-bandes de son ancien mari, lequel a quitté le domicile conjugal ? Et qu'est-ce que tu attends d'elle ? Qu'elle reste seule dans votre maison jusqu'à la fin des temps en pleurant ton départ ?

— Je veux simplement lui éviter de commettre une erreur, dit-il avec entêtement.

Nicole le regarda d'un air grave :

— Leona n'est pas une petite fille. C'est une adulte qui sait parfaitement ce qu'elle fait. Elle fréquente qui elle veut et quand ça lui chante.

— Ce mec...

— ... est sûrement beau mec et il a toutes ses chances auprès de ta femme, et c'est justement ce qui ne te plaît pas. En allant là-bas, tu pensais la retrouver seule, en plein dimanche après-midi, en tête à tête avec un manuscrit, ou en larmes dans le jardin, en train de ramasser les feuilles mortes. Mais au lieu de ça, elle est avec quelqu'un, un homme, et elle va bien ! Evidemment, ça t'a foutu un coup, mon cher !

— Ce n'est pas vrai. J'aimerais que Leona soit heureuse. Qu'elle ne reste pas seule.

— Tu es sûr ? Tu voudrais vraiment qu'elle soit heureuse ? Qu'elle soit heureuse sans toi ?

— Evidemment ! rétorqua-t-il d'un ton impatient.

— Non, dit Nicole, tout au fond de toi, tu ne le souhaites pas.

— Nicole, s'il te plaît, tu peux m'épargner ta psychologie de café du commerce ? Leona, c'est du passé pour moi. Elle peut faire exactement qu'elle a envie de faire. Et si ça la rend heureuse, tant mieux ! Mais le mec qui était chez elle aujourd'hui, il ne la rendra pas heureuse. Au contraire !

Nicole éclata de rire. Attrapant deux verres sur l'étagère, elle les remplit de cognac, en tendit un à Wolfgang.

— Tiens, bois ça. Ça te calmera les nerfs. Et détends-toi un peu. De toute façon, tu ne peux rien faire pour le moment.

Wolfgang but son cognac avec gratitude, et c'est avec la même gratitude qu'il nota la gentillesse indéfectible de Nicole. Son calme était la qualité qui l'avait attiré dès le début. Malgré le traitement qu'il venait de lui infliger, son agressivité tout d'abord, puis ses confidences à propos de Leona, elle réagissait avec une générosité qu'elle devait en partie à son assurance à toute épreuve.

— Lydia, murmura-t-il, si seulement je savais qui c'est !

Nicole lui décocha un regard interrogateur.

— Leona m'a dit que c'était une certaine Lydia qui lui avait fait rencontrer ce type, expliqua-t-il, et je n'arrête pas de me demander… Je l'ai déjà entendue prononcer ce nom, mais je ne sais plus du tout dans quel contexte.

— Ça va te revenir, répondit Nicole avec une certaine froideur. Tu vas y réfléchir jusqu'à ce que tu tiennes la réponse, j'en suis certaine.

Oui, tu as sans doute raison, lui répondit-il en pensée.

9

Après l'épisode du dimanche, Robert l'appela plusieurs fois, et Leona constata qu'elle était heureuse de l'avoir au téléphone. Elle lui confiait les péripéties de son travail, et les questions qu'il lui posait lui démontraient qu'il s'intéressait à ce qu'elle lui disait. Ses commentaires étaient pertinents, drôles ou compréhensifs, selon les dispositions dans lesquelles elle était. Il trouvait toujours le ton juste, percevant avec finesse son état d'esprit et sa situation psychologique. Cette période de l'Avent qui précédait Noël, fêté traditionnellement chez ses parents, ne faisait qu'accentuer son sentiment de solitude, sa tristesse et rendre plus dure l'épreuve qui l'attendait. Cette fois, elle ne pourrait pas prétexter le travail de Wolfgang pour expliquer son absence, non, pas à Noël. Cette fois, il lui faudrait annoncer la couleur.

Le soir du deux décembre, Robert l'invita au cinéma, puis, alors qu'ils se promenaient dans les rues enneigées, il lui annonça qu'il devait rentrer à Ascona, qu'il avait fini la traduction qu'il avait apportée à Francfort.

A cette nouvelle, Leona, le cœur serré par un sentiment soudain de solitude et de perte, se dit qu'elle ne pouvait pas le laisser repartir de cette façon, pas maintenant, en cette terrible période sentimentale de Noël qui avivait encore la douleur des blessures. Elle l'invita à venir prendre un verre chez elle, et après minuit, il devint évident qu'ils allaient faire l'amour.

— Tu le veux vraiment ? demanda-t-il d'un air dubitatif, comme pour s'assurer qu'elle n'agissait pas sous les effets de l'alcool, ou simplement pour trouver un remplaçant à l'homme qu'elle ne pouvait plus avoir.

Elle approuva d'un signe de tête, et même si elle n'était pas tout à fait sincère, parce que c'était en partie son état pitoyable qui la poussait dans ses bras, elle sut ensuite qu'elle n'avait rien à regretter et que, désormais, tous les sentiments qu'elle lui vouait seraient vrais.

Il la tenait dans ses bras et respirait avec une telle régularité qu'elle le crut endormi, mais quand elle prononça son nom à voix basse, il répondit aussitôt d'une voix claire :

— Oui ?

— Tu es sûr que tu dois retourner à Ascona ?

— Oui, répondit-il en jouant avec les cheveux de sa nuque. Il faut que je travaille et je n'ai rien ici. Et j'ai sûrement beaucoup de courrier qui m'attend, dont des choses importantes.

Se tournant de son côté, elle suggéra :

— Tu pourrais y aller, vérifier, et revenir en apportant du travail.

— Mais il fait si froid ici en décembre !

— Ah bon ?

Elle le caressa du bout des doigts avec légèreté.

— Tu as si froid que ça ?

— Non, pas vraiment, répondit-il doucement, et ils reprirent là où ils s'étaient arrêtés.

Plus tard, ils se levèrent, affamés, et descendirent à la cuisine, où Leona fit des œufs brouillés et Robert ouvrit une bouteille de prosecco. Il était près de deux heures du matin, et, derrière la vitre, les flocons de neige saupoudraient la rue de blanc. Leona alluma les quatre bougies de la couronne de l'Avent, bien qu'il fût encore trop tôt. Il faisait bien chaud dans la cuisine plongée dans le parfum des bougies et du thym séché suspendu en petits bouquets au-dessus de la cuisinière.

— Tu es vraiment bien ici, observa Robert. C'est une maison ravissante, tout à fait à ton image.

91

Il était torse nu, et le regard de Leona était irrésistiblement attiré vers ses épaules, ses bras. Il était beaucoup plus musclé que Wolfgang, et bien meilleur amant. Elle ne pouvait définir en quoi consistait cette qualité particulière, mais il avait déclenché en elle une fougue dont elle ne se savait pas capable. Maintenant, elle savait. Et elle était prête à recommencer sur-le-champ.

— Si cette maison te plaît tant, pourquoi ne viendrais-tu pas habiter ici ? lui proposa-t-elle. Au moins pendant quelque temps.

— Parce que j'habite à Ascona, Leona.

— Je suis sûre que même là-bas il ne fait pas très chaud en ce moment.

— Non, admit-il, il peut faire assez froid pendant la période de Noël.

— Noël... commença-t-elle, avant de se taire.

Il termina sa phrase à sa place :

— ... on devrait le passer ensemble.

— Je dois travailler jusqu'au 23, fit remarquer Leona.

— Tu pourrais venir le 24 à Ascona.

Elle lui prit la main.

— Tu serais capable d'attendre jusque-là ? murmura-t-elle. Vingt-deux jours avant de se retrouver !

Il rectifia :

— Plus que vingt et un ! Nous sommes le 3 aujourd'hui.

Elle le dévisagea. Non, elle n'allait pas lui reposer la question, lui redemander de venir s'installer chez elle. Il ne fallait pas qu'il sache à quel point elle était dépendante de sa décision.

— Mais tu as raison, c'est inhumain, reprit-il. Je rentre à Ascona, je prends mes affaires, je vérifie mon courrier et je reviens. D'accord ?

— OK, répondit-elle d'un ton léger.

Il la détailla alors attentivement.

— Tu sais, dit-il, je ne te cache pas que je te préférais avec tes cheveux longs. Pourquoi les as-tu fait couper ?

D'un geste incertain, elle passa ses mains dans ses cheveux courts.

— Il le fallait. Je... ces cheveux longs symbolisaient tellement de choses. Des choses dont je devais me débarrasser.

— Je comprends, répondit-il avec douceur.

Voilà ce qu'il avait de plus séduisant, plus que son corps magnifique et sa sensualité : la compréhension qu'il lui témoignait, avec discrétion, bienveillance, sans exiger de longues explications compliquées.

— Les cheveux, ça repousse, affirma-t-elle.

Il partit, et elle resta sans nouvelles pendant plus de deux semaines. Elle avait commencé par attendre son coup de fil après son arrivée à Ascona, mais le téléphone demeura muet pendant une longue, une interminable soirée. Ainsi que le lendemain soir. Le surlendemain, elle n'y tint plus et l'appela au numéro qu'il lui avait laissé. Elle entendit sa voix enregistrée sur le répondeur : « Veuillez laisser votre message... »

Elle raccrocha sans rien dire, trop contrariée pour souhaiter lui fournir de surcroît la preuve qu'elle lui avait couru après au téléphone. Mais, deux jours plus tard, il n'avait toujours pas appelé, aussi se résolut-elle à laisser un message sur cette bande énervante qui débitait invariablement la même phrase.

— Allô, c'est Leona, dit-elle en s'efforçant de parler d'une voix froide et détachée. Tu n'es toujours pas rentré ? Appelle-moi, s'il te plaît, sinon je vais finir par croire qu'il t'est arrivé quelque chose.

Ce message resta sans réponse.

Le quinze décembre, elle se rendit à Londres pour deux jours, afin d'y rencontrer un agent littéraire.

Robert était parti depuis deux semaines environ et ne lui avait toujours donné aucun signe de vie. Il ne lui restait plus qu'à se préparer à l'idée de ne plus jamais le revoir : elle n'avait été pour lui qu'un épisode, une aventure sans lendemain, un dérivatif bienvenu pour oublier la tristesse du mois de novembre à Francfort. Bon, c'est vrai, pour moi, c'est pareil, se dit-elle en tentant de s'en convaincre, j'avais besoin de quelqu'un pour me remettre de Wolfgang, et il s'est trouvé là à point nommé. Quelques conversations agréables, une folle nuit qui n'engage à rien. On a chacun rempli notre fonction pour l'autre...

Mais ce n'était pas vrai, elle le savait bien au fond d'elle-même. Robert représentait plus que cela pour elle, beaucoup plus. Elle comprit rétrospectivement qu'en réalité il lui avait plu depuis leur toute première rencontre. L'étincelle avait jailli à un moment sans même qu'elle s'en aperçoive.

Mais maintenant, elle était bel et bien accro. Ce n'était pas comme pendant ses longues années de vie commune avec Wolfgang bien entendu, mais elle se retrouvait vulnérable et sensible comme jamais elle ne l'avait été. Et tandis qu'elle se défendait âprement contre les sentiments que Robert avait éveillés en elle, elle avait l'impression terrifiante qu'ils ne faisaient que se renforcer.

William, l'agent littéraire anglais, était un ami de longue date. Il n'avait jamais caché qu'elle lui plaisait, mais, sachant qu'elle n'était pas libre, s'était toujours gardé de lui faire des avances. En la voyant, il fut incapable de dissimuler son effroi :

— Mais tu as très mauvaise mine, Leona ! s'exclama-t-il. Tu ne m'en veux pas de te le dire, hein ? Tu as perdu au moins cinq kilos, et tu as le teint tout gris !

Cela fit du bien à Leona de pouvoir se confier. Elle connaissait William depuis assez longtemps pour pouvoir parler librement. Elle lui raconta tout : l'échec de son mariage, le suicide d'Eva, son aventure avec Robert.

— J'ai l'impression d'être une idiote, avoua-t-elle. Je me suis vraiment imaginé que Robert était amoureux de moi. Et pourtant, je ne suis pas le genre de nana à me monter la tête dès qu'un mec me regarde. Je me suis toujours considérée comme quelqu'un de réaliste en la matière.

William réfléchit quelques instants avant de répondre :

— Tu te trouves en ce moment dans une situation exceptionnelle, Leona. La séparation te perturbe, ce qui n'est pas difficile à comprendre. Tu cherches une planche de salut. Ce n'est pas de la faiblesse, n'importe qui aurait fait pareil à ta place. Et parce que tu recherches désespérément ce fétu de paille, tu perds ta capacité de jugement. Peut-être as-tu mal interprété certains signaux que t'a envoyés ce Robert.

— Pourtant, je me vois mal me tromper à ce point, rétorqua Leona. Je n'ai plus dix-sept ans ! Il dégageait quelque chose de... Ecoute, c'était tellement intense entre nous !

— Et s'il lui était arrivé quelque chose ? réfléchit William. Parce que, finalement, il est peut-être tout simplement dans l'incapacité d'appeler !

— S'il y avait eu un accident ferroviaire, on en aurait entendu parler ! Ça ne m'a pas empêchée d'appeler les chemins de fer, mais il ne s'est rien passé sur la ligne depuis des lustres. Qu'est-ce qui pourrait bien lui être arrivé ?

— Peut-être à Ascona ?

— Entre la gare et chez lui ? J'ai du mal à l'imaginer.

— Est-ce que tu connais des parents ou des relations que tu pourrais appeler ?

Leona eut un geste de dénégation.

— Sa dernière parente vivante était sa sœur, et sa sœur, elle vient de mourir ! Sinon, je ne connais personne. Ni amis, ni relations, ni collègues de travail, aucune des maisons d'édition pour lesquelles il travaille... rien. Je n'ai même pas son adresse à Ascona !

— Tu en sais très peu sur l'homme dont tu es tombée si amoureuse, lui fit remarquer William.

— Je sais, ça paraît curieux. Mais il faut penser aux circonstances. Nous vivons à des centaines de kilomètres l'un de l'autre. Normalement, nous n'aurions jamais dû nous rencontrer. Nous nous sommes vus à l'enterrement d'Eva, et ensuite quand il est venu passer du temps à Francfort pour mettre de l'ordre dans son appartement. Comment veux-tu que j'en sache long sur lui ? Ce n'est pas comme si nous vivions dans la même ville. Nous n'avons pas l'occasion de nous voir tous les jours et de bavarder ensemble.

— Oui, mais ça ne vous a pas empêchés de coucher ensemble, rétorqua William, d'un ton non dénué d'un léger reproche, voire même un peu blessé.

Leona le dévisagea :

— Qu'est-ce que tu veux, William...

Il leva les mains :

— C'est bon, c'est bon ! Dieu sait que je n'ai pas envie de jouer les pères la pudeur. Bon, réfléchissons : il n'y a vraiment personne que tu connaisses, et qui le connaisse aussi ?

— Non. C'est-à-dire… peut-être que si. Lydia. Elle le connaît.

— Lydia ?

— C'est vrai… c'est bien ce que j'ai dit à Wolfgang, il n'y a pas longtemps… que c'est par l'intermédiaire de Lydia que j'ai connu Robert. D'une certaine façon en tout cas. Lydia était la voisine de sa sœur. Elle le voyait quand il venait lui rendre visite.

— Donc, c'est un point de repère pour toi. Tu pourras peut-être apprendre quelque chose par son intermédiaire. Mais… précisa William en soupirant, si tu veux savoir ce que je pense vraiment : oublie ce Robert ! Détache-toi de lui ! Prends trois semaines de congé et viens passer Noël et quinze jours en janvier en Angleterre avec moi. Je t'invite dans mon cottage. Tu pourras faire de longues balades au bord de la mer et parler à quelqu'un qui te connaît, qui t'aime beaucoup et qui a une patience d'ange, c'est exactement ce dont tu as besoin.

Leona avait déjà séjourné dans son cottage, une adorable maison dans le Devon, en bordure de mer. Pourquoi pas ? Ce serait amusant de décorer les petites pièces à grosses poutres apparentes et de passer les fêtes de Noël avec William et ses deux chiens.

— Je vais y réfléchir, promit-elle.

William eut un sourire résigné. Il était absolument sûr qu'elle ne viendrait pas.

De retour chez elle, elle appela Lydia… après avoir passé des mois entiers à ne pas réagir à ses messages et à refuser sous prétexte de surcharge de travail ses nombreuses invitations à déjeuner ou dîner. Comme il fallait s'y attendre, Lydia se prétendit enrhumée et répondit d'une manière très sèche, mais, trop contente de l'aubaine, elle ne persévéra pas longtemps dans son attitude. Passant l'éponge, elle ne tarda pas à l'inonder d'un flot de paroles.

— Il faut absolument que vous veniez manger chez moi un soir, Leona, exigea-t-elle. Et pas de nouvelles excuses, sinon je me fâche.

Elles se mirent d'accord pour le vendredi soir.

On était le dix-neuf décembre, et il neigeait depuis le début de l'après-midi. Les rues du quartier étaient recouvertes d'une couche de poudre blanche qui avalait les pas sur l'asphalte et absorbait tous les bruits. N'eût été le contexte, Leona aurait goûté cette atmosphère.

Le petit appartement de Lydia dégoulinait de décorations, au point que Leona crut pénétrer dans un marché de Noël. Plus un centimètre carré sans bougie, sans branche de sapin, sans guirlande. Sur les vitres, des étoiles en paille ou découpées dans du papier de couleur. La platine déversait sans relâche des chants de Noël.

Leona fut prise d'un léger accès de mauvaise conscience en remarquant à quel point son hôtesse s'était donné du mal pour le repas. Sans doute avait-elle passé la journée à la cuisine. Il était évident que cette visite la comblait. Une fois de plus, cela révélait son extrême solitude et le drame que représentait pour elle le suicide d'Eva. Venue dans l'espoir de recueillir des renseignements sur Robert, Leona était maintenant trop mal à l'aise à cette idée pour savoir comment aborder le sujet.

Par bonheur, ce fut Lydia elle-même qui l'évoqua la première. Au troisième plat – du filet de sandre accompagné de lentilles et de pommes de terre – elle se mit soudain à glousser et se pencha sur son invitée, l'air complice :

— Est-ce que Robert Jablonski vous a appelée ? Vous vous souvenez, il voulait savoir si vous étiez mariée. Et il m'a demandé votre numéro de téléphone !

Tiens, il ne m'a pas parlé du numéro de téléphone, se dit Leona.

— Je suis tombée sur lui en allant sur la tombe d'Eva début novembre, dit-elle.

— Sur la tombe d'Eva ? Il était à Francfort ?

— Oui, il a passé un petit mois ici.

— Hum.

Les yeux de Lydia révélaient qu'elle était vexée de n'en avoir rien su.

— Moi, il n'est même pas venu me voir ! Alors que j'étais la meilleure amie de sa sœur !

Offensée, elle changea de sujet, au grand dépit de Leona.

— Et Bernhard Fabiani ? Lui aussi, il m'a demandé votre numéro de téléphone !

— Il m'a appelée, mais il est tombé sur le répondeur. Je ne l'ai pas rappelé.

— C'est vrai, vous ne rappelez jamais, lança Lydia d'un ton mortifié.

Puis son visage changea d'expression.

— Il voulait vous faire du plat, c'est sûr et certain. C'est une vraie maladie chez lui. Je crois qu'il ne supporte pas quand une femme lui échappe. Il prend ça comme une défaite personnelle. Moi, je l'ai envoyé balader sans ménagement.

— Il a essayé avec vous ? s'étonna Leona.

— Bien sûr ! Mais Eva était mon amie, vous comprenez ? Il n'était pas question que j'aie une liaison avec Bernhard.

Leona regarda cette femme grasse, commune, aux boucles décolorées et aux traits empâtés. Il y avait tout lieu de croire que celle-ci prenait ses désirs pour des réalités. Une Lydia n'avait strictement rien pour appâter un Bernhard Fabiani.

Elle lui posa la question qu'elle avait déjà posée à Robert :

— Comment se fait-il qu'Eva ait continué à accorder autant d'importance à ses aventures quatre ans après leur divorce ?

— C'est tout simplement que comme il ne lui fichait pas la paix, elle ne pouvait pas l'oublier. Depuis un an, il lui téléphonait sans arrêt, il venait la voir… Ce qui fait qu'Eva a repris espoir.

— Il venait souvent ?

Lydia réfléchit.

— Une ou deux fois par mois. Eva était tout excitée quand elle l'attendait, tout euphorique. C'est souvent moi qui leur préparais leur repas, comme ça elle n'avait plus qu'à le réchauffer. Parce qu'Eva ne savait pas faire la cuisine, mais elle avait envie de l'impressionner, alors il fallait que tout soit parfait.

— C'est vrai, vous faites merveilleusement la cuisine, Lydia, déclara Leona comme il se devait, mais avec sincérité.

Lydia la regarda, rayonnante de fierté.

— C'est ce que disait aussi Eva. Vous savez, j'ai pris ma retraite anticipée il y a cinq ans, à cause de ma tension. Je n'avais plus rien à faire, alors je me suis mise à la cuisine. J'aime vraiment ça. Bernhard Fabiani appréciait beaucoup, paraît-il. Comme je dis toujours : l'amour passe par l'estomac.

— Mais ça n'a pas vraiment eu d'effet sur le professeur Fabiani.

— Evidemment, il ne sait pas aimer, affirma Lydia, il ne sait même pas ce que c'est que l'amour ! D'ailleurs, il ne voulait pas reprendre Eva ; tout ce qu'il voulait, c'était la garder sous sa coupe. Je crois que ça l'a drôlement turlupiné quand elle a demandé le divorce. Il n'en revenait pas, parce que jamais il ne l'aurait crue capable de ça. Alors il a voulu vérifier s'il avait encore du pouvoir sur elle.

Ce que disait Lydia n'était pas à écarter. Du point de vue psychologique, ce raisonnement se tenait, mais Leona doutait fort qu'il pût émaner du cerveau de son hôtesse.

— C'est Eva qui analysait les choses comme ça ? s'enquit-elle.

Lydia acquiesça.

— Oui. A un moment donné, elle a arrêté de se faire des illusions. Et alors, elle a replongé comme avant, comme si son divorce s'était passé la veille. Elle pleurait pendant des nuits entières, la pauvre petite.

— Ils n'habitaient pas le même quartier, fit remarquer Leona, comment a-t-elle fait pour savoir qu'il avait des maîtresses ?

Lydia hésita, mais le besoin de parler l'emporta.

— Eva n'aurait pas aimé, mais à vous, je peux le dire : elle l'espionnait plus souvent qu'à son tour. A la fac ou chez lui, enfin, elle le filait, quoi. Dès qu'elle avait le temps, quand elle ne travaillait pas... Et comme elle le voyait souvent avec d'autres femmes, elle a compris que c'était toujours pareil, qu'il n'avait pas changé.

— Et comment pouvait-elle savoir que les femmes en question étaient ses maîtresses ?

— Certainement qu'en les voyant ensemble, il n'y avait pas de doute possible.

Leona saisit l'occasion pour en revenir à Robert :

— Est-ce qu'elle avait beaucoup de contacts avec son frère ? Parce qu'il aurait pu l'aider...

— Il habitait trop loin. Il venait la voir de temps à autre, bien sûr, mais pas très souvent, tout compte fait. Il essayait de la convaincre d'aller vivre à Ascona, mais elle ne voulait pas. Je ne sais pas vraiment pourquoi. Je crois qu'elle ne s'entendait pas bien avec sa copine.

— Vous la connaissiez, sa copine ?

— Je l'ai vue une fois. Elle est venue avec lui un jour. Il y a un an environ.

— Elle est morte il y a un an et demi, rectifia Leona.

— Bon, alors ça fait peut-être plus longtemps.

Puis Lydia ouvrit de grands yeux, comme si elle venait de comprendre :

— Elle est morte ? Ah bon ! Je l'ignorais. C'est affreux !

— Elle s'est noyée dans le lac, pendant une tempête.

— Et je ne suis pas au courant, mais comment ça se fait ? s'indigna Lydia, offensée une fois de plus. Parce qu'Eva l'a su, évidemment ! Pourquoi est-ce qu'elle ne me l'a pas dit, elle ?

C'était effectivement curieux, mais Leona préféra garder sa réflexion pour elle. Certes, cette bonne Lydia se considérait comme la meilleure amie d'Eva, mais la réciproque était-elle vraie ? Sans doute la jeune femme gardait-elle un certain nombre de choses pour elle, afin de se protéger de ses commentaires, ses questions indiscrètes.

— On dirait vraiment que cette famille attire le malheur, pas vrai ? Bon, je vais chercher le dessert. Leona, il faut manger, vous êtes beaucoup trop mince !

Après avoir bu le vin chaud et dégusté les petits sablés de Noël, Leona prit le chemin du retour. Elle avait tant mangé qu'elle se sentait lourde, pataude.

Il neigeait sans discontinuer. L'éclairage des lampadaires plongeait les rues dans une atmosphère irréelle, comme enchantée. Leona se dit qu'elle n'avait rien appris de nouveau, mais qu'elle avait passé une bonne soirée après tout, plus vivante en tout cas qu'une soirée chez elle en solitaire. Elle avait bu assez d'alcool pour être capable d'affronter les fenêtres sombres de sa maison, les pièces vides et le lit froid qui l'attendaient.

Elle poussa le portillon du jardin recouvert de neige.

C'est alors qu'elle tomba sur Robert, qui l'attendait sur le seuil au milieu d'une montagne de paquets. Le visage enfoui dans son écharpe, il se dandinait d'un pied sur l'autre en se frottant les mains.

— Bon Dieu ! l'entendit-elle jurer d'une voix étouffée, derrière son écharpe. Où étais-tu ? Je me demandais si tu allais rentrer ! Dépêche-toi d'ouvrir, je suis à moitié gelé. Je t'en prie, Leona, ne me regarde pas comme si j'étais un fantôme. Ouvre, s'il te plaît !

Robert mit un moment à comprendre que Leona était vraiment fâchée. Il avait laissé ses deux valises et son sac dans l'entrée, puis s'était dirigé tout droit vers la cuisine avec cinq sacs en plastique bourrés à craquer, les avait posés sur la table et avait commencé à déballer.

— Des spaghettis, de l'huile d'olive, du pesto, du vin, énumérat-il. Le tout directement d'Italie. Pour toi ! Tu sais quoi ? Je meurs de faim. Je pourrais nous faire un énorme plat de spaghettis, qu'est-ce que tu en penses ?

Leona, qui l'avait suivi, était appuyée contre la porte. Elle le regarda : il avait l'air bien, il était joyeux. La neige qui saupoudrait ses cheveux noirs était en train de fondre.

— Je viens de manger un menu composé de plusieurs plats, déclara-t-elle. Il va falloir que tu te fasses à manger pour toi tout seul.

— Dommage. Tu étais où ?

Il attendait sa réponse, sans complexe. Elle avait mis du temps à se remettre de sa surprise, mais elle commençait à reprendre ses esprits.

— Tu me demandes où j'étais, moi ? s'écria-t-elle d'une voix vibrante d'indignation. Peut-être que tu pourrais commencer par m'expliquer où tu étais, toi ?

— En Italie. C'est là que j'ai acheté tout ça.

— En Italie ? Tu m'avais dit que tu partais pour Ascona. Tu m'avais dit que…

— Ma chérie, j'y suis allé, à Ascona. J'ai pris des vêtements et les documents qu'il me fallait. Mais après il a fallu que je parte à Milan, chez un éditeur pour qui je travaille. Il y avait beaucoup de choses à discuter, un gros boulot à faire… et ensuite, je suis allé voir un ami à Rome… Mais enfin, Leona, qu'est-ce qui se passe ? Tu as l'air plutôt en colère.

C'en était trop. Non seulement il ne lui avait pas donné signe de vie pendant deux semaines, mais voilà que, pour couronner le tout, il s'amenait le bec enfariné, faisait celui qui ne comprenait pas pourquoi elle était fâchée et se mettait à déballer ses nouilles et son huile d'olive en attendant qu'elle lui dise merci.

— Plutôt en colère ? J'ai l'air *plutôt* en colère ? Non, Robert, je suis dans une colère noire ! Mais qu'est-ce que tu t'imagines ? Tu passes un ou deux jours à Ascona, histoire de prendre le vent, et ensuite tu disparais pendant quinze jours ! Quinze jours, et pas un signe de vie, rien ! Il n'y a pas le téléphone en Italie ? Aucun moyen de passer un coup de fil ? Ça t'aurait pris une minute pour m'expliquer que tu avais eu un empêchement et que tu retardais ton retour. J'aurais très bien compris. Mais ne rien dire du tout, ça, ce n'est pas possible !

Elle était tellement furieuse qu'elle s'était mise à crier. Robert restait les bras ballants sous la tempête, sans trop savoir ce qu'il devait répondre, selon toute apparence.

S'avançant vers la table, elle balaya d'un geste violent tous les paquets de pâtes éparpillés dessus et les jeta par terre.

— Tu arrives ici au milieu de la nuit sans prévenir en croyant que ça va se passer comme ça ! hurla-t-elle. Tu as une idée de ce qui a pu se passer dans ma tête ? Du mouron que je me suis fait ? Tu y as déjà pensé ?

Toujours pas de réponse.

— Je me suis inquiétée pour toi ! Il aurait pu t'arriver n'importe quoi, personne ne m'aurait prévenue, moi. Je ne l'aurais jamais su !

Les yeux baissés sur le beau carrelage ancien de la cuisine, il attendait qu'elle reprenne son souffle. Enfin, il releva la tête.

— Je suis désolé, dit-il à voix basse.

Leona se laissa tomber sur une chaise, subitement très lasse.

— Ce n'est pas possible, murmura-t-elle.

L'affolement se dessina sur les traits de Robert.

— Qu'est-ce que tu veux dire ? Ce n'est pas possible pour nous deux ? Tu veux arrêter ?

— Je ne sais pas. En tout cas, tu ne peux pas tout bonnement dire que tu es désolé et considérer que tout est réglé. Tu dois m'expliquer ce qui s'est passé. A quoi tu as pensé.

— A rien, dit-il simplement, je crois que je n'ai pensé à rien.

De nouveau, elle sentit la colère monter.

— Et ça, c'est une excuse pour toi ? Tu n'as pensé à rien, et voilà, tout est réglé !

— Je me suis excusé.

— Tu ne m'as rien expliqué !

Il eut un geste d'impuissance.

— Peut-être... que je ne voyais pas les choses comme ça. Ce n'est pas mon truc, téléphoner, annoncer, annuler...

Et voilà, il réussissait à la déstabiliser. A lui donner soudain le sentiment qu'elle avait réagi comme la petite-bourgeoise mesquine qu'elle était. Etait-elle déjà trop pot de colle ? Tombait-elle exactement dans le travers où tombaient les gens quand leurs actes n'étaient plus guidés par la raison et l'assurance, mais par la peur et la vulnérabilité ? Le meilleur moyen de perdre l'autre...

— Je me suis inquiétée, répéta-t-elle d'une voix faible.

Elle avait décidé de le fiche à la porte. De cette maison, de sa vie. Elle sentit qu'elle n'en trouverait pas la force.

Devinant sa faiblesse, il la rejoignit d'un bond, lui prit les mains et la releva.

— Ça n'arrivera plus, ma chérie, chuchota-t-il, je te jure que ça n'arrivera plus. Comment est-ce que j'ai pu te faire ça ! Evidemment, que tu t'es inquiétée. Je suis un égoïste de ne pas y avoir songé...

Ses paroles, véritable baume sur son âme blessée, ses baisers tendres, eurent raison de la raideur dans laquelle elle avait cherché à se draper. Le souvenir de la solitude des semaines qui venaient de s'écouler fut le plus fort. Non, elle ne voulait pas le perdre.

— Je vais te faire quelque chose à manger.

Il fit non de la tête, sourit :

— J'ai une bien meilleure idée.

Elle ferma les yeux.

Le 24 décembre, ils arrivaient à Lauberg, le village d'origine de Leona, où la famille eut la surprise d'être confrontée à deux nouveautés pour le prix d'une. Elle apprit que Leona et Wolfgang s'étaient séparés depuis plus de trois mois, et fit la connaissance du nouvel homme qui était désormais aux côtés de Leona.

Ses parents accusèrent manifestement le coup mais, le tact exigeant d'eux qu'ils ravalent leurs commentaires en présence de Robert, ils ne soufflèrent mot.

Le soir seulement, juste avant la distribution des cadeaux, Elisabeth prit sa fille à part.

— Pourquoi ne m'as-tu rien dit ? Depuis presque quatre mois… !

— Depuis le 31 août, précisa Leona.

— Vous étiez déjà séparés quand tu es venue en septembre ? C'est pour ça qu'il n'était pas avec toi, alors… Pourquoi nous as-tu menti ?

— Je ne vous ai pas menti. J'étais incapable d'en parler à l'époque.

Devant l'expression blessée de sa mère, Leona se sentit redevable de quelques explications. Un bras autour de ses épaules, elle tenta de l'apaiser :

— Maman, essaie de comprendre ! Vous vous seriez tous mis à me plaindre et à vous inquiéter, ce qui m'aurait rendu les choses encore plus difficiles.

— Jamais je n'aurais pensé qu'une chose pareille puisse arriver, murmura Elisabeth, toi et Wolfgang séparés… c'est difficile à imaginer.

Et pour moi donc ! se retint de répliquer Leona. Pas d'agressivité, se reprit-elle, elle est assez perturbée comme ça.

— Et ton nouveau soupirant, comment l'as-tu connu ? s'enquit Elisabeth.

Le mot démodé qu'elle employa paraissait incongru, quand on songeait à l'intensité qu'avait atteinte leur relation. Leona avait décidé de ne pas mentionner que sa rencontre avec Robert était en rapport avec le suicide de sa sœur. Aussi se contenta-t-elle de répondre :

— J'ai fait sa connaissance chez une amie commune.

— Ça a l'air de s'être passé très vite, tout ça...

— J'ai eu beaucoup de chance.

Pour toute réponse, Elisabeth soupira.

— Tu as quelque chose contre Robert ? s'empressa de demander sa fille.

— Non, il me plaît bien... Il est gentil et poli, et c'est un très bel homme... C'est juste que... je suis encore sous le choc, tu comprends. Wolfgang a été mon gendre pendant des années. Il faisait partie de notre famille. Et maintenant, il disparaît brutalement. Ça me rend très triste.

Leona se vit dans la situation absurde de devoir consoler sa mère pour une perte qu'elle subissait en première ligne. La fille modèle avait porté un coup sérieux aux structures de vie de ses parents. Mais elle se dit qu'en présentant en même temps un remplaçant, elle atténuait le choc.

Tout était parfait, tout était dans l'ordre des choses : la vieille maison pleine de coins et de recoins décorée de bougies et de branches de sapin ; un grand arbre scintillant dans le salon ; un bon feu dans la cheminée ; les odeurs alléchantes qui s'échappaient de la cuisine. Felix, le fils de Caroline, jouait avec ardeur avec ses nouveaux jouets. Dany, assise dans un coin, obéissante et pacifique, chantonnait en se balançant d'avant en arrière, tout en se barbouillant de pain d'épices au chocolat. Le copain de Caroline, Ben, lequel, chose extraordinaire, avait mis une chemise blanche pour l'occasion, faisait honneur au vieux porto servi généreusement par Julius, et s'abstenait d'énerver les gens avec ses théories sur la façon dont il fallait changer le monde. Partis faire du ski en Autriche, Paul et Olivia n'appartenaient pas au cercle de famille. C'était le cadeau de Noël de Paul à sa femme, et tous savaient qu'il s'agissait d'une tentative désespérée pour sauver son ménage chancelant. Elisabeth avait confié à Leona que ce voyage avait fait l'objet de violentes disputes entre eux, car Olivia refusait évidemment de partir sans Dany.

— J'ai eu une très longue conversation avec elle, dit Elisabeth, et je lui ai expliqué qu'il fallait qu'elle cède, cette fois.

Qu'autrement, elle le perdrait. Je sens qu'il ne va pas continuer longtemps ce petit jeu-là.

— Aucun homme ne pourrait supporter sur la distance ce qu'Olivia lui impose à cause de Dany, commenta Leona. Je trouve que Paul a fait preuve d'une patience d'ange jusqu'à présent.

L'atmosphère était beaucoup plus agréable dans la maison sans le couple, sans la tension palpable qui régnait entre eux et faisait craindre à tout instant qu'un incident n'éclate.

Ce fut Caroline qui obtint la palme en offrant son cadeau à Leona. Elle lui remit une corbeille contenant deux petits chats, le premier gris tigré, l'autre noir avec une oreille blanche.

— Pour toi, dit-elle. Ça mettra de la vie dans ta maison. C'est moi qui les ai sauvés, je les ai récupérés chez un paysan qui voulait les tuer.

Les deux chatons devinrent le clou de la soirée. On se battait pour les caresser, les porter, jouer avec eux. La famille au complet se retrouva bientôt à ras du sol, en train de faire rouler des balles de ping-pong et de faire danser des rubans de bolduc sur le tapis.

Leona leva les yeux vers ses parents, assis côte à côte devant la cheminée. Un verre à la main, ils observaient en souriant le joyeux tohu-bohu à leurs pieds, mais il y avait aussi dans leur regard une tristesse qui lui serra le cœur. Tout semblait indiquer qu'Elisabeth et Julius commençaient à douter, à se demander si cette image de la famille idyllique qu'ils avaient eu tant de peine à construire et défendaient avec tant d'acharnement correspondait à la réalité.

Et moi, se dit-elle, j'en ai ma part de responsabilité.

Sentant une pression sur son bras, elle se retourna. Robert lui adressa un sourire d'encouragement. Elle lui rendit son sourire avec reconnaissance. Jamais elle n'avait connu d'homme aussi sensible ! Il avait remarqué le nuage de tristesse qui l'avait assombrie... Cela ne serait jamais arrivé à Wolfgang !

En revanche, jamais Wolfgang n'aurait disparu de la circulation pendant quinze jours sans lui donner de nouvelles. Wolfgang avait toujours été d'une fiabilité à toute épreuve... ce qui ne l'avait pourtant pas empêché de faire des cachotteries à sa femme pendant six mois, de la tromper !

Non, il ne fallait jamais comparer. Wolfgang et Robert étaient deux personnes complètement différentes. Robert, ainsi en décida-t-elle, était un artiste. Manquant de rigueur, étourdi, difficile à faire entrer dans un système. Il était capable de passer des semaines entières sans appeler, mais cela ne voulait rien dire. Il était comme ça, c'était tout.

En cette veillée de Noël, Leona se sentait prête à pardonner et à oublier cette histoire une fois pour toutes.

La mise en scène du conte de Noël et sa magie perdurèrent pendant les jours suivants. Le froid s'intensifia, et il neigea beaucoup. Leona emmena Robert faire de longues promenades dans les bois saupoudrés de blanc argenté et lui montra tous les endroits importants de son enfance : l'étang du village sur lequel elle faisait autrefois du patin à glace ; la minuscule école qu'elle avait fréquentée pendant ses quatre premières années de scolarité ; l'arbre de la forêt dans lequel elle avait construit une cabane avec ses copains ; l'église à laquelle elle se rendait tous les dimanches avec ses parents et ses sœurs.

Le lac marécageux où Leona avait appris à nager, au cœur de la forêt, était recouvert d'une mince pellicule de glace. Le crépuscule commençait à se poser sur les cimes enneigées des arbres. Une dernière lumière diffuse éclairait la clairière. De lourds nuages annonçaient de nouvelles chutes de neige.

— Maintenant, tu connais mon enfance, dit-elle avec une étrange solennité, tout ce qui était important. Tout ce qui le restera à jamais pour moi.

Il regarda autour de lui et murmura :

— Un endroit idyllique, un vrai paradis.

— Mes parents l'ont cherché longtemps, cet endroit, cette maison, précisa Leona. Même si ce n'était pas encore l'époque, ils ont été en quelque sorte les premiers hippies. Ils recherchaient la nature, la paix. Ma mère a voulu transporter ses petits dans un lieu où ils ne couraient pas de danger, comme une chatte.

Robert sourit.

— Ce lieu n'existe pas, dit-il, pas sur cette Terre, en tout cas.

Fin psychologue comme il l'était, Robert avait déjà cerné les problèmes !

— Ils ont cru le trouver ici, expliqua-t-elle.

— Mais bien des choses les ont rattrapés, et ils n'ont pas réussi à sauvegarder leur jardin d'Eden.

— Tout a bien marché pendant une période étonnamment longue.

Quelques grandes corneilles noires vinrent se poser en criaillant sur la surface gelée qui s'étalait à leurs pieds. Un vol de canards, effrayé, s'échappa d'un buisson proche dans un grand battement d'ailes.

— La première véritable tragédie qui nous a séparés a été la naissance de Dany, quand on a su avec certitude qu'elle était handicapée.

— Cela ne devait pas nécessairement devenir une tragédie.

— Oui, mais vu la façon dont Olivia traite la chose, c'en est une ! Elle ne vit que pour cette enfant, elle est à son service vingt-quatre heures sur vingt-quatre, elle lui fait manquer l'école pendant des semaines sous prétexte de toutes sortes de maladies psychosomatiques. Résultat, elle se détruit à petit feu.

— Je suppose qu'elle voue un amour démesuré à sa fille.

— Le nœud du problème, c'est surtout qu'elle se considère comme étant la responsable. Et ce problème, elle n'arrive pas à le résoudre.

— Mais…

— Le pire, c'est que c'est vrai, elle porte une petite part de responsabilité, poursuivit Leona. Au moment de l'accouchement, elle est partie beaucoup trop tard à la clinique, parce qu'elle voulait absolument terminer un article qu'elle était en train d'écrire pour le journal qui l'employait à l'époque. Elle était comme ça, avant. Dévorée d'ambition… Malheureusement, il y a eu des complications, et le bébé est resté sans oxygène pendant trop longtemps. Le résultat, c'est que Dany est gravement handicapée, et qu'Olivia essaie d'expier sa faute en détruisant sa vie pour se consacrer à son enfant.

— Dans ces conditions, personne ne peut rien faire pour elle, même pas sa famille.

— Nous avons beau le lui chanter sur tous les tons, Olivia ne veut pas comprendre que son comportement nuit à son enfant. Si elle était prise en charge par des spécialistes, Dany apprendrait des tas de choses qui la stimuleraient, lui faciliteraient la vie. Elle ne serait plus là, à végéter en alternant les phases de mutisme et d'agressivité. Ce que fait Olivia en l'élevant dans le giron de la famille, en la préservant de tout, sans discipline, sans contraintes, gâtée pourrie par elle et Elisabeth... C'est ça qui est criminel pour cette petite.

— Quel âge a Dany ?

— Treize ans. Même si Olivia changeait d'avis maintenant, elle aurait perdu les années les plus précieuses. Mais de toute façon, elle ne changera pas d'avis.

Il acquiesça pensivement. La nuit tombait très vite. Le froid s'accentuait, et quelques flocons de neige commençaient déjà à tourbillonner.

— Quant à Caroline, la plus jeune, encore une enfant à problèmes... reprit Leona. Aussi loin que remontent mes souvenirs, elle s'est toujours opposée à tout. Je suis la seule à avoir un peu d'influence sur elle, à pouvoir la freiner quand elle veut s'embarquer dans des aventures plus farfelues les unes que les autres. Elle a toujours détesté ce village, les gens, le côté idyllique, justement.

— Et pourtant, elle y reste.

Leona rit.

— Oui, c'est l'ironie du sort ! A force de manifester, de protester, de s'opposer, elle a oublié de faire des choses aussi banales que passer son bac, par exemple. Et maintenant, elle est piégée, elle ne peut plus partir, parce qu'elle n'aurait pas de quoi vivre avec son enfant.

— Et son copain squatte chez tes parents en se faisant joyeusement entretenir.

— Oui, son copain numéro deux cents. Elle a le chic pour se mettre avec des marginaux qu'elle amène à la maison et qu'elle fait nourrir par les parents pendant un certain temps, et puis elle les largue. Ben, par contre, il tient bien le choc, c'est étonnant. Mais il va bien finir par disparaître comme tous ses prédécesseurs.

Robert se tourna vers elle et lui prit les deux mains.

— Donc, toi, tu es la fille modèle !

Leona fit la grimace.

— Plus ou moins. En ce moment, plutôt moins. Le fait que je me sois séparée de Wolfgang a drôlement atteint mes parents. Parce que j'étais l'enfant qu'ils aimaient montrer, celle chez qui avait germé ce qu'ils avaient semé.

— Tu es une belle femme, tu as un bon métier, Leona, et tu resteras comme ça... avec ou sans Wolfgang. Il y a un petit raté dans ta vie, et alors ? Maintenant, tu m'as. Et moi, je ne te quitterai jamais.

Il fouilla dans la poche de son manteau et en sortit une petite boîte enrubannée :

— Tiens, regarde, j'ai encore un cadeau de Noël pour toi.

— Non, ce n'est pas possible, protesta Leona, tu m'as déjà tellement gâtée !

— Ouvre !

Elle ôta ses gants pour défaire le ruban et ôter le papier. Elle découvrit une petite boîte à bijoux bleu marine. Dans un écrin de velours bleu, une bague en or ornée de l'initiale R brillait de tous ses feux.

— Elle est magnifique, murmura Leona.

Robert sortit la bague de la boîte, attira sa main droite et la lui passa délicatement au doigt. Elle s'adapta parfaitement, comme faite sur mesure.

— Je souhaite que tu la portes toujours, Leona. Que tu ne la quittes jamais. C'est un gage de notre amour. Elle nous unit indéfectiblement jusqu'à la fin des temps.

— Non, bien sûr, je ne la quitterai jamais ! Où l'as-tu achetée ?

— En Italie, répondit-il en souriant. Je l'ai fait faire exprès. Cela a pris un peu de temps, voilà pourquoi je suis resté parti si longtemps.

Et dire qu'elle l'avait accueilli par des cris de colère et des reproches à son retour ! Elle s'était conduite de façon minable, mesquine !

— Je suis désolée, chuchota-t-elle, honteuse.

Il faisait si sombre à présent qu'elle ne distinguait plus que les contours de son visage. Mais il semblait sourire encore.

— Non, ne sois pas désolée, dit-il. Sois simplement heureuse que nous soyons ensemble. Que nous nous soyons trouvés.

Il prit sa tête dans ses deux mains, enfouit ses doigts dans ses cheveux.

— Je t'aime, murmura-t-il.

— Moi aussi, je t'aime, répondit Leona.

— C'est bien, poursuivit-il, murmurant toujours, tes cheveux repoussent.

Il le dit du même ton qu'il avait prononcé : « Je t'aime », et Leona mit un certain temps à le suivre. Ses cheveux ?

Elle recula un peu. Leurs haleines formaient de petits nuages blancs entre leurs deux visages.

— Mes cheveux ? Tu y tiens tellement ?

Dans la pénombre, elle ne put que deviner son signe de tête affirmatif.

— Ils étaient si beaux. C'est ce dont je suis tombé amoureux en premier. Ils étaient dorés et brillants, ils coulaient en cascade dans ton dos...

— Tu sais, Robert, dit-elle, certaine qu'il la comprendrait, je ne suis pas sûre de vouloir redevenir un jour la femme aux longs cheveux. C'est... quelque part, j'ai l'impression que c'est devenu... hors de propos. Je ne sais pas encore si je vais les laisser repousser.

— Tu le feras pour moi, dit Robert.

Il semblait estimer que c'était une raison suffisante.

Leona repensa à cette phrase pendant toute la soirée.

10

Bizarre, comme sa sœur lui manquait. Quand papa sera mort, je serai la dernière survivante de la famille.

Cette perspective avait pour elle quelque chose d'effrayant. Elle était en quelque sorte le dernier passager vivant d'un navire en perdition. Seule, abandonnée, ne pouvant compter que sur elle-même, livrée au caprice des éléments.

Non, ma vie n'est pas un navire en perdition, ne cessait-elle de se répéter pour s'en persuader, je ne suis pas en train de couler sur une mer démontée.

Pourtant, c'était exactement ce qu'elle ressentait au fond d'elle-même, sans parvenir à chasser ses sombres pensées malgré tous ses efforts.

Anna n'a jamais été là quand j'ai eu besoin d'elle ! Pendant des années, elle m'a laissée me débrouiller toute seule dans cette galère ! Qu'elle soit vivante ou morte, ça ne change absolument rien pour moi.

Et pourtant, si, c'était idiot, c'était incompréhensible, elle n'y pouvait rien, mais ça changeait quelque chose.

Avoir une sœur en Amérique latine et avoir une sœur morte, ce n'était pas pareil.

L'état de son père s'aggrava dans les premiers jours humides, froids et gris de la nouvelle année. Lui qui n'était déjà plus que l'ombre de lui-même continua à maigrir. Le visage émacié, les yeux creusés, il gisait au fond de son lit, sans même avoir la force de se traîner jusqu'à la salle de bains. Lisa le lavait dans son lit et le nourrissait à la petite cuiller en lui administrant des pots pour bébé. Bien souvent, il vomissait son maigre repas et, ne réagissant parfois pas assez rapidement pour parer aux dégâts, elle se voyait obligée de le porter jusqu'à un fauteuil et de changer la literie. Benno avait été un soutien précieux en pareil cas, et elle avait bien envie de le rappeler. Puis elle pensait à l'argent, et revenait à la triste réalité.

Autrefois, pendant qu'elle exécutait toutes les corvées qui lui incombaient malgré l'aide de Benno, elle se surprenait à haïr son père secrètement, sans aucune mauvaise conscience. Elle lui en voulait d'être malade, le méprisait pour ses jérémiades, ses gémissements et ses soupirs, cette façon de se laisser aller. Et forgeait des plans, pour elle, pour sa vie, après, quand il ne serait plus là. Chaque jour, il lui venait quelque nouvelle idée. La vie allait la dédommager de toutes ces années perdues, ces années sombres.

Lisa était consciente de disposer d'un atout décisif : son physique. Depuis toujours, les garçons du village lui lançaient des regards concupiscents, mais ils n'étaient pas les seuls : les

« vrais » hommes aussi se retournaient sur elle quand il lui arrivait d'aller à Munich et de marcher dans la rue en minijupe et en talons hauts. Mais en dehors de sa beauté, elle possédait sa jeunesse, et ça, c'était un capital très éphémère. Aussi se disait-elle : s'il doit mourir, pourvu que ça ne mette pas trop de temps ! Parce que quand je serai vieille et que j'aurai les cheveux blancs, plus personne ne me regardera.

La vieillesse et les cheveux blancs, cela vous tombait dessus à trente ans au plus tard, et elle avait déjà vingt-deux ans...

Pourtant, tout cela avait changé avec la disparition d'Anna : loin d'attendre avec impatience la mort de son père, elle la craignait maintenant. L'optimisme avec lequel elle imaginait autrefois sa vie future était remplacé par la crainte et la tristesse. Et elle portait un regard dur et réaliste sur sa situation : elle n'aurait rien quand son père mourrait. Plus personne. Pas d'argent. Pas de métier. Il ne lui resterait plus que la maison, mais celle-ci était hypothéquée, et elle ne savait pas comment elle paierait cette hypothèque. Il lui faudrait vendre, et il ne lui resterait plus qu'une somme ridicule une fois les dettes épongées.

Dans les derniers jours de janvier, Lisa reçut un appel inattendu qui lui donna quelques informations sur sa sœur. Le téléphone sonna alors qu'elle était en train de brosser les dents de son père assis dans son lit, secoué de spasmes, luttant contre l'envie de vomir. Le malade avait le plus grand mal à approcher le verre d'eau de sa bouche et crachait faiblement dans la cuvette qu'elle lui tendait. L'eau était teintée de sang, car ses gencives enflammées ne supportaient pas le contact de la brosse à dents.

— Il faut que tu en achètes une plus douce, murmura-t-il.

— Il n'y en a pas de plus douce, ça n'existe pas. Excuse-moi de t'avoir fait mal.

Elle se débarrassa de la cuvette et gagna au pas de course le couloir où la sonnerie retentissait pour la huitième fois.

— Allô ?

— Bonjour, je suis Frederica Hofer, dit une voix aimable à l'autre bout du fil. Est-ce qu'Anna serait là, par hasard ?

Lisa avala sa salive.

— Non.

— Vous savez où je peux la joindre ?

— Qui êtes-vous ?

— Je suis une copine d'Anna. On s'est rencontrées en Espagne il y a un an, en vacances. J'avais envie de reprendre contact avec elle, c'est tout.

En Espagne ! Anna était donc en Espagne l'année précédente, pas en Amérique du Sud ?

— C'est elle qui vous a donné ce numéro ?

La fille parut intriguée :

— Oui. Je me suis trompée ? Ce n'est pas le numéro d'Anna Heldauer ?

Lisa se racla la gorge.

— Anna... ma sœur... est morte.

Un silence. Puis une exclamation étouffée :

— Oh mon Dieu !

Lisa poursuivit hâtivement :

— Anna est partie d'ici il y a six ans. Elle nous avait dit qu'elle voulait aller en Amérique du Sud. Nous sommes restés sans nouvelles d'elle depuis son départ.

— Mais c'est terrible ! Comment... je veux dire, elle est morte de quoi ?

— Elle a été assassinée. Dans la forêt, près de notre village.

Son interlocutrice, qui semblait accuser le choc, resta muette pendant quelques instants. Quant à Lisa, elle se demandait pourquoi sa sœur avait donné le numéro de téléphone de sa famille en Allemagne à une fille rencontrée en vacances et qu'elle souhaitait apparemment revoir, alors qu'à cette époque-là elle ne partageait plus leur toit depuis longtemps.

— Est-ce que ma sœur vous a dit où elle vivait ? s'enquit-elle.

— A... je ne sais plus comment s'appelle ce village, c'est quelque part près d'Augsbourg.

Elle ne s'était donc pas contentée du numéro de téléphone, elle avait aussi donné l'adresse de la maison. Elle avait certainement envisagé dès ce moment de revenir.

— Où habitez-vous ? demanda Lisa.

— A Munich. C'est pour ça que je m'étais dit qu'on pourrait se voir. Je ne me doutais évidemment pas que... oh, c'est vraiment horrible ! Est-ce qu'on sait qui est l'auteur du crime ?

— La police est dans le brouillard.

Plus exactement, Lisa ignorait si la police poursuivait l'enquête ou si elle avait classé l'affaire. Il y avait longtemps qu'elle n'avait plus entendu parler de rien.

— Tout ça me rend vraiment très triste, dit Frederica.

Avant de lui laisser le temps de raccrocher, Lisa s'empressa de proposer :

— Ecoutez, mademoiselle Hofer, j'aimerais bien vous rencontrer. Vous êtes la seule personne qui puisse me parler un peu de ma sœur, pour le moment. Est-ce qu'on pourrait se voir pendant une heure ou deux, si vous avez le temps ?

— Oh, mais je ne sais pas grand-chose.

Le ton de Frederica trahissait son embarras. Après s'être remise du premier choc, elle semblait surtout préoccupée d'éviter toute situation inconfortable.

— Comme je vous l'ai dit, on s'est rencontrées pendant les vacances, et on s'est vues très peu de temps.

Tu en sais plus long que tu ne veux bien l'avouer, se dit Lisa, vous vous êtes vues assez longtemps pour que tu essaies de joindre Anna un an après.

— Mon père est malade, et je ne peux pas me déplacer très facilement, mais je pourrais quand même essayer de venir vous voir à Munich...

Clic ! Frederica lui avait raccroché au nez.

— Espèce de pétasse ! s'écria Lisa avec conviction, avant de raccrocher à son tour.

Elle resta un moment auprès de l'appareil, le regardant fixement comme si, par quelque miracle, il possédait le pouvoir de lui fournir d'autres éléments.

Frederica Hofer.

Elle nota ce nom sur le bloc posé près du téléphone et l'entoura de plusieurs cercles. Elle devait pouvoir obtenir l'adresse de cette fille par les renseignements téléphoniques ou l'annuaire. Et elle irait la voir, tout simplement. Quand cette

Frederica la verrait devant sa porte, elle n'aurait pas le choix, il faudrait bien qu'elle réponde à ses questions.

C'est la dernière personne à ma connaissance ayant parlé à Anna, se dit Lisa, et un frisson lui parcourut l'échine.

Anna était en Espagne l'année précédente. Par comparaison avec l'Amérique latine, c'était très près, presque au bout de la rue. Comment était-elle ? Gaie, heureuse, en bonne santé ? Avait-elle parlé de sa famille ?

Mille questions se bousculaient dans la tête de Lisa. Elle réfléchit un instant, se demandant si elle devait appeler le commissaire Hülsch, puis rejeta immédiatement cette idée. La police essaierait de retrouver Frederica et l'interrogerait, et donc, elle n'obtiendrait sans doute aucune information de son côté, car la préoccupation première de la police était de mettre la main sur l'assassin d'Anna. Certes, elle aussi souhaitait ardemment voir ce monstre derrière les barreaux. Mais pour elle, il s'agissait de bien plus, il s'agissait de retrouver une sœur disparue depuis six ans. De refaire sa connaissance, se rapprocher d'elle. Elle n'allait pas abandonner la minuscule source qui avait jailli devant elle. Non, pas avant de l'avoir épuisée.

— Lisa ! l'appela son père d'une voix tremblante.

Elle soupira.

— J'arrive.

Elle ne lui dirait rien. D'ailleurs, il ne comprendrait pas. Et de toute façon, il ne s'intéressait plus désormais qu'à sa propre mort.

11

Fin janvier, Wolfgang retrouva enfin qui était Lydia. Il n'avait évidemment pas passé tout ce temps à fouiller sa mémoire, mais l'énigme était restée tapie dans un coin de sa tête.

Ne voulant à aucun prix être accusé une nouvelle fois de jalousie, il avait soigneusement évité d'évoquer le sujet en présence de Nicole. Mais ce fut cette dernière en personne qui l'amena finalement sur la voie, lorsqu'elle lui raconta qu'en vue de son émission programmée pour début mars, elle avait l'intention d'interroger des gens qui avaient déjà fait une tentative de suicide. Elle prévoyait de leur demander de parler de leurs raisons, de leurs sentiments avant et après leur tentative ratée.

En entendant le mot « suicide », l'étincelle jaillit.

— Bien sûr, c'est ça ! s'exclama-t-il. Lydia, la voisine de la suicidée !

Nicole ouvrit de grands yeux, puis comprit et se mit à sourire.

— Parce que ça te travaille encore ! Tu ne t'en remets pas, hein, que ta femme, celle que tu as abandonnée, ait rencontré quelqu'un d'autre. Ah, on peut dire que tu ne capitules pas facilement, toi.

Il se garda de répondre. En se défendant, il ne ferait que la conforter dans sa conviction. Bien sûr que non, il n'était pas jaloux ! Mais c'était lui qui avait quitté Leona, et le chagrin pouvait la pousser à commettre des erreurs. Il était de son devoir de s'intéresser à ce soupirant qui ne lui disait rien qui vaille, et de vérifier ce qu'il en était.

Leona recommençait à se sentir une personne complète. Après la séparation, quand elle avait le sentiment de n'être plus qu'une demi-personne, elle se traînait, vide et épuisée, affamée et mourant de froid. Maintenant, elle avait chaud de nouveau, et le vide se remplissait peu à peu.

Malgré le froid et la grisaille de janvier, malgré l'humidité et la brume de ce mois de février, le plaisir et la force lui revenaient lorsque, le soir, rentrant en pataugeant dans la bouillasse neigeuse, elle apercevait de loin les fenêtres allumées, les lumières chaudes et accueillantes de sa maison. En ouvrant la porte, elle humait les parfums qui s'échappaient de la cuisine. Robert venait alors à sa rencontre, prenait son manteau, l'embrassait, le visage rayonnant du bonheur de la voir de retour. La musique sourdait du salon, le feu brûlait joyeusement dans la cheminée de la salle à manger, et la table était mise. Dolly et Linda, les deux chatons, dormaient sur un fauteuil, s'étiraient et ronronnaient quand elle s'approchait pour les caresser. Sur le petit secrétaire de Leona, la machine à écrire de Robert était entourée d'une montagne de papiers. Robert était en train de traduire un énorme manuscrit de l'italien en allemand, pour une petite maison d'édition de l'ancienne RDA dont Leona n'avait jamais entendu parler et qui avait survécu à la chute du Mur.

— Est-ce qu'un mini-éditeur comme celui-là peut payer une traduction aussi volumineuse ? s'était-elle étonnée un jour.

Robert s'était montré un peu embarrassé.

— Ils paient très peu, finit-il par avouer, mais je ne pouvais pas dire non. Ce livre ne sera jamais un best-seller, mais la langue est tellement belle, le récit est amené avec tellement de finesse que je tenais absolument à le traduire. C'est peut-être de l'idéalisme... En tout cas, ce n'est pas comme ça que je deviendrai riche !

Comme il est différent de Wolfgang, se dit Leona. Wolfgang n'aurait jamais levé le petit doigt pour une chose qui ne serait pas rétribuée à sa juste valeur. Une fois de plus, elle eut la confirmation que Robert était un artiste. L'argent, pour lui, était accessoire. Il passerait au minimum trois mois sur ce livre... pour des clopinettes. Leona ne l'en aimait que plus.

Ses finances étaient un peu justes, comme il disait, mais cela ne l'avait pas empêché de lui proposer de partager les frais de nourriture, d'électricité et d'eau. Sachant que c'était difficile pour lui, elle avait décliné son offre :

— C'est hors de question ! C'est toi qui t'occupes de tout ici, tu fais le ménage, la cuisine, les courses. Je suis capable de payer la nourriture !

Elle n'avait pas précisé qu'elle ne le pouvait que parce que Wolfgang continuait à participer au remboursement de l'emprunt pour la maison. Elle l'acceptait car sinon c'était la vente, et elle regimbait toujours à cette idée.

Encore un été, se disait-elle parfois, rien qu'un été encore dans mon beau jardin.

Robert travaillait dur quand il ne bricolait pas dans la maison, n'amenait pas les chats chez le vétérinaire ou ne faisait pas les courses. Pendant qu'il travaillait, il branchait le répondeur et ne répondait pas au téléphone.

— Sinon, je n'arrive pas à me concentrer, expliquait-il.

Leona comprenait et respectait son souhait, mais il lui arrivait parfois d'appeler et de lui laisser quelques mots d'amour sur la messagerie, ce dont il la remerciait ensuite.

Un soir, début février, il sembla un peu préoccupé pendant le dîner, et lorsqu'elle lui posa la question, il répondit en hésitant :

— C'est simplement que j'ai réfléchi aujourd'hui... Bon, c'est peut-être idiot de ma part d'en parler...

— Non, dis-moi, tu as réfléchi à quoi ?

Il la regarda bien en face.

— A ton divorce. J'ai l'impression qu'il n'y a rien qui se passe de ce côté-là.

— Oh !... souffla Leona, surprise.

Elle ne s'attendait pas du tout à ce que Robert attache de l'importance à ce genre de chose.

— Evidemment, je ne veux pas me mêler de tes affaires, reprit-il, mais j'avais espéré... enfin, maintenant qu'on est ensemble... que tu ferais des démarches...

Leona se demanda pourquoi elle ne l'avait pas encore fait. Il y avait maintenant près de six mois que Wolfgang vivait ailleurs. Il était temps de s'occuper du divorce, puisqu'ils avaient tous deux un nouveau partenaire. Pourquoi Wolfgang n'avait-il rien entrepris ?

Pour une fois, c'est moi qui pourrais prendre les devants, pensa-t-elle.

— Je n'y ai jamais vraiment réfléchi jusqu'ici, dit-elle, mais c'est vrai, le divorce, c'est l'issue la plus logique, non ? Je vais prendre un avocat qui présentera la demande à mon mari. Nous sommes déjà séparés depuis six mois. Encore six mois, et le divorce pourrait être prononcé.

Elle parlait d'une voix rapide, en se concentrant sur les aspects pratiques, pour ne pas tenir compte de la légère douleur, ne pas écouter ce qui se passait en elle. Surtout, ne pas y faire attention ! Le mieux était de se représenter la tête de Wolfgang quand il recevrait le courrier de l'avocat. Ah, il ne s'attendait sûrement pas à ce que ce soit elle qui fasse le premier pas !

Robert avait observé très attentivement son jeu de physionomie. Il lui prit la main. Ses doigts jouèrent avec la bague qu'il lui avait offerte.

— Parce que j'ai pensé que plus vite tu divorcerais, plus vite nous pourrions nous marier !

— Leona ne m'a pas dit qu'elle était séparée de son mari, dit Lydia avec une expression chagrine, mais de toute façon, elle ne me dit pas grand-chose sur elle. Je l'ai souvent invitée à venir me voir, vous savez, mais elle n'est venue qu'une fois. C'était juste avant Noël.

Wolfgang, assis sur l'extrême bord du canapé bon marché imitation ancien, se maudissait déjà d'être venu. Quel imbécile ! Voilà qu'il fournissait toutes sortes d'informations sur sa vie personnelle à une bonne femme qu'il ne connaissait ni d'Eve ni d'Adam, parfaitement antipathique de surcroît. Dire qu'il se livrait à ses regards avides, à sa curiosité, uniquement pour essayer d'en savoir plus long sur le type avec lequel Leona avait été si pressée de s'acoquiner ! Plus exactement, il espérait apprendre des choses qu'il pourrait utiliser contre lui, qu'il pourrait jeter à la figure de Leona et qui ébranlerait sa confiance en cet individu. Si possible, des détails propres à repousser n'importe quelle femme, des histoires graves, des histoires de femmes ou d'enfants dans son passé.

Il comprenait maintenant qu'il n'apprendrait rien, mais qu'en revanche il se rendait tout à fait ridicule.

Dehors, il faisait toujours aussi froid, l'hiver revenait faire un tour avec toute sa rigueur, et rien n'évoquait le printemps qui s'approchait. Mais dans l'appartement surchauffé de Lydia, Wolfgang regrettait, en plus de tout le reste, d'avoir mis un gros pull à col roulé. Il transpirait si abondamment qu'il résistait difficilement à l'envie d'arracher séance tenante les vêtements qui lui collaient à la peau. Pour couronner le tout, Lydia avait posé devant lui un café brûlant auquel il était incapable de toucher, fût-ce avec la meilleure volonté du monde. Une bière glacée, voilà ce qui lui aurait fait du bien !

Ne connaissant pas le nom de famille de Lydia, il n'avait pu la contacter par téléphone. Sans compter que la nature de leur entretien exigeait une conversation en tête à tête. Il avait retrouvé sans difficulté l'immeuble que Leona lui avait montré, au moment des faits. Par bonheur, le prénom de Lydia était mentionné sur la sonnette. Quand elle lui avait ouvert, il s'était excusé à plusieurs reprises de son irruption intempestive, tout en notant, au vu de la lueur intéressée qui s'était allumée dans les yeux de la femme, que sa visite ne la dérangeait nullement. Dans l'étuve qui lui servait de séjour, il avait aperçu des mots croisés aux cases à moitié remplies, un crayon et des lunettes sur la table basse. Il était deux heures et demie de l'après-midi, et elle faisait des mots croisés... Son existence devait être bien vide... Il avait compris immédiatement qu'elle le retiendrait autant qu'elle le pourrait. Mais lui qui s'était éclipsé à grand-peine de son travail devait impérativement être de retour avant quatre heures. Il fallait donc en arriver très vite au cœur du sujet.

Elle lui facilita la chose car, au bout de quelques secondes d'embarras, elle se mit à le noyer sous un flot de paroles.

Elle lui parla d'Eva, de leurs liens d'amitié, de leurs longues soirées ensemble autour d'une bonne bouteille à la lueur des bougies, de leurs promenades le week-end, de leurs sorties et leurs repas au restaurant. Elle lui confia également qu'elle avait bien souvent fait le ménage chez Eva, car cette dernière était un peu du genre négligé, très désordonnée...

— Tout ça, ça me manque tellement, vous comprenez ?

Il comprenait, mais que répondre ? Il ne trouva pas les paroles de réconfort adéquates.

— J'étais secrétaire, mais j'ai dû arrêter avant la retraite. A cause de ma tension. Et je n'ai ni mari ni enfants. J'ai connu quelqu'un qui voulait m'épouser, mais il a rencontré quelqu'un d'autre, et c'est elle qu'il a choisie. Evidemment, elle, c'était une vraie aguicheuse, elle savait comment affoler les hommes !... Votre café va refroidir ! Allez, buvez-le !

Le café, trop fort, avait un goût amer. Lui qui ne buvait jamais de café... On ne pouvait pas dire non plus qu'il avait l'habitude d'agir comme il le faisait en ce moment, c'est-à-dire aller s'installer dans le salon d'une inconnue et y jouer le rôle du Mur des Lamentations. Et, surtout, jamais il n'aurait imaginé qu'il se mettrait un jour à espionner sa femme et à se rabaisser en fourrant son nez dans des affaires qui ne le regardaient pas. Pour la première fois de sa vie, Wolfgang ressentit un certain dégoût vis-à-vis de lui-même.

Au cours de la demi-heure suivante, il n'apprit rien qui pût présenter quelque importance. Lydia en vint à parler de Robert Jablonski, mais elle ne dit rien de défavorable. Quelqu'un de sympathique, grand, bel homme, qui venait de temps en temps rendre visite à sa sœur.

— Mais pas très souvent. C'est vrai que ce n'est pas à côté, la Suisse.

Wolfgang se pencha vers elle :

— La Suisse ? Il est suisse ?

— Il est allemand, mais ses parents avaient une propriété de rêve à Ascona, et c'est là qu'ils ont grandi tous les deux, avec Eva. Il vit encore là-bas.

— Et qu'est-ce qu'il fait comme travail ? s'enquit Wolfgang.

Lydia réfléchit :

— Euh... attendez... ah oui, il traduit. Des livres. Pour des maisons d'édition allemandes et italiennes.

— On gagne très mal sa vie avec ce genre de travail.

— Je ne sais pas. Mais il a vendu la maison de ses parents. Ça a dû lui rapporter pas mal de sous.

Etait-ce seulement vrai ? Et si c'était là que le bât blessait chez Jablonski, le manque d'argent ? Est-ce qu'il avait mis le grappin sur Leona parce qu'elle lui avait paru à l'aise financièrement ? Avec cette belle maison dans l'un des coins les plus chers de Francfort...

Non. Pour cela, il y avait des victimes plus indiquées que Leona. Et d'ailleurs, la maison ne lui appartenait que pour moitié. Sans compter qu'ils n'avaient pas fini de la payer, loin de là. C'étaient des faits que ce Jablonski avait dû découvrir rapidement, si c'était le pognon qui l'attirait.

Lydia lui servit une resucée de café avant qu'il eût le temps de lever la main en signe de défense.

— L'amie de Robert a eu un accident mortel il n'y a pas très longtemps, confia-t-elle en baissant la voix, comme l'exigeait pareille tragédie. Elle s'est noyée dans le lac Majeur.

Wolfgang leva les yeux avec étonnement.

— Ah bon ?

— Et moi, je ne le savais même pas, vous vous rendez compte ! Il ne m'a jamais rien dit. Ni Eva. C'est votre femme qui me l'a appris quand elle est venue me voir avant Noël. Elle avait vu Robert, à ce qu'il paraît.

Ici, Lydia gloussa :

— Elle lui a tapé dans l'œil ! Dès le premier jour. Il m'a tout de suite demandé son numéro de téléphone, précisa-t-elle d'un ton réjoui.

Bon, se dit Wolfgang, tu fais fausse route. Tu te fais des films.

Ce Jablonski était un type tout ce qu'il y a de plus normal, sans mauvaises intentions. C'était par hasard, et pas du tout parce qu'il avait provoqué l'événement, qu'il avait rencontré Leona. Et Cupidon avait frappé une fois de plus. Une histoire banale, comme il en arrivait tous les jours. La seule chose moins commune chez ce Jablonski, c'était la noyade de sa copine dans le lac Majeur. Mais ça aussi, ça pouvait arriver. Ce type n'avait rien de particulièrement suspect.

Wolfgang se leva en regardant sa montre.

— Excusez-moi, dit-il poliment, j'ai déjà trop abusé de votre temps. Il faut vraiment que je parte, maintenant.

Elle va bientôt me demander pourquoi je suis venu, pensa-t-il, et qu'est-ce que je vais répondre ?

Mais cette question ne sembla pas effleurer son hôtesse, laquelle se contenta de le regarder d'un air suppliant :

— Restez encore un peu ! Je n'ai rien d'autre de prévu !

— Malheureusement, j'ai une réunion, il faut que j'y aille.

Il eut un sourire d'excuse.

— Je suis désolé. Merci pour le café.

Si grand était son besoin de sortir prendre l'air qu'il dut se retenir pour ne pas se ruer sur la porte. Mais il lui fallut attendre qu'elle se décide enfin à se lever à grand renfort de profonds soupirs et consente à l'accompagner d'un pas traînant, faisant durer le plaisir. Au moment de lui ouvrir, elle s'arrêta dans son geste et prononça d'un ton pensif :

— Je ne sais pas pourquoi, mai j'ai l'impression que j'ai raconté des bêtises à votre femme, quand elle est venue me voir, l'autre soir. Je me suis trompée, mais je ne sais plus pourquoi...

Impossible de mettre le doigt dessus ! Des fois, la mémoire, c'est une vraie passoire ! La mienne en tout cas !

Elle eut un rire incertain.

— Si ça vous revient... vous pouvez m'appeler à tout moment, dit Wolfgang en adoptant un ton léger et en lui remettant sa carte d'un geste indifférent.

Quelle chance, se dit-il, qu'elle soit aussi naïve, aussi limitée... Elle l'avait laissé pénétrer chez elle sans même le connaître. A aucun moment, elle ne s'était étonnée de sa démarche. Elle ne semblait pas s'apercevoir à quel point il s'intéressait à Robert Jablonski, et si elle remarquait qu'il cherchait à obtenir des informations à son sujet, cela ne l'intriguait pas plus que cela. Pour elle, la bonne surprise du jour avait été le léger souffle de vie qui était entré dans son existence monotone, et le conserver pendant les quelques heures qui suivraient était sa seule préoccupation.

— Oui, je vous appellerai, promit-elle avec un regard plein d'espoir, si avide de compagnie que Wolfgang en fut touché.

— Vous devriez aller faire un petit tour, lui suggéra-t-il. Il fait froid dehors, mais l'air est stimulant.

Ne retourne pas à ton salon surchauffé, à ton café infect, à tes mots croisés, au tic-tac de ta pendule !... Tu vas en crever !

Elle fit non de la tête.

— Je n'aime pas me promener toute seule. C'est trop triste, vous savez. Mais j'ai mon émission qui va bientôt commencer à la télé.

En bas, dans la rue, il leva la tête brièvement vers les fenêtres de Lydia. Le rideau bougea. Elle était là, à le suivre des yeux.

— Leona, je peux entrer ?

Caroline passa la tête par la porte du bureau de Leona.

— Je te dérange ?

— Caroline ? C'est toi ?

Leona, qui était en train de se battre avec les piles de papiers amoncelées sur son bureau, la regarda, perplexe. C'était bien la première fois que sa petite sœur venait la voir à son travail.

— Allez, entre ! En voilà une surprise ! Qu'est-ce que tu fais à Francfort ?

La jeune femme se glissa dans la pièce. Ses cheveux, d'une nouvelle couleur tirant sur le rouge orangé, se dressaient en bataille sur son crâne. Elle portait des leggins de velours rose – par ce froid, se dit Leona, j'espère qu'elle a mis un collant chaud en dessous – et une veste duveteuse en similifourrure. Elle avait l'air plutôt frigorifié.

— Il fallait absolument que je sorte de la baraque, expliqua-t-elle, alors je me suis dit, tiens, je vais aller faire un tour en ville, me faire un peu de lèche-vitrines. Evidemment, pas question de m'acheter quoi que ce soit... Je suis fauchée comme d'hab !

— Je suis contente de te voir, déclara Leona.

Elle disait vrai, même si cette visite impromptue ne l'arrangeait pas, compte tenu de sa charge de travail. Néanmoins, elle invita sa sœur à s'asseoir sur le fauteuil faisant face à son bureau.

Caroline se laissa tomber sur le siège en étendant ses longues jambes devant elle.

— Ouf, heureusement que j'ai réussi à me casser, gémit-elle, à la maison, c'est l'enfer.

— Tu as des problèmes avec ton copain ?

— Avec Ben ? Oh non, pas possible d'avoir des problèmes avec lui, il passe ses journées à glandouiller et à raconter des salades, mais je ne l'écoute pas. Non, c'est à cause d'Olivia et de Paul. C'est pire que chien et chat. Ça ne va pas tarder à péter entre eux, et alors là, ça sera pour de bon.

— C'est si grave que ça ?

— Avec Dany, ça devient impossible. Ce qui fait qu'Olivia va de plus en plus mal. Et faut voir comment elle traite Paul... quand elle daigne s'apercevoir de sa présence. Parce qu'en fait, pour elle, c'est comme s'il n'était pas là.

— Elle est folle ! s'exclama Leona. Paul est quelqu'un de bien ! Si jamais elle finit par le lasser, ce sera l'erreur de sa vie !

— Il est vachement beau, il aurait pu la remplacer cent fois, renchérit Caroline. Moi, je crois que s'il reste, c'est parce qu'il ne veut pas être vache en la laissant tomber avec une enfant handicapée. Mais un de ces jours, il en aura tellement marre qu'il finira par se tirer quand même.

— Est-ce que maman en a conscience ? Est-ce qu'elle en a déjà parlé à Olivia ?

Caroline balaya l'air d'un geste de la main.

— C'est pas la peine d'essayer d'en parler à Olivia, elle t'arrête aussi sec. Mais... poursuivit-elle en passant les doigts dans ses cheveux pour tenter d'y mettre un peu d'ordre, tout en obtenant le résultat inverse, je n'ai pas envie d'en parler maintenant. J'ai envie d'oublier tout ça au moins pour une journée. En fait, j'aurais bien aimé déjeuner avec toi, bien sûr c'est toi qui devrais payer, parce que je suis vraiment à sec, mais...

— Y a pas de mais ! répliqua Leona en se levant. J'ai du boulot par-dessus la tête, mais je trouverai toujours du temps pour ma petite sœur.

Caroline la dévisagea, l'air mal assuré.

— Mais tu préférerais sûrement être seule avec ton mec, non ?

— Mon mec ?

— Ben... avec... comment il s'appelle, déjà ? Robert, c'est ça ?

Leona ouvrit de grands yeux.

— Je croyais que vous aviez rencart, précisa Caroline, parce qu'il est au café d'en face.

— Ici ? Au café ? En face ?

Caroline se leva à son tour.

— Je suis pratiquement sûre que c'était lui. J'ai pensé qu'il t'attendait.

— Tu as dû te tromper, répondit Leona, Robert n'a pas le temps. Il est chez moi en train de traduire un manuscrit de huit cents pages d'italien en allemand.

— Ah bon ! Alors j'ai confondu. Bon, ben on va manger un morceau ensemble, d'accord ?

Il était installé à une table, juste derrière la vitrine, en face de trois tasses à café vides et de deux verres de cognac non moins vides. A l'apparition des deux sœurs devant lui, il eut un sursaut. Plongé dans la lecture d'un journal, il ne les avait pas vues arriver. Il lui fallut quelques secondes pour se reprendre et se lever, tout sourire.

— Leona ! Et Caroline ! C'est bien, ça ! Asseyez-vous !

— Qu'est-ce que tu fais ici ? s'enquit Leona, étonnée. Je pensais que tu étais à la maison ?

— J'ai voulu te faire la surprise, expliqua Robert. D'ici dix minutes, je serais monté te prendre pour venir déjeuner avec moi.

— C'est plutôt amusant, souligna Leona, personne ne vient jamais me chercher pour déjeuner, et aujourd'hui, vous êtes deux à le faire !

— J'ai l'impression que je vous dérange, s'excusa Caroline, mal à l'aise.

— Mais non ! répliqua Leona en la contraignant à s'asseoir d'un geste énergique. Robert et moi, nous sommes souvent seuls ensemble. Tu ne nous déranges absolument pas.

Cependant, elle eut la nette impression que cela dérangeait bel et bien Robert, bien qu'il n'en dît rien.

Une serveuse débarrassa les tasses et les verres, prit la commande. Le midi, le café servait des plats, et ils choisirent tous trois des spaghettis au saumon fumé.

Robert fit preuve d'une gaieté qui confinait à l'exaltation, bavardant et riant, pareil à un enfant pris en faute et tentant par ce biais de se tirer d'embarras. Leona se perdait en conjectures. Quel mal y avait-il à venir déjeuner avec elle ?

— Pourquoi es-tu venu m'attendre ici de si bonne heure ? lui demanda-t-elle. Tu aurais très bien pu venir me rejoindre à mon bureau à treize heures !

Une lueur d'incertitude brilla brièvement dans les yeux de Robert.

— Pourquoi ? Qu'est-ce qui te fait dire que je suis venu « de si bonne heure » ?

— Eh bien... tu as bu trois cafés et deux cognacs. Ça ne se boit pas en un quart d'heure.

— Tu me le reproches, c'est ça ?

Le ton coupant de Robert la surprit.

— Non... bien sûr que non. Je m'étonne, c'est tout, répondit-elle.

Il la regarda droit dans les yeux.

— Tu es lectrice dans une maison d'édition, non ? Donc, tu travailles avec des écrivains, n'est-ce pas ? Tu as affaire à eux pratiquement tous les jours, je me trompe ? Tu sais ce qui m'étonne, moi ? C'est que malgré tout ça, tu n'arrives pas à comprendre les artistes, ou les gens qui travaillent dans le milieu artistique. Tu n'as donc pas une once de psychologie ?

Leona le dévisagea, les yeux écarquillés. Caroline reposa sa fourchette.

— Pardon ? fit Leona.

— Je ne suis certes qu'un petit traducteur, poursuivit Robert, mais tu pourrais peut-être m'accorder cette justice que mon métier est au sens large une profession artistique.

— Dis, Robert, tu pourrais nous expliquer où tu veux en venir ? intervint Caroline.

Il lui décocha un regard hostile avant de se tourner à nouveau vers Leona.

— Eh bien, parfois, j'ai besoin de faire un break. Parfois, je n'y tiens plus... rester confiné dans la même pièce, penché sur des papiers, toujours à chercher des mots, à me battre pour trouver des expressions... Alors il faut que je sorte. Que je marche à travers la ville, le nez au vent, que je voie des gens, des enfants qui jouent, des chiens qui reniflent...

— Je comprends très bien, Robert, dit Leona d'un ton apaisant.

Mais il était lancé.

— Et cette fois j'ai éprouvé le besoin d'aller m'installer dans un café, de lire le journal, de prendre un café et d'observer un peu la vie, l'agitation autour de moi. Mais bien sûr, ça, c'est impossible pour toi ! Aller s'asseoir dans un café au beau milieu de la matinée et y rester pendant deux heures ! Ne rien faire ! Et peut-être même que tu imagines que je suis venu spécialement dans ce café pour t'espionner !

— Dis, Robert, t'as perdu la tête ou quoi ? jeta Caroline sans ménagement.

— On pourrait peut-être continuer cette discussion ce soir, proposa Leona, à la fois embarrassée, effrayée et bouleversée par la sortie de Robert.

— Volontiers, répliqua ce dernier d'un ton froid.

Ils terminèrent leur repas en silence. Sa dernière bouchée avalée, le traducteur se leva en annonçant qu'il rentrait pour travailler. Les deux sœurs restèrent assises et le suivirent des yeux alors qu'il traversait la rue et s'éloignait, raide comme la justice, la tête relevée bien haut. Même de dos, il était l'image de la dignité offensée.

— Tu trouves que j'ai eu l'air agressif quand je lui ai posé ma question ? s'inquiéta Leona en remuant pensivement sa cuiller dans son cappuccino.

Caroline nia avec conviction :

— Absolument pas ! C'était une question normale, et c'est lui qui l'a mal prise. Si tu veux mon avis, précisa-t-elle en se frappant significativement le front, il tourne pas rond, ton jules. Tu sais que j'ai toujours trouvé Wolfgang un peu beauf et...

— Selon tes critères, tous ceux qui ont un boulot régulier sont des beaufs, l'interrompit Leona, agressive pour le coup.

Caroline la regarda avec commisération.

— Ecoute, selon mes critères et même selon les tiens, ce Robert a un sérieux problème. A ta place, je le larguerais vite fait bien fait !

12

Après l'épisode du café, l'atmosphère resta tendue entre eux. Pendant la soirée, Robert ne laissa rien paraître, agissant comme à l'accoutumée, mais Leona n'était pas disposée à laisser passer l'incident aussi facilement. Elle attendit une explication, mais, ne voyant rien venir, elle prit les devants.

Robert se montra extrêmement surpris.

— Mon Dieu, mais je n'ai pas cherché la bagarre ! Je me suis senti agressé, alors j'ai réagi un peu brutalement, c'est tout ! Oh là là ! Ce n'est pas la peine d'en faire une montagne !

— Ce serait plutôt à moi de te faire cette remarque ! C'est toi qui as fait tout un drame d'une simple question. Tu es devenu désagréable et injuste !

— Je te l'ai dit, je me suis senti agressé.

— C'est justement là le problème, répondit Leona.

Soudain épuisée, elle sentit une légère douleur lui parcourir la nuque, monter, s'étendre à la tête. Cette conversation était inutile.

— Je ne t'ai pas agressé, reprit-elle. Je n'ai pas arrêté ensuite de me demander si mon comportement ou mon ton étaient agressifs. Eh bien, non, je le sais parfaitement.

— Bon, d'accord, alors c'est moi qui me le suis imaginé. C'est si grave que ça ? Excuse-moi si je t'ai blessée, je ne l'ai pas fait délibérément. Alors, ça y est, c'est fini ?

Non, ce n'était pas vraiment fini. Leona s'était sentie désarmée avant même d'avoir pu exprimer ce qui la tourmentait.

— J'ai eu très peur, je ne t'ai pas du tout reconnu, dit-elle d'un ton qui parut geignard à ses propres oreilles.

— J'étais de mauvais poil, excuse-moi, répéta-t-il avec patience.

Que répondre ? Robert ne lui avait pas seulement semblé de « mauvais poil ». Elle avait plutôt eu l'impression qu'il lui dévoilait une facette inconnue, un côté de sa personnalité qui lui avait fait peur. Mais comment prendrait-il la chose si elle lui avouait ce qu'elle avait ressenti ? Elle risquait de paraître un peu névrosée, paranoïaque.

— J'ai simplement voulu en parler, c'est tout, finit-elle par lâcher, abattue, résignée, parce que ça me travaille.

— Tu as tout à fait raison, s'empressa d'approuver Robert. Nous devrions toujours parler de tout. Il n'y a rien de pire que de garder les choses pour soi, ça, c'est la mort. S'il y a quelque chose qui nous déplaît chez l'autre, il faut le dire tout de suite. Comme tu le vois, ça permet de dissiper très vite les malentendus.

C'était exactement comme lors de son retour tardif d'Italie : au bout du compte, c'était lui qui s'en tirait avec les honneurs, généreux, gentil et simple, alors qu'elle se faisait l'effet d'une femme mesquine et querelleuse. Et pourtant, Leona savait qu'elle avait raison. Caroline s'était-elle gênée pour balancer à Robert qu'il avait un grain ?

Elle continua à réfléchir à l'événement pendant plusieurs jours, puis finit par décréter que mieux valait le classer sans suite. Il ne servait à rien de ruminer et d'essayer de comprendre, sous peine de mettre en danger sa relation avec Robert.

Le 26 février, elle alla consulter une avocate pour entamer la procédure de divorce. Ce jour-là, un vent froid balayait les rues, assorti d'un crachin désagréable. Elle se sentait très mal.

Leona fit une description précise de la situation à l'avocate qui lui avait été recommandée par une collègue. Au beau milieu de la séance, elle fut contrainte de prendre un antalgique, sentant monter dans sa nuque la douleur désormais familière. L'avocate, une dame blonde, soignée, en ensemble de style Chanel, la regarda avec compassion.

— Ça n'a pas l'air d'aller très fort ! Oui, ça fait mal d'être quittée. J'ai eu des clientes qui ont complètement perdu le goût de vivre, après une telle épreuve.

— Oh, mais moi aussi, j'ai retrouvé quelqu'un, comme mon mari, s'empressa de préciser Leona. Tout va bien pour moi.

Car elle n'avait surtout pas envie que cette belle blonde la croie totalement abattue, ou perdue à tout jamais pour les hommes.

Mais elle sentit le scepticisme de son vis-à-vis et comprit qu'elle ne parviendrait pas à lui ôter ses idées préconçues.

Lorsque, plus tard, elle se retrouva dehors, frissonnant sous le vent et la pluie, elle avait la tête bourdonnante de mots tels que conciliation, rupture de la vie commune, évaluation des biens, prestation compensatoire, pension alimentaire. Des mots souvent lus ou entendus, mais dont on espérait qu'ils ne deviendraient jamais réalité pour soi-même.

Elle sentit ses yeux se remplir de larmes et rejeta la tête en arrière pour les empêcher de couler. Des nuages sombres filaient dans le ciel, poussés et effilochés par la tempête.

Quelle saison affreuse, se dit-elle, quelle journée affreuse !

Ses larmes tarirent. Elle scruta les environs. Quelque chose lui disait qu'elle était observée. Sans doute un passant qui regardait avec grand intérêt cette femme plus tout à fait jeune qui luttait contre les larmes en pleine rue.

Elle vit Robert se détacher d'une façade et venir à sa rencontre en souriant.

— Je suis venu te chercher, Leona. J'ai pensé que cette visite à l'avocate te perturberait un peu.

Elle en fut extrêmement touchée et reconnaissante, honteuse des vilaines pensées qui l'avaient agitée à son encontre les jours précédents.

— Tu es vraiment un amour, Robert. C'est vrai, ça m'a complètement chamboulée, je ne comprends pas pourquoi. C'est sans doute à cause de tous les souvenirs qui remontent dans des moments pareils. Ah, que veux-tu, je suis trop sentimentale !

Il serra sa main avec force.

— C'est tout à fait normal. Un divorce, ça fait toujours mal, ça ne peut pas se faire tranquillement, sans laisser de trace... Tu as été mariée pendant de nombreuses années avec cet homme.

— Treize ans...

— Notre couple à nous durera toute la vie, déclara-t-il.

Le vent hurlait. Des flocons de neige se mêlèrent à la pluie. Leona décida que c'étaient l'humidité et le froid qui empêchaient les paroles de Robert de la réchauffer.

Il passa un bras autour de ses épaules.

— Tu devrais prendre des vacances. Dix jours. Tu crois que ça irait ?

— Maintenant ?

— J'aimerais bien qu'on aille à Ascona tous les deux. Je trouve qu'il est temps que tu connaisses mon pays.

Le lundi matin suivant, à peine eut-elle le temps d'entrer dans son bureau que le téléphone sonnait. C'était Wolfgang.

— Je viens de recevoir mon courrier, dit-il. Alors, comme ça, tu as entamé la procédure de divorce ?!

— Oui, la semaine dernière.

Leona coinça le combiné entre menton et épaule pour s'extirper de son manteau. Ses cheveux étaient mouillés et sûrement emmêlés par le vent. Ils avaient bien poussé maintenant et n'étaient plus aussi faciles à coiffer que lorsqu'ils étaient très courts.

— Et tu ne crois pas que tu aurais pu m'en parler avant ?

— Pourquoi ? On avait bien décidé de divorcer !

— Ce n'est pas une raison pour me prendre par surprise !

Ah, ça lui avait causé un choc, aucun doute ! Cette constatation l'emplit d'un agréable sentiment de supériorité.

— Je te rappelle que tu m'as confrontée assez brutalement au fait que tu avais une maîtresse et que tu voulais divorcer, répliqua-t-elle platement.

Wolfgang resta muet pendant quelques instants. Puis :

— Tu m'en veux toujours, hein ? Je crois que tu ne me pardonneras jamais.

Elle avait enfin réussi à se débarrasser de ce satané manteau, qu'elle laissa tomber par terre avant de s'asseoir à son bureau.

— Ecoute, Wolfgang, il ne s'agit pas de ça. Que je te pardonne ou non... ça n'intéresse personne. Tu as une nouvelle copine, j'ai un nouveau copain. Ils sont tous les deux en droit d'attendre que nous mettions les choses au clair entre nous.

— Tu dis ça tellement... froidement !

— Oui, je suis pragmatique. Il faut prendre les choses en main de façon pragmatique, maintenant, c'est important. Cela permettra que les choses se passent aussi doucement que possible. Mon avocate, en tout cas, ne voit aucune difficulté.

— Et ton drôle de soupirant, il continue à faire le siège ? s'enquit Wolfgang.

Leona se demanda pourquoi il utilisait systématiquement le terme de « soupirant » quand il parlait de Robert. Dans sa bouche, cela sonnait comme « mouche du coche ». Sans doute était-ce pour lui une manière d'occulter le fait qu'il s'agissait d'une relation sérieuse, de sentiments partagés.

— Robert et moi nous vivons ensemble, lui annonça-t-elle, et tu n'y pourras rien changer.

Wolfgang poussa un profond soupir.

— Il ne me plaît pas, Leona.

Elle eut un rire bref.

— Peut-être que ta nouvelle copine ne me plairait pas non plus. Mais je suis bien obligée de te laisser prendre tes décisions toi-même.

— Je sais, c'est ce que je fais moi aussi. Je veux simplement dire... Ah, tout ça, c'est difficile à dire par téléphone ! On pourrait peut-être se voir quelque part dans les prochains jours ? Rien que nous deux ?

— Je suis vraiment très occupée, Wolfgang. Surtout cette semaine, parce que je pars en vacances la semaine prochaine. J'ai un boulot monstre à liquider avant.

— Depuis quand prends-tu des vacances en mars ? C'est bien la première fois !

— Robert veut me faire connaître Ascona. On part samedi.

— Leona, je t'en prie, j'aimerais te parler avant, insista Wolfgang. C'est vraiment très important pour moi.

Cette fois, elle savoura pleinement son triomphe.

— Je suis désolée, Wolfgang, mais moi, je n'attache plus d'importance à ta conversation, maintenant, lui asséna-t-elle avant de raccrocher d'un geste sec.

13

Lisa resta un bon moment arrêtée devant l'immeuble gris du centre-ville de Munich dont elle avait trouvé l'adresse, et passa un certain temps à danser d'un pied sur l'autre avant de trouver le courage d'appuyer sur le bouton de sonnette marqué « Frederica Hofer ».

On était samedi après-midi, et peut-être Frederica n'était-elle pas chez elle. Ou en train de se préparer à sortir, de se doucher ou de prendre un bain, et sans doute serait-elle tout sauf réjouie de sa visite inopinée. Dans tous les cas de figure, mieux valait se préparer à recevoir un accueil réservé, car elle avait clairement montré en raccrochant aussi rapidement qu'elle n'avait pas envie d'être mêlée à l'affaire.

Mais au pire, elle me fichera à la porte, voilà tout ! se dit Lisa.

Elle avait trouvé le numéro de téléphone et l'adresse de la jeune femme par les renseignements, et elle avait d'abord songé à téléphoner. Mais ensuite, elle en était arrivée à la conclusion qu'elle serait plus difficile à envoyer promener si elle se présentait physiquement.

Elle avait eu le plus grand mal à s'échapper. Elle avait dû supplier une voisine pour qu'elle accepte de monter la garde auprès du lit de son père. Evidemment, personne n'acceptait de gaieté de cœur de s'asseoir auprès d'un malade au stade terminal du cancer !

— Bon, d'accord, avait fini par bougonner la voisine, je veux bien venir samedi après-midi à partir de trois heures. Mais jusqu'à huit heures au plus tard ! Après, j'ai mon émission de télé.

Cela ne l'avait pas empêchée d'avoir un mouvement de recul en apercevant dans son lit ce personnage squelettique au seuil de la mort, et en sentant l'odeur dégagée par son corps rongé par la maladie.

— Jésus, Marie, Joseph ! Mais il faut l'emmener d'urgence à l'hôpital ! s'était-elle exclamée.

— Il ne veut pas, avait expliqué Lisa, et je respecte sa volonté. Le médecin est venu ce midi, il lui a fait une piqûre de morphine. En principe, il va dormir calmement.

— J'espère, avait marmonné la voisine, les doigts crispés sur la feuille où était inscrit le numéro du médecin.

Lisa avait filé sans demander son reste, de peur que la brave femme ne déclare forfait.

Elle sonna enfin en priant le ciel pour que Frederica lui réponde. Car elle n'était pas près de pouvoir rééditer son escapade.

L'interphone grésilla.

— Oui ?

— Mademoiselle Hofer ?

— Oui.

— C'est Lisa Heldauer. Est-ce que je peux monter ?

Une hésitation. Un soupir. Puis Frederica finit par répondre :

— D'accord.

Et elle actionna l'ouverture de la porte.

— Elle était très stressée, raconta Frederica, c'est ce qui m'a sauté aux yeux en premier. Parfois, elle regardait autour d'elle comme si elle avait peur. Et ça faisait bizarre, parce que c'était une super nana, grande, mince et tout. Les hommes se retournaient sur elle. Mais elle n'y faisait absolument pas attention.

Cela ne ressemble pas du tout à Anna, se dit Lisa. Anna n'avait jamais été timide, ni peureuse. Et jamais, au grand jamais, elle ne serait restée sans réagir sous les regards masculins. Au contraire. C'était vital pour elle.

— Elle était seule à l'hôtel, et moi aussi, poursuivit Frederica. Et un matin au petit déjeuner, comme il n'y avait plus de place ailleurs, je lui ai demandé si je pouvais m'asseoir à sa table. A partir de là, on s'est mises à sortir ensemble de temps en temps.

— Et c'était où, en Espagne ?

— A Torremolinos. Sur la Costa del Sol.

— Oh... ! souffla Lisa.

La Costa del Sol ! Elle qui en avait toujours rêvé !

Frederica eut un sourire de commisération.

— Torremolinos, c'est l'horreur. Je voulais aller à Marbella, mais c'est trop cher. A Torremolinos, les hôtels sont tous en rangs d'oignons, des vraies cages à lapins, en bord de mer, bien sûr, mais quand n'a pas de bol, on tombe sur une chambre avec vue de l'autre côté, et quand on a encore moins de bol, comme moi, on a vue sur la cour, avec juste un petit coin de ciel bleu. Pendant la journée, on est serrés comme des sardines sur une affreuse plage. Ça ne valait vraiment pas le voyage, croyez-moi.

Elles se faisaient face, l'une sur le canapé du salon, l'autre dans un fauteuil. Frederica était une très jolie jeune femme de trente ans à peine, très mince, de type méditerranéen, brune au teint mat. Elle portait une minijupe en cuir et des chaussures à hauts talons argentés. Lisa en fut subjuguée. Quelle classe ! Elle aussi aurait bien aimé avoir de tels vêtements, mais évidemment elle n'avait pas le budget adéquat. En comparaison, elle était ridicule, avec sa minijupe en stretch et sa chemise blanche !

— Qu'est-ce qu'elle vous a raconté, Anna ? s'enquit-elle. Elle a bien dû vous dire des choses... Ce qu'elle fait, d'où elle vient, comment elle vit...

— Elle n'aimait pas raconter sa vie. C'est moi qui parlais de moi en général. On parlait surtout de... ben oui, de quoi elles parlent, les femmes entre elles ? Des mecs ! C'est seulement petit à petit que j'ai remarqué qu'elle avait fini par tout savoir de moi, mais que moi, je ne savais rien d'elle.

Anna, qui bavardait toujours comme une pie ! Un vrai moulin à paroles !

Lisa ouvrit son sac et en sortit une photo de sa sœur.

— On parle bien de la même, non ? Voilà, c'est elle. A dix-huit ans. Je n'ai pas de photo plus récente.

Frederica examina la photo.

— Oui, c'est elle, confirma-t-elle. C'est elle, j'en suis sûre. Mais quand je l'ai rencontrée, elle était beaucoup plus mince.

— Mais elle est déjà bien mince sur cette photo !

— Oui, mais en Espagne, elle était carrément maigre. D'ailleurs, elle ne mangeait pas beaucoup. Elle disait qu'elle avait un petit estomac et qu'elle avait du mal à digérer.

— Et quand vous lui avez demandé d'où elle venait, est-ce qu'elle...

— Elle a donné le nom de ce bled où vous habitez. Près d'Augsbourg, elle a dit.

— Et comme métier ?

— Pour le coup, elle est restée très vague. Elle a dit qu'elle n'avait pas d'emploi fixe, un boulot ici, un boulot là, mais que depuis la mort de sa mère elle s'occupait de son père, de sa sœur qui était plus jeune et du ménage.

Lisa poussa un cri d'indignation. Alors ça, c'était la meilleure ! Anna ne s'était jamais occupée de rien du tout !

— Je lui ai proposé d'essayer de faire la même chose que moi, poursuivit Frederica. Parce que ça paie très bien et c'est très sympa.

— Et qu'est-ce que vous faites ?

— Je travaille pour une boîte d'escort-service. Vous savez ce que c'est ?

Lisa n'en avait qu'une idée très vague.

— Non, pas vraiment...

— On est payées pour accompagner les mecs dans des endroits où ils n'aiment pas aller tout seuls.

Au lit, pensa Lisa.

— Des hommes seuls, en voyage d'affaires, qui ont envie d'aller dîner, ou au théâtre, dans un bar... n'importe où. Ça passe par une agence. L'agence prend une commission, et nous le reste. Mais à côté de ça, on nous fait des super cadeaux, et il y a les dîners, et le champagne…

Le paradis, se dit Lisa. Plus exactement, ce dont elle avait toujours rêvé.

— Enfin, bon, moi j'ai dit à Anna de poser sa candidature dans mon agence. Elle m'a dit qu'elle allait réfléchir. Mais je n'avais pas l'impression qu'elle m'écoutait vraiment. D'un côté elle n'arrêtait pas de regarder d'un air méfiant ce qui se passait dans les environs, et en même temps c'était comme si elle était plongée dans ses pensées. Je n'arrivais pas à savoir ce qu'elle avait dans la tête.

— Vous lui avez demandé si elle avait quelqu'un dans sa vie ?

— Bien sûr. Mais elle a dit qu'elle n'avait personne. Moi, j'avais du mal à la croire. Une si belle fille… Elle m'a raconté qu'elle avait vécu avec quelqu'un, mais que ça avait cassé.

— Elle a dit qui c'était, cet homme ?

Frederica eut un geste de dénégation.

— Non. Elle n'avait pas l'air de vouloir en parler, alors je n'ai pas insisté. Vous savez, j'ai fini par comprendre qu'elle voulait garder ces choses pour elle, et après, je n'ai plus essayé de savoir.

— Je vois.

Lisa était déçue. Cette Frederica ne lui apprenait pas grand-chose d'intéressant. En fait, elle n'était pas beaucoup plus avancée qu'avant.

— Est-ce qu'Anna vous a dit qu'elle avait vécu en Amérique du Sud ?

Frederica nia. Puis elle jeta un coup d'œil à sa montre.

— Je suis obligée d'arrêter là. J'ai du boulot ce soir, et je dois partir dans une heure. Il faut que je me prépare avant.

Pourtant, tu es parfaite comme ça, lui répondit mentalement Lisa.

Elle se leva.

— Bien, alors je m'en vais. Merci de m'avoir reçue.

— Pas de problème. Malheureusement, je ne peux pas vous être d'un grand secours. Ça me fait vraiment de la peine pour votre sœur.

— Si jamais vous avez un souvenir qui vous revient, vous m'appellerez, s'il vous plaît ?

138

— Comptez sur moi, affirma Frederica.

Mais sa réponse semblait un peu machinale, comme si elle avait déjà décroché de toute cette histoire.

Dehors, Lisa se demanda si elle ne devait pas mettre le commissaire au courant, malgré tout. Elle avait obtenu sa conversation avec Frederica, elle ne pouvait donc plus être doublée par le policier. Et le commissaire s'y prendrait différemment pour interroger la jeune femme, d'une manière qui lui permettrait peut-être de provoquer une réminiscence quelconque.

Sans compter que certains détails pouvaient se révéler intéressants pour la police : Anna avait passé des vacances en Espagne l'hiver précédant sa mort. Elle était nerveuse, elle avait peur, et elle avait menti sur son domicile et ses conditions de vie à une personne rencontrée pendant ses vacances. Cela pourrait renforcer la théorie déjà évoquée par Hülsch : la mort d'Anna pouvait avoir un rapport avec un événement ou une personne de son passé ; ce n'était pas par hasard qu'elle était tombée entre les mains d'un fou l'été précédent, mais il s'était déjà passé quelque chose avant ; une chose qui avait eu pour conséquence de la mettre en danger.

Elle se promit de l'appeler dès le lundi. Frederica la maudirait, mais cela lui était bien égal.

Maintenant, il ne lui restait plus qu'à rentrer rapidement au bercail : elle n'allait pas faire rater son émission à la voisine !

14

Le lac Majeur miroitait devant eux, profond, calme, intact sous le ciel bleu azur illuminé par un soleil éclatant. En été, sa surface lisse serait sillonnée par les engins en tout genre et parsemée d'innombrables points multicolores. Mais en cette saison, il pouvait encore paresser à sa guise et dérouler rêveusement ses vagues, qui venaient mourir sur la rive en clapotant doucement. Tout autour, les montagnes étaient encore étincelantes de neige. Il faisait bon au soleil. Sur les places, les cafés avaient sorti les tables et les chaises et descendu les marquises. Il régnait dans les rues de Locarno une joyeuse animation. Les gens se promenaient sur les rives du lac, flânaient en dégustant des cornets de glace, en achetant des babioles aux marchands ambulants. Les forsythias épanouis se déployaient dans une profusion de fleurs dont le jaune se mêlait au rose vif des magnolias, tandis que les fleurs blanches des cerisiers se balançaient doucement au vent léger.

Leona, qui venait de quitter une Allemagne grise et encore nue, se retrouva plongée dans une vallée alpine paradisiaque, un monde fleuri, léger et gai. Elle se recula au fond de son siège, ferma les yeux et offrit au soleil son visage pâli par l'hiver.

— Comme c'est beau, murmura-t-elle.

Ils étaient installés à une terrasse de café au bord du lac. Ils ne portaient pas de veste et avaient même relevé les manches de leurs pulls. Partis en voiture aux petites heures du matin, ils étaient arrivés à Locarno à quatre heures et demie de l'après-midi, et avaient décidé d'y manger un morceau avant de poursuivre sur Ascona.

Leona avait conduit pendant tout le trajet, mais, à sa surprise, elle n'était pas fatiguée. Au contraire. Le paysage magnifique, le soleil, les couleurs, tout cela l'emplissait de vie, la faisait frémir de plaisir, l'électrisait, lui donnait de la force.

Elle s'émerveilla de l'effet magique du soleil. Le stress et l'épreuve du divorce disparaissaient, relégués dans une autre vie qu'elle avait décidé d'oublier pour dix jours.

Robert, face à elle, souriait. Lui aussi semblait plus détendu depuis qu'ils étaient arrivés.

— Je suis content que ça te plaise, dit-il.

— Que ça me plaise ? Je suis enchantée ! Tu as eu une idée merveilleuse de venir ici. Je m'aperçois maintenant à quel point j'avais besoin de vacances.

— Tes cheveux brillent au soleil. C'est très joli.

— J'espère qu'ils te plaisent mieux maintenant.

— Evidemment. Mais c'est quand ils auront repoussé comme avant qu'ils me plairont le plus. Quand tu ressembleras de nouveau à Lorelei. Et à Raiponce, la fille du conte.

Elle éclata de rire.

— Fais attention ! C'est avec ses longs cheveux que Raiponce a permis à un amant de grimper dans la tour pour venir la rejoindre. Je pourrais très bien avoir la même idée !

Il joignit son rire au sien, gai, insouciant.

— Si tu fais ça, je te tuerai, répondit-il d'une voix douce.

Une mouette cria au-dessus du lac. Deux enfants se disputaient un ballon bruyamment. Un chien courait le long de la rive, faisait le fou en aboyant, plein de vigueur et de joie de vivre.

Leona frissonna et descendit les manches de son pull.

— Il commence à faire frais, dit-elle, viens, on s'en va.

Vingt-cinq minutes plus tard, ils s'arrêtaient devant l'immeuble où habitait Robert. Il était situé assez loin du lac, via Murracio, une longue et large rue bordée essentiellement de maisons neuves. La résidence pouvait abriter une cinquantaine d'appartements. De petits balcons peints en rose ornaient les façades. Elle était un peu triste, avec son crépi écaillé et le palmier poussiéreux qui se dressait dans la cour en se poussant du col vers le soleil. Elle ne correspondait pas exactement aux attentes de Leona, mais celle-ci parvint à cacher cette première déception.

Tu t'imaginais qu'il avait une villa au bord du lac ? se tança-t-elle.

Mais à la vérité, elle ne s'était pas attendue à une chose aussi miteuse vue de l'extérieur.

Une nouvelle surprise l'attendait lorsque Robert ouvrit la porte de son appartement, qui donnait sur l'arrière, c'est-à-dire au nord. Il n'était composé que d'une pièce, d'une minuscule cuisine et d'une salle de bains microscopique et aveugle.

Il régnait à l'intérieur un chaos devant lequel elle eut un involontaire mouvement de recul.

Des piles de livres s'amoncelaient sur le sol. Des cendriers débordants étaient éparpillés un peu partout. Des chaussettes, du linge de corps, des pulls et des serviettes sales gisaient dans tous les coins. Devant la fenêtre, deux plantes en pots totalement desséchées avaient renoncé à leur lutte pour la survie et laissaient pendre leurs feuilles marron, mortes. Dans une cafetière de verre posée sur une table basse, un reste de café vieux de plusieurs mois finissait de moisir à côté d'une succession d'une vingtaine de tasses et de verres. Un morceau de gâteau moisi gisait sur une assiette, recouvert d'une épaisse couche de poussière. Un air vicié rendait l'atmosphère difficilement respirable.

Leona avança en hésitant dans la pièce, écrasant malgré ses précautions tantôt un journal, tantôt une cravate, tantôt une pièce de monnaie, et alla ouvrir la fenêtre, en se penchant très loin pour prendre une bonne inspiration.

— C'est pas possible, murmura-t-elle.

— C'est inhabité depuis le mois de décembre, expliqua Robert, c'est normal que ça sente un peu bizarre.

D'accord, mais normalement, on ne part pas en laissant un tel foutoir ! lui répondit-elle mentalement. Se détournant de la fenêtre – d'où on avait une belle vue sur les montagnes –, elle parcourut à nouveau la pièce d'un œil dégoûté. Elle n'avait jamais été très à cheval sur l'ordre, laissait traîner pas mal de choses et n'était pas une fanatique du chiffon à poussière, mais ça... ! Comment pouvait-on vivre dans un cloaque pareil, comment pouvait-on partir en laissant sa maison dans un tel état ? Si au moins il avait vidé la cafetière et les cendriers !

— Il n'y a qu'une seule pièce ? s'enquit-elle.

Robert acquiesça.

— Quand on range un peu, elle est assez grande. Ça me suffit amplement.

Elle embrassa les lieux du regard.

— Mais... on dort où ?

Robert indiqua l'armoire qui occupait un pan de mur.

— Le soir, on peut la rabattre, et on a un lit à deux places.

— Ah, bien, bien. Et pour suspendre ses vêtements, ranger son linge, ses chaussettes, et tout ça ?

— Je vais te faire voir.

Il lui fit signe de la suivre et elle parcourut la pièce semée d'embûches en sens inverse. Dans la petite entrée, elle vit deux portes de placard blanches surmontant des rangées de tiroirs.

— Voilà, déclara Robert d'un ton triomphal, ici, on peut mettre un tas de choses.

Il ouvrit l'une des portes. Leona aperçut quelques jupes d'été bariolées, des tee-shirts, une veste de tailleur bleu marine. Sur le sol, deux paires de chaussures de femme.

Robert parut un peu embarrassé.

— Oh... je n'y pensais plus... ce sont les affaires d'Inès. J'ai presque tout donné à la Croix-Rouge, mais... je vais les ranger tout de suite !

Et il va les mettre où ? se demanda Leona avec une certaine agressivité.

— Non, ce n'est pas grave, ça ne me dérange pas, dit-elle. Je vais les pousser de côté.

Robert sembla soulagé.

— Bon. Ecoute, je vais descendre chercher nos bagages, et ensuite, on va aller faire un tour au bord du lac, je te montrerai la vieille ville, et...

— Il faudrait peut-être commencer par ranger, tu ne crois pas ?

— On a le temps.

— Ce soir, nous serons peut-être fatigués. Il vaut mieux le faire tout de suite.

Il fit la grimace, pareil à un gamin buté.

— Tu ne vas pas faire ta pimbêche, Leona ! Il fait beau, j'ai envie d'aller prendre un pot au bord du lac, et toi tu veux faire le ménage !

— Comment veux-tu rabattre le lit ce soir, avec ce bazar ! Et c'est franchement... pas très ragoûtant !

Il avança une lippe boudeuse.

— Il ne te plaît pas cet appart, hein ? Tu t'attendais à quelque chose de plus classe, je me trompe ? Un dix-pièces avec terrasse sur le toit ou quelque chose de ce genre ?

— Ne dis pas de bêtises ! Pour l'instant, je ne peux pas te dire si cet appart me plaît ou pas, parce que j'ai l'impression d'avoir atterri dans une décharge. Mais ce n'est pas grave, on va remettre de l'ordre dans tout ça.

Elle avait prononcé la dernière phrase d'un ton apaisant, mais elle vit à son expression qu'elle restait sans effet sur lui. Car elle savait interpréter ce curieux regard fixe qu'elle lui connaissait désormais.

Oh, non, pitié, pensa-t-elle. On ne va pas se disputer dès le premier jour de vacances !

— J'ai une idée, dit-elle d'un ton exagérément gai. Je m'occupe de ranger toute seule. D'ailleurs, ça ira sûrement plus vite. Toi, tu vas faire un tour à Ascona pendant ce temps, et tu viens me prendre pour dîner, d'accord ? Tu as sûrement un restaurant favori où tu aimerais m'emmener le premier soir.

Tu es une pauvre idiote, lui dit une voix intérieure, tu es là à lui faire des mamours, à lui proposer de faire le sale boulot pendant que Monsieur ira se prélasser au soleil. Mais zut, c'est à lui de nettoyer sa porcherie ! Tout ça parce que tu veux à tout prix éviter que ça pète, et du coup tu te conduis en femme soumise et faible !

Mais elle refusait de prêter l'oreille à cette voix. Non, elle ne voulait pas de dispute, le trajet l'avait fatiguée, elle avait envie de prendre une bonne douche, elle avait besoin de calme, et de ranger tout ce bazar pour se sentir bien. Elle avait même envie, comme elle le constata avec surprise, d'être seule un moment.

— Bon, si tu préfères faire la femme de ménage au lieu de visiter Ascona, je ne peux rien pour toi, répondit Robert d'une voix furieuse. Moi, en tout cas, je vais aller boire un verre. Je n'ai jamais eu l'intention de te prendre pour ma bonne, mais si c'est ce que tu veux, je t'en prie, je ne vais pas te contrarier. Mais ne viens pas te plaindre après !

Sur ce, il sortit en claquant la porte. Leona se laissa tomber sur un tabouret bas et enfouit sa tête dans ses mains.

Ah, il commençait bien, leur premier voyage ensemble !

Il était sept heures passées lorsque Leona eut réussi à rendre l'appartement à peu près vivable pour des gens normalement constitués. Elle avait enfoui tous les détritus dans un grand sac qu'elle avait descendu à la poubelle, puis ramassé tout le linge qui traînait, avant de le transporter dans la buanderie située au sous-sol, équipée d'une machine à laver et d'un sèche-linge. Elle était allée emprunter des produits d'entretien à une voisine demeurant au premier et avait lavé une montagne de vaisselle, nettoyé à fond la salle de bains et la cuisine, enlevé une couche de poussière épaisse comme le doigt sur tout le mobilier du séjour. Puis elle était redescendue au premier et avait emprunté un aspirateur à la dame – qui l'avait détaillée avec méfiance – pour constater, à sa grande surprise, que le tapis était d'un bleu éclatant, et non pas gris. Elle avait rabattu le lit, subodorant tout à coup que les draps ne pouvaient pas être propres, et avait failli se sentir mal lorsque l'odeur nauséabonde était venue la frapper au visage.

Il y a des années que les draps n'ont pas été changés ! avait-elle pensé, proche de l'hystérie.

Elle avait mis une deuxième lessive en route pour laver les draps, en espérant pouvoir en disposer pour la nuit grâce au sèche-linge. La pièce était devenue beaucoup plus accueillante, avec un canapé et deux fauteuils où on pouvait s'asseoir et une petite table entourée de quatre chaises dans un angle. Le soleil était en train de se coucher. Par la fenêtre, on voyait au loin s'allumer des lumières à flanc de montagne.

Leona s'assit sur le canapé, étendit ses membres fatigués et alluma une cigarette.

Qui était l'homme avec lequel elle vivait depuis près de trois mois ?

Il était vrai que certains hommes étaient complètement dépassés par toutes les questions domestiques, mais ce n'était pas du tout l'impression que lui avait faite Robert jusqu'alors. A Francfort, il rangeait, nettoyait, lavait tout dans la maison, y compris la caisse des chats. Il faisait la cuisine, arrosait les plantes et il lui arrivait même de faire du repassage.

Tout ça n'a pas tellement d'importance, se morigéna-t-elle. Depuis quand es-tu devenue petite-bourgeoise au point de juger un homme sur ses qualités domestiques ?

Mais le problème n'était pas là, elle le savait parfaitement. La maison qu'elle avait trouvée en arrivant n'était pas simplement en désordre, sale et – inévitablement – poussiéreuse. L'état d'abandon, le chaos qui régnaient lui avaient paru quasiment pervers. L'espace d'un instant, elle avait eu le sentiment de se trouver en face du reflet d'un esprit malade, d'un cerveau dérangé. Elle en avait été choquée, mais maintenant que l'ordre régnait autour d'elle, cette impression commençait à s'effacer.

145

Tu te conduis comme une petite ménagère allemande étriquée, se reprocha-t-elle, sarcastique, dès que tu vois un peu de saleté, tu pètes les plombs.

Non, ce n'est pas ça, lui chuchota une voix intérieure, et tu le sais très bien.

— C'était une belle journée, un beau voyage, dit-elle à haute voix et d'un ton de défi, et je ne vais pas me les laisser gâcher !

Restait tout de même un fait irréfutable : ces derniers temps, elle se retrouvait un peu trop souvent à passer des heures à justifier le comportement de Robert (à enjoliver, rectifia la voix intérieure) jusqu'à ce qu'il corresponde de nouveau à l'idée qu'elle se faisait d'un homme parfait. Jamais cela ne lui était arrivé avec Wolfgang. Ils s'étaient disputés maintes fois, elle avait bien souvent été en colère, indignée, et parfois aussi blessée, mais jamais elle n'avait été réellement choquée par certaines de ses paroles ou certains de ses actes, voire même effrayée. Jamais elle ne l'avait trouvé étrange, opaque ou menaçant. Tout avait toujours été en quelque sorte normal et simple.

Etriqué, justement, se dit-elle.

Non, pas étriqué. Simplement normal. Sain.

C'est alors qu'elle se souvint de la réaction de Caroline.

La veille, elle avait apporté les chats chez ses parents pour les leur confier pendant la durée de ses vacances, et il avait fallu, naturellement, qu'elle tombe sur sa jeune sœur.

— Tu pars vraiment en vacances avec ce mec-là ? s'était exclamée Caroline en haussant les sourcils.

— Oui.

— Tu es complètement folle ! Il faudrait me payer cher pour que je fasse un truc pareil.

— Oh là là ! Juste parce qu'il n'était pas de bon poil ce jour-là !

— Mais regarde-le donc dans les yeux ! Clairement, il a un défaut d'usine, et grave !

Elle ferait mieux de se taire, Caroline, avec les types qu'elle se dégotte ! se dit Leona, assise sur le canapé redevenu présentable, en tirant sur sa cigarette.

Elle entendit alors la porte s'ouvrir et se leva involontairement.

— Robert ?

Il portait un grand bouquet de fleurs de printemps et la regardait d'un air un peu embarrassé.

— Me voilà, Leona...

Elle ne bougea pas, attendant sa réaction.

Il embrassa la pièce du regard.

— C'est incroyable, dit-il, tu as transformé cette maison en un petit bijou !

— N'exagérons rien, j'ai simplement rangé un peu.

Il lui tendit le bouquet, qu'elle prit d'un geste hésitant.

— Je me suis conduit comme un idiot, dit-il, excuse-moi. Ne sois plus fâchée contre moi.

— Je vais mettre les fleurs dans l'eau.

Elle voulut passer devant lui pour se rendre à la cuisine, mais il l'attrapa par le bras.

— Dis-moi d'abord si tu es encore fâchée !

Son haleine était chargée de whisky mais il n'était pas ivre.

— Non, je ne suis plus fâchée. Je suis juste un peu fatiguée.

— Tu es toujours en colère, constata-t-il avec résignation.

Elle se dégagea, se rendit à la cuisine et en revint avec un récipient en plastique dans lequel elle avait placé le bouquet.

— Il y a des moments où je ne te comprends pas, déclarat-elle.

— Ah, Leona, moi aussi, je me demande souvent quelle mouche me pique ! avoua-t-il en se passant la main dans les cheveux dans un geste d'impuissance. Tout à l'heure, j'étais en pétard parce que les choses ne se passaient pas comme je l'avais imaginé. Je n'avais pas envie de faire le ménage, et je n'avais pas envie que tu le fasses. Je...

— Il fallait bien que quelqu'un s'y mette.

— Je m'en rends bien compte maintenant. Je me suis vraiment conduit comme un crétin. Excuse-moi, s'il te plaît. J'espère tellement me faire pardonner avec mon bouquet de fleurs !

Il la regarda d'un air suppliant.

Leona le trouva irrésistible, avec sa mèche brune sur le front, son petit air de chien battu et ses épaules tombantes. Elle mourait d'envie de le prendre dans ses bras, mais elle ne pouvait pas effacer l'épisode sans une conversation préalable.

— Je t'avoue que ce chaos m'a fait peur, dit-elle tout en se trouvant une fois de plus mesquine de revenir sur le sujet malgré les fleurs et les excuses. Ce n'était pas simplement... en désordre, sale. C'était tellement... négligé. Ça dégageait quelque chose qui m'a stupéfiée.

Pour le coup, il ne baissait plus seulement les épaules, mais la tête aussi. Il ne se défendit pas, ne chercha ni excuses ni explications. Il semblait décidé à écouter stoïquement tout ce qu'elle avait à lui dire, à attendre patiemment qu'elle eût fini.

— Ah, oublie tout ça, dit-elle enfin, en lui effleurant le bras d'une caresse légère. Je ne suis plus fâchée. Plus du tout.

Son attitude se modifia instantanément. Il releva la tête, raidit ses épaules. Il redevint l'homme séduisant aux beaux yeux clairs. Il la prit dans ses bras, l'attira contre lui, embrassa ses cheveux.

— Je suis tellement heureux, murmura-t-il, tellement heureux de t'avoir trouvée. Il me tarde que tu sois enfin divorcée et que nous puissions nous marier.

Nous marier, se dit-elle. A cette idée, une peur nouvelle s'insinua soudain en elle. Peut-être tout cela allait-il trop vite.

— Il va me falloir un peu de temps, chuchota-t-elle à son tour, bien que sachant que ce n'était pas le moment de discuter de cela.

Robert ne tint pas compte de sa remarque. Au lieu de répondre, il la serra plus fort en se mettant à caresser lentement son dos. Leona reconnut son souffle, le changement qui s'opérait dans ses yeux et sa voix lorsqu'il avait envie de faire l'amour. D'ordinaire, elle réagissait toujours immédiatement, jamais elle n'avait eu de mal à calquer aussitôt son humeur sur la sienne. Cet homme, du simple point de vue de la sexualité, était exactement celui dont elle avait toujours rêvé. Il lui semblait qu'il avait été conçu uniquement pour elle et personne d'autre.

Cette fois, cela ne fonctionna pas. Il ne lui communiqua pas son excitation. Elle était fatiguée, se sentait lourde, exténuée. Elle n'avait pas la moindre envie de se retrouver couchée avec lui sur le tapis bleu azur.

— On avait dit qu'on irait dîner dehors, dit-elle en essayant de se dégager.

Robert cessa ses caresses mais ne la lâcha pas.

— Tu es toujours fâchée contre moi, répéta-t-il, et Leona se demanda brièvement s'il avait l'intention de lui servir cette phrase pendant le reste des vacances dès lors que les choses ne marcheraient pas comme il le voulait.

— Je ne suis pas fâchée !

— Alors montre-le-moi !

Ses doigts se glissèrent dans son jean. Sa langue vint jouer dans son oreille. Un frisson parcourut l'échine de Leona.

Merde ! se dit-elle.

Il remarqua aussitôt qu'elle n'était plus tout à fait indifférente.

— Tu me veux exactement comme je te veux moi-même, murmura-t-il.

Ils finirent évidemment par atterrir sur le tapis, firent l'amour entre la table basse et le téléviseur, et ce fut aussi complet que d'habitude. Leona, épuisée et comblée, pensa pour la première fois, elle qui ne s'était jamais considérée comme une femme particulièrement sensuelle, que ce pouvait être là une raison de rester avec un homme, cette capacité qu'il possédait de donner à une femme l'impression d'être une amante extraordinaire. Toutes les contrariétés de la journée, devenues irréelles et insignifiantes, s'évaporèrent, repoussées dans le néant.

La pièce était plongée dans l'obscurité depuis un bon moment. Robert se redressa, partit en tâtonnant à la recherche d'un briquet, alluma la bougie que Leona avait posée sur la table. A sa lueur tremblante, son expression semblait douce et vulnérable. Il contempla Leona comme on contemple un objet précieux dont on a du mal à croire qu'on le possède vraiment, et Leona se sentit baigner dans un tel amour qu'elle leva les yeux vers lui avec un sourire dont elle devinait qu'il aurait parfaitement pu convenir à l'héroïne d'un roman à l'eau de rose.

C'est alors qu'elle vit ses traits se modifier brutalement. Toute la chaleur, toute la tendresse s'effaça, laissant la place à un visage déformé qui faisait de lui un étranger... un homme qui lui parut tout à coup menaçant, dangereux.

Pareille à un rapace fondant sur sa proie, sa main fondit sur elle ; une poigne de fer vint entourer douloureusement son poignet droit.

— La bague ! s'écria-t-il, devenu livide. Où est-elle ? Où est-ce que tu as mis la bague, bon Dieu ?

15

Comme tous les dimanches désormais, Lydia prenait son petit déjeuner prolongé en solitaire. Une averse de neige était en train de s'abattre sur les toits d'en face. Nul bourgeon, nul bouton de fleur ne semblait disposé à s'ouvrir. Mais ce n'était pas étonnant, avec ce froid et ce mauvais temps qui s'éternisaient. L'hiver s'attardait-il toujours aussi longtemps ?

Sans doute que oui, se dit Lydia, on oublie, c'est tout. On s'imagine toujours que le printemps arrive avec le mois de mars, mais ce n'est jamais vrai, bien sûr.

Elle avait mis de la musique, un concerto pour piano, avait ouvert le chauffage à fond, s'était fait du café et un œuf à la coque, avait disposé des toasts, du fromage et du jambon sur la table, mais elle restait assise devant toutes ces bonnes choses sans même avoir envie d'y toucher. Non, toute seule, cela ne lui disait rien. Personne avec qui papoter. Personne pour s'extasier devant sa table joliment dressée et décorée d'un bouquet de tulipes. Personne avec qui faire des projets pour passer le reste de la journée.

Il y avait bien longtemps que Lydia avait renoncé à l'espoir de fonder une famille, d'avoir un mari et des enfants. De toute façon, elle était trop vieille maintenant. A cinquante-trois ans, elle ne pouvait plus avoir d'enfants, et quant à un mari...

Le samedi, elle lisait les petites annonces matrimoniales dans le journal. On y trouvait un grand choix d'hommes de son âge, ou même bien plus vieux, cherchant à se caser, des veufs, des divorcés qui en avaient assez d'être seuls. Beaucoup recherchaient des femmes jeunes, bien sûr, mais pas tous. Certains ne rechignaient pas devant une femme de cinquante-trois ans.

Une seule et unique fois, deux ans auparavant, elle avait cédé devant les encouragements d'Eva et répondu à une annonce selon laquelle un monsieur dans la soixantaine souhaitait nouer une relation, mariage non exclu. Elle n'avait que cinquante et un ans à l'époque, et Eva avait considéré que cela ne pourrait que bien se passer.

« Il a neuf ans de plus que toi ! Il pourra s'estimer heureux d'avoir une jeunesse comme toi !

— Mais je suis tellement grosse !

— Il est sans doute beaucoup plus gros. A cet âge-là, ils ont presque tous des ventres énormes. Surtout, n'aie pas de complexes. »

La soirée avait été un échec sur toute la ligne. Le monsieur que Lydia avait retrouvé dans un restaurant très chic n'avait pas la moindre ébauche de ventre et était si bien de sa personne qu'elle en eut presque la parole coupée. Elle passa quatre heures extrêmement pénibles en face de lui, tirant sur sa jupe trop étroite ou sur ses cheveux permanentés du matin même. Elle avait le sentiment que sa tête était surmontée d'un énorme casque de cheveux et de laque si dur qu'il paraissait apte à résister à n'importe quelle tornade. Elle resta muette, se contentant de quelques « oui » et « non », et dans l'impossibilité de se dépêtrer du homard qu'on lui avait servi. Elle n'avait plus revu le monsieur, bien décidée à ne plus jamais se risquer à pareille aventure, même si Eva lui répétait régulièrement qu'il ne fallait pas se laisser décourager par une défaite.

Eva...

Comme elle lui manquait ! Le dimanche, justement, elles prenaient souvent leur petit déjeuner ensemble. Eva, qui était incapable de se faire cuire un œuf, venait chez elle et elles restaient ensuite ensemble, à bavarder pendant des heures. Lydia était contente, même si son amie, au fond, n'avait qu'un unique sujet de conversation, sans cesse ramené sur le tapis : son ex-mari. Ses manquements. Son infidélité.

Parfois, Lydia se demandait si Eva n'avait pas un petit grain, avec son obsession. Mais elle se gardait bien d'émettre le moindre doute sur la réalité des faits, car elle savait instinctivement que si elle jouissait de l'amitié de la jeune femme, c'était uniquement parce que celle-ci trouvait chez elle une oreille compatissante et un soutien sans faille. Eva se cramponnait à elle parce qu'elle était la seule personne encore disposée à l'écouter. Pour rien au monde Lydia n'eût risqué de mettre en jeu cette précieuse amitié, ce dernier rempart contre la solitude.

Le concerto pour piano égrenait doucement ses notes. Dehors, les flocons de neige commençaient à tomber plus dru. La main droite de Lydia jouait avec la carte blanche posée à côté de son assiette. C'était celle de Wolfgang Dorn. Il l'avait priée de l'appeler au cas où il lui reviendrait quelque chose d'important, sans avoir la moindre idée du sentiment délicieux qui l'avait envahie en l'entendant s'exprimer ainsi. Sa phrase avait été le rayon de soleil venu illuminer une journée pluvieuse. Elle était importante ! Un inconnu était venu la voir chez elle, s'était assis sur son canapé, lui avait posé des questions pour obtenir des renseignements. Lui avait demandé de réfléchir.

Elle avait réfléchi. Il ne l'avait pas dit clairement, mais après son départ, elle en avait déduit certaines choses : visiblement, Leona, sa femme, dont il vivait séparé, et Robert Jablonski, le frère d'Eva, étaient ensemble. Robert lui avait demandé le numéro de téléphone de Leona. Leona, avant Noël, lui avait posé quantité de questions sur Robert. Et voilà que celui qui était encore son mari venait la voir et l'interrogeait à son tour... Jaloux, il était jaloux. Lydia connaissait l'odeur de la jalousie, elle ne la connaissait que trop bien grâce à Eva.

Robert et Leona... Lydia soupira. Pourquoi certaines femmes étaient-elles si privilégiées ? Elles rencontraient quelqu'un qu'elles n'auraient jamais dû rencontrer, tout à fait par hasard, et... bingo ! Quelques regards, quelques mots, un sourire, et hop ! Les violons, la romance.

Parfois Lydia se représentait ce qu'on ressentait quand on était désirée par un homme. Etre assise en face de lui à une table et lire dans ses yeux qu'il aimerait bien maintenant, tout de suite... sur la table...

Elle poussa un nouveau soupir. Mieux valait ne pas continuer à y penser. Des femmes comme elle, bien sûr, on ne leur prêtait pas le moindre désir sexuel. Comme si les femmes laides naissaient sans pulsions. Comme si elles n'avaient aucun besoin, en dehors du manger et du boire.

Allez, chasse ces idées noires ! s'ordonna-t-elle.

Le concerto pour piano s'achevait sur un finale éclatant.

Ennuyeuse, popote et moche comme elle l'était, elle s'était quand même rappelé une chose à force de ressasser à propos de Robert et de Leona. Une chose qui n'avait pas arrêté de la turlupiner depuis sa conversation avec Leona...

Mais elle ne pouvait pas appeler Wolfgang Dorn un dimanche. Sa carte ne comportait que son numéro à son bureau, et il ne travaillait sans doute pas. A moins que si ? A la télévision, on travaillait aussi le dimanche. Peut-être que si elle essayait... Si elle l'avait au bout du fil, si ce qu'elle lui apprenait lui semblait important, s'il la félicitait... voilà qui illuminerait cette journée maussade et romprait sa monotonie.

Elle décrocha son téléphone et composa le numéro. Derrière elle mouraient doucement les dernières notes de piano. Wolfgang Dorn répondit immédiatement. Lydia eut du mal à croire en sa chance.

16

Ils étaient assis au soleil sur la piazza, autour d'un verre de vin et de gigantesques coupes glacées. La glace de Leona fondait doucement ; le vert, le marron et le blanc des boules commençaient à se mélanger en donnant une couleur indéfinissable. Leona avait sorti de la coupe le biscuit qu'elle émiettait consciencieusement entre ses doigts, le regard fixe.

— Ta glace est en train de fondre, l'avertit Robert. Tu ferais bien de commencer à la manger.

Leona leva les yeux sur lui.

— Je t'ai dit que je ne voulais pas de glace. Puisque tu l'as commandée quand même, il va falloir que tu la manges toi.

— J'ai déjà mangé la mienne, tu as envie de me faire exploser ?

Elle haussa les épaules. Son regard parcourut la surface bleue du lac qui miroitait. Les rayons de soleil dansaient en étincelant sur les vaguelettes. Il faisait chaud comme en début d'été. Les bourgeons des arbres et des buissons alentour avaient tous éclaté en même temps. Un océan de couleurs s'était déversé sur la vallée.

Dire que nous aurions pu passer des jours merveilleux !... se dit Leona.

Robert qui, avec ses lunettes noires et son tee-shirt blanc, ressemblait à un acteur hollywoodien, se recula au fond de sa chaise et leva théâtralement les mains dans un geste d'impuissance.

— Mea culpa ! Qu'est-ce que tu veux que je fasse de plus ? Tu vas te draper dans ta dignité offensée jusqu'à la fin des vacances ?

— Je ne sais pas si j'ai envie de continuer ces vacances jusqu'au bout, annonça Leona en envoyant valser les miettes du biscuit d'une pichenette.

— Leona, ne le prends pas mal, mais je n'ai jamais connu de femme aussi susceptible que toi. D'accord, je suis peut-être un peu trop impatient quelquefois, ou je monte trop vite au cocotier, mais je te demande à chaque fois de m'excuser et...

— ... et tu m'offres des fleurs ou tu m'obliges à prendre des glaces dont je ne veux pas, compléta Leona. Mais tu ne remarques pas que ces incidents s'accumulent ? Tes colères, tes excuses, mes efforts pour m'expliquer ton comportement et finir par te pardonner... voilà par quoi sont rythmées nos journées, maintenant !

— Tu montes tout en épingle ! Je t'ai dit que je regrettais, et...

— Robert ! l'interrompit-elle en se penchant vers lui pour le transpercer du regard, ton comportement d'hier, c'était un comportement anormal. J'ai beau être compréhensive... mais perdre complètement son sang-froid comme tu l'as fait... ça dépasse l'entendement.

Il l'écouta en faisant impatiemment tourner son verre entre ses mains, puis :

— Perdre son sang-froid... tu peux me dire pourquoi tu dramatises tout comme ça ? Qu'est-ce que j'ai fait de mal ? Je t'ai frappée ? Je t'ai blessée ?

— Non. Mais j'ai cru...

— Tu as cru ! Tu as une imagination bien fertile, Leona, permets-moi de te le dire. Tu passes ton temps à t'imaginer des tas de choses, et après, tu me décris comme une espèce de monstre !

Elle ne répondit pas, reconnaissant avec une colère grandissante la tactique simple avec laquelle il détournait systématiquement les choses à son avantage. Il n'était qu'un « grand garçon » qui réagissait au quart de tour et dépassait parfois un peu les limites, mais auquel on ne pouvait évidemment jamais rien reprocher de sérieux. Elle, en revanche, faisait des histoires pour un oui ou pour un non, déclenchait des tempêtes dans un verre d'eau et jouait perpétuellement les offensées.

Pas cette fois, se dit-elle, cette fois, ça ne passera pas, inutile de chercher à me renvoyer la balle comme d'habitude !

Elle avait cru qu'il allait la tuer.

C'était là le plus grave. C'était là ce qui continuait à lui nouer la gorge quand elle y repensait, en cet endroit ensoleillé au bord du lac. Elle n'avait pas simplement craint qu'il la gifle, même s'il avait levé la main comme s'il s'apprêtait à le faire. Ce qu'elle avait lu dans ses yeux allait au-delà de l'envie pure de lui faire du mal. Elle avait décelé dans son regard la tentation de la soumettre une fois pour toutes, de lui ôter toute volonté propre, y compris sa capacité à respirer. Elle avait vu dans ses yeux qu'il avait envie de la tuer.

Il n'avait éprouvé cet élan que l'espace d'une seconde, mais malgré sa brièveté, Leona savait qu'elle ne s'était pas trompée. Il n'était plus resté qu'un homme en proie à une rage folle, hurlant, qui s'était levé en la relevant en même temps avec brutalité.

— Où est la bague ? Où est la bague ? Où est la bague ?

Il avait répété sa question en la martelant d'un ton saccadé, en rafales de mitraillette.

Leona n'avait pas saisi tout de suite de quelle bague il parlait. Puis elle avait compris qu'il s'agissait de celle qu'il lui avait offerte pendant les vacances de Noël, au bord de l'étang, à Lauberg.

— La bague… elle est sans doute dans la salle de bains. Je l'ai enlevée quand j'ai commencé à faire le ménage.

— On avait bien dit que tu ne l'enlèverais jamais !

— Robert, qu'est-ce qui te prend ?

Il s'était précipité dans la salle de bains, où il avait trouvé par bonheur la bague posée près du lavabo, était revenu dans la pièce où Leona était en train de se rhabiller, les mains tremblantes.

Il avait attrapé sa main droite, lui avait passé de force la bague au doigt.

— Voilà !

Il était livide, la voix vibrante.

— Ne recommence jamais, Leona ! Ne recommence jamais !

Leona n'était pas encore revenue de sa stupéfaction que, déjà, la fureur de Robert avait disparu comme elle était apparue.

Il s'était habillé avec le plus grand calme, s'était lissé les cheveux et lui avait souri.

— Viens, j'ai faim. On va aller au Porto. Tu vas aimer.

Il avait voulu l'attraper par le bras, mais elle avait enfin retrouvé ses esprits. Elle avait eu un mouvement de recul et avait proféré :

— Ne me touche pas ! N'essaie pas de me toucher !

Robert avait semblé déconcerté :

— Qu'est-ce qu'il y a ?

— Et tu poses la question, en plus ? Tu me fais une scène épouvantable, et maintenant tu veux m'emmener dîner comme si rien ne s'était passé ? Et tu me demandes ce qu'il y a ? Tu es devenu complètement fou ?

— J'ai eu peur quand j'ai vu que tu n'avais pas ta bague. Tu aurais pu l'avoir perdue !

— Et alors ? Ça t'aurait donné le droit de faire un tel cirque ? De hurler comme un fou furieux et d'avoir des envies de meurtre ? Mais pour qui tu te prends ?

Enervé, il se mit à se dandiner d'un pied sur l'autre.

— Bon... je te demande de m'excuser. D'accord ? On y va maintenant ? Parce que si on continue à traîner, on ne sera plus servis nulle part.

— Tu peux aller où ça te chante, ce sera sans moi. Je n'ai plus faim. Et laisse-moi encore te dire une bonne chose : je ne veux pas savoir où tu vas dormir cette nuit, mais en tout cas pas ici, avec moi, dans ce lit.

Pour finir, Robert n'était pas allé au restaurant et avait passé la nuit sur le canapé. A en juger par sa respiration régulière, il avait dormi paisiblement. Elle-même n'avait pu fermer l'œil. Les yeux grands ouverts dans l'obscurité, elle avait ruminé pendant des heures, confrontée à l'évidence de l'échec de sa relation avec Robert, échec dont les prémices remontaient à un certain temps.

Elle n'avait pas voulu voir que quelque chose clochait. Elle n'avait pas voulu le voir parce qu'elle n'était pas en mesure d'accepter une seconde défaite si vite après la première. Parce que tout s'était trop bien agencé pour que tout s'écroule à nouveau : Wolfgang l'avait quittée, et, dans son chagrin, Robert lui était tombé du ciel comme un ange salvateur, avait recollé les morceaux de son estime de soi, lui avait redonné toute sa valeur et avait refait d'elle la bonne fille qui agissait comme il se devait après avoir déçu très provisoirement les attentes de ses parents ; celle qui se relevait vite et sans séquelles de ses défaites et les transformait en succès. Elle s'était cramponnée à lui de toutes les fibres de son moi et avait rejeté tous les signaux d'avertissement qu'il lui envoyait à son corps défendant. Sa longue disparition inexpliquée en décembre. La simplicité (le culot, disait-elle maintenant) avec laquelle il s'était installé chez elle et s'était laissé entretenir. Sa réaction furieuse au café dans lequel elle l'avait rencontré, le jour où Caroline était venue la retrouver. L'immonde taudis où il vivait à Ascona, qu'il l'avait laissée nettoyer toute seule, pendant qu'il prenait le large, en proie à une colère noire, pour changer. Et, cerise sur le gâteau, la scène pour la bague. L'envie de meurtre dans ses yeux...

L'envie de meurtre ? Vraiment ?

Attends, tu ne vas pas recommencer à nier l'évidence, dit-elle à son cerveau qui se refusait à accepter l'idée que ce puissant sentiment de danger était réaliste.

Non, l'envie de meurtre, c'était trop dramatique. L'envie de meurtre, c'était exagéré, hystérique.

Il est coléreux, mais ce n'est pas un assassin, lui disait son cerveau.

Et pourtant, son instinct lui soufflait autre chose.

En ce dimanche après-midi, sur la piazza du bord du lac, il la convainquit de rester et de lui donner une dernière, une toute dernière chance. Tandis que la glace fondait irrémédiablement et que le vin réchauffait dans leurs verres, devenait imbuvable, il s'expliqua, mendia, la conjura, la supplia.

Une semaine ! Rien que cette semaine de vacances de printemps dans le Tessin pour laquelle ils s'étaient tant réjouis. Il mettrait son pays à ses pieds, lui montrerait tout ce qui appartenait à sa vie, à son enfance.

— J'avais envie de marcher dans le val Maggia avec toi, comme je le faisais autrefois. Te montrer notre vieille maison de Ronco. Tu avais aussi l'intention d'aller sur la tombe de Remarque, tu te souviens, et d'y déposer une rose. Nous devions aussi aller à Lugano, et ensuite longer le lac jusqu'en Italie...

Ses yeux étaient chaleureux, pleins de lumière. Elle pensa à la douceur de ses lèvres sur sa peau, la veille au soir.

Pourquoi, espèce d'idiote, penses-tu à ça, au lieu de penser à ce qui s'est passé après ? se demanda-t-elle avec colère.

Elle se méprisa d'avoir cédé à ses supplications et de lui avoir accordé cette semaine. Elle savait bien que tout était fini entre eux. Et sans doute Robert le savait-il aussi.

17

— Je ne suis pas superstitieuse, affirma la vieille dame, mais quand je peux l'éviter, je ne descends jamais un vendredi treize dans la rue. On ne sait jamais, pas vrai ? Donc je ne suis pas sortie de chez moi aujourd'hui.

— Je ne crois pas à ces histoires de vendredi treize, répondit Leona, mais si j'y croyais, je ne me sentirais pas plus rassurée chez moi. Le malheur peut arriver partout, s'il doit arriver, non ?

— Pas chez moi ! s'entêta la vieille dame.

— Bon, en tout cas, il a fait trop beau aujourd'hui pour rester enfermé, reprit Leona. Nous avons fait une randonnée à partir de Locarno. Nous sommes allés d'abord jusqu'à Madonna del Sasso, et après, nous avons continué à monter assez haut. On avait une vue magnifique sur le lac.

— Moi aussi, je partais souvent en randonnée avec mon mari, autrefois, renchérit la voisine. Nous habitions dans le nord de l'Allemagne, et nous venions chaque année passer nos vacances à Ascona. Quand mon mari a pris sa retraite, nous avons acheté cet appartement. Et après sa mort, je suis restée ici pour de bon. Que voulez-vous que je fasse dans le nord ? Mes vieux os ont besoin de soleil.

Elle poussa un profond soupir, puis :

— Eh oui, on ne rajeunit pas…

Elle recula alors d'un pas et proposa :

— Vous ne voulez pas entrer une seconde ?

— Non, merci, répondit rapidement Leona. Robert m'attend.

Pour la remercier de l'avoir dépannée le premier jour, elle avait apporté un bouquet de fleurs à la dame du premier. Robert avait trouvé ce geste superflu, mais Leona avait insisté. Et maintenant, cette pauvre dame solitaire – et il en existe tellement, des dames solitaires, se dit Leona en pensant à Lydia – ne voulait plus la laisser partir.

— Allez, venez, rien qu'un petit sherry ! Ce n'est pas souvent que j'ai des visites. Mon Dieu, ce bouquet est vraiment magnifique. Il faut que j'aille le mettre dans l'eau !

Leona la suivit de mauvaise grâce dans le salon. L'appartement était beaucoup plus vaste, beaucoup plus beau que celui de Robert. Les pièces étaient orientées au sud et à l'ouest et s'ouvraient sur deux grands balcons. La lumière rose du crépuscule entrait par les hautes fenêtres. Même si l'ordre impeccable qui régnait lui donnait un aspect un peu froid, son logis était beaucoup plus accueillant que l'antre sombre de Robert.

Son hôtesse s'était occupée des fleurs et revenait à présent avec les verres de sherry.

— Voilà. Je suis contente de faire plus ample connaissance. Je m'appelle Emilie, mais je n'aime pas qu'on m'appelle comme ça. Appelez-moi Millie. Nous allons nous voir souvent maintenant, non ? Est-ce que vous allez venir vous installer ici avec M. Jablonski, ou est-ce que vous viendrez de temps en temps seulement ?

Ni l'un ni l'autre, lui répondit Leona en pensée, presque effrayée de la spontanéité de cette réaction. Elle s'était donné du

159

mal pendant toute la semaine, et Robert s'était conduit de manière irréprochable, il fallait le reconnaître.

Ils avaient passé des moments agréables sur la piazza du bord du lac, étaient allés visiter Lugano, s'étaient rendus dans un village de pêcheurs par un chemin rocailleux. Là, ils s'étaient installés sur une terrasse ensoleillée au bord de l'eau, autour d'un plat de spaghettis et d'une bouteille de vin.

Ils avaient également entrepris une longue randonnée dans le val Maggia, où Leona s'était amusée en donnant à manger aux chèvres et aux moutons. Pourtant, elle n'avait pu se départir pendant tout ce temps d'un léger sentiment de crainte devant la solitude des villages de montagne suisses. Aux côtés de Robert, elle ne se sentait plus à l'aise, à présent, plus en sécurité. Pour quelle raison ?

Ils avaient fait une halte près d'une petite chapelle, dans cette vallée plongée dans l'ombre des montagnes, où il faisait beaucoup plus frais qu'au bord du lac.

Leona, assise dans l'herbe, avait soudain senti les yeux de Robert fixés sur elle avec une telle intensité que son cou puis tout son corps s'étaient couverts de chair de poule. Elle s'était retournée d'un mouvement vif, terrorisée à l'idée de retrouver dans son regard la haine qui lui avait fait si peur le premier soir, à Ascona. Mais elle n'y avait vu aucune haine, nulle envie de meurtre (en réalité, elle employait les termes « envie de meurtre » par dérision, en s'accusant d'avoir une imagination débridée), non, elle n'avait décelé que du chagrin et de la tendresse dans les traits de Robert. Il souriait, d'un sourire sans joie, trahissant la solitude et la résignation.

— Je t'aime tellement, Leona, avait-il dit, plus que ma vie, tu sais. J'ai horriblement peur que tu me quittes.

— Moi aussi, je t'aime, avait-elle répondu, malheureuse et mal à l'aise.

Quelque part, c'était la vérité, et en même temps, ce n'était pas vrai. Elle l'aimait encore, parce que l'amour ne partait pas si vite, parce qu'il lui fallait du temps pour se lever, s'en aller et fermer définitivement la porte. Cependant, elle n'était plus habitée par l'amour. Elle était devenue méfiante, se sentait fatiguée, meurtrie. Une fleur à la tige cassée qui conservait encore sa corolle pendant quelque temps, mais laissait pendre ses feuilles et mourait à petit feu.

Il avait dodeliné de la tête, l'air peiné.

— Tu vas me quitter.

— N'en parlons pas maintenant. Profitons de cette semaine.

— Tu crois que nous avons encore une chance ?

Elle lui avait répondu par une banalité :

— On a toujours une chance.

Mais qu'eût-elle pu dire d'autre ? Elle n'allait pas courir le risque de provoquer une crise de rage dans cet endroit isolé. Elle s'était levée.

— Viens, on continue.

Il s'était levé à son tour.

— Tu as peur de moi, avait-il déclaré.

Elle n'avait pas répondu.

Il y a des choses qui clochent, pensait-elle, installée dans le joli salon de Millie, un verre de sherry à la main. Cette pièce immonde dans laquelle il croupissait... Il lui avait montré la maison de ses parents à Ronco, deux jours auparavant. La propriété était ceinte d'un mur, ce qui les avait empêchés d'aller y voir de près. Malgré tout, Leona avait eu un aperçu du jardin en terrasse, de l'eau bleue scintillante de la piscine, de la villa de grès aux volets d'un vert lumineux, des balcons ornés de fleurs, des bancs et des fauteuils installés de manière à avoir vue sur tout le lac. Robert et Eva avaient hérité de tout cela et l'avaient vendu. Il aurait dû se trouver à la tête d'un beau pactole. Où était passé l'argent ? Pourquoi se terrait-il dans ce trou sans lumière, dans cette résidence décrépite ? Avec ses traductions, il gagnait tout juste de quoi survivre.

Au cours de la semaine, jouant les grands seigneurs, il l'avait invitée à deux reprises à dîner. Chaque fois, au moment de l'addition, il avait constaté qu'il n'avait pas assez d'argent sur lui.

— Nous acceptons les cartes de crédit, avait signalé la serveuse de ce restaurant chic où il l'avait emmenée, du ton légèrement méfiant de quelqu'un qui craint de devoir se battre pour se faire payer.

— Je refuse l'argent en plastique, avait décrété Robert, je n'ai pas de carte de crédit, je n'en ai jamais eu et je n'en aurai jamais.

Les accents de leur langue avaient attiré l'attention de la table voisine occupée par des Allemands, dont la conversation tarit aussitôt et qui tendirent l'oreille afin de ne pas perdre une miette de l'échange.

— Ça, c'est votre affaire, avait rétorqué impatiemment la jeune femme qui présentait la note, l'essentiel, c'est d'avoir un moyen de paiement.

Leona en était presque morte d'embarras.

— Je m'en charge, avait-elle déclaré en sortant hâtivement sa carte de crédit.

Robert avait passé tout le trajet du retour à se plaindre de la hausse des prix.

— Je pensais vraiment avoir pris suffisamment d'argent. Il n'était pas aussi cher, avant, ce restau. Ah, il ne s'embête pas, le patron, tu ne trouves pas ?

— Non, c'est un prix normal.

— Qu'est-ce qui est normal de nos jours ? Tu n'as qu'à voir ! On t'apporte une petite assiette de pâtes avec un vin qui te colle une migraine et on t'extorque une somme astrSonomique. Et tu as vu comment elle m'a traité, la serveuse ? Comme si j'étais un asocial parce que je n'ai pas de carte de crédit ! Comme si...

Leona avait cessé de marcher pour mieux le regarder. Sur l'étroit chemin de campagne qu'ils empruntaient pour regagner la résidence, il faisait si sombre qu'elle distinguait à peine le visage de son compagnon.

— Robert, arrête, s'il te plaît ! Le repas était délicieux et le vin aussi. Les prix étaient tout à fait corrects. La serveuse n'a pas été désagréable, elle a simplement eu un petit coup de stress quand elle a cru qu'elle ne pourrait pas encaisser sa note. C'est toi qui aurais dû prévoir plus large.

— Je n'avais pas plus de liquide à la maison.

— Ce n'est pas grave. Ça peut arriver à tout le monde. Mais ce n'est pas la peine de rejeter systématiquement la faute sur les autres.

— Ah, d'accord. Tu veux dire que c'est uniquement de ma faute à moi ?

— Ce n'est de la faute de personne. Je viens de te dire que ça peut arriver. Mais...

Elle avait hésité à poursuivre.

— Oui ?

— Je ne comprends pas bien pourquoi tu es à court d'argent. Cette superbe maison de Ronco a dû te rapporter pas mal. Normalement, tu devrais être très à l'aise, même en ayant partagé avec Eva. Tu ne peux pas avoir tout dépensé !

— Pour moi, l'argent n'a jamais compté.

C'était une réponse tout à fait typique. Une fois de plus, il avait essayé de noyer le poisson.

— D'accord, mais il est bien quelque part. A moins que tu n'aies tout légué à la Croix-Rouge ?

— Non, mais il y a quinze ans que j'ai vendu la maison. Tu t'imagines bien que je n'ai pas gardé l'argent sous mon matelas ! J'en ai vécu. J'ai voyagé, je me suis payé de beaux hôtels, j'ai fait des cadeaux à ma copine... Je ne suis pas du genre à acheter des actions ou à faire de grands investissements. Quand j'ai du fric, je le dépense. Quand je n'en ai pas...

Il avait levé les bras dans un geste d'indifférence que Leona avait deviné plus qu'elle ne l'avait vu.

Avant, avait-elle pensé, j'aurais mis ça sur le compte de sa veine artistique. Mais aujourd'hui, bizarrement, ça me met en rogne. Je ne supporte plus qu'on fiche son argent en l'air aussi bêtement.

S'arrachant à ses pensées, elle revint à l'instant présent et remarqua que son hôtesse la regardait, l'air d'attendre une réponse. Elle devait avoir posé une question... Ah oui, elle lui avait demandé si elle allait s'installer pour de bon avec Robert au lac Majeur.

— J'exerce mon métier à Francfort, expliqua-t-elle, je vais donc rester là-bas.

Millie la dévisagea avec curiosité. Leona voyait bien que toute une série d'autres questions se bousculaient sur ses lèvres.

— Je n'ai pas envie d'être indiscrète, dit-elle effectivement, mais dès le premier jour, quand vous êtes venue m'emprunter les produits d'entretien, j'ai été très étonnée. Vous êtes... vous n'êtes pas du tout comme celle qui était avant vous.

Mieux valait faire dévier la conversation, ne pas se laisser entraîner au jeu des questions-réponses avec cette femme simple. Malgré tout, Millie n'était pas la seule à chercher à obtenir des renseignements... Elle-même avait besoin d'y voir un peu plus clair dans ce brouillard qu'était la vie de Robert.

Aussi demanda-t-elle d'un ton léger :

— Et elle était comment, celle qui était avant moi ?

Son interlocutrice réfléchit brièvement avant de répondre :

— Une vraie petite souris, quelqu'un de très timide. Elle ouvrait toujours de grands yeux et elle parlait à peine. Je la trouvais spéciale.

— Ils sont restés longtemps ensemble, non ?

— Oui, bien cinq ans. Au début, elle avait l'air beaucoup mieux. Mais plus le temps passait, plus elle semblait vouloir se cacher.

La brave femme arbora une mine attristée. Puis elle poursuivit :

— A la fin, elle me faisait carrément pitié. Elle n'avait rien à voir avec vous. Vous, vous êtes quelqu'un de fort, vous avez l'air sûre de vous. Bon sang, me suis-je dit quand vous êtes venue me trouver le premier soir, en voilà une qui est énergique ! Une qui prend les choses en main ! Et ça m'a étonnée que vous ne soyez pas repartie tout de suite. Je suis montée un jour pour inviter M. Jablonski et son amie à prendre le thé. C'est elle qui a ouvert, et elle a eu tellement peur qu'elle a à peine été capable de sortir un mot. Alors j'ai jeté un œil à l'intérieur, et quand j'ai vu, j'en ai eu des frissons. Il y avait du linge sale partout, la vaisselle avec les restes desséchés dedans... J'ai été tellement retournée que je ne me suis même pas souvenue pourquoi j'étais montée. J'ai marmonné quelque chose et je suis redescendue. C'était bien la première fois que je voyais une chose pareille.

Leona ne voulut pas abonder dans son sens, car, officiellement, elle était toujours l'amie de Robert. Mais elle ne comprenait que trop bien ce qu'avait ressenti la brave femme. Cela correspondait à son propre effroi et à sa propre incrédulité.

Elle termina son verre. Finalement, elle n'avait rien appris de véritablement important.

— Merci pour le sherry, Millie. Il faut que je monte, maintenant. Robert se demande sûrement où je suis.

Millie la raccompagna à la porte.

— Vous savez ce qu'elle est devenue ? s'enquit-elle.

— Qui ?

— Ben, sa copine. Ou sa compagne.

Leona s'arrêta et dévisagea Millie.

— Elle s'est noyée dans le lac. En faisant de la voile. Il y a deux ans environ.

Millie la dévisagea à son tour.

— Quoi ?

— Elle s'est noyée en faisant de la voile, répéta Leona, tout en remarquant que la chair de poule se propageait lentement sur tout à corps. Vous n'étiez pas au courant ?

Millie respira profondément.

— C'est ce qu'il vous a raconté ? s'écria-t-elle. Ah bon, c'est ça qu'il vous a raconté ?

Wolfgang avait espéré que ce serait Olivia ou Caroline qui décrocherait. Sans doute ne tenaient-elles pas particulièrement à lui parler, maintenant qu'il avait laissé tomber leur sœur, mais il était prêt à les affronter de préférence à celle qui était encore sa belle-mère. Certes, l'idéal eût été de ne pas appeler à Lauberg, mais il n'avait pas vu d'autre solution.

En entendant la voix aimable d'Elisabeth, il résista à l'envie de raccrocher.

Mais, se jetant à l'eau, il dit son nom... et attendit stoïquement les reproches qui ne manqueraient pas de pleuvoir et qu'il avait d'ailleurs mérités. Il s'était conduit de façon inqualifiable en ne donnant plus signe de vie à cette famille qui avait été la sienne pendant treize années.

Mais c'était mal connaître Elisabeth.

— Wolfgang ! Que c'est gentil d'appeler ! s'écria-t-elle sans la moindre trace d'ironie. Comment ça va ?

— Bien, merci. C'est-à-dire...

Il hésita, puis décida d'en venir tout de suite au fait.

— Non, ça ne va pas très bien. Je m'inquiète pour Leona.

— Pour Leona ? Pourquoi donc ?

Comme elle est gentille, se dit Wolfgang, elle pourrait très bien m'envoyer quelques remarques bien senties à la figure, mais non...

— C'est à cause de son soupirant, ce type bizarre, ce Robert...
il ne me fait pas bonne impression.

Elisabeth sembla surprise.

— Ah bon ? Je trouve que c'est un jeune homme charmant.
Nous avons fait sa connaissance à Noël.

— Il y a des choses qui ne vont pas... ou plus exactement, des
choses pas claires, qui me tracassent. Je sais que Leona est à
Ascona avec lui en ce moment. Je lui avais fortement déconseillé
de partir.

Elisabeth se permit alors de le remettre gentiment à sa place.

— Wolfgang, maintenant, Leona décide seule de partir, et
avec qui elle veut. Ça ne te regarde plus.

— Je sais. Bien sûr. Loin de moi l'idée de me mêler de la vie
de Leona ! C'est simplement que... j'ai quelque chose d'important à lui faire savoir. Sa collègue ne veut pas me donner son
numéro, parce que je ne fais pas partie de la liste de ceux à qui
elle peut le communiquer. J'ai voulu l'obtenir par les renseignements internationaux, mais le type est sur liste rouge. Alors j'ai
pensé...

Il patienta un instant, mais Elisabeth ne répondit pas.

— Tu as bien son numéro ? demanda-t-il d'une voix
suppliante.

Elisabeth hésitait. Elle était trop bien élevée pour envoyer promener son gendre, mais sa loyauté allait évidemment à sa fille au
premier chef.

— Oui, je l'ai, répondit-elle avec honnêteté, mais je ne sais
pas...

— Il s'agit vraiment d'une information qu'il faut absolument lui faire passer, insista Wolfgang. Je n'ai pas l'intention
de l'ennuyer ni de gâcher ses vacances. J'ai juste une chose à
lui dire. Ça prendra deux minutes, et après je lui fiche la paix.

— Si tu as l'intention de dire quelque chose de désagréable
sur Robert, tu lui gâcheras inévitablement ses vacances !

Non, malheureusement, se dit-il, parce que, comme d'habitude, elle mettra ça sur le compte de ma jalousie. Mais il faut
que j'essaie, il faut au moins que j'essaie !

Sans tenir compte de l'objection de sa belle-mère, il la pressa :

166

— S'il te plaît, Elisabeth. Je ne te mettrais pas dans cette situation si je ne pensais pas que c'est très important.

Il sentit qu'à l'autre bout de la ligne la résistance faiblissait, puis lâchait.

— Très bien, Wolfgang. Je ne pense pas que tu veuilles profiter de la situation. Tu as de quoi écrire ?

— Oui, bien sûr.

Il nota le numéro qu'elle lui dictait.

Avant de raccrocher, elle dit d'un ton triste :

— Je regrette vraiment beaucoup que vous vous soyez séparés. J'aimerais tant que vous réfléchissiez encore à la question...

Il marmonna quelques paroles évasives et raccrocha après l'avoir remerciée.

Il resta un instant près du téléphone et se dit que cette séparation l'attristait lui aussi. Certes, c'était lui qui l'avait provoquée, et il avait cru à l'époque que c'était la seule solution, mais ce n'était pas une consolation. Le problème était de savoir si, en dehors de la tristesse, il partageait le souhait d'Elisabeth. Son souhait de les voir reconsidérer la question.

Mais ce n'était pas le moment de réfléchir à cela !

Il sortit dans le couloir. A sa surprise, Nicole était là, devant la penderie, en train d'enlever son manteau. Ses joues étaient un peu rougies.

— Tu es déjà rentrée ? s'étonna-t-il.

Il se dirigea vers elle et l'embrassa. Elle tourna la tête, de sorte que ses lèvres touchèrent son oreille au lieu de sa bouche.

— Je suis partie plus tôt, expliqua-t-elle, j'ai mal à la tête.

— Oh, c'est embêtant. Tu veux aller t'étendre ? Tu veux que je te fasse du thé ?

Il la suivit dans la cuisine en se faisant l'effet d'un petit chien qui trottine derrière sa maîtresse en remuant la queue parce qu'il a fait une bêtise et veut le cacher.

Nicole jeta son sac dans un coin et se laissa tomber sur une chaise.

— Oui, un thé bien chaud, c'est exactement ce qu'il me faut, mais tu as un coup de fil urgent à passer. Tu dois sûrement bouillir d'impatience.

Et vlan ! se dit-il.

— Ce n'est pas pressé, marmotta-t-il en mettant hâtivement de l'eau à chauffer.

Nicole le dévisagea quelque temps en silence, puis déclara :

— Je suis désolée d'avoir écouté ta conversation. Je n'en avais pas l'intention, mais quand je suis entrée, le premier mot que j'ai entendu a été Leona, une fois de plus. Alors j'ai écouté le reste.

Wolfgang, ne sachant que répondre, s'abstint de commentaire.

— J'ai compris une chose, là, dans le couloir, poursuivit Nicole, ou plus exactement, j'ai fini par admettre ce que je savais depuis longtemps : en fait, ce n'est pas fini entre toi et Leona. Et sans doute que ça ne finira jamais. Ce qui t'a éloigné d'elle il y a un an, et qui t'a amené vers moi, ça n'a rien à voir avec l'amour. Ni avec un amour éteint pour elle, ni avec un amour naissant pour moi.

Il ouvrit la bouche pour protester, mais la referma immédiatement. Tout ce qu'il dirait serait un mensonge.

— C'était tout simplement le démon de midi avec un peu d'avance, mon chéri, persifla Nicole, dont le visage était devenu très pâle. Tu es parti pour partir, et pas parce que tu as soudain découvert en moi le grand amour de ta vie. Sans doute qu'entre toi et Leona, ça manquait de sel après toutes ces années, ou que tu avais l'impression de devoir rattraper les occasions que tu avais manquées dans ta jeunesse. Mais en fait, tu n'arrives pas à t'en détacher. Quand tu t'occupes d'elle au nom de l'attention et de la responsabilité, c'est en réalité au nom de l'amour. Tu aimes Leona, et tu devrais être assez honnête vis-à-vis de toi-même et de moi pour arrêter de te jouer la comédie.

— Nicole...

— Ce n'était pas tellement ce que tu disais tout à l'heure au téléphone, mais la façon dont tu le disais. Ta voix... jamais je ne t'ai entendu prendre un ton suppliant comme quand tu as demandé cette saloperie de numéro de téléphone. Comme si ta vie en dépendait. Et quelque part, c'est bien ça, non ? Tout ton avenir est suspendu au fait que tu réussisses à persuader Leona de se débarrasser de ce type, pour pouvoir la reconquérir.

168

Il restait planté au milieu de la cuisine, les épaules affaissées, les bras ballants. Il n'y avait rien à répondre. Chacun des mots prononcés correspondait à la vérité.

Nicole se leva et versa elle-même l'eau bouillante sur les feuilles de thé.

— J'aimerais bien que tu cesses d'habiter chez moi, dit-elle, en tout cas tant que tu ne sais pas ce que tu veux. Au cas où tu ne le saurais pas déjà.

Il acquiesça d'un signe de tête.

— Tu veux que je parte tout de suite ?

Elle sourit.

— Cherche-toi un appartement. Tu peux rester ici jusque-là.

— Je suis vraiment désolé, murmura Wolfgang.

Nicole remua son thé avec tant de vigueur que le liquide déborda.

— Quel est le problème, au fait ? demanda-t-elle d'un ton léger.

— Quel problème ?

— Eh bien... pourquoi veux-tu absolument joindre Leona ? De quoi s'agit-il ?

Il ne fut que trop heureux de pouvoir s'en ouvrir à quelqu'un.

— Peut-être que ce n'est pas très important, expliqua-t-il, mais Lydia m'a appelé dimanche dernier pour m'apprendre quelque chose de bizarre. Tu sais, c'est l'amie de la suicidée. Leona lui a raconté que Jablonski lui avait dit que sa petite amie s'était noyée il y a deux ans, au printemps, pendant une partie de voile au lac Majeur. Ça a chiffonné Lydia, mais elle n'arrivait pas à trouver pourquoi. Ça lui est revenu depuis : elle est absolument sûre d'avoir vu la copine de Jablonski en novembre de la même année, quand ils sont venus chez la sœur de Jablonski. La copine ne peut pas être morte depuis deux ans !

— Peut-être que l'un des deux se trompe de date, suggéra Nicole.

Wolfgang repoussa la suggestion :

— Lydia a bien réfléchi, elle est sûre de ne pas s'être trompée. Quant à Jablonski... je t'en prie ! Quand on perd sa compagne, et d'une façon aussi terrible qui plus est, on ne se trompe pas de date. C'est quelque chose qu'on garde en tête jusqu'à la fin de

ses jours. On ne se trompe pas d'un an, tout de même !
D'autant plus que l'affaire ne remonte pas à vingt ans ! Non, il y
a quelque chose de bizarre là-dessous. J'ai réfléchi pendant toute
la semaine pour savoir si je devais m'en mêler et le dire à Leona.
Nicole, ce type a quelque chose de pourri, je le sens à plein nez.
Je cherche à obtenir le numéro de téléphone depuis hier. Je crois
que je devrais appeler.

Nicole s'était servi son thé dans une grande tasse qu'elle tenait
à deux mains, comme si elle avait besoin de se réchauffer. Elle
eut un sourire triste.

— Allez, vas-y, appelle Leona. Tout de suite. Si tu as de la
chance, elle te sera tellement reconnaissante plus tard qu'elle te
pardonnera tout le reste.

Le téléphone était en train de sonner quand Leona ouvrit la
porte de l'appartement.

— J'y vais ! cria Robert depuis la cuisine.

Mais Leona l'arrêta d'une voix tranchante :

— Non, laisse sonner. Nous avons des choses à discuter.

— Ah bon ? On devait aller faire une balade au bord du lac et
dîner dehors.

— Je ne sais pas si j'en ai encore envie.

Il vint la rejoindre dans la minuscule entrée en s'essuyant les
mains sur un torchon. Il venait de prendre une douche, à en
juger par le drap de bain qu'il portait autour des hanches et à ses
cheveux humides.

— Je suis prêt dans deux minutes. Qu'est-ce que tu as
fabriqué chez la vieille pendant tout ce temps ?

— On a bavardé. J'ai appris quelque chose d'assez intéressant.

— Ah oui ?

Il l'examina de plus près et eut une grimace de consternation.

— Mais c'est que tu es vraiment en colère !

Cette remarque suffit à faire exploser Leona.

— Tu peux m'expliquer comment tu as pu me mentir de cette
façon ? hurla-t-elle. Qu'est-ce qui t'a pris de me raconter cette
histoire abracadabrante en t'imaginant que je ne découvrirais
jamais la vérité ?

— Quoi donc ?

— Ton amie, celle que tu as gardée pendant tant d'années ! Cette amie qui s'est si tragiquement noyée dans le lac Majeur ! Tu veux que je te dise ce que Millie vient de me raconter ? Il n'y a pas eu d'accident ! Elle n'est pas morte du tout ! Elle t'a quitté purement et simplement ! En décembre, il y a un an et trois mois. Elle a fait ses paquets et elle a foutu le camp après une scène où vous avez fait tellement de bruit que Millie a cru que vous étiez en train de vous entretuer ! Et ensuite, elle a entendu la porte claquer, et voilà ! La fille était partie !

Robert la regardait fixement. La peau, autour de son nez, avait pris une teinte jaunâtre.

— Leona...

— C'est de la perversité, Robert ! Me monter un bobard pareil ! Noyée ! Je veux bien comprendre que tu n'aies pas eu le cœur d'avouer qu'elle t'avait plaqué, même si tu n'avais pas à te gêner avec moi, puisque mon mari a foutu le camp avec une maîtresse ! Mais si tu as estimé qu'il valait mieux arranger un peu cette histoire, pourquoi, bon Dieu, ne m'as-tu pas raconté que c'était toi qui l'avais quittée ? Ou que vous vous étiez quittés d'un commun accord, ou je ne sais quoi ? Pourquoi cette histoire terrible, cette histoire de noyade ? Pourquoi ?

Il haussa les épaules.

— Je ne sais pas.

— « Je ne sais pas », c'est un peu court, tu ne trouves pas ?

Une ride verticale se dessina sur le front de Robert.

— Tu es obligée de saisir ce prétexte pour déclencher une dispute ?

— Quoi ?... Tu prends ça pour une broutille ? riposta Leona, estomaquée.

Le téléphone se remit à sonner.

— Eh bien ça, c'est la meilleure ! s'exclama Robert. Tu préfères croire cette Millie dès qu'elle ouvre la bouche pour me débiner !

— Alors dis-moi la vérité. Est-ce que c'est Millie qui a menti, ou toi ?

Gagné à son tour par la colère, Robert se mit à tourner en rond dans l'entrée comme un ours en cage, lançant des imprécations contre la voisine, cette vieille folle, cette commère qui n'avait rien de mieux à faire que de fourrer son nez dans les affaires des autres.

— Est-ce que ça la regarde ? Tu peux me dire en quoi ça la regarde ?

Leona, très calme à présent, répondit :

— Moi, ça me regarde. Je veux connaître la vérité. Millie n'a pas menti, hein ? Ta copine est toujours vivante. Elle t'a quitté il n'y a même pas un an et demi.

Il s'arrêta enfin de tourner en rond. Il tremblait de tous ses membres.

— Oui, dit-il d'une voix sourde, c'est vrai.

— Pourquoi ? Dis-moi, pourquoi, pourquoi ?

— Pourquoi elle m'a quitté ? Eh bien…

— Non. Pourquoi m'as-tu raconté cette histoire horrible ? Je ne comprends pas.

Il entama alors une longue diatribe, s'embourba dans ses phrases, recommença du début, débita des mots sans suite.

Leona en conclut qu'il n'y avait pas d'explication plausible à son mensonge.

Peut-être, pensa-t-elle, est-ce tout simplement sa personnalité. Il ment pour mentir. Sans doute me ment-il sans arrêt à propos de son argent aussi. Si ça se trouve, la maison qu'il m'a montrée à Ronco n'a jamais appartenu à ses parents. Pas de vente, pas de millions. Est-ce que c'est vrai, ce qu'il m'a raconté en décembre à propos de son voyage en Italie, quand il a disparu de la circulation pendant quinze jours ?

Elle poussa un profond soupir, triste et résignée devant l'enchevêtrement de contrevérités et de méfiance qui les séparait soudain, et qui ne pourrait jamais être démêlé. C'était fini. Ne restaient qu'un tas de mensonges et quelques profondes égratignures supplémentaires dans son âme.

Il cessa enfin de parler, terminant sur une question :

— Tu comprends ?

— Non.

Il poussa un soupir aussi profond que celui qu'elle venait de lâcher une minute auparavant. Puis :

— Ecoute, je vais m'habiller, et on ira dîner. Et on parlera de tout.

— On ne va pas dîner, et je ne veux plus parler. Je fais mes valises. Je rentre chez moi demain matin à la première heure.

— Il nous reste encore toute une journée !

Son cœur se serra, mais elle répondit d'une voix ferme :

— Non. Il ne nous reste plus rien du tout. Plus une seule journée. Plus jamais.

Il la regarda, comme brisé.

Incapable de supporter le regard douloureux de ses beaux yeux, elle se détourna et se rendit dans la pièce, où elle s'assit sur le canapé et regarda fixement l'écran aveugle, mort, de la télévision.

Robert apparut cinq minutes plus tard, vêtu d'un jean, d'un pull noir à col roulé, d'une veste bleue.

Plus jamais je n'aurai un aussi beau mec, se dit Leona.

— Il faut que j'aille marcher un peu, annonça-t-il. Je suppose que tu ne m'accompagnes pas ?

— Non.

En faisant nerveusement tourner sa clé dans sa main, il lui demanda d'une voix douce :

— C'est vraiment fini ?

— Oui, répondit-elle sans le regarder.

Il hocha lentement la tête, mais elle devina son geste plus qu'elle ne le vit. Elle entendit le pas traînant avec lequel il quittait l'appartement.

Le téléphone recommença à sonner. Leona ne répondit pas.

Voilà, c'est donc fini, se dit-elle.

II

1

La première chose qu'elle fit fut d'aller chez le coiffeur pour se refaire couper les cheveux ultracourt. Elle ôta de son doigt la bague ornée d'un R, mais renonça à s'en débarrasser de façon théâtrale, à la jeter dans le Main, par exemple, et se contenta de l'enfouir tout au fond de sa boîte à bijoux. Elle s'imagina plus tard – si elle finissait contre toute attente par fonder une famille – en train de parler de Robert à ses petits-enfants.

« Ce n'était pas un mauvais bougre, dirait-elle, et à l'époque, il a été important pour moi pendant un certain temps. Mais quelque part, il était un peu fou. Il racontait des histoires bizarres, et au bout d'un moment, je n'ai plus réussi à démêler le vrai du faux. »

C'était surprenant, mais Robert ne lui avait pas créé de complications. Il était rentré relativement calme de sa promenade après la dispute, s'était rendu dans la salle de bains pour prendre une nouvelle douche. « Pour me détendre », avait-il dit. Leona, occupée à emballer ses affaires, avait été persuadée qu'il commencerait à discuter, tenterait de la convaincre de renoncer à le quitter. Elle s'était déjà armée d'arguments, mais elle avait constaté avec soulagement qu'il n'en était rien. Robert avait commencé à son tour à préparer une valise contenant le nécessaire pour deux ou trois jours.

— Tu m'emmèneras bien à Francfort, lui avait-il demandé, pour prendre les affaires qui sont chez toi ?

— Bien sûr. Aucun problème.

Il n'y avait effectivement pas eu de problème. Il n'avait guère parlé pendant le trajet, et le peu qu'il avait dit ne concernait pas leur couple. Leona, pour sa part, avait résisté plusieurs fois à la tentation de lui redemander la raison de son abominable mensonge. Mais si cette question l'intéressait au plus haut point, elle n'avait cependant nulle envie de lui donner l'occasion de s'expliquer et de se justifier. Même si elle avait pu comprendre, cela n'eût rien changé. Il s'était passé trop de choses. C'était fini.

Pourtant, son calme apparent ne l'avait pas empêchée de se sentir nerveuse. Elle était intriguée par l'absence de drame. Elle le connaissait suffisamment pour savoir comment il se comportait quand les choses ne se déroulaient pas à sa convenance. Cette attitude détachée ne lui ressemblait pas. Il ne paraissait même pas en colère. Elle l'avait observé régulièrement du coin de l'œil : son visage était détendu, ses lèvres n'étaient pas serrées, il n'y avait nulle étincelle dans ses yeux, et aucune expression bougonne ne trahissait la contrariété ou la fureur. Il était plus pâle que d'ordinaire, mais elle-même l'était aussi. Cela semblait normal compte tenu des événements.

S'attendant à le voir exploser à un moment ou à un autre, elle en était presque arrivée à souhaiter se débarrasser de l'épreuve au plus tôt.

Mais il ne s'était rien passé.

A Francfort, il avait emballé ses affaires, leur avait préparé à dîner, avait passé la nuit dans la chambre d'amis. Le lendemain matin, Leona lui avait demandé s'il souhaitait qu'elle le conduise à la gare. Il avait refusé.

— Je vais prendre un taxi. C'est plus simple. Je déteste les scènes d'adieu dans les gares.

— Je regrette que ça se soit terminé comme ça, avait-elle dit gauchement. J'aurais voulu…

Elle avait été incapable de terminer sa phrase. Mais il avait semblé comprendre ce qu'elle voulait exprimer, car il avait acquiescé :

— Oui. Moi aussi, j'aurais voulu.

Il lui avait rendu la clé qu'elle lui avait remise. Elle l'avait suivi des yeux tandis qu'il longeait le sentier dans le jardin, un sac de voyage dans chaque main, le col de sa veste usée remonté. Ses longues jambes étaient passées dans un jean délavé. Elle n'avait jamais remarqué auparavant combien sa démarche était souple, son pas allongé. Ses cheveux noirs brillaient au pâle soleil de mars.

Il peut avoir sans problème toutes les femmes qu'il veut, avait-elle pensé. C'est après que leurs yeux s'ouvrent. Est-ce qu'il va parler de moi à la prochaine ? Est-ce qu'il va raconter que je me suis noyée ?

Et, à nouveau, elle avait senti se propager sur sa peau ce frisson de nervosité qui, depuis quelque temps, se tenait perpétuellement en embuscade et prenait plaisir à lui glacer le dos. Oui, elle continuait à s'attendre à une explosion. Elle avait continué à l'attendre alors même que Robert montait dans le taxi et s'en allait.

Elle l'avait attendue pendant toute la soirée et pendant les jours suivants. Elle sursautait à chaque sonnerie de téléphone. Mais ce n'était jamais Robert. Il semblait avoir disparu de sa vie aussi soudainement qu'il y était entré.

La période qui suivit se passa dans une ambiance curieuse, un mélange diffus de tristesse et de soulagement, mais, au concours des sentiments, ce fut le soulagement qui gagna d'une courte tête, puis creusa l'écart de jour en jour. C'est alors que Leona s'aperçut qu'en réalité elle s'était sentie enfermée avec Robert. La présence de celui-ci avait été pesante. Soir après soir, quand elle rentrait, il était là, aux petits soins, avec un verre, un repas, une conversation. Certes, c'était une chose qu'elle appréciait, mais il était toujours un peu trop empressé pour lui permettre de se détendre vraiment. Il était là pour elle, mais ses attentes étaient telles qu'elles en devenaient étouffantes. Pourquoi ne s'en était-elle pas rendu compte ?

Parce que je ne voulais pas m'en rendre compte. Parce que tout devait être parfait.

Elle se rendit à Lauberg afin d'aller chercher ses petites chattes. A cette occasion, elle constata qu'Olivia et Paul ne se parlaient pratiquement plus et évitaient soigneusement de croiser leurs regards.

Le copain de Caroline, Ben, s'était fait couper les cheveux, ce qui lui donnait un air un peu plus sérieux, mais visiblement, il n'avait toujours pas de travail et ne semblait pas en chercher avec beaucoup de zèle. Mais à le voir jouer avec son fils, Felix, il donnait le sentiment d'aimer son enfant.

Leona informa ses parents qu'elle s'était séparée de Robert. Ils se montrèrent tous deux très soucieux.

— Maintenant, tu es toute seule, déclara Julius d'un ton triste, ce n'est pas bon. Etre seul, ce n'est pas bon.

Leona réprima son envie de lui rétorquer d'un ton mordant : « Merci, papa, je n'y aurais pas pensé toute seule ! Tu crois peut-être que j'ai choisi de me retrouver dans cette situation ? » Mais elle ravala sa remarque. Inutile de le bouleverser davantage en lui montrant sa contrariété, il n'avait pas voulu mal faire.

— Oh, papa, se contenta-t-elle de répondre, peut-être que ça s'arrangera pour moi.

— J'espère que ta décision de te séparer n'a rien à voir avec Wolfgang, intervint sa mère.

En la regardant, pour la première fois, Leona trouva qu'elle commençait à paraître vieille et usée.

— Il ne pouvait pas supporter Robert et il avait l'intention de t'appeler à Ascona pour te dire quelque chose d'important, poursuivit Elisabeth.

— Ah bon ? En tout cas, il n'a pas appelé. Et ma décision n'a absolument rien à voir avec lui. Il est bien le dernier par qui je me serais laissé influencer à ce sujet.

Naturellement, elle obtint le soutien sans réserve de Caroline.

— J'étais sûre que tu en reviendrais, de ton mec. Je suis vachement contente que tu aies enfin réalisé qu'il lui manque une case.

— Ecoute, au début, tu le trouvais assez beau, non...

— Il est canon, la question n'est pas là. N'empêche qu'il ne tourne pas rond. Sois contente, tu en es débarrassée.

Leona ramassa ses chattes, posa le panier contenant deux boules de poils ronronnantes sur le siège arrière de sa voiture et prit le chemin du retour, bien décidée à organiser sa vie en solo le mieux possible.

2

Wolfgang se sentit profondément soulagé en voyant Leona entrer par la porte vitrée du restaurant. Pour la première fois de l'année, la température était printanière. Leona portait un manteau léger, et un foulard de soie autour du cou.

Lorsque le serveur l'aida à ôter son manteau, Wolfgang constata qu'elle s'était mise sur son trente et un. D'ordinaire, elle était toujours en pantalon, mais ce jour-là, elle était vêtue d'une jupe étroite, noire, assez courte, et d'un pull léger de soie vert pâle. S'il ne s'était pas passé un événement particulier à son travail, il était en droit d'espérer que cette jupe courte et ces hauts talons étaient pour lui. Cela lui sembla bon signe. Cela... et elle avait accepté de le rencontrer ! Cerise sur le gâteau, dans ce restaurant qui était autrefois leur restaurant préféré !

Il se leva pour l'accueillir.

— Leona ! Je suis content que tu sois là.

Elle lui rendit sa bise amicale.

— Excuse-moi de mon retard. Le patron fête ses cinquante ans aujourd'hui, et il a donné une petite réception.

Ah... Voilà pourquoi elle s'est habillée comme ça...

— Ce n'est pas grave, dit-il à haute voix. Ton retard... J'avais peur que ce soit lui qui n'ait pas voulu te laisser partir...

Ils prirent place. Un serveur leur proposa un apéritif. Leona déclina.

— Merci, j'ai déjà bu deux coupes de champagne.

Elle laissa s'écouler quelques instants, puis dit :

— Lui, il n'existe plus. En tout cas, plus dans ma vie.

— Quoi ?

— Ça te fait un choc ?

— Non, c'est une surprise, répondit Wolfgang. Une grosse surprise.

En réalité, il était plus que surpris, il était sidéré. Lui qui croyait qu'il avait affaire à une femme follement amoureuse, aveuglée par la passion, décidée à ignorer tous les défauts de son soupirant !

Wolfgang se demanda ce qui avait bien pu se passer. En tout cas, ce devait être grave, pour l'avoir conduite jusqu'à la rupture.

— Ça me fait de la peine pour toi, dit-il.

Jamais il n'avait menti aussi effrontément.

— J'espère que tu vas bien quand même ? reprit-il.

— Oui, ça va, merci.

Il la regarda en lui adressant un charmant sourire.

— Je suis content de pouvoir passer une soirée avec toi.

Elle ouvrit le menu et répondit, très terre à terre :

— Bon, choisissons. Tu n'as sûrement pas beaucoup de temps.

Wolfgang attendit un peu avant de répondre :

— J'ai tout le temps du monde, je ne suis pas particulièrement pressé de retrouver ma chambre d'hôtel.

Leona releva la tête avec vivacité :

— Hein ? Ta chambre d'hôtel ?

— Je me suis séparé de Nicole.

— Pourquoi ?

Il haussa les épaules.

— C'était sans avenir. Mon avenir avec elle, je veux dire. J'ai compris d'un seul coup que j'avais choisi la mauvaise route.

— Je croyais que c'était quelque chose d'extraordinairement sérieux. Un genre de vague qui t'avait emporté. Irrésistible, impossible à éviter.

Pensivement, il déclara :

— Peut-être que c'était vraiment ça. Une vague. Quelque chose qui a déferlé subitement. Qui m'a déstabilisé et a remis en question toute la vie que je menais. Rétrospectivement, je comprends que cela n'avait rien à voir avec Nicole. Elle a été le déclencheur, mais pas l'origine. J'avais besoin de sortir de tout cela, et c'est ce besoin qui prévalait sur tout le reste.

— Et maintenant ?

Maintenant, lui répondit-il mentalement, j'aimerais que ça se termine par un happy end avec toi. J'aimerais te demander pardon, j'aimerais que tu me pardonnes. En fait, j'aimerais que nous reprenions là où nous nous étions arrêtés. Exactement au même point. Comme si rien ne s'était passé.

Mais ce n'était pas possible, évidemment.

Il contempla Leona et nota le changement qui s'était opéré en elle en six mois. Elle était différente, et ce n'était pas seulement dû à ses cheveux courts. Son visage avait minci, ses traits étaient plus nets, plus durs. Elle souriait moins, et quand elle le faisait, cela semblait parfois calculé. On voyait qu'elle avait vécu des moments durs, qu'elle ne serait plus jamais la même.

Elle fronça légèrement les sourcils, et il comprit qu'elle attendait sa réponse.

— Et maintenant ? reprit-il.

Il essaya d'être sincère avec lui-même et de traduire exactement ses sentiments.

— Mon besoin d'évasion m'a passé, dit-il lentement. C'est terminé, j'ai compris que ce n'était qu'un mirage. Je sais à nouveau apprécier notre vie commune à sa juste valeur. Je sais aussi que c'est la seule vie que j'aimerais mener.

Un long silence s'établit entre eux. Le serveur, qui s'était approché pour prendre la commande, s'éloigna discrètement.

— Ce n'est plus aussi simple que cela, répondit enfin Leona.

— Je sais. Je t'ai fait beaucoup de mal.

— Tu as fait se dérober le sol sous mes pieds, sans crier gare, en un claquement de doigts. Tu ne m'as pas donné le temps de m'y préparer. J'ai eu le sentiment que tout s'écroulait, tout ce sur quoi j'avais bâti ma vie.

— Leona...

— Mais c'était aussi ma faute, poursuivit-elle en l'ignorant, je m'étais endormie comme la Belle au bois dormant. Jamais je n'avais imaginé qu'il pourrait m'arriver une chose pareille... être abandonnée... être obligée d'aller voir un avocat... Le mariage était la seule forme de vie commune envisageable pour moi. Et il allait de pair avec la fidélité éternelle, l'amour... et toutes les autres choses importantes, ajouta-t-elle avec ironie.

— Mais ce n'était pas une mauvaise manière de voir la vie, intervint Wolfgang.

— Non, mais il ne faut pas perdre de vue que tout peut arriver. Il ne faut pas se mettre à l'écart de la réalité, parce que le réveil n'en est que plus dur.

— Donc, tu ne crois plus au prince charmant ?

Elle secoua la tête.

— Non.

— Et tu ne crois pas non plus aux nouveaux départs ?

Elle le regarda bien en face.

— Je ne sais pas. Peut-être que je pourrai te répondre un jour, plus tard. Mais pas maintenant.

Le serveur s'approcha à nouveau, dans l'espoir que ses deux clients passeraient enfin commande. Leona lui fit signe.

— J'ai une faim de loup, annonça-t-elle.

A la fin de la soirée, Wolfgang proposa à Leona de la raccompagner, et celle-ci accepta. Ils n'avaient plus parlé d'eux pendant le reste du repas, se contentant de deviser à bâtons rompus en évoquant toutes sortes de sujets.

Leona se dit que c'était simple, avec lui. Il ne passait pas son temps à la dévisager, et même s'il lui arrivait de la regarder avec un peu d'intensité, elle n'avait pas le sentiment d'être aspirée, avalée, absorbée. Elle n'avait pas l'impression de devoir lui assurer son amour avec chaque mot prononcé. Compte tenu des circonstances, l'atmosphère n'était certes pas au beau fixe, mais il ne régnait pas cette tension que Robert répandait autour de lui. On respirait plus légèrement.

Dans la voiture, alors qu'ils roulaient dans les rues sombres, Leona déclara :

— Ma mère m'a dit que tu avais eu l'intention de m'appeler à Ascona, pour me dire je ne sais quoi à propos de Robert.

— J'ai appelé, répondit Wolfgang, mais personne n'a décroché.

— Qu'est-ce qui s'était passé ?

— Oh… rétrospectivement, ça me paraît stupide. Et ça c'est réglé de toute façon. Mais la voisine de la suicidée, cette Lydia Machin-Chose, m'a appelé.

Il raconta ce qu'il avait appris, puis conclut :

— Ça m'a paru curieux, alors j'ai voulu te le faire savoir.

— Mais comment Lydia a-t-elle eu l'idée de t'appeler, toi ?

Il hésita, puis avoua :

— Je lui avais demandé de le faire s'il lui revenait quelque chose de particulier sur Jablonski. Je sais, je n'aurais pas dû, mais j'avais un drôle de sentiment. Je n'arrivais pas à m'en débarrasser, malgré tous mes efforts.

— C'est exactement à cause de cette histoire que j'ai rompu, dit Leona. A cause de l'histoire avec son amie.

Elle relata les informations qu'elle avait reçues de Millie à Ascona.

— C'est ça qui a fait déborder le vase, précisa-t-elle, mais il s'était déjà passé des choses avant. A la fin, j'étais complètement perturbée, je ne me sentais plus en sécurité. Et j'ai rompu parce que tout ça n'avait plus de sens.

— Est-ce qu'il t'est déjà venu à l'esprit que cet homme n'est peut-être pas tout à fait normal ? s'enquit Wolfgang. Que c'est un malade... au sens médical du terme ?

Elle eut un rire un peu forcé.

— Tu exagères. Je ne crois pas que ce soit un malade. Il a simplement une personnalité très difficile. Il est d'une jalousie féroce et d'une possessivité inouïe. Il manque sans doute profondément de confiance en lui, terriblement angoissé par l'idée de la perte. Il veut que la personne qu'il aime lui appartienne corps et âme.

— Ce que tu me racontes, c'est exactement la description d'un psychopathe classique, fit remarquer Wolfgang.

Il arrêta la voiture devant chez elle.

— Voilà, on est arrivés ! lança-t-il.

Heureuse de ne pas avoir à répondre, Leona descendit.

— Merci, Wolfgang, pour cette excellente soirée.

Il sortit également de voiture.

— Je t'accompagne jusqu'à la porte de la maison. On ne sait jamais...

Elle se demanda s'il faisait allusion à Robert. Le mot « psychopathe » résonnait dans sa tête.

Ne sois pas bête, se morigéna-t-elle, si tu continues comme ça, tu vas finir par devenir parano !

Elle traversa le jardin en le précédant. Les buissons, de part et d'autre, avaient un parfum de printemps. Dans très peu de temps, tout serait en fleur... un fouillis multicolore, comme au lac Majeur.

Quelque chose était posé sur les marches, devant la porte. Leona ne put identifier immédiatement de quoi il s'agissait. Cela ressemblait à un vêtement, ou à une chaussure. En s'approchant, elle distingua un pelage gris et un léger gémissement.

— Oh, mon Dieu ! Dolly ! C'est Dolly !

Elle laissa tomber son sac, s'agenouilla auprès de la chatte.

— Qui est Dolly ? s'enquit Wolfgang, qui n'y comprenait goutte.

— L'une de mes chattes. Mon Dieu, Wolfgang, il faut faire quelque chose ! Elle est malade. Je crois...

— Du calme. On va d'abord la rentrer. Tu as la clé dans ton sac ?

— Oui.

Leona souleva délicatement Dolly. Son petit corps était tordu, crispé. La chatte miaula, tenta de relever sa petite tête. Ses yeux se révulsèrent.

Son corps devint flasque, sa tête tomba en arrière.

Leona fondit en larmes.

— Elle est morte ! Elle est morte !

Ayant pris la petite chatte dans ses bras, Wolfgang la suivit à l'intérieur. Linda vint à leur rencontre, la queue en l'air.

Wolfgang se pencha sur Dolly.

— Je ne m'y connais pas très bien, dit-il, mais je crois qu'elle a été empoisonnée.

Leona se laissa tomber sur une chaise.

— Quelle horreur ! murmura-t-elle.

— Leona, il faut rester raisonnable, dit Wolfgang, il n'y a absolument aucune preuve que Jablonski ait empoisonné Dolly.

Une heure avait passé. Ils avaient déposé la petite chatte dans une boîte en carton tapissée de soie. Leona avait l'intention de l'enterrer dans le jardin le lendemain matin. La vue de la tête de la chatte encore marquée par la douleur jusque dans la mort lui déchirait le cœur.

— Elle était tellement mignonne, sanglota-t-elle, tellement affectueuse. Elle n'attrapait même pas les souris. Je n'aurais jamais dû la laisser sortir. Elle était trop innocente, trop confiante.

Elle se cramponnait au verre d'alcool que son mari lui avait servi.

— Jamais je ne me le pardonnerai !

— Et l'autre chatte, pourquoi n'était-elle pas dehors ? demanda Wolfgang.

— Je laisse un soupirail ouvert pour qu'elles puissent entrer et sortir à leur guise.

— Tu n'as aucune raison de te reprocher quoi que ce soit, tu as fait de ton mieux. Les chats n'aiment pas rester enfermés, tu le sais bien.

— Dolly a eu une mort affreuse ! Qui sait combien de temps elle est restée devant la porte ? Elle a dû abominablement souffrir. Si seulement j'étais repassée par la maison ! Peut-être que j'aurais eu le temps de l'emmener chez le vétérinaire et de la sauver.

— Arrête de te tourmenter, tu ne pouvais pas surveiller tes chats vingt-quatre heures sur vingt-quatre. Ce n'est la faute de personne... sauf des gens qui mettent du poison dans leur jardin sans penser qu'ils peuvent tuer les animaux domestiques avec.

Wolfgang insista à dessein sur cette possibilité. Leona avait évoqué par deux fois ses soupçons contre Jablonski, et il voulait les lui faire sortir de la tête. Par une ironie du sort, ils étaient en train d'inverser leurs positions initiales. Jusqu'à présent, c'était lui qui descendait Jablonski en flammes, tandis que Leona le défendait, et voilà que c'était maintenant le contraire. Même s'il avait prononcé le mot de « psychopathe », il était réaliste, cet homme avait perdu les pédales, il racontait des bobards, mais maintenant qu'il n'était plus avec Leona, il ne présentait plus aucun danger.

— Et si c'était quand même Robert ? reprit Leona.

— Il est reparti à Ascona.

— Il a dit qu'il repartait à Ascona, rectifia-t-elle, mais moi, je l'ai simplement vu monter dans un taxi, et je ne sais pas où ce taxi l'a emmené.

— A la gare ! Leona, tu sais que je ne peux pas le sentir et qu'il m'a fait mauvaise impression, mais restons raisonnables. La

184

version de l'empoisonnement me semble trop dramatique. Il est sûrement furieux contre toi parce que tu as rompu, mais...

— Non, c'est justement ça ! Il n'était pas furieux ! Pas du tout ! C'est ça qui m'a tellement intriguée. D'habitude, il se mettait dans un état incroyable à la moindre occasion. Le pire a été à Ascona.

Elle lui raconta l'incident de la bague.

— Ça l'a mis hors de lui. Il m'a fait vraiment peur. Tu comprends, il devenait infernal dès qu'il avait le sentiment que je pourrais lui échapper. C'est pour ça que j'ai été si étonnée de voir le calme avec lequel il a pris la chose quand je lui ai dit que c'était fini entre nous. Il avait l'air malheureux... mais c'était aussi comme s'il s'y attendait. Comme s'il avait su dès le début que ça finirait comme ça.

— Sa dernière copine l'a plaqué aussi, lui rappela Wolfgang, et sans doute celle d'avant. Il est certainement habitué à ce que les choses se passent comme ça.

— On ne s'habitue pas à ce genre de choses. Ce genre de choses, c'est grave. Et plus ça arrive, plus ça devient grave.

— Sans doute que c'est quelqu'un qui lutte pendant longtemps, qui lutte presque au-delà de ses forces, mais qui sent exactement quand il est battu, et qui laisse tomber les armes sans prévenir. Il y a des gens comme ça.

— Pourquoi a-t-il raconté que son amie s'était noyée ?

Wolfgang se frotta les yeux. Il était fatigué... mais, en même temps, il sentait se lever en lui une vraie peur qu'il ne voulait laisser monter à aucun prix.

— Je ne sais pas. Ce n'est pas tout à fait normal. C'est ce que j'ai dit dès le début. Mais je ne crois pas qu'il soit dangereux.

En réalité, ce qu'il affirmait n'était pas vrai, et il le savait parfaitement. S'il avait simplement considéré Jablonski comme n'étant « pas tout à fait normal », bizarre, mais inoffensif, il n'aurait pas essayé d'appeler Leona à Ascona. Quelque chose l'inquiétait, depuis le début, quelque chose qui n'avait rien à voir avec la jalousie.

— La semaine dernière au lac Majeur, poursuivit Leona à voix basse, nous étions en train de parler... je ne sais plus comment ça a commencé... il en est venu à mes cheveux. Il voulait absolument que je les fasse repousser. Il n'arrêtait pas de m'en rebattre les oreilles.

— Qu'est-ce qu'il disait ?

Elle se revit à la terrasse de Locarno, assise au soleil, avec le lac à ses pieds. Robert était très beau. Il allait très bien avec ce paysage déjà complètement italien. A l'aise et détendu comme elle ne l'avait jamais vu à Francfort.

— Il a dit qu'il serait content quand mes cheveux auraient repoussé comme avant.

— Tu avais accepté de faire ça pour lui, de te laisser pousser les cheveux ?

— Oui, répondit-elle, j'ai voulu faire ça pour lui.

Il la dévisagea avec perplexité.

— Tu étais vraiment folle de lui.

— Oui. Pendant quelques mois, j'aurais même accepté de me mettre un anneau dans le nez si c'était la condition pour qu'il reste avec moi. Je me disais que ce qui pouvait m'arriver de pire était d'aller chez mes parents en étant obligée de leur dire que je m'étais fait plaquer une deuxième fois.

— Je comprends, murmura Wolfgang.

— Bon... je continue... Robert a dit quelque chose à propos de Raiponce, le personnage du conte... qu'il serait content si je ressemblais de nouveau à Raiponce, ou quelque chose de ce genre. Moi, j'ai ri en lui disant de faire attention, parce que Raiponce a fait grimper un amant dans sa chambre grâce à ses cheveux, et que ça pourrait me donner des idées. C'était juste comme ça, pour plaisanter...

— Et il l'a pris au sérieux ?

— Je ne sais pas. Il a ri aussi, et...

— Oui ?

— Il a dit que si je faisais ça, il me tuerait.

3

Le jour de l'enterrement de son père, Lisa apprit qu'un témoin s'était présenté, un homme qui était sans doute – à part le meurtrier – la dernière personne qu'Anna avait rencontrée de son vivant.

Il était midi lorsque Lisa revint du cimetière. Elle avait pleuré devant la tombe, et elle avait décidé de repasser par la maison pour s'arranger un peu avant de retourner au village où elle donnait un repas pour ceux qui étaient venus rendre un dernier hommage à son père. Cela ferait un grand trou dans son budget, mais le repas faisait partie de l'enterrement, elle ne pouvait pas y échapper. Par bonheur, il n'y avait pas beaucoup de monde ; ils n'avaient plus de famille, aussi l'assistance était-elle composée du curé, de quelques voisins et de ses partenaires aux cartes. Cela ne lui reviendrait pas trop cher, même si les hommes ne manqueraient pas de boire jusqu'à plus soif... sous prétexte qu'il fallait bien se réchauffer, car le vent était très froid en cette dernière semaine de mars, et qu'ils étaient frigorifiés.

Lisa était contente d'avoir un quart d'heure pour elle. Elle regrettait de ne pas avoir pu dire adieu à son père tout seule, au cimetière. Les derniers mois avaient été si terribles, pour lui et pour elle, que sa mort avait d'abord constitué un soulagement. Maintenant, il ne souffrira plus ! Telle avait été sa première pensée. Suivie d'un sentiment de liberté.

Elle était libre, mais elle était aussi très seule.

Le téléphone sonna au moment où elle enlevait son manteau. Elle se hâta d'aller décrocher malgré ses chaussures crottées qui laissèrent des traces de boue sur le sol.

— Oui ? dit-elle.

C'était le commissaire Hülsch. Après les politesses d'usage, il lui annonça :

— Nous avons été contactés par quelqu'un qui a pris votre sœur en voiture à Augsbourg en juin de l'année dernière, sans doute le jour de sa mort, et l'a déposée sur le bord de la route à environ deux kilomètres de votre village. Il l'avait fait monter à la sortie d'Augsbourg, direction Landsberg. C'est là qu'elle faisait du stop.

— Ah bon ! s'écria Lisa, dont le cœur s'était mis à battre plus vite. Qui est cet homme ?

— Un agent d'assurances d'Augsbourg. Il allait voir un client qui habite près du lac de Starnberg.

187

— Pourquoi a-t-il attendu si longtemps pour vous contacter ?

— Il avait appris la mort de votre sœur par le journal, bien sûr, et il l'avait reconnue sur la photo. Mais il avait peur de se faire connaître. C'est compréhensible : elle monte dans sa voiture, et un peu après on la retrouve morte dans la forêt. Il avait peur qu'on le soupçonne et qu'il ne puisse pas prouver qu'il n'était pas l'assassin. Il a donc décidé de se taire par précaution.

— Jusqu'à maintenant...

— Oui. Il y a quinze jours, il a tout raconté à sa femme, qui a pensé, elle, qu'il devait absolument aller trouver la police. Elle a tellement insisté qu'il a fini par céder.

— Est-ce que... vous pensez... que c'est l'assassin ?

Le commissaire hésita. Puis :

— J'y ai réfléchi aussi, bien sûr, mais je pense que c'est très peu probable. Pourquoi voulez-vous qu'au bout de neuf mois, il nous contacte en courant le risque d'être soupçonné, alors que personne n'avait retrouvé sa trace ? Ce serait particulièrement idiot de sa part. Aucune personne sensée ne ferait ça.

— Sauf s'il s'agit d'un psychopathe. De quelqu'un qui ne supporte pas de voir que son acte n'a eu aucune répercussion en ce qui le concerne et qui essaie de rentrer dans le jeu d'une manière ou d'une autre.

Lisa sentit que le commissaire souriait à l'autre bout de la ligne.

— Vous raisonnez comme une vraie criminaliste ! Cela arrive souvent, effectivement : un criminel, qui ne veut pas être pris, mais qui souffre parce que son besoin de se faire remarquer n'est pas satisfait. Sans le vouloir vraiment, ces gens font tout pour être finalement pris... et bénéficier de toute l'attention dont il ont un besoin maladif.

— Vous voyez, dit Lisa.

Cette fois, elle sentit qu'il faisait non de la tête.

— Non, ce n'est pas ce genre de gars. Celui qui a assassiné votre sœur souffre d'une maladie mentale différente, vu la manière dont il l'a mut... dont il l'a massacrée, plutôt... Notre homme, là, est quelqu'un d'inoffensif. Il vend ses assurances, et à part ça, il veut qu'on lui fiche la paix.

— Hum... fit Lisa.

— Mais ce qui est intéressant, c'est ce qu'il nous a raconté. Comme ils ont passé un certain temps ensemble dans la voiture, il lui a fait la conversation, et demandé d'où elle venait. Elle lui a dit qu'elle venait du sud de l'Espagne, qu'elle avait passé des vacances de Noël sur la Costa del Sol et qu'elle avait travaillé ensuite dans un hôtel pour se faire un peu d'argent. En ce qui concerne les vacances de Noël, ça se recoupe avec les déclarations de cette call-girl que vous êtes allée voir.

— D'accord, mais il n'y a rien nouveau.

Lisa était déçue. La déposition de ce témoin ne les avançait pas d'un pouce.

— Attendez. Elle lui a aussi raconté où elle avait passé les dernières années. Et devinez où !

— Je ne sais pas. Je pensais que c'était en Amérique du Sud.

— Pas du tout ! Elle était beaucoup plus près de vous que vous n'imaginiez. Elle vivait à Ascona. En Suisse.

Il était grand temps d'aller rejoindre les invités qui devaient ronger leur frein en l'attendant à l'auberge, mais il lui semblait qu'elle serait incapable d'affronter le brouhaha de leurs conversations. Son estomac se contractait à la simple idée de la soupe aux quenelles de foie et du rôti de porc aux boulettes de semoule qu'il lui faudrait ingurgiter, du cliquetis étouffé des couverts, de la tristesse malodorante d'une auberge de village par une journée glaciale de début de printemps.

Elle s'était rendue dans sa chambre – en passant devant celle, désormais orpheline, de son père – et avait sorti l'atlas qu'elle utilisait autrefois pour les cours de géographie, pour voir où se trouvait exactement Ascona. Elle n'avait pas avoué au commissaire qu'elle n'en avait pas la moindre idée.

Ainsi, cela se trouvait en Suisse italienne, et le commissaire avait dit vrai : Anna n'avait pas séjourné très loin d'eux pendant toutes ces années.

— L'automobiliste qui l'avait prise en stop, lui avait précisé Hülsch, lui avait demandé pourquoi elle avait quitté un endroit paradisiaque comme Ascona pour rentrer dans ce pays froid qu'était l'Allemagne ; pourquoi elle n'était pas restée sur la

Costa del Sol, au moins. Dans son souvenir, elle lui avait répondu qu'elle n'était en sécurité nulle part, sauf à la maison, parce qu'elle ne serait pas seule. Elle aurait son père et sa sœur avec elle.

Lisa, bouleversée, en avait conclu :

— Anna avait peur. Elle était en fuite. Donc, elle n'est pas tombée par hasard entre les mains d'un fou ! Il l'a prise en chasse et il l'a rattrapée tout près du but.

— Doucement. On ne peut pas être aussi affirmatif. Elle peut malgré tout avoir rencontré un assassin. Nous ne savons pas ce qu'elle fuyait. Peut-être une tragédie qui la poursuivait en pensée.

— Non, je ne crois pas. Voilà quelqu'un qui explique qu'elle n'est en sécurité nulle part, sauf à la maison, parce qu'il y a d'autres personnes près d'elle. Peu de temps après, elle est entraînée dans un bois et transpercée de coups de couteau. Il y a vraiment de quoi faire le lien, et se dire qu'elle est tombée sur la personne qui lui faisait si peur.

Hülsch avait admis que beaucoup d'éléments parlaient en faveur de cette hypothèse.

— Mais il reste quand même une série de questions sans réponse, avait-il ajouté. La personne dont elle avait si peur, qui que ce soit... comment a-t-elle fait pour se trouver au bon moment au bon endroit ? Comment a-t-elle pu la suivre ? L'automobiliste qui a pris Anna en stop déclare qu'il l'a laissée à l'embranchement de la route qui menait vers son village. Elle avait dit qu'elle comptait parcourir les deux derniers kilomètres à pied. Il était pressé, c'est pourquoi il ne lui avait pas proposé de l'emmener jusqu'au bout. Il n'y avait aucune autre voiture à l'horizon. Personne ne la suivait.

— Eh bien, il est arrivé juste après. La dernière partie de route est très isolée. On peut très bien l'avoir fait monter de force dans une voiture.

— C'était le timing parfait, alors.

— Peut-être qu'il était sur ses talons depuis l'Espagne.

— Et il attend d'arriver ici pour la tuer ? Ici, où tout le monde la connaît et où son cadavre peut être identifié immédiatement ?

Pourquoi ne l'a-t-il pas tuée quelque part sur la Costa del Sol avant de la faire disparaître ? Personne ne l'aurait cherchée !

C'était vrai, personne ne l'aurait cherchée. Ça montre bien l'état de notre famille, se dit Lisa.

La maison était silencieuse. Une maison sans voix. Sans même le souvenir de voix quelconques. Lisa ne se rappelait plus le timbre de celle de sa mère. On n'entendait plus non plus celle d'Anna, pas un rire, pas un pleur. Pas de chuchotements, pas de cris. Plus un seul écho de sa voix en suspens entre les murs.

Jusqu'au souvenir de la voix de son père qui commençait déjà à s'estomper. Le matin même, Lisa avait encore le son de ses gémissements à l'oreille, de ses appels tremblants. Maintenant, elle ne les entendait pratiquement plus. Comme si la maison ne pouvait rien garder des gens qui y avaient vécu.

Lisa frissonna. Elle se recroquevilla sur sa chaise. L'atlas dans lequel elle avait cherché Ascona glissa de ses genoux. Elle s'en aperçut à peine.

Elle ne savait pas que la solitude pouvait faire si mal, qu'elle pouvait provoquer une douleur physique aussi intense.

Je vais vendre la maison, décida-t-elle, dès que possible. Et je vais quitter ce village. Dès que possible.

Elle se leva et se dirigea vers la fenêtre. Comme chaque jour, son regard tomba sur la forêt, de l'autre côté de l'église. La forêt dans laquelle Anna avait été assassinée. Là-bas aussi, c'était le silence. Ses arbres, eux non plus, ne laissaient filtrer aucun cri.

4

Depuis la mort de la chatte, plus rien n'était comme avant. Une peur diffuse empoisonnait l'atmosphère, de jour comme de nuit. Contrairement à son intention, Leona n'avait pas enterré Dolly dès le lendemain, mais l'avait emportée chez un vétérinaire pour la faire autopsier. Selon ce dernier, la chatte avait absorbé de la mort-aux-rats.

— Suffisamment pour la tuer, dit-il, pas assez pour la tuer tout de suite, mais juste assez pour lui permettre de se traîner jusqu'à la maison.

— Vous croyez que quelqu'un a pu lui administrer cette dose délibérément ? Pour la tuer, mais en lui laissant le temps d'atteindre la maison, pour que je la voie ?

Le vétérinaire avait haussé les sourcils.

— Vous avez des soupçons précis ?

— Ce serait une éventualité, avait répondu Leona avec prudence.

— Hum. Ce n'est pas à exclure. Mais on trouve de la mort-aux-rats dans pas mal de parcs, ou de jardins. Votre chat peut très bien être tombé dessus par hasard.

Leona rentra et enterra Dolly sous un sapin. Partout, les forsythias étaient en fleur et les crocus parsemaient l'herbe de taches colorées. Dolly aurait tellement aimé le printemps, son premier printemps ! Elle était encore si petite !

Elle n'osait plus laisser sortir Linda. Elle ne le lui permettait que le week-end, quand elle travaillait au jardin, en la surveillant d'un œil attentif.

Depuis la mort de sa sœur, Linda ne quittait plus sa maîtresse d'une semelle, dormant blottie contre elle la nuit, sautant sur ses genoux dès qu'elle s'asseyait. Elle miaulait plaintivement devant le soupirail fermé qu'elle pouvait autrefois franchir à volonté.

— Ce n'est pas possible, Linda, expliquait Leona, c'est trop dangereux.

Etait-ce vrai ? Ne se montait-elle pas la tête ?

Le soir, quand elle rentrait tard, elle remontait le sentier qui traversait le jardin en luttant contre une peur irraisonnée. Particulièrement quand elle rentrait tellement tard qu'aucune lumière ne brillait plus dans le voisinage.

On pourrait bien surgir des buissons et m'attaquer, personne ne s'en rendrait compte. Elle pensait « quelqu'un », mais la voix intérieure qui la mettait en garde disait « Robert ».

Elle n'avait pas reçu le moindre signe de sa part. Pas de lettre, pas d'appel. Un jour, elle composa son numéro à Ascona, mais elle tomba sur le répondeur. Cela ne signifiait rien, car le plus souvent, Robert branchait le répondeur quand il travaillait.

Il est à Ascona, se répétait-elle, presque d'un ton de défi, ou ailleurs. Pas à Francfort.

S'il était encore dans les environs, se disait-elle pour s'en persuader, il ferait le siège.

Il surgirait inopinément devant chez elle, essaierait d'arracher un rendez-vous, la harcèlerait. Il ne la laisserait pas tranquille.

Est-ce qu'il empoisonnerait son chat ?

Elle tenta de reprendre une vie normale, là où elle s'était arrêtée avant de rencontrer Robert, avant d'avoir été quittée par Wolfgang. Mais elle ne put retrouver la paix, la sérénité qui caractérisaient son existence d'autrefois.

Ce fut Lydia qui lui donna l'idée de rencontrer Bernhard, l'ex-mari d'Eva.

Jour après jour, Lydia laissait des messages sur son répondeur pour mendier une rencontre. Leona avait fini par se laisser fléchir et accepter d'aller dîner au restaurant avec elle.

Lydia brûlait de connaître les détails de sa liaison avec Robert. Elle avait paru frustrée en apprenant qu'ils avaient rompu.

— Ah bon ? s'était-elle étonnée, les yeux écarquillés.

— Nous n'allions pas bien ensemble, nous avions trop de divergences d'opinion, avait expliqué Leona évasivement.

— Est-ce que votre mari vous a dit que Robert vous a raconté des histoires sur la date de la mort de son amie ?

— Oui, mais je l'avais déjà découvert toute seule, avait répondu Leona en taisant le fait que l'amie en question n'était pas morte, mais avait pris le large.

Au cours de la conversation, Lydia avait une fois de plus abordé le sujet d'Eva, ainsi que, naturellement, celui de Bernhard Fabiani et ses méfaits. Il était alors venu à l'esprit de Leona que Fabiani savait sûrement pas mal de choses sur son beau-frère. Ayant été marié à Eva pendant de longues années, il avait forcément eu des contacts avec lui.

Elle répugnait à demander le numéro de téléphone de Fabiani à Lydia. Elle s'était alors rappelé le message qu'il lui avait laissé sur son répondeur, avec son numéro.

De retour chez elle, elle avait feuilleté l'épais bloc posé à côté de l'appareil et retrouvé la note qu'elle avait écrite ce jour-là : Bernhard Fabiani, assortie de son numéro de téléphone.

Elle l'avait composé sans hésiter.

— Après le divorce, je n'ai plus jamais entendu parler de Robert, dit Bernhard. Je ne l'ai revu qu'après la mort d'Eva, dans son appartement. Et nous n'avons échangé que quelques mots.

— Mais avant, vous l'avez sûrement bien connu ? insista Leona.

Ils s'étaient retrouvés à l'hôtel Mövenpick. Il était cinq heures de l'après-midi. La ville baignait dans une lumière dorée fascinante, tandis que des bancs de nuages noirs filaient comme des flèches dans le ciel d'un bleu éclatant. Après la petite chute de neige de la mi-journée, la clarté printanière reprenait droit de cité, dans les rues balayées par le vent d'avril qui faisait flotter les manteaux et les écharpes, soulevait les cheveux des passants luttant contre les bourrasques. Leona, bien à l'abri dans la salle douillette, séparée de la tempête par une épaisse vitrine, s'amusait du spectacle. L'arôme du café posé devant elle la vivifiait, tandis qu'en même temps elle était apaisée par les voix assourdies, le tintement des cuillers alentour. Elle aimait cette heure où le jour commençait lentement à décliner. En temps normal, c'était l'heure où elle se détendait. Mais c'était fini, depuis la mort de Dolly.

Bernhard, qui avait suivi son regard, observa :

— La lumière est fantastique, vous ne trouvez pas ?

— Si, c'est extraordinaire ! Ça me donne à chaque fois envie de quitter la ville et de retourner vivre à la campagne. J'aimerais pouvoir aller me balader dans les prés en anorak et en bottes de caoutchouc, humer le parfum de la terre et sentir le vent dans mes cheveux.

— Vous avez vécu à la campagne ?

— Oui, j'ai grandi à la campagne. La vraie. Dans un village de trois cents habitants, entouré de champs et de bois.

— Moi aussi, j'ai grandi à la campagne, répondit Bernhard, et parfois ce genre de vie me manque.

Il a un joli sourire, se dit-elle, un sourire agréable.

Elle avait du mal à l'imaginer en coureur de jupons. Il semblait sensible, aimable et sincère. Il inspirait la confiance, invitait à la confidence, y compris à caractère intime.

— Pour en revenir à Robert... commença-t-elle.

— Vous... vous avez eu une liaison avec lui ? demanda-t-il d'un ton hésitant.

— Oui, pendant quelques mois. Je ne sais pas moi-même pourquoi je...

— Vous n'êtes pas obligée de me donner des explications.

— J'ai du mal à comprendre maintenant. Je le connaissais à peine. Un parfait inconnu... bien... en tout cas, c'est arrivé, et maintenant c'est fini. Normalement, je ne devrais même plus y penser, mais il s'est passé des choses bizarres qui ne me sortent plus de la tête. J'ai éprouvé le besoin de parler à quelqu'un qui connaissait Robert.

— Il s'est mis à vouloir vous posséder corps et âme, c'est ça ?

Leona acquiesça d'un signe de tête.

— Oui. Et quand j'essayais de me dégager, il entrait dans des colères terribles. Quand il s'imaginait que j'essayais de me dégager, rectifia-t-elle, car en réalité, je n'ai jamais rien fait qu'un homme... normal aurait pu interpréter de cette façon.

— Ça se recoupe avec l'expérience que j'en ai faite. Ou plus exactement avec celle qu'en ont faite les femmes qu'il a connues avant vous.

— Vous avez connu sa dernière compagne ?

— Non, et sans doute pas non plus l'avant-dernière. Depuis le divorce, et même déjà depuis deux ou trois ans avant, nous n'avions plus de contact. Nous ne parlions jamais de son frère avec Eva.

— Il m'a raconté que sa dernière petite amie était morte noyée dans le lac Majeur, mais j'ai découvert qu'elle l'avait tout bonnement quitté.

— Comme toutes, tôt ou tard. Les unes tenaient assez long-temps, les autres moins. Mais au bout d'un moment, elles ont toutes fini par en avoir assez et par le laisser tomber.

— Et toujours pour la même raison ?

Bernhard remuait pensivement sa cuiller dans sa tasse.

— Il étouffait les femmes qui vivaient avec lui. Lentement, comme un serpent qui serre sa proie de plus en plus fort. Je crois qu'au début elles ne s'en rendaient pas vraiment compte. Il était attentionné, s'occupait d'elles du matin au soir, aux petits soins… Beaucoup d'entre elles avaient souffert de l'attitude de leur précédent partenaire, de leur manque d'intérêt pour elles, pour leurs besoins. Je crois que c'est ce que la majorité des femmes reprochent aux hommes, ajouta-t-il avec un sourire.

— Et réciproquement, remarqua Leona.

— Elles appréciaient donc l'attention qu'il leur portait. D'ailleurs, il choisissait toujours des femmes plus ou moins fragiles. Des femmes qui n'avaient pas confiance en elles, je pense, ou des femmes qui avaient derrière elle de longues phases de solitude… un peu déprimées, frustrées… Avec sa sollicitude, il les faisait s'épanouir comme des fleurs sous une douce pluie de printemps. C'est seulement plus tard qu'elles s'apercevaient que la pluie devenait de plus en plus forte au fil du temps, jusqu'à ce qu'elle se transforme en orage de grêle.

Ici, il scruta attentivement le visage de Leona.

— Mais vous n'avez pas l'air d'entrer dans cette catégorie, poursuivit-il. Vous ne me paraissez ni fragile ni frustrée. Et pas du tout complexée.

Son compliment la combla d'aise. Elle, qui, depuis quelque temps, se sentait faible et apeurée, fut ravie d'apprendre que cela ne se remarquait pas.

— Vous savez, à l'époque, j'entrais tout à fait dans cette catégorie, le détrompa-t-elle. Il m'a rencontrée à un moment où j'étais au plus bas. Je… ah, tant pis, je vais vous le dire : mon mari venait de me quitter pour une autre. J'étais désespérée, sous le choc. Je me sentais humiliée, et ma confiance en moi était sérieusement entamée. Robert a été pour moi une merveilleuse bouée de sauvetage.

— Ah oui… effectivement, vous remplissiez parfaitement les conditions : il avait mis le grappin sur une nouvelle victime. Je pense que c'est un détail qui a son importance, vous comprenez. Parce qu'il savait qu'une femme moralement équilibrée s'apercevrait très vite qu'il y avait quelque chose qui ne tournait pas rond chez l'oiseau rare et n'hésiterait pas longtemps avant de l'envoyer promener. Il savait aussi qu'une femme fragilisée finirait par le remarquer, mais qu'il lui faudrait du temps pour trouver la force de faire une croix dessus.

Bernhard se tut un instant, puis ajouta doucement :

— J'espère que cette analyse ne vous vexe pas. Je ne voudrais à aucun prix me montrer blessant à votre égard.

— Pas du tout, au contraire, je cherche simplement à y voir clair. Parfois, je me suis demandé si je ne me trompais pas, si je ne me montais pas la tête. Si je n'étais pas trop susceptible.

— Oh, non, croyez-moi, la rassura Bernhard. En ce qui concerne Robert Jablonski, vous ne vous faisiez pas des idées, et votre susceptibilité n'avait rien à voir là-dedans.

Ses paroles lui rendaient service, plus qu'il n'en avait conscience, mais ne chassaient pas le doute qui la tourmentait sur un point précis.

— Vous m'avez dit que c'étaient les femmes qui le quittaient, dit-elle. Ce n'était donc jamais l'inverse ?

— Pas à ma connaissance. Bien sûr, je ne suis pas au courant de tout, puisqu'il vit loin d'ici, en Suisse. Mais je le vois mal mettre un terme de son propre chef à une liaison.

— Est-ce que vous savez par hasard comment il réagissait à chaque fois qu'il était quitté ?

Bernhard réfléchit.

— Je crains de ne pas pouvoir vous répondre. Je le voyais trop rarement pour connaître les détails. Je me souviens simplement d'un épisode lorsqu'il est venu à Francfort, il y a neuf ans environ, avec son amie d'alors. La fille s'appelait Jenny, elle avait des parents alcooliques, et avait été marquée par la violence pendant son enfance et son adolescence. Elle avait vingt ans à l'époque, et elle était avec Robert depuis deux ans. Au début, je m'en souviens, elle se cramponnait littéralement à lui, il était son dieu, c'était visible. Mais quand ils sont venus nous voir deux ans plus tard, c'était fini. Jenny lui répondait à peine quand il lui adressait la parole, on voyait qu'elle était malheureuse, qu'elle n'en pouvait plus. Le soir, nous sommes allés au restaurant. Au cours du repas, Jenny s'est levée pour aller aux toilettes. Elle y est restée très longtemps, elle ne revenait plus...

Bernhard dodelina de la tête en revivant la scène.

— Robert devenait de plus en plus nerveux... c'était spectaculaire. Il transpirait, des gouttes de sueur coulaient sur son front, il était pâle, il respirait par à-coups. Je me suis demandé s'il n'était pas malade... mais non, c'était parce que Jenny ne revenait pas, ça le rendait fou. Moi, j'ai voulu détendre l'atmosphère, mais j'ai commis la bêtise de plaisanter en disant qu'elle s'était échappée par la fenêtre de derrière... J'ai dit ça en riant, et je croyais que ça le ferait rire aussi.

— Mais il ne riait pas, lui, présuma Leona par expérience.

— Non, il ne riait pas, confirma son interlocuteur. Il s'est levé d'un bond en annonçant qu'il allait la chercher. Je l'ai arrêté en lui rappelant qu'il ne pouvait pas aller dans les toilettes des dames, et il s'est laissé convaincre. C'est Eva qui y est allée à sa place, et elle est revenue avec Jenny. Il a fait une scène terrible à la pauvre fille devant tout le monde, il a hurlé, gesticulé... J'ai vécu la soirée la plus pénible de toute ma vie.

— Oui, c'est tout à fait lui, commenta Leona. Tel que je le connais, cette histoire ne m'étonne absolument pas.

Elle remarqua elle-même la nervosité et la peur contenues dans sa voix.

Bernhard se pencha vers elle et la regarda au fond des yeux :

— Leona, vous vous êtes séparée de lui. Il ne joue plus aucun rôle dans votre vie, et pourtant, vous semblez avoir très peur de quelque chose. De quoi s'agit-il ?

Elle eut un rire un peu embarrassé.

— Vous allez me prendre pour une hystérique mais je... je n'arrive pas à me débarrasser du sentiment qu'il est toujours dans les parages.

— Est-ce que ce n'est qu'un sentiment, demanda Bernhard sans joindre son rire au sien, ou avez-vous des indices ?

— En fait, je ne sais pas si je n'élucubre pas...

Elle lui raconta alors l'épisode de Dolly. A cette évocation, ses yeux se mouillèrent une fois de plus, et elle avala péniblement sa salive à plusieurs reprises.

— Tout le monde me dit que c'est un hasard, qu'elle est tombée sur ce poison dans un parc ou un jardin, conclut-elle, et j'espère de tout mon cœur que c'est vrai... même si ça ne rend pas sa mort moins terrible, moins triste. Mais j'ai en moi une voix qui n'arrête pas de me dire...

Elle ne put finir sa phrase.

Bernhard l'écoutait avec la plus grande attention.

— Je comprends que vous ayez ce genre d'idées, dit-il. Ce Robert n'est pas normal, c'est vrai, et quand nous rencontrons quelqu'un qui a un comportement aberrant, imprévisible, nous prenons peur, évidemment. Mais là... D'après tout ce que je sais de lui, je ne l'imagine pas en train de traîner à Francfort et de passer son temps en embuscade pour mener une campagne de vengeance contre vous. Je suis convaincu que cet homme ne peut absolument pas vivre sans femme. Au lieu d'empoisonner vos chats, il est sans doute parti en chasse pour se trouver une nouvelle compagne, il est donc très occupé.

— Vous n'avez jamais entendu dire qu'il terrorisait les femmes qui l'avaient quitté ?

— Non. En revanche, ce qui était frappant, c'est qu'il en avait une nouvelle tout de suite après. Voilà pourquoi je crois qu'il est en train de s'en chercher une, et qu'il n'a rien à voir avec la mort de votre chat.

Leona se laissa convaincre. La mort de Dolly n'était qu'un accident affreux, non, ce n'était pas un empoisonnement délibéré. Robert était retourné au bord de son lac, où il était occupé à embobiner une jolie fille. C'était finalement dans l'ordre des choses.

Bernhard insista pour qu'ils boivent une coupe de champagne, et lorsqu'ils se retrouvèrent dehors, Leona se demanda pourquoi elle s'était tant tracassée. Les ombres s'étaient allongées, mais le ciel était toujours éclatant de lumière, et le vent, parfumé de printemps.

Leona leva le nez et huma l'air comme un animal.

— Le mois d'avril sent si bon, vous ne trouvez pas ?

Son compagnon approuva d'un hochement de tête.

— Oui, mais ce que je préfère encore, c'est vous voir sourire. J'espère que j'ai réussi à vous débarrasser de quelques inquiétudes ?

— Oui, je vous remercie.

Elle s'apprêtait à lui tendre la main lorsqu'elle se ravisa.

— L'automne dernier, dit-elle, vous m'avez téléphoné, en me demandant de vous rappeler. Qu'est-ce que vous vouliez me dire ?

— Rien de particulier, dit-il évasivement.

Puis il rectifia :

— Non, ce n'est pas vrai. Je voulais faire une petite mise au point, j'y tenais particulièrement.

— Eh bien, faites-la maintenant !

Bernhard leva les deux mains en signe de défense :

— Non, pas maintenant. C'est un peu compliqué, il faut du calme et du temps. Une autre fois.

— Vous éveillez ma curiosité !

— Parfait. Quand votre curiosité sera devenue incontrôlable, vous m'appellerez et nous pourrons peut-être nous revoir, proposa-t-il.

Elle eut comme une impression de déjà-vu.

Un homme l'attendait devant sa porte, entouré de valises et de sacs, se dandinant nerveusement d'un pied sur l'autre. Exactement comme Robert, en décembre de l'année précédente.

L'espace d'un instant, Leona crut qu'il s'agissait effectivement de lui, et en ressentit un certain soulagement. Non pas parce qu'elle souhaitait recommencer de zéro avec lui, certes, mais parce qu'il resurgissait enfin du néant (ou, plus exactement, de la cachette où il était tapi en embuscade ?), et qu'elle saurait à quoi s'en tenir.

Mais en y regardant de plus près, elle s'aperçut que l'homme, s'il était grand et brun comme lui, n'était pas Robert. C'était Paul, son beau-frère.

— Enfin, te voilà ! prononça-t-il en guise d'accueil, utilisant quasiment les mêmes mots que l'autre, à l'époque. Je croyais que tu finissais plus tôt le vendredi.

— Oui, c'est vrai, mais j'avais un rendez-vous.

Désignant ses bagages d'un mouvement du menton, elle ajouta :

— Tu ne viens pas simplement faire un saut, je me trompe ?

— Non, j'ai quitté la maison.

— Oh, mon Dieu !

Ça devait se terminer comme ça, mais, tout de même, c'était un choc.

Elle ouvrit la porte.

— Allez, entre.

Il posa ses bagages dans l'entrée et la suivit dans le séjour, où Linda, installée devant la fenêtre, regardait mélancoliquement le paysage printanier.

Leona laissa tomber son sac à main sur une chaise et alla chercher la bouteille de cognac et deux verres.

— Tiens, lui dit-elle en lui tendant un verre, tu en as sûrement besoin.

— Merci.

Il vida son cognac d'un trait, puis ajouta :

— C'est exactement ce qu'il me fallait.

Il reposa son verre sur la table et en vint aussitôt au fait.

— Leona, je sais qu'on ne déboule pas chez les gens comme ça, sans prévenir, mais est-ce que ça ne te dérangerait pas trop si je restais ici quelque temps ? Il n'est pas question que je vive à tes frais, il est évident que je paierai ma part. Je pourrais aussi aller à l'hôtel, mais... j'ai peur que le fait de passer mes soirées seul dans une chambre d'hôtel ne me déprime tellement qu'il ne me faudrait pas trois jours avant de retourner à Lauberg.

Leona était embarrassée. Elle aimait bien Paul et, en temps normal, l'eût hébergé avec plaisir. Mais en l'accueillant chez elle, ne se mettait-elle pas de son côté, contre sa sœur ?

— Paul... commença-t-elle.

Il comprit aussitôt ce qu'elle ressentait.

— Olivia sait que j'avais l'intention de te le demander. Elle est d'accord. Elle voit les choses comme moi : nous devons nous séparer pendant quelque temps pour faire le point.

— Très bien. Tu peux rester, si tu veux.

Elle ouvrit les bras comme pour embrasser du geste la pièce, la maison tout entière.

— Tu es chez toi !

Il eut un sourire contraint.

— Je préfère pas. Vraiment, ce n'est que très provisoire.

— Tu as besoin de parler ?

— Plus tard. J'aimerais bien défaire mes valises, prendre une douche. Après, on ira dîner, d'accord ? Je t'invite.

— Avec plaisir. Viens que je te montre ta chambre.

Elle le précéda dans l'escalier, ouvrit la porte de la chambre d'amis.

201

— Voilà, c'est ton royaume. Tu as une petite salle de bains attenante. J'espère que tu te sentiras bien.

— J'en suis sûr.

Elle s'apprêta à sortir, mais il la retint par le bras en ajoutant :

— Merci, Leona. Je regrette de t'importuner comme ça, mais tout s'est passé si vite... Je vais essayer de faire en sorte que les choses s'arrangent au plus tôt... d'une manière ou d'une autre.

— Prends ton temps. Tu peux rester tant que tu veux. Si cela peut vous aider tous les deux, j'en suis contente.

Leona se rendit dans sa chambre. Avec un soupir de soulagement, elle enleva ses chaussures. La journée avait été longue, mais cela ne l'empêchait pas de se réjouir d'aller dîner avec Paul. Elle repensa à son rendez-vous avec Bernhard Fabiani et ne put s'empêcher de sourire. Il lui avait été sympathique, et il était évident qu'il avait pris plaisir à sa compagnie. Il fallait néanmoins rester prudente. Trop de femmes l'aimaient, il aimait trop de femmes. Ses regards pénétrés avaient fait leurs preuves. Il était parfaitement conscient de leur effet et en jouait dès que l'occasion s'en présentait.

L'histoire avec Robert me suffit pour l'instant, se dit-elle, je vais laisser tomber les hommes pendant quelque temps.

Elle résolut d'aller prendre une douche à son tour. Elle se déshabilla après avoir allumé la télévision de la chambre, en fredonnant à l'unisson la chanson qu'interprétait un chanteur sur l'écran.

Sa salle de bains jouxtait la chambre. Elle s'y rendit, tira le rideau de la douche, et se mit alors à hurler, hurler, jusqu'à ce que sa voix monte dans les aigus et se transforme en un cri strident, et qu'un Paul en proie à une frayeur mortelle apparaisse, puis garde les yeux rivés sur l'œil ensanglanté, visqueux, posé sur le sol de céramique de la douche.

Il lui fallut bien une demi-heure pour réprimer suffisamment le tremblement de ses mains et être capable de porter à sa bouche son deuxième verre de cognac et d'en boire une gorgée. L'alcool coula dans son gosier, le brûla, la calma un peu.

Une pellicule de sueur froide recouvrait son visage. Les battements de son cœur résonnaient dans son corps tout entier. Elle avait mal au cœur et craignait de se mettre à vomir d'un instant à l'autre.

Elle ne parvenait pas à se réchauffer, malgré le peignoir molletonné dans lequel elle s'était pelotonnée avant d'aller se réfugier devant le radiateur du séjour, avec Linda, sa petite boule de fourrure, sur les genoux.

Ça va s'arranger, se répétait-elle à l'envi, sans y croire vraiment.

Elle n'avait cessé de hurler que lorsque Paul l'eut attrapée par les épaules et secouée, puis entraînée vers sa chambre.

— Arrête tout de suite ! lui avait-il ordonné. Arrête !

Elle avait fermé la bouche et s'était tue.

Ensuite, c'était Paul qui avait pris les choses en main. Il était descendu à la cuisine, avait farfouillé dans les tiroirs. Puis il était revenu, muni d'une boîte en plastique.

— Qu'est-ce que tu vas faire ? lui avait-elle demandé, toujours debout au milieu de la pièce, abritant sa nudité derrière une serviette, le corps secoué de tremblements.

— Je mets le... ça là-dedans, avait expliqué Paul.

— Tu sais... ce que c'est... à qui ça...

— C'est l'œil d'un gros animal, avait répondu Paul, d'une vache ou d'un bœuf, je suppose.

Il s'en était fallu d'un cheveu pour qu'elle ne replonge dans l'hystérie.

— Je n'en veux pas ici ! Tu entends... il n'en est pas question, tu entends !

— Je l'enferme dans cette boîte et je jette le tout dans le container à ordures, d'accord ?

Elle avait senti la nausée monter.

— Tu... tu ne vas tout de même pas toucher ça ?

D'un ton brutal qui n'était pas le sien d'ordinaire, il avait répliqué :

— Il faut bien que quelqu'un le fasse, non ? Tu ne vas pas laisser ça moisir dans la douche !

Sur ce, il avait disparu dans la salle de bains, et lorsqu'il avait traversé la chambre, la boîte à la main, Leona n'avait pas soufflé mot.

En bas, dans le séjour, une fois avalée sa première gorgée de cognac, elle retrouva enfin l'usage de la parole :

— Je vais appeler la police.

Paul lui tournait le dos, debout près de la fenêtre.

Il se retourna.

— Pour quoi faire ? La police ne va pas se déplacer pour une chose pareille.

— Dolly a été empoisonnée il y a une semaine. Et maintenant, ça ! Tu trouves que ça ne suffit pas ?

Paul avait appris la mort de la petite chatte par Elisabeth, que Leona avait eue au téléphone. Mais cette dernière n'avait rien dit de ses soupçons contre Robert. Dans la famille, on considérait qu'il s'agissait d'un tragique accident.

— Oui, et alors ? s'étonna Paul. Qu'est-ce que tu veux dire par « ça ne suffit pas » ?

— Quelqu'un a empoisonné Dolly. Quelqu'un a mis un… œil dans ma douche. Quelqu'un essaie de me faire perdre la boule.

— Est-ce que tu as une idée de ce « quelqu'un » ? demanda Paul d'un ton qui laissait clairement entendre qu'il ne croyait pas à l'existence d'un ennemi à l'affût dehors, dans les ténèbres.

— Robert, lâcha Leona.

Paul mit une seconde à comprendre de qui elle parlait. Il n'avait pas fait la connaissance de son ami de l'époque, n'ayant pas passé Noël au sein de la famille. Mais il avait naturellement appris son existence, ainsi que la fin de leur liaison.

Il se rappelait à présent que Caroline avait raconté que ce Robert était « complètement taré », mais il n'en avait pas tenu compte, car il ne tenait jamais compte de l'opinion de Caroline.

— Robert ? répéta-t-il d'un ton dubitatif.

Elle enfouit sa tête dans ses mains.

— Personne ne veut me croire. C'est drôle, même pas Wolfgang, alors qu'il m'a toujours mise en garde et subodorait le pire. Mais maintenant qu'il se passe vraiment des choses terribles, personne ne veut croire que c'est Robert qui se cache derrière tout ça.

— C'est toi qui as rompu ? Tu crois qu'il veut se venger ?

— Je sais que ça paraît absurde. Moi aussi, j'ai toujours cru que ce genre de trucs n'arrivaient que dans les films. Mais pourquoi pas, finalement ? Le monde réel en est plein ! Il suffit d'ouvrir le journal pour lire des tas d'atrocités commises par des esprits pervers.

— Il ne tournait pas rond, ce Robert, d'après toi ?

— Oui, et c'est pour ça que j'ai rompu. Et de plus, ajouta-t-elle sur un ton de défi, aujourd'hui, j'ai vu quelqu'un qui connaît Robert depuis de nombreuses années et qui m'a confirmé que je ne me faisais pas d'idées. Il a quelque chose de louche, quelque chose qui a trait à ses relations avec les femmes.

— On va réfléchir de façon objective, décréta Paul.

Leona ravala une remarque cinglante. Evidemment, c'était elle qui n'était pas objective ! Sans doute hystérique ! Qui jetait des accusations à tout va et s'installait dans la parano.

— Le poison, poursuivait Paul, la chatte peut l'avoir avalé n'importe où.

Leona soupira. Cette phrase, elle la connaissait par cœur. Qu'est-ce qu'ils s'imaginaient tous ? Qu'ils allaient la surprendre avec une théorie époustouflante ?

— Cet œil... ce ne pourrait pas être l'autre chatte qui l'a apporté ?

La voyant s'apprêter à répondre, il leva les mains dans un geste de défense.

— Attends ! Les chats nous rapportent des proies en tout genre, parce qu'ils croient nous faire plaisir. Je sais, tu vas me dire qu'un œil de bovin, ça ne se balade pas comme ça dans la nature...

— Non, ce n'est pas ce que je voulais dire, l'interrompit Leona. Ton hypothèse ne tient pas, parce que Linda ne peut plus sortir. Depuis la mort de Dolly, je la tiens enfermée. Sans compter que la porte de ma salle de bains était fermée. A la rigueur, un chat réussit à ouvrir les portes en sautant sur la poignée, mais il ne les referme jamais !

— OK. On élimine Linda. Alors... qui a une clé de cette maison ?

— Wolfgang. Mais...

— Est-ce que ça pourrait être une blague de mauvais goût de sa part ?

— Jamais de la vie. Jamais Wolfgang ne ferait une chose pareille. Sans compter qu'il est en train d'essayer de se réconcilier avec moi.

— Hum. Qui encore ?

— Ma mère.

— Exclue elle aussi. Qui d'autre ?

— Plus personne.

— Et ce Robert ?

— Il me l'a rendue quand il est parti. Mais… (et, à cette pensée, elle eut encore plus froid), il a disposé de plusieurs mois pour se faire faire un double des clés. Mon Dieu !

Elle regarda Paul avec des yeux agrandis d'horreur.

— Il a sûrement un double ! Depuis le début ! Mon Dieu, mon Dieu ! Depuis tout ce temps, il peut entrer et sortir, et même la nuit quand je dors… peut-être qu'il s'est promené dans toute la maison !

Elle plaqua une main sur sa bouche.

— Je ne vais pas tarder à vomir, murmura-t-elle, tandis que la panique se déversait sur elle par vagues, lui coupant le souffle.

Paul fut auprès d'elle en deux bonds. Il prit son visage entre ses deux mains – qui étaient très fraîches et lui firent du bien – et la força à le regarder.

— Doucement, Leona, dit-il d'une voix ferme, respire à fond et essaie de te calmer. Il ne faut pas perdre la tête.

Elle fit ce qu'il avait dit, inspira profondément à plusieurs reprises, et la nausée disparut, la panique reflua.

— Ça va mieux, annonça-t-elle en parvenant à sourire faiblement.

— Dès demain, tu fais changer les serrures, conseilla Paul. Tu as combien de portes donnant sur l'extérieur ?

— La porte d'entrée, la porte de la cuisine et la porte de la cave. Mais je ne crois pas que Robert ait eu de clé de la cave.

— Peu importe, par sécurité, fais changer cette serrure également.

— Et tu ne crois pas qu'il faudrait appeler la police ?

— Je ne crois pas que nous ayons suffisamment d'éléments en main. Un chat qui a pu s'empoisonner dans n'importe quel jardin. Un œil de bœuf dans la douche... C'est de mauvais goût et répugnant, mais ce n'est pas une menace de mort.

— Quelqu'un pénètre dans ma maison en mon absence ! On...

— Tu n'en sais rien, Leona, c'est justement le problème. Tu as des soupçons, mais tu n'as pas la moindre preuve. Tu crois que la police pourrait entreprendre quoi que ce soit contre ce Robert uniquement parce que tu crois, toi, que c'est lui qui est derrière tout ça ?

— Non.

Découragée, à bout, elle avala une nouvelle gorgée de cognac.

— Je ne vais pas pouvoir fermer l'œil cette nuit, reprit-elle. Quand je pense qu'il peut entrer ici comme il veut...

— Ferme la porte de ta chambre à clé. Il faudrait l'enfoncer pour entrer, et ça, ça fait du bruit. N'oublie pas que je suis là.

— Heureusement !

Elle se demanda comment elle aurait fait si elle avait dû passer la nuit seule.

— Dieu sait que je préférerais que tout aille bien entre toi et Olivia, mais c'est une bénédiction de te savoir ici.

— Au moins, comme ça, j'ai moins l'impression de t'embêter !

Il lui prit son verre des mains, le posa de côté.

— Allez, va te coucher maintenant. Tu as l'air drôlement crevée. Mais tu as peut-être envie d'aller dîner quand même ?

La simple évocation de nourriture lui souleva le cœur.

— Non, je vais aller me coucher. Et toi ?

— Je vais encore regarder un peu la télé. Tu m'appelles si tu as besoin de quelque chose, d'accord ?

— Oui, bonne nuit.

Elle prit la petite chatte avec elle dans sa chambre et ferma soigneusement le verrou de l'intérieur. D'un geste brusque, elle tira les rideaux, saisie de l'appréhension soudaine que Robert ne grimpe dans un arbre pour l'espionner. Elle était fermement convaincue que c'était lui qui avait placé l'œil dans sa douche, dans le seul but de la terroriser. Cet œil était un message : je t'observe, je sais toujours où tu es, je suis toujours assez près pour te voir.

Elle resta éveillée toute la nuit, pensant à Robert, guettant tous les bruits de la maison. Linda s'était couchée en rond sur l'oreiller, à côté d'elle. Quand elle tournait la tête, Leona sentait son doux pelage contre sa joue. Cela la réconfortait un peu, mais pas assez pour chasser la terreur qui l'avait envahie. Robert s'était promené dans toute la maison comme chez lui. Combien de fois s'était-il planté sur le seuil de sa porte largement ouverte, pour l'écouter respirer ?

Le lendemain, elle ferait changer les serrures.

Mais elle avait parfaitement conscience que ce ne serait en rien la fin du cauchemar.

5

Une semaine plus tard, elle apportait Linda à ses parents, à Lauberg. Malgré les nouvelles serrures, elle ne parvenait pas à se débarrasser de l'angoisse qui la tenaillait. Paul affirmait qu'il ne voyait pas comment on pourrait s'introduire désormais dans la maison, mais elle savait bien qu'il ne croyait pas tout à fait à sa théorie de l'ancien amant obsessionnel et de ses méfaits. Il n'avait évidemment aucune explication à proposer pour la présence d'un œil dans sa douche, mais il était trop rationaliste pour accepter l'idée d'un comportement irrationnel chez les autres. Un amant éconduit faisait des scènes, hurlait et menaçait, mais il ne se livrait pas à des actes aussi étranges.

Paul voulait bien admettre que cela existait vraiment, qu'un nombre effrayant de malades et de pervers étaient lâchés dans la nature. Mais on n'était pas dans ce cas de figure. Il refusait de croire qu'il pourrait jamais se trouver en contact avec « ce genre de choses ».

Leona avait tout d'abord emmené la petite chatte et tout son matériel au bureau, ce qui lui avait attiré les froncements de sourcils de son chef. Elle avait eu beau chercher à l'attendrir en lui expliquant que la petite bête se sentait seule depuis la mort de sa sœur, il ne s'était pas montré très réceptif. Linda avait commencé par vider les corbeilles à papier et filer comme une fusée dans le couloir à la poursuite de leur contenu, puis elle s'était mise à gratter le sable de sa litière en l'éparpillant dans le bureau, et enfin à miauler à fendre l'âme devant la fenêtre, réclamant de sortir.

Se rendant à l'évidence, Leona avait appelé sa mère pour lui demander si elle pouvait la garder pendant quelques semaines.

— Bien sûr, avait répondu Elisabeth, mais pourquoi ?

— Elle ne supporte pas d'être seule. Au moins, chez vous, il y a toujours quelqu'un.

Elle partit le samedi en prévoyant de rentrer le dimanche soir. Elle avait demandé à Paul s'il souhaitait l'accompagner afin de parler à Olivia, mais il avait refusé.

— C'est trop tôt. Je ne sais pas encore très bien où j'en suis.

Le printemps s'était définitivement installé, il faisait chaud, tous les bourgeons éclataient. Le paysage devenait de plus en plus beau à mesure qu'elle s'éloignait de la ville. Leona se sentit devenir plus légère, plus libre. De temps à autre, elle jetait un coup d'œil méfiant dans le rétroviseur, pour voir si Robert ne la suivait pas.

Arrête tes bêtises, se reprenait-elle aussitôt, il ne passe pas toutes ses journées devant chez toi à t'épier, sans compter qu'il n'a pas de voiture !

La journée était si claire, la nature si belle, qu'elle sentit son angoisse diminuer. Les spectres de la nuit s'étaient évanouis.

Et d'ailleurs, personne ne la suivait. Elle en était absolument sûre, car elle était tout à fait seule sur cette route ensoleillée. Personne devant ni derrière.

A Lauberg, tout suivait son cours normal. Elisabeth, dans le jardin, suspendait le linge dehors pour la première fois de l'année.

— Je suis contente que tu sois là, Leona, dit-elle en embrassant sa fille.

Puis, après l'avoir scrutée attentivement, elle ajouta :

— Tu m'as tout l'air de manquer de sommeil.

— Allez, ne t'inquiète pas comme ça, maman. Tout va bien.

— Tu as eu des nouvelles de Wolfgang ?

Elle avait eu l'intention de tout garder pour elle, mais elle éprouva le besoin de chasser quelques-uns des soucis de sa mère.

— Il s'est séparé de son amie. Il aimerait bien se rabibocher avec moi.

— Ah bon ? s'exclama Elisabeth, dont le visage s'éclaira. Et toi, qu'est-ce que tu en penses ?

— Il me faut du temps. Il faut d'abord que je me retrouve un peu moi-même.

— Bien sûr, ma chérie. Il ne faut pas que Wolfgang s'imagine qu'on peut te siffler comme un petit toutou !

Cette remarque ressemblait si peu à sa mère que Leona éclata de rire.

La corbeille du chat dans une main, son sac de voyage dans l'autre, elle se dirigea vers la maison. Ben paressait sur la véranda, mollement allongé dans le hamac, vêtu uniquement d'un slip de bain. A côté de lui, Felix jouait à faire circuler ses petites voitures sur le ventre nu de son père à grand renfort de vroum-vroum.

Ben leva négligemment la main pour la saluer.

— Salut, Leona. Tu as vu comme il fait beau ?

En règle générale, Leona devait lutter contre la bouffée d'énervement qui l'envahissait à la vue de Ben dans toute la splendeur de son indécrottable fainéantise, mais, cette fois, elle trouva le tableau plutôt réconfortant. Il émanait une telle absence d'agressivité de ce garçon avachi dans son hamac, en train de se faire maltraiter de bonne grâce par son enfant, que cette passivité lui fit du bien. Ben était un propre à rien, mais c'était un bon garçon incapable de faire du mal à une mouche. Si Caroline devait se lasser de lui un jour et le mettre à la porte, ce ne serait pas lui qui empoisonnerait des petites bêtes innocentes ou introduirait des choses horribles dans la douche pour l'intimider. Il se contenterait d'emballer ses trois ou quatre frusques et de lever le camp pour se trouver une autre bonne poire chez qui squatter, sans prononcer le moindre mot malveillant.

— Salut, Ben, répondit-elle en retour, oui, il fait vraiment beau. Caroline n'est pas là ?

Il fit un geste négatif et lent de la tête :

— Non, elle est à Bonn. A une manif.

— Ah bon. Elle manifeste pour quoi, ou contre quoi ?

— J'en sais rien. Sans doute qu'elle ne le sait pas non plus. Quand elle apprend qu'il y a une manif quelque part, faut qu'elle y aille. Je ne comprends pas à quoi ça sert qu'elle se stresse comme ça… mais elle fait ce qu'elle veut. C'est sa vie.

Felix fit atterrir un hélicoptère dans le nombril de son père tout en émettant un bruit de moteur infernal. Leona leur sourit à tous deux, puis pénétra dans la maison.

Des accents de musique classique lui parvinrent du bureau de son père. Beethoven. Julius aimait à s'étendre après déjeuner et écouter de la musique. C'était un moment sacré pour lui.

Leona essaya de faire le moins de bruit possible en gravissant les escaliers. A l'étage, elle tomba sur Olivia qui sortait de la salle de bains avec Dany. Cette dernière, enveloppée dans un immense drap de bain, les cheveux mouillés, fleurant bon le savon à la camomille, paraissait étonnamment pacifique. Le visage réjoui, elle poussait des grognements de satisfaction.

— Ah, Leona, dit Olivia distraitement, ça fait un bail qu'on ne t'a pas vue.

— Tu as le bonjour de Paul.

— Merci, se contenta de répondre Olivia.

Leona se demanda si l'indifférence de sa sœur était réelle, ou si c'était une manière de dissimuler ses sentiments.

— Tu n'as pas envie de savoir comment il va ?

— Comment va-t-il ? demanda Olivia.

Leona étouffa un soupir.

— Ça va à peu près, mais il se pose un tas de questions.

— Moi aussi.

Olivia sécha délicatement sa fille avec le drap de bain. Dany s'accrocha aux cheveux de sa mère en les tirant par à-coups, puis laissa bien vite tomber ce jeu et se remit à grogner, émettant des sons qui semblaient des tentatives de chant. Leona l'avait rarement vue d'aussi bonne humeur.

L'expression absente, Olivia sortit un pyjama et le passa à Dany.

Leona se jeta à l'eau :

— Olivia, je ne veux pas m'en mêler, mais je m'inquiète. Je connais Paul depuis longtemps, et je le connais encore mieux depuis une semaine. C'est un homme que tu ne peux pas laisser partir comme ça. Il t'aime, mais il est désespéré, et il va peut-être finir par se décider à changer de vie, à vivre sans toi.

— C'est ce qu'ils font tous, tôt ou tard, tu es bien placée pour le savoir.

Leona sursauta. Se dominant à grand-peine, elle répliqua :

— Oui, je suis bien placée pour le savoir. J'ai sans doute commis toute une série d'erreurs. Mais contrairement à toi, on ne m'a laissé aucune chance. Wolfgang ne m'a strictement rien laissé voir avant le jour où il m'a annoncé qu'il avait une maî-tresse. Ce n'est pas ce que fait Paul. Toi, tu sais exactement à quoi t'en tenir.

— Je ne vois pas à quoi ça me sert.

— Bon sang, Olivia, ressaisis-toi ! Tu as un mari fabuleux, et tu fais tout pour le faire fuir ! Il ne te trompe pas, il ne boit pas, il a un bon boulot et il gagne assez pour t'offrir une vie agréable. Il est compréhensif, intelligent et sensible. Tu as tiré le gros lot, Olivia, et je crois que tu ne t'en rends pas compte !

— C'est l'heure de la sieste pour Dany, répondit Olivia.

Sa fille grimpa dans son lit, se laissa border. Olivia tira les rideaux à motifs de nounours et chevaux à bascule.

— Une heure, Dany, d'accord ? Maman viendra te réveiller après.

Les deux sœurs sortirent de la chambre. Dans le couloir, Leona, s'apercevant qu'elle transportait toujours la corbeille contenant la petite chatte, s'empressa de la poser et de faire sortir de sa prison une Linda qui déguerpit aussitôt, la queue en l'air.

— Elle va rester ici ? s'enquit Olivia.

— Oui. Tu sais bien que Dolly a mangé du poison quelque part, et j'ai peur que...

— Je comprends, dit Olivia, suivant du regard la chatte qui disparaissait au bas de l'escalier. Ici, elle sera en sécurité, tu as raison. Ici, il ne lui arrivera rien.

Leona prit la main de sa sœur.

— Le monde, dehors, dit-elle avec précaution, n'est pas aussi dangereux que tu le crois. Ni pour Dany ni pour toi.

Elle revit en pensée l'œil de bœuf et Dolly agonisante.

C'est un cliché, se dit-elle. Le monde est bel et bien dangereux. Il nous met en danger de mort, chaque jour, chacun de nous.

La main d'Olivia trembla dans la sienne.

— Si, il est dangereux, dit-elle d'une petite voix.

— Tu as raison, le monde est dangereux. Mais en le fuyant et en protégeant Dany à outrance, tu ne vous mets en sécurité qu'en apparence. Tu crois pouvoir mettre ta fille à l'abri de tous les dangers, mais ce n'est pas possible. Les dangers vont finir par la rattraper, et toi, tu fais tout pour l'empêcher d'être capable de les affronter. Tu la rends faible, dépendante, tu en fais un être totalement désarmé. Et c'est là que se trouve le véritable danger.

Olivia se détourna.

— La vie que Paul veut mener, je ne peux pas la mener.

— Qu'est-ce qu'il te demande ? Il veut simplement...

— ... que je mette ma fille dans une maison. Il me demande de me débarrasser de Dany comme d'un objet encombrant. Je ne peux pas faire ça. J'en mourrais. Et même si ça doit me faire rater ma propre vie, je serai là pour Dany à chaque seconde. C'est le minimum. La compensation minimum pour ce que je lui ai fait.

Son beau visage aux pommettes hautes et sa bouche joliment dessinée trahissaient le désespoir et la résignation. Le désespoir était encore mâtiné de révolte, de colère, mais la résignation était déjà prête à se disséminer en elle comme une tumeur cancéreuse et à étouffer toute forme de vie.

Paul posa son pinceau et contempla son œuvre avec satisfaction. Le bleu éclatant des placards jetait une note de fraîcheur dans la cuisine.

Quelques jours auparavant, Leona avait remonté la peinture de la cave en annonçant qu'elle en passerait une couche dans les semaines à venir.

— Nous voulions le faire en septembre, Wolfgang et moi, pendant nos vacances. Mais il est parti, et j'ai laissé tomber. Maintenant, j'en ai assez, je ne supporte plus cette peinture écaillée.

Quand elle lui avait annoncé qu'elle irait passer le week-end chez ses parents, il avait eu aussitôt l'idée de s'y atteler et de lui faire la surprise pour son retour. Car il devait bien cela à celle qui l'accueillait si généreusement et lui épargnait ainsi la solitude d'une chambre d'hôtel froide et impersonnelle. Il avait toujours eu horreur de l'hôtel, et dans sa situation, c'était inenvisageable !

Au moins, se dit-il tout en nettoyant soigneusement le pinceau à la térébenthine, elle n'était pas seule quand elle a trouvé cette saloperie dans sa douche. Pas étonnant qu'elle nous ait fait une crise d'hystérie.

Paul restait convaincu que cette affaire n'était qu'une plaisanterie de mauvais goût. En revanche, Leona avait raison, selon lui, de soupçonner ce Robert qui semblait assez pervers pour avoir recours à de tels moyens afin de terroriser son ex-amie. Mais à l'inverse de Leona, pour qui cet homme était un criminel, une véritable menace, Paul ne le considérait que comme un doux dingue qui essayait de mettre du baume sur son amour-propre blessé.

Non, je ne dirais pas que ce qu'il fait est criminel, réfléchit Paul, avant se raviser : se faire faire un double des clés d'une maison afin de pouvoir s'y promener à sa guise ni vu ni connu, n'était-ce pas criminel ? De toute façon, c'était terminé. Les serrures avaient été changées, et Robert le Fantôme retournerait bientôt dans le néant d'où il avait surgi.

Paul se lava les mains, sortit dans le jardin par la porte grande ouverte de la cuisine, inspira profondément. La peinture avait beau être bio, ça ne l'empêchait pas de sentir fort et de lui donner des maux de tête. L'air lui fit du bien. La journée avait été chaude, mais la fraîcheur de la soirée était agréable. L'herbe et la terre étaient chargées d'une odeur humide, épicée. Une branche de magnolia vint caresser sa joue.

La vie pouvait être si belle, quand on le lui permettait !

Il y avait longtemps qu'il n'avait plus ressenti le printemps aussi intensément, et avec lui un regain d'énergie, un nouveau goût de vivre. Le sentiment de désespérance qui plombait sa vie depuis tant d'années commençait à s'atténuer, laissant la place à un plaisir qu'il avait presque oublié. Le plaisir d'apprécier de toutes petites choses, une joie anticipée à l'idée de l'été qui allait arriver, des fraises, des roses, des grillons, des prés remplis de fleurs et des pierres chauffées par le soleil sous les pieds nus.

Après toutes ces années de grisaille, ces petits signes lui prouvant qu'il était encore capable de joie lui permettaient de faire cette constatation extraordinaire : il n'était pas encore mort intérieurement. Non. Il était dans ses plus belles années. En lui sommeillaient encore de la force, de l'énergie, de l'espoir, et, contre toute attente, une grosse dose de détermination.

Il retourna à la cuisine, laissant ouverte la porte donnant sur le jardin, afin que le vent qui se levait atténue l'odeur de la peinture et favorise le séchage. Il était plutôt fier de son travail. Leona serait satisfaite de ses services.

Il alluma le four, sortit une pizza du congélateur et, renonçant au temps de décongélation naturel conseillé, l'enfourna aussitôt.

Dans la salle à manger, il se servit un martini et s'installa devant la cheminée. Le silence alentour lui faisait du bien. La notion de silence lui était devenue étrangère, comme tant de choses ces dernières années. Là-bas, l'impitoyable vie de famille ne permettait pas le silence. Il y avait beaucoup trop de monde qui s'agitait dans des pièces trop étroites. Quand il s'asseyait pour prendre un verre, il voyait aussitôt surgir quelqu'un pour lui tenir compagnie. Il lui arrivait parfois de se retenir pour ne pas hurler.

Et maintenant, se dit-il, tu te sens mieux. Depuis quand ? Depuis une semaine, depuis que tu t'es séparé de la femme que tu aimes.

Et c'était à lui que ça arrivait, lui qui secouait la tête avec incompréhension quand les autres, autour de lui, des amis ou des collègues, avaient des difficultés dans leur vie de couple.

— Je ne comprends pas, disait-il, il n'y a pas trente-six solutions. Ou on s'aime, ou on ne s'aime pas. Dans le premier cas, on s'entend, et dans l'autre, on ne s'entend pas.

S'il y avait quelque part une puissance qui exerçait la justice, elle lui faisait payer sa présomption. Il faisait l'amère expérience, à ses propres dépens, qu'il avait raconté des âneries, pensé des bêtises, et que les choses n'étaient de loin pas aussi simples qu'il l'aurait voulu. Il était bien obligé de constater qu'on pouvait aimer quelqu'un tout en étant incapable de vivre avec, et que cet état de fait vous usait à petit feu, vous coinçait dans une impasse jusqu'à ce que vous vous retrouviez exsangue. Puis vous preniez une décision dans un sens ou dans un autre, sans y trouver le moindre apaisement.

Arrête de ruminer tout ça, s'ordonna-t-il, tout en gagnant la cuisine pour sortir sa pizza du four.

Mais finalement, c'est bien pour ça que tu es ici, se reprit-il, pour ruminer. Pour réfléchir. Trouver une solution.

Muni de la pizza et d'une bière, il alla s'installer dans le salon, devant la télévision. Il allait penser à tout cela, mais pas maintenant. Il était trop fatigué. Il aurait tout le temps le lendemain. Et Leona serait de retour le lendemain soir, et peut-être lui parlerait-elle d'Olivia... lui dirait-elle quelque chose qui l'aiderait.

Après le repas, il avait dû s'endormir. A la télévision passait un film ennuyeux – une histoire d'amour qui finissait mal – mais Paul n'avait même pas trouvé l'énergie nécessaire pour appuyer sur le bouton de la télécommande et changer de chaîne. Il ignorait ce qui l'avait réveillé, il remarquait seulement qu'il avait le cou raide et douloureux, mal installé comme il l'était.

Il se redressa avec un gémissement. Il faisait nuit, la pièce était plongée dans le noir, éclairée seulement par l'écran et ses images saccadées. Ce ne semblait plus être le même film, car il ne reconnaissait plus les personnages qui s'agitaient sous ses yeux. Deux jeunes femmes se querellaient à propos d'un certain Mike qui semblait être le fiancé de l'une d'elles, ce qui ne l'empêchait pas d'être très intime avec l'autre, et cela déplaisait fortement à la fiancée. Mais malgré la véhémence de leur dispute, elles se turent brutalement, se dévisageant mutuellement comme deux chattes prêtes à bondir, et pendant que Paul attendait qu'elles se sautent dessus, il entendit un bruit dans le silence subit, un bruit qui ne venait pas du téléviseur.

Il provenait de la porte d'entrée. Quelqu'un essayait d'ouvrir.

La première pensée de Paul fut : Leona !

Il se leva avec un nouveau gémissement, car il commençait à sentir les courbatures générées par son activité physique de la journée. Il s'apprêta à aller à la rencontre de Leona pour l'accueillir, puis s'arrêta net. Car les bruits montaient en puissance, devenaient plus violents. Quelqu'un s'acharnait sur la serrure, et c'était visiblement quelqu'un qui n'avait pas la bonne clé, donc qui possédait l'ancienne. Et ce ne pouvait pas être Leona.

Même s'il ne croyait pas à l'existence du dangereux psychopathe, il ressentit un certain malaise. Il s'avança vers la fenêtre en encorbellement qui donnait sur le devant et ferma les rideaux d'un geste sec. Si ce je-ne-sais-qui circulait autour de la maison, au moins écraserait-il en vain son nez contre la vitre. Toutes les serrures avaient été changées, il pouvait bien essayer d'introduire sa clé tant qu'il voulait.

Il restait encore un peu de bière. Paul se servit, se rassit dans son fauteuil.

Au même moment, il se souvint de la porte de la cuisine.

Il se figea, reposa son verre à grand bruit sur la table. Il avait laissé cette porte grande ouverte pour se débarrasser de l'odeur de peinture !

Mais celui qui s'ingéniait à ouvrir ne ferait pas immédiatement le tour pour aller voir par-derrière. Il avait le temps d'aller fermer la porte.

Et même si tu te trouvais nez à nez avec lui, se dit Paul avec ironie, qu'est-ce qui se passerait ? Tu crois qu'il va t'attaquer comme une bête furieuse ?

Ce fut effectivement ainsi qu'il l'attaqua à peine eut-il franchi le seuil de la cuisine. Car il s'y trouvait déjà. Il avait dû filer comme l'éclair jusqu'au jardin de derrière. Surgi de la nuit comme une ombre, il frappa la main que Paul avait tendue pour allumer. La douleur fut si intense que Paul poussa un hurlement. Il n'eut plus le temps de se défendre, de s'orienter, de comprendre ce qui lui arrivait. La douleur se propageait dans son bras par vagues et l'empêchait de bouger. L'ombre l'agrippa sans hésiter une seconde, l'entraîna au sol, s'acharna sur lui à coups de poing, à coups de pied, distribués au hasard, dans les côtes, la poitrine, dans le bas-ventre, sur le cou en lui coupant le souffle, dans la figure, et quelque chose éclata, son nez ou peut-être sa mâchoire.

Au bout de quelque temps – quelques secondes, une minute – Paul fut de nouveau capable de penser, et il comprit avec effroi que l'ombre ne voulait pas simplement le rouer de coups.

Elle cherchait à le tuer.

Dans l'obscurité, il ne distinguait que des contours. Il entendit ses halètements, son souffle furieux, énervé, tel le grondement d'un animal au comble de l'excitation. Un homme, bien sûr, c'était un homme. Aucune femme n'eût été capable de frapper aussi impitoyablement, avec tant de force. Il avait des poings d'acier, et il appliquait ses coups avec une brutalité inhumaine.

Paul voulut dire quelque chose, crier, mais ce qui sortit de sa bouche ne fut qu'un gargouillis. Du sang emplit sa gorge, monta, coula par ses lèvres. Il sentit qu'il allait perdre connaissance d'un moment à l'autre. Il n'avait pu faire le moindre geste de défense, et encore moins infliger ne serait-ce qu'une égratignure à son assaillant. Il gisait par terre comme un poisson hors de l'eau et était en train de se faire tabasser à mort, incapable de lever le petit doigt.

Les mouvements de l'autre ralentirent, faiblirent, ses forces diminuèrent, mais cela ne changeait rien au sort de Paul. Ses sens l'abandonnèrent, il se dit, plus étonné qu'horrifié : C'est donc comme ça qu'on meurt...

L'autre se redressa, haletant comme s'il avait couru un sprint, tâtonna pour ramasser un objet posé par terre à côté de lui, leva le bras et laissa tomber ce qu'il avait ramassé sur la tête de Paul. Celui-ci émit encore un son, un léger soupir, puis perdit connaissance.

6

Le dimanche après-midi, Leona reprit la route de Francfort. Le trajet fut long. En cette belle journée de printemps, les citadins étaient sortis prendre l'air et Leona tomba dans les bouchons de retour. Mais cela n'altéra pas sa bonne humeur. Ce week-end chez ses parents lui avait fait du bien, calmé ses nerfs. Elle pensait certes encore à Robert, mais sans affolement. Il était usant, il avait un grain, mais ce n'était pas un criminel.

Elle chantonnait au moment où elle déboucha dans sa rue.

Ce fut pour trouver Wolfgang devant sa porte, un Wolfgang à l'air plutôt fâché. Leona ne put s'empêcher de sourire à la pensée que, décidément, les hommes se succédaient sur son seuil depuis quelque temps. Chaque fois, ils se conduisaient comme s'ils étaient attendus, et ces messieurs étaient contrariés parce que la maîtresse de maison n'était pas chez elle.

Cette fois, son mari semblait franchement furieux.

— Tu as raison de te méfier, dit-il en guise de salut, même de ton propre mari. Mais tu aurais au moins pu me mettre au courant que tu avais fait changer les serrures !

Leona posa les provisions que sa mère lui avait préparées et fouilla dans son sac à la recherche de sa clé.

— Tu avais l'intention de venir me rendre une petite visite ? demanda-t-elle.

— Non, ne t'inquiète pas, répliqua-t-il avec irritation, je n'avais pas l'intention de t'embêter. J'ai besoin de prendre des papiers pour les impôts, ils sont toujours dans mon bureau là-haut. J'ai sonné, j'ai attendu, j'ai fait plusieurs fois le tour pour voir si tu étais dans le jardin, et pour finir je me suis dit que tu ne m'en voudrais pas si j'ouvrais pour aller chercher ce qu'il me fallait. Mais je constate que c'est justement ce que tu voulais éviter ! Parce que tu t'attendais naturellement à une telle preuve d'incorrection de ma part !

L'incarnation de la dignité offensée !

— Bon Dieu, Leona, qu'est-ce que ça veut dire ? Tu avais peur que je vienne piquer l'argenterie, ou tes bijoux, pendant que tu avais le dos tourné ? continua-t-il à tempêter.

— Mais non, ce n'est pas à cause de toi que j'ai fait changer les serrures ! riposta Leona, tout en farfouillant désespérément dans son sac. Zut, elle est où, cette clé ?... Tu dis que tu as sonné ? C'est bizarre que Paul ne t'ait pas ouvert.

— Paul ? Ça y est, tu en es déjà au suivant ?

— Notre Paul. Le Paul d'Olivia. Mon beau-frère. Il habite ici pour quelque temps parce qu'il a besoin de prendre ses distances vis-à-vis d'Olivia.

— Ah bon, fit Wolfgang, avec une expression trahissant que cette configuration ne lui plaisait pas particulièrement.

— Sa voiture est dehors, poursuivit Leona, c'est pour ça que je pensais qu'il était là.

— Je n'ai pas remarqué de voiture. Leona, tu peux m'expliquer ce que ça signifie, cette histoire de serrures ?

— Tout de suite. Commence par entrer.

Leona, ayant enfin retrouvé ses clés, ouvrit la porte. Wolfgang ramassa les sacs qu'elle avait posés et la suivit à l'intérieur.

Une forte odeur de peinture leur sauta au nez.

— Bizarre, commenta Leona.

— Tu as refait tes peintures ? s'enquit Wolfgang.

— Non, j'avais l'intention de repeindre les portes de placard, dans la cuisine, mais...

Elle s'interrompit en entrant dans le séjour.

— Paul est là, obligatoirement ! Regarde, la télé marche, et il y a un verre de bière.

— En tout cas, il n'a pas réagi à mes coups de sonnette, répondit son mari.

Levant les yeux sur la fenêtre, il poursuivit :

— Ça m'a étonné, tout à l'heure. Je me suis demandé pourquoi les rideaux étaient tirés à cette heure de la journée.

Un sentiment curieux, inquiétant, envahit Leona.

— Je vais voir là-haut, dit-elle en quittant le séjour pour gravir l'escalier montant au premier. Paul ! C'est moi, Leona ! Où est-ce que tu te caches ?

Pas de réponse.

Au moment où elle ouvrait la porte de la chambre d'amis, elle entendit Wolfgang l'appeler d'une voix horrifiée :

— Mon Dieu ! Leona, viens vite !

Elle descendit les marches en courant.

— Où es-tu ?

— Dans la cuisine. Dépêche-toi !

Elle ne devait jamais oublier ce spectacle.

Wolfgang était accroupi par terre, entouré des sacs qu'il avait transportés à la cuisine. Devant lui, Paul gisait sur le sol, recroquevillé en position fœtale, à moitié sur le côté, de sorte qu'on ne voyait qu'une partie de son visage d'une blancheur cadavérique. Un fin filet de sang partait de son oreille et coulait jusqu'à son épaule. Devant lui, sur les dalles, un haltère.

Wolfgang était en train de tâter son pouls.

Leona, pétrifiée, avait du mal à comprendre la scène qui s'offrait à ses yeux écarquillés. Lorsque, enfin, elle fut capable de parler, ce fut pour demander d'une voix croassante :

— Qu'est-ce qui s'est passé ?

Au même moment, elle eut conscience de la stupidité de sa question : comme si Wolfgang pouvait le savoir !

— Je ne trouve pas son pouls, prononça ce dernier d'une voix faible. Merde, je ne trouve pas son pouls !

— Tu crois qu'il est mort ?

Wolfgang se leva d'un bond.

— Il faut appeler les secours. Il a dû faire une chute terrible !

Il se précipita sur le téléphone posé dans le séjour. Leona regarda l'haltère. Il ne lui appartenait pas. Ni à son beau-frère, selon elle. D'où venait ce truc ?

Enfin, elle parvint à sortir de sa stupeur.

Agenouillée auprès de Paul, elle vit alors son visage ravagé. Son œil droit était fermé, tuméfié, vert et violet. Son nez, réduit en bouillie, rempli de croûtes de sang séché. Ses lèvres, éclatées, ensanglantées.

Et son visage n'était pas le seul à avoir été transformé en bouillie. Ses bras étaient couverts de bleus de toutes les formes, de toutes les couleurs et de toutes les tailles. Ses doigts avaient un angle si bizarre qu'ils semblaient brisés. Ses vêtements étaient tachés de sang en plusieurs endroits.

Epouvantée, Leona retint son souffle. Paul n'était pas tombé par accident en s'ouvrant la tête sur l'haltère, non, Paul avait été tabassé. Avec une violence des plus brutales, des plus implacables. Et son assaillant lui avait donné le coup de grâce avec l'haltère, lequel avait dû l'atteindre derrière l'oreille. Il avait œuvré avec précision. Poussé par une haine, une rage sans nom, il avait donné libre cours à sa folie meurtrière. Ce n'était pas possible autrement.

— Oh mon Dieu ! chuchota-t-elle, oh mon Dieu, Paul ! Allez, respire ! Allez, bouge !

Délicatement, elle lui toucha le front. Etait-ce un effet de son imagination, ou voyait-elle un semblant de respiration soulever sa poitrine ?

— Il est vivant, annonça-t-elle à Wolfgang lorsqu'il réapparut. Il respire très faiblement, mais il est vivant !

— Les secours ne vont pas tarder.

Avec un mouvement de tête incrédule, il contempla le corps gisant par terre :

— Comment a-t-il bien pu se débrouiller...

— Il n'a rien fait du tout, le coupa Leona, toujours agenouillée auprès du blessé, les yeux remplis d'effroi, il n'est pas tombé, Wolfgang. Il a été battu quasiment à mort. Quelqu'un a essayé de le tuer.

— Donc, vous croyez que ce monsieur... Robert Jablonski s'est introduit ici et a tabassé votre beau-frère ? interrogea le commissaire Weissenburger d'un ton las.

Assis sur le canapé, en face d'un verre d'eau et d'une tasse de café, il s'efforçait de cacher sa contrariété.

D'humeur exécrable depuis qu'il avait entamé un régime, il tentait de se consoler de sa frustration par la perspective de passer son dimanche soir tranquille devant la télévision. Mais voilà qu'on lui gâchait sa soirée. Un homme avait été retrouvé à moitié mort dans une cuisine, tout semblait indiquer qu'il s'agissait d'un crime, et il se retrouvait là, à interroger une bonne femme passablement énervée et son mari dont elle vivait séparée, pendant que les autres étaient en train de relever les empreintes sur la scène du crime.

Il but une nouvelle gorgée de café en se disant que, décidément, la vie était une chienne.

Leona et Wolfgang, assis en face de lui, étaient munis eux aussi d'une tasse de café, mais Leona n'avait pas encore touché la sienne. Sa gorge était beaucoup trop nouée.

Paul était effectivement toujours en vie, selon le médecin, lequel avait toutefois ajouté que son état était grave et qu'à l'hôpital ils allaient prendre toutes les dispositions nécessaires pour l'opérer immédiatement.

Dans une sorte de transe, Leona avait vu les soignants déposer le blessé sur un brancard et le transporter jusqu'au véhicule d'urgence. Les gens du voisinage étaient sortis pour profiter du spectacle, formant une petite foule muette.

Ah, pour regarder, ils regardent ! se dit Leona avec colère, mais pour voir qu'il y avait un blessé par terre depuis je ne sais combien de temps, il n'y avait personne ! Bien sûr, elle était injuste, car comment auraient-ils pu savoir ce qui se passait à l'intérieur ? Mais elle était à bout de nerfs, trop épuisée pour pouvoir être juste.

Et ce n'était pas ce commissaire aux manières sèches qui avait le pouvoir de la calmer. Qui donc avait averti la police ? Wolfgang, les soignants, le médecin ? En tout cas, elle était là, c'était l'essentiel.

Ah, Paul, se dit-elle avec tristesse, si seulement nous avions appelé la police il y a une semaine ! C'est toi qui m'en as empêchée, à l'époque, et je prie le ciel pour que tu ne le paies pas de ta vie !

— Je ne crois pas que Jablonski soit entré par effraction, répondit Wolfgang à la question du commissaire, car comme l'ont déjà constaté vos collègues, il n'y a pas de trace dans ce sens.

— Hum.

Weissenburger jeta un coup d'œil sur la feuille portant quelques notes qu'il avait écrites.

— Vous avez déclaré, madame Dorn, que vous avez eu une liaison de quelques mois avec Jablonski. Il avait donc les clés de la maison, je suppose ?

— Il me les avait rendues. Mais après, il s'est passé une chose qui m'a fait soupçonner qu'il s'était fait faire un double. J'ai donc fait changer toutes les serrures.

— Qu'est-ce qui a éveillé vos soupçons ? interrogea le commissaire.

Leona lui parla de l'œil d'animal qu'elle avait trouvé dans sa douche la semaine précédente. Elle relata qu'elle avait songé à appeler la police, mais que Paul l'en avait dissuadée.

— Et quelque temps auparavant, on avait empoisonné l'un de mes chats, et dès ce jour-là, j'ai été persuadée, et je le suis toujours, que c'était Robert Jablonski qui était derrière tout ça.

— Pourquoi ne m'as-tu rien dit de cet œil ? intervint Wolfgang, horrifié.

Leona haussa les épaules.

— Je crois que j'avais peur de me rendre ridicule. J'avais déjà fait beaucoup d'histoires à propos de la chatte, et personne n'a voulu me croire quand je disais que je soupçonnais Robert. Je n'avais pas envie qu'on me traite de parano.

— Comment avez-vous connu Jablonski ? interrogea Weissenburger.

En peu de mots, elle lui décrivit leur histoire... jusqu'à sa fin.

— Il est monté dans un taxi qui devait l'emmener à la gare, dit-elle. Il était censé retourner à Ascona. Mais je n'ai jamais cessé d'avoir une impression bizarre.

— C'est-à-dire ?

— Ça s'était passé trop facilement. J'ai rompu avec lui, et il l'a pris d'une manière très calme. Il ne s'est pas battu, n'a pas essayé de me faire changer d'avis.

— Tous les hommes ne se transforment pas en loup quand ils voient une proie leur échapper, remarqua le commissaire. Il y en a beaucoup qui arrivent à avaler la pilule.

Sa voix, ses paroles étaient teintées d'ironie. Il n'aimait pas beaucoup les femmes, trouvant qu'elles faisaient des histoires pour tout : quand un homme se battait pour les conquérir, elles criaient au harcèlement sexuel, et quand il ne se battait pas, elles le traitaient de psychopathe. Weissenburger était divorcé depuis six ans, et il s'en félicitait tous les jours.

— Vous savez, si je me suis séparée de Robert, c'est à cause de son comportement possessif exacerbé, répliqua calmement Leona, bien décidée à ne pas se laisser provoquer. Il perdait complètement le contrôle de ses nerfs quand je disais ou faisais une chose qu'il interprétait comme une preuve de détachement vis-à-vis de lui. C'est pourquoi le calme avec lequel il a pris la séparation m'a semblé suspect. Mais en même temps, je me disais que je me montais la tête. Que j'étais hystérique. C'était une situation très éprouvante.

— Hum, fit encore le commissaire, avant de griffonner quelque chose sur son bloc-notes. Le coupable – je me refuse encore à désigner une personne en particulier –, le coupable a bien dû pénétrer dans la maison par un moyen quelconque, n'est-ce pas ?

— Vous voulez parler de celui qui a massacré Paul ? Ou de celui qui a mis un œil d'animal dans ma douche ?

Weissenburger sourit. C'était la première fois, au cours de l'entretien, qu'il étirait les lèvres, mais cela ne l'en rendait pas plus sympathique pour autant. C'était un sourire à peine esquissé, sans joie.

— Intéressante, cette façon de vous exprimer, madame Dorn. Il pourrait donc s'agir de deux coupables, selon vous ?

— Non. Je me suis exprimée de façon maladroite, mais...

Il leva la main pour l'interrompre.

— Non, non. Je partage votre avis. Deux coupables... Je pense qu'il est tout à fait possible que votre soupirant éconduit...

C'est curieux, lui aussi l'appelle mon soupirant, se dit Leona. Comme Wolfgang, au début. Ton soupirant. Un mot démodé, qui évoquait les bouquets de fleurs, les chocolats, les lettres, les déclarations enflammées. Ce mot et son évocation n'avaient strictement aucun rapport avec Robert, mais, étrangement, les gens semblaient tenir à le lui appliquer.

— ... se soit introduit ici et ait placé cet œil dans votre douche, poursuivait le commissaire. Il suffit d'aller dans un abattoir pour s'en procurer. Je n'interpréterais pas ce geste comme un geste de vengeance. Il a voulu vous embêter, vous effrayer. Vous frapper. Avec un goût douteux, mais, au final, ce n'était pas dangereux.

— Et l'empoisonnement de mon chat ?

— Un hasard. Un accident. Si vous saviez le nombre de chats qui s'empoisonnent chaque jour en mangeant un produit qui ne leur est pas destiné...

— Donc, nous avons un accident, énuméra Leona, un... soupirant vexé qui veut m'embêter, et un... au fait, quoi ? Qui est-ce qui a tabassé mon beau-frère en le laissant à moitié mort sur le carreau ?

— Un cambrioleur. Oui, je sais...

Le commissaire leva une nouvelle fois la main en voyant Wolfgang ouvrir la bouche.

— Un cambrioleur entre guillemets. Visiblement, il n'y a pas eu effraction. Mais peut-être que le coupable a sonné et que votre beau-frère lui a ouvert en toute confiance.

— Et lui a fait traverser tout le rez-de-chaussée pour l'emmener à la cuisine ? interrogea Wolfgang, sceptique. Pourquoi aurait-il fait ça ?

— Nous ne savons pas ce que lui a dit l'homme en sonnant à la porte. Peut-être qu'il voulait faire un relevé ou…

— Le week-end ? objecta Leona. Tout ça s'est passé samedi après-midi ou aujourd'hui, dimanche.

Weissenburger jeta avec impatience :

— C'est la victime qui pourra nous renseigner sur le déroulement exact des choses, quand elle sera en état d'être interrogée. Pour l'instant, nous ne pouvons que faire des suppositions, et ça ne nous mène pas loin. Il se peut aussi que le coupable ait fait le tour pour venir frapper à la porte de la cuisine.

— Mais il devrait y avoir un motif, dit Leona, et il n'y a eu aucun vol, apparemment.

— Vous avez vérifié avec précision ? Vérifié tous vos bijoux, et caetera ?

— Non. Mais, honnêtement, il n'y a pas grand-chose à voler chez moi.

— Ça, le coupable ne pouvait pas le savoir. Vous habitez dans un quartier très bourgeois, répliqua Weissenburger avec une nuance d'envie dans la voix, car lui-même vivait dans un appartement plutôt miteux. Le coupable pouvait parfaitement s'attendre à trouver son bonheur ici.

Leona n'était pas du même avis. De plus, Paul ne semblait pas être tombé entre les mains d'un voleur qui voulait le mettre hors d'état d'intervenir. Pour cela, il eût suffi de lui administrer un coup d'haltère sur la tête. Mais les stigmates que portait son malheureux beau-frère trahissaient la haine et la violence gratuites.

— Admettons, dit Weissenburger, que votre hypothèse Jablonski soit bonne. Quelle raison aurait-il eue de s'acharner sur votre beau-frère au point de l'envoyer à l'hôpital ?

C'était justement cette question que Leona se posait depuis le début sans trouver de réponse, mais ce fut à ce moment que les écailles lui tombèrent des yeux.

— Il ne savait pas que c'était mon beau-frère ! s'écria-t-elle. Il ne l'avait jamais vu, puisqu'il n'était pas là à Noël pour la réunion de famille. Robert a dû prendre Paul pour un rival. Monsieur le commissaire, il a pris Paul pour mon nouvel amant ! J'en suis tout à fait sûre ! Voilà, c'est ce qu'il a pensé !

Elle se pencha en avant, et précisa d'une voix altérée :

— Ça signifie qu'il n'a jamais arrêté d'observer ma maison. Il a vu Paul s'installer ici. Et donc il est venu pour le tuer.

7

L'agent de police Früngli de la police d'Ascona était d'excellente humeur. Nulle part au monde le mois d'avril n'était aussi beau que sur les rives du lac Majeur. Il n'avait pas encore vu grand-chose du monde, certes, plus exactement, il n'avait jamais franchi les frontières de la Suisse. Mais il avait grandi dans les environs de Zürich, et il avait l'habitude des mois d'avril dans cette région, c'est-à-dire froids et souvent humides. Alors qu'au sud, il arrivait avec des températures estivales et des fleurs à foison. Et la fête commençait dès le mois de mars.

Früngli avait tout fait pour être muté en Suisse italienne et avait enfin atteint son but deux ans auparavant. Depuis, il vivait sur un nuage, même s'il avait été rattrapé par le triste quotidien du métier de policier. Et parfois, sa famille lui manquait. Mais il s'empressait de refouler ce sentiment, car il pouvait s'estimer chanceux.

Il s'arrêta devant une bâtisse plutôt moche de la via Murragio et compara les numéros avec celui qu'il avait noté sur un papier. C'était là !

Il avait pour mission d'effectuer une vérification sur la personne d'un certain Robert Jablonski qui était enregistré à cette adresse. Une demande émanant de la police de Francfort. D'après ses informations, il s'agissait d'un cas d'agression violente. La victime se trouvait encore entre la vie et la mort. Pour l'heure, Früngli devait toutefois se contenter de relever l'identité de Jablonski et lui demander « par routine » où il s'était trouvé le week-end des 25 et 26 avril.

Il remit sa casquette d'aplomb et se pencha sur les sonnettes. C'était là : Jablonski.

Früngli sonna et attendit. Recommença. Après son troisième et vain coup de sonnette, une femme de ménage sortit de l'immeuble, transportant un sac-poubelle et deux corbeilles à papier remplies à ras bord. Elle lui jeta un regard de reproche, comme si elle le rendait responsable du fait de devoir travailler par une aussi belle journée. Il lui adressa un sourire hésitant et se faufila par la porte de verre qui était en train de se refermer lentement.

Maintenant, il était à l'intérieur, mais si ce Jablonski n'était pas chez lui, il n'en était pas plus avancé pour autant. Essayons directement à la porte de l'appartement...

D'après la disposition des sonnettes, celui qu'il cherchait devait habiter au troisième étage.

Früngli gravit les marches.

Mais il sonna pour rien à la porte de couleur marron.

Il renonça.

Un étage plus bas, il passa devant un appartement dont la porte était grande ouverte. Juste derrière, un aspirateur posé de travers barrait le chemin, et une forte odeur de produits d'entretien flottait dans l'air. C'était sans doute de là que venait la femme de ménage qu'il avait croisée en bas. Une autre femme, au chef surmonté d'un foulard à fleurs et munie d'une pelle verte, surgit alors et dévisagea l'intrus de ses petits yeux en boutons de bottine.

— Ah bon, la police ! dit-elle. C'est pour Millie que vous venez ?

— Pour Millie ? s'étonna Früngli.

La femme enjamba l'aspirateur et s'approcha de lui.

— Millie Faber. La dame qui habite en dessous de chez moi.

— Non, je cherche Robert Jablonski, répondit le policier. Vous avez une idée de l'endroit où il se trouve ?

— Bonne question. Non, aucune idée. Drôle de zigoto. Je crois qu'il ne va pas tout à fait bien là-haut, dit-elle en se tapotant le front.

— Vous vous souvenez de la dernière fois où vous l'avez vu ? interrogea Früngli en sortant son bloc-notes.

La ménagère réfléchit.

— En mars, je crois. Il est resté une semaine. Il avait une souris avec lui.

— Une souris ?

— Une bonne femme, je veux dire. Une maîtresse, sans doute.

— Et vous ne les avez plus revus après ?

— Ils sont repartis un matin. Ça devait être en milieu de mois. Je les ai vus depuis mon balcon.

— Vous êtes sûre qu'ils sont partis pour de bon ? Ils pouvaient très bien être allés faire un tour.

La ménagère lui décocha un regard méprisant.

— Alors pourquoi ils avaient toutes ces valises ? Ils sont partis pour de bon, vous pouvez me faire confiance.

— Qu'est-ce qui vous fait dire que ce Jablonski est un drôle de zigomar ?

— Il est bizarre, quoi. Il ne parle à personne, et même il ne dit pas souvent bonjour. Et depuis que je le connais, cette bonne femme, en mars, c'était au moins la cinquième. Elles ne tiennent jamais le coup longtemps avec lui.

Pour Früngli, ces détails ne suffisaient pas à en faire un être particulièrement bizarre, mais il n'allait pas s'embarquer dans une discussion avec cette commère : il savait d'expérience qu'il n'aurait pas le dernier mot.

— Bien. Merci, dit-il en remettant son bloc-notes dans sa poche.

Puis, par pure amabilité, il ajouta :

— Et qu'est-ce qui se passe avec… cette… comment, déjà ? Millie ?

— Millie Faber. Elle habite au premier. Elle non plus, je ne l'ai pas revue depuis des semaines.

— Elle est peut-être partie en voyage.

Une fois de plus, la femme arbora cette expression méprisante qui commençait à agacer sérieusement Früngli. Il n'était pas obligé de se tenir au courant des moindres détails concernant cet immeuble, même si pour elle c'était le centre du monde ! Quelle imbécile !

— Si elle était partie en voyage, elle me l'aurait dit. Quand elle part, elle me donne les clés de son appartement, pour que je puisse arroser les plantes. Chez elle, on se croirait dans une serre.

— Elle a peut-être confié ses clés à quelqu'un d'autre, cette fois.

— Sûrement pas ! C'est moi qui l'ai toujours fait, et elle a toujours été très contente. D'ailleurs, il n'y a pas grand monde en ce moment dans la maison. C'est presque que des gens qui viennent pour les vacances qui habitent ici. Non, non, c'est à moi qu'elle aurait demandé.

— Et vous la voyez régulièrement d'habitude ?

— Oui, comme on se rencontre dans un immeuble... à la boîte à lettres... Tiens, question boîte à lettres : celle de Millie, elle n'a pas été vidée depuis longtemps. Elle reçoit pas beaucoup de courrier, mais j'ai l'impression qu'il y a pas mal de pub qui s'entasse là-dedans.

— Oui, c'est curieux, admit Früngli.

La femme de ménage qu'il avait rencontrée en bas remontait les escaliers sans grand enthousiasme. Arrivée à l'étage, elle se glissa sans mot dire entre sa patronne et le policier pour rentrer dans le logement.

La ménagère au foulard à fleurs ajouta une autre preuve irréfutable de l'absence de Millie :

— Son balcon, il est juste sous le mien. Quand il fait beau comme ça, normalement, elle sort sur son balcon, et j'aurais dû la voir. Souvent, on se parle d'un balcon à l'autre. Eh ben, les fleurs qu'elle a sur son balcon, elles ont drôlement soif. Il a un peu plu, c'est ce qui les a sauvées, mais elles ne vont pas tarder à crever. Et jamais elle ne laisserait crever ses fleurs, Millie.

— Montrez-moi donc sa porte, dit Früngli.

Elle s'exécuta de bonne grâce, le précédant d'un pas lourd avant de s'arrêter devant une porte dont la sonnette était munie d'une étiquette au nom de Faber.

— C'est ici, annonça-t-elle.

Il émanait d'elle une puissante odeur de transpiration dont le policier n'avait eu conscience qu'au moment où elle s'était mise en mouvement, et qui était suspendue entre eux, lourde et pénétrante. La véhémence et l'agressivité avec laquelle cette bonne femme s'acharnait sur son ménage l'avaient apparemment mise en sueur. Et cependant, il commençait à sentir autre chose, c'était une odeur si faible, si imperceptible, qu'il crut d'abord s'être trompé.

Puis il s'accoutuma suffisamment au nuage de sueur pour pouvoir déceler les autres odeurs, et son sang se glaça en même temps qu'un étrange frisson lui donnait la chair de poule. Il pensa à l'expression « avoir les cheveux qui se dressent sur la tête ». C'était ça, exactement ça.

Il sentait l'odeur du sang.

Pas très forte, bien moins que celle de la sueur de la ménagère. Mais, impossible de se tromper, c'était une odeur douceâtre de décomposition qui flottait entre les murs étroits du couloir, s'infiltrant par le minuscule interstice sous la porte de l'appartement de cette Millie Faber.

— Les voisins... commença-t-il.

Mais la femme l'interrompit :

— Millie est toute seule à l'étage. Il n'y a personne en ce moment, puisque c'est des appartements de vacances.

— Ah, bon. Je vais sonner pour voir.

Il sonna, même s'il savait d'avance que ladite Millie n'était plus en état de lui ouvrir. Cela sentait plus fort, maintenant qu'il était plus près. La sueur jaillit au creux de ses mains.

Du calme, s'enjoignit-il, tu n'as pas le droit de flancher. Tu es un policier en service. Tu dois garder la tête froide !

— Qui a une clé de l'appartement ? s'enquit-il.

— Le gardien, c'est tout.

— Où est-ce que je peux le trouver ?

— A deux bâtiments de là, il y a un autre groupe d'immeubles. Il sera sûrement là-bas. Il s'appelle Giuseppe Malini.

La femme écarquilla des yeux trahissant une grande excitation.

— Vous voulez forcer la porte de l'appartement ?

« Forcer la porte » n'était pas l'expression que Früngli aurait choisie.

— Je crois qu'il nous faut vérifier la chose et demander au gardien de nous ouvrir le logement, dit-il. Je vais essayer de le trouver. Vous, vous attendez ici, madame... Rappelez-moi votre nom ?

— Je ne vous l'ai pas encore donné. Je m'appelle Zellmeyer. Sigrid Zellmeyer.

Il tenta de chasser la nervosité qui s'était emparée de lui et allait en s'amplifiant. Quelle poisse ! se dit-il en partant à la recherche du gardien. On sort pour faire une vérification d'identité, et on se retrouve avec une histoire pareille sur les bras. Et en plus, on est seul.

S'il appelait un collègue à la rescousse par radio, il ne ferait que se rendre ridicule : s'il avait un soupçon, il fallait qu'il le vérifie. Et ça, nom d'un chien, il fallait qu'il le fasse seul !

Giuseppe Malini, un Italien petit et nerveux, qui parlait couramment l'allemand quoique avec un fort accent, l'avait suivi avec empressement après avoir vu sa carte de police. Sigrid Zellmeyer était restée plantée devant la porte sans bouger d'un millimètre, un vrai chien de garde. L'immeuble était très silencieux. Le seul bruit audible provenait du deuxième étage, où la femme de ménage s'activait en passant l'aspirateur sur les tapis.

— Il y a une drôle d'odeur ici, déclara Malini en sortant la clé de sa poche.

— Je ne sens rien, moi, répondit Sigrid.

Tu as sans doute le nez bouché, ma pauvre vieille, lui répondit Früngli en pensée, sinon il y a longtemps que tu serais morte étouffée, vu comme tu sens mauvais !

Malini tourna la clé et poussa la porte. Au même instant, il eut un mouvement de recul et pâlit affreusement.

— Madonna ! grinça-t-il.

— Ça y est, je le sens aussi, annonça la Zellmeyer. Dieu du ciel !

— Vous restez dehors, vous deux ! ordonna Früngli. J'y vais tout seul.

Pour la première fois, il regretta de ne pas avoir écouté sa mère qui lui avait conseillé d'entrer au ministère des Finances.

L'odeur de sang douceâtre qu'il avait déjà sentie dans le couloir vint le frapper comme un coup de poing avec une intensité démultipliée. Les fenêtres étaient sans doute fermées, mais sans la protection des stores, et la chaleur des derniers jours avait transformé l'appartement en véritable four. Dans ce four, il flottait une odeur de cadavre propre à couper le souffle à n'importe quel être vivant, humain ou animal. C'était une puanteur effrayante, répugnante, dégoûtante, terrible, horrible. Les adjectifs manquaient pour décrire le phénomène.

D'une main tremblante, il sortit de sa poche un mouchoir qu'il appuya contre son nez en s'assurant par un coup d'œil en arrière que Malini et la Zellmeyer étaient effectivement restés dehors. Puis il avança d'un pas prudent dans la cuisine, dans la chambre, et enfin dans le séjour, où les murs, les placards, les tableaux, les étagères, le téléviseur, les rideaux, le canapé, le sol étaient maculés de sang séché. C'est là qu'il trouva Millie, et ce spectacle lui coupa la respiration.

Lorsqu'il retrouva son souffle, ce fut pour respirer une puanteur mortelle, une odeur d'abattoir.

Il se précipita dans la salle de bains où il vomit dans le lavabo, n'ayant pu atteindre les toilettes. Il vit son reflet dans la glace, son teint étrangement vert, ses yeux remplis d'effroi.

Malini avait invoqué la Madone, la Zellmeyer, le ciel.

Lui-même parvint tout juste à prononcer d'une voix mourante :

— Jésus !

8

Trois jours après l'agression, Paul était toujours plongé dans le coma.

Le lundi et le mardi, Leona se rendit à l'hôpital après son travail. On lui permit de regarder son beau-frère à travers une vitre, mais il disparaissait sous les bandages qui le transformaient en momie, ainsi que sous une quantité d'appareils et de tuyaux menaçants. Il souffrait de graves blessures internes, de fractures et – là était le plus grave – d'une hémorragie cérébrale que les médecins avaient jugulée, mais sans pouvoir le déclarer sauvé.

— Vous pensez qu'il va s'en sortir ? s'enquit Leona auprès du médecin.

Celui-ci était un homme sec, avare de paroles, peu enclin à un optimisme qu'il jugeait inopportun. Il dodelina de la tête.

— Quarante à soixante, estima-t-il.

Leona se cramponna à une faible lueur d'espoir.

— Vous voulez dire qu'il a soixante pour cent de chances de s'en sortir ? insista-t-elle.

Cette fois, il fit un signe négatif de la tête.

— Quarante pour qu'il s'en sorte, soixante qu'il ne s'en sorte pas.

La vue de cet homme vigoureux gisant sur son lit de douleur, en train de mener une lutte solitaire contre la mort, lui fit venir les larmes aux yeux. Réduite à l'impuissance, elle devait se contenter de le regarder, le nez écrasé contre la vitre, et de prier, espérer, attendre.

Sur la poignée extérieure de la porte de cuisine donnant sur le jardin, les enquêteurs avaient trouvé des empreintes qui n'appartenaient ni à Leona, ni à Paul, ni à Wolfgang. La poignée intérieure ne comportait que celles de Paul. Weissenburger avait exposé son hypothèse à Leona sans savoir qu'il tapait assez précisément dans le mille.

— Nous pensons que la porte de la cuisine était ouverte. N'oubliez pas que votre beau-frère venait de repeindre les portes des placards. En général, on ne ferme pas hermétiquement les pièces quand on a repeint, non ? La fenêtre était fermée, il a donc sans doute laissé la porte ouverte. Il avait fait très chaud dans la journée, et il faisait doux dans la soirée. Il est allé dans le séjour regarder la télé, a mangé un morceau en buvant une bière, comme le prouvent le téléviseur allumé, l'assiette vide et le verre de bière rempli. A un moment donné, il a entendu un bruit. Il lui a semblé qu'il venait de la cuisine, et il est donc allé voir ce que c'était. Et il est tombé sur le cambrioleur qui a cogné aussitôt. Ensuite, le coupable est ressorti de la cuisine par le jardin en fermant la porte, d'où ses empreintes sur la poignée.

— S'il s'agit vraiment d'un cambrioleur, avait répliqué Leona, pourquoi n'a-t-il pas vidé la maison, puisque Paul était hors d'état de se battre ? Pourquoi n'a-t-il pas pris au moins quelque chose, n'importe quoi... ?

— Vous êtes toujours sûre qu'il ne manque rien ?

— La première fois que je vous ai vu, je n'en étais pas certaine, mais maintenant, je le sais. Il n'a rien volé.

— Eh bien, le cambrioleur a peut-être perdu la tête. Il a été surpris. Il a tabassé un homme. Peut-être à mort. Un vol par effraction, c'est une chose, un meurtre, c'en est une autre. Il s'est dépêché de filer.

— Vous allez vérifier auprès de Jablonski, n'est-ce pas ? Ses empreintes...

— Nous ne savons pas à qui appartiennent les empreintes de la poignée de porte. Elles ne sont pas stockée dans notre ordinateur. Nous savons simplement que ce ne sont pas les vôtres, ni celles de votre mari ou de votre beau-frère.

— Il y a sûrement encore des empreintes de Robert dans la maison, avait réfléchi Leona, puisqu'il a vécu ici pendant plusieurs mois. Mais depuis, la femme de ménage a fait le ménage en grand au moins trois fois. On pourra difficilement en retrouver.

— Nous ne pouvons pas passer au crible tous les coins et recoins de la maison sur de simples soupçons, avait rétorqué Weissenburger, en lui faisant clairement comprendre qu'il ne partageait pas les siens concernant Robert. Au fait, il n'y a pas d'empreintes sur l'haltère. Il a sans doute porté des gants, mais il les a enlevés avant de quitter la maison.

— Pourquoi ? Pour quelle raison a-t-il enlevé ses gants ? Il était certainement bien conscient qu'il laisserait des empreintes sur la poignée de porte.

— C'est ce que je vous ai dit, il a paniqué. Il...

— Non, l'avait interrompu Leona, il n'a pas paniqué un seul instant. Il a délibérément laissé une trace à un endroit quelconque. Parce qu'il voulait que je sache que c'était lui.

Le commissaire avait arboré une mine si sceptique que Leona s'était empressée d'enchaîner :

— Mais vous allez vérifier auprès de Robert, non ?

235

— Nous allons demander à nos collègues de vérifier ses papiers et de lui demander où il se trouvait au moment des faits. Honnêtement, je n'en attends pas grand-chose, mais cela ne m'a pas empêché de les contacter.

C'est formidable de voir avec quel enthousiasme il fait son boulot, ce Weissenburger, s'était dit Leona. Ce type a l'instinct du chasseur, c'est clair !

Telles étaient les pensées qui tournaient dans sa tête en ce mardi soir pluvieux, tandis qu'elle contemplait le corps inanimé de celui qui fut ce Paul si vivant, si costaud.

— Je t'en prie, ne meurs pas, le supplia-t-elle intérieurement, ne renonce pas !

Une infirmière qui passait au même moment lui sourit.

— Vous avez mauvaise mine, dit-elle. Vous voulez un café ?

— Non, merci beaucoup, ça m'empêcherait de dormir, répondit-elle sans quitter Paul des yeux.

L'infirmière suivit son regard et reprit :

— Il ne faut pas perdre espoir, il a de grandes chances de s'en sortir.

— Vous croyez ?

— Il a subi de graves traumatismes, mais il a une bonne constitution. Il est vigoureux et sportif. Les conditions pourraient être pires, vous savez.

— Oui, sûrement, marmonna Leona.

L'infirmière lui saisit le bras.

— Rentrez chez vous. Vous avez l'air complètement exténuée. Vous ne pourrez rien faire ici. Prenez un bon bain et allez vous coucher !

Leona suivit son conseil et quitta l'hôpital.

Il pleuvait toujours. Elle se dirigea en hâte vers sa voiture, dont le toit et le capot de radiateur étaient recouverts de fleurs de cerisier blanches arrachées par la pluie cinglante.

Ses parents et Olivia avaient l'intention de venir rendre visite à Paul le lendemain. Ils avaient été bouleversés par la nouvelle, et pour éviter d'ajouter à leur désarroi, Leona leur avait caché sa certitude quant à la culpabilité de Robert : mieux valait pour l'instant les laisser croire à la version du cambriolage soutenue par Weissenburger.

Assise au volant de sa voiture qui fendait la pluie et la circulation du soir, Leona tenta de puiser de l'espoir dans les mots de l'infirmière. Il a une bonne constitution. Il est vigoureux et sportif. Les conditions pourraient être pires.

En arrivant chez elle, elle remarqua aussitôt la voiture de Wolfgang. Il était donc revenu ! Elle s'aperçut qu'elle respirait plus légèrement, tout à coup.

Le dimanche soir tard, après le départ de tous les policiers, il avait déclaré comme un fait allant de soi : « Je reste ici cette nuit » et s'était installé d'autorité dans la chambre d'amis. Le lendemain soir, il était revenu et avait encore passé la nuit dans leur maison. Il semblait avoir décidé de continuer, et, pour la première fois, Leona soupçonna que ce n'était pas seulement pour lui prêter une assistance morale. Il avait peur de la laisser seule. Il estimait qu'elle était en danger.

Et il a sans doute raison, pensa-t-elle, avant de se dire tout à coup que sa présence présentait un nouvel aspect angoissant du problème : quel danger courait-il lui-même si Robert s'en apercevait ?

Wolfgang semblait l'avoir entendue, car il ouvrit la porte avant même de lui laisser le temps d'introduire sa clé dans la serrure.

— Leona, je suis content que tu sois là !

Il l'attira à l'intérieur et referma soigneusement la porte.

Tout en l'aidant à se débarrasser de son manteau mouillé, il lui annonça :

— Weissenburger m'a appelé au bureau, c'est pour ça que je suis venu tout droit ici.

— Il y a du nouveau ?

— Ça, on peut le dire ! Viens dans le salon. Comment va Paul ?

— Pareil. C'est terrible de le voir comme ça, inerte dans son lit.

Elle suivit son mari dans le salon.

— Alors, qu'est-ce qui se passe ?

Elle prit place dans un fauteuil. Wolfgang resta debout, selon toute apparence trop tendu pour pouvoir s'asseoir.

— La police d'Ascona a envoyé un policier ce matin pour aller vérifier l'identité de ton Robert Jablonski, commença-t-il. Mais il n'était pas chez lui. Selon une voisine, il n'est pas retourné là-bas depuis que vous en êtes repartis ensemble en mars. Tu avais raison, il n'est jamais rentré à Ascona.

Elle se redressa.

— Donc, c'est vrai. Il est toujours ici. Il...

Wolfgang l'interrompit.

— Attends. Il y a mieux. La police a retrouvé un cadavre dans l'immeuble où il habite. Celui d'une femme.

— Quoi ?

— Une voisine avait signalé au policier qu'elle n'avait pas revu cette personne depuis des semaines. Comme elle s'inquiétait, le policier est allé voir. C'est là qu'il a retrouvé la pauvre femme morte, massacrée, une vraie boucherie.

Leona voulut se lever, mais constata que ses jambes étaient incapables de la porter. Elle se mit à trembler de tout son corps.

— Qui... comment s'appelle cette femme ? Je la connais peut-être.

— Attends... Emilie Faber, quelque chose comme ça.

— Oh, mon Dieu... murmura Leona.

— C'est vrai, tu la connais ?

— Oui, nous nous sommes parlé quelquefois pendant que j'étais à Ascona.

Elle revit Millie Faber en pensée. Cette femme d'un certain âge, aimable, dans son coquet logement à rideaux de dentelle rempli de plantes vertes. Impossible de se la représenter morte... massacrée, comme l'avait dit Wolfgang.

— C'est elle... c'est elle qui a été le déclencheur... qui m'a décidée à me séparer de Robert, poursuivit-elle en bafouillant. C'est elle qui m'avait dit que sa dernière petite amie ne s'était pas noyée dans le lac, mais qu'elle l'avait quitté. Elle...

Soudain, ses yeux s'agrandirent et sa respiration ralentit quand elle réalisa pleinement ce qu'elle venait de dire.

— Wolfgang, elle a été le déclencheur ! Tu comprends ? Robert le savait aussi, puisque je le lui ai dit ! Il est entré dans une rage folle contre elle... Tu crois qu'il... ?

Wolfgang évita de la regarder.

238

— C'est lui, c'est établi. Il a laissé ses empreintes à différents endroits de l'appartement de la victime, ainsi que sur le couteau qu'il a utilisé. Les policiers les ont comparées à celles qui se trouvent chez lui. Ce sont aussi celles qui se trouvent sur notre porte de cuisine.

Leona sentit qu'elle allait s'évanouir d'une seconde à l'autre. Sans doute sa pâleur la trahit-elle, car Wolfgang fut auprès d'elle d'un bond. Il s'agenouilla et saisit ses mains glacées entre les siennes.

— Respire à fond, lui dit-il, bien à fond, bien calmement, Leona. Bien, c'est bien...

Effectivement, son vertige s'atténua et les taches noires qui dansaient devant ses yeux disparurent. Elle distingua le visage inquiet de son mari tout près du sien.

— Ouf, dit-il, tu m'as fait peur ! J'ai cru que tu allais tomber dans les pommes.

Elle passa la main sur son front recouvert d'une fine pellicule de sueur froide.

— Oh, tout ça, c'est trop pour moi, murmura-t-elle.

— Tu vas commencer par boire une goutte d'alcool, décida Wolfgang en se relevant. Et après, on ira manger quelque part. Tu as beaucoup maigri, Leona. Il faut que quelqu'un te remplume un peu.

Oui, mais je ne veux pas que ce soit toi, lui répondit-elle en pensée, surprise de l'agressivité qui montait en elle.

Il sortit un verre du placard, alla prendre une bouteille d'eau-de-vie dans la salle à manger, l'ouvrit. C'étaient des gestes sûrs, exercés. C'étaient sa maison, ses verres, sa bouteille. Et s'il n'avait pas été saisi l'année précédente du besoin urgent de prouver qu'il était encore capable de séduire, tout aurait pu rester comme avant : la maison sympa, la vie agréable. S'il n'était pas parti, ils ne seraient pas en train de vivre un épouvantable cauchemar. Dolly serait encore là, ainsi que la pauvre Millie, et Paul ne serait pas en train de lutter contre la mort dans un service de réanimation. Ils n'en seraient pas à trembler de peur en se demandant qui serait le prochain.

Pourquoi ? Pourquoi a-t-il fallu qu'il casse tout ? se dit-elle, à la fois au désespoir et furieuse.

Elle se redressa. A son grand étonnement, ses jambes réussirent à la porter. Au moment où Wolfgang s'approchait d'elle pour lui tendre son verre, elle leva la main et le gifla.

— Espèce de salaud ! hurla-t-elle. Tu as vu dans quel pétrin tu nous as mis, simplement parce que tu avais envie de te taper cette fille ! Tu t'en rends compte, oui ?

Il la dévisagea, ahuri. Sa joue arborait le dessin des cinq doigts de sa main droite. L'eau-de-vie avait débordé, dégoulinait le long du verre.

— Tu es devenue folle ? parvint-il à articuler, une fois revenu de sa surprise.

— Tu me demandes si je suis devenue folle ? Quelle excellente question ! Oui, tu as raison, je vais peut-être finir par devenir folle si ça continue comme ça.

Sa voix monta dans les aigus, prit un son désagréablement strident lorsqu'elle poursuivit :

— Pour l'instant, on n'a encore qu'un chat empoisonné, une femme assassinée et un homme à moitié mort. Pas grand-chose, mais ce n'est qu'un début, tu ne crois pas ? Robert a sûrement encore un tas de bonnes idées en stock, on peut se préparer !

Wolfgang posa le verre sur la table.

— Leona, tu es à bout de nerfs, c'est normal. Mais il faut que tu essaies...

— Ah, parce que c'est moi qui dois essayer ? Moi ?

Elle esquiva la main apaisante qu'il voulut poser sur son bras.

— Tu as déjà réfléchi à ta responsabilité dans tout ça ? Les ennuis dans lesquels on baigne jusqu'au cou ? Toi et ta...

— Ça suffit maintenant ! hurla-t-il, gagné à son tour par la colère. C'est moi qui ai couché avec Jablonski, peut-être ? Qui est-ce qui a introduit ce pervers dans notre vie ?

— Bravo ! Voilà que c'est de ma faute, maintenant !

— Je n'ai jamais dit ça !

— C'est toi qui es parti ! C'est toi qui m'as quittée ! C'est toi qui as bousillé notre vie brutalement, du jour au lendemain ! C'est toi qui m'as jetée comme un vieux Kleenex ! Tu t'es demandé comment je ferais pour encaisser le coup ? Tu t'es rendu compte de ce que tu me faisais ?

— Je t'ai dit plusieurs fois que je le regrettais. Je sais bien que je t'ai blessée !

— Blessée !

Etonnamment, elle ne pleurait pas. Normalement, dans ce genre de situation, on éclatait en sanglots, mais non. Sa voix avait perdu ses accents stridents. Elle était maintenant froide et claire. Glaciale.

— Tu as piétiné mon amour-propre, tu as fichu en l'air toute ma confiance en moi, tu l'as réduite en miettes. Tu as détruit toutes les valeurs auxquelles je croyais. Tu as tué en moi quelque chose qui ne revivra plus jamais. Et grâce à tout ça, tu as fait de moi une proie facile pour un type comme Jablonski. Tu savais que j'étais complètement chamboulée après le suicide d'Eva Fabiani. Tu m'as quittée à un moment de ma vie où j'aurais vraiment eu besoin de toi. Tu m'as envoyée promener comme si je n'avais été qu'une rencontre de hasard. Et ne me dis pas que de l'autre côté, tu avais rencontré le grand amour de ta vie. On voit le résultat, tu en as déjà assez d'elle. Il a fallu que tu fiches tout en l'air, de façon ridicule, infantile, idiote, uniquement pour prouver ta super virilité !

— On pourra reparler de tout ça, Leona, répondit-il, d'une voix d'où avait disparu toute colère. Oui, il faut qu'on en parle, bien sûr. Mais pour l'instant, il faut affronter cette histoire. Nous avons affaire à un malade mental particulièrement dangereux.

— C'est moi, rectifia Leona, c'est moi qui dois affronter cette histoire.

Une fois de plus, il la regarda comme s'il avait en face de lui une petite fille déraisonnable qu'il devait à tout prix détourner d'un projet irréfléchi.

— Tu n'y arriveras pas toute seule. Et je ne te le permettrai pas. Après, quand tout sera fini, tu pourras m'envoyer aux pelotes si ça te chante. Mais avant, tu n'arriveras pas à te débarrasser de moi.

— Mais j'étais déjà débarrassée de toi avant. Ce n'est pas la peine de venir jouer les bienfaiteurs et de m'offrir ta protection, maintenant.

— Nous nous sommes déjà revus avant que les événements se précipitent, ne l'oublie pas. Et je ne viens pas jouer les bienfaiteurs ni les protecteurs. Nous sommes tous les deux en danger, et je crois que nous aurons de meilleures chances si nous sommes solidaires.

— Tu seras en danger tant que tu resteras près de moi. Il te suffit de fiche le camp d'ici pour être tiré d'affaire.

Il poussa un profond soupir.

— Il te faudrait quelqu'un auprès de toi, insista-t-il. Si ce n'est pas moi, quelqu'un d'autre. Jablonski est beaucoup plus dangereux que nous ne l'imaginions au début. Tu ne fais pas le poids, Leona. Personne ne fait le poids en face d'un fou, parce qu'il est imprévisible.

Il avait raison, certes.

D'un seul coup, elle sentit qu'elle n'avait plus la force ni le désir de se quereller avec lui, d'argumenter, de le chasser. D'une voix lasse, elle finit par lâcher :

— Fais ce que tu crois devoir faire.

Wolfgang s'efforça de lui adresser un sourire d'encouragement, un sourire un peu jaune malgré tout.

— Tu vas voir, on va s'en sortir. Tiens, voilà ton verre, tu le veux ? A moins que tu ne préfères que je tende l'autre joue ?

— Excuse-moi de t'avoir giflé, répondit-elle, avant de laisser couler une gorgée d'alcool dans sa gorge.

Puis elle répéta :

— Excuse-moi, je regrette, vraiment.

— Ça va, c'est bon.

Revenant au vif du sujet, elle demanda :

— Bon, et maintenant, qu'est-ce qui va se passer ? Est-ce que Weissenburger a dit quelque chose ?

Wolfgang nota avec soulagement qu'elle avait repris ses esprits.

— Weissenburger commence à se remuer sérieusement, parce que, maintenant, c'est devenu une affaire de meurtre et de tentative de meurtre sur Paul. Il a bien été obligé de dire adieu à sa théorie du cambriolage. J'ai l'impression qu'il est relativement embarrassé de t'avoir traitée comme une hystérique quand tu considérais Jablonski comme le coupable.

— Heureusement qu'il est embarrassé ! s'écria Leona. J'espère qu'il a vraiment honte !

Wolfgang poursuivit :

— Un avis de recherche a été lancé contre Jablonski. Et un mandat d'arrêt.

Leona vida son verre.

— J'ai comme le sentiment qu'ils n'arriveront pas à lui mettre la main dessus... qu'ils lui courront après longtemps...

— En attendant, ça va sentir le roussi pour lui. Il habite bien quelque part. Il y a les voisins, les logeurs. Il aura sa photo dans les journaux. Il ne pourra plus passer son temps à essayer de te pourrir la vie, puisqu'il devra principalement s'occuper d'échapper à l'avis de recherche, et ça, ça lui causera quelques problèmes.

Voyant l'expression affligée de Leona, il lui caressa la joue.

— Allez, viens, il faut te requinquer. On va aller manger quelque part, et on va réfléchir à une stratégie.

Elle acquiesça. Elle n'avait pas faim, mais elle n'avait rien avalé depuis son petit déjeuner, et il lui fallait bien se nourrir pour pouvoir tenir.

Puis elle voulut savoir une dernière chose :

— Et Millie, comment a-t-elle été tuée ?

— Tu veux vraiment que je te le dise ?

— Oui.

— Il l'a abattue avec un objet lourd – avec une sculpture en plâtre posée sur un meuble dans l'entrée. On a retrouvé des cheveux et du sang collés dessus. Ensuite, il l'a traînée dans le salon et lui a donné une centaine de coups de couteau avec l'un de ses couteaux de cuisine. Il a dû être pris d'une véritable folie meurtrière.

Leona s'efforça de ne pas se représenter la scène.

— Donc, il était à Ascona il y a quelques jours. Sans doute juste avant de revenir ici et de tabasser Paul.

— Non, il n'est jamais retourné à Ascona.

Wolfgang se vit contraint d'en arriver à un moment de l'histoire qu'il eût préféré laisser dans le vague, mais ce n'était plus possible.

— Emilie Faber a été tuée il y a plus de six semaines, selon les médecins légistes. Donc, c'était...

243

Il se tut, mais il n'avait pas besoin de finir sa phrase. Elle sentit monter la nausée.

Robert avait tué Millie pendant qu'ils se trouvaient encore ensemble à Ascona. Elle pensa au « tour » qu'il était parti faire quand elle lui eut rapporté sa conversation avec elle. Pendant qu'elle faisait ses bagages, il était descendu deux étages plus bas pour aller massacrer une pauvre femme. Ensuite, il avait eu l'estomac de disparaître tranquillement dans la salle de bains, de se laver, de mettre ses vêtements tachés de sang dans la corbeille à linge. Il avait passé la nuit dans la même pièce qu'elle, dormi du sommeil du juste sur le canapé.

Si elle se souvenait bien, sa respiration était tout à fait régulière.

9

— Vous auriez dû me dire que vous déménagiez, dit le commissaire Hülsch avec un léger reproche dans la voix. Nous continuons à enquêter sur le meurtre de votre sœur, et il est évident que nous avons encore besoin de vous.

Lisa acquiesça, un peu confuse.

— Tout est allé tellement vite, se justifia-t-elle.

— Je vous réitère mes condoléances, reprit Hülsch. La mort de votre père doit être très dure pour vous.

— Vous savez, pour mon père, c'est une délivrance !

Et pour moi aussi, précisa Lisa en son for intérieur.

— Je n'avais pas envie de garder la maison, poursuivit-elle. Il n'y a pas de vraie vie dans ce village. J'ai toujours rêvé d'habiter à Munich, et maintenant, ça y est !

Lisa prononça ces paroles avec une expression satisfaite que le commissaire ne lui avait jamais vue.

Les yeux du policier firent le tour de ce petit appartement des faubourgs de Munich dans lequel il avait fini par la dénicher. Un tapis beige, des meubles laqués de blanc, une table en verre, une table de salon assortie. Pas un grain de poussière. Lisa semblait être d'une propreté méticuleuse.

Hülsch revit en pensée la maison décrépite où elle avait vécu près d'Augsbourg, les parquets de guingois, l'air vicié qui flottait entre les murs, les rideaux délavés imprégnés d'une pénétrante odeur de cigarette. Même si cet appartement était situé dans l'un des quartiers les plus laids de Munich, c'était tout de même mieux.

La jeune femme elle-même avait changé. Elle était jolie, ça, il l'avait remarqué dès le début, mais il y avait souvent du négligé dans sa tenue, avant, et elle avait toujours un air fatigué. Mais à présent, elle était aussi bichonnée que son logement, vêtue d'un jean noir moulant, de hautes bottes vernies noires, d'un pull rouge vif. Elle avait fait éclaircir ses cheveux blonds, qui tombaient en grosses boucles sur ses épaules. Des bijoux en strass étincelaient à ses oreilles.

Ce nouveau style un peu vulgaire n'était pas vraiment du goût du commissaire, mais il imaginait facilement que Lisa pouvait paraître très attirante.

— Je suis content de voir que vous allez bien, dit-il avec sincérité.

Son enquête sur l'affaire Anna Heldauer lui avait permis d'en apprendre suffisamment sur la situation de la famille pour en déduire que le destin n'avait pas été très tendre avec Lisa, et ce, dès ses plus jeunes années.

— Vous avez recommencé à travailler ? s'enquit-il.

La jeune femme sourit.

— Oui. Frederica – la fille qu'Anna a rencontrée en Espagne, vous vous souvenez – m'a procuré un boulot dans l'agence où elle travaille. Moonlight.

— Moonlight ?

— C'est un « escort-service » pour les hommes. Nous les accompagnons quand ils sont seuls.

Il réprima un soupir de résignation. De la prostitution. Il avait bien subodoré quelque chose de ce genre.

— Eh bien, si ça vous plaît, c'est très bien, répondit-il.

Après tout, cela ne le regardait pas. Il était là pour enquêter sur un meurtre, rien de plus.

— Lisa – vous me permettez de vous appeler Lisa ? –, j'en arrive au but de ma visite, poursuivit-il. Nous sommes tombés sur une piste qui pourrait nous servir. Peut-être que ça ne nous mènera nulle part, mais...

— Oui ?

— Est-ce que le nom de Robert Jablonski vous dit quelque chose ?

— Non, je ne crois pas. J'en suis même sûre. Pourquoi ?

— La police de Francfort enquête sur lui. Elle a lancé un mandat d'arrêt. Il est soupçonné d'avoir assassiné une femme chez elle à Ascona, et...

— Ascona ! s'écria Lisa en écarquillant les yeux.

Le commissaire opina du chef.

— Le fait que le meurtre ait eu lieu à Ascona m'a mis la puce à l'oreille. Et aussi la manière dont il a massacré la pauvre femme. Le rapport était pratiquement rédigé dans les mêmes termes que le nôtre, concernant votre sœur. Autrement, je n'aurais jamais fait le rapprochement.

Lisa le dévisageait, comme électrisée. Il s'empressa de tempérer ses paroles :

— Il se peut que les deux affaires n'aient strictement rien à voir. Il ne faut pas aller trop vite en besogne, ce n'est peut-être qu'une fausse piste.

— Oh, qu'est-ce que j'aimerais qu'on arrive à lui mettre la main dessus, à ce monstre ! s'écria Lisa. Un type pareil, il faut le mettre en prison à vie, vous êtes d'accord ?

— Selon moi, l'individu qui a commis le meurtre sur la personne de votre sœur doit être enfermé dans un hôpital psychiatrique, rétorqua Hülsch d'un ton grave. Son acte est celui d'un psychopathe.

Lisa respira profondément. Le commissaire se demanda si c'était un soupir de désespoir, ou si elle n'était pas émoustillée par l'aspect sensationnel de la chose.

Il fouilla dans la poche de sa veste.

— Mes collègues de Francfort nous ont envoyé une photo de Jablonski. Je ne pense pas que vous le connaissiez, mais j'ai préféré vous montrer la photo tout de même.

Il la lui remit.

Elle la prit, et il la vit ouvrir de grands yeux, retenir son souffle.

— Mais c'est Benno ! s'écria-t-elle, au comble de la surprise.
Hülsch se redressa.

— Vous connaissez cet homme ?

— Evidemment ! Il a travaillé comme infirmier pour mon père pendant quelques semaines, l'année dernière ! C'était un service de soins à domicile privé qui nous l'avait envoyé.

La couleur de ses yeux sembla se modifier à mesure qu'elle rassemblait les pièces du puzzle dans son esprit.

— C'est comme ça que ça s'est passé ! s'exclama-t-elle d'une voix épouvantée. Il attendait Anna. Il l'attendait dans sa propre maison. Et elle lui est carrément tombée dans les bras.

10

Leona et Bernhard Fabiani s'étaient donné rendez-vous dans un bar à vins du centre-ville. C'était lui qui avait proposé cet endroit quand Leona lui avait téléphoné.

— Dites-moi quand nous pourrons nous voir. Vous savez bien que je suis à votre disposition, avait-il répondu.

Auparavant, Leona était allée rendre visite à Paul à l'hôpital. L'état de ce dernier était stationnaire, il était toujours dans le coma. Elle était tombée sur deux de ses collègues, dont l'un luttait contre les larmes.

— Le voir comme ça... c'est horrible. Vous êtes sa femme ?

Sa question était significative : les collègues de Paul n'avaient forcément jamais rencontré Olivia.

Avant de partir, elle avait adressé une prière muette au ciel. De manière puérile, elle avait eu envie de proposer un marché à Dieu s'il permettait à Paul de survivre. De promettre de faire des dons aux nécessiteux, ou de moins penser à son bien-être personnel, ou autre chose. Mais elle avait laissé tomber. Dieu ne se laisserait pas corrompre aussi facilement.

Bernhard l'attendait déjà lorsqu'elle pénétra dans le bar. Elle était contente de le voir. C'était quelqu'un qui connaissait Robert, qui le connaissait vraiment. Pour tout ce qui touchait à cet homme, elle se sentait très seule, vis-à-vis de tout le monde, y compris de ses parents. Elle portait le poids terrible de cette liaison dans laquelle elle s'était engagée, et dont elle avait l'impression qu'elle l'avait marquée à vie. Les autres se trouvaient au-delà d'une frontière invisible séparant l'horreur et la normalité. Dans le monde des autres, il y avait des problèmes de couple, des soucis d'enfants, de travail, mais il n'y avait pas d'assassins psychopathes. Dans son monde à elle, si. Dans son monde, c'était comme si elle était coupée pour toujours de tout ce qui faisait le quotidien des autres.

Elle relata à Bernhard ce qui s'était passé, l'agression de Paul, l'assassinat de Millie, et mentionna la phrase sibylline de Weissenburger qui avait évoqué la possibilité d'un autre meurtre attribué à Robert.

Bernhard accusa le choc.

— Je savais qu'il ne tournait pas tout à fait rond, mais jamais je n'aurais imaginé que c'était à ce point-là, dit-il.

— Nous bénéficions d'une protection policière, mon mari et moi, c'est-à-dire qu'une patrouille passe devant chez nous toutes les heures, à partir de dix-huit heures trente, quand je suis chez moi. Et dans la journée, le week-end. Je suis sûre qu'ils le savent bien, les policiers, que ce n'est pas une protection assez efficace, mais ils font leur devoir. Si jamais il nous arrive quelque chose, on ne pourra rien leur reprocher.

— Vous ne devriez plus rester dans cette maison, Leona. C'est trop dangereux.

— Où voulez-vous que j'aille ?

— Votre famille…

— Jamais ! s'exclama Leona en levant les deux mains. Jamais je ne mettrai ce fou aux trousses de ma famille ! Il sait où habitent mes parents, c'est là qu'il irait en premier. Paul est dans le coma à l'hôpital, ça suffit amplement ! Pas question de lui livrer mes parents et mes sœurs !

— Je ne crois pas qu'il s'attaquerait aux membres de votre famille, objecta Bernhard. Tout ce que nous savons de lui montre que sa haine est dirigée contre les gens dont il pense qu'ils lui ont fait du tort. La pauvre voisine, à Ascona, est coupable de vous avoir rapporté des choses à son propos. Il a pris votre beau-frère pour votre amant, c'est-à-dire pour celui qui lui prend définitivement la femme qu'il veut garder pour lui. C'est un malade mental, mais il n'agit pas n'importe comment, au hasard, non, ses victimes sont bien ciblées. Je suppose qu'il y est obligé pour pouvoir justifier ses actes à ses propres yeux. Même si ça paraît absurde, à sa façon, il obéit sûrement à une sorte de code moral.

— Tout de même, je ne peux pas prendre le risque d'aller me réfugier chez mes parents. Je ne sais pas ce qui se passe dans son cerveau malade. Tout le monde peut très bien finir par se retrouver coupable de quelque chose. Ce serait trop dangereux.

— Il y a bien un endroit où vous pourriez aller, tout de même !

Elle eut un petit rire forcé.

— Pour combien de temps, Bernhard ? Combien de temps vais-je devoir abandonner ce qui fait ma vie pour me cacher quelque part ? Prendre des vacances, disparaître... jusqu'à quand ? Un mois, un an, deux ans ?

— Il y a un mandat d'arrêt contre lui. Il est recherché. Ils vont le cueillir.

C'était exactement ce que disait Wolfgang. Le soir, quand ils étaient ensemble, essayant de faire comme si tout était normal. Comme s'il était normal de ne pas laisser de fenêtre, de porte ouverte. De tirer les rideaux dès qu'il commençait à faire un peu sombre et qu'il fallait allumer la lumière.

« Tout le monde peut nous voir, maintenant que c'est allumé, on est là, servis comme sur un plateau, disait Leona, peut-être que... »

Elle n'avait pas à terminer la phrase. Peut-être que Robert est là, dehors. Peut-être est-il déjà tout près...

— Il ne se laissera pas attraper aussi facilement, rétorqua-t-elle à Bernhard. Vous le connaissez, il est extrêmement intelligent. Il ne va pas tomber dans le piège comme ça.

— La police n'est pas trop bête, elle non plus. Ecoutez, Leona...

Il saisit ses deux mains dans les siennes et les tint serrées.

— ... Je sais, poursuivit-il, c'est facile de vous dire de ne pas perdre courage, de garder confiance. Mais c'est la seule chose à faire. Il faut que vous misiez sur le fait que la police va lui mettre la main dessus et qu'il sera enfermé pour le restant de ses jours derrière les murs d'un quartier de haute sécurité.

— Sûrement pas pour toujours, objecta Leona, un rien amère. Tôt ou tard, il sera relâché grâce à un psychiatre compréhensif qui le considérera comme guéri, comme quelqu'un qui ne représente plus aucun danger. C'est comme ça que ça se passe dans notre société. Peu importe son degré de dangerosité, il ne faudra surtout pas qu'il reste enfermé un jour de trop ! Et tant pis pour les pauvres gens qui croiseront son chemin plus tard.

— C'est comme ça.

— Vous dites « c'est comme ça », mais pour moi, cela restera une source d'angoisse permanente. Toute ma vie. Jamais je ne cesserai d'avoir peur de lui.

Il tenait toujours ses mains entre les siennes.

— N'y pensez pas maintenant, ça ne pourra que vous rendre dingue. Pensez à autre chose, n'importe quoi, sauf à Robert Jablonski.

— Ce sera assez difficile, mais je vais essayer.

Bernhard sourit et lui lâcha les mains.

— Bon, on va arrêter de parler de Robert. Parlons de moi, proposa-t-il.

Il n'y allait pas par quatre chemins ! Leona éclata de rire.

— D'accord, parlons de vous.

Il les resservit de vin.

— Je vais vous parler un peu de moi et d'Eva.

— La sœur de Robert. Encore Robert !

— Mais seulement à la périphérie. Il faut que je vous dise une chose que je voulais mettre au clair depuis longtemps. Vous vous en souvenez, je vous avais appelée à l'époque, en automne, et je vous avais laissé un message, mais je n'ai pas eu le courage de vous rappeler. Ce que j'avais à vous dire vous aurait paru absurde... dit-il en jouant nerveusement avec son verre. Mais maintenant, étant donné tout ce que vous avez subi avec Robert...

— ... plus rien ne va me paraître absurde, c'est ça ?

— A peu près. Leona, il faut que vous sachiez une chose : je n'ai jamais trompé Eva. Pas une seule fois pendant toute notre vie de couple. Je tiens beaucoup à ce que vous me croyiez.

Leona eut du mal à cacher sa surprise.

— Ah bon ? Je pensais...

— Vous pensiez que c'était moi, le responsable de toute la tragédie ? Je sais, c'est comme ça qu'Eva présentait les choses. Elle a réussi à convaincre tout son entourage, ce qui n'est guère étonnant, parce qu'elle a enrobé l'affaire de manière d'autant plus plausible qu'elle en était persuadée elle-même.

— Je ne comprends pas très bien...

— C'est normal, puisque vous ne la connaissiez pas. Eva était d'une jalousie maladive. Je ne dis pas ça au hasard, parfois on emploie ce mot de « maladif » à la légère. Mais Eva... j'ai mis longtemps à comprendre que quelque chose clochait chez elle. Dès le début de notre relation, et ensuite, tout au long de notre vie conjugale, et même après, elle m'a continuellement soupçonné d'infidélité. Je ne pouvais pas échanger deux mots avec une simple vendeuse de journaux que déjà Eva m'accusait de la tromper avec elle. Elle était d'une imagination sans bornes. Souvent, j'étais tellement estomaqué que j'étais incapable de me défendre.

Il se tut et regarda Leona, attendant sa réponse.

Il essaie peut-être de voir si je crois à son histoire, se dit-elle.

— Vous voulez me faire comprendre qu'Eva était comme Robert ? finit-elle par lâcher.

— Ce n'est pas à exclure, vous ne croyez pas ? Ils sont frère et sœur, ils ont grandi ensemble. Je ne sais pas ce qui s'est passé, mais quoi qu'il en soit, ils peuvent très bien en avoir été affectés tous les deux. Robert a une grosse névrose, ça, c'est établi. Eva était moins dangereuse, mais peut-être pas plus normale.

Il se tut à nouveau, lut le doute dans les yeux de Leona.

— Vous ne me croyez pas, constata-t-il.

Leona résolut d'être sincère.

— Je ne sais pas. J'ai déjà entendu des histoires de ce genre. Les hommes qui trompent leur femme ont toujours une excuse à sortir pour rejeter la faute sur elle. Soit elle est égoïste et froide et envoie par conséquent son pauvre mari meurtri directement dans les bras d'une autre, soit elle se monte la tête parce qu'elle est d'une jalousie maladive. J'avoue que je suis devenue très méfiante.

— Les femmes aussi trompent leur mari, objecta Bernhard, elles aussi racontent des bobards pour se justifier.

251

— D'accord, j'en conviens, mais cela ne change rien à mon opinion.

Il la regarda longuement en silence, puis dit d'une voix douce :

— J'aimerais que vous me croyiez.

Leona se sentit mal à l'aise.

— Pourquoi ? Vous n'avez pas à me rendre de comptes. Peu importe ce que je pense de tout ça.

— Pour moi, ça a de l'importance. J'aimerais que vous ayez une bonne opinion de moi.

De plus en plus embarrassée, elle jeta un rapide coup d'œil à sa montre et se hâta de dire :

— Il est assez tard. Il faut que je rentre. Je me lève tôt demain.

— Je vous ai contrariée ?

Bernhard semblait mortifié.

— Non, répondit-elle avec un geste de dénégation, pas du tout. Mais j'ai eu une dure journée, et je suis fatiguée.

Il la raccompagna jusqu'à sa voiture. Au moment où elle s'apprêtait à ouvrir la portière, il lui demanda :

— On se revoit bientôt ?

Leona s'apprêta à lui répondre une chose gentille qui n'engageait à rien, mais, à la lueur du lampadaire, elle décela sur son visage une gravité qui lui donna le sentiment qu'elle ne pourrait éluder.

— Je ne sais pas, répondit-elle, je ne sais rien du tout en ce moment, vous comprenez. Je ne sais pas où je vais, je ne me sens pas en situation de faire des projets ou de m'engager dans quoi que ce soit. Vous ne pouvez peut-être pas comprendre, mais…

— Si, l'interrompit-il, je comprends très bien. Vous devez avoir l'impression de vivre en plein cauchemar.

Elle sourit. Il comprenait.

— Il va peut-être se terminer un jour, ce cauchemar, dit-elle.

— Oui, j'en suis sûr. Et alors, Jablonski ne sera plus qu'un très mauvais souvenir, une histoire à faire peur pour vos enfants et vos petits-enfants.

Se penchant en avant, il l'embrassa sur la joue.

— Bonne nuit, Leona. Rentrez bien. Faites attention à vous.

Oui, elle ferait attention à elle. Elle klaxonnerait quand elle arriverait, Wolfgang sortirait pour l'accueillir. Maintenant, c'était un rituel lorsque l'un d'eux rentrait après la tombée de la nuit. Cela s'était fait naturellement, sans concertation. Parce qu'ils étaient tous deux conscients d'être en danger. Ils ne pouvaient plus se conduire normalement, leur vie n'avait plus rien de normal.

11

Weissenburger arborait un air encore moins jovial que d'habitude. Cette fois, il n'était pas en costume-cravate, mais portait un jean trop large et un polo faisant ressortir ses épaules tombantes. C'était un samedi, et il avait trouvé Wolfgang et Leona dans leur jardin.

— Il fait drôlement chaud aujourd'hui, déclara-t-il en guise de salut, c'est étonnant pour le début du mois de mai.

Leona posa son sécateur, ôta ses gants de jardinage.

— Monsieur Weissenburger ! Qu'est-ce qui vous amène ?

Wolfgang s'approcha à son tour, en proie à un mauvais pressentiment :

— Il est arrivé quelque chose ?

En dehors d'une légère odeur de transpiration, il émanait du commissaire une nervosité palpable qui tranchait avec son attitude généralement sèche, quasi indifférente.

— Eh bien… ça dépend comment on le prend…

— Vous voulez boire quelque chose ? proposa Leona.

Lorsque Weissenburger fut installé sur une chaise de jardin à l'abri d'un parasol, muni d'un verre de jus de pomme, il consentit enfin à parler.

— Comme je viens d'y faire allusion, il y a encore un… enfin… il y a un nouvel élément dans le passé de Jablonski…

Wolfgang l'interrompit, allant droit au but :

— Je suppose que vous voulez dire un autre meurtre ?

— Oui, confirma le commissaire, un autre meurtre. Il ne subsiste aucun doute. Jablonski a retrouvé et tué sa dernière compagne. Elle l'avait quitté. Ça s'est passé il y a environ un an. L'affaire n'avait pas été élucidée.

Leona humecta ses lèvres soudain desséchées.

— Comment... ?

— Comment il l'a tuée ? Dans votre intérêt, je préfère vous épargner les détails. La manière dont... j'ai presque envie de dire dont il l'a exécutée ressemble fortement à l'affaire Emilie Faber. C'est cet élément qui a attiré l'attention de mes collègues bavarois et la raison pour laquelle ils se sont mis en relation avec nous. Comme je viens de vous le dire, il est établi que Jablonski est le meurtrier.

— Ça nous fait une catastrophe de plus, grinça Wolfgang, et pourtant, on croyait avoir atteint le fond.

— Est-ce que l'avis de recherche a donné quelque chose ? s'enquit Leona.

Le commissaire fit un signe de tête négatif.

— Nous avons reçu une série d'appels de témoins, mais aucun ne s'est révélé crédible. Mais la police ne diminue pas ses efforts.

— Quelle merde ! murmura Wolfgang.

— Oui, vous pouvez le dire à voix haute ! confirma Weissenburger.

— Est-ce qu'on ne pourrait pas renforcer la protection de ma femme ?

— Malheureusement, nous n'avons pas assez de monde disponible. Les patrouilles vont continuer telles qu'elles sont, nous ne pouvons rien faire de plus pour l'instant.

— Mais ça ou rien, c'est pareil, s'insurgea Wolfgang, et vous le savez très bien ! Si Jablonski surveille la maison, il y a longtemps qu'il connaît le rythme de passage des voitures de police. Il a tout le loisir d'attaquer entre deux.

— Désolé, répéta le commissaire, je n'ai rien de mieux à vous proposer. Si vous voulez connaître mon opinion...

— Oui ? intervint Leona.

— Vous feriez mieux d'aller vous réfugier quelque part. Partez d'ici. Vous avez eu une liaison avec lui et vous l'avez quitté. J'ai vu des photos du corps de la femme qui vous a précédée. A votre place, je me cacherais au fin fond du recoin le plus paumé de la terre.

Ce fut comme si le soleil disparaissait derrière un nuage. Le froid s'insinua en elle. Leona frissonna, et en même temps une soudaine chaleur intérieure fit jaillir la sueur par tous les pores de sa peau.

— Je ne peux quand même pas... souffla-t-elle.

Dans les yeux froids, revenus de tout, de Weissenburger, Leona décela une expression qui avait un léger rapport avec la compassion.

— Tant qu'on ne lui aura pas mis la main dessus, je crois que vous n'avez pas le choix.

— Ce sera quand ? s'impatienta Wolfgang, même s'il connaissait la réponse.

Pour une fois, le commissaire sembla disposé à vouloir leur donner du courage.

— Sans doute très bientôt. Nos services sont sur les dents. Nous allons le cueillir, aucun doute là-dessus.

— Et pourquoi ne pouvez-vous pas assurer la protection de ma femme d'ici là ?

— Nous n'avons ni le personnel ni les moyens, je vous l'ai déjà dit.

— Mais... insista Wolfgang, aussitôt interrompu par le policier :

— Personne n'a dit à votre femme qu'elle devait se commettre avec cet individu. Vous ne pouvez pas mettre la faute sur le dos de la police. Si vous saviez le nombre de femmes qui vont se fourrer entre les pattes d'un pervers ! C'est un véritable phénomène !

— La perversion se reconnaît rarement au premier coup d'œil, répliqua Wolfgang.

Le commissaire ne répondit rien, mais son expression ne reflétait que trop bien ses pensées. Il méprisait Leona. Il la méprisait bien plus qu'il ne détestait Jablonski. Il estimait au fond de lui qu'elle récoltait la monnaie de sa pièce. C'était un signe des temps. Aujourd'hui, les femmes couchaient avec des types rencontrés n'importe où, vivaient leur prétendue liberté sexuelle en s'imaginant ne prendre que leur dû. Weissenburger trouvait leurs plaintes révoltantes, lorsque, plus tard, il s'agissait de payer la facture. Soit elles se retrouvaient séropositives, soit elles avaient un cinglé à leurs trousses comme cette Leona

Dorn. Sa femme à lui avait reçu sa demande de divorce tout de suite après avoir eu une aventure avec un sportif bronzé dans un chalet de montagne pendant ses vacances de ski. Elle avait eu beau pleurer, gémir et le supplier de rester avec elle, il n'avait pas cédé. Evidemment, elle n'était plus de première jeunesse, et les sportifs bronzés n'allaient plus se bousculer au portillon pour la culbuter. Ah... le souvenir de son visage baigné de larmes, au tribunal, le remplissait invariablement de satisfaction.

Il remarqua que Leona le dévisageait avec attention, et il eut le sentiment désagréable qu'elle lisait dans ses pensées. Elle avait mauvaise mine, mais ce n'était pas étonnant. A sa place, il n'aurait pas aimé, lui non plus, se retrouver sur la liste noire d'un Robert Jablonski.

Il reposa son verre vide sur la table et se leva.

— Il faut que j'y aille, annonça-t-il, je voulais simplement vous tenir au courant. Evidemment, vous serez informés dès qu'il y aura du nouveau.

Wolfgang se leva à son tour.

— Je vous raccompagne, dit-il avec une politesse glaciale.

Leona resta assise et les suivit des yeux, les vit disparaître à l'angle. Non loin d'elle, un merle sifflait en montant dans les aigus. Le cerisier était en fleur au milieu du jardin. C'était une journée parfaite. La tristesse de Leona n'en fut que plus grande. Ce décor était tellement peu en harmonie avec la réalité !

Une fois de retour, son mari déclara :

— Je ne sais pas pourquoi, mais ce Weissenburger me sort par les yeux.

Et Leona répondit :

— Je vais faire ce qu'il m'a conseillé. Je vais me cacher.

Le merle se tut. Wolfgang ouvrit la bouche pour protester, mais la referma aussitôt.

— C'est ma seule chance, jusqu'à ce qu'ils l'aient attrapé, poursuivit Leona.

Le silence s'était brutalement posé sur le jardin inondé de soleil. La sensation de froid s'était intensifiée, et les ondes de chaleur qui s'étaient succédé à l'intérieur de son corps avaient disparu. La sueur, sur sa peau, était froide à présent.

Ce fut d'une voix très calme qu'elle ajouta :

— Je crois que, sinon, je n'en ai plus pour très longtemps à vivre.

DEUXIÈME PARTIE

I

1

Elle est partie !

Je me demande comment elle a fait. Je ne l'ai pratiquement pas quittée des yeux. Je pensais qu'il lui serait impossible de faire un pas sans que je le sache. Elle est plus futée que je ne le croyais.

Ce qui me place dans une situation qui est loin d'être facile, comme cela l'est depuis le début, d'ailleurs. Comment faire pour surveiller quelqu'un vingt-quatre heures sur vingt-quatre quand on est tout seul ? Il faut bien dormir, il faut bien se reposer un peu ! Et c'est justement là qu'elle en a profité, et moi, je ne m'en suis pas aperçu tout de suite. Si ça se trouve, elle avait déjà filé depuis deux jours quand je m'en suis rendu compte. Ça me rend dingue, dingue ! Je vais la retrouver, évidemment, j'ai bien retrouvé Anna à l'époque. Mais Anna était plus bête que Leona. Je savais qu'elle finirait par aller se réfugier chez son père, et c'est exactement ce qu'elle a fait. Pourtant, ce n'était pas difficile à prévoir, elle aurait dû savoir que je la retrouverais là-bas. Mais non, elle s'est laissé gentiment prendre au piège comme une petite souris.

J'ai tout de suite deviné que Leona n'irait pas chez ses parents, mais je suis quand même allé vérifier. Le problème, c'est que ces abrutis habitent au fin fond du monde, et il m'a fallu des heures pour y arriver en train et en bus. Heureusement qu'il fait beau, sinon, ç'aurait été l'enfer. Il me faudrait absolument une voiture, mais je ne peux pas en acheter, ils m'attraperaient aussitôt. Même

chose si j'en volais une. Avec un avis de recherche aux fesses...
C'est autrement plus difficile qu'avec Anna, parce que là, au
moins, on ne me recherchait pas. Je pouvais me déplacer à ma
guise, donner mon vrai nom... même si je ne l'ai pas utilisé par
sécurité quand j'ai travaillé pour sa frangine.

Mais je m'égare. Je me désoriente. Ça se dit, ça, je me désoriente ? Je m'en fiche. Il ne s'agit pas de gagner un concours
littéraire, il s'agit de me confier au papier pour éviter d'étouffer.
Après, je jetterai tout ça dans une poubelle ou dans une rivière,
pour que le courant l'emporte. Ce que j'écris n'est pas destiné à
la postérité, c'est destiné à me soulager, à ordonner mes pensées.
J'ai l'impression que le sol se dérobe sous mes pieds. Il faut
absolument que mes pensées restent claires, pragmatiques, logi-
ques, et mes actes également.

Donc, je suis allé à Lauberg, il y a quatre jours maintenant. Je
n'y ai été qu'une seule fois, l'année dernière à Noël. A l'époque,
j'avais cru tomber sur la famille idéale, mais il ne faut surtout
pas se fier aux apparences.

C'est vrai qu'au printemps leur bled est carrément paradisiaque. Il y a tellement de fleurs dans le jardin qu'on ne sait plus
où donner des yeux, et, surtout, qu'on ne voit rien à l'intérieur.
Mais d'un autre côté, ça permet de se cacher dans les buissons.
Personne ne m'a vu.

Maman Elisabeth s'est activée dans les plates-bandes. Elle a la
main verte, ça m'avait déjà sauté aux yeux en hiver, quand j'ai vu
toutes les plantes qu'elle avait dans son salon. J'aime bien ça, en
fait. Si cette famille était aussi charmante qu'elle en a l'air, ce
serait la famille de mes rêves. Avec une femme au ventre fertile et
à la main verte. Elisabeth est le type même de la mère originelle.
Parfois je me demande si nous, les hommes, nous ne passons pas
notre vie à chercher une mère, plutôt qu'une femme à qui faire
l'amour. Quand j'ai vu Elisabeth dans toute sa plénitude, agenouillée dans le jardin en train de gratter la terre, il m'est venu
l'idée que ce pourrait être ça, le bonheur incarné. Se réfugier dans
les bras d'une mère, sentir sa respiration et les battements de son
cœur. D'un seul coup, j'ai compris que c'était ce que j'avais cru
trouver chez Leona : la sécurité. Comme avant, chez Anna. Ce
n'était pas le désir sexuel que ces deux femmes éveillaient d'abord

en moi, même si j'éprouvais beaucoup de plaisir à coucher avec elles. Mais ce que je préférais, c'était être simplement blotti dans les bras de Leona. Sans parler, sans bouger, loin de tout. Je rêvais à la sensation que j'éprouverais le jour où elle me recouvrirait de ses longs cheveux. Dire qu'elle s'est fait couper les cheveux ! C'est impardonnable. Impardonnable !

Le père de Leona jouait au foot sur la pelouse avec Felix, son petit-fils, l'enfant de Caroline et Ben. Lui, Ben, il était vautré dans un hamac sur la véranda. Il n'a pas l'air de courir après le boulot, celui-là. Caroline, je ne l'ai pas vue, elle était sans doute encore en train de manigancer quelque chose. Désagréable, comme fille. Grande gueule, pas froid aux yeux, pas particulièrement intelligente. Quand je l'ai vue à Noël, elle m'a tout de suite paru antipathique. Quand je pense au jour où elle s'est pointée au bureau de Leona, et où elle a mis la puce à l'oreille à sa sœur... qu'est-ce que je fichais en bas, dans ce café, et pourquoi je faisais ça... J'ai très bien senti qu'elle se méfiait. Et elle a contaminé sa sœur, avec ses soupçons et son agressivité. C'est ce jour-là que j'ai senti pour la première fois une certaine distance dans l'attitude et le regard de Leona, et ça n'a fait que s'amplifier jusqu'à devenir un obstacle infranchissable entre nous. Caroline fait partie des gens, des petits cailloux, petits mais non négligeables, qui ont contribué à ce que mon histoire avec Leona se termine en catastrophe. Parfois, je me suis demandé si je n'allais pas lui faire subir le même sort qu'à la Faber, cette vieille pipelette ! Je vais peut-être le faire un jour, je ne sais pas, mais je n'en ai pas encore eu l'occasion jusqu'à présent. De toute façon, j'ai des choses plus importantes à régler pour l'instant.

J'ai vu une femme assise sur les marches de la véranda. Elle ressemblait un peu à Leona, et mon cœur s'est mis à battre à se rompre. Mais évidemment, ce n'était pas elle. C'était sans doute Olivia, la sœur aînée, la mère de Dany, la petite handicapée. Elle a un beau visage très triste. D'après ce que m'a dit Leona, son couple est en crise, parce que son mari n'accepte pas qu'elle reste constamment avec leur enfant et ne sorte pratiquement plus de la baraque. Quel crétin ! Qu'est-ce qu'il y a de pire qu'une femme qui ne sort jamais de chez elle ? Une femme qui sort tout le temps de chez elle ! Un mari n'a pas peur de perdre une femme comme Olivia. Il n'a pas peur qu'il lui arrive quelque chose, ni qu'elle le fasse cocu. Quand j'ai vu cette Olivia si belle, si détournée du monde, assise sur ces marches, j'ai regretté de tout mon cœur qu'elle n'ait pas été celle dont je suis tombé amoureux. Tout aurait été différent, pour elle et pour moi. Mais de même qu'on ne force pas le destin, on ne force pas ses sentiments. Même si j'avais rencontré Olivia au lieu de Leona, je ne serais pas tombé amoureux. C'est contradictoire, mais c'est justement la vitalité de Leona qui m'a attiré. Ainsi qu'une certaine crainte et une certaine réserve qu'elle dégageait encore à l'époque. Mais la crainte seule et la réserve seule seraient restées sans effet sur moi. (La sécurité ! Les femmes doivent être fortes, et Olivia est faible !)

Je n'ai pas vu le mari d'Olivia, sans doute était-il à son travail. Et, naturellement, je n'ai pas vu Leona. Sa voiture n'était pas là, mais je pense qu'elle n'aurait pas eu la stupidité de la garer devant la maison au su et au vu de tout le monde. Elle ne pouvait pas être à son travail, parce que j'ai surveillé l'immeuble pendant des jours entiers, et pas un chat n'y serait entré sans que je le voie. Donc, pas à son bureau, pas à Lauberg... mais ça, il fallait s'y attendre.

J'étais bien forcé de vérifier pour ne pas avoir à me reprocher plus tard ma négligence, mais je n'ai jamais pensé que je la trouverais là-bas. J'ai fait tout ce trajet pénible pour rien. Un trajet dangereux, également. J'ai ma photo dans tous les journaux, ce qui fait qu'en principe je ne devrais plus prendre le risque d'emprunter les transports en commun. C'est pendant les longs trajets en train qu'on court le plus de risques d'être dévisagé par ses voisins. Par sécurité, je suis rentré à Francfort par un autre trajet, un itinéraire tellement absurde que personne n'aurait eu l'idée de me chercher là. Mais j'ai mis trois fois plus de temps, et je suis arrivé tard dans la nuit à la gare. Epuisé, frustré, sans le moindre indice.

Où est-elle, où est-elle, où est-elle ?

Comme chaque matin, elle empruntait le petit chemin qui menait au village à travers champs. Le temps avait changé brutalement pendant la nuit. Jusqu'alors, le soleil avait brillé avec une intensité inhabituelle pour un mois de mai et Leona se prélassait dans le jardin en short et en tee-shirt, allongée sur une chaise longue à l'ancienne mode au tissu rayé imprégné d'une odeur d'huile solaire vieille de plusieurs années et sentant légèrement le moisi. Elle se promenait pieds nus dans le jardin et, le soir, prenait le frais sur la terrasse, un verre de vin et un paquet de cigarettes à portée de main. Elle avait arrêté de fumer des années auparavant, mais avait repris. Fumer l'aidait à se calmer les nerfs. Surtout le soir, quand la nuit venait avec ses longues ombres, ses voix naissantes, sa menace.

Elle restait assise dehors, fumant cigarette sur cigarette, jusqu'à la nuit tombée. Même si, dès le crépuscule, elle mourait d'envie d'aller se réfugier à l'intérieur, de fermer les fenêtres, les portes et les volets. Si elle restait dehors malgré sa peur, malgré ses nerfs à fleur de peau, c'était par une sorte de défi, voire d'instinct de conservation. Robert l'avait chassée de chez elle et l'avait privée du cours normal de son existence. Il n'était pas question qu'il la transforme en animal pris au piège dans son terrier. Elle sentait que, dans ce cas, si elle y cédait sa peur développerait une dynamique propre. Tôt ou tard, elle en arriverait à ne plus mettre le nez dehors.

Mais ce soir-là, elle resterait à l'intérieur. Elle ne passerait pas son temps sur sa terrasse, à se battre contre la peur.

Il faisait frais, et après le brouillard qui s'était posé sur la campagne tôt le matin, un petit crachin s'était mis à tomber des nuages bas et gris. Le mauvais temps peignait cette campagne solitaire et boisée d'une couleur bien triste. La pluie et le froid contenaient en eux une sourde menace.

Elle avait mis un ciré jaune découvert dans un recoin de la maison et chaussé des baskets. Si la pluie devait durer et les chemins se transformer en pistes boueuses, il lui faudrait acheter des bottes de caoutchouc, car – c'était bête – elle n'avait pas emporté les siennes.

Elle marcha bien une demi-heure avant d'atteindre le village, composé d'une vingtaine de maisons tout au plus. Il y avait une petite pharmacie, et, chose étonnante, un petit magasin de chaussures, ainsi qu'une supérette dans laquelle on trouvait de tout, de l'alimentation aux jouets en passant par les outils de jardin.

Leona n'était pas obligée de se rendre au village chaque jour, mais elle tenait à ce contact avec le monde extérieur qui lui offrait un certain sentiment de normalité. Le village était aussi peu étendu et aussi calme que Lauberg. Ici, tout le monde se connaissait, les jours se succédaient, tous pareils. Le facteur faisait sa tournée, juché sur son vélo, en saluant aimablement son monde, et quelques ménagères se retrouvaient invariablement à la même heure au même endroit pour papoter. Un vieux monsieur sortait promener son chien. Les choses étaient réglées selon un ordre réconfortant.

Ce jour-là, la pluie et le vent avaient privé les femmes de leurs commérages. De même, le vieux monsieur et son chien semblaient se calfeutrer chez eux. Seul le facteur observait le rite, parcourant la rue et faisant un signe amical à Leona. Il portait le même ciré jaune qu'elle.

Le village n'avait pas l'air aussi accueillant que d'habitude et, pour la première fois, la jeune femme se fit la réflexion que le soleil était en réalité bien trompeur. Peut-être était-ce par l'une de ces nuits de printemps chargées du parfum de mille fleurs qu'un monstre comme Robert Jablonski avait été engendré. Peut-être l'un d'eux était-il en train de grandir, encore dissimulé derrière le visage aux joues rondes de l'enfance, mais portant en lui un germe dangereux comme une tumeur qui éclaterait à un moment quelconque en libérant des cellules malignes. A moins que l'un d'eux ne se trouve déjà tapi derrière des fenêtres peintes en blanc, comme toutes celles du village, épiant, guettant le moment, telle une bombe à retardement sur le point d'exploser. Car quand ils ne tournaient pas rond, cela ne se voyait pas sur la figure des gens ! Rien, sur la personne de Robert, rien dans ses yeux, dans son sourire, ne révélait sa maladie mentale. C'était un homme sympathique, ouvert et intelligent. Un cauchemar qui ne se démasquait qu'après.

A la supérette, elle acheta le journal, des petits pains, un peu de fromage et des fruits. Elle prit aussi une bouteille de vin pour le soir et deux paquets de cigarettes.

— Ah, quel sale temps aujourd'hui, fit la dame, à la caisse, vous n'avez pas de chance pour vos vacances !

— Oui, mais il a fait beau tous ces derniers jours, relativisa Leona.

— Il va pleuvoir pendant quelque temps, insista son interlocutrice. Le vent vient de l'est, ce n'est pas bon signe.

— Je me plais bien ici, même quand il ne fait pas beau.

— Voilà, vous avez bien raison. Comme je le dis toujours, il n'y a pas de mauvais temps, il n'y a que de mauvais vêtements.

Leona quitta la boutique, le sac en plastique contenant ses provisions dans une main, son journal dans l'autre. Elle enfouit son nez dans le journal qui sentait encore l'encre d'imprimerie et le papier. Autrefois, se dit-elle, jamais je n'aurais cherché à me réconforter en respirant du papier journal, je n'aurais même pas remarqué l'odeur.

Autrefois, elle n'aurait pas apprécié autant le signe de la main d'un facteur. Elle avait entendu quelque part que c'était le genre de réaction propre aux malades. Pour eux, les petits détails de la vie quotidienne prenaient une importance qu'ils n'avaient pas auparavant. Les malades donnaient de la valeur à des choses que les bien portants remarquaient à peine.

Moi aussi, je suis une malade, se dit-elle, quelqu'un me rend malade, malade de peur. Ma vie ne suit plus son cours normal, comme celle d'un malade. Tout passe au second plan, quand on se bat contre la maladie.

Sur le chemin du retour, elle dut lutter contre le vent contraire qui lui soufflait au visage avec force, projetait sur sa peau les gouttes de pluie comme autant de petites pointes d'épingle. Elle languissait après un thé bien chaud. Peut-être même allumerait-elle un feu dans la cheminée. Puis elle lirait le journal et se consacrerait au manuscrit qu'elle avait emporté. Elle avait pas mal de choses à faire. Seulement, ce qui lui manquait, c'était la paix intérieure qu'il lui fallait pour pouvoir travailler sérieusement.

Elle n'était plus qu'à quelques mètres de la maison lorsqu'elle entendit sonner le téléphone. Elle se mit à courir à toutes jambes, laissa tomber son journal, ne trouva pas la clé, poussa un juron. Lorsqu'elle l'eut enfin extirpée de la poche de son jean, le téléphone s'était tu. Mais cela ne l'empêcha pas de se précipiter dans le séjour et de décrocher. Evidemment, il n'y avait plus personne à l'autre bout du fil.

La déception lui fit monter les larmes aux yeux. Son besoin d'entendre une voix humaine devint presque insupportable. La personne qui l'avait appelée ne pouvait être que Wolfgang, car il était le seul à savoir où elle se trouvait. Elle lui aurait raconté qu'il pleuvait, qu'elle avait peur, que la nuit, soit elle ne dormait pas, soit elle faisait des cauchemars. Qu'elle avait du mal à endurer la solitude et qu'elle aurait tout donné pour voir du monde.

L'espace d'un instant, elle fut tentée de rappeler Wolfgang aussitôt, mais elle y renonça, sachant que cela n'avait pas de sens. Il ne téléphonait jamais qu'à partir d'une cabine, par mesure de précaution, au cas où ses appareils, au bureau ou à la maison, seraient surveillés.

— C'est idiot, comme idée, avait-il déclaré. Je me demande bien comment Jablonski s'y prendrait pour mettre les téléphones sur écoute. Mais on n'est jamais trop prudent. Il faut éviter de courir le moindre risque.

Leona ressortit pour aller récupérer son journal et son sac en plastique. Elle inspecta les environs, mais ne vit que des prés solitaires qui se fondaient dans les nuages à l'horizon. Il n'y avait pas âme qui vive. Elle ferma soigneusement la porte à clé.

J'ai constaté que la voiture de Leona était toujours dans son garage. Ce matin, quand son mec est parti travailler, j'ai fait le tour de la baraque sans me faire voir. Le garage était fermé, bien sûr, mais il y a une lucarne sur l'arrière. Elle est presque entièrement recouverte de lierre, mais j'ai pu voir à l'intérieur. Il y avait sa voiture. Ce qui veut dire qu'elle est partie sans. Si seulement je savais où elle est !

Peut-être qu'elle est encore à Francfort et qu'elle a loué un appartement dans un quartier quelconque. Ou alors, elle se planque chez une copine. Non, je ne crois pas, parce qu'elle est beaucoup trop convenable pour ça. Elle a appris la mort de la Faber, j'en suis sûr, comme je suis sûr qu'elle s'accuse d'en être responsable en partie. Elle va donc éviter d'entraîner qui que ce soit d'autre dans notre histoire. Elle se cache quelque part, toute seule, et je suppose qu'il n'y a que son Wolfgang qui sache où. De temps en temps, j'imagine que je l'attrape et que je le fais parler, mais il ne me dirait pas la vérité, j'en suis persuadé. Et je ne pourrais même pas le tuer si je m'apercevais qu'il m'a menti, parce que j'en aurais encore besoin. Mais il ne faut pas que je perde cette chose de vue : Wolfgang est ma dernière chance.

Et le temps. Elle ne va pas pouvoir se cacher éternellement. Moi non plus, d'ailleurs. La partie est égale : le temps travaille contre l'un et l'autre.

Depuis quelques jours, je n'ai plus de chambre. Le risque était trop grand que la patronne me reconnaisse et avertisse la police. J'ai eu l'impression qu'elle m'examinait de bien près, l'autre soir, quand je suis rentré à la pension et que je lui ai demandé une tasse de thé. Elle était toute seule dans sa cuisine en train de faire des patiences, et j'ai bien vu que pendant qu'elle faisait chauffer l'eau, elle me jetait des coups d'œil en coin. Elle avait un regard que je connais bien, le regard des bonnes femmes vieillissantes qui vivent seules, celui de cette affreuse Lydia, la soi-disant amie d'Eva, par exemple. C'est l'expression qu'elles ont dans les yeux dès qu'un mâle s'approche. C'est un regard qui mendie un sourire, un compliment, un contact de la main. Je n'ai pas réussi à la toucher (je sens encore le parfum sucré de la peau de Leona et son souffle sur mon visage), mais elle a eu droit à un sourire et à un compliment hypocrite. Mais elle n'a pas réagi comme elles le font d'habitude, et tout à coup je me suis dit : Bon Dieu, elle te dévisage parce qu'elle t'a reconnu ! J'ai eu du mal à attendre tranquillement qu'elle m'ait préparé mon thé, à lui souhaiter bonne nuit et à aller dans ma chambre avec ma tasse à la main, l'air détaché. C'était une chambre de plain-pied, c'était la condition sine qua non. J'ai fait mon bagage et je suis sorti par la fenêtre. Je n'ai pas grand-chose, juste un sac de toile avec un peu de linge, des chaussettes, un jean et un pull de rechange. J'étais léger et agile comme un chat. Je ne sais pas si la vieille a déjà prévenu la police. De toute façon, je m'en fous.

Maintenant je vis dans la rue comme un clodo. Heureusement, c'est bientôt l'été, je ne vais donc pas mourir de froid. J'ai trouvé une planque géniale, dans le jardin des gens d'en face de chez Leona. Un petit trou entre des buissons très fournis, juste derrière la clôture. Les propriétaires n'ont pas d'enfants, ça, je l'avais remarqué pendant que j'habitais chez Leona. J'aurais été moins tranquille s'il y avait eu des gamins, les gosses, ça joue à cache-cache dans les buissons... Mais ces deux vieux arthritiques ne vont sûrement pas venir me débusquer. Le seul problème, c'est que j'ignore s'ils n'emploient pas un jardinier ; là, ça deviendrait critique. En tout cas, je n'en ai pas vu pour l'instant. Ils ne sont pas là en ce moment, les volets sont fermés partout. Le midi, il y a une bonne femme plus jeune qui passe, sans doute la femme de ménage, elle ramasse le courrier et disparaît pendant un certain temps à l'intérieur. Je suppose qu'elle arrose les plantes. J'aimerais bien pouvoir me faufiler un jour derrière elle. Je ne piquerais rien, bien sûr, mais prendre une bonne douche, ça me plairait assez.

Trop dangereux ! Il ne faut pas attirer l'attention. Il y a toujours une patrouille qui vient faire un tour de temps en temps, moins souvent qu'avant évidemment. C'est d'ailleurs un indice qui m'a confirmé que Leona n'était plus là.

Ce qui est embêtant quand on vit dehors, c'est qu'on est très vite clochardisé. Mon rasoir rechargeable a encore fonctionné pendant un certain temps, mais c'est terminé depuis avant-hier. Je commence aussi à sentir franchement mauvais, et j'ai des feuilles et des brins d'herbe partout sur moi, dans mes cheveux, mes vêtements... Les gens te regardent quand tu te balades comme un SDF, surtout ici, dans ce quartier chic, et être regardé, c'est bien la dernière chose dont j'ai envie. Hier, je suis allé à la piscine, j'ai fait quelques longueurs, et après je me suis douché et je me suis lavé les cheveux. La bonne femme à la caisse m'a regardé d'un air dégoûté et s'est sûrement demandé si elle devait me laisser entrer. Je ne pourrai sans doute pas m'y aventurer une autre fois.

J'ai encore un peu d'argent d'avance. Je me nourris principalement de hot-dogs que j'achète dans des kiosques, ou je vais au McDo. Il y a tellement de monde là-dedans qu'il n'y a pas grand risque que je sois reconnu. Malgré tout, je n'y vais jamais deux fois de suite. Il faut mettre au minimum une semaine entre deux passages.

Il me faudrait absolument une voiture. Ça devient urgent ! Il faut que je puisse bouger plus facilement. Admettons que Wolfgang décide d'aller voir Leona. Je ne pourrai pas le pister. Je ne peux même pas le suivre jusqu'à son boulot pour vérifier s'il ne fait pas un crochet par chez Leona. Ce qu'il ne fait pas, sans doute, parce qu'il ne sait pas que je suis confiné dans ce jardin, que je squatte au milieu des buissons ! Pour le moment, ils surestiment certainement mes possibilités.

Mais patience, un de ces jours, ils vont les sous-estimer !

2

Ce fut le sentiment du devoir qui poussa Wolfgang à aller rendre visite à Paul à l'hôpital. Il se dit que cela ne le mènerait pas loin, au fond, car Paul était toujours dans le coma, et quand il avait de la visite, il ne s'en rendait pas compte. Mais ils faisaient partie de la même famille, même s'ils n'étaient pas parents, et il ne voulait pas être le seul à ne pas avoir fait un saut à son chevet.

Il parvint à se libérer une heure plus tôt que de coutume et se rendit directement à l'hôpital. Il s'arrêta en cours de route pour appeler Leona à partir d'une cabine. Elle décrocha aussitôt. Sa voix était triste.

— Il n'y a sans doute rien de neuf ? demanda-t-elle aussitôt. Ils n'ont toujours aucune trace de Robert, c'est ça ?

— Hélas, non ! Mais ils ne nous tiennent pas au courant de leurs moindres faits et gestes. Peut-être qu'ils sont plus près de l'attraper qu'on ne croit.

— Je te l'ai déjà dit, il est malin. Il ne va pas se laisser prendre aussi facilement.

— Et moi, je t'ai dit que la police n'était pas bête non plus.

— Ils ne vont pas le rechercher indéfiniment.

— Il a deux assassinats horribles sur la conscience. C'est une bombe à retardement, ils le savent très bien. Ils ne sont pas près de renoncer.

Elle soupira, et Wolfgang entendit toute l'ampleur de son désespoir dans ce soupir. Visiblement, elle n'était pas en forme. Parfois, elle semblait pleine d'optimisme, mais depuis trois jours, elle paraissait en proie à un découragement de plus en plus profond. Elle n'allait bientôt plus pouvoir supporter la peur et la solitude. Elle était seule dans ce trou paumé, sans aucun contact avec personne, guettant le tic-tac de la pendule et son propre souffle, sachant que dehors, quelque part, un fou furieux remuait ciel et terre pour la retrouver. Sans compter qu'elle n'avait pas le droit de prendre contact avec sa famille, et que nul ne savait comment se terminerait cette histoire.

— Qu'est-ce que tu as fait aujourd'hui ? s'enquit-il en simulant l'insouciance, pour lui montrer que lui, au moins, croyait à un dénouement rapide et heureux du drame.

— J'ai fini de rédiger le compte rendu de mon dernier manuscrit. C'est dingue comme je travaille vite ici.

— Voilà au moins un aspect positif !

Elle n'était sûrement pas du même avis, mais elle ne le contredit pas.

— J'ai besoin qu'on continue à m'alimenter, au boulot. Je ne peux pas rester ici à me tourner les pouces, ça ne sert qu'à remuer des idées noires. D'ailleurs, il faut bien que le travail se fasse.

— On ne peut pas t'envoyer de manuscrits par la poste, c'est trop dangereux.

— Tu remettrais le paquet au guichet. Comment veux-tu que Robert voie l'adresse ?

Cette fois, ce fut au tour de Wolfgang de soupirer. Leona avait raison, ce Jablonski n'était pas doté d'yeux bioniques, mais il se refusait malgré tout à prendre le risque d'envoyer un colis à Leona.

— De plus, il faut bien que je retourne le travail que j'ai terminé, poursuivait Leona. Je ne peux pas le laisser traîner ici pendant des semaines, tu comprends ?

Il comprenait.

— Mais tu ne l'envoies pas à l'éditeur, lui recommanda-t-il, il ne faut pas qu'on sache où tu te trouves d'après le cachet de la poste !

— Mais...

— Je vais y réfléchir, promit-il, on va y arriver d'une manière ou d'une autre.

Il s'ensuivit un court silence, puis Leona proposa :

— Quelqu'un pourrait peut-être venir m'apporter tout ça. Il faut absolument que je parle à quelqu'un, Wolfgang. Pas seulement par téléphone. Il faut que j'aie quelqu'un auprès de moi, au moins pour une journée.

Elle parlait d'une voix basse, désespérée.

— Tiens bon, dit Wolfgang, je vais sûrement avoir une idée.

Quand il eut raccroché, il se sentit très mal à l'aise. Il culpabilisait comme s'il avait laissé tomber une personne qui l'avait appelé à l'aide.

A l'hôpital, il eut la surprise d'apprendre que Paul ne se trouvait plus dans le coma depuis la veille.

— Vous pouvez le voir brièvement, mais, surtout, pas d'émotions, vous entendez ? lui recommanda l'infirmière en chef. Pas de questions sur l'agression, d'accord ? Je passe mon temps à renvoyer la police ! Il est encore beaucoup trop tôt.

Paul, au fond de son lit, offrait toujours l'aspect d'une momie avec les bandages qui le recouvraient entièrement, sauf sur le visage. On l'avait mis sous perfusion, mais il n'était plus relié à aucun autre appareil. Leona lui avait parlé du regard fixe, effrayant, de ses yeux grands ouverts. Or, ce regard avait disparu. Paul recommençait à participer à la vie autour de lui.

Caroline était assise à son chevet. Elle portait un jean élimé et avait teint ses cheveux en roux, ce qui la faisait ressembler à sa sœur Olivia. Elle couvait Paul d'un œil empreint d'une sincère sollicitude, ce qui était d'autant plus remarquable que ces deux-là ne s'aimaient pas beaucoup. Elle avait apporté des fruits, du jus de fruits et des journaux. Le malade ne pourrait toucher à rien, mais cela donnait à cette chambre nue une petite touche plus intime, et, se dit Wolfgang, peut-être que cela l'aidera.

Caroline vint à sa rencontre, l'embrassa. Lui non plus ne l'aimait pas beaucoup, personne n'aimait Caroline sans réserve, car avec son style de vie elle ne manquait pas de choquer les gens qui menaient une existence laborieuse. Mais Wolfgang était touché de la voir assise au chevet d'un homme qu'elle n'avait jamais pu supporter, et de s'inquiéter sincèrement pour lui.

— Salut, Wolfgang, dit-elle, c'est bien que tu sois venu. Justement, aujourd'hui, Paul est réveillé ! Tu ne peux pas t'imaginer comme on est soulagés !

273

— Oh si, je l'imagine très bien ! Moi aussi, j'en suis tellement heureux !

Wolfgang s'approcha du lit. Son beau-frère tourna les yeux vers lui.

— Bonsoir, Paul, dit-il en chuchotant involontairement. Comment tu te sens ?

Le malade ouvrit la bouche, mais il n'en sortit qu'un balbutiement indistinct.

— Il a des problèmes pour parler, expliqua Caroline. Le docteur dit qu'il va falloir qu'il réapprenne dans un centre de rééducation.

Paul refit une tentative. Son visage se déforma sous l'effort, mais sa langue et ses lèvres refusèrent d'obéir.

— Ne dis rien, lui conseilla sa belle-sœur, tu es encore trop faible.

A grand-peine, Paul leva les doigts de sa main droite. Epuisé, il les laissa retomber, le visage déjà ruisselant de sueur.

— Paul ! le supplia Caroline, nerveuse.

— Il veut absolument dire quelque chose, dit Wolfgang.

Il plongea ses yeux dans ceux, tourmentés, de Paul, puis comprit tout à coup.

— Leona est en sécurité, Paul, affirma-t-il, ne t'inquiète pas. Il ne peut rien lui arriver.

Les traits du malade se détendirent. Son souffle devint plus calme.

Caroline prit un mouchoir sur la table de chevet et lui épongea le front.

— Il est finalement beaucoup plus sympa que je ne croyais, remarqua-t-elle. Il est dans un état incroyable, et il trouve le moyen de se faire du mouron pour Leona.

— C'est justement parce qu'il est dans cet état, Caroline. Il sait mieux que personne ce qui se passerait pour Leona si elle tombait entre les mains de Robert.

— Il a sans doute reconnu Robert.

— Ou alors, il a compris que c'était lui.

Avec une assurance feinte, il ajouta :

— Par bonheur, elle est à l'abri maintenant, elle ne craint plus rien.

Caroline le regarda d'un air de doute, mais ne répondit pas.

La porte s'ouvrit et l'infirmière entra.

— Je suis désolée, mais je suis obligée de vous demander de partir, dit-elle, vous allez fatiguer le malade.

— Bien sûr, répondit Caroline. Vous avez été très gentille de me permettre de rester une demi-heure. Je sais que c'est plus que ce que le docteur a dit.

— J'ai conscience que vous venez d'assez loin, mais malheureusement il faut vous en aller maintenant.

Dans le couloir, Wolfgang lui proposa :

— Tu sais, tu peux très bien passer la nuit chez moi au lieu de rentrer à Lauberg.

— Merci, mais en ce moment Felix est assez casse-pieds. Il va encore faire des histoires si je ne suis pas là pour l'endormir. J'ai deux heures devant moi avant de prendre mon train. On se prend un café ?

Ils trouvèrent un café non loin de l'hôpital. Caroline commanda un expresso. Wolfgang, qui avait besoin de se calmer les nerfs, choisit un whisky.

Lorsqu'ils furent servis, la jeune femme en vint au fait :

— Je suis vraiment contente de te voir, Wolfgang. Je m'inquiète pour Leona. Tu nous as raconté la version soft, mais maintenant qu'on a vu l'avis de recherche et les photos, on sait avec quel genre de type elle s'est embringuée.

Elle décocha un regard sévère à son beau-frère.

— Vous auriez pu nous mettre au courant sans tourner autour du pot, quand Paul s'est fait démolir par ce malade. Mes parents pensent la même chose. Au lieu de ça, on a appris la vérité par petits bouts, et on a les jetons beaucoup plus que si on avait appris tout d'un seul coup.

— Je suis désolé, mais nous ne pouvions pas connaître les développements de cette histoire à l'avance. Nous avons voulu éviter de vous inquiéter inutilement.

— Et maintenant, Leona est planquée quelque part, pendant que nous, on crève de peur en se demandant combien de temps ça va durer !

— La police va finir par attraper Jablonski.

— Quand ?

Wolfgang vida son whisky d'un trait et fit signe au garçon. Il lui en fallait un second.

— Mon Dieu, Caroline, comment veux-tu que je sache ? Bientôt, j'espère. Je prie le bon Dieu, mais je ne peux rien faire de plus.

— Quand je pense que j'ai vu dès le départ qu'il était fêlé, ce Robert ! Mais ça servait à rien de le dire à Leona à l'époque, accro comme elle était. Elle ne l'aurait pas largué pour autant. De toute façon, même si elle l'avait fait, je pense qu'elle se serait retrouvée dans les mêmes ennuis qu'aujourd'hui.

— Sans doute que c'était foutu pour elle dès le premier jour.

— Et elle va comment ? Tu lui téléphones, hein ?

Wolfgang haussa les épaules.

— Comment veux-tu qu'elle aille ? Elle est dans une sale situation, et ça lui sape le moral. Elle a été arrachée à sa vie normale, sans savoir pour combien de temps. Et moi, je suis malade de ne rien pouvoir faire pour elle.

— Tu sais, réfléchit Caroline, peut-être qu'elle a besoin qu'on la booste un peu. Toute seule comme ça… Tu ne crois pas que je pourrais aller la voir, rien qu'une fois ? Je suis sûre que ça la regonflerait.

— On s'était mis d'accord pour dire qu'il valait mieux que personne, à part moi…

— Que personne ne sache où elle se planque, c'est normal. Mais ça commence à durer maintenant. Moi, je crois que Robert mise sur le temps. Il sait qu'elle ne pourra pas se cacher éternellement. Il n'a plus qu'à attendre pour la cueillir.

— Lui non plus ne peut pas se cacher éternellement.

— Peut-être, mais sûrement plus longtemps que Leona. Il n'a rien à perdre, pas de boulot, pas de famille. Psychiquement, il tiendra le choc bien mieux qu'elle.

— Parlons-en, de son psychisme ! Il est fou, Caroline !

— Je suis d'accord, mais sa folie lui donne une grande force.

Caroline semblait avoir réfléchi à la question. Wolfgang fut surpris de sa vision claire des choses.

— Ses sentiments pour Leona sont peut-être tordus, mais ils sont très forts. Ils vont lui permettre de supporter toutes les difficultés.

— D'accord, mais il a d'autres problèmes. Il faut bien qu'il vive de quelque chose. Leona dit qu'il n'est pas très riche, il va très vite se retrouver sur la paille.

— C'est bientôt l'été, et en été, on peut vivre dehors. On peut faire la manche, on peut dormir sur un banc comme un clodo... Wolfgang, il a de bons atouts !

Wolfgang avala son whisky et résista à la tentation d'en commander un troisième.

— Qu'est-ce que c'est que toutes ces explications ? Où veux-tu en venir ? Qu'est-ce que tu attends de moi ?

— Leona a besoin d'un soutien psychologique. Dis-moi où elle est, que j'aille la voir.

— C'est trop dangereux. Ce type est un fou, un assassin complètement pervers. Il ne faut prendre aucun risque.

— Mais réfléchis un peu, Wolfgang ! Il est tout seul. Il ne va pas pouvoir nous surveiller tous en même temps ! Leona a pu s'échapper, tu ne crois quand même pas que c'est moi qu'il va poursuivre ?

— Je ne sais pas.

Il ne pouvait effectivement lui donner de réponse logique. D'évidence, Robert n'était pas pourvu de toutes les facultés, de tous les moyens qu'il lui attribuait dans ses réflexions. Il l'avait élevé au statut d'un monstre doté de pouvoirs surnaturels : Robert était capable d'être partout en même temps, de voler, c'était un mage extralucide qui pouvait traverser les murs. C'était parfaitement absurde. Et pourtant... si c'était sa raison qui lui faisait ainsi la leçon, ses sentiments, en revanche, restaient dominés par la peur.

— Wolfgang, suggéra Caroline, pose-lui la question, puisque tu l'as au téléphone tous les jours. Demande-lui ce qu'elle en pense, demande-lui si elle veut m'avoir avec elle. C'est à elle de décider.

Il regarda pensivement sa belle-sœur.

— Moi, ce qui m'étonne, c'est que tu t'impliques à ce point. Je ne savais pas que tu tenais autant à Leona.

Caroline, qui s'amusait sur la nappe avec sa cuiller, baissa le nez sur les lignes et les cercles invisibles qu'elle avait dessinés.

— Peut-être que je ne m'en doutais pas moi-même avant cette histoire, murmura-t-elle. Tu sais, Leona a toujours été pour moi plus qu'une sœur. Elle était presque adulte quand je suis née. Je n'ai jamais eu à me plaindre d'un manque d'attention ou autre, ma mère est très aimante, toujours aux petits soins pour tout le monde. Mais moi, j'ai toujours été quelque part la révoltée de la famille, et la seule qui m'a toujours comprise, c'est Leona. Ça ne veut pas dire qu'elle était toujours d'accord avec ce que je faisais, elle m'a souvent remonté les bretelles. Mais quand j'avais fait une grosse bêtise, c'est elle que j'allais voir. Maman, elle te regarde avec des yeux de chien battu, ce qui fait que tu culpabilises à mort, mais Leona, elle ne perd pas son sang-froid et elle ne se laisse pas déstabiliser. Elle commençait par me passer un savon, mais après, elle m'aidait à réparer les dégâts... C'est drôle, mais je me suis rendu compte que c'est encore elle que j'irais voir en premier si j'avais des emmerdements. J'ai besoin d'elle. C'est pour ça que j'en veux tellement à ce cinglé. Et j'ai peur pour elle. Je veux être auprès d'elle, je veux l'aider !

Wolfgang acquiesça.

— Je comprends. Je vais lui en parler.

Il fit signe au garçon pour demander la note et proposa :

— Je t'emmène à la gare.

Elle sourit. Elle avait un joli sourire, c'était la première fois qu'il le remarquait.

— C'est curieux, observa-t-il, c'est ce soir que j'ai vraiment fait ta connaissance, j'en ai appris plus long sur toi que pendant toutes ces années. Je te prenais pour une gamine gâtée pourrie, et c'est tout. Et voilà que tu as aussi d'autres côtés !

Caroline se leva et répondit avec sérieux :

— Ce n'est pas si curieux que ça. C'est dans les crises que les gens montrent leurs meilleurs côtés, ou les plus mauvais. Si chez moi, c'est le meilleur qui se montre, eh bien, c'est qu'on a de la chance !

La pluie aggravait encore les choses. Depuis le matin, elle ruisselait en formant un rideau opaque. A midi, cela avait commencé à se calmer un peu, et Leona était sortie faire un tour pour éviter de devenir folle entre les murs de sa prison. Le vent avait cabossé son parapluie et la pluie, au lieu de tomber tout droit, l'avait giflée de face. Elle était rentrée avec des chaussures qui faisaient floc-floc et un pantalon trempé.

D'ordinaire, elle aimait bien sortir par mauvais temps, surtout parce que c'était si bon de rentrer chez soi. Cette fois, le retour ne lui ferait pas le même effet. Pas d'envie de thé brûlant. Pas de joie anticipée à l'idée de retrouver un bon livre. L'après-midi serait long, pluvieux et clair. Mieux aurait valu l'obscurité précoce d'un mois de novembre, ça l'aurait un peu calmée. Mais non, malgré le mauvais temps, l'été était tout proche, et cela signifiait que le soleil n'était pas près de se coucher. C'était une journée qui lui suggérait impitoyablement qu'ailleurs la vie battait son plein, alors qu'elle restait cloîtrée, à se tourner les pouces, pendant que s'écoulaient les heures et les minutes. La veille au soir, elle avait dit à Wolfgang qu'elle ignorait ce qu'elle attendait.

Il avait répondu, surpris :

« Tu... nous attendons l'arrestation de Jablonski. C'est bien ça ? »

Elle n'avait pas pu le contredire, il avait raison ! Comment avait-elle pu poser une question aussi stupide ? Et pourtant, ce sentiment était resté vivace, et ce jour-là, au cours de sa promenade, elle avait soudain compris pourquoi elle avait l'impression de ne pas savoir ce qu'elle attendait dans ce désert : au plus profond d'elle-même, elle était convaincue que la police ne mettrait jamais la main sur Robert. Elle ignorait d'où elle tenait cette conviction, mais elle n'en doutait pas un instant : cette histoire se terminerait autrement, même si elle n'avait pas la moindre idée de la façon dont cela se produirait.

En rentrant, trempée et frigorifiée, elle prit une bonne douche chaude, après s'être assuré que les fenêtres et les portes étaient bien fermées partout. Depuis le film *Psychose*, les rideaux de douche avaient perdu leur innocence.

Maintenant, je ne pense plus qu'à ça, constata-t-elle tout en renversant la tête en arrière pour offrir son visage au jet d'eau. Etonnante, la rapidité de la transformation. Avant, mes pensées tournaient autour de mon travail. Maintenant, exclusivement autour de Robert.

L'après-midi finit par passer. Elle avait lu tous les livres de poche achetés au village. Elle irait en racheter le lendemain. Mais, au fond, la lecture ne lui était pas d'un grand secours. Elle avait besoin de travail, de piles de papiers sur son bureau. Mais, plus que tout, elle avait besoin de quelqu'un. A qui parler, qu'elle pouvait regarder, toucher. Autant elle attendait impatiemment les coups de fil de Wolfgang, autant ils la laissaient insatisfaite. Il était si loin d'elle ! Ils étaient tous si loin d'elle !

Enfin, la nuit tomba, et son sentiment d'inutilité s'atténua.

Elle recommença son inspection de la maison, vérifia les fenêtres et les portes. La cave, le rez-de-chaussée, l'étage. Elle ne monta pas au grenier : la lucarne laisserait à peine passer un enfant.

Même s'ils s'étaient mis d'accord pour ne jamais utiliser la ligne téléphonique de leur maison, Leona composa le numéro. Son anxiété avait atteint de tels sommets au fil des heures qu'elle craignait de perdre le contrôle de ses nerfs si elle n'entendait pas le son d'une voix. Mais Wolfgang n'était pas encore rentré. Au bout de cinq sonneries, elle entendit un déclic, puis sa propre voix au bout du fil.

— Vous êtes en communication avec le répondeur de Leona et Wolfgang Dorn. Veuillez...

Elle raccrocha.

Et si elle appelait sa mère ?

Non, ne va pas mettre ta famille en danger, laisse-les en dehors de tout ça !

Une collègue ? Son patron ?

C'est stupide ! Qu'est-ce que je leur raconterais ?

Elle se souvint de l'expression perplexe de ce dernier quand elle lui avait raconté son histoire : elle avait besoin de prendre un congé parce qu'il lui fallait se cacher pendant une durée indéterminée. Son patron avait lu l'avis de recherche contre Jablonski dans les journaux, mais était évidemment tombé des nues en apprenant que l'une de ses plus proches collaboratrices était mêlée à cette affaire. Et il lui avait accordé son congé, bien entendu.

« En voilà une histoire ! n'avait-il cessé de répéter. Quelle histoire ! C'est incroyable ! »

Telle était justement la raison pour laquelle elle se sentait si seule. Elle était l'une des protagonistes d'une histoire incroyable. En principe, ce qui lui était arrivé n'arrivait pas à un être normal. De ce fait, elle avait acquis le statut d'une personne étrange, un personnage de film d'horreur. Elle partageait des tas de choses avec ses collègues, elles parlaient boulot, affaires de cœur, régimes, cinéma, vacances. Mais comment attendre d'elles qu'elles comprennent le caractère particulier de la vie commune avec un psychopathe ? Un caractère si particulier qu'il se terminait en chasse à l'homme, en angoisse mortelle et en jeu du chat et de la souris ? Comment attendre des autres qu'ils réagissent autrement que par le trouble et la légère distance qui apparaît à l'annonce d'une maladie dont on ne sait pas encore si elle est contagieuse ?

Elle feuilleta son carnet d'adresses. Lentement, avec hésitation, elle composa le numéro de Bernhard Fabiani.

S'interdire absolument tout contact avec qui que ce soit, telle était la règle qu'ils s'étaient fixée, Wolfgang et elle. Seules deux personnes au monde devaient connaître le lieu où elle se trouvait, c'est-à-dire Wolfgang et elle-même.

Je ne vais pas lui dire où je suis, je veux parler, simplement parler pendant quelques minutes.

Parler avec quelqu'un qui ne la stigmatiserait pas pour avoir été en contact avec un monstre. Avec quelqu'un qui avait vécu lui-même le contact fatal. Car c'était ce qu'elle éprouvait, comme à l'époque, quand elle avait rencontré Fabiani pour la deuxième fois : si infection il y avait, ils l'avaient attrapée tous les deux.

Elle s'apprêtait à raccrocher, fatiguée et résignée, lorsque son interlocuteur se manifesta enfin :

— Oui, allô ? fit une voix énervée.

Leona, qui avait déjà abandonné l'idée de l'avoir au télé-phone, balbutia, décontenancée :

— Oh... excusez-moi de vous déranger...

— Leona ?

Le ton s'était transformé radicalement.

— Je suis content que vous m'appeliez ! Je vous ai laissé plu-sieurs messages sur votre répondeur, mais vous ne m'avez pas rappelé. J'ai aussi appelé à votre bureau, et là, on m'a dit que vous étiez en déplacement.

Tiens, Wolfgang ne lui avait pas parlé des appels de Bernhard !

— Je suis partie de chez moi pour aller me cacher, lui apprit-elle.

Fabiani comprit immédiatement.

— A cause de Robert, dit-il.

— Oui, je pense que c'est ma seule chance. Je sentais en toute certitude que sinon...

Elle ne termina pas sa phrase. Bernhard savait à quoi s'en tenir.

— Vous avez pris une sage décision, l'approuva-t-il.

Sa compréhension, sa voix calme, étaient un baume pour elle.

— Je suis contente d'avoir réussi à vous avoir.

— Vous tombez pile. Je rentre à l'instant ! précisa-t-il avec un rire. Où êtes-vous, Leona ?

— Je crois qu'il vaut mieux que vous ne le sachiez pas.

— Vous pouvez être sûre que je ne dirai rien à personne.

— Je le sais. C'est juste que... j'ai peur de donner une adresse par téléphone.

— Je ne suis pas sur écoute. Ce n'est pas dans les moyens de Robert.

— Je dois vous paraître idiote. Hystérique.

— Non. Pour moi, vous êtes quelqu'un qui est terrorisé et qui n'arrive plus à donner aux choses leurs vraies proportions. Et c'est parfaitement compréhensible dans votre situation. Je connais des tas de gens qui perdraient complètement la tête à votre place.

Ces paroles lui firent du bien. Elle ne donnait donc pas tout à fait l'impression d'avoir disjoncté.

— Mais il ne faut pas se fier aux apparences, dit-elle, je suis plus atteinte que vous ne le croyez. Cette situation est insupportable. J'ai l'impression d'être une souris qui se tapit dans son trou, pendant que dehors, il y a un chat qui se balade en sachant que la souris finira par sortir. Le chat n'a rien d'autre à faire qu'attendre.

— Oui, mais ce chat est pourchassé lui aussi.

L'éternel argument. La police recherche Robert. Elle va le trouver. Etonnant, le nombre de personnes de son entourage qui faisaient confiance à la police.

— Ce qu'il vous faut, Leona, reprit Bernhard, c'est quelqu'un qui vous parle, qui vous remonte le moral. Vous allez devenir folle, toute seule. Qu'est-ce que vous en pensez ? Je suis prêt à venir vous voir !

C'était tentant, extrêmement tentant. Pourtant, elle hésita.

— Je ne sais pas. J'ai peur que…

— Leona, je vais faire attention, je vous le promets. Personne ne va me suivre. Je pourrais partir vendredi après-midi et rester jusqu'à dimanche.

Deux jours et deux nuits avec Bernhard Fabiani dans cette maison isolée. Quelques complications pourraient venir s'ajouter à tous ses autres problèmes…

— Ne vous laissez pas acculer comme ça par Robert, insista Bernhard, dites-moi où vous êtes, et on passera quelques jours agréables ensemble.

Dehors, la pluie tombait à verse. La nuit et le silence se posèrent sur ses épaules telle une chape de plomb. Elle lui donna l'adresse, lui expliqua la route.

Quand elle eut raccroché, Leona éclata en sanglots.

Wolfgang l'appela vers onze heures du soir. Comme toujours, depuis une cabine. Leona entendait le bruit de la circulation en arrière-plan.

— Tu appelles tard, lui reprocha-t-elle tout en ayant conscience du caractère querelleur de sa remarque.

— Désolé. J'étais à l'hôpital. Paul est sorti du coma.

— Quoi ? s'exclama Leona. C'est une excellente nouvelle ! Comment va-t-il ?

— Il est encore très faible. Il n'arrive pas à parler, mais ça va s'arranger, selon les médecins. Il a repris conscience de son environnement. Il m'a reconnu.

— Oh, merci, mon Dieu ! Tu ne peux pas savoir comme je suis contente, Wolfgang ! C'est la meilleure chose que tu pouvais me dire !

— J'ai encore un cadeau pour toi, dit Wolfgang d'une voix qui trahissait son plaisir de ne pas avoir une Leona complètement déprimée au bout du fil. Caroline va venir te voir le week-end prochain.

— Caroline ?

— Oui, je suis tombé sur elle à l'hôpital. On a pris un pot ensemble, et elle m'a tanné du début à la fin en me disant qu'elle voulait venir te voir. J'ai tenu bon... jusqu'à la gare ; en la raccompagnant, j'ai craqué. Elle m'a convaincu qu'il n'y avait pas de danger, qu'elle ferait très attention. Je lui ai dit où tu te trouvais. Qu'est-ce que tu en penses ?

Caroline ! Sa petite sœur, avec ses fringues impossibles, ses cheveux qui changeaient de couleur toutes les semaines, son allergie au travail, ses amants qui vivaient aux crochets de ses parents. Sa petite sœur pleine d'optimisme et de joie de vivre...

— Bon allez, dis quelque chose ! la pressa Wolfgang.

Il fallait décommander Bernhard Fabiani. Il ne pouvait pas venir en même temps que Caroline, c'était exclu.

— Je suis contente, répondit-elle machinalement.

— Ah bon ? C'est tout ? Je m'attendais à un peu plus d'enthousiasme, se plaignit Wolfgang, vexé. Tu n'as pas envie de la voir ?

— Bien sûr que si. Tout va bien, je suis vraiment contente !

Deux personnes de plus savaient maintenant où elle se cachait. Caroline et Bernhard Fabiani. L'accord ferme qu'ils avaient conclu était devenu caduc. C'est incroyable comme on peut faiblir vite, se dit-elle.

Elle eut soudain la conscience très nette d'avoir commis une erreur. Et Wolfgang aussi. Ils n'auraient pas dû mettre d'autres personnes au courant.

C'est comme ça qu'on court à sa perte, se dit-elle, effrayée tout à coup par la certitude qu'elle allait au-devant du danger.

— Wolfgang, dit-elle d'une voix qui, pour la première fois depuis des jours, n'était plus douloureuse, mais ferme et sûre, Wolfgang, dis à Caroline qu'elle ne doit venir sous aucun prétexte. Oublie mes jérémiades. Il ne faut pas qu'elle vienne, tu entends ? Il ne faut pas qu'elle vienne !

3

J'ai envie de chanter son nom toute la journée ! Leona, Leona, Leona ! J'aime son nom, je l'ai tout de suite aimé. J'ai été déprimé pendant toute la semaine, mais je ne sais pas pourquoi, j'ai retrouvé ma bonne humeur. Je sens que je vais bientôt revoir Leona. Je ne peux pas m'expliquer d'où je tiens cette conviction, mais elle m'emplit de calme et de paix. Voilà pourquoi j'ai envie de chanter, mais je ne chante pas, évidemment. Ça ferait mauvais effet, un type pas rasé, sale, hirsute, assis dans un buisson en train de chanter ! J'aurais une armée complète de bourgeois bien pensants sur le dos qui me soupçonneraient des pires turpitudes. Ce n'est pas le moment. N'oublions pas que j'ai les flics à mes trousses, je ne peux pas me permettre de me faire remarquer.

En ce moment, j'ai tellement l'air d'un clodo que je n'ose plus aller à la piscine. Il faut dire qu'avec ce sale temps ce n'est pas étonnant. Aujourd'hui, la pluie tombe sans discontinuer, et ma suite quatre étoiles sous les buissons est de plus en plus boueuse. Je suis sale comme un peigne et trempé comme une soupe. La nuit dernière, j'ai pris mon courage à deux mains et je me suis introduit dans la petite cabane de jardin après avoir cassé la vitre. J'ai hésité jusqu'à la dernière minute avant de me décider, j'avais peur que le carreau cassé n'attire l'attention, mais je n'avais plus le choix. J'espérais trouver des coussins ou des couvertures, mais non ! Il n'y a que des outils de jardinage, des seaux, des pelles, une tondeuse. Mais au moins, on est au sec, même si ça sent le moisi et l'humidité. Je me suis roulé en boule par terre et j'ai essayé de dormir. Même s'il tombe des trombes d'eau, j'ai un toit au-dessus de la tête. Mais ce n'est pas ça qui va me permettre de sécher.

J'ai acheté du savon au supermarché – les autres clients se tenaient à une distance respectable de ma personne – et je suis allé aux toilettes de la gare pour me laver tant bien que mal. Il y avait là un camé qui me regardait avec des yeux d'illuminé et qui m'a demandé mon savon. Je ne le lui ai pas donné, bien sûr, parce qu'il faut que j'économise le peu d'argent que j'ai.

Je me sens un peu plus propre, mais le plus important serait de laver mes vêtements. Mon pull en laine est complètement trempé et il pue le chien mouillé. Ce n'est pas dans cet accoutrement que je vais regagner les faveurs de Leona. Je le vois dans le regard des femmes que je croise dans la rue, je les dégoûte. Aussi loin que remontent mes souvenirs, les femmes m'ont toujours regardé avec intérêt et gourmandise. Je leur fais beaucoup d'effet. Je crois que je dégage exactement ce qu'il faut de séduction, de charme juvénile, et que j'inspire confiance. J'ai l'air de me vanter, mais c'est la réalité. Je n'ai jamais eu de problème avec les femmes. Je leur souris, et neuf fois sur dix elles me rendent mon sourire.

Parfois, j'attends avec impatience le moment où les psychiatres vont s'occuper de mon cas. Un jour, je vais finir par me retrouver en taule, je ne me fais aucune illusion là-dessus, et c'est là que les adeptes de Freud seront lâchés sur moi. Dans la mesure où on n'est pas un terroriste et où on ne tue pas dans l'optique de renverser la société ou de changer le monde, ils essaient immanquablement de vous trouver un traumatisme psychologique ou une psychose quelconque, à peine a-t-on commis un ou deux meurtres.

Ça ne va pas être du gâteau avec moi. Ils vont essayer de découvrir si par hasard, toute ma vie durant, je n'aurais pas subi le mépris des femmes, ou si elles ne m'auraient pas blessé dans mon orgueil de mâle, ce qui n'est certes pas le cas. Ils vont aussi chercher à savoir si je n'ai pas été abusé pendant mon enfance ou affreusement laissé à l'abandon. Là aussi, ils vont tomber sur un bec. Les conditions familiales n'étaient pas vraiment drôles, mais sûrement pas catastrophiques.

Maman buvait trop, mais quand la boisson lui montait à la tête, elle déversait sa rage sur papa, pas sur Eva ni sur moi. Papa, lui, collectionnait les maîtresses, ça me faisait enrager, mais c'était évidemment maman qui en souffrait le plus. Papa était très beau. Il lui suffisait de claquer des doigts pour que les femmes lui tombent dans les bras. Il était brun comme moi et avait des yeux en amande, brun-vert. A chaque nouvelle tromperie, maman se transformait en furie, tapait, mordait, donnait des coups de pied. Papa avait beau faire une bonne tête de plus qu'elle, ça ne l'empêchait pas d'avoir peur dans ces moments. Je crois qu'il pensait la même chose que moi : un beau jour, elle va y aller à coups de couteau.

Quand elle a fini par le faire, c'est pour elle que ça s'est terminé en catastrophe, pas pour lui. Trop soûle pour bien viser.

Est-ce que ça intéressera les psychologues de savoir qu'Eva et moi, on était toujours couverts de cadeaux après chaque scène entre nos parents ? Parce qu'ils regrettaient toujours terriblement, après. Maman avait honte de ses hurlements et de sa violence, et papa ne savait que trop bien qu'il n'arrangeait pas les choses en couchant à droite et à gauche comme il le faisait. Pour compenser les dégâts, à nous autres, pauvres enfants traumatisés, on offrait des jouets, des livres, des disques, même des vélos. On trouvait ça chouette, Eva et moi, bien sûr. Quand la fête battait son plein entre les parents, nous, dans notre chambre là-haut, on se concertait pour savoir ce qu'on allait demander. Nos exigences augmentaient de façon éhontée au fur et à mesure, mais nous n'avons jamais eu droit à aucune réclamation.

Parfois, Eva me demandait avec un peu d'appréhension : « Tu ne crois pas qu'ils vont finir par se fâcher ? »

Mais moi, je la tranquillisais : « Ils sont trop contents d'ouvrir leur porte-monnaie, ça soulage leur conscience. »

C'était la vérité.

Mais je m'égare. Je devrais moins penser à mes futurs entretiens avec les psys de la prison concernant notre enfance, et me concentrer plutôt sur le présent. Il faut que je retrouve Leona.

Deux choses primordiales :

1) Il me faut une voiture.

2) Je dois me mettre sur les talons de la bonne personne.

287

Commençons par le point 2) : je me trompe de buisson ! C'est ce que j'ai compris ce matin.

Une fois de plus, le réveil a été affreux, j'avais mal partout et horriblement froid. Quand je me suis glissé hors de ma cabane pour retrouver mes buissons, j'ai été accueilli par un petit crachin. Tapi sous les feuilles et les branches, j'ai vu ensuite le mari de Leona sortir de la maison, bien propre sur lui, costume gris, jolie cravate, rasé, douché, reposé après une bonne nuit de sommeil dans un lit moelleux et bien chaud. A ce moment, ce n'est pas à cette injustice que j'ai subitement pensé. Non, j'ai pensé : ce n'est pas lui qui m'emmènera vers Leona. Lui, il est conscient que je suis dans le secteur, que je le surveille. Il ira n'importe où dans le monde, mais pas là où se trouve Leona !

J'en ai eu le vertige, comme si j'avais fait une découverte incroyable. Alors qu'en réalité je venais tout simplement de tirer une conclusion logique à laquelle j'aurais dû parvenir beaucoup plus tôt avec un peu plus de réflexion. Ce Wolfgang Dorn est un salaud de première, mais il n'est pas idiot. C'est un type posé, qui joue la sécurité et qui réfléchit trois fois avant de faire le moindre pas en avant. Ça se voit rien qu'en le regardant. Surtout, pas de faux pas !

Leona pourrait bien devenir folle dans sa cachette qu'il se contenterait de lui dire : « Nous devons être prudents, ma chérie ! Ce Jablonski est un type très dangereux. Un malade mental. Il faut que tu tiennes encore le coup toute seule pendant quelque temps. Je suis sûr qu'il épie le moindre de mes pas. Il n'est pas question de lui faire le plaisir de le guider jusqu'à toi ! »

Dorn est monté dans sa voiture et a démarré. Pendant ce temps, moi, je prenais la douche sous mes buissons et je me disais : mais qu'est-ce que j'ai été idiot de perdre tant de temps pour rien, pour rien du tout !

Il faut que je réfléchisse très sérieusement. Très, très sérieusement. Il faut que je trouve la bonne personne à observer. Mon intuition me trompe peut-être, mais je parie que Leona est en train de mollir. Je la connais, ma petite ! Elle supporte mal de rester seule, et encore plus mal en étant séparée de tout ce qui fait sa vie. Sa famille, sa maison, son travail, ses collègues. Elle est complètement différente d'Anna. Anna était capable de partir au bout du monde en abandonnant tout derrière elle. Je l'ai remarqué trop tard, mais en fait, c'était une petite traînée qui n'avait aucune attache. Leona, au contraire, c'est quelqu'un qui a des racines très profondes. Etre arrachée aux gens et aux choses qu'elle porte dans son cœur, ça doit être une rude épreuve pour elle. Elle va avoir besoin de quelqu'un qui lui tienne la main.

Il faut que je garde la tête froide et que je réfléchisse de façon logique. Je n'ai plus beaucoup de temps devant moi. Je n'ai pas le droit de me tromper. Il faut que je trouve la personne adéquate et que je lui colle aux basques, et ça ne pourra pas capoter. Concernant le point 1) : il me faut une voiture. Sans voiture, j'ai les ailes coupées. Toutes les personnes qui pourraient me mener jusqu'à Leona ont un véhicule, ce qui fait que je serais largué en quelques secondes.

Mais comment faire, bon Dieu, pour me procurer une bagnole ?

Le problème est que je ne peux pas m'en acheter. Il me faudrait des faux papiers, sinon on me mettrait aussitôt la main dessus, et où en trouver ? C'est vrai qu'à Francfort les vendeurs véreux, ça ne manque pas, les types qui vendent des voitures volées et qui ne sont pas trop regardants sur les formalités. Mais d'une manière ou d'une autre, une voiture volée, c'est trop risqué. Sans compter que je n'ai plus de quoi me la payer. Et si ces refourgueurs de bagnoles volées se fichent des papiers, dès qu'il s'agit de pognon, finie la plaisanterie.

J'ai passé en revue pas mal de solutions dans ma tête. Faire du stop, en espérant avoir la chance que ce soit une femme qui s'arrête (plutôt improbable, les femmes se méfient de nos jours des hommes qui font du stop, à plus forte raison quand ils ont l'air de clodos). Agresser le conducteur, homme ou femme, et filer avec la voiture… mais son numéro serait évidemment signalé, et je pourrais me retrouver dans la mouise.

Sans compter que ça me pose un problème, attaquer quelqu'un de totalement étranger à l'affaire, voire de le tuer. Peut-être qu'on m'accusera plus tard d'être un tueur en série, mais c'est inexact. J'ai horreur de la violence, particulièrement envers les gens sans défense et innocents. Anna, elle, avait mérité la mort, la vieille

Faber aussi. Le type qui couchait avec Leona également. Je me demande s'il est toujours vivant. Quand ils l'ont emmené, il avait l'air de l'être, puisqu'il était sous perfusion, et on ne fait pas de perfusion à un cadavre. Je croyais lui avoir fracassé le crâne avec l'haltère. Je n'y ai sans doute pas été assez fort, ou alors, il est sacrément résistant. Mais peu importe maintenant.

Il faudrait que je trouve quelqu'un que je puisse mettre hors circuit pendant quelque temps, et auquel piquer sa bagnole. Cette personne doit vivre dans un environnement qui permette qu'elle disparaisse pendant plusieurs jours, peut-être même des semaines, sans que personne s'en aperçoive. Et donc, la disparition de la voiture passerait inaperçue.

J'ai l'impression de me trouver devant une tâche quasi impossible. Et le temps passe.

Je veux l'avoir !

Je veux pouvoir chanter son nom, librement et sans peur.

4

Le commissaire trouva que Lisa avait mauvaise mine malgré son maquillage, ses beaux vêtements, sa chevelure blonde et soyeuse. Le stress, la fatigue, perçaient sous le masque. Elle avait au coin des yeux quelques petites rides qui ne s'y trouvaient pas l'année précédente.

Il contourna son bureau pour l'accueillir, puis lui avança une chaise.

— Asseyez-vous. Qu'est-ce que je peux faire pour vous ?

Quand elle prit place, sa jupe ultracourte remonta encore un peu plus, dévoilant des cuisses joliment dessinées, mises en valeur par des bas noirs chatoyants. Comme chaque fois qu'il était confronté aux charmes de Lisa, Hülsch s'apercevait qu'il n'en était pas excité, mais plutôt remué. La jeune femme éveillait en lui un sentiment paternel. Avec résignation, il se dit qu'il devenait vraiment vieux.

— C'est... je ne sais pas par où commencer... dit-elle.

Elle détourna le regard, le laissa errer dans la pièce.

Hülsch retourna derrière son bureau et la détailla d'un regard calme, amical, qui parut la détendre un peu.

— Vous allez peut-être trouver ça bizarre, monsieur le commissaire. La mort de ma sœur remonte à plus d'un an maintenant, et je pensais que je m'étais plus ou moins sortie de cette histoire. Oui, ça allait, c'est vrai. Jusqu'à ce que...

Elle s'interrompit.

Hülsch hocha la tête. Il savait ce qui allait venir.

— Maintenant que je sais qui l'a tuée, je suis complètement sens dessus dessous, poursuivit la jeune femme. C'est-à-dire que ce n'est pas simplement que je sais qui c'était, non, cet homme, je le connais ! Il allait et venait dans notre maison. Il était toujours gentil, aimable, et je...

Elle se tut à nouveau.

— Oui ? l'encouragea Hülsch.

— J'étais attirée par lui, avoua-t-elle à voix basse, vous comprenez ? Et lui, il était là chez nous, tapi comme une araignée dans sa toile, à guetter sa proie, ma sœur, et moi, je le regardais et parfois j'imaginais...

Elle ne finit pas sa phrase, mais Hülsch n'insista pas. Il n'avait aucun mal à deviner ce qu'elle imaginait.

— Vous ne pouviez pas savoir, dit-il.

— Je ne me fais pas de reproches, en fait, répondit Lisa, même si en ajoutant l'expression « en fait », elle révélait qu'elle s'en faisait bel et bien. Mais je suis complètement chamboulée. Je sais maintenant que je connais celui avec qui ma sœur a vécu, celui qui l'a assassinée. Je le vois sans arrêt devant moi. Il faisait parfois la lecture à mon père, et à chaque fois, je me disais, quelle voix agréable !

— Votre sœur a visiblement aimé Jablonski pendant plusieurs années. Quand on ne le titillait pas aux endroits où se niche sa psychose, il avait sans doute des côtés aimables et attirants.

— Le pire, c'est que je n'arrive plus à penser à autre chose, c'est comme si j'étais incapable de tirer un trait. Juste après la mort d'Anna, je ne faisais jamais de cauchemars, mais maintenant, je la vois devant moi quand je dors, morte, pleine de sang, le visage déformé par la douleur. Et quand je me réveille, je suis

291

ruisselante de sueur et je pense à Benno... je veux dire à Robert Jablonski. Pour moi, il s'appelle toujours Benno.

— C'est sous ce nom que vous l'avez connu !

— Je ne cesse de me répéter que ça ne me regarde plus. Anna est morte, ça ne la fera pas revenir si je pense sans arrêt à elle ou si je me rends marteau. Mais c'est seulement ma tête qui est raisonnable. Mes sentiments, eux, font ce qu'ils veulent, et je n'arrive pas à les dominer.

Hülsch n'était pas un psychologue, mais il était évident pour lui que Lisa, après toutes les épreuves subies au cours de l'année précédente, en arriverait à craquer psychiquement, et il eut l'impression qu'elle y courait tout droit.

— Est-ce que vous avez déjà envisagé de vous mettre entre les mains d'un thérapeute ? lui demanda-t-il. Je pense que vous devriez absolument parler de vos problèmes avec une personne de confiance. Le mieux serait que ce soit un professionnel qui puisse vous aider à vous sortir de ce problème.

Lisa hésita.

— Mon père disait que les psychologues étaient des charlatans, objecta-t-elle. Que ceux qui allaient les voir étaient des bons à rien qui coûtaient beaucoup d'argent à la Sécu.

Les idées toutes faites ont la vie dure, se dit Hülsch.

— Peut-être que le jugement de votre père était un peu trop général, répondit-il.

— Je pourrais avoir la belle vie, poursuivit la jeune femme avec l'air de quelqu'un qui doute de ses propres paroles. J'ai un chouette appartement, un boulot super ! Vous ne pouvez pas savoir comme mon travail est intéressant !

Il la dévisagea, affligé. Se vendre, c'était si intéressant que ça ?

— Oui, sûrement, acquiesça-t-il avec un manque de conviction évident dans la voix.

— Je crois que je pourrais retrouver mon équilibre. Il faudrait simplement que je puisse parler à quelqu'un.

— Comme je vous l'ai dit, vous devriez aller...

Elle l'interrompit.

— Non, je pensais à quelqu'un qui connaisse Benno... Robert Jablonski. Qui l'a peut-être même connu avec Anna. Qui puisse me parler de leurs rapports.

— Lisa, je ne sais pas si...

— Je pense constamment à eux deux, à leur couple. Et je suis sûre que ça s'arrêterait si je savais quelque chose de précis. Peut-être que je pourrais me débarrasser de cette histoire et recommencer enfin à vivre !

Comment pourrais-je faire surgir du sol la personne adéquate ? se demanda-t-il.

Son regard plein d'attente le poussait dans ses retranchements... ainsi que ses propres pensées. Il était tout à fait capable de comprendre ce qui se passait en elle. Sans doute aurait-il éprouvé la même chose, à sa place.

D'un ton un peu sec, il rétorqua :

— Il n'entre pas dans mon domaine de compétence...

— ... de vous occuper des problèmes psychiques des parents des victimes de meurtre ? Bien sûr que non, je le sais parfaitement. Je n'ai pas du tout l'intention de m'épancher dans votre giron. Je vous demande simplement de m'aider à prendre contact avec une personne qui a connu Jablonski et qui serait prête à me parler de lui.

— Ce n'est pas si simple.

— Vous ne pourriez pas essayer ?

Elle ouvrait de grands yeux dorés, couleur ambre. Hülsch se demanda pourquoi il ne réussissait pas à se défaire du sentiment qu'il était en quelque sorte responsable de cette fille.

— Je peux essayer, répondit-il, mal à l'aise, mais je ne peux rien vous promettre. Je ne peux pas non plus vous donner tout simplement le numéro de téléphone de quelqu'un qui connaît Jablonski et vous dire d'appeler. Vous le comprenez, n'est-ce pas ? Les gens concernés doivent être d'accord et être intéressés de leur côté à l'idée d'un tel entretien.

— Bien sûr. Peut-être quelqu'un de l'immeuble où il a vécu à Ascona ? Si vous me donniez l'adresse...

— Non, je ne peux pas.

Il se leva pour signifier que l'entretien était terminé.

— Je vous tiens au courant. Vous pouvez compter sur moi.

Il réfléchit. Lisa était-elle simplement une pauvre petite à l'âme meurtrie qui avait besoin d'aide, ou était-ce également une femme calculatrice qui faisait appel à ses charmes pour obtenir ce qu'elle voulait ? Pense à la façon dont elle gagne sa vie... Mais, d'un autre côté, il y avait la pâleur visible sous son maquillage et une expression inquiète, douloureuse, dans ses yeux.

Et d'ailleurs, se morigéna-t-il, tu devrais arrêter de réfléchir autant à son propos.

— Merci, dit-elle en lui tendant la main avec un sourire.

Elle sortit de la pièce, juchée sur ses hauts talons.

Son parfum resta en suspension pendant les deux heures suivantes dans la pièce, déclenchant le sourire narquois et le commentaire ironique de tous les collègues qui entrèrent.

Il fut extrêmement difficile de convaincre Bernhard de renoncer à son projet de week-end auprès d'elle.

— Mais pourquoi ? demanda-t-il au moins à cinq reprises. Je ne comprends pas pourquoi vous ne voulez pas me voir, tout d'un coup !

Leona avait maudit une fois de plus sa faiblesse de l'autre soir.

— Je vous l'ai déjà dit, expliqua-t-elle patiemment, je trouve que c'est trop risqué. J'ai été stupide de vous appeler. Nous nous sommes mis d'accord sur un point, Wolfgang et moi : personne ne doit connaître l'endroit où je me trouve. Nous avons mûrement réfléchi avant de prendre cette décision. Nous devons nous y tenir.

— Ecoutez... je n'ai jamais rien entendu d'aussi stupide que cet « accord ». Excusez-moi, Leona, mais comment allez-vous faire pour tenir le choc ? Moi aussi, j'étais pour le fait que vous vous cachiez jusqu'à ce que ce cauchemar soit terminé, mais ça a l'air de vouloir se prolonger. Tôt ou tard, vous finirez par craquer en restant enterrée dans ce désert ravitaillé par les corbeaux ! Vous ne pourrez garder votre équilibre mental qu'en voyant de temps en temps quelqu'un qui vous est proche !

Et toi, tu es un proche ? lui demanda-t-elle en pensée. Il commençait à lui taper sérieusement sur les nerfs. Elle lui avait dit de ne pas venir, il aurait dû accepter sa décision sans faire toutes ces histoires.

— Peut-être que je ne veux pas garder mon équilibre mental. Peut-être que je ne veux pas tenir le choc trop longtemps.

A l'autre bout de la ligne, un silence consterné accueillit sa remarque. Puis :

— Je suis sans doute idiot, mais je ne comprends vraiment pas ce que ça veut dire !

Elle brûlait d'envie de répliquer qu'elle n'avait pas l'intention de lui expliquer quoi que ce soit, et qu'il n'était pas obligé de comprendre ce qui se passait en elle. Mais c'était elle qui s'était tournée vers lui la première, et si elle l'avait maintenant sur le râble, c'était sa punition. Elle ne pouvait pas se défiler.

— Bernhard, je veux être seule, c'est tout. Je veux réfléchir. Peut-être que me cacher, ce n'était pas une si bonne idée, et c'est ce que je veux découvrir. Je pourrais tenir très longtemps si des gens venaient me voir tous les week-ends pour me distraire et me remonter le moral, mais ça me mènerait où ? J'en ai assez de ce jeu de cache-cache, est-ce si difficile à comprendre ? J'éprouve le besoin d'aller à l'offensive, maintenant. D'affronter Robert et de remporter la victoire.

— Mon Dieu, en voilà des idées dangereuses ! s'exclama Bernhard. Il n'empêche, vous ne voulez pas que je...

— Non ! jeta-t-elle en raccrochant.

Le soir, elle le rappela pour lui demander de l'excuser de sa sécheresse, mais il était vexé, et accueillit ses excuses de mauvais gré. Elle en fut soulagée : offensé comme il était, il ne risquait pas de venir à l'improviste le week-end suivant.

Wolfgang l'appela. Caroline avait été très déçue de voir son projet de visite tomber à l'eau, mais s'était rangée aux raisons de sa sœur.

— Tu tiens toujours bon ? lui demanda-t-il avec sollicitude.

Puis il ajouta pour la réconforter :

— Quelque chose me dit que Jablonski ne va pas tarder à tomber dans les filets de la police.

Et moi, quelque chose me dit que ça n'arrivera jamais, se dit Leona, mais sans faire part de son pessimisme à son mari. Elle se contenta de répondre :

— Je tiens bon. Ne t'inquiète pas.

Elle se sentait mieux, plus forte que les jours précédents. L'autre soir, c'était parce qu'elle avait atteint le fond qu'elle avait commis l'erreur impardonnable d'appeler Fabiani. Maintenant, elle remontait la pente.

Elle savait parfaitement pourquoi elle allait mieux : au plus profond d'elle, une décision était en train de germer.

Faible et inaboutie, mais impossible, déjà, à repousser.

Elle n'allait pas continuer à essayer d'échapper au monstre. Elle allait nager vers lui comme vers un requin.

Le trouble dans lequel il serait jeté le pousserait peut-être à commettre une erreur décisive.

5

Le couteau avait frappé ma mère en pleine carotide. C'est l'hémorragie qui l'a tuée. L'ambulance est arrivée trop tard, parce que mon père, dans son affolement, s'était trompé en donnant l'adresse, à moins que la personne à l'autre bout du fil n'ait mal compris. Ce détail n'a jamais pu être éclairci. Quoi qu'il en soit, les secours ne sont pas arrivés à temps et ma mère a perdu tout son sang sur le tapis beige du salon, pendant que mon père essayait fiévreusement de lui faire un bouche-à-bouche totalement inutile... la seule chose qu'il avait gardée des cours de secourisme qu'il avait pris vingt ans plus tôt. Moi, j'avais surélevé les pieds de maman sur deux coussins superposés, et je lui massais les chevilles tout en sentant monter en moi la panique à la vue de la mer rouge qui s'élargissait autour d'elle. Eva était à la porte, pétrifiée d'horreur, les yeux agrandis d'effroi, et balbutiait des paroles incompréhensibles.

Nous étions en haut, dans nos chambres, quand la dispute a commencé, et d'abord, nous avons pensé que tout se passerait comme d'habitude. Papa avait passé deux jours et deux nuits sans revenir à la maison. Dans le voisinage, on chuchotait qu'il avait été vu à plusieurs reprises en ville avec une étudiante qu'il enlaçait étroitement, et qu'il allait régulièrement chez elle depuis. Je ne sais pas si c'était vrai, mais il avait une relation sérieuse avec une femme, car il disparaissait souvent, à cette époque, en restant absent plusieurs jours. Maman proférait des menaces en attendant son retour.

« Je vais lui faire la peau, répétait-elle sans cesse, assise devant la fenêtre du salon, une bouteille de Southern Comfort à la main. Cette fois, je lui fais la peau, à ce salaud ! »

Des phrases de ce genre, elle en avait souvent prononcé, avec une détermination semblable. Mais ce jour-là, son taux d'alcoolémie était plus élevé que d'habitude, et je me souviens qu'on a eu une bagarre quand j'ai voulu lui enlever la bouteille. J'avais dix-neuf ans, j'étais grand et fort, mais j'avais peur de lui faire du mal, et je n'ai donc pas réussi à lui arracher son whisky. Elle m'a attrapé par les cheveux en hurlant que j'avais intérêt à la laisser tranquille, et que je ne valais pas plus cher que mon père. Je l'ai donc laissée picoler et je suis monté retrouver Eva pour réfléchir à ce que nous demanderions comme cadeau. Je pensais à une moto, mais ma sœur m'a dit que ce n'était pas la peine de rêver. Effectivement, la générosité de nos parents avait diminué depuis environ dix-huit mois. Sans doute pensaient-ils que leurs engueulades causaient moins de dégâts psychologiques sur des jeunes de seize et dix-neuf ans que sur des petits enfants.

Eva m'a dit qu'elle voulait du parfum ou du rouge à lèvres. Avant, elle demandait des poupées, ensuite, des animaux (un hamster, un cochon d'Inde, etc.) mais elle n'en a jamais eu, car maman s'imaginait qu'elle était allergique. A une époque, pendant un certain temps, elle a demandé des livres, et depuis peu, elle commençait à découvrir l'effet qu'elle produisait sur le sexe opposé et était avide de vêtements ou de maquillage. Moi, cela ne me plaisait pas. J'aimais bien la regarder quand elle s'arrangeait aussi joliment, mais ce n'était pas pour moi qu'elle le faisait, et ça, ça me minait.

Je me suis insurgé :

— Pourquoi est-ce qu'il te faut encore du rouge à lèvres ? Tu en as déjà une douzaine de tubes !

— On n'a jamais assez de rouges à lèvres !

A ce moment, nous avons entendu papa rentrer.

Je suis descendu pour l'intercepter et le prévenir que maman était remontée à bloc, même s'il pouvait s'en douter. Il était insolemment beau. Insolemment parce qu'il offrait un douloureux contraste avec l'être bouffi qui marmonnait avec difficulté des paroles sans suite en l'attendant au salon. Lui était évidemment à jeun, en beau costume bien coupé, et il répandait autour de lui le parfum d'un après-rasage de luxe. Je ne sais pas d'où il revenait, mais il avait dû passer beaucoup de temps dehors au grand air, car il était légèrement hâlé, très séduisant. Il était peut-être parti dans le sud avec sa maîtresse. J'ai pensé à la pâleur de spectre de maman et à l'odeur nauséabonde de mauvais alcool et de sueur qui émanait d'elle, et elle m'a fait horriblement mal au cœur.

Je l'ai mis en garde :

— Maman est tout à fait partie.

En même temps, j'ai fait le geste de porter une bouteille à ma bouche.

Papa a soupiré.

— Je vais aller la voir. Toi, monte, d'accord ?

Ensuite, il y a eu les hurlements habituels et le fracas des objets que maman lui lançait à la figure. De temps en temps, on entendait la voix apaisante de papa, mais le plus souvent elle était recouverte par les cris suraigus de maman.

Puis, soudain, ça a été le silence, un véritable silence de mort, et mon père a crié, d'une voix chargée de terreur :

— Ne fais pas ça, Inès ! Repose ce truc. S'il te plaît…

On a entendu un bruit de meubles renversés, et ensuite maman a poussé un cri clair et aigu, et après, de nouveau le silence, et la voix de mon père :

— Mon Dieu, tu es devenue folle ?

— Il s'est passé quelque chose, ai-je dit à Eva, en me précipitant dans l'escalier.

En bas, j'ai vu maman qui baignait dans son sang, au milieu de la pièce transformée en champ de bataille, papa agenouillé à côté d'elle, en état de choc, et quelque part entre les disques cassés et les débris de la bouteille de Southern Comfort, j'ai vu le grand couteau à pain cranté, maculé de sang, pareil à un accessoire de théâtre macabre.

J'ai hurlé :

— Un médecin !

C'est ce qui a sorti papa de son apathie. Il s'est rué sur le téléphone, et il s'est alors produit le tragique malentendu qui a privé maman de ses dernières chances de survie, même si, comme l'a dit plus tard un médecin, ses chances étaient extrêmement réduites de toute façon.

La police est venue enquêter, car, évidemment, papa était soupçonné d'avoir donné le coup de couteau fatal. La poignée portait ses empreintes ainsi que celles de maman, mais ce n'était pas étonnant, car, comme papa l'avait expliqué, il avait pris le couteau des mains de maman quand elle se l'était planté dans le cou.

Selon ses indications, elle avait attrapé le couteau posé sur le rebord de la fenêtre, où elle l'avait apparemment mis exprès, et s'était jetée sur lui l'arme à la main, en l'agitant comme une folle dans tous les sens. Elle avait alors trébuché, était tombée sur le couteau, et il n'avait plus vu qu'une fontaine de sang et plus entendu maman émettre le moindre son.

Papa a été placé pendant quelques semaines en détention provisoire pour éviter qu'il ne prenne la fuite. Par bonheur, j'étais majeur, et je n'ai pas été placé sous une tutelle quelconque. Eva a été autorisée à rester avec moi, mais tous les deux jours on voyait arriver une bonne femme des services de l'enfance qui venait voir si on n'était pas négligés et si on se lavait bien le cou. Comme je savais qu'à la première irrégularité Eva serait emmenée dans un foyer, je veillais scrupuleusement à ce que la maison soit toujours propre, qu'il y ait toujours des aliments bons pour la santé au frigo, à ce qu'Eva soit à l'heure à l'école tous les matins et à ce qu'elle fasse bien ses devoirs.

Evidemment, elle protestait contre mon règlement, mais il suffisait que je prononce le mot « foyer » pour qu'elle m'obéisse. Une seule fois, nous nous sommes violemment disputés quand je l'ai forcée à se démaquiller et à mettre un jean au lieu de la minijupe qu'elle portait.

— Sûrement pas ! a-t-elle hurlé. Tu n'as pas d'ordres à me donner ! Déjà que tu me tyrannises du matin au soir, tu ne vas pas te mêler de la façon dont je m'habille !

J'ai crié à mon tour :

— Regarde-toi dans la glace, tu as l'air d'une pute ! Qu'est-ce qu'elle va penser, la vieille, d'après toi, en te voyant te balader comme ça ? Elle va s'imaginer que tu te fais ton argent de poche en faisant le trottoir ! Tu vas atterrir en foyer, c'est ça que tu veux ?

— D'abord ce n'est pas une vieille, et ensuite, elle n'est sûrement pas aussi prude que toi !

— Bon, eh bien essaie, tu verras bien !

— Oui, c'est ce que je vais faire !

Elle m'a regardé d'un air de défi, mais ses lèvres tremblaient un peu, signe qu'elle était moins sûre d'elle qu'elle ne voulait le faire paraître.

Je l'ai attrapée par le bras et l'ai entraînée dans la salle de bains. Elle hurlait et se débattait, mais elle n'avait aucune chance. J'ai pris des mouchoirs en papier et j'ai essuyé son visage peinturluré, en lui faisant mal, bien sûr... mais à moi, ça m'a fait du bien. Sa peau est devenue rouge vif, et elle était grotesque avec ses joues couvertes de traînées de maquillage.

Ensuite, en montrant le bout de tissu qui constituait sa jupe, je lui ai ordonné :

— Enlève-moi cette loque !

Elle n'aurait pas eu le courage de continuer à s'opposer, je pense, mais j'ai pris les devants en lui arrachant moi-même son simulacre de vêtement. J'ai dû le déchirer, d'ailleurs. En dessous, elle ne portait qu'un petit slip blanc parsemé d'œillets bleu ciel, très petite fille. Son tee-shirt était tellement court qu'on voyait son ventre.

Je l'ai dévisagée, et elle a baissé les yeux. Nous sommes restés ainsi un long moment, et j'ai fini par lui jeter :

— Allez, grouille-toi, va te mettre des fringues correctes !

Elle est sortie en courant de la salle de bains et a claqué la porte derrière elle, et moi, j'ai ramassé la jupe pour aller la jeter tout au fond de la poubelle. Quand la travailleuse sociale est venue faire son tour, deux heures plus tard, elle a trouvé Eva en jean et en sweater XXL, sans une once de maquillage sur la figure, les cheveux sagement nattés. La vieille était très contente : tout marchait comme sur des roulettes.

Mais derrière son dos, Eva me lançait des regards étranges. Des regards qui n'étaient ni offensés ni furieux, mais qui exprimaient une sorte de triomphe, ce que je ne m'expliquais pas. C'était moi qui l'avais humiliée, mais elle se conduisait comme si elle avait remporté une victoire sur moi, ou comme si elle venait de découvrir qu'elle disposait d'une arme contre moi. Elle me transperçait du regard, et je suis persuadé que tout ce qui s'est passé ensuite vient de cette lueur moqueuse qu'elle avait dans les yeux pendant que la travailleuse sociale admirait l'ordre qui régnait dans tous les placards et le linge propre en train de sécher dans le jardin, soigneusement suspendu au fil.

Eva avait d'ailleurs raison : cette dame n'était pas vieille. Elle pouvait avoir trente-cinq ans, mais pour moi qui n'en avais que dix-neuf, elle avait déjà presque dépassé l'âge canonique. Mais, les filles de ma classe mises à part, c'était la première représentante du sexe féminin sur laquelle je remarquais l'effet que je produisais. En face d'Eva, elle était calme, assurée, mais devant moi, elle devenait nerveuse et me parlait d'une voix haut perchée. Quand je la regardais droit dans les yeux, elle rougissait. Ça m'amusait de l'exciter, mais le jeu s'est arrêté au bout de quelques semaines, quand papa est rentré à la maison, et qu'on ne l'a plus revue.

Qu'est-ce qui me pousse à écrire tout ça ? L'ennui ? Pas seulement. Il me suffit de gratter un peu pour que le passé déborde. Une fois les vannes ouvertes, impossible d'arrêter le flux. Et il faut dire que j'ai tout mon temps pour écrire ce qui me passe par la tête, dans ma planque.

Dans la cabane de jardin qui est devenue pour moi une sorte de résidence secondaire, en face de chez Leona, j'ai dressé une liste de noms. Les noms des personnes susceptibles de pouvoir aller rendre visite à Leona dans son exil. Je n'y ai pas mis celui de Wolfgang, mais celui de tous les membres de la famille : Julius, Elisabeth, Olivia, Paul, Caroline, Benjamin. J'ai bien réfléchi devant cette liste.

Leona est attachée à sa famille. Il y a tout lieu de penser qu'elle aura besoin de voir l'un des siens. Observer la maison de Lauberg présenterait l'avantage de pouvoir surveiller six personnes d'un seul coup. D'un autre côté, c'est là, justement, qu'il y a de grandes chances pour que se produise « l'effet Wolfgang » : la famille s'attend à ce que je l'aie à l'œil. Par conséquent, ils ne prendront pas contact. Peut-être même qu'ils ne sont pas tous dans la confidence : ce parasite de Benjamin certainement pas, et Olivia l'hystérique non plus, à mon avis.

Des collègues ? Des amis ? Leona s'entend très bien avec ses collègues, mais à ma connaissance, elle n'a de vrais liens de confiance avec personne. Elle n'a pas non plus d'amie intime, je l'aurais su pendant les mois que j'ai passés avec elle. D'ailleurs, s'il y en avait une et que je la connaisse, elle serait considérée comme en danger et serait donc hors course.

Puis m'est venu le nom de Lydia. Cette bonne femme passait son temps à téléphoner à Leona pour essayer de s'en faire une amie, mais elle l'énervait passablement, comme elle énerve tout le monde d'ailleurs, et sans doute n'est-ce pas une Lydia qu'on souhaiterait voir rappliquer pour meubler sa solitude. Sans compter que Lydia n'est pas très futée et bavarde comme une pie. La mettre au courant de l'endroit où se cache Leona équivaudrait à publier une annonce dans le journal.

Cela ne m'a pas empêché d'entourer le nom de Lydia, car je sentais confusément qu'elle pourrait peut-être m'être utile, même si je ne savais pas encore comment.

J'ai continué à me creuser la cervelle. J'ai pensé au nouveau mec de Leona, son amant, celui que j'ai tabassé dans sa cuisine. Si par hasard il est toujours vivant, il n'est plus en état d'aller faire des visites, le pauvre chéri. Au minimum, il a une fracture du crâne. Je ne connais pas son nom, mais ce n'est pas la peine d'inscrire le mot « amant » sur ma liste.

Mais ce mot a permis au fil de mes idées de se dérouler, pour aboutir à ceci : quel est le séducteur le moins scrupuleux, le plus culotté que je connaisse ?

Je me suis mis à regarder fixement les fleurs, la rue, l'asphalte, les voitures garées, la fenêtre de la chambre de Leona, mais je ne les voyais pas. Car la personne qui se dressait devant moi n'était autre que le professeur Bernhard Fabiani.

Dieu sait que c'est l'être que je hais le plus au monde, celui qui a poussé Eva à se donner la mort. Ce salopard faisait jouer la corde sentimentale, prétendait qu'il ne pouvait pas vivre sans elle, et on connaît le résultat. Cette pauvre Eva s'est laissé avoir, fleur bleue comme elle était. Une femme intelligente, pourtant, mais il suffisait d'un bouquet de roses et d'un dîner aux chandelles pour faire sa conquête. Evidemment, Fabiani l'a compris rapidement. Il a su l'exploiter.

Cet homme est un chasseur. Il chasse les femmes, il en a besoin, il court après comme l'alcoolique court après sa bouteille et le drogué après sa piqûre. Impossible de s'arrêter, il n'en a jamais assez. Eva a vécu l'enfer avec lui, ce qui m'a fait un certain plaisir, puisque c'était ce que j'avais prédit. La manière dont il l'a embobinée était tellement au point que j'avais immédiatement compris qu'il n'en était pas à son coup d'essai, oh non ! Il ne fait sans doute rien d'autre. Il drague, jour après jour. Mais bien entendu, Eva ne voulait rien entendre, et elle l'a payé assez cher.

Quand Leona m'a raconté qu'il lui avait laissé un message, j'ai tout de suite compris ce qu'il avait en tête. Dès le premier soir, chez Eva, j'ai remarqué qu'il la regardait de la même façon qu'il avait reluqué Eva au début. Et je sais aussi qu'ils se sont rencontrés par la suite. C'était juste après notre séparation. Coup de chance, je traînais justement aux alentours de la maison d'édition, quand je l'ai vue sortir. Au lieu de se diriger vers sa voiture, elle est partie en direction du métro, ce qui voulait dire qu'elle ne rentrait pas, mais qu'elle allait dans le centre-ville, où on se gare difficilement. Je me suis lancé à sa poursuite et j'ai eu la chance d'attraper sa rame, et quand elle est sortie, j'ai eu tout juste le temps de bondir et de lui emboîter le pas. Elle s'est dirigée vers l'hôtel Mövenpick, s'est engouffrée à l'intérieur et y est restée pendant un temps interminable. Quand elle est ressortie, c'était avec le professeur Fabiani en personne ! Je me suis dit alors : tiens donc... alors comme ça, une fois de plus, il est arrivé à ses fins !

Il lui souriait, de son sourire charmeur, mais moi qui le connais, je sais bien ce qui se cache derrière. C'est un rictus de triomphe : bientôt une de plus à mon palmarès !

Et Leona... Elle paraissait aller beaucoup mieux, elle semblait moins tendue. Son rire était un rire sincère, elle n'avait plus l'air de quelqu'un qui courbe les épaules sous des tonnes de problèmes. Ça la rendait très séduisante.

Je me suis dit : du calme, Robert ! Il n'y a rien entre eux. Elle n'est pas en état de se lancer dans une nouvelle aventure. Elle a peur, elle est complètement vidée, elle va mettre du temps avant de pouvoir envisager la chose.

Je n'étais pas en train de tout inventer pour me calmer. J'étais convaincu d'évaluer correctement la situation. Mais j'étais tout aussi sûr que Fabiani était décidé à faire sa conquête, qu'il misait sur le temps et qu'il ne doutait pas d'arriver à ses fins.

J'ai écrit le nom de Fabiani sur ma liste. Je l'ai écrit en caractères gras, en repassant trois fois dessus, pour qu'ils me sautent aux yeux comme une provocation. J'ai souligné son nom, si fort que mon stylo a traversé le papier.

J'ai su à cet instant que j'avais trouvé celui qui me conduirait à Leona.

Et voilà pourquoi j'ai quitté mon poste d'observation en face de chez elle. J'ai eu du mal à partir. Je m'étais habitué à mon buisson, à la cabane, à la maison silencieuse derrière moi, à la femme qui venait aérer tous les matins, avec son air si sérieux, si morne. C'était devenu une bonne connaissance. Etonnant, quand même, cette rapidité avec laquelle on plante ses racines.

Le plus difficile a été de dire adieu à la maison de Leona, à son jardin. Tant que je voyais ses fenêtres, ses fleurs qui bordaient le sentier, son garage avec sa voiture à l'intérieur... nous n'étions pas vraiment séparés. Un lien invisible nous reliait, fait des choses qui appartenaient à sa vie et auxquelles elle tenait.

Maintenant, je dors roulé en boule et puant comme un clodo sur le banc d'un abribus qui se trouve à quelques mètres de l'immeuble où habite Fabiani. La journée, je passe mon temps dans le cimetière d'en face. Je ne jouis plus du calme sûr d'un jardin silencieux. Il me faut être très prudent, car j'ai déjà eu droit aux regards méfiants des gens qui viennent au cimetière. Dans ces cas-là, je joins les mains en faisant mine de me recueillir sur une tombe, celle d'un enfant. 1970-1973. Cette plaque de marbre qui recouvre les restes d'un être qui a vécu si peu de temps ne m'émeut pas. Mon cœur est froid, mon esprit concentré, déterminé.

Un jour ou l'autre, Fabiani va aller voir Leona. Il ne va pas laisser échapper cette chance. Elle est seule. Il se peut qu'il ne retrouve jamais pareille occasion de lui faire apprécier ses larges épaules consolatrices.

Il sort de chez lui tous les matins. Mais jamais de bagage. Quand il ira retrouver Leona, il emportera au moins un sac de voyage, car, quel que soit l'endroit où elle se trouve, il prévoira de passer au moins une nuit là-bas. Tant qu'il ne sortira pas avec un sac ou une valise, il se rendra à l'université, pas chez elle.

Mais quand ce moment arrivera, je serai là.

6

On était de nouveau dimanche. Le jour que Lydia appréhendait tout au long de la semaine. La solitude était douloureuse, que ce soit le mercredi ou le vendredi, le mardi ou le jeudi. Au fond, il n'y avait pas de différence avec le week-end, et pourtant, le silence particulier du dimanche tombait sur elle comme une chape de plomb. Le dimanche, tout revenait en bloc : l'absence d'un ami avec lequel elle aurait pu commenter les événements de la semaine et faire des projets pour la suivante ; l'absence d'enfants qui, devenus adolescents, arriveraient en traînant la savate pour prendre leur petit déjeuner après une nuit passée en boîte, qu'il faudrait consoler d'un chagrin d'amour ou après qui on s'énerverait au vu de leurs mauvaises notes. On réfléchirait tous ensemble au programme de la journée ; elle demanderait aux uns et aux autres ce qu'ils voulaient manger à midi. Comme elle aurait aimé s'atteler à la cuisine pour satisfaire l'appétit d'ogre d'une nombreuse marmaille ! Comme elle aurait été contente de pouvoir faire la lessive, les lits, en se plaignant du bazar qui régnait dans les chambres !

Elle se demanda si les autres avaient idée du vide qui l'emplissait. Le vide était d'un silence tel qu'il bourdonnait à ses oreilles. Le silence pouvait être si fort que c'en était incroyable. Il lui était déjà arrivé de se boucher les oreilles pour y échapper, et de s'écrouler en gémissant sur sa table de cuisine, affolée devant l'abîme qui s'ouvrait devant elle, noir et froid, et qui était sa vie.

En ce dimanche de mai, elle allait mieux, mais cela n'avait pas de rapport avec le temps quasi estival qui régnait. D'ordinaire, le soleil augmentait encore sa dépression, car il ne faisait que renforcer l'écart existant entre la grisaille de sa vie et la vie au-dehors. Ce dimanche-ci serait aussi long et solitaire que les autres, mais le dimanche suivant serait meilleur.

Elle recevrait une visite !

Un commissaire de police bavarois du nom de Hülsch lui avait annoncé la visite d'une certaine Lisa Heldauer. Il l'avait appelée le vendredi précédent. Elle avait immédiatement compris qu'il s'agissait de Robert Jablonski. La police de Francfort l'avait déjà approchée deux fois à son sujet, mais elle n'avait pas pu lui donner de renseignements utiles. Elle avait lu des choses terribles sur Robert dans le journal, si horribles qu'elle avait eu du mal à les croire.

Quand Hülsch s'était présenté, elle lui avait aussitôt demandé :

— Il y a du nouveau à propos de Robert Jablonski ?

Le policier avait répondu, un peu surpris :

— Non... pas vraiment. Mais mon appel a un rapport avec lui.

Puis il lui avait expliqué que la sœur de l'une des victimes de l'assassin avait souhaité prendre contact avec quelqu'un qui avait connu Jablonski et qui pourrait lui en apprendre plus sur lui.

— Mon collègue de la police criminelle de Francfort m'a donné votre nom. Je voulais vous demander si je pouvais transmettre vos coordonnées à Mlle Heldauer.

Il lui avait paru assez mal à l'aise, comme s'il avait peur de la gêner, et comme si son appel heurtait ses principes.

— Naturellement, vous pouvez réfléchir tranquillement à tout ça... Je n'ai pas l'habitude d'intervenir de cette façon, avait-il ajouté, mais Lisa Heldauer est très affectée par ce qui s'est passé, et je n'ai pas voulu...

Il n'en avait pas dit plus et avait attendu qu'elle réponde.

Lydia avait accepté si vite qu'il en avait été manifestement perplexe.

Le lendemain, c'est-à-dire le samedi, Lisa Heldauer en personne avait appelé. Une voix jeune, très jolie. Elle avait demandé si elle pouvait venir la voir le week-end suivant.

— Je pourrais venir samedi midi. Je passerais la nuit à l'hôtel, nous pourrions peut-être nous revoir le dimanche matin, et je rentrerais l'après-midi à Munich.

Un cadeau du ciel !

On pourrait sortir samedi soir, pensa Lydia, dont les joues se mirent à rougir d'excitation. On pourrait aller dîner quelque part, et s'offrir une bonne bouteille de vin. Dimanche, je l'inviterai bien sûr pour le petit déjeuner. Je ferai des œufs brouillés, des toasts, du jambon... Je veux qu'elle se sente bien chez moi.

Elle en avait oublié le but de la visite de cette jeune personne, ou, en tout cas, l'avait refoulé soigneusement. Sa misère affective, le problème de la solitude avaient pris une place tellement prépondérante qu'ils balayaient toute réflexion. Elle ne connaissait pas cette Lisa Heldauer, il n'était nullement certain que le courant passerait entre elles, que sa visiteuse envisagerait de sortir, de dîner, de prendre son petit déjeuner en sa compagnie, mais elle n'y songea pas une seconde. Elle ne se dit pas non plus que Lisa venait la voir uniquement parce qu'il s'était produit une catastrophe dans sa vie et que Robert Jablonski était leur seul point commun.

Aussi, prise d'une joie anticipée trompeuse, Lydia se sentait-elle moins triste, moins seule que d'habitude en ce dimanche. Elle prit un bon petit déjeuner et s'offrit même un verre de mousseux pour finir, en souvenir d'Eva, car cela faisait partie du cérémonial, le dimanche matin.

Le mousseux la requinqua encore un peu plus. Dehors, le soleil resplendissant de mai et la profusion de fleurs lui donnèrent envie d'aller faire une promenade.

D'ordinaire, elle ne sortait jamais le week-end, car la vue des couples et des familles heureuses dans les rues et les parcs lui était insupportable. Mais aujourd'hui, elle en aurait sans doute la force.

Elle regarda la pendule : bientôt midi et demi. Oui, c'était une bonne heure pour sortir. Il était temps de s'habiller, car elle était toujours en peignoir.

Au moment où elle ouvrait la porte de son armoire, on sonna.

Pendant la semaine, le facteur, ou l'employé qui relevait les compteurs, ou un colporteur, ou un témoin de Jéhovah, venaient parfois sonner. Mais le dimanche, personne ne se présentait jamais à sa porte, c'est pourquoi le coup de sonnette la fit sursauter.

Qui cela pouvait-il bien être ?

Elle n'était pas habillée. Pouvait-elle ouvrir dans cette tenue ? Mais oui, décida-t-elle, un peignoir, c'est une tenue correcte. Il était midi, tout de même, c'était un peu embarrassant, mais le dimanche, on pouvait se permettre un peu de laisser-aller.

Dans le couloir, elle se passa la main dans les cheveux – j'ai l'air d'une vieille ! – puis décrocha l'interphone.

— Oui ?

Il n'y eut pas de réponse, mais un grattement lui signala que son visiteur était déjà devant sa porte. Tout en se demandant comment il avait pu pénétrer dans l'immeuble, elle ouvrit.

Robert Jablonski s'engouffra aussitôt à l'intérieur, en même temps qu'une bouffée nauséabonde, faite de vêtements imprégnés de sueur, de l'odeur caractéristique d'une peau non lavée depuis des lustres, de cheveux gras.

— Salut, Lydia, dit-il en souriant.

Lydia n'en fut même pas aussi effrayée qu'elle l'aurait dû – elle ne se fit cette réflexion que plus tard. Son sentiment dominant était la surprise.

Dans son esprit, Robert n'avait jamais pris les traits du criminel qu'on présentait dans les médias. Elle le connaissait depuis trop longtemps, c'était en quelque sorte quelqu'un de familier, grâce à Eva et à ses récits. Elle ne comprit pas tout de suite qu'elle avait chez elle un homme qui faisait l'objet d'un avis de recherche pour double assassinat et tentative de meurtre.

— Comment êtes-vous entré ? s'enquit-elle.

Ses cheveux noirs un peu trop longs retombaient sur sa figure. Passant dedans ses doigts écartés, il les repoussa en arrière.

— J'ai gardé un jeu de clés quand j'ai vendu l'appartement d'Eva.

Lydia sentit un drôle de frisson lui parcourir l'échine.

— Mais pourquoi n'avez-vous pas sonné, tout simplement ?

Il la dévisagea avec amabilité.

— Vous m'auriez laissé entrer ?

— Je vous ai bien ouvert ici !

— Parce que vous n'avez pas eu le temps de réfléchir. J'aurais mis pas mal de temps à monter, et pendant ce temps, vous auriez peut-être eu l'idée de vous barricader.

Lydia avala sa salive. Elle ferma un peu plus étroitement son peignoir.

— Je m'apprêtais à sortir faire un tour, dit-elle d'une voix oppressée.

Pourquoi puait-il autant, ce type ? Il avait l'air d'avoir dormi dehors. Et avec ça, cette barbe négligée, ces poches sous les yeux, cette pâleur maladive... C'était bien la première fois qu'elle le voyait comme ça.

— Il va falloir repousser un peu votre promenade, déclara-t-il sans se départir de son sourire chaleureux, de sa voix aimable.

Lydia commença à comprendre que cet homme était bel et bien dangereux, et qu'elle devait cesser de le considérer comme le gentil grand frère d'Eva.

Qu'est-ce que je vais faire, qu'est-ce que je vais faire ? se demanda-t-elle fiévreusement.

Elle eut l'impression qu'il remarquait que l'épouvante commençait à la gagner, et qu'il en jouissait. Mais il ne pouvait rien avoir contre elle, tout de même ? Elle ne lui avait jamais rien fait. Et elle était autrefois la meilleure amie de sa sœur. Pourquoi voudrait-il lui faire du mal ?

Elle se dit que la meilleure échappatoire consistait à faire l'innocente, la naïve.

— En tout cas, je suis contente de vous revoir, Robert.

Sa voix résonna bizarrement à ses oreilles. Pourvu que Robert ne s'en aperçoive pas !

— Nous ne nous sommes plus revus depuis... oui, depuis l'enterrement d'Eva, poursuivit-elle. Elle me manque tellement. Vous ne pouvez pas savoir à quel point !

Il avait ostensiblement fermé la porte à clé derrière lui.

— Tu ne me proposes pas d'entrer dans ton séjour, Lydia ? s'enquit-il.

Ils ne s'étaient jamais tutoyés. Lydia se demanda si c'était bon signe ou mauvais signe, ce tutoiement soudain. Son sourire immuable ne lui disait rien qui vaille. Son frisson se transforma en une sensation de froid intense.

— Bien sûr, entrez dans la salle de séjour, répondit-elle docilement en s'effaçant pour le laisser passer.

Mais il lui fit signe d'un geste :

— Après toi, Lydia !

Elle s'exécuta, avec l'impression que ses cheveux s'étaient dressés sur sa tête. La peau de son crâne était parcourue de picotements. Tout à coup, elle crut sentir un mouvement agressif derrière elle, peut-être levait-il déjà son couteau... Prise de panique, elle se retourna brutalement.

— Qu'est-ce qui se passe ? demanda-t-il en souriant.

Il ne tenait pas de couteau, et il ne semblait avoir fait aucun geste brusque. Malgré le froid, Lydia sentit la sueur jaillir de tous les pores de sa peau.

— Rien, murmura-t-elle.

— Qu'est-ce qu'il pourrait bien y avoir ?

En entrant dans le séjour, elle entrevit sa chance. Une toute petite chance, mais peut-être la seule. La porte-fenêtre qui donnait sur le balcon était ouverte, le vent chaud jouait dans les rideaux. Le balcon donnait certes sur l'arrière, mais peut-être des voisins pourraient-ils l'entendre si elle courait appeler au secours.

D'un bond, elle s'élança vers la porte, avec une rapidité surprenante. Elle l'atteignit, mais elle n'avait pas été assez rapide malgré tout. Elle n'eut le temps ni de mettre le pied dehors ni de pousser l'amorce d'un cri : déjà, Robert était à côté d'elle. Ses doigts puissants vinrent lui enserrer le cou.

— Un cri, dit-il à voix basse, un seul cri, et tu vas rejoindre ta chère Eva. Tu as compris ?

Incapable de répondre, elle le dévisageait, les yeux écarquillés.

— Je te demande si tu as compris ! répéta-t-il en la secouant légèrement.

Ses mains la tenaient comme dans un étau.

Elle tenta de hocher la tête et parvint à émettre un son étranglé.

A sa terreur mortelle vinrent s'ajouter des haut-le-cœur provoqués par sa puanteur. Si jamais elle vomissait sur ses vêtements malodorants, il risquait peut-être de la tuer !

Il la lâcha brutalement et la repoussa. Elle trébucha et faillit s'étaler sur un fauteuil.

Pendant qu'elle se relevait en refermant son peignoir qui avait glissé, Robert alla fermer la porte-fenêtre.

— Arrête tes bêtises, Lydia, dit-il, tu ferais mieux de ne pas me contrarier. Je suis dans une situation difficile en ce moment, je n'ai pas besoin d'ennuis supplémentaires.

Il tira soigneusement les rideaux. Puis il remarqua la table où se trouvaient les reliefs du petit déjeuner.

— J'ai faim. Viens t'asseoir près de moi, Lydia, on va manger.

Elle obéit, tremblante. Assise en face de lui, elle le regarda se beurrer un petit pain et le garnir de confiture. Il lui tendit sa tasse :

— Du café !

— Il est froid maintenant, murmura-t-elle.

— Ça ne fait rien. Vu comment je vis depuis quinze jours, le café froid, c'est le luxe. Et d'ailleurs tu vas me refaire un bon café bien chaud, pas vrai ?

— Oui, chuchota-t-elle.

Il mangea avec avidité son petit pain et en prit un deuxième. Sa puanteur emplissait toute la pièce à présent, mais il ne s'en apercevait pas, ou du moins n'en était pas incommodé.

Sans transition, il demanda :

— Au fait, tu as toujours ta voiture ?

Lydia trouva sa question si surprenante qu'elle en fut désarçonnée.

— Quoi ?

— Ta voiture. Tu avais bien une voiture. Tu l'as toujours ?

— Oui, oui, bien sûr.

— Pourrais-je l'emprunter ?

Compte tenu du fait qu'il venait de la menacer de la tuer, cette question était d'une politesse grotesque.

Lydia reprit espoir, bien que sachant que sa demande était de pure forme. Il allait prendre sa voiture, qu'elle accepte ou non. Mais peut-être était-ce seulement ce qu'il voulait, ce qui l'avait amené chez elle. Dès qu'il aurait la voiture, il disparaîtrait et la laisserait tranquille.

— Naturellement, vous pouvez la prendre, répondit-elle avec empressement en se levant. Je vais vous chercher les...

— Assieds-toi ! lui ordonna-t-il sans la regarder. Pas si vite !

Intimidée, elle se laissa retomber sur sa chaise. Il prit une dernière bouchée, essuya les miettes sur son menton.

— Il faut d'abord que je redevienne présentable, expliqua-t-il. Un bon bain moussant, voilà ce qu'il me faut. Elle est où, ta machine à laver ?

— Dans la salle de bains.

— Très bien, c'est le plus pratique. Et si je me coupais les cheveux, ça ne pourrait pas me faire de mal, hein, qu'est-ce que tu en penses ?

— Ça ne pourrait pas vous faire de mal, répéta-t-elle comme une écolière obéissante, tandis que les pensées se bousculaient dans sa tête. Il voulait prendre un bain ? Laver son linge ? Se couper les cheveux ? Et elle, qu'est-ce qu'elle ferait pendant ce temps ? Attendre ici qu'il ait fini ? Quand il serait dans son bain, elle aurait tout le temps de fiche le camp.

Cinq minutes plus tard, elle eut la réponse à toutes ses questions inexprimées. Elle se retrouva ligotée, bâillonnée, ficelée comme un paquet inerte et muet, couchée sur son canapé, aussi désarmée qu'un poisson hors de l'eau, pendant que Robert Jablonski sifflotait gaiement dans la salle de bains, à côté.

7

J'écris confortablement installé dans le séjour bien propret de Lydia, assis à la table. J'ai repoussé la vaisselle du petit déjeuner, mais, de temps en temps, je trempe une cuiller dans la confiture d'abricots et je la lèche avec délice. Je ne savais pas à quel point la civilisation me manquait ! C'est une sensation merveilleuse, sortir du bain, se sentir propre. Je me suis coupé les cheveux ; bien sûr, je ne suis pas un pro, mais je ne me suis pas mal débrouillé. Je les ai lavés et séchés, et maintenant, ils sont chatoyants comme de la soie. Je me suis rasé, et voilà, un homme nouveau ! Je vais bientôt pouvoir me présenter devant Leona sans la faire s'évanouir de terreur. Elle sera sûrement terrorisée de toute façon, mais au moins, ce ne sera pas par mon aspect. Cela ménagera ma fierté !

Mes habits sont en train de sécher au soleil sur le balcon. Il fait tellement chaud aujourd'hui que je pourrai sûrement les remettre ce soir. Je suis déjà sorti deux fois pour aller plonger mon nez dans le tissu et respirer la bonne odeur de lessive. Je suis enfin délivré de l'horrible puanteur de clochard dans laquelle j'ai baigné pendant des jours et des jours. Je me suis même servi du déodorant de Lydia, bien que ce soit un parfum féminin. J'irai m'en acheter demain. Ainsi qu'un bon après-rasage, et du linge. Et tout ce qui me passera par la tête. J'ai renversé le contenu du sac de Lydia. Elle a pas mal d'argent liquide dans son portefeuille, et, mieux encore, une carte de retrait. Je suis sûr qu'elle va me donner le code, parce que je la menacerai de revenir, et je lui ferai un petit dessin pour lui montrer comment je l'arrangerais à ce moment-là.

Je l'ai attachée avec la corde à linge qui était tendue au-dessus de la baignoire, avec des nœuds si serrés qu'elle n'arrivera pas à se libérer. Je lui ai collé du sparadrap en croix sur la bouche, renforcé par plusieurs tours de gaze. Elle est couchée sur le canapé et elle transpire de peur. Elle a les yeux qui lui sortent de la tête, et elle pousse de drôles de petits cris. Elle cherche sûrement à me dire quelque chose, mais, franchement, je m'en fiche. Simplement, ses gargouillis m'énervent un peu, et si elle n'arrête pas bientôt, je la flanque dans la chambre pour être tranquille.

Quand je suis sorti du bain avec une serviette autour des hanches, elle est devenue blanche comme un linge et une lueur de panique est passée dans ses yeux. Je me demande s'il lui est déjà arrivé de voir un mec à moitié à poil. Je suppose qu'elle a eu peur que je veuille la violer. Ça me ferait plutôt vomir, oui ! J'ai rarement vu une bonne femme aussi peu attirante que cette Lydia. C'était déjà ce que je me disais quand je venais voir Eva et que j'étais obligé de me taper une soirée avec son horrible copine. Soit on allait chez elle, soit elle venait chez Eva, et la Lydia passait son temps à me porter aux nues. Je suppose qu'elle m'avait mis dans la liste de ses futurs époux possibles. Mais Eva me disait qu'elle faisait ça avec tous les hommes. Elle n'a jamais renoncé à l'espoir de trouver quelqu'un qui l'épouserait.

Je pense très fort à Eva, ici, dans l'immeuble où elle a vécu, dans l'appartement où elle venait si souvent. C'est comme s'il y avait encore un peu d'elle, un peu de son âme, de son esprit. Je n'arrive pas à la voir comme ce qu'elle est maintenant : des ossements dans un cercueil, sous terre. Je ne la vois même pas comme elle était dans les dernières années, si déprimée et si perturbée, toujours fourrée auprès de cette affreuse bonne femme qui l'étouffait, dont elle ne pouvait pas se libérer parce qu'elle n'en avait pas la force.

Je la revois comme elle était autrefois, quand nous étions dans le grenier de notre maison mitoyenne miteuse et que nous rêvions à Ronco.

Un ancien copain de classe m'avait envoyé une carte d'Ascona où il passait ses vacances ; la photo des montagnes enneigées et du lac bleu lumineux qui se trouvait à leurs pieds ne me sortait plus de la tête.

« C'est là que j'aimerais vivre un jour, ai-je dit à Eva en lui montrant la carte postale. »

A dix-sept ans, elle était avide de vivre. Les montagnes et les lacs ne la branchaient pas vraiment.

« Là-bas ? s'est-elle étonnée. Qu'est-ce que tu veux fiche là-bas ? Moi, je préférerais mille fois vivre à New York ! »

Et ça m'avait rendu triste, comme tout ce qui faisait ressortir nos différences de caractère.

Je me suis acheté un guide touristique du Tessin et je l'ai lu si souvent que j'ai fini par me sentir là-bas comme chez moi.

Comme mon père m'avait donné pour mon bac une assez grosse somme d'argent, j'ai invité Eva à m'accompagner pour quelques jours de vacances à Ascona. Au début, elle n'était pas franchement emballée, et papa ne s'est guère montré plus enthousiaste. Il m'a demandé :

« Au lieu de ta sœur, tu n'as donc pas une copine que tu pourrais emmener ? »

Il savait bien que je n'en avais pas, mais il s'imaginait peut-être qu'il lui suffirait de demander pour que je sorte une fille de mon chapeau. Malheureusement, ce n'était pas en mon pouvoir. J'ai menti :

« Eva en a tellement envie ! »

Papa m'a regardé, la mine soucieuse, mais c'était son expression habituelle depuis la mort de maman. Il avait arrêté du jour au lendemain de batifoler, ce qui n'était pas bon pour sa ligne. Il avait pas mal grossi et son pouvoir de séduction en avait pris un coup. Il m'a dit alors, avec un soupçon d'hésitation :

« Tu passes beaucoup de temps avec ta sœur. Tu n'as pas d'amis, tu ne vois personne. Ce n'est pas normal, mon fils. En agissant ainsi, je crois que tu… étouffes Eva. »

J'ai été profondément atteint par cette réflexion, mais j'ai su parer le coup. Je lui ai rétorqué d'un ton grave :

« Je vois que tu n'as pas saisi à quel point la mort de maman l'a traumatisée. Elle se cramponne à moi, et j'estime que c'est mon devoir de m'occuper d'elle. »

C'est ce qui lui a cloué le bec pour toujours sur ce sujet. En réalité, c'était lui qui était traumatisé par la mort de maman. On l'avait dégagé de toute responsabilité, mais je savais qu'il ne se sentait pas délivré : il aurait dû voir le couteau plus tôt… il aurait dû l'arracher des mains de maman avant de lui laisser le temps de s'en servir… il n'aurait pas dû donner une mauvaise adresse aux secours… il aurait dû lui faire un garrot au lieu de pratiquer un bouche-à-bouche tout à fait inutile.

Il ne l'a jamais dit à haute voix, mais je savais qu'il était travaillé par des pensées de cet ordre. Comme il ne voulait à aucun prix parler de maman, il ne m'a plus jamais fait le moindre commentaire sur ma sollicitude envers ma sœur.

C'est au cours de ce voyage qu'est né Ronco, l'endroit paradisiaque qui a eu à partir de là une place bien ancrée dans mon imaginaire et celui d'Eva.

Nous avons découvert la maison lors d'une promenade sur un chemin de randonnée, au-dessus du lac. On était au début du mois d'octobre, et il faisait encore très chaud. Notre longue marche nous avait passablement fatigués. Eva semblait épuisée. Je me suis dit qu'il fallait la revigorer un peu. Elle n'appréciait pas particulièrement ces vacances, je le savais bien. Elle n'aimait pas notre chambre dans la pension miteuse que j'avais choisie, et elle s'ennuyait, parce que je l'empêchais de sortir le soir, de s'amuser et de rencontrer des gens intéressants. Certains jours, elle était butée comme une enfant. Ce jour-là en faisait partie.

Nous étions en route pour Ronco, en plein soleil, sur un chemin poussiéreux, et elle passait son temps à rouspéter :

— J'en ai marre de cette rando, j'ai déjà mal aux pieds, et j'ai faim !

Je lui ai répliqué méchamment :

— Ça ne pourra pas te faire de mal d'avoir un peu faim, vu comme tu as grossi ces derniers temps !

C'était vrai, et elle le savait. Tous les matins, en enfilant son jean, elle gémissait qu'elle se trouvait trop grosse.

J'ai poursuivi, impitoyable :

— Tu devrais être contente, au contraire, que je t'oblige à faire de l'exercice.

Mais elle m'a regardé avec un air tellement peiné que j'en ai eu mauvaise conscience.

C'est alors que je l'ai vue et que je me suis écrié :

— Regarde cette superbe propriété !

Nous n'apercevions que le toit de la bâtisse, construite sur une terrasse, dans la roche, en contrebas sur notre gauche. Le terrain semblait s'étager sur la moitié du flanc de la montagne, dans une succession de terrasses. Les palmiers, les arbres fruitiers et les buissons de fleurs se mélangeaient dans une véritable débauche de couleurs et de parfums. Au milieu de tout cela, des bancs de pierre, des tables et des chaises de jardin pour s'y prélasser. Et on voyait scintiller l'eau bleue d'une piscine...

Eva s'est arrêtée de râler, émerveillée.

— Comme c'est beau ! a-t-elle fini par dire.

Je lui ai proposé :

— Tu veux qu'on descende dans le jardin ?

Elle a hésité.

— Si les propriétaires nous voient, ils risquent de se fâcher...

— Oh, si ça se trouve, ils ne sont même pas là ! C'est tellement calme que je parie qu'il n'y a personne.

Je l'ai attrapée par la main en l'entraînant derrière moi. La porte s'est laissé ouvrir sans problème. Nous avons descendu quelques marches raides taillées dans le roc, caressés par les branches des arbres, faisant fuir un lézard qui s'est empressé d'aller se cacher dans une encoche de roche mousseuse.

Je n'ai pu m'empêcher de murmurer :

— C'est un vrai paradis.

Je ne m'étais pas trompé. Il n'y avait personne. Les volets verts de la maison étaient fermés. La propriété était calme et abandonnée au soleil de midi.

Tout en bas miroitaient les eaux paisibles du lac Majeur, niché au pied des montagnes qui se dressaient dans le ciel.

Je n'avais pas lâché la main d'Eva. Au bas des marches, le jardin, ou plus exactement le parc, nous a accueillis avec une profusion enivrante de fleurs, au milieu desquelles un petit banc de marbre italien usé par les intempéries nous attendait. C'est là que nous nous sommes installés pour admirer le lac. Je me suis dit alors que ce serait merveilleux de pouvoir vivre en ce lieu avec Eva, dans ce silence, cette beauté.

J'ai déclaré rêveusement à ma sœur :

— J'aimerais pouvoir gagner un jour assez d'argent pour pouvoir t'acheter une propriété comme celle-ci.

Elle m'a répliqué :

— Ne raconte pas de bêtises, si tu avais assez d'argent, tu t'achèterais cette propriété pour toi, pas pour moi !

J'ai rectifié, conciliant :

— A nous, je nous l'achèterais à nous.

Eva a rétorqué avec un petit rire :

— J'entends d'ici ce que dira ta femme !

Mais c'était dit d'un ton mal assuré. Je l'ai regardée, et j'ai vu qu'elle n'était pas à l'aise. Elle a retiré sa main de la mienne et s'est levée en disant :

— Viens, on continue.

Nous avons découvert un petit terrain de jeux pour enfants entouré d'immenses buissons de rhododendrons. Un bac à sable, une balançoire, une bascule, un portique. Un petit arrosoir jaune gisait sur une chaise de jardin solitaire, à côté du bac à sable.

Eva était tout excitée.

— Ouah, génial ! C'est super comme terrain de jeux ! Ah, qu'est-ce que ça doit être bien de grandir ici !

Elle s'est installée sur la balançoire et a commencé à se balancer avec entrain. Je me suis assis sur la chaise pour la suivre des yeux, avec ses longs cheveux volant au vent.

Elle m'a crié :

— Là où tu es, c'est sûrement la place de la nurse !

Le pénible chemin du retour vers Ascona a été avalé comme en dormant, car, tout à notre rêve, nous étions occupés à imaginer l'enfance à Ronco... notre enfance. De longs étés brûlants. Une nurse venue d'Angleterre qui nous adorait. Une cuisinière qui faisait admirablement la cuisine et nous glissait toujours de bonnes choses en douce. Notre mère était une belle femme qui organisait de superbes fêtes et qui ne buvait pas, naturellement. Notre père l'idolâtrait, jamais il ne lui serait venu l'idée de mettre en jeu le bonheur de sa famille en courant d'aventure en aventure. Au fil de nos pas se déroulait celui de la vie merveilleuse d'une famille parfaite sous tous rapports. Eva inventait avec un enthousiasme sans bornes.

Le soir, pendant notre repas pris à une terrasse, sur la piazza, elle a réfléchi :

— Elle est morte comment, maman ? Elle ne peut pas s'être donné un coup de couteau parce que papa la trompait !

Effectivement !

— On pourrait la faire mourir d'un cancer dans la dignité, ai-je suggéré.

— Ou dans un accident de voiture, a proposé Eva, un accident dont elle n'était pas responsable, bien sûr.

— Ça, c'est bien, oui, ça c'est tragique !

Nous ne savions pas encore que nous avions trouvé notre jeu favori pour des années.

8

Elle se demandait ce qu'il écrivait avec tant d'ardeur. Cela faisait sûrement plusieurs heures qu'il griffonnait sur son bloc. Il était là, assis à la table, à moitié nu, avec une simple serviette autour des hanches. Il avait l'air tellement concentré, comme ça, avec le front plissé et le menton appuyé dans une main, qu'elle se demandait s'il se souvenait de sa présence. Il ne la regardait jamais.

Elle faisait des efforts désespérés pour parler, mais le seul son qu'elle arrivait à produire était une sorte de gargouillement. Pourtant, elle avait terriblement envie d'aller aux toilettes, mais impossible d'attirer l'attention de Robert !

Lydia sentit la panique la gagner, la sueur se former sur son front, son cœur se mettre à battre à tout rompre. Elle ne pouvait même pas changer de position pour rendre son supplice un peu plus supportable, parce qu'il l'avait ligotée en serrant tellement fort qu'il lui était impossible de faire un mouvement. Elle ne sentait plus ses bras ni ses jambes. Ils étaient complètement engourdis, ce qui voulait dire que son sang ne devait plus circuler comme il fallait. Cette idée avait de quoi faire peur, mais pour le moment, elle n'y pensait pas, trop torturée par son envie pressante. Son seul souci était de trouver un moyen de sortir son geôlier de sa concentration et de faire en sorte qu'il la remarque.

Il est peut-être en train d'écrire une lettre de chantage, se dit-elle, il veut obtenir de l'argent pour ma libération.

C'était évidemment ridicule. Non seulement elle n'avait pas de famille riche, mais elle n'avait pas de famille du tout. Un maître chanteur ne saurait même pas à qui adresser la lettre, car il n'y avait personne. Pas de mari, pas d'enfants, pas d'amant. Pas de parents, pas de frères et sœurs, oncles ou tantes.

Pas d'espoir, en conclut-elle. Personne pour passer un coup de fil, s'étonner qu'elle ne réponde pas. Personne pour dire : « Je vais aller voir Lydia », et la trouver dans cette situation terrible. Personne pour se demander pourquoi elle ne donnait plus signe de vie depuis tant de temps. Depuis la mort d'Eva, elle n'avait eu de contact qu'avec une seule personne, Leona. Mais Leona non plus ne s'inquiéterait pas. L'amitié de Lydia ne lui importait guère, elle le lui avait très nettement fait sentir.

Lydia émit à nouveau un son désespéré, insistant. Elle était sur le point d'exploser.

Sans lever la tête, Robert lui intima :

— Ferme-la, ou je te boucle dans ton armoire !

Les larmes lui montèrent aux yeux. Elle essaya désespérément de les contenir. Si elle pleurait, son nez se mettrait à couler, il se boucherait, et elle n'arriverait plus à respirer, puisqu'elle avait la bouche bâillonnée.

Elle parvint à refouler ses larmes, mais les forces lui manquèrent. Elle sentit quelque chose de chaud couler sous elle. Dans un premier temps, elle en éprouva un profond soulagement. Mais, dès l'instant suivant, ce sentiment fut remplacé par la honte, une honte cuisante. Et son désespoir grandit encore. Quelle horreur, quand Robert s'apercevrait de ce qui lui était arrivé !

Exténuée, elle laissa aller sa tête en arrière, ferma les yeux. Elle était plongée en plein cauchemar, et elle se demanda si elle s'en sortirait vivante.

Ce même dimanche, Leona décida de laisser encore une semaine à la police pour retrouver Robert et le mettre à l'ombre. Jusque-là, elle resterait dans sa cachette. C'était une sorte de compromis qu'elle proposait au destin, dont elle ne croyait pas qu'il avait planifié l'arrestation de Robert. Après, ce serait terminé. Après, elle retournerait à sa vie, retrouverait sa maison, en priant pour que le monstre refasse surface et qu'une solution se fasse jour.

Après avoir pris cette décision, elle se sentit détendue et optimiste. Une semaine... ça, c'était un cadre clair. Elle pouvait encore tenir pendant ce laps de temps.

Elle passa toute la journée dans la chaise longue, au jardin. Elle lut, se mit au soleil, dormit. A midi, elle se fit des spaghettis qu'elle mangea sur la véranda. Du coin de l'œil, elle surveillait l'orée du bois, les abords de la clôture. Sa peur était moins grande, son impatience quant à elle avait augmenté. Parfois, elle croyait même entendre une voix intérieure lancer des appels à Jablonski : « Allez, montre-toi ! Viens dire ce que tu as à dire ! Arrêtons de jouer ! »

Le soir, Wolfgang l'appela, et elle lui fit part de sa décision. Comme prévu, il fut tout sauf enchanté.

— Et si on ne rattrape pas Jablonski d'ici une semaine...

— Eh bien, l'interrompit-elle, ça prouvera que la police n'y arrive pas. Qu'il faut que j'aie recours à une autre stratégie. C'est moi qui monterai en première ligne, dans ce cas.

— Oh, mon Dieu ! murmura Wolfgang. Et cette idée ne t'empêche pas de dormir ?

— Au contraire, je crois que pour la première fois depuis longtemps je vais enfin pouvoir dormir sur mes deux oreilles.

9

Le lundi, Jablonski s'en alla, mais comme il n'avait pas emporté les clés de la voiture, Lydia craignit qu'il ne revienne. Il avait son portefeuille, et il connaissait le code de sa carte de retrait, car il l'avait forcée à le lui donner. Sans doute voulait-il faire des achats importants.

Au matin, il l'avait autorisée à se laver et s'habiller sous sa surveillance... Une torture, mais ça valait mieux que de baigner dans ses propres excréments.

— Beurk, tu es vraiment dégueulasse, lui avait-il dit quand il eut défait ses liens. Tu veux que je te dise, moi, ce qui me dégoûte le plus, c'est les femmes qui se laissent aller. Ça ne m'étonne pas qu'il n'y ait pas un seul type qui veuille de toi !

L'humiliation l'avait blessée aussi sûrement qu'un coup de couteau. Que lui avait-elle fait pour qu'il la piétine de cette façon ?

Elle avait gagné la salle de bains d'un pas chancelant et retiré son peignoir humide et malodorant. Elle avait espéré qu'il détournerait discrètement les yeux, mais il n'était pas disposé à lui faciliter les choses. Adossé à la porte, il avait observé ses mouvements avec l'expression de quelqu'un qui était obligé d'assister à un spectacle particulièrement repoussant.

Lydia n'était que trop consciente de la laideur de son corps, de ses grosses cuisses creusées de cellulite, de son ventre proéminent et charnu, de ses seins flasques et pendants. A la lueur cruelle du plafonnier, elle s'était dit qu'elle devait ressembler à un monstre gélatineux.

Nue et sale devant lui, elle avait demandé :

— Je peux me doucher ?

— D'accord. Mais fais vite.

L'eau chaude et la mousse lui avaient fait du bien. Elle avait fermé les yeux quelques instants.

Ça va passer. Tout va revenir dans l'ordre. Un jour, tu oublieras tout ça.

— Je me demande comment Eva faisait pour te supporter, avait dit la voix du fou, mais Dieu sait qu'elle s'est assez plainte de toi. Tu lui tapais vraiment sur les nerfs, Lydia. Tu l'étouffais avec ton amitié. Elle avait même pensé quitter Francfort, tu le sais, ça ? Tellement ça devenait urgent pour elle d'échapper à tes griffes.

Il ne cherche qu'à te tourmenter. Ce n'est pas vrai. Eva ne serait jamais partie.

Eva est partie, lui avait répondu une autre voix intérieure, elle s'est précipitée dans la mort en sautant par la fenêtre. Elle ne t'a même pas dit au revoir. Tu n'as pas pu éviter son suicide.

Des larmes avaient roulé sur ses joues, des larmes aussi chaudes que l'eau.

Elle s'était dit tout à coup : une vie gâchée. Une vie complètement gâchée qui va se terminer misérablement entre les mains d'un psychopathe.

— Bon, maintenant, sors de la douche ! lui avait ordonné Jablonski. Ça suffit. Je n'ai pas que ça à faire aujourd'hui.

Avec des mouvements maladroits, aveuglée par les larmes, elle avait enjambé la baignoire, cherché son drap de bain à tâtons, s'était enveloppée dedans. Pour quelques instants au moins, elle avait pu dissimuler son corps et sa laideur. La serviette était d'une douceur réconfortante et sentait bon l'assouplissant. Dans la glace, elle avait vu son visage : bouffi par les larmes, vilainement rougi par la chaleur de l'eau, parsemé de taches, déformé par la panique.

Toujours emmitouflée dans son drap de bain, elle avait gagné sa chambre en titubant. Elle avait constaté qu'il avait refait son lit avant d'y passer la nuit. Les draps qu'elle avait utilisés gisaient en tas dans un coin.

Elle avait mis son survêtement, car c'était la tenue la plus confortable. En effet, elle subodorait qu'elle passerait les prochaines heures saucissonnée et attachée sur le canapé. Elle avait estimé qu'il était donc préférable de ne pas s'encombrer de vêtements plus sophistiqués.

— Est-ce que je peux retourner aux toilettes ? avait-elle demandé.

Il avait eu un geste impatient de la main.

— D'accord, mais grouille-toi !

— Seule ?

L'idée qu'il puisse la regarder était insupportable.

Jablonski avait réfléchi, puis acquiescé :

— Bon, mais laisse la porte entrebâillée. Je reste devant. Si jamais j'entends que tu essaies d'atteindre la fenêtre, tu signes ton arrêt de mort. Compris ?

Ensuite, il l'avait installée, ligotée et bâillonnée, sur le fauteuil dans lequel elle s'asseyait d'ordinaire pour regarder la télévision, après lui avoir permis de boire un verre d'eau et d'avaler une tartine beurrée. Elle avait entendu la porte d'entrée se refermer sur lui et ses pas résonner dans l'escalier. Si seulement il pouvait croiser un voisin ! s'était-elle dit. Quelqu'un qui avait lu l'avis de recherche dans les journaux !

Mais Jablonski était malin. Il s'était assuré que la cage d'escalier était vide avant de partir.

Son tortionnaire rentra dans l'après-midi, les bras chargés d'une multitude de sacs. Il passa brièvement la tête dans le séjour pour s'assurer qu'elle était toujours exactement à la même place que le matin. Puis il disparut, et au bout d'un moment elle l'entendit s'agiter dans la cuisine, remuer des assiettes et des casseroles. Bientôt, un délicieux fumet envahit la pièce. Lydia sentit son estomac se contracter. Contrairement à ce qu'elle avait pensé, même en pareille situation, on pouvait avoir faim ! Pis, elle se sentait littéralement défaillir de faim. Depuis son petit déjeuner de la veille, elle n'avait mangé qu'une tartine, en tout et pour tout.

Jablonski réapparut dans le séjour et entreprit de mettre la table. Pour deux personnes !

Il la délivra de ses liens, lui donna la permission de se rendre aux toilettes, de se laver les mains. Elle fut autorisée à s'asseoir à table avec lui, et à manger des nouilles et du goulasch, arrosés de vin rouge. Un sentiment de sympathie, presque d'amour, la submergeait. Reconnaissante comme un enfant enfermé dans un placard et soudainement libéré, elle parait son tortionnaire tout-puissant de traits quasi divins.

— Vous faites très bien la cuisine, risqua-t-elle.

Jablonski sembla goûter le compliment.

— Ah oui ? J'ai toujours aimé ça. Il m'arrive de passer des heures à la cuisine pour faire un plat spécial.

Encouragée par son amabilité de bon aloi, Lydia poursuivit :

— Eva n'était pas du tout comme ça. Elle détestait faire la cuisine. Elle disait qu'un œuf sur le plat, c'était tout ce qu'elle pouvait faire. Elle appréciait beaucoup mes petits plats.

— Eva avait un côté très enfant gâtée. C'est de ma faute, malheureusement. J'en ai toujours trop fait pour elle, ça a toujours été comme ça.

Le visage de Jablonski s'était assombri. Il prit une gorgée de vin.

— C'était un être lunatique, ingrat, tu ne trouves pas ?

Lydia estima que la prudence s'imposait.

— Je ne sais pas, répondit-elle, je l'aimais bien.

Avec impatience, il se mit à tambouriner contre le rebord de son assiette.

— Evidemment ! Moi aussi, je l'aimais ! Mais ça ne veut pas dire que j'étais aveugle devant ses défauts.

Lydia ne broncha pas. Mieux valait tourner sept fois la langue dans sa bouche avant de répondre.

— Eva était plutôt menteuse, aussi, reprit Jablonski. Elle t'a sans doute parlé de notre enfance à Ronco, hein ?

— Oui. Souvent.

— C'est bien ce que je me disais. Tout le monde y avait droit, à ses histoires... Mais il n'y a pas un mot de vrai là-dedans ! Tu sais où on a grandi, Eva et moi ? A Francfort-Eschborn ! Ça perd tout de suite un peu de son charme, pas vrai ?

— Mais... commença Lydia, avant de s'interrompre, prise de peur.

Lui rappeler que lorsqu'ils étaient ensemble, sa sœur et lui ne se privaient pas d'évoquer devant elle leur belle villa au-dessus du lac Majeur ne serait pas adroit.

Il la regarda fixement :

— Oui ?

— Rien. Ça m'étonne, c'est tout. Pourquoi me menait-elle en bateau ?

— Elle ne valait pas grand-chose, finalement. C'est le jour où elle s'est jetée à la tête de ce professeur Fabiani que je m'en suis vraiment rendu compte. Non, elle ne valait pas cher !

Il se mit à piquer ses aliments du bout de sa fourchette avec des gestes saccadés, le visage haineux. Lydia ne dit rien, sur ses gardes. En présence de cet homme, elle avait l'impression d'être assise sur une poudrière. A tout moment, la catastrophe pouvait se déclencher. Elle se rappela les paroles du policier qui était venu la voir et l'avait interrogée à propos de Jablonski.

« Faites très attention ! Cet homme a un problème psychiatrique très important, il est extrêmement dangereux ! »

Elle avait eu du mal à imaginer cela, à l'époque. Ce beau, ce gentil Robert ! Mais à présent, elle n'avait aucun mal à se le figurer. Dès qu'elle levait les yeux sur lui, son sang se glaçait.

— Je te quitte demain matin, annonça-t-il. Je prends ta voiture et ta carte de retrait.

Il pouvait prendre ce qu'il voulait, du moment qu'il ne lui faisait pas de mal !

— Je ne vous dénoncerai pas, vous pouvez en être sûr !

Jablonski sourit, d'un sourire qui, une fois de plus, lui déclencha des frissons glacés par tout le corps.

— Non, confirma-t-il, tu ne me dénonceras pas, c'est sûr !

Elle sentit la nausée monter, ses oreilles se mirent à bourdonner.

— Vous… enfin… vous n'allez pas… commença-t-elle, sans pouvoir formuler l'atroce pensée qui lui était venue.

— Qu'est-ce que je ne vais pas ? Pourquoi tu ne continues pas, Lydia ?

A nouveau, elle ouvrit la bouche, mais la voix lui manqua. Elle avala sa salive.

— Je voudrais que tu dises ce que tu allais dire, Lydia, lui ordonna-t-il d'une voix très douce.

En respirant à grand-peine, elle parvint à prononcer :

— J'ai peur d'être tuée.

Il la dévisagea en souriant.

— Tu as de la sauce sur le menton, se contenta-t-il de répondre.

Elle leva une main hésitante pour tâter son menton, mais il se pencha vers elle avec une rapidité vertigineuse et la frappa si fort sur les doigts qu'elle poussa un cri de douleur et d'effroi.

— Est-ce que je t'ai ordonné de l'enlever ? Oui ?

— Non, chuchota la pauvre femme.

Sous la table, elle coinça sa main endolorie entre ses genoux. Elle avait horriblement mal.

— Il faut que je retrouve Leona, déclara-t-il comme si rien ne s'était passé. Elle se cache. Elle ne comprend pas que sa place est avec moi.

Il repoussa son assiette et regarda son otage, les yeux tristes.

— Anna non plus ne l'a pas compris. Les femmes peuvent être assez stupides, parfois. Elles jouent leur bonheur… par pure légèreté.

Lydia n'osa pas répondre. Des ondes de douleur parties de sa main se propageaient dans tout son corps. Le problème qu'avait Jablonski avec Leona lui était égal, et quant à Leona, elle s'en fichait aussi. Sa seule préoccupation était de s'en sortir vivante. Bien souvent, dans ses heures de solitude, elle s'était dit que la mort était préférable à la vie, et elle était convaincue qu'elle partirait sans aucune difficulté. Mais en cet instant, avec ce fou assis à sa table, qui n'aurait aucun scrupule à l'éliminer si cela entrait dans ses plans, elle s'apercevait qu'elle tenait à la vie, ô combien ! Elle y tenait par toutes les fibres de son cœur et de son corps.

Elle, qui n'avait plus prié depuis son enfance, adressa à Dieu une prière muette, le supplia de l'épargner.

Je vais changer d'une manière ou d'une autre, lui promit-elle, je ne sais pas encore ce que je vais faire ni comment, mais je ne continuerai pas comme ça. Ne me faites pas mourir, je vous en supplie !

Jablonski se leva.

— Fini de manger ! Allez, Lydia, va t'asseoir dans ton fauteuil !

Elle s'exécuta. Après qu'elle se fut assise, il la ligota de nouveau, lui mit du sparadrap sur la bouche.

En sifflotant gaiement, il entreprit de débarrasser la table tout en écoutant le journal télévisé. Lydia crut comprendre qu'il ne s'était rien passé de particulier dans le monde ce jour-là.

— Peut-être que tu devrais quand même aller voir Leona, dit Wolfgang, même si elle est contre. Elle s'est mis dans la tête d'attendre encore une semaine, et si la police n'a pas arrêté Jablonski d'ici là, elle veut quitter son refuge et rentrer à la maison. Je m'inquiète !

— Mais c'est n'importe quoi ! s'écria Caroline. Si elle rentre maintenant, elle aura fait tout ça pour rien.

— Effectivement ! Elle prend un gros risque. Mais j'ai peur qu'elle ne m'écoute pas. Et par téléphone, ce n'est pas facile de la convaincre !

Wolfgang paraissait complètement déboussolé. Caroline s'était étonnée qu'il appelle si tard à Lauberg, et, qui plus est, en demandant à lui parler à elle. Comme il fallait s'en douter, c'était à propos de Leona.

— Qu'est-ce qui lui prend de vouloir faire une bêtise pareille ? s'échauffa-t-elle.

— Elle a l'air de penser que rien ne se fera tant qu'ils resteront tous les deux planqués, Jablonski et elle, à attendre que l'autre commette une erreur. Elle croit qu'il faut qu'elle se montre pour que Jablonski réagisse et qu'on lui mette enfin la main dessus.

— Elle veut être son propre appât... Beaucoup trop risqué !

— C'est bien ce que je me dis ! Mais le plus grave, c'est que je ne trouve pas d'arguments valables pour contrer sa théorie. Elle pourrait bel et bien avoir raison... Mais...

— Tu veux que je l'appelle ?

— Non, le mieux serait que tu y ailles tout simplement. Il va falloir du temps pour la persuader. Tu la connais, tu sais comme elle peut être têtue !

— Au début, tu disais que si j'y allais, ce serait trop dangereux !

— Je sais. Mais maintenant, il n'y a plus d'alternative, tu es bien d'accord ?

— Je vais réfléchir, promit Caroline, on a encore toute la semaine devant nous. Ecoute, Wolfgang : si d'ici vendredi Leona ne s'est pas sorti son projet de la tête, j'y vais, et je suis prête à la boucler dans la cave s'il le faut. Pour une fois, c'est moi qui commanderai ! Jusqu'à présent, c'était le contraire, mais il est temps que ça change !

10

Observer un ennemi bien à l'abri dans une voiture, c'est beaucoup plus agréable que lorsqu'on est dehors, soumis aux intempéries. Hormis le fait que la voiture me permet de me déplacer, elle m'offre un certain confort. J'ai un toit au-dessus de ma tête, et la nuit, je peux m'allonger pour dormir en rabattant le siège. Je me suis acheté un coussin et une couverture. Je me sens vraiment bien dans ma petite maison sur roues. Par bonheur, le beau temps se maintient. Les soirées sont fraîches, mais comme je suis bien enveloppé dans ma couverture, je ne sens pas le froid. De temps en temps – je ne veux pas vider la batterie –, je peux même écouter la radio. Et, surtout, je ne suis plus à la rue. Ma présence permanente au cimetière et à l'arrêt de bus commençait à devenir voyante. Sans compter que j'avais l'air d'un clochard et que je puais atrocement. Ma voiture est garée au milieu d'une quantité d'autres, discrète et très civilisée. A l'intérieur, les passants voient un homme soigné, le plus souvent occupé à lire le journal. D'ailleurs, la plupart ne regardent même pas à l'intérieur. Je ne suscite plus le dégoût ni la compassion. Même pas l'intérêt. Cela me rend très calme.

Aller trouver Lydia était l'idée la plus géniale que j'aie jamais eue. Je suppose que j'ai eu une sorte d'intuition en entourant son nom sur ma liste. A un moment, j'ai eu la révélation qu'elle était exactement ce qu'il me fallait : elle avait une bagnole, elle était seule, complètement isolée. Si Lydia mourait, personne ne s'en apercevrait avant des semaines. Cela signifiait qu'elle pouvait rester saucissonnée chez elle pendant que je me baladerais dans sa voiture, et que personne ne le remarquerait avant longtemps. Les choses ne pouvaient pas être plus favorables.

Je n'ai jamais aimé cette bonne femme, mais ce n'était pas une raison pour la liquider. Etre vieille, grosse, laide et très pénible, ce n'est pas un crime.

J'ai posé une grande casserole de bouillon et plusieurs bouteilles d'eau minérale devant elle en mettant une paille dans chaque récipient. J'ai découpé un petit trou dans les couches de sparadrap que j'ai collées sur sa bouche et dans la gaze qui entoure le tout. Elle ne peut pas appeler, pas crier. Avec un peu de patience et d'adresse, elle pourra boire. Je lui ai fait essayer, ça marche. Elle va pouvoir survivre un certain temps comme ça, la pauvre vieille. Mais je ne sais pas ce qui se passera une fois que je serai à l'étranger avec Leona. En tout cas, je lui aurai laissé une chance.

C'est formidable d'avoir une carte de retrait et de pouvoir prélever du liquide à volonté ! J'ai demandé les relevés de comptes de Lydia pour savoir combien elle possédait, car je ne veux pas attirer l'attention en faisant des prélèvements inhabituels. Je suppose, la connaissant, que son solde n'est jamais négatif et qu'il lui suffit d'avoir un découvert de dix euros pour se sentir en danger de mort.

Même si sa retraite n'est pas faramineuse, elle a quand même un bon petit pécule sur son compte. Ça va me permettre de vivre confortablement pendant un bon bout de temps sans que j'aie à m'inquiéter pour l'essence, la nourriture, etc. Je vais à la piscine tous les jours, quand Fabiani est à la fac. Maintenant, la bonne femme de la caisse ne me regarde plus de travers. Malgré tout, je prends la précaution de changer d'établissement et je veille à ne pas trop exposer mon visage. Je ne peux pas me permettre d'oublier que je fais toujours l'objet d'un avis de recherche... et comme ils ne veulent pas laisser la pauvre petite Leona moisir trop longtemps dans sa cachette, ils mettent sans doute toute la gomme.

Je fais quelques longueurs – avec mon beau slip de bain tout neuf – et je me douche, me lave les cheveux, me rase. J'ai maintenant de quoi changer de linge. J'ai un bon après-rasage, et qui plus est, c'est le parfum préféré de Leona. Je suis tout à fait préparé à me présenter devant elle et à refaire sa conquête. Si seulement cette ordure de Fabiani voulait bien faire enfin un mouvement et se décider à me conduire jusqu'à elle ! Il m'arrive dans mes heures sombres de douter d'avoir choisi la bonne personne. A deux reprises, j'ai été sur le point de transférer mon poste d'observation devant la maison de Lauberg. Mais ensuite, mon intuition m'a dit que c'était une erreur. Ma voix intérieure m'a confirmé que j'avais pris la bonne décision. Je fais tout mon possible pour lui faire confiance. Car elle ne m'a jamais trompé. A l'époque, elle m'a bien dit qu'Anna finirait par rentrer chez elle et qu'il me suffirait de l'attendre là-bas. Et c'est au moment où j'étais sur le point de renoncer qu'elle est venue se jeter pratiquement dans mes bras.

Je pense souvent à Anna maintenant. Je pense à elle pour ne pas songer à Leona. Pourtant, Anna m'a fait du mal, mais c'est Eva qui m'en a fait le plus. En me repoussant, elle m'a véritablement blessé. Elle m'a blessé à un endroit inquiétant, parce que je ne peux pas le toucher, ni même le désigner par son nom. On appelle ça l'âme, à défaut d'autre chose. C'est un endroit qui ne guérit jamais quand il a été véritablement atteint. Il fait mal jusqu'à la fin de la vie, et peut-être même au-delà. Anna m'a atteint elle aussi, mais sans doute n'est-ce pas au même endroit, car je n'ai plus mal. Peut-être que son sang a lavé le poison. Avec Anna, tout a été fini au moment où je l'ai vue morte à mes pieds, les mains encore crispées autour de mes chaussures dans son agonie.

Je n'ai pas pu tuer Eva. On ne peut pas tuer sa propre sœur. On peut tout lui faire, mais on ne peut pas regarder le sang jaillir de son corps, et tout noyer alentour, y compris la douleur.

Assis dans la voiture, je revois souvent le visage d'Anna, l'expression qu'elle a eue quand elle m'a vu sur la route de son village. C'était une journée froide et venteuse. Comme je l'ai déjà dit, j'étais sur le point de renoncer.

Laver, nourrir son père, changer ses draps souillés, tout ça, ça me faisait horreur, mais ce travail a été pour moi une telle aubaine que j'étais décidé à tenir. Je joignais les deux bouts tant bien que mal depuis la mi-janvier en faisant des petits boulots, jusqu'au jour où j'ai vu une annonce dans le journal, à la fin février, pour un travail d'aide à domicile. Je me suis dit : tiens, ce sera peut-être un emploi à durée indéterminée, il te permettra d'entrer chez les gens, et c'est chez les gens qu'on apprend tout ce qui se passe aux alentours. Je n'avais aucune référence, mais j'ai raconté que j'avais soigné mes parents jusqu'à leur dernier souffle et que je brûlais d'envie d'aider mon prochain. La vieille toupie qui me recevait en fondait d'émotion. Pas seulement parce que j'irradiais la bonté, mais parce que je lui adressais en même temps des regards qui lui faisaient monter le rouge aux joues. Evidemment, elle ne pouvait pas m'employer comme soignant, puisque je n'avais pas de formation, mais elle avait besoin de quelqu'un pour distribuer les repas à domicile, conduire les vieux chez le médecin et ainsi de suite. On percevait un salaire de misère, mais c'était suffisant pour s'en sortir.

Au volant de la voiture de service, je sillonnais les villages des environs en apportant des repas chauds aux vieilles personnes, je faisais le ménage dans leurs baraques, je leur faisais faire des promenades dans leurs fauteuils roulants. Ils étaient presque tous extrêmement bavards, et malgré leur état pitoyable qui les aurait confinés dans la solitude s'ils avaient habité en ville, ils étaient bien informés de tout ce qui se passait dans la région.

J'ai pensé que si Anna Heldauer rentrait à la maison après six ans d'absence, ils l'apprendraient, et moi aussi.

Mais ensuite, il y a eu beaucoup mieux : Lisa Heldauer a demandé une aide pour son père, gravement malade. Elle avait besoin de quelqu'un pour le soulever et le faire sortir de son lit, et c'était moi qui avais été engagé pour ce genre de travail. Et voilà, à partir de ce moment, je me suis rendu plusieurs fois par semaine dans la maison familiale d'Anna.

Je me suis demandé comment se passerait notre rencontre. Je me suis dit qu'en me voyant dans la maison de son père, elle se mettrait à hurler ou deviendrait hystérique, et sa sœur rappliquerait aussitôt. En un clin d'œil, je serais foutu, on découvrirait que je m'étais introduit là-bas, sous un faux nom qui plus est.

J'ai réfléchi au moyen de sortir de la maison sans me faire voir dès qu'elle apparaîtrait. Il se pouvait aussi qu'elle rentre de nuit et qu'elle m'ouvre la porte elle-même le lendemain matin... Je voyais s'élever une quantité de difficultés, alors que tout a été si simple, si ridiculement simple !

Elle avançait péniblement sur la route, parce qu'elle traînait une énorme valise qu'elle faisait passer d'une main à l'autre. Et moi, je suis arrivé avec ma petite voiture pour me rendre chez son père qui était en train de mourir à petit feu, et en entendant le bruit du moteur, elle a tourné la tête, pleine d'espoir, a lâché sa valise et a levé le pouce. Elle n'a visiblement pas reconnu mon visage derrière le pare-brise.

Ce n'est que quand j'ai ouvert la portière du passager en disant « Salut, Anna ! » qu'elle a compris qui était là. Elle m'a regardé en ouvrant de grands yeux, puis son regard s'est mis à vaciller et à s'affoler. Si une voiture était arrivée au même moment, je crois qu'elle se serait jetée devant dans sa panique. Mais aucune voiture n'était en vue. Il n'y avait que des prés, des prés vert foncé, dont l'herbe grasse et drue, luisante de pluie, pliait sous le vent. Un peu plus loin devant, c'était la forêt, et derrière, à un bon kilomètre et demi, le village, son village d'origine. Elle était si près du but !

— Viens, monte, dis-je, je t'emmène chez toi. Tu ne vas jamais réussir à arriver jusque-là avec ta valise !

C'étaient des paroles innocentes, et je les pensais réellement.

Il ne lui restait plus qu'une petite demi-heure à vivre.

Je ne sais plus si elle est montée de son plein gré ou si je l'ai attirée de force. En tout cas, elle s'est retrouvée assise dans la voiture.

J'avais mis sa valise dans le coffre. Plus tard, je l'ai emportée à Ascona et j'ai suspendu ses affaires dans l'armoire. Comme ça, j'avais l'impression qu'elle était encore là.

Je ne sais plus exactement ce qui s'est passé dans la forêt. Je me souviens du couteau que je portais (est-ce que j'avais prémédité le meurtre ?), du sang et du fait qu'elle se cramponnait à ma chaussure quand elle est morte. Je n'ai pas voulu la laisser couchée là, elle n'avait pas mérité ça. Je l'ai donc relevée et attachée à un arbre. C'était plus digne ! Le vent pouvait jouer avec ses cheveux.

Ce n'est pas que je ressemblais à un boucher, après, mais j'avais quand même été un peu aspergé. Je suis donc retourné à ma pension pour me changer, et j'ai roulé mes vêtements en boule pour aller les enterrer ailleurs dans la forêt, sous un tas de terre, de branchages et de feuillage. Je me suis dit que j'emporterais la valise d'Anna le lendemain à la consigne de la gare centrale d'Augsbourg.

Je suis arrivé assez tard chez Lisa et son père ce jour-là, mais ils ne l'ont pas vraiment remarqué, parce que mes horaires étaient relativement irréguliers.

J'aurais pu retourner immédiatement en Suisse, mais je me doutais que, dans ce cas, les soupçons se dirigeraient sur moi. Lisa ne me connaissait que sous le nom de Benno (Appelez-moi Benno, comme tout le monde !), mais ma patronne avait vu mon passeport et connaissait mon nom de famille. On me retrouverait facilement.

Je suis donc resté quelques semaines sur place, même si mon boulot me dégoûtait et qu'il ne me servait plus à rien maintenant que j'avais atteint mon but. J'ai assisté au drame complet : trois jours après « les faits », la police a frappé à la porte, deux agents qui arboraient des têtes de mauvais augure et ont emmené Lisa pour qu'elle identifie sa sœur.

Quand elle est revenue, Lisa avait le teint gris et faisait dix ans de plus. Ça m'a fait mal au cœur de la voir comme ça, toute seule pour affronter cette horreur. Son père avait accusé le coup lui aussi, mais il était déjà trop malade pour être vraiment atteint. Sa propre mort était déjà trop proche.

J'ai évidemment été interrogé, moi aussi, dans le cadre de l'enquête. Lisa ne m'avait jamais parlé de sa sœur, j'ai donc affirmé ne pas être au courant de son existence, et encore moins la connaître. Je crois que personne n'a jamais eu le moindre soupçon à mon égard. Je faisais un travail dur dont personne ne voulait, et je passais pour quelqu'un de solide, de consciencieux et dévoué. Ma patronne a déclaré aux enquêteurs que je travaillais pour elle depuis plus de trois mois et a laissé entendre que c'était pour moi un moyen de surmonter le choc de la mort difficile de mes propres parents. Le père de Lisa a déclaré que j'étais un jeune homme merveilleux, ce qui m'a flatté, car je ne me considérais plus comme un jeune homme.

Et avant que je me trouve dans l'obligation de donner ma démission à Lisa, c'est elle-même qui m'a annoncé qu'elle ne pouvait plus me payer et qu'elle s'occuperait seule de son père. Petite grippe-sou, va ! Son père payait les services de soins avec sa retraite, mais elle voyait sans doute fondre son héritage d'un mauvais œil.

Moi, ça m'arrangeait bien, car ma patronne était la seule à savoir que j'avais démissionné. En tout cas, les Heldauer ne le savaient pas. Ainsi, je disparaissais dans le néant.

J'avais retrouvé la paix. Je suis retourné chez moi.

II

1

A proximité de la maison, il y avait un petit lac. Leona allait parfois s'y baigner, étant enfant. L'eau était très froide, même en plein été, car, situé au milieu de la forêt, il était plongé dans l'ombre des arbres, sauf au milieu. Quand on y entrait, on avançait dans un sol spongieux, troublant l'eau à chaque pas, et, en nageant, on avait un léger goût de métal dans la bouche. Seuls les enfants s'y risquaient. Jamais on n'y voyait d'adultes. Dans l'album de famille, quelques photos la montraient en train de patauger au bord, munie de brassards rouges. Elle était bien en chair à cette époque, et sur toutes les photos son petit visage rond était illuminé par un grand sourire.

La journée du jeudi était tellement chaude que Leona décida d'aller déjeuner au bord du lac. Dans un panier, elle mit des sandwiches, une bouteille d'eau minérale, un maillot de bain et une serviette. Et en route !

Dans son souvenir, le trajet était plus long. Petite, elle n'arrêtait pas de pleurnicher en demandant si on était bientôt arrivé... mais elle ne mit qu'un quart d'heure. Déjà, l'étang – car seul son souvenir en faisait un lac – s'étendait devant elle. L'eau était toujours aussi trouble, les arbres, tout autour, si hauts et si touffus que le soleil avait du mal à percer. Le feuillage brillait d'un vert clair, tendre, sans avoir encore atteint sa densité définitive. En plein été, l'ombre serait encore plus épaisse.

Quelques jeunes du village, cinq garçons, étaient assis sur des souches encerclant un foyer faisant apparemment fonction de

335

barbecue l'été. Ils fumaient, entourés de bouteilles de bière et de canettes de Coca. Ils observèrent la nouvelle venue avec intérêt.

Leona ne leur prêta aucune attention. Posant son panier sur l'une des rares taches de soleil, elle sortit son maillot de bain, se changea à l'abri d'un buisson et avança courageusement dans l'eau.

L'eau était si glaciale que la chair de poule l'envahit instantanément des pieds à la tête. Ses pieds s'enfoncèrent profondément dans la vase.

Saleté ! pensa-t-elle.

Seule la présence des spectateurs l'empêcha de rebrousser chemin.

— Eh, regardez, elle y va vraiment, la meuf ! s'écria l'un des jeunes.

— Fais gaffe à pas attraper un chaud et froid ! cria un autre, écroulé de rire devant son propre trait d'esprit.

Eh oui, se dit Leona, un rien vexée, dès qu'on a plus de trente ans, ils nous prennent pour des fossiles, ces petits crétins !

— Attention, y a des crocodiles ! l'avertit galamment un troisième.

En serrant les dents, elle se laissa glisser dans l'eau, une eau si froide qu'elle s'attendit presque à voir quelques blocs de glace voguer à sa rencontre. Sa témérité fut abondamment commentée par les jeunes qui accompagnèrent ses mouvements de brasse de cris d'encouragement admiratifs. L'odeur était la même qu'avant ; le goût aussi, quand l'eau effleurait ses lèvres, légèrement métallique comme autrefois.

Il y avait néanmoins une différence : elle ne portait plus de brassards. Il n'y avait plus d'adultes pour la suivre d'un œil attentif depuis la rive. Ils étaient remplacés par une bande d'adolescents qui ne la quittaient pas du regard parce que ses charmes étaient mis en valeur par son joli maillot de bain et qu'elle avait fait preuve d'une bonne dose de courage en se lançant dans l'eau glacée.

Elle se retourna sur le dos et battit des jambes, les yeux fixés sur les trouées de ciel bleu qui apparaissaient entre la cime des arbres. Il y avait longtemps qu'elle n'avait plus réfléchi à ce qu'impliquait le fait d'être adulte, d'être libre. C'était ainsi, voilà tout. Un beau jour, on devenait autonome, on était capable de prendre soin de soi-même, on n'avait plus besoin de brassards et personne n'exigeait plus de vous que vous sortiez de l'eau parce qu'elle était trop froide. Et ensuite, avant qu'on ait fait ouf, et souvent avant même qu'on s'en aperçoive vraiment, quelqu'un venait et démolissait cette précieuse liberté, morceau par morceau. Le plus souvent, un conjoint dont on s'était convaincu qu'il fallait combler les besoins, même si on ne les partageait pas. Ou – par bonheur, c'était tout de même moins fréquent ! – un psychopathe devant lequel on était obligée de se cacher.

Leona se remit sur le ventre, fendit l'eau à grands coups vigoureux, traversa l'étang dans les deux sens. A mesure qu'elle se réchauffait, elle sentit croître sa force et sa colère.

Lorsqu'elle sortit de l'eau, elle respirait plus vite, et sa rage contre Robert avait atteint des sommets. Oh, il ne me fait pas peur, non ! pensa-t-elle. S'il était là, je le tabasserais à coups de poing !

Dimanche soir, se dit-elle en s'enveloppant dans sa serviette et en sortant un sandwich de son panier, dimanche soir, je rentre. Lundi, je vais au boulot, et il verra de quel bois je me chauffe s'il essaie encore de m'intimider !

Les jeunes la regardaient toujours, et elle leur sourit, perdue dans ses pensées.

Le soir, quand elle rentra, fatiguée et emplie en même temps d'une énergie nouvelle, elle aperçut une voiture garée devant la maison. Les sourcils froncés, elle entra dans le jardin et fit le tour. Assis sur les marches de bois de la véranda, Bernhard Fabiani l'attendait, l'air maussade. Son expression changea dès qu'il l'aperçut.

— Eh bien, dit-il en se levant, je pensais que vous ne reviendriez jamais !

— Bernhard ! s'écria-t-elle, stupéfaite.

— Désolé de faire irruption ici sans prévenir, déclara-t-il avec une expression qui proclamait le contraire. Je suppose que ce n'est pas la peine de raconter que je passais par hasard.

— J'aurais effectivement du mal à le croire, répondit Leona en souriant. Il y a longtemps que vous êtes assis là ?

— Deux heures environ. Je commençais à penser que vous aviez changé de cachette. J'étais frustré.

Elle gravit les marches et ouvrit la porte.

— Vous voulez boire quelque chose ? Vous devez mourir de soif. Il fait tellement chaud aujourd'hui !

Il acquiesça et regarda le panier contenant son maillot de bain mouillé.

— Vous êtes allée nager ?

— Oui, il y a un petit étang tout près d'ici. C'était divin.

— Je crois que l'eau est encore trop froide pour moi.

Il la suivit à l'intérieur, scruta la pièce avec intérêt.

— C'est mignon par ici. Un endroit où personne ne vient, évidemment. Vous pouvez me dire comment vous avez déniché ce coin ?

Elle sortit un jus d'orange du réfrigérateur, mit des glaçons dans un verre.

— C'était la demeure de notre ancienne employée de maison. Elle nous a accompagnées pendant toute notre enfance, Olivia et moi, et Caroline aussi, en partie. Souvent elle nous amenait ici le week-end. C'était le paradis pour nous. Je crois qu'on lui en faisait voir de toutes les couleurs, la pauvre, mais elle nous adorait. Elle n'avait pas de famille... Quand elle est morte, c'est Olivia qui en a hérité. Ma sœur aînée. Elle a toujours été sa préférée. Eh oui... Sauf qu'Olivia ne vient jamais ici, parce que... enfin, elle a quelques gros problèmes.

Bernhard vida son verre d'un trait.

— J'ai l'impression que votre famille est assez compliquée, commenta-t-il.

Elle confirma d'un hochement de tête.

— On peut le dire. Venez, on va s'installer sur la véranda.

Dehors, elle lui demanda :

— Vous ne travaillez pas aujourd'hui ? Pourtant, nous sommes jeudi...

— Normalement, si. J'ai pris ma journée. A cause d'un événement familial important... officiellement.

— Et non officiellement...

— J'avais envie de te voir, répondit-il, passant sans crier gare au tutoiement.

— Vous auriez pu attendre le week-end.

338

— Je ne voulais pas attendre. Sans compter que ton mari aurait pu venir te tenir compagnie.

— Vous auriez pu appeler.

— Je sais.

Il dirigea son regard au loin, comme perdu dans le crépuscule qui s'installait.

— Je n'avais pas envie de téléphoner. J'avais peur que tu me dises de ne pas venir.

— Mais je vous avais déjà demandé…

— … de venir ? C'était dans un moment de désespoir, Leona, je l'ai parfaitement remarqué. Tu t'es ravisée très vite, et tu n'as plus appelé qu'une seule fois. Tu avais surmonté ta crise, et ce n'est que pendant ta crise que tu as eu envie de me voir.

— Ce n'est pas tout à fait ça, répondit Leona, mal à l'aise, mais bien consciente qu'il avait parfaitement jugé la situation.

Il sourit. Il le savait aussi.

— Est-ce que ça a un rapport avec ton mari ?

— Quoi ?

— Que tu te sentes si mal à l'aise ici avec moi.

— Je ne me sens pas mal à l'aise.

— Alors arrête de me vouvoyer, s'il te plaît.

— D'accord. Ça ne me pose pas de problème.

Il sourit de nouveau, puis changea brusquement de sujet.

— Tu n'as jamais parlé de l'existence de cette maison à Robert ?

— Non, jamais. J'ai évidemment fouillé dans ma mémoire, mais je suis absolument sûre de n'avoir jamais évoqué cette maison. Je n'y viens plus depuis l'âge de dix-huit ou dix-neuf ans, d'ailleurs. C'est relativement éloigné de Francfort.

— Je sais, soupira Bernhard, j'ai cru ne jamais arriver. On n'est pas très loin de l'ancienne frontière avec la RDA, n'est-ce pas ?

— Oui, c'est à une demi-heure d'ici.

— Tu es venue en voiture ?

Elle eut un geste de dénégation.

— Trop dangereux. Je suis allée travailler à pied le matin, ensuite, j'ai quitté le bureau à une heure inhabituelle, je suis sortie par l'arrière et j'ai pris le train, plusieurs bus, et le taxi pour arriver jusqu'ici. Pendant tout le trajet, j'ai eu peur d'être suivie par Robert... mais apparemment j'ai réussi à le semer.

— En tout cas, cette maison n'est pas facile à trouver. Tu m'as décrit le chemin, mais ça ne m'a pas empêché de me perdre deux fois. Tous ces villages et ces routes départementales pleines de virages... Et quand j'ai fini par arriver, pas l'ombre d'une Leona... J'étais assez désespéré.

Son expression tragicomique la fit rire. Puis il lui vint la pensée fugace que cet homme devait être difficile à désespérer. C'était curieux. C'était bien la première fois qu'elle rencontrait quelqu'un qu'elle soupçonnait de ne pas éprouver de douleur.

— Qui s'occupe de la maison ? reprit Bernhard.

— Mes parents viennent parfois. Une fois tous les six mois environ. Un jeune du village s'occupe de tondre la pelouse.

— Pourquoi ta sœur ne la vend-elle pas ?

Leona haussa les épaules.

— Sans doute par sentimentalisme. Nous aimions beaucoup notre employée de maison. J'ai peur qu'aucun de nous n'ait le courage de vendre sa maison.

— Vous êtes une drôle de famille, commenta Bernhard, du ton dont il avait déjà usé pour la traiter de « compliquée ».

— C'est vrai, sans beaucoup de sens pratique, et pas très raisonnable.

— Mais pas sans originalité.

Il se leva et posa son verre.

— Viens, on va aller manger quelque part. J'ai une faim de loup. Je t'invite.

Leona éclata de rire.

— On ne peut manger nulle part ici. Il faudrait aller jusqu'à Fulda, et ce n'est pas la porte à côté. Je vais nous préparer quelque chose, d'accord ?

Bernhard se rassit.

— La prochaine fois que tu te cacheras pour échapper à un fou, tu m'en parles avant, OK ? Je connais quelques coins en Allemagne qui sont très sûrs et en même temps assez civilisés.

Après le repas, ils s'installèrent sur la véranda à la lueur de la lampe-tempête. Le jardin plongé dans le noir leur envoyait par vagues le parfum des fleurs, plus sucré et plus intense que pendant la journée. Les troncs argentés des bouleaux brillaient à la lueur de la lune.

— Bientôt, dit Leona, ici, ce sera plein de vers luisants.

— Le mois de juin, c'est leur époque.

— Autrefois, il y en avait des quantités. Impossible de m'envoyer au lit dans ces moments-là. J'avais envie de rester dehors, pour regarder les vers luisants. Je crois bien que ce serait toujours le cas aujourd'hui.

— Je ne savais pas que tu étais si romantique !

— Seulement en ce qui concerne les vers luisants.

Il la regarda longuement.

— Tu es sûre ?

Il se pencha vers elle et l'embrassa sur la joue, puis, comme elle ne bougeait pas, il baisa ses lèvres.

Elle recula.

— Tu n'as rien entendu ? s'inquiéta-t-elle.

— Quoi ?

— J'ai cru entendre quelqu'un tousser.

— Tu peux me le dire ouvertement, si ça te gêne, répliqua-t-il d'un ton aigre, tu n'as pas besoin de te réfugier dans des manœuvres de diversion.

— Non, ce n'était pas une manœuvre, j'ai entendu quelque chose.

Leona se leva, fouilla les environs d'un œil inquiet, mais on ne voyait rien dans l'obscurité.

— C'est sans doute un animal quelconque. Nous sommes juste en lisière de forêt, ne l'oublie pas.

— J'aimerais bien aller vérifier, insista Leona, nerveuse.

Elle se précipita à l'intérieur, alluma dans toutes les pièces. Maintenant, la lumière trouait les ténèbres. Bernhard, de plus en plus contrarié, se demanda à quoi rimait d'éclairer l'intérieur s'il était impossible de voir ce qui se passait dans le jardin.

Leona revint, munie d'une lampe électrique, et entreprit d'explorer le pourtour de la maison et les buissons à la lueur de la torche.

Elle ne découvrit rien d'anormal.

Bernhard, resté sur la véranda, alluma une cigarette, en se demandant avec perplexité si elle avait réellement entendu du bruit, ou si son déploiement de zèle avec cette lampe électrique était uniquement destiné à l'écarter. Le baiser qu'il lui avait donné l'avait excité. Les lèvres de Leona étaient fraîches et douces, mais il avait senti malgré tout une réserve, une distance qu'elle n'avait pas dans sa voix l'autre soir, quand elle l'avait appelé.

J'aurais dû partir tout de suite, aller la rejoindre sans attendre. Elle était faible, se sentait abandonnée, mal assurée. Il m'aurait suffi d'ouvrir les bras pour qu'elle s'y réfugie.

Mais à présent elle avait remonté la pente, c'était évident. Elle avait mystérieusement recouvré ses forces. Elle relevait la tête, savait gérer sa peur.

Elle avait disparu de sa vue. Seule la lueur de la lampe sautillait, fantomatique, entre les arbres.

— Alors… tu vois quelque chose ? cria-t-il.

— Non.

Jaillissant de l'obscurité, elle réapparut et vint le rejoindre sur la véranda.

— Je n'ai rien vu, poursuivit-elle. Mais je suis absolument sûre d'avoir entendu quelque chose.

D'un ton brusque, il répliqua :

— C'était un animal, je te l'ai déjà dit. Ils sortent du bois, la nuit, ils se baladent.

— C'était une toux, insista Leona, il n'y a que les humains qui toussent. Je ne peux pas m'être trompée à ce point !

Les fenêtres brillamment éclairées mettaient en évidence la pâleur de son visage.

— J'avoue que je suis épaté de voir la façon dont tu réussis à te concentrer sur ton environnement pendant qu'on t'embrasse, fit remarquer Bernhard.

Il aspira une longue bouffée de cigarette. Bon Dieu, il en avait vraiment envie, de cette femme ! Le simple contact de ses lèvres lui avait fait un effet tel qu'une bombe aurait pu éclater à côté d'eux sans qu'il s'en aperçoive !

— Chapeau, tu as un sacré sang-froid ! ajouta-t-il d'un ton amer.

Elle prit une cigarette à son tour, attendit quelques instants qu'il lui donne du feu, puis se résigna à se servir elle-même.

Bernhard n'avait aucune envie d'être courtois. L'agressivité avec laquelle il réagissait lorsqu'une femme le repoussait était infantile, certes, mais il était incapable de se dominer.

— Bernhard, si je t'ai appelé, l'autre fois, c'est que... commença Leona.

Mais il l'interrompit aussitôt :

— Pas la peine de t'expliquer ! Tu aurais dû me dire tout de suite que tu cherchais simplement un bon vieil oncle secourable pour te tenir la main.

Leona sentit la colère la gagner à son tour.

— Je ne t'ai jamais dit que je voulais me lancer dans une aventure avec toi. J'ai besoin d'un ami. Pas d'un amant.

— Excuse-moi, mais tu as dépassé les dix-sept ans depuis un certain temps. Tu devrais connaître les règles du jeu, à ton âge. Tu crois vraiment qu'un type va faire des kilomètres et aller se paumer au fin fond de l'Allemagne uniquement pour te permettre de t'appuyer sur son épaule ou t'écouter raconter tes bêtises ?

— Jusqu'à présent, je ne me suis appuyée sur l'épaule de personne et je n'ai raconté aucune bêtise. Je t'ai préparé à dîner et j'ai discuté avec toi. Le rendez-vous que nous avons pris l'autre soir, je l'avais annulé. C'est toi qui as décidé tout seul de venir, tu le sais très bien.

Elle attira à elle le cendrier en s'efforçant de reprendre son calme. Se disputer avec lui n'avait aucun sens. Il lui faudrait supporter cet homme jusqu'au lendemain matin... elle ne pouvait pas le renvoyer, vu l'alcool qu'il avait déjà ingéré.

— A quoi sert de se chamailler ? reprit-elle posément. Il n'y a aucune raison. C'est un malentendu, rien de plus. On va finir la bouteille et arrêter de s'envoyer des gentillesses à la tête !

Bernhard se rassit, vida son verre d'un trait, prit la bouteille, s'en servit un autre, qu'il but de la même façon.

— Si tu continues comme ça, tu ne seras pas frais, demain matin, remarqua Leona.

— C'est mon affaire, pas vrai ? répliqua-t-il.

— Bien sûr.

Elle entreprit de ramasser la vaisselle sur un plateau, en le laissant néanmoins face à la bouteille et à son verre.

— Je vais me coucher, annonça-t-elle. Quand tu rentreras, n'oublie pas de fermer à clé derrière toi, s'il te plaît. Ta chambre est en haut, c'est la première porte à gauche. Tu trouveras tout ce qu'il te faut.

Comme elle s'y attendait, il resta dehors et la laissa en tête à tête avec la vaisselle. Tout en remuant les casseroles avec colère et à grand bruit, elle se demanda si elle n'avait pas effectivement commis une énorme erreur en lui révélant le lieu où elle se cachait. Car maintenant, elle se retrouvait avec un type surgi à l'improviste, d'humeur particulièrement désagréable, en train de boire jusqu'à plus soif, assis sur sa véranda.

Son malaise en sa présence mis à part, cette mystérieuse toux la rendait nerveuse. Et si quelqu'un – Robert – avait suivi Bernhard ?

Mais comment aurait-il fait, se demanda-t-elle tout en passant une éponge sur la table de la cuisine. Il faudrait qu'il ait une voiture. Et comment aurait-il pu s'en procurer une ?

Calme-toi, se dit-elle.

Wolfgang ne l'avait-il pas mise en garde contre son imagination qui n'avait que trop tendance à faire de Robert un surhomme ? « Il ne pourra pas traverser les murs, ni voler. Il faut rester pragmatique et réaliste. »

Et pourtant, elle ne pouvait refouler le mauvais pressentiment qui s'était insinué en elle : oui, Robert pouvait fort bien l'avoir fait. Il pouvait avoir réussi à se procurer une voiture.

Réfléchis, se reprit-elle, il est recherché. Il n'est pas idiot, il ne va pas risquer de se promener dans une voiture volée. Il se ferait prendre tout de suite !

Au même moment, on frappa à la fenêtre de la cuisine. Prise de panique, elle pivota sur elle-même et aperçut un visage qui s'appuyait contre la vitre... deux yeux qui la regardaient.

Son cœur se mit à battre la chamade, si fort qu'elle crut qu'il allait sortir de sa poitrine. Une bouffée de sueur soudaine lui humidifia le ventre et le dos. L'espace d'une seconde, elle resta pétrifiée, puis résista difficilement à l'instinct qui lui commandait de s'enfuir, de courir se réfugier dans sa chambre, de claquer la porte, de s'enfermer à clé et de pousser les meubles pour se barricader.

Mais elle se secoua rapidement et se précipita vers la porte d'entrée… où elle faillit se cogner de plein fouet contre un jeune homme qui recula peureusement. Elle vit alors un visage pâle et enfantin, deux yeux effrayés.

— Qui êtes-vous ? hurla-t-elle. Qu'est-ce que vous faites ici ?

L'intrus recula encore d'un pas. Il pouvait avoir dix-huit ans tout au plus, et, malgré son cuir de motard, il ressemblait à un communiant timide.

— Je… excusez-moi… j'ai pas voulu vous faire peur, balbutia-t-il.

En tout cas, ce n'était pas Robert !

— Mon Dieu, s'exclama Leona, j'ai failli avoir une crise cardiaque ! Qu'est-ce que vous avez à rôder par ici ?

— Je… on vous a vue, aujourd'hui, à l'étang… répondit-il, très intimidé, vous nagez vachement bien !

Ah, c'était l'un des jeunes qui avaient assisté à sa baignade !

Devant son admiration non dissimulée, Leona se radoucit un peu. Après tout, c'était flatteur pour elle qui avait l'âge d'être sa mère !

— Et c'est pour me dire ça que vous venez jusqu'ici en me faisant presque mourir de peur ?

Il baissa piteusement le nez, faisant tourner dans ses mains son casque de moto.

— On… on a pensé… on voulait vous demander… samedi soir, on fait des grillades au bord de l'étang. On sera dans les cinquante ou soixante. On voulait vous demander si vous voulez pas venir.

Il leva sur elle des yeux pleins d'espoir. Leona était si soulagée qu'elle résista à l'impulsion de lui sauter au cou.

— Je vais réfléchir, répondit-elle. En tout cas, merci de l'invitation !

— On serait très contents, ajouta-t-il d'une petite voix.

A la lueur de la fenêtre qui éclairait le seuil, Leona vit qu'il avait les joues rouges.

— Bon, ben… fit-il en se détournant pour partir.

— Où est-ce que vous avez laissé votre moto ? s'étonna Leona. Je ne vous ai pas entendu arriver !

— Je l'ai garée un peu plus loin.

Il sourit. Maintenant qu'il était à dix pas de son interlocutrice, il avait repris de l'assurance.

— J'ai pas voulu vous faire peur ! répéta-t-il.

Leona lui rendit son sourire.

— Oh, comme c'est délicat !

Puis elle y songea :

— Est-ce que vous avez rôdé dans le jardin, il y a une demi-heure ?

— Non, j'ai pas rôdé, je suis entré parce que je pensais vous trouver sur la véranda. Mais là, vous étiez... occupée avec le monsieur, alors j'ai pas eu envie de venir casser l'ambiance.

Elle respira à fond. Encore quelques cheveux blancs supplémentaires pour rien, se dit-elle. J'aurais dû écouter Wolfgang : Robert n'a pas appris à voler !

— C'est bon, dit-elle, j'ai entendu quelque chose, tout à l'heure, c'était donc vous.

— Alors, vous viendrez, samedi ?

— Sans doute que oui. Bonne nuit.

— Vous aussi, répondit-il avec un petit signe, avant de disparaître dans le noir.

A peine fut-il parti que le téléphone sonnait. Wolfgang.

— Tu étais où ? attaqua-t-il bille en tête. J'ai essayé de t'avoir plusieurs fois cet après-midi.

— Je suis allée me baigner. Salut, au fait !

— Salut. Je me suis inquiété. Tu es allée te baigner ? Tu es devenue folle ?

— C'était super ! Et j'ai un...

Elle s'arrêta net.

« Un soupirant », avait-elle voulu dire, mais c'était le mot qu'employait Wolfgang pour désigner Robert.

— J'ai fait la connaissance d'un garçon qui n'a pas encore vingt ans et qui me trouve très sympa, dit-elle. Tu te rends compte ! Il m'a invitée à une soirée samedi.

— Eh bien, ça te distraira un peu, commenta Wolfgang, d'une voix légèrement contrariée.

— Exactement. J'en ai bien besoin.

346

Sur la véranda, Bernhard s'était levé. Il lui tournait le dos, debout près de la rambarde, sans lâcher son verre. Même de derrière, sa frustration et sa colère étaient nettement perceptibles. Le monde est vraiment rempli de cinglés ! se dit Leona.

— J'avais un dîner ce soir. Professionnel, précisa Wolfgang. Je viens juste de rentrer.

Un dîner avec ton ex-maîtresse ? faillit demander Leona. Mais elle se retint. De toute façon, il ne lui dirait pas la vérité.

Il laissa passer quelques secondes. Comme elle ne disait rien, il chuchota :

— Je t'aime, Leona.

Puis il raccrocha.

Décidément, cette journée avait été particulièrement bénéfique pour son ego. Un homme était en train de boire plus que de raison parce qu'elle l'avait repoussé. Un jeune homme venait l'inviter à une fête en se tortillant avec embarras. Et un troisième lui faisait une déclaration au téléphone.

S'il n'y avait pas le problème Robert, je pourrais trouver que la vie est belle, se dit Leona.

Le lendemain matin, Bernhard ne descendit pas avant dix heures. Il avait visiblement la gueule de bois, à en juger par son teint gris et ses paupières gonflées. Il eut une grimace de douleur et cligna des yeux au soleil qui inondait la pièce.

— Tu as de l'aspirine ? demanda-t-il en guise de bonjour.

Leona, assise à la table en train de lire le journal, se leva, remplit un verre d'eau et y jeta un comprimé.

— Tiens. Tu as drôlement mauvaise mine. Tu veux du café ?

— S'il te plaît. C'est le vin, je pense. Ce n'était pas du premier choix.

— Oh si, le vin était très bon. C'est simplement que tu en as trop bu.

— Peut-être bien.

L'air maussade, il prit son médicament, approcha sa tasse remplie de café. Il eut un geste de refus lorsqu'elle lui présenta la corbeille à pain.

— Oh non, pas de ça ! Je suis incapable de manger !

Ils restèrent assis face à face en silence.

Finalement, Bernhard annonça :

— Je rentre aujourd'hui.

Leona acquiesça.

— Je m'y attendais.

— Désolé. Tu vas rester toute seule ici.

Il eut un geste de la main pour désigner la cuisine emplie de soleil, la pendule qui tictaquait, le journal déplié.

— Pas ton genre, ça, hein, de te retrouver à la table du petit déjeuner à dix heures du matin, un vendredi ? ajouta-t-il.

— Toi aussi, tu te retrouves à la table du petit déjeuner à dix heures du matin, un vendredi !

— Moi, c'est autre chose. Je me suis libéré pour deux jours... mais après, la vie continuera normalement pour moi.

Il ne l'a toujours pas digéré, se dit Leona. Voilà qu'il se sent obligé de m'expliquer qu'il est venu me voir uniquement par pitié et que je me trouve dans une bien triste situation.

— Pour moi aussi, ça va continuer normalement, le contra-t-elle. Je rentre chez moi dimanche.

Bernhard parut estomaqué.

— Ah bon ? J'étais sûr que tu oublierais cette idée complètement folle !

— Je ne peux pas me cacher pour l'éternité, ça ne me dit rien du tout.

— Tu prends un gros risque.

Elle haussa les épaules.

— Ici aussi. A cause de toi, par exemple. Est-ce que tu es absolument sûr que Robert ne t'a pas suivi ?

Bernhard éclata de rire.

— Je t'en prie, Leona ! Comment aurait-il fait ? J'ai foncé à deux cents à l'heure sur l'autoroute. Tu crois qu'il m'a suivi en patins à roulettes ?

— Il peut aussi s'être procuré une voiture.

— Comment... ?

— Je sais, c'est peu probable, mais pas impensable. Je ne voulais pas te faire de reproches. Simplement... je ne suis vraiment en sécurité nulle part. Et j'en ai marre de me cacher. Robert a pris trop d'ascendant sur mon existence. Je ne fais plus ce que je voudrais faire, je fais ce à quoi il me contraint. Il est temps que ça s'arrête.

— Je comprends. Dans ce cas, on ne peut que te souhaiter bonne chance.

— Oui, je crois que j'en ai besoin.

— Je préfère que tu ne m'appelles plus quand tu seras à Francfort. Il vaut mieux que nous n'ayons plus de contact.

— C'est toi qui as pris contact le premier, lui rappela Leona.

— Je sais, je sais.

Deux rides verticales se dessinèrent sur son front et il se mit à remuer son café un peu trop fort.

— Je t'ai prise pour ce que tu n'es pas, Leona. Tu es quelqu'un qui a de gros problèmes. Ton mari t'a quittée, et depuis tu avances en zigzag. Te mettre avec Robert a été une erreur terrible. Tu aurais besoin d'aide.

— Je te remercie d'avoir voulu me l'apporter, répondit Leona avec nonchalance.

L'ironie contenue dans ses paroles ne lui échappa pas. La dévisageant froidement, il répliqua méchamment :

— Tu es trop vieille pour moi, Leona. Je n'ai jamais fréquenté de femmes de ton âge. Tu as plus de quarante ans, non ?

— Je vais avoir quarante-deux ans à la mi-juin.

— Eva aussi aurait cet âge-là. Mais il y a longtemps que ça ne marchait plus avec elle.

— Ah... et autrement, tu ne couches qu'avec des adolescentes, pas vrai ?

Il se remit à remuer violemment son café.

— Ce n'est pas la peine de rigoler comme ça, Leona. Mes étudiantes sont folles de moi. Et la plupart ont à peine vingt ans !

Leona le regarda pensivement. Il se vante comme un petit garçon...

Même s'il n'était pas à son avantage ce matin, c'était indiscutablement un très bel homme. Il pouvait se permettre de se montrer arrogant et culotté : sans doute lui suffisait-il de claquer des doigts pour avoir toutes les femmes qu'il voulait.

Elle avait tout le recul nécessaire pour l'analyser froidement, et ses mots venimeux ainsi que sa vantardise la laissaient de marbre. Mais elle avait maintenant une idée de la tragédie que représentait pour une femme le fait d'aimer vraiment cet homme... comme cela avait sans doute été le cas d'Eva.

— Ce que tu as cherché à me faire croire est faux, dit-elle. Eva n'avait pas la même maladie que son frère. Eva était tout à fait normale. Elle avait simplement la malchance d'éprouver de vrais et de profonds sentiments pour toi. C'est ce qui l'a poussée à se suicider.

— Quoi ? Ses sentiments pour moi ?

— Surtout tes sentiments à toi pour des étudiantes de vingt ans. Elle a fini par ne plus pouvoir les accepter.

— Mon Dieu, répliqua Bernard d'un ton las, tu sais que tu parles déjà comme Eva ? Des reproches, rien que des reproches. Quand est-ce que vous allez comprendre, vous, les femmes, qu'en passant votre temps à chercher la petite bête, vous perdez tout votre charme ? Ça vous donne des rides, ma chérie, et ça fait fuir les hommes !

Il prit une dernière gorgée de café et se leva.

— Je monte chercher mes affaires et je m'en vais, annonça-t-il.

Peu après, il dévala les escaliers, muni de son sac et, sans adresser le moindre regard à Leona, sortit.

Par la fenêtre, elle le vit jeter son bagage sur le siège arrière d'un geste négligent. Son jean noir délavé était un peu trop étroit, surtout par contraste avec les nombreuses mèches grises qui parsemaient sa chevelure. Il semblait savoir qu'elle le regardait, car ses mouvements étaient d'une décontraction tellement forcée que c'en était ridicule. Il monta dans sa voiture en sifflotant, mais renonça néanmoins à démarrer stupidement en trombe, dans un grand crissement de pneus. Leona suivit la voiture des yeux jusqu'à ce qu'elle eût disparu dans le premier tournant.

Pauvre Eva, se dit-elle, ce type-là ne valait pas la peine qu'on se suicide pour lui !

2

Le samedi matin, Caroline annonça à la famille qu'elle avait l'intention d'aller passer le week-end avec Leona.

— Et j'emmène Felix, ajouta-t-elle.

Elle fit sa déclaration au cours du petit déjeuner. Tous s'arrêtèrent de mastiquer, les yeux rivés sur elle.

— Tu sais où elle est ? s'enquit enfin Elisabeth.

— Oui. Mais je préfère ne pas vous le dire. Wolfgang m'a mise au parfum, et il pense qu'il vaut mieux ne pas le dire aux autres.

— Ecoute… on ne va pas le proclamer à son de trompe à tous les carrefours, rétorqua Olivia, un rien vexée.

— Caroline a raison, admit Julius. Moins il y aura de gens au courant, mieux ça vaudra. Moi, ce qui m'étonne, c'est que Wolfgang t'ait choisie, toi, pour être mise dans la confidence.

— Parce que je suis quelqu'un de pas fiable, d'instable, c'est ça ? riposta Caroline.

Elisabeth soupira.

— Ce n'est pas ce que voulait dire papa. Mais tu ne t'es jamais particulièrement bien entendue avec Wolfgang.

— Je me suis toujours bien entendue avec Leona, c'est ça qui compte ! répliqua Caroline. Elle a besoin de parler à quelqu'un. Parce qu'elle est quand même dans une drôle d'embrouille. Et c'est pour ça que j'y vais, pour l'aider.

Elle avait décidé de ne pas révéler à la famille qu'en réalité Leona envisageait de quitter son refuge et qu'elle s'y rendait pour essayer de l'en dissuader. Inutile de faire peur à ses parents.

— Je comprends très bien que Leona ait besoin d'avoir un peu de compagnie, déclara Elisabeth.

Elle avait l'air plus lasse et plus âgée que d'ordinaire. Tous ces événements tragiques l'avaient profondément perturbée. Elle essayait de cacher sa peur à son entourage, mais elle dormait très mal et manquait d'appétit. Elle priait plusieurs fois par jour pour que cette histoire se termine vite et bien.

— Mais… est-ce que ce n'est pas trop risqué, Caroline ? ajouta-t-elle. Parce que si tu y vas, peut-être que…

— Robert ne traîne pas par ici, sinon il y a longtemps qu'on l'aurait remarqué. S'il doit espionner quelqu'un, c'est Wolfgang, et c'est bien pour ça que Wolfgang n'ira jamais la voir. Ne t'inquiète pas, j'aurai l'œil sur mon rétro, et si jamais je remarque quelque chose de pas clair, je change mon itinéraire.

— Moi, je trouve que c'est trop risqué, insista Olivia.

Dany, assise à côté d'elle, émit quelques grognements de colère. Sa mère se hâta de lui fourrer une cuillère de corn-flakes dans la bouche.

— Et Ben, que dit-il de ton projet ? s'enquit Julius.

Le compagnon de Caroline, rentré à quatre heures du matin d'une fête, dormait encore du sommeil du juste.

— Je ne lui ai rien dit, répondit Caroline sans s'étendre davantage.

— On va voir tante Leona ? se réjouit Felix, tout excité.

Sa mère confirma d'un signe de la tête.

— Oui, on part aujourd'hui. Et toi, tu viens avec moi !

— Tu ne devrais pas l'emmener, dit Elisabeth. C'est un peu trop dangereux, tout ça. Ne mêle pas le petit à cette histoire !

— Maman, tu vois les choses en noir, comme d'habitude ! Robert ne sait pas où est Leona, sinon il y a longtemps qu'il aurait montré sa sale tête ! Et il n'est pas en train de rôder dans les parages non plus. Pas de danger qu'il me suive. Il se planque quelque part, lui aussi, pour échapper aux flics. Ne te fais donc pas de bile comme ça !

Ils partirent une demi-heure plus tard. Julius lui prêta sa voiture, non sans répéter que, selon lui, elle ferait mieux de rester à la maison. Felix était installé sur la banquette arrière dans son siège auto, muni de jouets et de quoi dessiner, et enchanté de l'escapade. Il aimait beaucoup sa tante Leona, parce qu'elle était très gentille avec lui. Elle ne venait jamais le voir les mains vides, c'était tantôt du chewing-gum, tantôt un pistolet à eau… Quelle serait la surprise, ce jour-là ?

Pas l'ombre d'une voiture à l'horizon. Personne ne la suivait, personne ne l'épiait. Caroline, détendue, se cala au fond du siège.

Elle se réjouissait à l'idée de revoir sa sœur.

Juste avant l'arrivée du train à Francfort, Lisa sortit du compartiment, dans l'intention de se refaire une beauté, et, également, dans l'espoir de joindre Mme Behrenburg par téléphone.

Elle avait essayé cinq fois, la veille, mais en vain. Pourtant, elle avait bien pris rendez-vous avec cette femme... Mais celle-ci travaillait, peut-être, ou était partie quelque part. Sans doute l'attendait-elle comme convenu chez elle, le samedi à treize heures. Pourvu que ce ne soit pas une tactique pour l'éviter ! Elle n'a peut-être pas envie de mettre le sujet de Jablonski sur le tapis ! s'inquiétait-elle. Lorsqu'elles s'étaient parlé au téléphone, Lisa avait pourtant bien insisté, en priant son interlocutrice de la prévenir au cas où elle changerait d'avis.

« Vous pouvez m'appeler à tout moment. En cas d'absence, vous pouvez laisser un message sur mon répondeur. Je comprendrais parfaitement que vous ne vouliez plus reparler de tout cela, même si moi, de mon côté, j'aimerais beaucoup en savoir davantage sur l'homme qui... qui a tué ma sœur. »

Au contraire, la femme lui avait plutôt donné l'impression de redouter que ce ne soit elle, Lisa, qui annule leur rendez-vous.

« Non, non, pas du tout ! Je suis prête à répondre à toutes les questions que vous voudrez me poser. »

Son empressement frisait même l'insistance.

« Vous savez, avait-elle dit, je me réjouis de vous recevoir. J'ai été mise à la retraite anticipée, et j'ai tellement peu de visites... »

C'est vrai, elle est à la retraite, se dit Lisa en verrouillant soigneusement la porte des toilettes. Ce qui signifie qu'elle ne travaille pas ! Et pourtant, elle ne répond jamais au téléphone, ni le soir ni dans la journée. Bon... il peut y avoir mille explications.

Le train tanguait fortement. Le sol des toilettes était inondé d'urine. Quels cochons, ces hommes ! fulmina Lisa. Dès qu'ils sortent de chez eux, ils se conduisent comme des hommes préhistoriques.

Evitant soigneusement la flaque répugnante, Lisa contempla son visage dans la glace. L'éclairage parcimonieux de l'endroit n'était pas vraiment flatteur.

Elle rajouta un peu de fond de teint sur ses joues, mit une touche de rouge supplémentaire sur ses pommettes, du mascara sur ses cils et se redessina les lèvres Désormais, elle pouvait se payer des produits de marque, dire adieu à la camelote de super-marché. Même chose pour les vêtements : à présent, elle mettait le prix, elle se faisait conseiller dans les belles boutiques.

Pour son voyage à Francfort, elle avait choisi un très beau tailleur-pantalon en peau, avec un corsage de soie crème. Aux oreilles et autour du cou, des perles – de vraies perles ! –, cadeau d'un agent immobilier de Düsseldorf qu'elle avait eu comme client pendant une soirée à Munich. Ils étaient allés au théâtre, puis au restaurant, et il l'avait suivie chez elle. Il lui avait demandé si elle était tolérante, en lui faisant comprendre qu'il saurait se montrer reconnaissant.

Lisa en était arrivée au stade où elle ne considérait plus les choses que du point de vue professionnel. Les desiderata du bonhomme étaient vraiment peu communs, mais elle y avait répondu à sa satisfaction, si bien que le lendemain matin il l'avait emmenée dans une bijouterie et lui avait offert des perles qui valaient une fortune. Il l'avait prévenue qu'il viendrait à Munich une fois par mois, et elle avait déjà repéré dans la boutique une bague de diamant à laquelle elle aspirait.

En dépit de l'odeur d'urine persistante et de l'éclairage désastreux, Lisa sourit. A peine croyable, le tournant qu'avait pris sa vie ! Un joli appartement, de jolis vêtements, de l'argent, des soirées distrayantes avec des hommes riches, intéressants. Pour la première fois de son existence, elle appréciait vraiment la vie. Et pourtant, quelque chose, elle ne savait quoi, l'empêchait de goûter pleinement son plaisir. Chaque fois qu'elle voulait s'arrêter sur son bonheur, le savourer de toutes les fibres de son corps, quelque chose de sombre, de menaçant, dont elle n'arrivait pas à déterminer la provenance ni la qualité, surgissait et lui barrait la route. Chaque fois, elle essayait de repousser « ça » de côté, chaque fois, elle échouait. Une chose inconnue empoisonnait sa vie, sur laquelle elle n'arrivait pas à mettre le doigt. L'idée lui était venue un jour que cela pouvait avoir un rapport avec sa sœur, et c'était la raison qui l'avait incitée à aller trouver le commissaire Hülsch. Car depuis le début elle sentait que ce policier voulait lui venir en aide. A présent, grâce à ce week-end avec cette Mme Behrenburg, elle espérait être débarrassée de « ça » pour toujours. A condition qu'elle ne lui fasse pas faux bond !

Elle serait drôlement gonflée si elle me faisait un coup pareil, se dit Lisa, j'espère que je n'ai pas passé toutes ces heures dans le train pour des prunes !

Elle mit une touche de parfum derrière ses oreilles et sortit des toilettes. Un homme qui passait lui jeta un regard admiratif.

Son cœur battit plus vite. Oui, je veux en profiter ! Je veux en profiter tant que je suis jeune !

Elle refit le numéro de Lydia Behrenburg et laissa sonner. Personne ne décrocha.

Elle fronça les sourcils. Il était onze heures et demie. Elle avait rendez-vous là-bas dans une heure et demie, et cette femme n'était toujours pas chez elle !

A la gare, elle grimpa dans un taxi et donna l'adresse de Mme Behrenburg. Cette dernière lui avait indiqué comment parvenir chez elle par le tram, mais cela lui avait semblé trop compliqué.

Le chauffeur de taxi ne cessait de lui jeter des coups d'œil dans son rétroviseur.

S'il savait ce qui m'amène ici ! se dit-elle.

Quand elle eut réglé sa course et qu'il fut reparti, elle se demanda si elle n'avait pas commis une erreur. Peut-être aurait-elle dû lui demander d'attendre ! Puis elle décida, au cas où Lydia Behrenburg ne serait pas chez elle, de ne pas repartir tout de suite.

Le pressentiment qui ne la quittait pas depuis la veille se confirma. Personne ne répondit à son coup de sonnette. Pas de réponse à l'interphone, pas de grésillement d'ouverture de porte. Rien.

— Et merde ! pesta Lisa à haute voix.

Elle leva la tête, mais elle ne savait pas à quelles fenêtres correspondait l'appartement. Elle sonna trois fois de suite, mais il ne se passa absolument rien.

Elle consulta sa montre. Presque une heure dix. Elles avaient rendez-vous à une heure. Cette femme était peut-être sortie, et elle avait du retard. Elle était peut-être bloquée dans un embouteillage, en train de s'énerver... Le mieux était d'aller l'attendre quelque part, et de revenir au bout d'un moment.

Un vieil homme, habillé bien trop chaudement, en manteau et une écharpe autour du cou, sortit en clopinant de l'immeuble, s'arrêta devant la porte et cligna des yeux au soleil, l'air incrédule, comme s'il venait seulement de s'apercevoir que l'été était arrivé. Lisa se demanda pourquoi les personnes âgées s'arrêtaient toujours devant les portes. Etait-ce pour se reposer, pour étudier la situation, ou pour comprendre ce qui se passait autour d'eux ? Ce faisant, ils barraient souvent le passage aux autres, car ils n'avaient pas l'idée d'avancer, ne serait-ce que de trois pas.

Lisa s'approcha de lui.

— Excusez-moi, dit-elle en s'efforçant d'arborer un sourire inspirant confiance, j'ai rendez-vous avec Mme Behrenburg, mais elle ne répond pas à la sonnette. Est-ce qu'elle est partie en voyage ? Vous êtes peut-être au courant ?

Il la regarda, ahuri, et mit plusieurs secondes à comprendre la question de la jeune femme. Puis il lui asséna sa réponse : Lydia Behrenburg était partie depuis près d'une semaine. Sa voiture n'était plus au parking, au sous-sol, et plus personne ne l'avait vue depuis.

3

Caroline était la star de la fête.

Leona contemplait sa sœur avec admiration. Celle-ci ne connaissait pas un chat parmi la soixantaine de jeunes participants et n'avait sans doute pas grand-chose en commun avec eux. Mais il ne lui avait fallu que quelques minutes pour s'intégrer, bavarder avec les uns et les autres, rire, flirter, se mouvoir en cadence au son de la musique. Elle portait un étroit tee-shirt blanc, assorti à une jupe portefeuille en tissu imprimé blanc et bleu, et était chaussée de baskets blanches. Ses longs cheveux blonds dénoués descendaient en ondulant jusqu'à sa taille. Elle était ravissante.

Malgré son style de vie impossible, son allergie au travail et sa propension à s'attacher à des bons à rien, elle avait conservé une joie de vivre et un naturel que Leona remarquait pour la première fois. Ce soir-là, elle comprit un peu de la philosophie qui gouvernait la vie de sa petite sœur, sans doute inconsciemment : *carpe diem*. Caroline vivait l'instant présent, et le premier des principes consistait pour elle à prendre le plus de plaisir possible partout où elle le trouvait. Inutile de ressasser les contrariétés et les défaites passées et de perdre son temps à s'inquiéter inutilement pour l'avenir. L'important était de vivre ici et maintenant.

Leona était sur la véranda, dans sa chaise longue, lorsqu'elle l'avait vue faire irruption, flanquée de Felix.

« Salut, nous voilà ! »

De surprise, Leona en avait lâché la revue qu'elle était en train de lire.

« Mais d'où venez-vous ? » s'était-elle exclamée.

Caroline avait tranquillement rangé les clés de la voiture dans son sac et gravi les marches de la véranda.

« De Lauberg, quelle question ! J'ai pensé que tu serais contente qu'on vienne te tenir compagnie. »

Felix, de son côté, s'était écrié, fou de joie :

« Tante Leona ! »

Et il s'était précipité dans les bras qu'elle lui avait tendus, s'était laissé soulever, et même embrasser.

« Tu es contente ? lui avait-il demandé, aux anges.

— Et comment ! » avait-elle affirmé.

Puis, s'adressant à sa sœur :

« Tu n'étais pas censée… »

Caroline avait levé les deux mains :

« Personne ne m'a suivie, je te le jure !

— Ce n'est pas pour ça… Je ne veux pas… je veux y arriver toute seule.

— D'accord. Mais pour l'instant, tu as besoin qu'on te cause entre quat'z'yeux, avait-elle répliqué avant de se laisser tomber sur une chaise de jardin. Oh, la vache, qu'est-ce qu'il fait chaud ! J'ai cru fondre dans la voiture. »

Felix, toujours dans les bras de Leona, avait réclamé :

« Tu as de la glace, tante Leona ?

— Oui, au congélateur. Va t'en chercher une ! »

Pendant que le petit garçon s'élançait à la cuisine, Leona avait demandé :

« Dis donc, Caroline, pourquoi dis-tu que j'ai besoin qu'on me cause entre quat'z'yeux ?

— J'ai eu Wolfgang au téléphone. Il m'a dit que tu avais l'intention de retourner chez toi lundi.

— Pas lundi, dimanche. Demain soir.

— Tu n'es pas bien ! Ça voudra dire que tu auras fait tout ça pour des prunes.

— C'est peut-être ce que tu penses, mais non. Pour moi, ça a été une expérience très importante. J'en sais beaucoup plus long maintenant qu'avant.

— Qu'est-ce que tu sais ? »

Leona avait dodeliné de la tête.

« Je te le dirai un jour, mais pas maintenant… Tu sais, avait-elle ajouté en souriant, je suis convaincue que tu ne vas pas réussir à me dissuader de retourner à Francfort demain, mais je suis quand même très contente que vous soyez venus. Tu as envie de m'accompagner à une fête avec Felix, ce soir ? »

Le garçon qui s'était présenté chez elle pour l'inviter s'était précipité à leur rencontre, l'air de ne pas en croire ses yeux.

« Ouais, génial, vous êtes venue, balbutia-t-il, j'y croyais pas… »

Caroline lui avait tendu la main.

« Je m'appelle Caroline, je suis la sœur de Leona.

— Ouais, c'est super que vous soyez venue aussi. Je m'appelle Jens.

— Il a les mains moites, avait murmuré Caroline à sa sœur, j'ai l'impression que tu lui fais un sacré effet. »

Il y avait affluence au bord de l'étang. Apparemment, les jeunes des petits villages environnants s'étaient donné le mot et rassemblés autour des feux de camp où l'on faisait griller des saucisses, des pommes de terre, du maïs… Ils avaient également apporté des salades, du pain et un nombre incalculable de caisses de vin et de bière.

Leona, venue elle aussi avec quelques bouteilles de vin et de la salade de pommes de terre, se sentait un peu extérieure aux événements : elle avait pratiquement deux fois l'âge de la plupart des participants. Et pourtant, cela ne semblait gêner personne. L'ambiance était détendue, bon enfant. Ceux qui n'étaient pas en train de manger se trémoussaient au rythme de la sono tonitruante. Des couples flirtaient à l'abri des buissons. Un bateau pneumatique flottait sur l'eau noire, transportant à son bord des filles alanguies qui tenaient des bougies allumées et paraissaient chantonner rêveusement.

Leona, assise sur un tronc d'arbre, un verre de vin à la main, sourit, nostalgique. Comme ils sont jeunes, se dit-elle, et comme ils sont graves...

Caroline semblait au mieux avec un barbu qui devait bien mesurer deux mètres et dansait à contretemps, ce qui ne l'empêchait pas d'y mettre une ardeur touchante. Felix, aidé de deux jeunes filles, construisait une digue au bord de l'étang. L'air était à peine plus frais que pendant la journée. Il était dix heures du soir, mais il faisait encore relativement clair.

— Ça va ? Vous avez l'air tellement pensive !

Leona leva les yeux. C'était Jens, toujours en tenue de motard. Il devait être en nage, là-dedans, mais sans doute avait-il besoin de son cuir pour protéger son hypersensibilité.

— Oui, je vais très bien. C'est une belle fête !

Jens s'assit à côté d'elle sur le tronc d'arbre.

— Vous avez pas amené votre copain, constata-t-il.

— Quel copain ?

— Ben, celui qui était avec vous l'autre soir, quand je suis venu vous voir.

— Ah, lui ! fit Leona, avec un geste signifiant le peu d'importance qu'elle lui accordait. Il est reparti le lendemain matin.

— Ah, d'accord ! dit Jens.

Puis il ajouta sur le ton de la confidence :

— Tim, il trouve votre sœur super.

— C'est celui avec qui elle est en train de danser ?

— Oui. Il la trouve vachement bien.

Il avait raison, ce Tim. Caroline était très agréable à regarder quand elle dansait, gracieuse et légère comme un elfe.

— Vous voulez danser aussi, peut-être ? lui proposa Jens.

Malgré l'obscurité devenue plus profonde, Leona vit qu'il avait rougi jusqu'à la racine des cheveux. Elle posa son verre.

— Avec plaisir, répondit-elle.

Lisa dénicha une petite pension dans l'une des rues tranquilles du quartier, à deux pâtés de maisons de chez Mme Behrenburg. Par bonheur, il restait des chambres.

— Il se peut qu'une de mes amies ait réservé pour moi, annonça-t-elle à la propriétaire. Elle s'appelle Lydia Behrenburg. La chambre est peut-être réservée au nom de Lisa Heldauer.

La dame avait vérifié dans son registre et fait un signe négatif de la tête.

— Non. Il n'y a aucune réservation.

— Oh !... Alors je me suis trompée. Mais il me faut une chambre.

Evidemment, cela ne voulait rien dire. Mme Behrenburg avait peut-être réservé une chambre, mais ailleurs, ou dans un hôtel.

Pourtant, l'endroit était idéal : à seulement cinq minutes à pied de chez elle !

Tout semblait indiquer que Lydia Behrenburg avait complètement oublié leur rendez-vous. Si sa voiture n'était plus au parking, cela signifiait qu'elle était partie quelque part. Peut-être n'était-elle tout simplement qu'une vieille toupie à la mémoire chancelante...

Lisa défit sa petite valise, prit une douche et passa une robe légère. Le matin, au moment de son départ, les prés étaient encore couverts de rosée et l'air était frais. Mais à présent la température atteignait des valeurs estivales, et dans la cuvette de Francfort, il faisait lourd et étouffant.

Elle passa l'après-midi à faire du lèche-vitrines, à admirer les tours du centre-ville et à choisir des choses qu'elle achèterait peut-être.

En fin d'après-midi, elle alla sonner chez Lydia Behrenburg, sans trop d'espoir toutefois. Comme elle s'y attendait, personne ne répondit.

Elle rentra à la pension, s'allongea sur son lit et s'endormit. Lorsqu'elle se réveilla, le crépuscule s'annonçait, et la fenêtre ouverte laissait entrer un léger souffle de vent qui rendait la chaleur écrasante un peu plus supportable. Presque neuf heures ! Elle n'avait rien mangé depuis le matin. Il était temps d'aller dans un restaurant quelconque pour avaler un petit quelque chose.

Elle repassa par chez Lydia, sonna encore, leva le nez pour scruter la façade, dans l'espoir vain d'entendre une voix lui répondre par l'interphone. Un drôle de pressentiment la saisit alors, l'impression que tout cela n'était pas normal. D'ordinaire, on n'oubliait pas un rendez-vous qu'on avait organisé avec une personne qui aurait à parcourir plusieurs centaines de kilomètres pour venir !

Elle avait découvert un petit restaurant dans une artère très fréquentée et s'était installée en terrasse, devant une petite table ronde. Elle commanda une salade, du poisson et de l'eau minérale. Dans son métier, on faisait attention à sa ligne.

Il était plus de dix heures maintenant. Adossée à son siège, elle fuma tranquillement une cigarette. Un homme s'était approché d'elle quelques instants auparavant, lui avait demandé si elle était libre dans la soirée, et elle l'avait envoyé promener sans prendre de gants, presque grossièrement. Car elle n'était pas en service, sans compter que le regard lubrique des hommes lui donnait parfois la nausée. Et ce soir-là, c'était le cas.

Elle avait mal à la tête, à cause de la chaleur peut-être, du voyage ou de la frustration... ou des trois.

Finalement, est-ce que c'est si important pour moi, de voir cette bonne femme ? se demanda-t-elle. Mais une petite voix en elle lui dit que, oui, c'était important, sinon elle n'aurait pas tout laissé tomber pour venir, et elle ne se sentirait pas si mal, si profondément déçue.

Et il y avait également cette autre voix, celle qu'elle avait déjà entendue, devant chez Lydia, alors qu'elle sonnait en vain, cette voix qui lui chuchotait que tout cela n'était pas normal.

Cette femme était tellement contente à l'idée de la recevoir. Elle avait même fait montre d'une certaine insistance. Elle lui avait confié qu'elle avait peu de contacts, qu'elle se réjouissait de sa visite. Lisa avait même pensé que son interlocutrice devait se sentir extrêmement seule pour se réjouir de parler d'un fou, d'un criminel ! Bizarre, quand même !

Et voilà que cette femme partait en voyage sans prévenir, comme ça, cette femme qu'un coup de fil d'une parfaite inconnue semblait combler ? Pour aller où ? Peut-être que quelqu'un de sa famille est tombé malade, se dit Lisa, ou que quelqu'un est mort, et qu'elle a dû partir en catastrophe. Dans ce cas, évidemment, elle n'a plus pensé à moi.

Lorsqu'elle prit le chemin de sa pension par les rues calmes du quartier, elle prit conscience avec une acuité exacerbée des parfums de la nuit qui montaient alentour. Mais, malgré ses efforts, elle ne parvint pas à chasser son angoisse diffuse. Peut-être, après tout, ce sentiment de sourde menace était-il normal. Il provenait du caractère de l'affaire qui l'avait amenée dans cette ville, du fait que le crime avait fait irruption dans sa vie sans crier gare. Il était bien connu que les proches des victimes de crime avaient besoin de soutien par la suite. Il ne s'agissait pas seulement de les aider à surmonter le chagrin de la perte d'un être aimé, non, c'était aussi parce que la violence et la folie avaient bouleversé le cours de leur vie. En dépit de tout ce qu'on voyait et entendait sans cesse dans les médias, on ne croyait pas vraiment à l'existence du mal. Quand il frappait, on était atteint comme si on n'avait jamais envisagé cette possibilité.

Et c'est vrai, se dit Lisa, on n'y pense jamais. On se croit immunisé, jusqu'à ce que ça arrive. Après, on se sent aussi vulnérable qu'un nouveau-né.

Elle eut soudain follement envie que quelqu'un la prenne dans ses bras. Elle eut envie de pouvoir s'appuyer contre une épaule, et de pleurer. Elle eut envie que quelqu'un lui dise qu'elle n'avait pas à avoir peur. D'être une petite fille à laquelle on glisse un carré de chocolat dans la bouche pour qu'elle retrouve le sourire.

Mais elle n'était plus une petite fille, et personne n'apparut pour la consoler.

Elle marchait, solitaire, dans les rues sombres d'une ville inconnue, et les lumières qui brillaient derrière les fenêtres, dans les immeubles, les voix et les rires étouffés qui lui parvenaient des jardins, l'excluaient et la renvoyaient à elle-même.

Quelque part, l'assassin de sa sœur circulait en liberté. Mais ni lui ni Anna n'eurent plus d'importance, tout à coup. Lisa sentit qu'elle était déjà bien plus morte qu'Anna. Si la mort signifiait le vide et les ténèbres, elle était morte. Et ce n'était que par un stupide hasard que son cœur continuait à battre avec régularité.

— Ouf, je n'en peux plus ! Une danse de plus, et je m'écroule !

Caroline se laissa tomber à côté de sa sœur sur le sol moelleux et repoussa la mèche de cheveux qui lui barrait la figure. A la lueur des feux de camp, Leona vit qu'elle avait les joues luisantes de transpiration.

— Tu veux boire quelque chose ? proposa-t-elle.

— Oh oui !

Caroline attrapa avidement le verre de vin qu'elle lui tendait.

— Tim veut venir me voir à Lauberg le plus tôt possible, tu imagines ? Je me demande comment je vais expliquer ça à Ben !

— Il va peut-être falloir que tu choisisses entre les deux !

— Tim est jardinier ! C'est marrant, non ? Ce serait bien le premier de mes copains à avoir un boulot !

Leona éclata de rire.

— Les parents n'y croiraient pas, dit-elle. Alors, il te plaît ?

— Ouais, je le trouve pas mal. Bon, le fait est qu'il n'est pas doué pour danser. Il n'a aucun sens du rythme.

— Moi, je trouve que si c'est son seul défaut, ce n'est pas trop méchant.

— Il dit qu'il va venir me voir à la maison le week-end prochain.

Caroline avait la tête tournée vers le feu, une expression rêveuse dans les yeux.

Si ça se trouve, c'est sérieux ! se dit Leona.

La musique avait changé, on était passé aux slows. Les couples dansaient lentement, étroitement enlacés. Le canot pneumatique revenait vers la rive, les filles en robes à fleurs en descendirent. Le rire strident d'une femme retentit. Leona, un peu saoule, se sentait légère et détendue comme elle ne l'avait plus été depuis longtemps.

Livrée à la douce caresse de l'air tiède sur sa peau, elle contemplait les rayons de lune argentés qui traversaient le feuillage pour aller se fondre à la surface de l'eau sombre. Pour la première fois, sa voix intérieure semblait lui chuchoter que tout finirait par s'arranger.

— Tu m'as dit ce matin que, maintenant, tu en savais beaucoup plus long qu'avant, murmura Caroline, rompant le silence. Qu'est-ce que tu voulais dire, au juste ?

Leona se mit à jouer avec la terre sablonneuse, en ramassa une poignée et la laissa lentement retomber en pluie. Elle répondit :

— Je sais maintenant que la peur est mauvaise conseillère. Evidemment, c'est une banalité, et je te permets de me répondre : « Tu as trouvé ça toute seule ? » Mais le savoir et le vivre, ce n'est pas pareil. Moi, je le vis vraiment. Tu sais, cette semaine, j'ai été prise d'une colère noire, c'était la première fois que ça m'arrivait. Et cette colère m'a donné de la force. C'est là que j'ai su que je ne me cacherais plus. Ni devant lui ni devant quelques vérités concernant ma vie.

— Quelles vérités ?

— Par exemple, j'ai compris que c'était fini entre Wolfgang et moi. Je ne vais pas retirer ma demande de divorce. Je vais me séparer de lui définitivement.

— Tu es sûre ? Mais il est revenu ! Tu ne crois pas que tu peux lui pardonner cette... histoire ?

— Ce n'est pas de ça qu'il s'agit. Il y a longtemps que je lui ai pardonné. Mais notre couple était basé sur un rêve complètement irréaliste. Nous rêvions que nous formions à nous deux une île paisible et imprenable. Ce rêve, je ne vais plus pouvoir le faire, et je ne veux pas me cramponner à ce qu'il en reste. Je ne veux pas devenir comme les parents qui s'accrochent de toutes leurs forces à leur image idéale du monde, et qui ignorent toutes les fausses notes criantes, parce qu'ils veulent que tout soit aussi rose qu'ils se l'imaginent. Pour Wolfgang et moi, cela faisait trop longtemps que nous avions commencé à nous éloigner l'un de l'autre, et je ne vais pas me mentir à moi-même pour enjoliver la situation.

Caroline jeta un regard en coin à sa sœur.

— C'est vrai, tu as l'air tellement forte en ce moment que je te crois capable de te débarrasser de l'autre cinglé de Robert, d'envoyer bouler ton Wolfgang et de te dégoter l'oiseau rare dans la foulée.

Leona éclata de rire.

— Les oiseaux rares, ça va, j'ai déjà donné. Je ne t'ai pas encore parlé de Bernhard Fabiani, si ? Là aussi, j'ai failli me remettre dans une sacrée panade !

— Qui ça ? Bernhard Fabiani ? Mais tu attires les mecs comme des mouches, ma parole ! Allez, raconte !

— Demain. Tu ne crois pas qu'on pourrait penser à rentrer au bercail ? Je t'avoue que je suis un peu crevée, et aussi que j'ai un peu forcé sur la boisson. Et il est temps de coucher ton fils. N'oublie pas qu'il n'a que cinq ans !

— Il est quelle heure ?

— Bientôt minuit et demi.

— OK, répondit Caroline en se levant. En général, je ne quitte pas les soirées avant quatre heures du mat', mais ça ne me fera pas de mal de dormir un peu.

Au même moment, Tim vint les rejoindre et prit Caroline par la main.

— Vous partez déjà ?

— Il est l'heure d'aller coucher le petit, dit Caroline, mais viens donc prendre le petit déjeuner avec nous demain. Nous restons là jusqu'à midi.

— D'accord, je viendrai, promit Tim.

Caroline jeta un coup d'œil à la ronde.

— Où est Felix ?

On y voyait un peu plus clair maintenant, autour de l'étang. Les gens commençaient à rentrer chez eux, ou à disparaître par couples dans les bois…

— Il était encore en train de jouer avec les deux filles, là, il n'y a pas longtemps, indiqua Leona.

Elle aperçut lesdites filles près des caisses de boissons, en train de leur faire un sort.

— Elles sont là-bas !

— Oui, mais il est où, Felix ? Je ne le vois pas !

Une expression soucieuse se peignit sur les traits de Caroline.

— Il doit bien être quelque part ! s'affola-t-elle.

— Ne t'inquiète pas, il ne doit pas être loin, la rassura Tim. Tu ne vas pas tarder à le voir rappliquer.

— Felix, Felix, Felix ! appela Caroline, d'une voix allant crescendo.

Quelques couples s'arrêtèrent de danser, les regardèrent. En deux bonds, Caroline alla arrêter la musique. Le silence soudain eut quelque chose d'effrayant.

— Felix ! appela-t-elle encore, mais il n'y eut pas de réponse.

Elle se mit alors à hurler :

— Felix ! Où es-tu ? Où est Felix ! Est-ce que quelqu'un a vu mon fils ?

4

Ils le cherchèrent jusqu'à trois heures et demie du matin, fouillant le moindre recoin de la forêt, et, comme le dit Jens, en « retournant tous les cailloux et en regardant derrière toutes les touffes d'herbe ». Tim avait embauché tous ceux qui étaient encore à peu près en état de marcher. La nouvelle de la disparition du petit garçon blond qui avait passé la soirée à jouer au milieu d'eux avait aussitôt dégrisé la plupart d'entre eux.

— Il ne peut pas être loin, avait affirmé Tim, il est sans doute parti explorer les environs, et maintenant, il ne retrouve plus son chemin, ou il s'est endormi quelque part. On va le retrouver bientôt.

Caroline était livide.

— C'est de ma faute ! Au lieu de le surveiller, je me suis amusée, et je l'ai même complètement oublié par moments ! Qu'est-ce que je vais faire ?

Puis elle se figea.

— Il est tombé à l'eau ! Il s'est noyé ! Mon enfant s'est noyé !

Elle s'élança, voulut se jeter dans l'étang, mais Tim la retint par le bras.

— Non, ne t'affole pas comme ça, lui dit-il d'un ton apaisant. Il faut raisonner. Comment veux-tu qu'il se soit noyé ici, devant tout ce monde, sous les yeux de dizaines de personnes ? Il y a des tas de gens qui étaient juste au bord de l'eau, ils l'auraient vu.

— Et nous, on est restées dans le canot tout le temps, affirma l'une des filles à robe fleurie. On l'aurait remarqué.

— Mais il est où ? Il est où, alors ?

— On va fouiller la forêt, deux par deux, décida Tim, et toi, tu viens avec moi, Caroline.

— Vous ne croyez pas qu'on devrait appeler la police ? suggéra Leona.

Elle aussi avait le cœur qui cognait à tout rompre. Elle ne croyait pas à une noyade, car, pendant la dernière heure, elle avait gardé les yeux fixés sur l'étang. Il lui paraissait exclu qu'il se soit mis à patauger dans l'eau en échappant à son regard.

— On va d'abord commencer par chercher nous-mêmes, proposa Jens. On est assez nombreux pour tout passer au peigne fin. D'ici à ce que la police arrive, on l'aura retrouvé.

Leona partit avec Jens. Quelques-uns, venus en voiture, allèrent y chercher leur lampe électrique. D'autres s'armèrent des torches qui avaient éclairé le lieu de la fête.

— Est-ce que ça lui est déjà arrivé de faire ça ? s'enquit Jens, alors qu'ils se frayaient péniblement un chemin dans les fourrés. Je veux dire, de se cacher, ou de partir sans prévenir ?

— A ma connaissance, non, affirma Leona.

Les branchages lui frappaient le visage, les ronces lui labouraient les jambes. A plusieurs reprises, elle trébucha contre les racines, mais évita la chute à chaque fois. La petite lampe électrique que quelqu'un lui avait remise ne dispensait qu'une lumière parcimonieuse.

— J'espère qu'on va bientôt le retrouver. Caroline ne pourra pas le supporter s'il lui arrive quelque chose. Et moi non plus, ajouta-t-elle en remarquant que les larmes étaient tout près de jaillir.

— Il ne va rien lui arriver ! décréta Jens.

— Je n'ai pas arrêté de regarder l'étang, dit-elle pour se rassurer.

Pour la quatrième fois au moins, elle précisa :

— Il ne peut pas être entré dans l'eau sans que je l'aie remarqué !

— Non, il y avait une foule de gens au bord de l'eau, non, il ne peut pas être dans l'étang !

Ils ne trouvèrent pas trace de l'enfant, mais, en revanche, dérangèrent un couple d'amoureux allongé dans une clairière au clair de lune, les frappant de terreur en les éclairant sans prévenir avec la lampe électrique. De temps en temps, ils tombaient sur un autre groupe de recherche, obtenant à chaque fois la même réponse décourageante : « Rien. »

A trois heures et demie, l'inspection scrupuleuse du bois était terminée. Caroline se demanda si Felix ne pouvait pas avoir poussé plus loin, dans d'autres bois, ou dans les champs et les prés. Tim ne le pensait pas.

— Il n'a que cinq ans ! Il n'a pas les forces nécessaires. Il y a longtemps qu'il serait tombé de fatigue et se serait endormi.

— Maintenant, j'aimerais le signaler à la police, dit Caroline en pleurant, on a déjà perdu trop de temps.

— Ecoute, dit Leona, on a encore une petite chance. Il est peut-être rentré à la maison. Personne n'y est allé. S'il n'est pas là-bas, on appelle la police, d'accord ?

Caroline se contenta de hocher la tête, secouée de sanglots, incapable de dire quoi que ce soit. Leona posa un bras autour de ses épaules. Tim et Jens firent mine de les accompagner, mais Leona leur fit signe que c'était inutile.

— Il vaut mieux qu'on soit seules. Elle est à bout de nerfs.

— Mais...

— Venez demain matin, d'accord ? Et merci... pour la belle fête et pour votre aide.

Il ne leur fallut guère plus de cinq minutes pour rejoindre la maison, au lieu du quart d'heure habituel. Caroline courait en tête. L'idée que son enfant puisse l'attendre, assis sur la véranda, lui donnait des ailes.

— Allez, dépêche-toi ! intima-t-elle à Leona.

Celle-ci répondit, hors d'haleine :

— Je me dépêche, je ne peux pas faire plus vite !

La maison se dressait, silencieuse, sombre et solitaire, sous le ciel où se dessinaient les premières lueurs grises de l'aube naissante. La journée qui s'annonçait serait aussi belle et estivale que la précédente. Aucun nuage n'était accroché au ciel pour masquer la lune et les étoiles qui commençaient lentement à pâlir. A l'est, on voyait apparaître une fine bande rougeoyante. L'herbe du jardin était recouverte de rosée.

Caroline, suivie de Leona, ouvrit le portillon à la volée, contourna la maison au pas de course et se précipita à l'arrière, en direction de la véranda.

Puis elle s'arrêta si abruptement que sa sœur la heurta, avec tant de force qu'elles manquèrent tomber.

— Pourquoi... commença Leona.

Ses paroles restèrent coincées dans sa gorge. Ses yeux s'écarquillèrent.

Installé sur les marches de la véranda, Robert Jablonski les regardait en souriant.

— Je n'ai pas eu de mal à attraper le petit, expliqua Robert d'un ton négligent. Jamais je n'aurais cru que j'aurais autant de chance. Que cette brave Caroline viendrait, et en plus qu'elle amènerait Felix...

Ils étaient assis autour de la table d'angle, dans le séjour. Caroline, livide, les yeux rouges, restait prostrée, les mains jointes, crispées, les yeux rivés sur le motif à fleurs de la nappe.

— Très simple. Je me suis mêlé aux gens, poursuivit Robert, il devait bien y en avoir une centaine, non ? En tout cas, personne ne m'a remarqué. J'ai observé Felix et j'ai vu que tout le monde s'amusait avec lui. Donc, que personne ne s'étonnerait que je m'en approche.

— Tu l'as attiré vers toi, dit Leona.

Robert opina du chef.

— Oui, il m'avait vu à Noël, et quand il m'a reconnu, il a été content. Je lui ai dit que j'avais une surprise pour lui, et il est venu tout de suite

Caroline leva la tête, le regarda. Elle parut sur le point de dire quelque chose, mais n'en trouva pas la force. Elle baissa de nouveau les yeux.

Un peu plus tôt, elle avait hurlé, s'était précipitée sur Jablonski, l'avait frappé, s'était déchaînée contre lui.

— Salut, Leona, avait-il dit en se levant, salut, Caroline !

Leona avait immédiatement compris.

— Où est Felix ? s'était-elle écriée.

— C'est un secret.

L'expression d'incrédulité qui s'était peinte sur le visage de Caroline avait persisté pendant les quelques secondes de silence qui avaient suivi, puis elle avait subitement compris.

— Espèce d'ordure ! Sale pourriture, où est mon fils ? Qu'est-ce que tu lui as fait ? Il est où ?

Devant le mutisme de Jablonski, elle s'était mise à hurler. Puis elle s'était ruée sur lui, l'avait martelé de coups de poing, lui avait tiré les cheveux. Il avait fini par lui saisir les poignets et les enserrer impitoyablement.

— Dis-lui que ça ne sert à rien, avait-il exigé, tourné vers Leona. Elle ferait mieux d'être gentille avec moi.

Leona avait attiré sa sœur en arrière.

— Arrête ! lui avait-elle intimé. Tu n'arriveras à rien comme ça. Reste tranquille !

— Très juste, avait applaudi Jablonski en lissant son pantalon et en rectifiant sa coiffure. Comportons-nous en adultes.

— En adultes ! avait répété Caroline, les poings serrés et tremblant de tous ses membres. C'est adulte ça, d'enlever un petit enfant ? C'est toi qui vas...

— Caroline, l'avait interrompue Leona en entourant sa sœur de son bras, ça ne sert à rien.

Jetant un regard froid à Jablonski, elle avait repris :

— Je suppose que tu l'as caché quelque part. Il va bien ?

— Evidemment, il va bien ! Jamais je ne ferais de mal à un enfant.

Les tremblements de Caroline s'étaient accentués.

— Je ne peux plus entendre ça, avait-elle soufflé. Je vais aller appeler les flics.

S'arrachant à l'étreinte de Leona, elle avait voulu s'élancer à l'intérieur.

— Ce n'est pas très malin, comme idée, Caroline, avait répliqué Jablonski. Tu peux aller appeler les flics, mais alors, personne, tu m'entends, personne ne saura jamais où est Felix.

Caroline s'était arrêtée et s'était retournée lentement vers lui.

— Il va falloir que tu le dises, avait-elle murmuré, il faudra bien que tu le dises à la police.

Il avait souri.

— Je n'ai absolument plus rien à perdre. Je resterai muet comme une tombe.

Au mot « tombe », un frisson glacé avait parcouru l'échine de Leona.

— Il bluffe, c'est tout ! avait dit Caroline.

— Tu vas bien voir, avait calmement rétorqué Jablonski.

— Oh, non ! avait gémi Caroline en se laissant tomber sur les marches et en enfouissant son visage dans ses mains.

— Qu'est-ce que tu veux, Robert ? avait demandé Leona.

— On va d'abord entrer.

Et c'est ainsi qu'ils s'étaient retrouvés assis autour de la table : Caroline, comme brisée ; Jablonski, en train de se vanter de la facilité avec laquelle il avait pu enlever l'enfant ; et Leona, qui se répétait qu'elle devait à tout prix conserver la tête froide.

Reste calme, s'ordonnait-elle in petto.

— Tu nous as vus partir à la fête, dit-elle. Il y a combien de temps que tu m'espionnes ?

— C'est important ?

— Ça m'intéresse.

— Pas très longtemps. J'ai suivi ton amant, le professeur Fabiani. Celui qui ne peut pas s'empêcher de faire du gringue aux femmes.

Il fit claquer sa langue avec réprobation.

— Ah, là, tu n'aurais pas dû t'embarquer dans une histoire avec lui, Leona. Ce type est un obsédé sexuel. Le genre de mec qui plaît aux femmes parce qu'il leur donne l'impression d'être désirables, irrésistibles. Eh oui, parfois, c'est comme ça qu'elles courent à leur perte.

— Donc, tu es là depuis jeudi.

— Exact.

De son ton le plus détaché, elle poursuivit :

— J'ai passé tout mon temps dehors, sur la terrasse. Qu'est-ce qui t'empêchait de te montrer ? J'étais seule.

Il haussa les épaules.

— Appelle ça l'intuition. Je savais qu'une bonne occasion finirait par se présenter. Mais je pensais plutôt que ce serait cet obsédé de Fabiani qui rappliquerait de nouveau. Tu l'as drôlement envoyé promener, j'étais convaincu qu'il ne s'en tiendrait pas là. Ça m'aurait bien plu de lui faire un sort, à celui-là... Mais non, c'est Caroline qui est arrivée à sa place, en amenant le petit... eh oui, le destin est imprévisible, pas vrai ? Et alors là, j'ai su ce que j'allais faire.

Il n'a pas l'intention de me tuer, se dit Leona, il aurait pu le faire comme il aurait voulu. Ce n'étaient pas les occasions qui manquaient.

Elle pensa aux longues heures qu'elle avait passées la veille, à dormir sur sa chaise longue. Peut-être se tenait-il derrière elle pendant ce temps... il lui aurait suffi de tendre la main... Elle se sentit saisie d'un tremblement rétrospectif. Pour le réprimer, elle serra fort ses mains jointes sur ses genoux.

— Comment as-tu fait pour suivre Bernhard ? Tu as une voiture ?

— Evidemment ! Tu t'imagines que je l'ai suivi en sprintant derrière lui à vélo ?

— Mais où l'as-tu... ?

Avait-il de l'argent ? Avait-il pris le risque d'acheter une voiture ? Comment a-t-il fait, s'il est sous mandat d'arrêt, s'il est recherché partout ?

— Je l'ai empruntée à une chère amie. Tu n'as pas besoin d'en savoir plus.

Caroline leva la tête, prononça avec difficulté :

— Pour l'instant, ce n'est pas ça qui compte. On s'en fout. La seule chose qui compte, c'est Felix.

— Felix va bien, affirma Jablonski.

Leona réfléchit fébrilement. Il avait enlevé Felix entre onze heures et demie et minuit et demi. Elles l'avaient trouvé assis sur les marches peu après trois heures et demie. Il avait eu quatre heures au maximum pour trouver un endroit où cacher l'enfant. Il n'avait pas eu beaucoup de temps. D'un autre côté, il avait une voiture, ce qui lui avait permis d'emmener Felix assez loin, peut-être.

— Bon, Robert, dit-elle d'un ton calme, tu as le petit, et je suppose que tu veux quelque chose en contrepartie. Je te l'ai déjà demandé : qu'est-ce que tu veux ?

Jablonski éluda sa question :

— Est-ce que l'une de vous deux pourrait nous faire un café bien fort ? Je ne sais pas de quoi j'ai l'air, mais vous, on voit que vous avez passé une nuit blanche. Un café nous ferait du bien.

Caroline se leva, comme dans un état second.

— J'y vais, murmura-t-elle.

Il lui sourit. C'était le gentil sourire amical d'autrefois, celui que Leona ne connaissait que trop bien.

— Je préfère te prévenir une dernière fois, Caroline, dit-il. Si jamais tu appelles la police, ton petit chéri va moisir dans sa cachette. Tu as bien compris, j'espère ?

La jeune femme sortit sans souffler mot.

— Je te demande ce que tu veux, insista Leona.

Pour toute réponse, il la scruta du regard. Puis :

— J'aimerais bien savoir pourquoi tu t'es refait couper les cheveux, Leona. Ça ne te va pas du tout. Tu étais une vraie beauté avec tes cheveux longs, mais maintenant, tu fais plutôt commune.

Il sortit un paquet de cigarettes, le tendit à Leona, laquelle refusa d'un signe de tête. Il prit une cigarette, en aspira une profonde bouffée. En dépit de ses airs de supériorité détachée, il ne parvenait pas à dissimuler sa fatigue. Ce n'était pas une nuit blanche qu'il avait derrière lui, mais plusieurs semaines difficiles. Il était bien habillé, soigné, mais des ombres bleuâtres soulignaient ses yeux et, quand il avait allumé sa cigarette, sa main avait légèrement tremblé.

Il est au bout du rouleau, pensa Leona, et s'il tient, c'est parce qu'il est dans un certain état d'euphorie à l'idée de toucher au but.

— Ce n'est pas le moment de parler de mon physique, répliqua-t-elle.

— Tu as raison, on pourra aborder le sujet plus tard, concéda-t-il. Ça peut s'arranger, ce genre de choses.

Il termina sa cigarette en silence. Un bruit de tasses et de cuillers leur parvint de la cuisine. Dehors, le jour se levait, resplendissant. Il n'était pas encore tout à fait cinq heures, et il faisait presque clair.

Soudain, Jablonski tendit l'oreille :

— J'ai bien entendu appeler ?

Il se redressa, regarda par la fenêtre, l'air préoccupé.

— Il y a deux types, là, annonça-t-il sans pouvoir cacher sa nervosité. Qu'est-ce que c'est que ces types ? Qu'est-ce qu'ils viennent foutre ici ?

Leona suivit son regard.

— Jens et Tim. Ils étaient à la fête et ils nous ont aidées à chercher Felix. Ils viennent sans doute aux nouvelles pour savoir ce qu'on fait.

— OK. Bon, tu vas aller leur dire que vous avez retrouvé Felix ici. Que tout va bien. Compris ?

— Je...

— Tu fais ce que je te dis !

Leona sortit sur la véranda, accueillie par un air merveilleusement frais et le chant des oiseaux. Les deux garçons se tenaient au milieu de la pelouse, pâles et fatigués, comme tout le monde ce matin-là.

— Ah, enfin, Leona ! s'écria Jens, soulagé. On n'osait pas sonner, parce qu'on se disait que vous étiez peut-être en train de dormir, avec Caroline. On voulait savoir...

— Tout va bien ! l'interrompit Leona, du ton artificiel d'une actrice qui aurait mal appris son rôle. On a retrouvé Felix ici, sur les marches. On s'est inquiétés pour rien. Il est couché maintenant, il dort.

— Ouf, Dieu merci ! s'écria Tim. Comment va Caroline ?

— Elle est allée se coucher. Elle n'en pouvait plus, avec toutes ces émotions.

Avec un sourire contraint qui lui sembla fort peu convaincant, Leona ajouta :

— Tim, j'ai peur d'être obligée de reporter notre invitation pour le petit déjeuner. On est trop crevées. On va dormir un peu et repartir d'ici vers midi.

La déception se peignit sur les traits de Tim.

Ce n'était pas étonnant. Elle se conduisait d'une manière désagréable, carrément méchante. Ces deux garçons avaient arpenté les bois des heures durant pour les aider, et elle ne leur proposait même pas un café. Pis, elle les traitait comme des importuns.

— Vous êtes sûre que tout va bien, Leona ? insista Jens, qui ne l'avait pas quittée des yeux une seconde.

— Oui, oui. Je suis simplement épuisée, c'est tout. Quelques heures de sommeil, et je me sentirai mieux.

En partant, Tim lui demanda de dire au revoir de sa part à Caroline.

— Je n'y manquerai pas, affirma Leona.

Elle les suivit des yeux, puis rentra quand ils eurent disparu. Caroline revenait de la cuisine, chargée d'un plateau.

— C'était Tim ? s'enquit-elle.

— Oui, et Jens. Je leur ai dit que Felix était ici.

Leona s'approcha de la table, s'arrêta devant Jablonski.

— Robert, maintenant, tu vas nous dire ce que tu veux ! Dépêchons-nous d'en finir avec cette histoire, et rends-nous le petit !

De nouveau, son célèbre sourire. Elle réprima l'envie de lui envoyer sa main dans la figure. Oh, comme elle aurait aimé voir ce sourire se transformer en grimace de douleur !

— Alors ? insista-t-elle.

Avec une lenteur exaspérante, il écrasa sa cigarette dans une soucoupe que Caroline venait de poser sur la table.

— Cette histoire n'est pas près de finir, déclara-t-il d'une voix douce. Nous allons enfin pouvoir commencer notre vie ensemble, toi et moi.

5

Lisa se réveilla dès six heures du matin. Elle se demanda comment c'était possible pour une grosse dormeuse comme elle, alors qu'on était dimanche et que la maison, le quartier étaient encore plongés dans le calme. Pas de doute, c'était l'anxiété qui la travaillait et lui commandait de se lever sur-le-champ, sans traîner.

Pendant qu'elle s'habillait, elle essaya de rassembler les morceaux du rêve qui avait accompagné sa nuit. C'était un mauvais rêve, elle s'en souvenait bien, mais sans parvenir à se rappeler les détails. Il y avait son père, ainsi que le commissaire Hülsch. Fondus tous deux en une seule personne, ils la regardaient d'un air triste, préoccupé. Oui... et elle, Lisa, elle courait, elle traversait une forêt dont les arbres grandissaient et épaississaient au fur et à mesure qu'elle s'en rapprochait. Elle courait, courait désespérément pour échapper à la mort, tout en sachant qu'elle n'avait aucune chance, car les sapins se dressaient devant elle pour former un mur infranchissable.

N'y pense plus, s'ordonna-t-elle, tu ne vas plus te laisser pourrir la vie par des choses comme ce rêve. C'est pour cette raison que tu es venue à Francfort.

Elle descendit les escaliers sur la pointe des pieds, afin de ne pas faire de bruit. Au rez-de-chaussée, c'était le silence. Tout le monde dormait encore, y compris la propriétaire.

Elle sortit, prit une grande inspiration. Même dans une grande ville, l'air était frais et pur, ce matin-là, nourri de l'oxygène des hauteurs boisées du Taunus. La journée serait encore chaude et étouffante, peut-être même encore plus chaude que la veille.

Lisa avait son billet de train et sa réservation pour quatorze heures. Le soir, elle avait rendez-vous avec le représentant d'un laboratoire pharmaceutique qui lui avait semblé particulièrement répugnant au téléphone. D'ordinaire, cela ne lui faisait ni chaud ni froid : les hommes de ce genre se montraient souvent généreux, parce qu'ils tentaient de compenser en faisant étalage de leur argent. Mais cette fois, elle allait peut-être annuler ce rendez-vous, car à la seule pensée de ce qui l'attendait, elle sentait poindre la migraine.

Comme de juste, ses pas la conduisirent devant chez Lydia. Pourtant, elle n'avait pas véritablement choisi son itinéraire. Mais c'était à croire que cet immeuble l'attirait par des fils invisibles.

De même que la veille, elle scruta cette façade qui commençait à lui devenir familière.

Il y avait quelque chose d'anormal dans tout ça, elle en était tout à fait sûre à présent.

Une fois de plus, elle sonna. Sonna encore, et encore. Au bout de quelques minutes, une fenêtre s'ouvrit au cinquième étage. Une femme âgée aux cheveux hirsutes se pencha :

— Qui c'est ? cria-t-elle. Qu'est-ce que vous voulez ?

— Vous êtes Lydia Behrenburg ? s'enquit Lisa, pleine d'espoir.

— Non, j'habite à côté de Mme Behrenburg. Quand on sonne chez elle, j'entends de chez moi. Dites, vous pouvez peut-être arrêter de faire tout ce vacarme, un dimanche matin de si bonne heure !

— Excusez-moi, mais j'ai rendez-vous avec Mme Behrenburg, pour une affaire vraiment très importante. Je...

— Mme Behrenburg n'est pas là ! répliqua la vieille femme en se retirant de la fenêtre, prête à la refermer.

— S'il vous plaît, implora Lisa, elle est là, c'est obligé !

Le buste de la voisine réapparut.

— Pourquoi dites-vous que c'est obligé ? Elle n'est pas là, un point c'est tout !

— Nous devions nous voir hier, à treize heures. Je suis venue spécialement de Munich. Et comme je voulais retenter ma chance aujourd'hui, j'ai pris une chambre dans les environs. Je... j'ai du mal à croire qu'elle m'ait oubliée.

— Hum... C'est vrai, Mme Behrenburg est une personne sur qui on peut compter, normalement.

— Justement ! C'est l'impression qu'elle m'a faite. C'est pour ça que je m'inquiète autant.

La voisine bâilla à s'en décrocher la mâchoire, puis dit :

— En tout cas, je ne peux rien faire, moi. Vous n'avez qu'à attendre en bas, peut-être qu'elle va rentrer dans la journée.

Elle fit mine de vouloir fermer la fenêtre pour de bon.

— Où peut-elle être allée, à votre avis ? insista Lisa.

Après un nouveau bâillement, la vieille femme rétorqua :

— Comment voulez-vous que je le sache, bonté divine ? On ne se parle pas beaucoup, avec Mme Behrenburg. Tout ce que je sais, c'est qu'elle n'a pas beaucoup de famille, ni d'amis. Elle n'est jamais allée nulle part.

— Vous voyez bien que c'est bizarre ! J'ai un drôle de pressentiment. Peut-être qu'elle n'est pas partie. Il y a des gens qui tombent chez eux, et qui restent par terre pendant des jours entiers sans qu'on s'en aperçoive.

La voisine soupira exagérément.

— Vous avez une sacrée imagination, vous ! Du moment que j'entends quand on sonne chez elle, je l'entendrais aussi appeler à l'aide, vous ne croyez pas ?

— Personne n'a la clé de chez elle, dans l'immeuble ? Au cas où elle serait à la porte de chez elle, ou quelque chose comme ça ?...

— Si, je l'ai, moi. Depuis que Mme Fabiani est morte, c'est moi qui ai sa clé.

— S'il vous plaît, la supplia Lisa en mettant toute sa force de persuasion dans sa voix, est-ce qu'on ne pourrait pas aller voir si tout va bien ?

— Certainement pas !

A présent, la brave femme, tout à fait réveillée, était l'image même de l'indignation vertueuse :

— Vous n'allez pas m'avoir comme ça ! C'est justement contre des gens comme vous que la police nous met en garde ! Des gens qui utilisent tous les prétextes pour pénétrer chez les personnes âgées et...

— Attendez ! Je n'ai aucune mauvaise intention ! Vous pouvez très bien aller toute seule chez Mme Behrenburg. J'attends en bas. Et si vous me dites par la fenêtre que tout va bien, je m'en vais, et vous ne me reverrez plus.

La voisine poussa un nouveau soupir.

— C'est dimanche, il n'est même pas encore sept heures ! J'aimerais bien pouvoir faire la grasse matinée de temps en temps !

— Ça vous prendra cinq minutes ! S'il vous plaît ! S'il lui est vraiment arrivé quelque chose, vous passerez toute votre vie à regretter de n'avoir rien fait !

Ce dernier argument emporta enfin l'adhésion de la vieille femme. Elle disparut de la fenêtre, la laissant toutefois ouverte, ce qui signifiait qu'elle avait l'intention de revenir. Cela prendrait sans doute un certain temps, car elle n'avait pas l'air particulièrement vive.

Lisa s'installa sur une marche du perron. Maintenant que quelqu'un se chargeait d'aller vérifier ce qui se passait, elle sentait sa tension retomber. Le « drôle de pressentiment » qui n'avait cessé de l'accompagner depuis la veille s'éloigna. Elle se trouva soudain ridicule. Lydia Behrenburg l'avait sans doute simplement oubliée, parce qu'elle n'était pas concernée par cette histoire de crime. Elle était en vacances quelque part, en train de se prélasser, et pendant ce temps, une voisine allait vérifier dans son appartement si elle n'y était pas...

Lisa en était à ce point de ses réflexions lorsqu'elle entendit un hurlement si effrayant qu'elle se leva d'un bond, épouvantée.

La voisine se pencha à la fenêtre, tellement bas que Lisa craignit un instant qu'elle ne bascule par-dessus le rebord.

— Appelez la police ! cria-t-elle, le visage cramoisi. Appelez la police !

Son regard s'arrêta sur Lisa.

— Oh, mon Dieu, oh, mon Dieu ! balbutia-t-elle. Appelez la police, ma petite ! Appelez tout de suite la police !

— Je pourrais utiliser votre téléphone ?

Il y eut un grésillement et la porte s'ouvrit. Lisa put enfin pénétrer dans l'immeuble devant lequel elle avait tant patienté en vain.

6

Wolfgang appela à sept heures et demie. Leona décrocha immédiatement.

— Oui ?

— Leona ? fit Wolfgang d'une voix haletante. J'espère que je ne t'ai pas réveillée. Je sais, il est encore tôt... je suis en train de faire mon jogging, et je suis passé devant cette cabine. Alors j'ai pensé... comment ça va ?

— Bien. Tu ne m'as pas réveillée, j'étais déjà debout.

D'ailleurs, je ne me suis pas couchée du tout, ajouta-t-elle en pensée.

— Tant mieux. Tu as vu comme il fait beau aujourd'hui ? Leona... est-ce que Caroline est avec toi ?

— Tu le sais très bien. C'est toi qui me l'as envoyée !

— Tu m'en veux ? Ce n'était pas trop risqué, à mon avis.

Non, lui répondit-elle mentalement, pas du tout. L'ennemi était déjà là ! Et c'est moi, l'imbécile, qui l'ai fait venir.

— Leona, tu es là ? Je t'ai demandé si tu m'en voulais.

— Non. Je suis contente que Caroline soit là.

— J'espère qu'elle va réussir à te dissuader de rentrer ce soir à la maison. Est-ce qu'elle t'a parlé ?

Ce soir ! Elle avait prévu de rentrer chez elle le soir même. Ça lui était complètement sorti de la tête.

Elle loucha vers la table. Robert était là, négligemment installé au fond de sa chaise, sa tasse à la main. Son septième ou huitième café de la matinée. Il avait l'air un peu moins fatigué qu'avant. Ses joues avaient repris un peu de couleur.

Caroline, quant à elle, était recroquevillée sur le canapé, entourant de ses deux bras ses jambes repliées contre elle. Elle avait été secouée par une crise de larmes, un peu avant. Leona avait alors exploré la petite armoire à pharmacie de la salle de bains, qui contenait pour l'essentiel des médicaments périmés, et y avait déniché un flacon de valériane encore valable. Quelques gouttes dans un verre d'eau avaient calmé sa sœur, laquelle, tombée dans une sorte de léthargie, suivait sans réellement les entendre les propos échangés par Leona et Jablonski.

— Je ne vais pas rentrer à la maison ce soir.

Jablonski leva la tête, fronça les sourcils, ignorant comme il l'était de ses projets.

— Je crois que vous avez tous raison, poursuivit Leona. Il faut que j'essaie de tenir encore un peu.

Malgré la distance, elle perçut le soulagement de son mari.

— Oh, je me réjouis que tu t'en rendes compte. C'est ce qu'il y a de plus raisonnable. Tu vas voir, Jablonski ne va pas tarder à être coffré.

Elle réprima un rire hystérique.

— Sûrement. Tu as raison.

— Bon, Leona, je vais reprendre mon jogging. Tu fais bien attention à toi, tu entends ? J'ai encore besoin de toi.

Il attendit une réponse qui ne vint pas.

— Je te rappelle ce soir, finit-il par dire, avant de raccrocher.

Leona retourna près de la table.

— C'était Wolfgang.

Jablonski opina du chef.

— Je m'en doutais. Tu avais l'intention de rentrer ce soir pour aller te réfugier dans ses bras puissants ?

— Ce n'était pas pour ses bras puissants, mais je voulais rentrer, oui.

— Pourquoi ? Toi qui avais si peur de moi que tu es allée te planquer au fin fond du désert, tu n'as plus peur ?

— Non, répondit-elle, d'un ton si bref que Jablonski renonça à creuser le sujet.

— Bon, dit-il au bout d'un moment, maintenant qu'on a mis les choses au point, on ne va pas s'éterniser. Va prendre tes papiers et ton argent.

— Il faut que je prépare aussi quelques affaires à emporter.

— Bon, bon. Allez, vas-y maintenant. Il ne faut pas jouer la montre, Leona. Le petit chéri de Caroline va finir par trouver le temps long dans sa cachette.

Leona sortit, et Caroline dévisagea Jablonski.

— Je n'ai jamais vu de mec aussi répugnant, tu me donnes envie de vomir, lui dit-elle d'une voix atone.

Jablonski ne sembla pas lui en vouloir de sa remarque.

— Je me demande pourquoi tu t'énerves, Caroline. Dès qu'on sera arrivés en Amérique du Sud, Leona et moi, on t'appellera et on te dira où trouver Felix.

— Ça ne pourra sûrement pas être avant après-demain !

— Je te l'ai déjà dit : il a de la nourriture et de quoi boire pour plusieurs jours. Il pourra parfaitement tenir le coup.

— C'est un enfant ! protesta Caroline, une pointe de panique dans la voix. Un enfant de cinq ans ! Il a peur, il ne sait pas ce qui se passe. Il... il ne faut pas que j'y pense...

Elle appuya contre sa bouche le mouchoir en papier que Leona lui avait donné.

— Raison de plus pour coopérer sans tarder avec moi, répliqua Jablonski, imperturbable.

Il prit la cafetière et constata qu'elle était vide.

— Tu me refais du café ?

— Occupe-t'en toi-même, marmonna Caroline.

Jablonski se leva et se rendit à la cuisine.

Dans la chambre, Leona rassembla hâtivement quelques affaires dans une petite valise. Elle ne prêta pas attention à ce qu'elle y jetait. Du linge, des chaussures, un pull... Dans sa tête, les pensées tournaient follement. Elle réfléchit fiévreusement à ce qu'elle devait faire.

Il avait dit qu'il voulait partir à l'étranger avec elle. En Amérique du Sud.

« Tu as les billets ? lui avait-elle demandé. Ou de l'argent ? »

Il avait confirmé d'un signe de tête.

« J'ai une carte de retrait. Je peux retirer autant d'argent que je veux. Pas de problème pour les billets. »

Qu'avait-il donc dans la tête ? Il y avait un mandat d'arrêt contre lui. S'imaginait-il qu'il pourrait tranquillement prendre un avion et quitter l'Allemagne ? Il se sentait en parfaite sécurité parce qu'il était le seul à savoir où se trouvait Felix. Certes, il ne craignait rien de son côté, ni de celui de Caroline, car elles lui obéissaient, folles de peur pour l'enfant. Mais la police ne le laisserait pas s'échapper sans réagir. Elle ne le laisserait pas partir pour l'Amérique du Sud, elle l'arrêterait et l'interrogerait jusqu'à ce qu'il finisse par parler.

N'en avait-il pas conscience ?

Il était fou. Même si cela ne se voyait pas, même si ses propos n'en trahissaient rien, il était fou, c'était une chose à ne jamais oublier. Il avait assassiné sauvagement deux personnes. Il avait failli tuer Paul. Elle se rappela l'envie de meurtre qu'elle avait lue dans ses yeux, quand il avait perdu les pédales, à Ascona, lors de l'épisode de la bague. C'était un malade, sans doute était-il incapable de calculer les conséquences de ses actes, de comprendre qu'il n'avait pas la moindre chance de pouvoir monter à bord d'un avion. Ou peut-être le savait-il, mais n'en misait pas moins tout sur une seule carte.

« Je n'ai absolument plus rien à perdre », avait-il déclaré à Caroline, tout à l'heure. Là était sans doute l'explication de la détermination avec laquelle il exécutait son plan.

Elle ferma sa valise au contenu hétéroclite et chercha son sac des yeux.

A un moment quelconque, elle aurait certainement la possibilité de contacter la police. La police, ou Wolfgang. Robert les laissait aller et venir à leur guise dans la maison, il ne jouait pas les gardes-chiourme... Lorsque Jens et Tim étaient passés, pourquoi ne leur avait-elle pas mis la puce à l'oreille ? Elle avait peut-être commis une erreur en ne le faisant pas.

Mais... et Felix ? Elle ignorait si c'était son instinct ou parce qu'elle connaissait bien Robert, mais elle sentait que, si elle le trahissait, il tairait jusqu'au Jugement dernier l'endroit où il séquestrait l'enfant. C'était un fanatique, mû par l'esprit de vengeance. Et – elle en revenait sans cesse à la même conclusion – il n'avait rien à perdre.

Je n'ai pas d'autre solution, se dit Leona. Il faut que je joue le jeu le plus longtemps possible. C'est peut-être notre seule chance pour l'instant. Tôt ou tard, arrivera le moment où il faudra présenter les passeports. Espérons qu'à ce moment-là personne ne perdra son sang-froid.

Elle retrouva Caroline seule dans la grande pièce. Sur la table, une cafetière pleine et leurs trois tasses. Le visage de sa sœur était défait, ses lèvres, grises.

— Où est Robert ? s'enquit Leona en posant sa valise.

— Je ne sais pas, il bricole quelque chose sur sa voiture. Il veut partir tout de suite. Leona, qu'est-ce qu'on va faire ?

Caroline la regardait avec les yeux écarquillés d'un enfant angoissé attendant qu'un adulte trouve une solution au problème.

— Tu ne peux quand même pas partir avec lui en Amérique du Sud ?

— Je ne crois pas qu'on en arrivera là, répondit Leona à voix basse et rapide, après s'être assuré d'un coup d'œil que Robert n'était pas revenu. Ils lui mettront la main dessus au moment du contrôle des passeports, si ce n'est pas avant. Il n'arrivera pas à quitter l'Europe.

— Et après ? S'ils l'arrêtent ? Il ne dira jamais où est Felix ! Leona, j'ai si peur ! Qui sait où il a bien pu le cacher ? Il est capable de tout. Et peut-être qu'il l'a déjà...

Sa voix se brisa. Elle fut reprise de tremblements incontrôlés.

Leona la prit par les épaules et la regarda droit dans les yeux.

— Caroline, ne panique pas ! Felix est en vie, et il va bien. J'en suis sûre. Je connais Robert. C'est difficile à croire, mais je sais qu'il obéit à une espèce de code de l'honneur tout à fait personnel, et je suis sûre qu'il ne tuera jamais un enfant innocent. Tu m'entends ? J'en suis sûre !

— Comment peux-tu le savoir ?

— Je le sais. Et ce n'est pas en perdant la tête que tu vas venir en aide à Felix. Tu dois garder la tête froide, tu comprends ça ?

Caroline cessa de trembler.

— Oui.

Leona examina les environs. Toujours pas de Robert à l'horizon.

— J'ai bien réfléchi. Si nous prévenons la police, Robert se fermera comme une huître. Je ne sais pas où il veut aller prendre l'avion, mais dans tous les cas de figure, je passerai pas mal de temps en voiture avec lui. Peut-être que j'arriverai à le faire parler. C'est une chance à saisir. Si tu n'as pas de nouvelles d'ici ce soir, tu préviens Wolfgang. Ce sera à lui de décider ce qu'il faudra faire.

— Mais je ne peux pas te laisser monter dans la voiture d'un tueur ! s'exclama Caroline, au désespoir.

Elle se dégagea de l'étreinte de sa sœur et retourna se pelotonner sur le canapé en gémissant :

— Tout ça, c'est de ma faute ! Maman m'a bien dit de ne pas emmener le petit, de ne pas lui faire courir de risque, et moi... comme d'habitude, je l'ai envoyée promener en lui disant qu'elle se faisait du mouron pour rien...

Leona bouillait d'impatience. Ce n'était pas le moment de pleurnicher et de battre sa coulpe.

— On verra ça plus tard, lança-t-elle, pour l'instant, ce n'est pas ton acte de contrition qui fera avancer les choses. Donc, tu as compris : ce soir...

Elle s'interrompit. Robert venait d'entrer. Sa nervosité des dernières heures semblait s'être envolée, il paraissait optimiste, joyeux. Tout se déroulait selon ses désirs. Leona était là, valise bouclée, prête à le suivre dans une nouvelle vie.

— Tout est OK. J'ai complété le liquide du lave-vitres.

Un brave père de famille qui venait de vérifier sa voiture avant le départ en vacances !

— On peut y aller, Leona, reprit-il.

— Tu veux partir de quel aéroport ? s'enquit Leona d'un ton négligent.

Il lui lança un regard acéré.

— On pourra parler de ça dans la voiture.

Il attrapa sa valise.

— Au revoir, Caroline. Enfin, peut-être que ce n'est pas le mot qui convient. On ne se reverra sans doute jamais. Ça ne me fait pas vraiment de la peine, et à toi non plus, je suppose. Je ne crois pas qu'on aurait pu devenir amis.

— Je ne crois pas non plus, non, répliqua Caroline, le visage figé.

— Leona n'aura plus de contacts avec sa famille, maintenant, poursuivit-il. Comme tu vois, elle a décidé d'aller vivre avec moi en Amérique du Sud. Elle n'aura plus que moi.

Caroline ne répondit pas. Leona lui adressa un sourire d'encouragement.

— Tout va bien se passer, dit-elle.

— Evidemment ! intervint Robert. Allez, viens, Leona. On t'appellera, Caroline. Tu vas bientôt pouvoir serrer ton petit trésor dans tes bras !

Dehors, la journée était resplendissante. Leona remarqua pour la première fois la petite voiture blanche immatriculée à Francfort garée dans l'allée. Elle se demanda à qui elle appartenait. Son propriétaire l'avait-il cédée de son plein gré ?

7

Wolfgang apprit à dix heures, ce dimanche-là, que Robert Jablonski avait agressé, attaché et abandonné Lydia Behrenburg avant de prendre la poudre d'escampette avec sa voiture. Il en fut informé par un fonctionnaire de la criminelle qui se présenta chez lui. Wolfgang, abasourdi, n'entendit que son nom et ne comprit pas son grade. La nouvelle le plongea dans l'effroi. Il avait cru au premier abord que le policier était venu lui apprendre l'arrestation de Jablonski. L'espace d'une seconde, il avait même pensé : Dieu merci, le cauchemar est terminé, on va enfin pouvoir revivre normalement !

385

Quand il comprit que l'ennemi avait encore frappé, que la police n'avait pas réussi à l'arrêter, il fut pris d'un vertige. Cela se vit probablement sur son visage, car Schuborn l'attrapa par le bras.

— Ça ne va pas ? Vous voulez un verre d'eau ?

— Non, ça va, merci, répondit-il. Il a une voiture maintenant, dites-vous ?

Le policier acquiesça.

— Oui. C'est un type extrêmement brutal. Cette pauvre femme l'a laissé entrer par erreur. Il l'a ficelée comme un paquet et l'a abandonnée comme ça sur son canapé. Il lui a laissé la possibilité de boire, mais elle est à bout de forces. Elle a des troubles circulatoires et se trouve en état de choc. Elle a été transportée à l'hôpital.

— Comment l'a-t-on découverte ?

— Elle avait rendez-vous hier avec une jeune femme venue de Munich. Cette personne s'est inquiétée de son absence et a fait des pieds et des mains pour qu'une voisine lui ouvre la porte de son appartement. Mme Behrenburg a échappé de peu à la mort !

— Il a sa voiture depuis combien de temps ?

— Nous n'avons pas pu interroger en détail Mme Behrenburg. Elle a du mal à parler. Mais si je l'ai bien comprise, Jablonski est parti depuis mardi dernier.

Wolfgang avala sa salive.

— Vous savez que ma femme...

— Oui, j'ai toutes les informations concernant cette affaire. Il faut s'attendre à ce que Jablonski essaie de trouver votre femme. Mais elle est en lieu sûr, n'est-ce pas ?

— Oui.

— Dans ce cas, Jablonski aura beau avoir une voiture, ça ne lui servira à rien. Peut-être a-t-il d'ailleurs renoncé à la retrouver. Nous pensons qu'il va tenter de s'enfuir à l'étranger. Mais comme nous recherchons la voiture, maintenant, il n'a aucune chance...

— Il faut absolument que j'appelle ma femme ! l'interrompit Wolfgang en s'élançant pour joindre le geste à la parole.

Le policier le retint par le bras.

— Qu'est-ce qui se passe ?

— Sa sœur est allée la voir hier. Elle y est encore. Il peut l'avoir suivie. Vous comprenez ? S'il a une voiture, il peut l'avoir suivie !

Schuborn fronça les sourcils.

— Mais... il était bien convenu que personne n'aille voir votre femme, ni parent ni ami !

— Ma femme prévoyait de... oh, peu importe, je vous expliquerai ça plus tard. Il faut absolument que je l'appelle !

Il se précipita sur le téléphone, en proie à une telle angoisse qu'il sentit monter la nausée. Les doigts tremblants, il composa le numéro, attendit. Enfin, on décrocha.

— Caroline ! hurla-t-il sans même s'en rendre compte. Caroline, il faut absolument que je parle à Leona. C'est urgent !

Il écouta sa réponse, serrant le combiné avec une telle force que ses jointures blanchirent.

— Caroline, qu'est-ce qui se passe ? Tu ne peux pas t'exprimer plus clairement ? Qu'est-ce que ça veut dire : je ne peux pas te passer Leona ?

Le fonctionnaire de police tendit l'oreille, s'approcha.

Wolfgang se contraignit au calme.

— OK. Excuse-moi. J'arrête de crier. Caroline, dis-moi, s'il te plaît, qu'est-ce qui se passe ?

8

Ils étaient partis depuis près de deux heures.

Leona avait très vite remarqué que Robert ne prenait pas la direction de Francfort.

— Je croyais qu'on allait prendre l'avion pour l'Amérique du Sud ? s'était-elle étonnée.

Robert lui avait alors adressé un sourire un peu condescendant.

— On ne va pas partir de Francfort, petite bécasse, va !

C'était la première fois qu'il l'appelait ainsi.

— Les flics nous attraperaient vite fait ! On va partir d'Amsterdam.

Pendant les heures suivantes, il employa systématiquement les termes « on », « nous ». Il faisait d'elle sa complice, semblant oublier qu'elle ne l'avait suivi que contrainte et forcée. Ils étaient en quelque sorte Bonnie et Clyde, voire Roméo et Juliette, un couple en cavale qui poursuivait un rêve commun et cherchait par tous les moyens à vaincre les derniers obstacles qui le séparaient de la réalisation de son rêve.

— Tu crois qu'on va réussir à passer la frontière hollandaise ?

Elle jouait le jeu du « on ». Pour l'instant, cela lui paraissait la meilleure stratégie. Peut-être éveillerait-elle sa confiance au point qu'il lui révélerait l'endroit où il séquestrait le petit.

— A mon avis, sans problème. Il n'y a plus aucun contrôle. On va traverser sans même s'en rendre compte.

Très concentré, il conduisait vite, mais prudemment. Il commençait à faire franchement chaud dans l'habitacle. Leona descendit sa vitre, offrit son visage au vent en essayant de refouler les images que son cerveau s'obstinait à vouloir lui présenter : Felix, enfermé dans un recoin sombre, ligoté et bâillonné ; Felix dans un trou quelconque, pleurant, affolé, désespéré, attendant avec confiance que sa mère vienne le délivrer ; une confiance qui diminuerait d'heure en heure et finirait par se tarir sous l'effet de la terreur.

Elle se risqua à pousser une petite pointe dans cette direction.

— Ça n'a pas dû être très facile de trouver une cachette pour l'enfant, dit-elle d'un ton léger.

Robert resta concentré sur la route.

— J'ai tout préparé samedi après-midi. J'avais prévu de l'enlever le soir dans le jardin. Mais comme vous êtes allés à cette fête, vous m'avez facilité le travail.

— Je comprends. Tu n'as pas peur que... qu'il puisse lui arriver quelque chose ?

— Il ne peut rien lui arriver, Leona. Ne t'inquiète pas. Je n'ai pas envie qu'il meure. Simplement, c'est notre garantie pour arriver jusqu'en Amérique du Sud.

— Bien sûr.

C'était inutile de chercher à en savoir plus. Même s'il se racontait à lui-même qu'elle était de son côté, qu'elle était aussi désireuse que lui de fuir sur un autre continent, il savait pertinemment qu'elle tenterait de lui mettre des bâtons dans les roues dès lors qu'elle connaîtrait le lieu où se trouvait le petit. Il ne se démunirait pas de cette garantie.

— De quoi vivrons-nous en Amérique du Sud, Robert ?

— On va voir. Au début, on aura assez d'argent. J'ai fait un transfert dans une banque du Paraguay.

L'argent de la vente de la propriété de Ronco. C'était donc là qu'il se trouvait.

— Ronco ? demanda-t-elle.

Robert eut un sourire teinté de tristesse.

— Lydia a vraiment réussi à te faire croire à ces bêtises ? L'histoire de la villa de Ronco ?

— Lydia ? C'est toi qui as...

— C'est triste, mais Eva était incapable de faire la différence entre la vérité et le mensonge. Exactement comme elle n'arrivait pas à différencier les bons hommes des mauvais. Pauvre petite ! Qu'est-ce qu'elle a pu faire gober à la vieille Lydia ! Il n'y a pas de villa à Ronco, Leona, il n'y en a jamais eu. Tout ça, c'étaient des mensonges.

— D'où vient l'argent, alors ?

— De l'appartement d'Eva à Francfort. Je l'ai vendu. Ça a fait un bon petit paquet.

Elle n'y avait jamais pensé. Jamais elle ne s'était dit que Robert, toujours à court d'argent, disposait forcément de quelques moyens grâce à la vente de l'appartement de sa sœur.

— Il y en a une partie qui revenait à son ex, bien sûr, mais il m'en est resté pas mal.

— C'est bien, parvint-elle à prononcer d'une voix qui, néanmoins, eut du mal à sortir de sa gorge. On pourra donc vivre correctement pendant un certain temps.

— Je veux que tu vives bien, Leona, rétorqua Robert d'un ton doux, je ne veux pas que tu te prives de quoi que ce soit. Je vais t'acheter de belles choses. Des vêtements, des bijoux... Une nouvelle bague en or, que tu ne quitteras jamais. Je sais que Bernhard Fabiani t'a pris ton ancienne bague, mais je te promets que ça n'arrivera plus. Il ne te fera plus jamais de mal.

— Ça... me fait plaisir, murmura-t-elle.

— Tu vas te laisser repousser les cheveux, hein ? Ils seront longs, ils flotteront au vent...

— Oui.

Pour la première fois, ses yeux se détournèrent de la route et se posèrent sur elle, tendres et pleins de chaleur.

— Toute une vie, Leona, dit-il, une vie entière pour nous deux.

Elle répéta docilement ses paroles :

— Oui, Robert. Une vie entière pour nous deux.

9

— Je le savais bien qu'il y avait quelque chose de pas net, s'écria Tim, je le sentais ! Ta sœur était bizarre. Cette façon qu'elle a eue de nous dire qu'on avait retrouvé le petit, et que je ne pourrais pas rester pour le petit déjeuner... ! On aurait dit qu'elle était en train de réciter une leçon... Finalement, je n'ai pas pu tenir, et je me suis dit, tant pis, j'y vais, même si je risque de me faire flinguer par Caroline !

— Merci d'être venu, chuchota Caroline.

Sous l'effet d'un calmant très efficace, elle avait quelques difficultés d'élocution et se déplaçait comme une poupée mécanique. Ses yeux rougis restaient secs et avaient un éclat fiévreux.

Tim, arrivé en même temps qu'une armée de policiers, avait dû montrer ses papiers et répondre à une série de questions posées d'une voix sévère avant de pouvoir entrer et prendre Caroline dans ses bras.

Celle-ci l'avait accueilli en l'ensevelissant sous un déluge de détails donnés d'une voix hystérique. Il avait eu du mal à la suivre et à trier le flot d'informations.

— J'ai tout raconté à Wolfgang, même si on s'était mises d'accord pour ne rien dire et il l'a raconté à la police, et je ne saurai peut-être jamais où est Felix, et il va mourir, Tim, il va mourir !

Un médecin, sans doute prévenu par la police, fit une piqûre à Caroline, ce qui la calma presque instantanément et lui permit de répondre d'une voix un peu plus normale aux questions posées par un policier très aimable. Tim, assis à côté d'elle et la tenant enlacée, ne la quittait pas d'une semelle, avec le sentiment d'avoir été projeté brutalement au milieu d'un film de gangsters.

— J'ai peur pour mon enfant, répéta Caroline.

— Je vous comprends, répondit le policier. Nous lançons un avis de recherche sur tout le territoire. Nous allons retrouver votre fils, je vous le promets.

— Est-ce que vous pensez pouvoir arrêter ce fou ?

— Oui, nous allons le cueillir. Nous avons le numéro d'immatriculation de la voiture. Il ne va pas rouler très loin.

— Il a la sœur de Caroline, objecta Tim.

— Nous le savons. Croyez-moi, nous avons appris à gérer ce genre de situation. Il n'arrivera rien à personne.

Revenant à Caroline, il lui suggéra :

— Vous ne voulez pas aller prendre un peu de repos ? Vous avez l'air épuisé.

Mais Caroline s'y refusait :

— Non, je reste ici, j'attends Felix.

— Très bien. Y a-t-il encore autre chose que je puisse faire pour vous maintenant ?

Infiniment lasse, elle appuya sa tête contre l'épaule de Tim, et demanda d'une voix de petite fille abandonnée :

— Appelez ma mère, je veux qu'elle vienne.

10

— Et Dolly, pourquoi l'as-tu tuée ? Je cherche à comprendre, je n'y arrive pas. Une petite chatte ! Elle te faisait confiance. Elle a passé tellement de soirées sur tes genoux... Comment as-tu pu faire ça ?

— C'est pour te punir. Tu as commis une grave erreur en me quittant, Leona. Tu n'aurais jamais reconnu ta faute s'il n'y avait pas eu de sanction. C'était le seul moyen pour sauver notre couple.

— Mais un petit chat qui n'y pouvait rien... Elle a eu une mort si atroce !

— On meurt tous un jour ou l'autre.

— Elle n'avait pas encore un an !

— Bon, tais-toi maintenant !

— Ça va, ça va.

— Je t'ai dit de te taire !

— Ma mère s'appelait Inès. Elle s'est tranché la gorge.

— C'est ta dernière copine qui s'appelait Inès !

— Elle s'appelait Anna.

— Mais tu m'as dit…

— Je n'ai pas voulu donner son vrai nom. Ça n'a pas d'importance.

— Ta mère s'est tranché la gorge ?

— Oui, au beau milieu du salon. Tu n'as jamais vu autant de sang. Tout baignait dans le sang.

— Mais… comment arrive-t-on à se trancher la gorge soi-même ?

— Eh bien, tu vois, on y arrive ! On arrive à faire beaucoup plus de choses que tu n'imagines.

— Au fait… l'homme que tu as failli tuer dans ma cuisine, ce n'était pas mon amant !

— Je ne veux pas que tu me parles de lui !

— Tu sais qui c'était ? s'entêta Leona. C'était Paul, mon beau-frère. Le mari d'Olivia. Je l'ai hébergé pendant quelque temps parce qu'il avait des problèmes de couple.

— Je t'ai dit que je ne voulais pas que tu me parles de lui.

— Tu multiplies les attaques contre des innocents, ta route en est pavée… Tu t'en es déjà rendu compte ? D'abord Dolly, ensuite Paul… Attention ! Tu roules trop vite ! Tu t'es déporté sur la voie d'en face, tu as vu ?

— Arrête de raconter des conneries, nom de Dieu ! Sinon, tu vas voir, je vais rouler beaucoup plus vite ! Alors… tu vas te tenir tranquille ?

— OK, OK, ralentis, s'il te plaît. S'il te plaît !

— J'ai horriblement mal à la tête, Leona. Regarde dans la boîte à gants, tu vas peut-être trouver des cachets.

— Non, il n'y a rien.

— Il faut que je prenne des cachets. Je ne tiens plus.

— Qu'est-ce que tu veux que je fasse ? S'il n'y en a pas, il n'y en a pas. Attends, il y a un petit sac ici… non, rien contre les maux de tête… des cachets contre le mal des transports… tu en veux un ?

— Je n'ai pas le mal des transports, nom d'un chien !

— Lydia ! C'est la voiture de Lydia Behrenburg !

— Qu'est-ce qui te fait dire ça ?

— Il y a son nom ici. Dans le sac. Lydia Behrenburg.

— Et alors ? C'est important ? Est-ce que c'est important de savoir à qui appartient cette satanée bagnole ?

— Est-ce qu'elle…

— Quoi ?

— Rien.

Est-ce que tu as tué Lydia ?

— Parfois je me dis que je me suis trompé sur ton compte, exactement comme pour Anna.

— Comment ça ?

— Vous arrivez à faire croire aux hommes que vous avez besoin d'eux. Et en même temps, que vous les protégez. Ils ont l'impression que vous êtes prêtes à former un tout avec lui. Mais tout ça, c'est du flan.

— Je n'ai jamais voulu te duper, Robert. Si c'est ce que tu as pensé, je le regrette.

— Tu aurais dû voir Anna quand je l'ai rencontrée. Perdue et sans fric. Partie de chez elle pour parcourir le vaste monde, et arrivée tout juste jusqu'à Ascona. Elle était dans la panade. Elle n'avait plus de quoi vivre, et elle n'avait pas envie de rentrer chez elle de peur qu'on se fiche d'elle. Elle s'est cramponnée à moi, un vrai pot de colle ! J'ai tout fait pour la requinquer. Mais une fois qu'elle a été mieux, elle a commencé à vouloir prendre ses distances. Soi-disant que je me l'étais accaparée, que je la mettais sous pression, que je l'empêchais de respirer… toutes ces âneries féministes que les femmes d'aujourd'hui vous débitent comme une litanie. Je me demande ce qui vous a mis toutes ces absurdités dans la tête. Pourtant, vous êtes intelligentes, non ? En tout cas, toi, tu es intelligente, et Anna n'était pas bête. Mais vous ne comprenez pas à quel point c'est important, de former un tout. On ne peut pas vivre sans ça. Mais vous, ce que vous voulez, c'est deux personnes bien distinctes. L'autonomie. La distance. Ça ne vous fait pas crever de faim, vous ? Une faim atroce ?

— De quoi as-tu si faim ?

— Si tu ne sais pas ça, Leona, tu n'as rien compris. Rien du tout. Alors tu ne vaux pas mieux qu'Anna. Mais c'est bien ce que j'ai dit, je me suis trompé sur ton compte comme sur le sien.

— Et tu veux quand même vivre avec moi ?

— Je ne veux pas continuer à en parler.

— Il faudrait en parler avant de prendre l'avion.

— Je te dirai quand le moment sera venu. Pas maintenant.

— Quand ?

— Pas maintenant, je te dis !

Ils roulèrent pendant des heures, parfois sur des autoroutes, parfois sur des départementales ensoleillées, à travers des villages, et même sur un chemin de terre qui malmena la voiture au point que Leona s'attendait à tout instant à la voir se casser en deux.

Par moments, elle n'avait aucune idée de l'endroit où ils se trouvaient. De temps à autre, le nom d'une ville de moyenne importance lui donnait un repère. Elle n'avait pas l'impression que Robert prenait la route d'Amsterdam. Il semblait plutôt rouler en zigzag, prenant en gros la direction du nord, et non pas celle de l'ouest. Etait-ce parce qu'il ne connaissait pas la route et s'efforçait de le lui dissimuler ? A moins qu'il n'ait modifié ses plans et son objectif ?

Elle l'observa du coin de l'œil. Il n'avait plus fait allusion à ses maux de tête depuis une bonne heure, mais il paraissait souffrir de plus en plus. Son visage était grisâtre et, sur sa tempe droite, une fine veine tressautait à intervalles irréguliers. Son front luisait de sueur.

Alors qu'ils traversaient un village, Leona suggéra :

— Tu ne crois pas qu'on devrait s'arrêter devant une pharmacie pour acheter un médicament contre tes maux de tête ? Tu n'as pas l'air d'aller bien.

394

D'un ton irrité, il répliqua :

— On est dimanche, au cas où ça t'aurait échappé !

— Je sais, mais on pourrait regarder où se trouve une pharmacie de garde. C'est écrit sur une feuille à l'extérieur, en général.

Il sembla réfléchir. Puis il acquiesça.

— Bon, bon, on va faire ça. C'est une idée.

Ils trouvèrent une pharmacie, descendirent tous les deux de voiture. Une place de marché pavée dans une petite localité, morte sous le soleil brûlant, plongée dans le silence dominical. A la porte, ils lurent le nom d'un autre village.

— Comment le trouver ? réfléchit Robert, dont les lèvres blanchâtres avaient été gagnées par la pâleur de son visage.

— On n'a pas traversé de village de ce nom, jusqu'ici. Je pense qu'il faut suivre la départementale. Peut-être que c'est le prochain.

— Bon, bon, on va faire ça, répéta-t-il.

Il semblait nerveux. Il n'allait pas bien. Il commençait à perdre le contrôle de la situation, c'était très net.

Ils trouvèrent effectivement le village, ainsi que la pharmacie, située sur une place de marché ombragée de châtaigniers aussi morte que la précédente. Leona consulta sa montre. Presque treize heures. Les gens étaient sans doute en train de déjeuner, et il n'y aurait personne dans les rues avant un certain temps.

Robert se recula dans son siège. Son nez paraissait plus pointu que d'ordinaire.

— Vas-y, lui enjoignit-il. Dis-leur que tu as besoin de quelque chose de fort. Plus fort que de l'aspirine ou ce genre de chose, tu comprends ?

— J'y vais.

Elle sortit. Il faisait chaud dehors, mais moins que dans la voiture. On respirait mieux.

Je pourrais m'enfuir en courant, se dit-elle, je pourrais dire quelque chose au pharmacien, je pourrais... Mais alors ? Et Felix ?

Le pharmacien ne fit son apparition qu'au bout de trois coups de sonnette, traînant dans son sillage une odeur de viande et de chou, et visiblement contrarié d'être dérangé au milieu de son repas. Il pouvait bien avoir soixante-dix ans, à en juger par son dos voûté et son pas traînant. Ce n'était pas le genre à qui on pouvait expliquer qu'on était en route avec un tueur en série recherché par la police, et ayant enlevé et séquestré un enfant qui risquait de mourir de faim et de soif dans les jours suivants.

— Il me faut un médicament très puissant contre les maux de tête. Mon... mon mari souffre beaucoup.

— De l'aspirine, marmonna le vieil homme.

— Ce n'est pas suffisant. Il me faudrait quelque chose de plus fort.

Le mieux, ce serait une drogue qui le ferait parler, pour qu'il me dise où il a... se dit-elle.

Mais pas la peine... Avant que ce bonhomme ait compris ce qui se passe, Robert sera déjà là et m'entraînera ailleurs...

Le pharmacien revint avec un médicament. Leona paya. Elle retourna à la voiture, les pieds en plomb. Fiche le camp, lui dictait sa voix intérieure. Dépêche-toi, cours !

Elle monta. Robert était en train de tourner le bouton de la radio pour l'éteindre. Ses lèvres tremblaient.

— Ils ont lancé un avis de recherche pour le gosse ! A la radio ! Ta sœur, cette demeurée, elle a prévenu la police !

— Tu es sûr qu'il s'agit du même enfant ? Il y a d'autres enfants qui disparaissent...

— Tu me prends pour un imbécile ? Evidemment, qu'il s'agit du même enfant ! Alors, tu l'as, ce médicament ?

Elle lui tendit la boîte. Il l'ouvrit d'un geste incontrôlé, en sortit deux comprimés sans même lire la notice, les mit dans sa bouche, les avala sans eau. Le regard fixe, l'air sombre, il ajouta :

— Donc, ils ont aussi le numéro de la plaque d'immatriculation. Cette garce l'a sûrement noté. Ils savent...

— Peut-être qu'ils ne savent rien du tout. Je ne crois pas que Caroline...

— Tu crois, tu crois, tu crois ! Je n'en ai rien à foutre de ce que tu crois ! Il faut que je parte du principe qu'ils le savent, tu comprends ?

Il démarra, appuya sur le champignon en faisant hurler le moteur. Ma dernière chance, se dit Leona, la toute dernière…

Elle tenta d'ouvrir la portière, s'apprêta à sauter.

— Tu restes là ! hurla Jablonski.

La voiture fit un bond en avant. Leona fut projetée contre lui. Fonçant à toute allure dans la rue principale, il se pencha en faisant des acrobaties pour refermer la portière entrouverte.

— Ne recommence jamais ! vociféra-t-il. Jamais !

— Où vas-tu aller, maintenant ?

Il ne répondit pas. Elle regarda le compteur de vitesse. Il traversait le village à cent soixante kilomètres à l'heure. Un chat évita le bolide de justesse.

En voyant le visage grimaçant de Jablonski, Leona sut que rien de ce qu'elle pourrait lui dire ne l'atteindrait.

11

La famille presque au complet s'était rassemblée dans la petite maison. Seule Olivia était restée chez elle avec Dany. Mais Elisabeth et Julius étaient là, ainsi que Ben et même Wolfgang qui n'y tenait plus, isolé à Francfort.

Caroline était toujours assise à la même place, Tim à ses côtés, le bras passé autour d'elle. Un spectacle qui irritait fortement Ben, lequel se demandait de qui il pouvait bien s'agir, et espérait qu'il s'agissait simplement d'un voisin secourable. Mais l'énergie lui manquait pour s'énerver vraiment contre celui qui consolait Caroline : c'était son fils qui avait été enlevé et séquestré dans un endroit inconnu. Les nerfs en pelote, il avait envie de pleurer tout en étant trop choqué pour pouvoir verser ne fût-ce qu'une larme.

Elisabeth, elle, conservait son calme. Elle fit du café pour les policiers qui continuaient à s'agiter dans la maison et à l'extérieur, prépara des sandwiches pour tout le monde et remonta de l'eau minérale de la cave.

— Pas question de s'écrouler, dit-elle, il faut manger et boire, et garder la tête froide.

Wolfgang n'arrêtait pas d'arpenter la pièce, nerveux comme un fauve en cage.

— Il a Leona ! Ce fou a Leona avec lui, dans sa bagnole.

Il s'arrêta devant Caroline.

— Comment a-t-elle pu monter dans sa voiture, bon Dieu ? Partir avec lui ? Cet homme est un tueur en série ! C'est un malade mental ! Comment as-tu pu la laisser faire ?

— Il a menacé de ne jamais dire où était Felix...

— J'ai parfaitement compris ce qu'il avait dit ! Mais ce que je ne comprends pas, c'est comment vous avez pu lui obéir ! Il ne vous est pas venu à l'idée que, en agissant de cette façon, vous lui donniez deux otages pour le prix d'un ? Felix et Leona ! C'est tellement stupide que...

— Eh, doucement ! l'interrompit Ben. Qu'est-ce qui te prend de lui parler sur ce ton, Wolfgang ? Caroline pensait avant tout à Felix, et Felix, c'est aussi mon fils !

— Oh, comme c'est étonnant, tu t'en souviens tout à coup ? répliqua Wolfgang d'un ton glacial. Jusqu'à présent, il me semblait plutôt que, en ce qui te concerne, le rôle du père se limitait à celui de géniteur.

Ben se leva d'un bond, le poing levé, et parut prêt à se ruer sur Wolfgang. Mais il se domina in extremis et proféra à voix basse :

— Je suppose qu'en ce moment tu essaies de détourner l'attention sur les autres. Tu sais parfaitement que c'est toi qui as déclenché la catastrophe, en te payant une autre femme pour...

— Fais attention à ce que tu dis ! gronda Wolfgang, menaçant.

— Je dis la vérité. Leona n'aurait jamais été en contact avec ce type si tu ne l'avais pas jetée comme une malpropre !

— Je te conseille de la boucler. Ce n'est pas un petit parasite comme toi qui...

— Ça suffit ! cria Elisabeth.

A sa voix qui claqua comme un coup de feu, tout le monde sursauta, y compris les policiers.

— Arrêtez ! C'est indigne, ce que vous faites, et ça ne sert à rien !

— Excuse-moi, Elisabeth, marmonna Wolfgang.

— Je sais très bien que rien ne tourne rond dans notre famille !

Elle se tenait au milieu de la pièce, un plateau chargé de tasses dans les mains, pâle et balbutiante.

— Je sais que Ben vit à nos crochets et que Wolfgang a menti à Leona en la trompant honteusement. Mais je sais aussi que c'est elle, et personne d'autre, qui a commis une erreur fatale en se mettant avec ce Jablonski. Je sais qu'Olivia est complètement à côté de la plaque en ce qui concerne Dany, et que si Paul la quitte un jour parce qu'il en aura assez, ce sera entièrement de sa faute. Tout ça, je le sais. Mais je m'efforce de maintenir la cohésion de la famille. Et vous pourriez m'aider de temps en temps. En ce moment, au moins. Parce que Felix et Leona ont besoin de nous, tous les deux, et que ce n'est pas leur rendre service que de se sauter mutuellement sur le paletot comme un tas d'idiots infantiles !

Sa sortie fut accueillie par un silence contrit.

— Je suis vraiment désolé, répéta enfin Wolfgang.

— Moi aussi, murmura Ben.

— Bon, alors conduisez-vous en adultes, dit Elisabeth.

Un policier entra dans la pièce.

— Je viens d'être informé que Jablonski et Leona Dorn ont sans doute été repérés. Suite à notre message à la radio, un pharmacien de garde vient d'appeler d'un village au sud de Hanovre. Une jeune femme qui correspond à la description de Leona Dorn lui a acheté des médicaments pour son compagnon. Il ne connaît pas le numéro de la voiture, mais il a vu le véhicule à l'arrêt. La couleur et la marque correspondent.

— Est-ce que Leona allait bien ? s'enquit Elisabeth d'une voix incertaine.

Le policier acquiesça.

— Oui, elle allait bien. Le pharmacien dit qu'il a simplement remarqué sa nervosité. Et ensuite, il a vu et entendu la voiture sortir du village en trombe. C'est juste après qu'il a entendu l'appel à la radio, et qu'il a pensé que ce pouvait être elle.

— Si c'étaient eux... pourquoi est-ce que Leona est remontée dans sa voiture ? se lamenta Wolfgang, au désespoir.

— Elle emploie tous les moyens pour essayer de savoir où est Felix, chuchota Caroline.

Le policier hésita avant de poursuivre :

— Selon le pharmacien, il y a eu une sorte de bagarre entre eux, quand la femme est remontée dans la voiture. Il a eu l'impression qu'elle voulait sortir, mais que l'homme l'en a empêchée. Ça l'a rendu perplexe.

— Oh, mon Dieu, souffla Julius.

— La probabilité qu'il s'agisse des personnes que nous recherchons est grande, dit le fonctionnaire, et cela signifie que nous savons assez précisément où ils se trouvent. Nous allons établir des barrages dans tout le secteur. Ils ne pourront plus sortir de là.

Personne ne le formula à voix haute, mais tous pensèrent la même chose : quelle serait la réaction de Jablonski quand il s'apercevrait qu'il était pris au piège ?

12

A compter du moment où il entendit l'annonce à la radio, Jablonski comprit progressivement qu'il était perdu. Une première période de colère noire fut suivie d'une intense réflexion, de plans hâtivement conçus, aussitôt rejetés, puis, au bout d'une heure, de la certitude qu'il ne s'en sortirait pas. Au moins, se dit-il, je n'ai plus mal à la tête. Son visage avait retrouvé un peu de couleurs, et les rides verticales qui barraient son front avaient disparu.

Il continuait à rouler en zigzag, en suivant des routes départementales peu fréquentées. Il semblait soucieux avant tout de ne pas avoir à s'arrêter.

De temps à autre, pris d'un accès de fureur, il tapait du poing sur le volant, jurait, tempêtait, menait la voiture à une vitesse folle et invectivait la terre entière.

Puis il se calmait, ralentissait, semblait s'efforcer de mettre de l'ordre dans ses pensées.

— On ne pourra jamais traverser la frontière, ça, c'est clair. Ils ont le numéro d'immatriculation. Dès qu'on se pointera, ils essaieront de nous harponner.

— Peut-être… commença Leona prudemment.

Mais il l'interrompit aussitôt :

— Il n'y a pas de peut-être ! Oublie l'Amérique du Sud ! Tu t'imagines qu'on pourra monter dans un avion ? Tu t'imagines qu'on arrivera à passer les contrôles ?

Leona n'osa pas lui rétorquer qu'avec l'avis de recherche lancé contre lui son entreprise était vouée à l'échec dès le départ. Que sa situation n'avait pas fondamentalement changé par rapport à sa situation initiale. Qu'il s'était contenté jusqu'alors de refouler et de nier les problèmes.

La conscience du caractère désespéré de l'aventure semblait l'avoir frappé de plein fouet. Sur le fil du rasoir, il hésitait entre le désir irréaliste de croire en la fidélité indéfectible de Leona et l'instinct qui lui soufflait qu'en vérité elle s'était dressée contre lui et n'hésiterait pas à le prendre de court à la première occasion. Et selon qu'il se trouvait sous l'influence de l'une ou l'autre version, il traitait Leona avec affection ou avec froideur et colère.

Leona, pour sa part, tentait de le calmer tant bien que mal. Lorsqu'il hurlait, jurait et l'invectivait, elle ne répondait pas, laissant sa colère se déverser sur elle en attendant qu'elle retombe. Lorsque sa voix devenait douce et qu'il la traitait comme une complice, elle entrait dans son jeu, s'efforçait de lui proposer des solutions susceptibles de les sortir tous deux de la nasse.

Ils remontaient toujours plus vers le nord, dans un vaste paysage uniforme et plat, interrompu de temps à autre par la tache de couleur formée par une maison ou une ferme en briques rouges.

Dire qu'il fait si beau, se dit Leona, si beau que jamais on ne croirait qu'il puisse se passer des choses aussi terribles.

Puis son regard tomba par hasard sur l'indicateur du niveau d'essence, et elle comprit brusquement que le moment décisif était imminent : ils roulaient sur la réserve. Soit Robert mettrait bientôt le cap sur une station-service, soit le moteur s'arrêterait en hoquetant quelque part sur cette départementale, au milieu des prés à vaches et des champs de céréales.

Une voiture qui arrivait en face leur fit plusieurs appels de phares. Robert, affolé, appuya sur le frein avec tant de force que le véhicule fit un tête-à-queue et s'arrêta dans un grand crissement de pneus. Puis il reprit la route en sens inverse comme s'ils avaient le diable aux trousses.

Leona, plaquée contre son dossier par la ceinture, respirait avec difficulté.

— Qu'est-ce qui se passe ? s'écria-t-elle.

— Le type d'en face m'a prévenu ! Tu n'as pas vu les appels de phares ? Il y a les flics, devant ! Sûr et certain !

Le cœur de Leona se mit à battre la chamade.

— Bon sang, tu aurais pu nous tuer ! S'il y avait eu quelqu'un en face… !

— Tu t'imagines que je vais me laisser prendre au piège ? Je ne suis pas fou ! Ils nous auraient eus, là !

— Tu ne sais pas ce qu'il voulait te signaler ! Peut-être que c'est tout simplement un radar… ou autre chose !

Robert avait recommencé à rouler à une vitesse à peu près normale.

— Il ne faut prendre aucun risque. Mieux vaut être trop prudent que pas assez. Au fait, ajouta-t-il avec un signe de tête en direction du tableau de bord, on n'a presque plus d'essence.

Elle feignit de ne pas l'avoir remarqué.

— Ah oui, c'est vrai ! Il faut aller faire le plein.

Il fronça les sourcils.

— Trop dangereux. Les stations-service ont notre numéro d'immatriculation.

— Mais on ne va plus pouvoir aller très loin.

— Non, c'est vrai, on ne va plus aller très loin.

Il prononça ces mots avec un détachement soudain qui effraya Leona :

— Qu'est-ce qui va se passer, alors ?

Il se tourna vers elle. C'était comme si son visage avait été lissé. Les sillons qui creusaient sa peau, la crispation de ses mâchoires avaient disparu, laissant apparaître le visage séduisant du Robert Jablonski d'autrefois, de l'homme dont elle avait cru qu'il pourrait représenter son avenir.

— N'aie pas peur, Leona. On ne nous séparera plus jamais. Je vais m'en occuper.

Elle avala péniblement sa salive.

— Robert…

— Je ne t'ai jamais quittée depuis que nous avons découvert notre amour l'un pour l'autre. Jamais. Il y a longtemps que je voulais te le dire. C'est important pour moi que tu le saches.

— Je le sais.

Le regard de Robert la caressa, empreint de tendresse nostalgique.

— A l'époque, en décembre, tu as cru que j'étais parti pendant quinze jours. Tu t'en souviens ? Tu étais très fâchée contre moi.

— Je… oui, je m'en souviens.

— Mais en fait, j'étais tout le temps près de toi. Je voulais savoir si c'était du sérieux pour toi. Si tu m'étais fidèle. Tu as réussi l'examen, Leona. Et tu étais vraiment fâchée de ma disparition. A ce moment-là, j'ai su que tes sentiments étaient sincères.

— Tu… tu n'étais pas en Italie… chez un éditeur… ?

— Petite bécasse !

C'était la seconde fois qu'il l'appelait ainsi, mais, cette fois, d'un ton plein d'amour.

— Je ne suis jamais allé chercher de manuscrit, je n'ai pas travaillé, précisa-t-il.

— Mais tu avais une pile de papiers…

— C'était de la récupération que j'avais prise dans ton bureau, dans celui de ton mari… Des vieux dossiers, n'importe quoi… En réalité…

Elle comprit.

— En réalité, tu passais tes journées au café, en face de mon bureau. Pas seulement le jour où Caroline t'a vu. C'est pour ça que je ne pouvais pas te joindre par téléphone. Tu essayais de m'avoir à l'œil en permanence.

— Oui, parce que je t'aime, Leona. Il fallait que je sois sûr que tu ne te mettrais pas de mauvaises idées en tête.

— Tu veux dire…

— Il fallait que je sois sûr que tu ne me trompais pas.

Elle connaissait déjà la réponse, mais quelque chose la poussa à poser la question malgré tout.

— Et si je t'avais trompé, qu'est-ce que tu aurais fait ?

— Je t'aurais tuée, dit-il d'un ton aussi léger qu'à l'époque, à Locarno.

— Mais tu n'as jamais trouvé aucune raison de me tuer...

— Non. Même quand tu m'as quitté, je savais que tu avais été victime de gens malveillants. La vieille Faber t'a montée contre moi. Elle a payé pour ça.

Un sanglot étouffé monta dans la gorge de Leona.

— Robert, j'ai peur. Je ne veux pas...

— N'aie pas peur. Sois calme. Je me suis légèrement trompé, c'est tout. Nous n'allons pas vivre ensemble. Nous allons mourir ensemble.

— Où vas-tu ?

— Quelque part où on ne sera pas dérangés. Où on sera bien seuls.

— Ce n'est pas si facile que ça, de mourir, Robert.

— Je vais commencer par toi. Ensuite, je me tue.

— S'il te plaît...

— Je ne te ferai pas de mal. Tu n'es pas mauvaise comme Anna. Tu ne sentiras rien. Je te le promets.

— On a toujours mal quand on meurt.

— Je ferai ça en douceur. Je ferai très attention. Je t'aime, Leona.

Ils roulaient sur une route rectiligne, baignée de soleil. Le voyant rouge du niveau d'essence était allumé. Pas une seule voiture à l'horizon. Ni en face ni derrière. Ils étaient seuls au milieu des prés et des champs qui s'étendaient à perte de vue, dans une uniformité uniquement rompue de temps à autre par un arbre solitaire.

La voiture va s'arrêter, et c'est à ce moment que ça se passera, se dit Leona. Donc, c'est ici que je vais mourir.

Peut-être les destins étaient-ils déterminés dès le jour de la naissance. Peut-être son destin avait-il prévu qu'elle terminerait ses jours au milieu des champs de blé mûr. De la main d'un fou qui croyait tenir là le seul moyen de la lier à lui pour toujours.

Et au moment même où cette pensée lui traversait l'esprit, quelque chose en elle se révolta. Contre l'idée de destin, de soumission, de prédestination, de fatalité. Soudain, toute la colère, tous les sentiments qui l'animaient depuis que Robert Jablonski était entré dans sa vie en lui volant son libre arbitre affluèrent. Tout à coup, elle fut trop en colère pour avoir encore peur.

Sans laisser à Jablonski le temps de réagir, elle attrapa le volant à deux mains et le tourna à droite. La voiture quitta la route et se retrouva dans un champ, pour aller heurter de plein fouet le seul arbre à la ronde qui dressait ses branches feuillues dans le ciel sans nuages.

Leona entendit Robert crier et ressentit elle-même une douleur atroce qui commença par les jambes, puis la submergea tout entière.

Juste après, elle perdit conscience.

13

Elle ignorait s'il s'était passé quelques secondes, quelques minutes ou quelques heures. A un moment, la douleur la fit revenir à elle. Elle cligna des yeux à la lumière aveuglante. Avec un immense étonnement, elle se dit : je suis vivante.

Ses jambes lui faisaient horriblement mal. Elle fit un effort pour ouvrir les yeux afin de comprendre pourquoi. C'est alors qu'elle vit qu'elles baignaient dans le sang, entaillées par la tôle, le verre, ou autre chose. Il n'y avait pas d'airbag dans cette voiture d'un modèle trop ancien. Rien n'était venu atténuer la violence de l'impact.

Elle se redressa sur son siège avec un gémissement. Elle tira sur la ceinture qui s'enfonçait dans son corps, afin de la desserrer. Impossible de distinguer ce qui se passait devant, car le pare-brise s'était transformé en toile d'araignée opaque.

Il faut que je sorte d'ici !

Puis elle entendit prononcer son nom.

— Leona !

C'était la voix de Robert. Claire et distincte.

Sa mémoire, disparue pendant une brève période dans des profondeurs embrumées, lui revint. Elle et Robert. Leur fuite dans cette voiture. Sa peur à lui devant la police. Ses mots :

« Nous allons mourir ensemble. » Tout ça pour rien. Tout ça pour rien ! Les larmes lui montèrent aux yeux. Ils étaient vivants tous les deux. Bloqués dans une voiture pliée contre un arbre au beau milieu de nulle part. Ses jambes étaient hors d'usage, impossible de s'enfuir. Elle était perdue. Il n'avait qu'à tendre la main pour l'étrangler. Elle était là, coincée par sa ceinture, pendant que des rigoles de sang tiède dégoulinaient le long de ses jambes.

— Leona ! répéta-t-il avec insistance.

Elle trouva enfin la force de tourner la tête et de le regarder. Il était assis du côté qui avait tapé de plein fouet dans l'arbre. Il ne subsistait qu'une moitié de pare-brise, le cadre avait éclaté, des barres pendaient en travers. Deux centimètres à peine séparaient la poitrine de Robert de l'enchevêtrement de plastique et de verre qui constituaient autrefois le tableau de bord. Le volant semblait avoir disparu dans son ventre. Leona se détourna, le cœur au bord des lèvres.

— Leona ! l'appela Robert d'une voix suppliante.

A grand-peine, elle parvint à se retourner à nouveau pour le regarder. Son visage, d'une pâleur de cire, ne présentait pas la moindre égratignure. Il était aussi beau que d'habitude. Mais dans ses yeux clairs on voyait s'approcher la mort.

— Leona, tu es réveillée ?

— Oui, chuchota-t-elle.

— Tu es... blessée ?

— Mes jambes... j'ai quelque chose aux jambes...

— Tu peux descendre ?

— Je ne sais pas... et toi ?

— Je meurs, dit-il.

— Je vais essayer de sortir. Peut-être que quelqu'un va passer. Il nous faut un médecin, une ambulance...

— Pas de médecin, Leona. C'est trop tard. J'aimerais juste... aide-moi à sortir d'ici. Sors-moi de cette voiture. Je... j'ai tellement mal... Je ne veux pas mourir comme ça... s'il te plaît... fais-moi sortir...

Elle fit appel à toute sa volonté pour donner à ses jambes l'ordre de bouger. Normalement, ces choses se font automatiquement, mais le temps d'exécution semblait s'être multiplié par quatre et ses jambes mirent une éternité à se soulever. Ensuite, elle parvint péniblement à sortir de la voiture cabossée.

Il faisait chaud dehors, très chaud, mais elle fut prise néanmoins d'un violent tremblement. Elle s'appuya sur l'arrière de la voiture, qui semblait intact comparé au reste, pour faire le tour du tas de tôle. La nausée et la sensation de froid s'intensifièrent.

Ses espoirs de voir passer une autre voiture, ou un être humain, un paysan ou un promeneur, restèrent vains. Pas le moindre clocher trahissant la présence d'un village. La route n'était qu'un long ruban qui se perdait à l'horizon, là où les prés et les champs rejoignaient le ciel.

Du trèfle en fleur à ses pieds. Du pissenlit. De la terre remuée, là où les pneus étaient passés. Elle pouvait essayer de marcher le long de la route…

C'est alors qu'elle entendit à nouveau sa voix douloureuse :

— Leona, s'il te plaît… j'ai mal…

Elle étouffa un juron, fit le tour de la voiture. La portière pliée du côté du conducteur ne s'ouvrit qu'au troisième essai. Robert avait tourné la tête. Il la regardait d'un air suppliant.

— S'il te plaît…

Elle lut les mots sur ses lèvres plutôt qu'elle ne les entendit.

— J'ai mal…

Elle ignorait si le volant était réellement enfoncé dans son ventre ou si c'était sa position complètement tordue, recroquevillée, qui lui faisait souffrir le martyre, mais elle comprit que son dernier vœu était de pouvoir s'étendre sur le sol pour mourir. Son expression était celle d'un animal pris au piège qui terminait son existence dans d'affreuses souffrances.

Elle se pencha sur lui, tenta de glisser ses mains sous ses aisselles. Il gémit horriblement, pâlit encore plus. Elle remarqua qu'il faisait un effort pour se dominer, de peur qu'elle ne renonce dans son entreprise.

Puis elle posa sa question :

— Où est Felix ?

— S'il te plaît… gémit-il.

Elle le lâcha.

— Où est Felix ? répéta-t-elle d'un ton tranchant.

Il la regarda, incrédule, abasourdi.

407

— Leona…

D'une voix très basse, elle prononça :

— Je vais te laisser crever ici. Je te le jure. Il n'y a personne dans les environs pour t'aider. Où est Felix ?

— Sors-moi… de là… s'il te plaît ! murmura-t-il.

Elle recula d'un pas. Il s'efforça de tendre la main vers elle, mais ne parvint guère qu'à plier les doigts.

— Tu… ne… ferais… pas… ça…

— Tu peux me faire confiance. Je vais le faire.

Elle recula un peu plus. Il pleurait maintenant comme un enfant.

— Leona… s'il te plaît… s'il te plaît…

— Où est Felix ?

Il lui décrivit l'endroit, secoué de sanglots. Elle ne douta pas qu'il disait la vérité.

Elle l'attrapa sous les aisselles et le sortit de la voiture, petit à petit, au prix d'un effort surhumain.

Enfin, elle entendit une voiture s'arrêter. Des voix lui parvinrent.

— Mon Dieu, qu'est-ce qui s'est passé ? Oh là là, vous saignez affreusement ! On va appeler un médecin et la police !… Vous feriez mieux de ne pas toucher l'autre blessé… Attendez les secours…

Mais elle y était arrivée. Elle étendit Robert dans le trèfle, au bord de la route. De même que son visage, son corps semblait intact. Elle dégagea son front recouvert par une mèche d'épais cheveux noirs.

Il lui sourit, et, au même moment, mourut.

Elle était encore assise par terre à côté de lui, lui tenant la main, quand arrivèrent la police et une ambulance. Un soignant détacha ses doigts de ceux de Robert. On le coucha sur un brancard, et, enfin, quelqu'un lui passa une couverture autour des épaules, quelqu'un qui avait dû remarquer à quel point elle avait froid.

— Choc important, entendit-elle.

Elle ferma les yeux.

14

Du haut de l'escalier, Leona paraissait perdue et abandonnée, ainsi entourée de toutes ces valises. Mais, arrivé au bas des marches, Wolfgang fut détrompé. Non, elle était au contraire pleine d'assurance, de joyeuse impatience.

Tous ses espoirs de la voir changer d'avis s'écroulèrent.

Elle fouilla dans son sac, en sortit ses clés de voiture.

— Bon, dit-elle, il faut que je parte. Je suis sûre que Paul est déjà en train de piaffer.

— Tu ne crois pas que quelqu'un d'autre aurait pu aller le chercher à l'hôpital ? Olivia, par exemple. Ça nous aurait laissé deux jours de plus pour nous.

— Tu sais bien que je veux passer à Lauberg. Je resterai au moins un an sans les voir. Il est donc tout à fait logique que j'en profite pour prendre Paul.

— En tout cas, tu ne caches pas que tu es pressée de me quitter. Tu aurais très bien pu faire tes bagages en rentrant de Lauberg.

— Oh non, je n'ai pas envie que ce soit la course. Ça m'embête de te laisser ici au milieu de tout ce bazar, mais dès après-demain tout aura disparu.

Il eut un sourire triste.

— Après-demain, c'est surtout toi qui auras disparu !

Elle hocha la tête.

— Oui. Je t'ai expliqué…

— Oui, oui. Je sais.

Il avait été frappé de plein fouet quand elle lui avait annoncé sa décision de donner sa démission à la maison d'édition. D'aller vivre à Londres pendant un an. Peut-être même plus.

« William, tu sais, l'agent littéraire, mon ami, eh bien, il m'a proposé un poste. C'est une chance inouïe ! Il faut que je la saisisse !

— Mais tu as un excellent poste, ici, tu ne peux pas…

— Bien sûr que si ! Tu t'imagines que j'ai envie de moisir dans le même bureau jusqu'à la fin de mes jours ? »

Il était resté planté devant elle, les bras ballants. Lui qui était déterminé à recommencer à zéro avec elle s'était retrouvé sans voix.

« Et… nous deux ? Comment tu vois la chose ? » avait-il fini par objecter.

Elle n'avait même pas essayé de lui rendre plus douce l'amère vérité.

« Je ne sais pas. En tout cas, pour l'instant… je ne la vois pas.

— Ah bon. Et tu crois que je vais attendre patiemment ton retour… en me demandant si tu reviendras ?

— Ce n'est pas du tout ce que je crois. Tu feras ce que tu auras envie de faire.

— Je n'ai pas envie de vivre seul dans cette grande maison !

— Eh bien, vends-la !

— Notre maison ? Tu as toujours dit… »

Elle avait poussé un gros soupir. Etait-il donc si difficile que cela de la comprendre ?

« Je veux une nouvelle vie, Wolfgang. L'ancienne est devenue trop étriquée pour moi. Cette ville, cette maison, mon travail… je ne peux plus me contenter de ça. C'est la conclusion à laquelle tu avais abouti toi-même, il y a un an, non ? Et tu avais raison. J'ai simplement mis un peu plus de temps à le comprendre.

— Tu veux te venger. »

Elle lui avait doucement caressé la joue.

« Oh, Wolfgang, la vengeance ! La vengeance, tu n'as pas idée à quel point je suis loin de penser à ça ! »

C'est bien ça le pire, se dit-il en ce matin de juillet, debout dans l'entrée de la maison qu'ils avaient achetée ensemble, planté parmi toutes ces valises qui symbolisaient leur séparation, elle ne veut pas se venger. Si elle le voulait, cela signifierait qu'elle a encore des sentiments pour moi. Et moi, j'attendrais simplement qu'elle revienne quand elle aurait estimé que j'avais passé assez de temps à frétiller au bout de la ligne. Mais là… il n'y a plus d'espoir.

Il la scruta du regard.

Elle s'était bien remise de son choc et de ses blessures. A cause des cicatrices qu'elle avait gardées aux jambes, elle portait toujours un pantalon. Les cicatrices étaient rouges et vilaines, mais les médecins affirmaient que, même si elles ne devaient pas disparaître complètement, elles s'atténueraient avec le temps. A l'hôpital, elle n'avait cessé de demander des nouvelles de Felix et ne s'était calmée qu'en apprenant que la police avait effectivement retrouvé l'enfant là où Robert l'avait dit, c'est-à-dire dans une ferme isolée de l'autre côté de l'ancienne frontière avec la RDA. On avait sorti le petit garçon d'une cave aux murs ruisselants d'humidité et plongée dans un silence de mort. Souffrant d'hypothermie, il avait été transporté à l'hôpital.

« Une journée et une nuit de plus, et il n'aurait pas survécu », avait dit le médecin.

Mais Felix lui-même n'était pas aussi traumatisé que les adultes s'y attendaient.

« Je savais que tu me retrouverais », avait-il affirmé, sans cesser de claquer des dents, au moment où sa mère en pleurs l'avait serré contre son cœur avec force.

Wolfgang avait accablé Leona de reproches parce qu'elle avait accepté de monter dans la voiture de Jablonski.

« C'était de la folie ! De la folie pure !

— C'était la seule chose à faire. Robert ne nous aurait jamais dit où était Felix, et tu vois bien que le petit était réellement en danger de mort.

— Toi aussi, tu étais en danger de mort ! Quand je pense que tu ne m'as rien dit quand je t'ai téléphoné ce matin ! Si cette call-girl munichoise n'avait pas trouvé Lydia Behrenburg ligotée chez elle, je n'aurais pas été au courant !

— De toute façon, tu n'as rien pu faire, même comme ça. A partir d'un certain moment, j'ai senti très nettement que je serais la seule à pouvoir régler cette affaire. Et c'est bien ce que j'ai fait. »

Puis elle avait ri :

« Je n'ai toujours pas compris comment Lydia s'y est prise pour connaître une call-girl munichoise !

— Je te l'expliquerai plus tard. C'est une histoire compliquée. »

411

Mais, en ce jour de départ, les explications étaient devenues superflues. Cela n'empêcha pas Wolfgang – peut-être pour retarder Leona – de lui poser la question :

— Est-ce que tu sais pourquoi il n'avait pas toute sa tête, Jablonski ? C'est-à-dire, qu'est-ce qui a déclenché toutes les horreurs qu'il a commises ?

Avec un geste d'ignorance, elle répondit :

— Je ne peux que deviner. Je crois que ça a un rapport avec sa sœur. Avec son amour malheureux et impossible pour elle. Je suppose que le déclencheur a été le fait qu'elle l'ait quitté pour en épouser un autre. Mais le terrain avait été préparé beaucoup plus tôt. Qu'est-ce que c'était ? On n'en sait rien. Le père ? La mère ? L'accouchement ? Ou alors, est-ce que c'était dans ses gènes, était-il perdu dès le départ ?

— Sa sœur...

— Eva Fabiani. Du début à la fin. C'est avec elle que tout a commencé.

— Si tu n'étais pas allée chez le dentiste ce jour-là...

— ... peut-être que tout aurait été différent. Tu sais bien que je crois au destin.

— C'est idiot.

Elle accrocha son sac en bandoulière. Elle paraissait froide et détachée.

— Quoi qu'il en soit, déclara-t-elle, pour nous, ça ne change rien.

Elle consulta sa montre.

— Il faut vraiment que je me dépêche. Je vais aller faire un saut chez Lydia pour lui dire au revoir. Elle est malheureuse comme tout que je m'en aille. La pauvre ! Elle en a vu de toutes les couleurs !

Wolfgang se souvint des heures qu'il avait passées dans le salon surchauffé de cette femme, un jour d'hiver. Il pensa à la solitude dans laquelle elle était enfermée.

— Oui, elle est franchement à plaindre, renchérit-il.

— Elle voit régulièrement un psychothérapeute, maintenant, à cause des cauchemars qu'elle fait depuis l'histoire avec Robert. Mais j'espère que ça va lui permettre de changer un peu de style de vie.

— Je vois qu'il y a de l'espoir partout. Apparemment, Paul retourne avec Olivia...

— Pour l'instant, il veut d'abord avoir une conversation sérieuse avec elle. Et Olivia s'est déclarée prête à parler. C'est important, étant donné la façon dont elle s'est comportée pendant toutes ces années. Mais Caroline se sépare de Ben. Elle va s'installer avec Tim et entrer en apprentissage d'horticulture. Tu imagines ? Caroline en apprentissage ?

— On dit que les miracles existent.

Il s'approcha de Leona, lui prit les mains.

— Qu'est-ce que tu en penses ? demanda-t-il doucement. Est-ce que je peux espérer un miracle ?

Il la regarda au fond des yeux, si bien qu'elle fut tentée de lui dire ce qu'il attendait, de lui faire cadeau de l'espoir pour atténuer sa douleur. Ainsi, elle pourrait partir le cœur léger.

Mais ce moment de faiblesse fut bref.

— Non, dit-elle, il ne faut pas espérer de miracle.

Il se contenta d'un signe de tête, trop stupéfait, trop désemparé, pour répondre.

Elle sortit et ferma doucement la porte.